北京市哲学社会科学“十一五”规划重点项目
北京市社会科学院重大课题

北 京 专 史 集 成

主 编 王 岗

北京文学史

本书主编　傅秋爽

人 民 出 版 社

《北京专史集成》课题组成员

本书主编：傅秋爽

本书撰稿人员（以姓氏笔划排序）：张　泉、陈清茹、季剑青、段美乔、傅秋爽

序

北京的历史文化，源远流长，博大精深，是中华民族优秀传统文化的结晶。北京市社会科学院历史研究所自成立以来，就一直从事北京历史文化的研究工作，30 年来，在全所科研人员的共同努力之下，取得了一些北京历史文化研究成果，其中，又以曹子西先生主编的《北京通史》为代表，在学术界和社会上都产生了较好的影响。而《北京通史》的问世，又为进一步深入研究北京历史文化奠定了一个较为坚实的基础。

2006 年，北京市社会科学院的领导对北京历史文化的研究工作加大扶持力度，提出把《北京专史集成》列入院科研重大课题，使得我院的北京历史文化研究从整体上进入了一个新的阶段。在此之前，历史研究所的科研人员已经开始对北京专史进行研究，如王玲女士撰写有《北京与周围城市关系史》，尹钧科先生撰写有《北京郊区村落发展史》，于德源先生撰写有《北京农业经济史》，吴建雍等人合写有《北京城市生活史》、《北京城市发展史》，等等，这些专史的问世把北京历史文化的研究逐步引向深入。但是，要想形成一套体系完备的专史研究系列，显然仅仅依靠个人的研究力量是不够的，必须组成一支力量相对强大的科研队伍，才能够完成系列专史研究的繁重工作。

正是在这种情况下，北京市社会科学院领导组织历史研究所的全体科研人员对《北京专史集成》课题进行了认真的论证。特别是课题总顾问刘牧雨院长和课题总策划戚本超副院长对课题中研究项目的编写原则和立项次序都给予了精心指导。经过论证，初步确定了《北京专史集成》课题的第一批研究项目，即：

1. 北京政治史；
2. 北京经济史；
3. 北京农业史；
4. 北京手工业史；
5. 北京商业史；
6. 北京军事史；
7. 北京文化史；
8. 北京文学史；
9. 北京美术史；
10. 北京学术史；
11. 北京著述史；
12. 北京戏剧史；
13. 北京风俗史；
14. 北京考古史；
15. 北京民族史；
16. 北京宗教史；
17. 北京佛教史；
18. 北京道教史；
19. 北京伊斯兰教史；
20. 北京基督教史；
21. 北京教育史；
22. 北京城市发展史；
23. 北京建筑史
24. 北京园林史；
25. 北京陵寝史；
26. 北京地理学史；
27. 北京交通史；
28. 北京城市生活史；
29. 北京建置沿革史；
30. 北京对外交流史：
31. 北京水利史；
32. 北京饮食史；
33. 北京服饰史；
34. 北京环境变迁史；
35. 北京音乐史；
36. 北京名胜史。

这些研究项目，只是北京专史庞大体系中的一小部分，今后随着科研工作的不断深入，专史的项目也会不断增加。《北京专史集成》经过历史研究所论证之后，院领导又组织全院的专家学者对这个重大课题进一步加以论证，并且提出了很好的意见，对专史的撰写工作有很大帮助。

《北京专史集成》中的每部专史的容量，视其内容的多少，大致在30万字左右，有些内容较多的，字数可以多一些，反之，则会少一些。各部专史的时间跨度，一般始于远古，迄于新中国建立。有些部专史在撰写过程中，时间会有所下延。如《北京建置沿革史》，必须延续到新中国建立之后，才能够对今天北京政区的沿革状况有全面的叙述。各部专史的地域范围，也不是严格局限在今天的北京政区，而是根据不同朝代政区划分的变化而随之变化，如汉唐时期的幽州，辽代的南京析津府，金代的中都大兴府，元代的大都路，明清时期的北京顺天府，等等。政区范围的大小虽然会不断变化，但是其核心地区仍然是今天的北京。

《北京专史集成》的撰写，有很多难以处理的地方。例如，“专”和“史”的关系。“专”是指专门、专业，如在《北京宗教史》中，“专”是指宗教或是宗教学，而“史”则是指在北京历史上曾经发生或是出现过的、与宗教有关系的事件或人物，当然也包括相关的典制。如在《北京宗教史》中，我们所研究的佛教史，主要的着眼点不仅仅是在北京地区的禅宗、律宗、净土宗等佛教流派的发展、变化，更重要的，是着眼于这些佛教流派所产生的社会影响、其代表人物的社会活动、历代统治者和社会各界对这些宗教派别的态度，以及由此而产生的重要宗教事件，等等。我们认为，要想处理好“专”与“史”的关系，一方面，要掌握相关专业的基础知识；另一方面，又要对当时的历史状况有准确的认识，掌握宗教之外的政治、经济、文化等各方面的历史资料。只有这样，我们才能够正确认识不同历史时期宗教产生、发展和兴衰的变化历程。其他专史的撰写工作也是如此。

再如，“全国”和“地方”的关系，换言之，即“全局”和“区域”的关系。在北京成为全国的政治和文化中心之前，所有的北京史都是“地方史”，其所产生的历史影响也有着明显的“区域”性质。但是，当北京成为全国首都之后，在北京发生的许多史事除了具有“地方”和“区域”的性质之外，又具有了“全国”或是“全局”影响的特质。如“戊戌变法”、“五四运动”等，其影响范围之广，影响力之持久，显然不是局限在北京地区的。此外，由于北京的统治中心地位，有些发生在其他区域（甚至国外）的重大历史事件，也会对北京产生巨大的影响。如近代史上的“鸦片战争”、“太平天国运动”、“辛亥革命”，这些重大事件的始发地虽都不在北京，但其对北京的巨大影响甚至超过了在北京地区发生的一些事件。因此，如何处理好“全局”与“局部”的关系，在北京历史文化研究中确实是一个难度很大的问题。

《北京专史集成》课题立项后，得到了学术界和相关领导的大力支持。首先，是有一批德高望重的著名史学前辈在年事很高、工作繁忙的情况下，热情支持本课题的研究工作，慨然担任特聘学术顾问，并且对北京专史的撰写工作提出了珍贵的指导意见；有些史学前辈还在百忙之中审阅了部分书稿的内容。其次，是北京市哲学社会科学规划办公室的陈之昌主任和李建平副主任对本课题的重视，使《北京专史集成》得以被列为市社科规划重点课题。再次，本课题的出版工作得到了人民出版社领导的大力支持，在出版经费较少的情况下，得以立项出版。特别是资深历史学编审张秀平女士和诸多编辑人员，认真审阅全部书稿，并且提出了许多宝贵的修改意见，为各部专史的出版付出了辛勤的劳动。

北京市社会科学院历史研究所的一批批老专家学者们为北京历史文化的研究奠定了较好的基础，他们的退休对北京文史研究带来了一些影响。但是，许多已经退休的老专家仍然坚持工作在科研第一线，笔耕不辍。《北京专史集成》中的一些项目就是以他们作为骨干带领年轻同志完成的。一批批青年学子陆续来到所里，他们在科研能力上尚需锻炼，在学术见识上亟待积累，但是，他们有朝气，有吃苦耐劳的干劲，有新的更加开阔的视野，假以时日，他们在《北京专史集成》研究中的成果将会越来越多。我相信，在院领导的大力支持下，在社会各界的热心帮助下，在历史研究所全体新、老科研人员的共同努力下，持之以恒，《北京专史集成》将会为北京历史文化研究不断增添新的科研成果，为首都的社会发展和文化建设不断做出新贡献。

值此北京市社会科学院建院30周年、《北京专史集成》开始出版之际，是为之序。

王岗

2008年10月

前　言

自古以来，文学始终是生活中的一个重要组成部分。漫漫人生，谁无悲欢离合，盛世乱世，谁又能选择通达穷蹙。宋贤范仲淹曾有名言："先天下之忧而忧，后天下之乐而乐"，境界之超脱，罕有人及，却仍难免"忧乐"之情。无情未必真豪杰，有情则必有所表达，发之于口，则为歌辞，落之于笔，则为诗文。古人所谓"诗言志"、"歌咏言"，最初并非是特意（或称之为自觉）的文学创作，却给后人留下了难得的文学经典。可以说，人类自从跨入文明发展历程之时起，就与文学结下了不解之缘。从某一角度来看，一部文学史，就是一部人类文明的发展史；一部中国文学史乃是中华民族的文明发展史；而一部北京文学史则表现了北京地区文明发展的历史。

一部文学史著作，与实际的文学发展历程之间必然会存在或多或少的差异，这种差异是作者在撰写过程中受到各种因素影响的结果。其一，是作者自身史学修养的不同，会直接影响到其对所描写的整个文学历程的总体认识的深浅，也会影响到其对重大文学事件和文学现象的叙述和评价的过程，以及叙述和评价的准确性。其二，是作者自身文学修养的厚薄，会直接影响到其对不同时期文学作品和作家的解读与评价。在中国古代，文与史是不分家的，而令人遗憾的是，却没有大学者留下研究文学史的著述。从近现代一直到当代，文与史的研究工作开始出现了"分家"的趋势，学术界也已经有众多学者开始研究文学史，并且撰写出了各种各样的文学史著作（参见本书《前言》部分的介绍）。但就目前国内的各类《文学史》而言，其撰写者多为从事文学研究的专家，却很少有从事史学研究的专家。文与史的“分家”虽然是学术研究不断深化的结果，却又造成了一些不可避免的缺陷。史学研究者与文学研究者所撰写出的《文学史》会有很大的差异，各有千秋。

这部《北京文学史》也依照惯例，由我院文学研究所的同仁们撰写。他们多年从事北京不同时期的文学研究，有着深厚的学术修养和扎实的理论功底，在这方面，确实比历史研究所的同仁们有着明显的优势。但是，对于同样一部文学发展史，不同的学术专业会有完全不同的诠释，在这一点上是很难用“优劣”来评判的。笔者对北京文学的发展历程略有粗识，故而在此从历史研究的角度对几个重要的学术问题发表拙见，其中涉及北京文学史的分类与分期问题，地域文学、区域文学与全国文学的关系问题，以及汉民族文学与少数民族文学的关系问题。对这些问题，文学研究所的张泉所长已经在本书的《前言》中有了十分精辟的见解，笔者只是希望能够有些许补充而已。

关于文学史的分类、分期问题：众所周知，撰写一部文学史，必须首先解决分类和分期的问题，也就是对全书基本框架的设计。就分类而言，可以采取不同的选择标准，通常人们所采取的，一种是按照文学的体裁加以分类，另一种则是按照文学的内容加以分类。从文学史的发展进程来看，文学的体裁在逐渐增加，并且在不同的历史时期，总有一些文学体裁的发展趋于巅峰，而到了其他的历史时期则会趋于没落。正如人们通常所说的楚辞、汉赋、唐诗、宋词、元曲、明清小说，就是在不同历史时期发展到巅峰的各种文学体裁。又如，人们在使用某种文学体裁进行创作的时候，会表现出完全不同的内容，同是唐诗，李白、杜甫、白居易等人，其创作的艺术风格和反映的社会内容都是不同的。同是宋词，苏轼、柳永、陆游等人的差异也是很大的。

人们不难注意到，在中国古代，不同的历史时期总是有一种文学体裁特别流行，如人们盛誉的“唐诗”，到了宋代，文人虽然也创作诗歌，也有许多名篇佳作，但是与唐代诗歌相比，不论是总体艺术质量，还是社会影响，皆有明显的逊色之处。因此，按照不同文学体裁加以分类，同时也就突出了不同历史时期的文学史发展特色，在撰写时也就具有了相对的合理性。但是，在撰写《北京文学史》的时候，出现了一些特例。从唐末五代时期开始，北京逐渐脱离了中原王朝的控制，成为契丹政权的陪都，在文化的发展进程中也与中原地区的主流文化脱节；当宋词成为宋代最时髦的文学体裁之时，作为辽南京的北京城，虽然是整个辽朝文化最发达的地方，却没有出现词学的创作盛世。到了此后的金代，北方文学创作的整体艺术发展状态仍然落后于江南地区。在文学发展史上出现的这些特例，是撰写《北京文学史》的学者们应该特别注意的地方。

从元代开始，北京成为全国的政治和文化中心，使得这里的文学创作第一次走在了全国的前列。元大都的杂剧和散曲创作已经可以与江南的文化中心杭州（时称临安）并驾齐驱，毫不逊色。自元代以来，中国再也没有出现过长期的分裂割据局面，而北京又一直居于全国的政治和文化中心位置，故而在文学创作方面也就一直占据着重要的地位。有的学者认为，撰写文学史，特别是撰写古代文学史不应该以朝代的更替作为分期的标准。笔者则认为，文学的发展固然有其自身的内在发展规律，但是，它的发展基础就是社会整体的变化，而朝代更替又正是社会变化的显著标志，直接影响到不同阶段全国政治、经济、文化发展的总趋势，作家的命运、文学作品的创作和文学体裁的发展变化，都是与王朝的兴亡密切相关的。如果脱离开这个社会发展的总趋势，人们将很难把握文学史发展的主体脉络。

这部《北京文学史》把北京文学发展的整体历程划分为三个大的阶段，即古代、近代和现代。古代和近代的分界为“鸦片战争”，近代和现代的分界为“五四运动”，这种划分方法是新中国建立之后在中国学术界占据统治地位的传统方法，至今仍然被许多学者所采用。但是，这种划分方法主要是针对中国社会的发展变化，而文化的发展在许多方面比社会的发展更缓慢一些，在有的方面还会缓慢很多。因此，笔者以朝代更替的原则为依据，把北京古代文学的下限断在清朝的灭亡，而把清朝灭亡后到新中国成立的这段时期统称之为北京文学发展史的近现代时期。这种划分方法只是一种设想，要想付诸实现，还需要有大量的学术研究作为依托。

关于区域文学、地域文学与全国文学的关系问题：人们在撰写一部地区文学史的时候，需要解决的一个重要前提就是研究空间的界定。这部《北京文学史》把研究的空间界定在今天北京市政区的范围内，是一种常用的方法。正如张泉所长所指出的，区域与地域是两个完全不同的概念，区域是人为界定的，而地域是自然形成的。这就牵扯到一个问题，在北京发展的历史上，地域的变化是很小的，相对固定的，而区域在人为界定的过程中，却经常发生变化，如西周时期的燕国与战国时期的燕国、乃至汉代的燕国相比，变化是非常大的。唐代的幽州与辽代的南京道、金代的中都路、元代的大都路相比，变化也是很大的。但是，有一点是值得注意的，不论历朝历代的区域如何变化，这种变化都是以地域的自然状况为依托的。换言之，从秦汉到隋唐、再到元明清三代，甚至一直到今天，北京的政区划分都没有脱离先秦时期的燕地范围。正因为如此，区域文学与地域文学之间也就有了许多无法分割的共同之处。笔者认为，在研究不同时期的地区文学史时，应该以当时政区的变化为空间界定的标准，即研究隋唐时期的北京文学史，应以幽州政区为其空间，而研究辽代的北京文学史，则应以辽南京道的政区为其空间范围。

更难处理的，乃是北京的区域文学与全国文学的关系。在北京成为全国的政治和文化中心之前，这种关系是很分明的，也是比较容易处理的，北京的区域文学与全国文学之间，只是局部与整体的关系。而在北京成为京师之后，这种关系就变得很难区分了。一方面，北京的区域文学仍然带有局部特色，与全国其他地区的文学有着明显的差异；另一方面，由于北京成为文化中心的巨大影响，全国各地的许多著名文学家都来到京城，并在这里从事文学创作活动。在这种情况下，哪些作家的作品可以归入北京区域文学的范围之内，哪些不能归入这个范围，就很难加以界定了。这是因为局部已经与整体合而为一了，各地作家带来了不同地区的地域文学特色，而北京本地作家与外来的各地作家也已经融为一体，共同进行着文学创作。这种状况，自元朝攻灭南宋，大批中原及江南的学者陆续来到京城，就形成一股强大的潮流，一直在涌动，延续到今天。不容否认，历代从外地来到京城从事文学活动的众多作家为繁荣京城的文坛是作出了巨大贡献的，他们的文学作品当然构成了北京区域文学的一个重要组成部分。我们应该尽量把外地作家在京城的文学活动纳入到北京文学史的研究范围之内。

关于汉民族文学与少数民族文学的关系问题：在《北京文学史》中，少数民族文学理应占据一个举足轻重的地位，这是因为自五代时期以来，在北京建立辽、金、元、清四个封建政权的统治者都是少数民族的领袖人物，随着他们把北京作为都城，就先后有大批的少数民族（如契丹、女真、蒙古、满族等）民众迁移到这里定居，因此，从千余年前开始，北京就已成为全国少数民族定居人数和族类最多的大都会。在这种情况下，少数民族文学当然应该在北京文学史上占有显著的位置。但是，一方面，是辽金时期相关的历史文献存世极少，给我们对这一时期北京地区少数民族文学的了解带来了极大的困难；另一方面，由于汉民族文化的巨大影响，使得移居到这里的少数民族文学家往往采用汉民族传统的文学体裁来从事创作活动，故而很难表现出少数民族文学的原有特色。只有元代和清代的历史文献相对多了一点，我们才能够借此对一些少数民族作家及其在这两个朝代的文学活动有所了解，并对其加以研究。

我院文学研究所的同仁们除了对北京古代文学、近现代文学的研究有着很深厚的积累，对于北京当代文学的研究也有着累累硕果，但是，由于受到“北京专史集成”整套书籍的体例限制，只能把下限断在新中国的建立，这是十分可惜的。而一部三十多万字的著作要想容纳北京几千年的文学发展历程，难度也是很大的，故而对许多重要的文学事件和活动不得不略去，对许多复杂的文学现象也不得不加以简化。虽然受到各种条件的限制，这部学术专著也不免有遗憾，所幸的是，这部《北京文学史》毕竟填补了一项学术研究的空白。笔者希望在不久的将来，经过我院文学研究所同仁的共同努力，能有一部多卷本的《北京文学通史》问世。

王岗

记于 2009 年 8 月

目　录

上篇：北京古代文学

（公元 1840 年以前）

中篇：　北京近代文学

（公元 1840—1919 年）

下篇：　北京现代文学

（公元 1919—1949 年）

概　述

一、中国区域文学史现状及北京文学史构想

（一）区域文学史的兴起

中国文学源远流长，但描述和总结中国文学发展历史的专门著作，迟至19世纪末才出现。现有资料显示，最早的中国文学史是日人末松谦澄的《支那古文学略史》（日本东京文学社，1882）。十二年后，中国学者江绍玲的《中国文学史》（京师大学堂，1904）面世。截至当下，严格意义上的通史类文学史，包括通史和古代、近代、现代、当代断代史在内的中国文学史著作，在世界范围已逾八百部。如果加上分体文学史、主题文学史、民族文学史、地域文学史、区域文学史等形形色色的专史，则中国文学史著作的总数超过了三千部。

作为一个专门的学术领域，文学史的编纂和出版是与20世纪中国近代大学教育的兴起和普及同步的。如果从研究和教学两个方面作粗略的区分，中国文学史著作大致可分为两类。一类是学术专著，重心在探索未知领域，偏向知识体系的构建或拓展。一类是教材，主要根据不同学校、不同专业的不同教学要求介绍文学演化发展的基本知识。中国的区域文学史通常应属于前者的范畴。它兴起于20世纪90年代，至今已蔚为大观。这是由学术的繁荣、地方学术机构的普及以及后现代“文化研究”思潮的引入等几个方面的因素促成的。

首先，进入新时期以后，中国的学术观念和学术机制发生了重大改变。就文学史编纂而言，20世纪80年代之前，文学史著作基本上遵循教材的编纂原则，要求主流性、统一性、稳定性和权威性。在运作方式上，往往是由少数著名学者撰写，或者由专业机构出面主持，组织专家分头负责撰写，并在反复讨论和广泛征求意见之后正式出版。不同的文学史著作在观点、材料、框架等方面比较接近。20世纪80年代之后，文学史写作的准入门槛大为降低，撰写者主体出现个人、集体、机构并存的格局。编纂目的或教材、或填补空白、或专题探讨，呈现出多元化。这样，除通史、简史、断代史、专体史、专题史、思想史、批评史、流派史、运动史、编年史外，区域史也得以进入研究领域，引起学界的关注。

其次，从国家行政体制变革和社会经济发展的层面来说，这是中国地方研究机构同步成长壮大，逐步有能力开展区域文学研究的结果。20世纪70年代末、80年代初，各省市的专业社会科学研究机构陆续建立，开展地方研究是这些机构义不容辞的科研任务之一，而地方文学研究和地方文学史的编纂，成为文学学科的主要课题。

最后，是世界文化思潮的转换对中国产生的影响。在后现代的现时代，抵抗一体化是维护文化多元共生的重要内容。20世纪到21世纪的百年间，随着西方“文化研究”思潮从现代主义转向后现代主义，对于文化霸权和权力话语，对于现代性宏大叙事和主流文化，也从激进的批判转向抵制和解构，呈现出正视差异、尊重多元以及关注少数和弱势的趋向。20世纪90年代，中国内地开始引进欧美“文化研究”思潮，并很快成为中国文化批评的时尚话语资源，边缘文化和亚文化在理论上受到重视。新中国的文学史研究领域在90年代以后，开始大量出现区域文学史，或拾遗补缺，或突出地方特点，程度不同地显现出“去中心”、“去权威”。这一消解权力话语的现象本身就是形成多元共生文化生态的组成部分，有利于各种文化，特别是弱势和少数在全球化语境中享有均等的机会。从文学研究层面来说，新时期以来，热门研究视角如政治、审美、文化的轮番登场，在喧嚣与嘈杂中推进了中国文学研究。而随后出现的区域文学研究热潮，也成为推进文学研究的又一个因素。

这个时期的最突出的特点，是非教材类研究性文学史著作大量涌现。其中，区域和地域文学史占有相当的比重。区域和地域文学史大致可分为解放区和抗战时期的地域文学史著作，台湾、香港、澳门文学史著作，跨省区地域文学史著作，少数民族文学史著作，以及内地各省市及下属地区的区域文学史著作五大类。

目前，学界争议比较多、且总体评价偏低的，是第五类著作，即隶属于汉语言文学系统的内地各省市的区域文学史。[1]《北京文学史》也属于这一类。借此机会，对这类著作的现状加以描述和探讨。

（二）区域文学史与地域文学史

区域文学史与地域文学史之间，既有区别又有密切的关联。

区域文学和地域文学是两个不同的概念。区域文学特指某一行政区划内的文学。区域文学史的论述范围像国家文学史一样，有人为规定的界域，是国家文学史的局部。其界域一般以当代区划为准。这是当下各家区域文学史的通例。中国行政区划有其历史上的稳定性。特别是，城市具有聚集文化的功能，重要文人大多在城镇活动，而主要城镇在历史上的区域行政隶属关系是相对稳定的。这样，行政区划的疆界与历史上的疆界有出入的问题，对区域文学的概貌不会造成太大的影响。

地域文学史突出的是地方文学的自然环境和历史传统，侧重人文地理重构和地域文化传承。因此，地域文学史论述的地域范围是清晰的，但疆界是模糊的、动态的。它与民族文学史相似，即建立在传统的自然经济的基础之上，是地域文化和民族文化自在演化的历史产物，一般不受区域行政区划甚至国家行政区划的限制，往往与人们概括出来的抽象地域文化区紧密相连，如齐鲁文化、中原文化、巴蜀文化、岭南文化、吴越文化、荆楚文化、燕赵文化、关东文化、港台文化等，以及宗教文化圈等。

在已经出版的各类文学史中，较为典型的地域文学史类的著作包括相互之间文化联系紧密的地域文学史或地域特色鲜明的文学流派史。前者如《东北现代文学史》（东北现代文学史编写组，沈阳出版社，1989）、《东北文学史》（马清福，春风文艺出版社，1992）、《东北古代文学概览》（毕宝魁，春风文艺出版社，1993）、《19—20世纪东北文学的历史变迁》（李春燕主编，吉林人民出版社，2004）和《东北文学五十年》（何青志主编，吉林人民出版社，2006）等。东北三省因地缘、历史自然形成紧密的文化关联，其风貌以及文学的发展在整体上与内地有所差异，对于“东北文学”这种大地域格局，通常没有异议。后者如《中国西部现代文学史》（丁帆主编，人民文学出版社，2004）以及《京派文学的世界》（许道明，复旦大学出版社，1994）、《京味文学散论》（甘海岚等主编，燕山出版社，1997）、《海派文学论》（许道明，复旦大学出版社，1999）、《京派文学与现代文化》（周仁政，湖南师范大学出版社，2002）等，突出文学的地域文化特色。严家炎主编的《二十世纪中国文学与区域文化丛书》（湖南教育出版社，1995—1998）收有《"山药蛋派"与三晋文化》（朱晓进）、《都市漩流中的海派小说》（吴福辉）、《江南士风与江苏文学》（费振钟）、《黑土地文化与东北作家群》（逄增玉）、《齐鲁文化与山东新文学》（魏建、贾振勇）、《"S会馆"与五四新文学的起源》（彭晓丰、舒建华）、《秦地小说与"三秦文化"》（李继凯）、《现代四川文学的巴蜀文化阐释》（李怡）、《湖南乡土文学与湘楚文化》（刘洪涛）和《雪域文化与西藏文学》（马丽华）等十种。尽管其中的大部分具有区域所指，但重心在文学的形态和文化风貌，不在区域内文学现象的全面均衡梳理，将它们归入地域文学研究更为恰当。

少数民族文学史有两类。一类是国家的少数民族族别文学史，不受省区的行政区划的限制。除概述全国所有少数民族文学的几部专书外，目前已有大约五十个少数民族分别出版了独立的民族文学史著作。另一类是区域的族别文学史，受省区行政区划的制约，专书梳理特定行政区划内的少数民族文学，如《广西壮族文学》（广西师范学院，广西人民出版社，1961）、《湘西苗族民间文学概要》（麻树兰，中央民族学院出版社，1992）、《新疆回族文学史》（李竟成，新疆大学出版社，2003），以及《湖南少数民族文学史》（彭继宽，湖南教育出版社，2001）等。

上述各类文学史著作构成了多方位、多角度揭示和概括中国文学总体发展状况的文学史子系统。理想的国家文学史，应当在区域文学史、地域文学史、区域少数民族文学史、少数民族文学史的基础上形成。而实际的情况却恰恰相反。长期的大一统体制下形成的思维模式，往往自觉或不自觉地把中华文学史视为主流文学或经典文学的历史，而且主要是对主流的或经典的汉文学的概括和褒扬。张炯等人在20世纪末主编的十卷本《中华文学通史》（华艺出版社，1997），有意构建出名副其实的国家文学史，也确被认为"具有里程碑式的意义，标志着真正的中国文学史提到日程"。[2]这主要体现在，该书纳入了一些地域（区域）文学，如近现代文学编增加了"沦陷区文学及其他"等专章。而最为关键的举措还是全方位地引入了少数民族文学。全书二百八十一章，其中少数民族文学部分多达五十四章，近五分之一。不过，《中华文学通史》中的原有内容和新添加的内容还未能做到均衡有序、浑然一体。这说明，重写中国文学史不但需要观念的现代化，也需要包括区域文学研究在内的各类子系统文学史本身的完善及其有机的介入。这也与杨义提出的“重绘中国文学地图”命题相符。该命题旨在“从整体性上考察中华民族文学的总体特征和它几千年间的生命过程，强化和深化对中华民族共同体意识的认识”。而要实现这一宏大目标，需要“把这幅地图的每个时段、每个部分、每个层面都进行胸有全局又步步务实的重绘”。[3]区域文学史无疑是中国文学地图不可或缺的部分。

从一定意义上说，文学史是文学研究的一种方法。正是在这个意义上，区域文学史既是完善国家文学史即中华文学史的一个基础环节，同时也是文学研究的一个研究角度。

在人文领域，生态多样性同样是文化富于活力的表征。区域研究有其现实上的需求和学理上的合理性。在世界范围内出现的重视区域研究的趋向，便是其在学术研究领域内的表现形态之一。民族文化、区域文化是多元文化的基本要素。即使在世界经济全球化步伐不断加速的背景下，整理、维护和表现民族地域文化，仍是民族国家或地方政府重要的文化积累和文化形象工作。区域文学史从属于国家文学史，像少数民族文学史一样有其存在的理由：对特定地区而言，区域文学是地域文化的重要组成部分；对中国文学史总体研究来说，区域文学史是中国文学史的局部，同时，也为国家文学史提供更深入的基本资料，使之更具有代表性；初期的区域文学史侧重基本情况的梳理，是自然的和必要的；随着研究的深入和逐步成熟，有理由要求新的区域文学史更新观念并更富于个性化，区域文学理论和区域文学史理论本身，也会有其独立的价值和意义。

（三）区域文学史的内容、结构和分期

中国内地地区最早的省区当代文学史著作，是1960年出版的《内蒙古自治区文学史》（内蒙古大学中国语言文学系编，内蒙古人民出版社）。1990年，第一部省区新文学史《江苏新文学史》（陈辽主编，南京出版社）出版。1993年，第一部省区古代文学史《岭南文学史》（张振金，广东高等教育出版社）出版。1998年，第一部三卷本省区文学通史《湖南文学史（古代卷、现代卷、当代

卷)》(陈书良主编，湖南教育出版社）出版。20 世纪 90 年代以后，内地各种各样的区域文学史著作不断问世，时至今日，已超过八十部。

据初步统计，在内地三十一个省、区、直辖市中，除吉林、安徽、海南、青海外，其余二十七个区域均出版了多种通史、断代史或分体史。其中，完整的省市文学通史，即纵贯古今、横兼诸体的，有八部：《湖南文学史》、《巴蜀文学史稿》（谭兴国，四川人民出版社，2001)[4]、《黑龙江文学通史（4 卷)》（彭放主编，北方文艺出版社，2002)、《山东文学通史（古代卷、20 世纪卷)》(乔力、李少群主编，山东教育出版社，2002)、《陕西文学史稿》(马宽厚，中国文学出版社，2003)、《辽宁文学史（上、下册)》(白长青主编，辽海出版社，2004)、《江西文学史》（吴海、曾子鲁主编，江西人民出版社，2005)、《上海文学通史（上、下册)》(邱明正主编，复旦大学出版社，2005)。[5]

完整梳理文学发展脉络是文学史基本的和通常的要求，但在不同类型的文学史之间，又呈现出差异性。如前所述，与专题探讨类文学史著作不同，教材类文学史更注重知识的系统性和公认度。区域文学通史类著作大多介于两者之间，描述和阐释兼顾，一般追求论述范围的专门化，突出区域地理文化分析，刻意表现地方特色、流派承继关系以及乡土文献。比如，王永宽等人主编的《河南文学史（古代卷)》（中州古籍出版社，2002）描述河南文学从先秦至 1840 年的历史轨迹，揭示出地方文学在长期发展中表现出来的地域特征。《黑龙江文学通史》总结出了不同于中原地区的文学发展脉络，即从“移民文学”到作家本土化。与《辽宁文学史》一样，《黑龙江文学通史》的古代部分的篇幅也远远少于现代部分。这表明，东北地区的中华民族文学的发达史晚于关内许多地区。《贵州汉文学发展史》（黄万机，贵州人民出版社，1999）则总结出贵州地方文学的特殊性：家族性地域性文人集团活跃；文学发展在时序上不平衡，唐以前是“空白”，明代发轫，晚清达到高潮；在地域上不平衡，文人主要集中在遵义以及贵阳；在文体上不平衡，诗歌最多，戏曲、小说极少。《黑龙江文学通史》在涉及民间文学的同时，还论述了哈尔滨地区颇具规模的俄侨文学。这些正是区域文学史的独到之处。

至于文学史的结构，学界并无定规。传统文学史的认知体系惯于以作家作品评述为主。或由综论编、文体编、作家传和文学大事记组成。有学者将20世纪80年代以后出版的古代文学史，大致划分为七种类型：分类合编体（按时段对各类文体分别作纵向叙述），作家纪传体和作品评价体（按时序分段对作家作品作横向叙述），史话体，编年体，表解体和典志体。[6]郭预衡主编的四卷本《中国古代文学史》（上海古籍出版社，1998）则采取作家、文体交错式，即魏晋之前，主要以文体为纬，之后，以作家为纬。袁行霈主编的四卷本《中国文学史》（高等教育出版社，2003）以分类合编为主，辅以编年、典志，形成新的综合式。

如果以旨在梳理中国国家文学的中国文学史作参照，作为中国局部的各区域文学在总体流变上肯定会呈现出差异性和不均衡性。目前，区域文学史的结构大致有以下几种。

第一，按时间顺序，突出作家作品。

即"时间为经、作家为纬"的体例。如王齐洲等人的《湖北文学史》（华中理工大学出版社，1995），首先提供宏大的历史背景，然后以作家为纲，评述重要作家作品，叙述的范围从先秦到清代。陈永正主编的《岭南文学史》（广东高等教育出版社，1993），侧重描述广东古代、近代作家。邓经武的《二十世纪巴蜀文学》（北京：电子科技大学出版社，1999）点面结合，既专节概述每一阶段巴蜀作家的基本创作情况，又专节、专章论述在全国文坛上有重大影响的代表作家。

第二，主要以文体为线索，做纵向的描述。

陈伯海等人主编的《上海近代文学史》（上海人民出版社，1993）由背景介绍以及诗文、小说和戏剧样式专论组成。《陕西文学史稿》采用"时间为经，文体为纬"的结构，勾勒从《诗经》到20世纪90年代"陕军东征"三千年流变的脉络。夏冠洲等人主编的四册六卷本《新疆当代多民族文学史》（新疆人民出版社，2006），将新中国成立以来各民族语言的上千种作品分为小说、诗歌、散文和报告文学、戏剧和影视文学卷加以评析。文学翻译、文学评论卷侧重当代新疆的文学思潮、文学流派和文学现象的梳理。《贵州汉文学发展史》主要论述汉语文言文作品。综论编分章概述贵州汉文学发展的背景、分期、特点与风格流派、动因与规律。其余六编中，诗歌三编，词曲一编，散文一编，小说戏剧一编。有人把这种结构称作"专论史体综合体"。[7]该书基本上属文体分类描述，只是把概述的规模扩大了。

上述两种为文学史惯常的结构方式。实际上，多数区域文学史会兼用两种结构，即根据具体情况在某一时段内以一种为主。至于那些覆盖的时间较长，或将新兴样式引入，或追求宏观提升的区域文学史，在结构上更为自由。比如，在《江西文学史》中，大作家单独立章，同一时期的其他部分则是或依文学分期，或依作品主题，或依文学样式流变实态，分别做大跨度的概况或文体描述。元明及元明以后，基本上都是专章综述，不再突出作家。现当代则是均衡地对小说、诗歌、散文与报告文学、戏剧文学四种现代样式分别加以描述。一些断代地域文学史也将各种史体融为一炉。比如，钟贤培等人主编的《广东近代文学史》（广东人民出版社，1996），有综论、文体论，也有作家作品评述。王嘉良主编的《浙江20世纪文学史》（中国社会科学出版社，2000），加大了描述宏观发展的篇幅。上编分七章综述与社会变迁同步的文学发展历程。下编分七章综述主要文学样式。

与结构相关联的还有分期问题。区域文学通史一般会依循中国文学史。如《上海文学通史》将上海文学规整地划分为古代、近代、现代和当代四编。《湖南文学史》分为古代、现代、当代三卷。多数断代区域文学史也直接冠以古代、近代、现代和当代称谓。不少区域文学史在分期上体现出各地文学消长的特点。《江西文学史》分为晋唐、两宋、元明、清和近代、现代、当代六编。在《山东文学通史》中，20世纪卷分为现代、当代前期、当代近期三个时期。一些少数民族文学比重较大的区域文学史著作如张福三的《云南地方文学史·古代卷》（云南人民出版社，1997），由于论及很难确定准确年代的神话、传说等口头流传作品，主张历史分期宜粗不宜细，大致划分为上古至唐以前、唐宋和元明清三编。少数民族族别文学更是难以都纳入汉文学史的主流分期体例，往往多根据各自的不同情况，选用大跨度的分期断代体，民间文学和作家文学双线式的条块并存体，性质模糊的史概结合体（将文学史和文学概况合二为一），或者概况概论体等形式。[8]形式取决于内容并为内容服务。在有的时候，与中国文学通史相比，一些区域文学史的章节目次显得有些失衡或散漫，正是特定区域文学发展特点的真实反映。

（四）区域文学史的定位问题

与国家文学史不同，区域文学史首先遇到是地方作家的入选范围的问题。中国传统的地方志一般以作家的籍贯或出生地为准。这一惯例对区域文学史产生深刻的影响。新时期以来的地域文学史，往往以此为基础，又根据现代的文学史观作了一些调整。

比如，陈庆元的《福建文学发展史》（福建教育出版社，1996），把或因仕宦或因流寓而在闽地有文学活动的非福建籍作家，包括在内。《山东文学通史》的论述对象为：或在山东生活过、或在作品中表现过山东社会生活的本地区籍贯的作家；在本地区生活过并有文学创作活动的客籍作家；以本地区的历史文化、社会政治、现实生活为表现内容的客籍作家的作品。范培松等人主编的四卷本《苏州文学通史》（江苏教育出版社，2004），确立了"古代从宽、今人从严"的筛选原则，纳入三类作家：苏州籍并在苏州工作的；客居苏州并写苏州的；途经苏州或短期逗留期间写有传世诗文的。《江西文学史》坚持以乡贯为界定的标准。对于外省籍作家另有规定：凡定居江西的，一律作为江西作家处理；曾仕宦、游历或短期客居江西，并对地方文学的发展产生过影响的，只在各编的概述中作简介，不专章或专节论述。

综上所述，尽管各家区域文学史入选范围的表述不尽相同，但较为一致的基本原则是：以本区域出生并在本区域成长的作家为主，兼顾移居他乡的作家，以及外地作家在本地域的文学活动。其中的第一类没有歧义。第三类是对传统地方志描述范围的突破，已被普遍认可。问题往往出在第二类，即在本地出生但不在本区域从事文学活动的作家身上。

例如，宋代作家苏轼出生在四川眉山，依古代惯例属四川地方志记述的范围。但在当下撰写四川区域文学史时，如果用大量篇幅介绍他在四川以外的文学活动，那么，本应由地方文学史来加以关照的众多地方文学现象，就会依旧被忽略或被边缘化。又如，苏轼的一些名篇是在湖北黄州一带写的。如果湖北文学史据此把苏轼列为重点，其结果与前一种情况相似，也很难与国家文学史有所区别。因为，像苏轼这样的代表北宋文学最高成就的著名作家，各类中国文学史都会专章论述。因此，区域文学史应以当代行政区划为界，主要论述区划内的文学现象。未曾在区域内从事过文学活动的本地出生的作家，一般不宜作为该区域文学史的重点。

作家的入选范围的问题，还与地域文学史的观念与方法紧密相连。主流的或正统的文学史，大多以阐释经典文学或优秀文学为宗旨。这对国家文学史来说，没有问题。如果用这个标准来要求区域文学，就会有大量的时段空缺。为确保区域文学史也是经典文学的历史，有学者提出"主流——流变"的地域文学史模式，即，承认地域文学的繁盛景象只是不规则的间断出现，允许时段上的空缺，以保证将历史上“数量繁多”的“十分平庸浅陋的三流小作家，乃及根本还未入流的许多‘文字型’作者写手”，排除在区域“文学史主流甚至文学史的领域”之外。[(9)]经典文学的历史，当然是文学史中重要的一体，特别是对于教材来说。但同时还应注意到，经典文学或优秀文学的标准，在国家和区域的不同层面上，其要求是不一样的。此外，除了弘扬经典文学的文学史外，还有全方位反映文学生态和文化实态的文学史。特别是对于那些侧重专题学术探索的文学史来说，作品舍取的标准不全在优秀与否，主要在是否与研究目的相契合。

（五）对于北京地方文学史的构想

在区域文学研究领域，以历史悠久、资源丰富著称的北京一直还未见通史类著作面世。[(10)]这与北京的地位极不相称。原因有多种。北京的独特性或许也是原因之一。

区域文学史一般以特定的地域文化为依托。中国文化区形成史的研究结果表明，受特定地理环境、经济发展水平、众多邦国分治、学派大师并立、民风民俗不同等因素的制约，早在春秋战国时期就基本上形成了燕赵文化、齐鲁文化、荆楚文化、吴越文化、巴蜀文化、三秦文化、三晋文化等地域特色鲜明的文化区。在以后漫长的历史进程中，华夏疆域不断扩展变动，文化地理学上的文化区陆续增加，但上述七大文化区的主体一直延续至今。现代以来，随着社会发展加快和地域意识的自觉，各地地方文化研究者所标举和阐述的文化区细化到二级文化区即文化亚区，实际上已经扩展到地域文化意义上的和文化史意义上的泛文化区概念。

城市具有聚集文化的强大功能。北京地域文化形成演化的一个显著特征，是以城市为中心，大体经历了三个重要阶段。

第一阶段，早期的城。形成于商代中晚期。在秦、汉、魏、晋、唐各代，或称国，或称郡，或称州，北京都是地方一级的行政治所。

第二阶段，北部中国的政治文化中心。在北宋、辽和西夏并立时期，崛起于北方的少数民族契丹国（907—1125），于938年割取燕云十六州后，将幽州（北京）升为陪都，改称南京，又叫燕京。为怀柔汉人，契丹同年改国号辽朝。在随后的南宋、金、蒙古并立时期，松花江流域的女真人强大起来，建立了金朝（1115—

1234）。金灭辽，并将燕京改称中都。1153年，金从上京（黑龙江阿城县南）迁都中都，北京成为三足鼎立的一国之都。

第三阶段，全国的政治文化中心。1215年，“大蒙古国”攻占中都。后正式建国号元（1271—1367）。第二年，元朝改中都为大都，迁都大都。七年后，南宋亡。北京遂成为统一多民族国家的首都，除个别短暂的时期外，一直延续至明（1368—1644）、清（1644—1911）、中华民国（1912—1949）和中华人民共和国（1949—）。

在华夏统一多民族国家形成和稳固的进程中，北京城起着至关重要的作用。三千年古城和千年国都的历史不但影响到北京的自然景观，也影响到北京的人文风貌。历史上的北京地域文化是燕赵文化区的组成部分。北京文化在时间坐标系中嬗变的同时，也在共时空间的维度上不断改变与燕赵文化的关系，逐渐发展出独立于燕赵文化的京都文化。北京地方文学史的主要内容之一，就是在梳理文学发展的过程中揭示北京文学的地域文化特色。依据城市从古代到当代的变迁，北京地方文学大致分为五个时期：从商周时期到唐代；辽金两代；元代至清末民初；中华民国时期；中华人民共和国时期。本书在中国文学系统中梳理北京地方文学时，注意了以下几个问题。

第一，地域特色和文化精神的变迁。

古燕赵文化区包括河北以及陕西、山西、河南、山东、内蒙的部分地区。北京是燕文化中心，与赵国的赵文化共同构成燕赵文化区。

从商周时期到唐代，对中原来说，燕赵大地是农耕文化与游牧文化相交接的北方边地，阶级之间、统治集团之间、民族之间的冲突与交汇延绵不断。苦寒的环境，频繁的战争，动荡的社会，孕育了燕赵侠义犷悍的地域民风，史家司马迁早在汉代就形象地将其概括为“慷慨悲歌，好气任侠”。[11]荆轲、高渐离、樊於期、田光、燕太子丹等慷慨赴死之士的大义和气节，成为燕赵文化区公共象征、价值体系、行为模式的源头。文学作品也以感怀壮士豪侠、边塞征戍，记述山水景物、风土人情的诗文为主，较多的关注人与自然。

辽金两代，处于燕赵腹地的北京成为北方少数民族国家的陪都和首都，辽金的文化中心移至北京。辽朝创制契丹大字和契丹小字，并在北京开科取士。金代也设国子监，开科取士，颁行女真大小字。但这些文字最终成为"死"文字，湮灭在汉语言文化之中。文化交接的实态是，宋朝的政治中心虽被迫南移，但强势中原文化却通过北京向北中国扩展。跨民族文化碰撞力度的加大和城市地位的提升，使北京在燕赵文化的基础上加重了多元并存、包容开放以及等级观念和奢华享乐的内容，逐步从燕赵文化中分化出来，形成了独具特色的京都文化。北京的文学也达到了前所未有的繁荣。描写帝王和仕宦，反映市井生活的文学作品逐渐增多，显现出对人与社会关系的关注以及更多的社会文化色彩。

元代至清末民初，北京从北中国的政治中心一跃成为统一的多民族国家的政治中心。地域上的南北融合、种族上的民族会通进入一个新阶段。天朝大国的气度和心态的正负两面，在京城文化中的积淀也最为集中。"五方杂居"的京都文化进一步聚集国家文化精华，辐射各地，大都会市民社会的形成，使得都城市井文化在北京文化中的比重得到提升。封建社会的都市文化扩展了北京地域文学的内容和表现手法。文学的现代样式逐步成为北京文学的主流。

18世纪下半叶，在由传统向近代的转型过程中，欧美资本主义的兴起伴随着对亚非拉国家的血腥的殖民掠夺，"老大中国"总是处于被动挨打的地位。半封建半殖民地语境中的内忧外患，亡国灭种的政治社会危机，在中华民国时期达到了顶峰也最终被终止。东南沿海城市对外开放较早，成为中国早期革命活动的策源地。暴力革命和社会变革的风暴席卷南方，位于北方的北京更多的时候成为遗老遗少麇集的古都。五四时期，文化精英在北京高举新文化运动的大旗。文学革命退潮之后，新文化运动中心南移，中国文化中传统的以及落伍的因素，在旧京文化中均有较为集中的体现，成为文化学者和文学家研究和剖析的对象。

坚持马克思主义中国化的中国共产党在反抗日本殖民侵略的战争中崛起，最终建立起独立自主的中华人民共和国，由此统一中国。新中国时期建设新型国家的探索试验制约着北京地域文化，到20世纪80年代以后，北京地域文化的发展进入相对自主的阶段。与世界接轨后，由于科技和观念的日新月异，时间和空间对于人的限制在以史无前例的速度减弱。年代越近，现代化程度越高，地域特征或地域标准越难以固定化。加之1949年以后，中国进入长期和平发展的时期，政令高度统一、有效，汉语普通话传媒和教育的强势地位日趋日常化，致使地区（民族）间的差异迅速缩小。随着旧京自然、人文景观的逐渐消亡，传统旧京文化加快了从现实生活走进博物馆的步伐，但北京文化依旧与众不同。应当说，首都功能是北京有别于其他大都市如上海的最重要的政治文化特征。由于文化资源和人才资源过度集中，北京的首都功能和特点更多地融入北京文化，两者往往很难区分。北京区域文学史注意总结北京文学如何既受到地域文化变迁的制约，同时也参与北京地域文化变迁的互动过程。

第二，文学文本入选的均衡原则。

有观点认为，文学史应引入大文学史观念，即把体裁、文类的覆盖范围扩展到纯文学之外。作为文学史类型的一种，当然可以采用大文学史的方法描述中国文学。但对于通史，特别是地方文学史通史来说，现当代部分如果采用大文学史观，在具体操作上较为困难。

“文学”的现代意义，也是狭义上的文学，专指语言艺术作品，主要是虚构作品。当我们用这一现代知识分类法去追踪古代文学的时候，符合要求的文本在数量上非常少，因此，往往将文学描述的范围扩展到“文献”。实际上，在古汉语中，“文学”是哲学、历史、文学等各类著作的统称。在西方许多语言中，文学一词源于拉丁词 Literatura（文献，文学），同样具有两重含义：泛指得以流传下来的所有文字材料；特指虚构性的文艺作品，也就是所谓的纯文学。为了使漫长的北京区域（地域）文学史均衡，在确定入选文学作品的范围时，本书采用了这样的原则：时代越远，文类的范围越宽泛，时代越近，越严格。这倒不是厚古薄今，而是贴近文学发展的实际。古代文献总量十分有限，一般来说，经过岁月的磨损和时间的评价，能够留存下来的，经典性相对高一些，可以采用大文学史的标准，文学性较强的哲学、史地著作文本均可酌情纳入。近代以后，文学创作逐步职业化，作家人数扩大。文学文本的制作流通纳入现代生产流通系统，在数量上急剧增加。如果也采用大文学史的标准处理现当代时期，就很难在文学学科的范围内把握北京地方文学的主线和概貌。

第三，文学创作主体的变化。

与文学文本的入选原则相一致，文学史古代部分的作家包括诗人（游历诗人、官宦诗人、军旅诗人）、史学家、政论家、地理学家，近现代部分则以职业和业余小说家、散文家、诗人、剧作家为主。具体到北京，当代部分更应如此。

与其他地区相比，当代北京的特殊性更加突出：北京既是一个直辖市，同时也是中华人民共和国的首都，国家机关和全国性的文学艺术机构大都设在北京。正是这一功能，使得大批具有全国声誉的作家汇集北京，使得许多全国性的重要文学事件发生在北京，并与北京市的地方作家和文学活动一起，共同构成了北京区域文学景观。在京中央机构人员的文学创作无疑是北京文学的有机组成部分。这是一方面。另一方面，中央机构文学在丰富和提升北京区域文学的同时，也必将不可避免地会在一定程度上遮蔽北京地方机构文学的光彩。这样，北京当代文学史的对象和范围，就有必要进一步划分为狭义和广义。狭义上的北京文学，主要描述和总结北京行政区划治下的文学现象，即市属机构的文学活动和作家作品。广义上的，则囊括在北京地区发生的一切文学活动。

北京区域文学史可以有多种定位。如果仍把重心放在名家名作之上，检索出或紧密或松散的各种各样的关联，将尽可能多的耳熟能详的大家悉数搜罗在内，并且浓墨重彩，而对于地方机构文学反而轻描淡写，仅仅置于从属位置，有些甚至忽略不计，就失却了北京区域文学史存在的理由。从某种意义上说，北京区域文学史的价值，首先在于地方机构文学的总结和介绍，包括地方作家作品，以及地方特点。考虑到目前的学术积累，为了有别于通常的中国当代文学史，北京区域文学史的当代部分拟偏重狭义。也就是说，以市属机构的文学活动和作家作品为主，辅以驻京机构的文学活动和作家作品。至于在京国家机构文学的部分，可以作为北京区域文学的内容，或者作为北京地方机构文学的宏大背景，加以述及或提及，所占篇幅显然比其在中国当代文学生态中的实际份额，要少一些。或许，这是突出区域和地方性的必要步骤。在较为充分地厘清了北京地方文学的基本面后，可能会有利于今后扩展范围，以及深入探讨更富理论性也更具挑战性的综合研究课题，诸如首都文学，诸如北京区域文学的地域文化特色，等等，构建出广义上的北京区域文学史。总之，区域文学史是一个专业性的领域，也是当前学术研究的一个增长点。

二、 北京城市与文学的历史线索

北京是一座历史悠久的城市。追根溯源，大约70万年以前，周口店“北京人”就已经在北京小平原上生息繁衍，燃起了北京地区古人类文明的星星之火。

北京又是一座对华夏统一多民族国家的形成和稳定具有举足轻重意义的城市。它位于华北大平原北端，东临渤海，北依燕山，西靠太行，只有东南开向平原。优越而险要的地理位置，使它成为中原联系东北西南地区的枢纽，既是南北贸易交通、民族融合和文化沟通的中心，也是兵家退守与进据的战略要冲。

北京城始于商周时期的燕（今房山琉璃河）、蓟（今北京城）古城，距今已逾三千年。公元前11世纪，周武王分封诸侯，封召公奭于燕，帝尧之后于蓟。后来蓟衰燕盛，蓟被并入燕，蓟城遂为燕都。燕励精图治，外御胡人进犯，内防诸侯吞并，最终从地处东北边鄙的小国，发展成为战国时期的七雄之一。

燕地人杰地灵，发生过许多重大的历史事件。这些为当时的和后来的文学艺术提供了取之不尽的创作资源。燕昭王曾修筑黄金台，广延天下贤士，重用乐毅，礼遇郭隗，为燕国的崛起奠定了坚实的基础。此台后被推为"燕京八景"中"金台夕照"一景，成为历代文人或对景怀古，或歌咏燕昭王的改革政绩，或借古讽今的题材。如明代林环、杨荣的同题诗《金台夕照》，元代王恽的《望黄金台歌》，宋代司马光的《燕台歌》，以及元代葛逻禄迺贤的《金台怀古》、《昭王台》等。荆轲刺秦王，燕太子丹及宾客在易水边送行，高渐离击筑，荆轲和而歌："风萧萧兮易水寒，壮士一去兮不复还！"这一绝唱可谓激越悲壮，千古传情，印证了"燕、赵自古多慷慨悲歌之士"的传统地方性格，预示出北京地域文学富于人间关怀的鲜明特点。

秦汉四百六十八年间，北京一直是中原大一统封建王朝的北方重镇和商业都会。秦始皇二十三年（前225年）年灭燕置广阳郡，治所在蓟城。汉代燕地或为国、或为郡、或为州，其所治均在蓟城。

莽苍茫茫的古幽燕大地，频繁的边塞战事，苦寒的北方生存环境，孕育了侠义犷悍的民风。北京文学早在其萌生期就显露出这一鲜明的地域特色。东汉末年迹近小说样式的作品《燕丹子》，描绘了广漠萧悚的自然景观，以及慷慨豁如的男儿之气。《乐府诗集》（宋代郭茂倩辑）"相和歌辞"类所收各地民歌中，有表燕地"声音"、赋燕地"风土"的《燕歌行》。直接把明示地方声音的地名入诗题，是一些乐府诗的特点。其他如《幽州马客吟》、《出自蓟北门行》等，也是写北京地区的。后声音失传，这些诗题便专门用来歌咏地方风土，一直到唐代还有诗人沿用。明清时期改称北京后，许多诗歌题目中仍有意不用北京两字，而是以燕京、帝都、帝京、都门、京华、金台、燕台、春明等代之。这种地域表述法，可谓源远流长。文人创作也逐步走向成熟。汉文帝时期的博士韩婴即为燕人，擅讲《诗经》，有《韩诗外传》传世。

魏代先后改广阳郡为燕郡（223 年）、改燕郡为燕国（232 年）。隋代改幽州为涿郡（607 年），唐代重又改称幽州（618 年），均治蓟城。东晋至五代绵延约六百余年，北方战乱频仍，地方政权迭次更换。北京曾先后三次成为短暂割据政权前燕（晋慕容儁）、大燕（唐安禄山）和中燕（唐刘守光）的都城。蓟城作为鲜卑人所建前燕的国都仅为六年（352—357 年），却是首次成为少数民族政权的都城。大燕则首次称北京为大都、正式称北京为燕京（911 年）。

汉族和匈奴、鲜卑、羯、氐、羌等少数民族在北方共同生息劳作，促进了各民族间的交接，也推动了北京经济文化的发展。隋代开通的运河，自余杭至蓟城，全长近两千公里。交通的便利进一步促进了蓟城的繁荣。著名的房山潭柘寺始建于晋代，是北京现存最古老的寺庙。勒刻房山云居寺石经的浩大工程，始自隋代僧人静琬，后经唐、辽、金、元、明历朝的不懈努力，留下了举世无双的石刻文化遗产。房山石经现存一万五千余石，刻录佛经一千一百多种，三千五百余卷，及碑刻、题记六千八百余条。北魏时期的郦道元，原籍蓟城附近的涿县。他撰写的地理著作《水经注》，文笔清峭，描写生动，堪称优秀的散文作品。另一部重要的散文作品是东魏杨衒之的《洛阳伽蓝记》。祖籍北京地区的西晋志怪小说家张华，东晋志怪小说家祖台之，唐代传奇小说家张说等，在他们的作品中描写了幽燕边陲的旷漠风光和荒莽神秘。唐朝诗歌是中国封建社会诗歌发展史上的黄金时代。许多著名诗人的佳作名句，是在北京地区创作的。开一代诗风的陈子昂，曾随军东征，抵御契丹，到过北京一带。他的《蓟丘览古》七首，借燕昭王礼贤下士以共图霸业的故事，抒发怀才不遇的痛苦和壮志难酬的愤慨。这在千古传颂的《登幽州台歌》中，升华为慷慨激越的悲歌："前不见古人，后不见来者。念天地之悠悠，独怆然而涕下。"著名边塞诗人高适三次出塞，写下了《塞下曲》、《燕歌行》等广为人知的边塞诗。诗仙李白和诗圣杜甫，也都对燕地表现了极大的关注，写下了大量的诗篇。自称苦吟客的贾岛出生在蓟城（今北京房山）附近，他的政治抒怀诗《剑客》托物言志，与古代幽州人行侠好义的传统一脉相承。

契丹兴起建立辽朝后，辽太宗于公元938年升幽州为南京，又称燕京，并定作辽代的陪都，历时八十二年。此时的燕京城已颇具规模，户口达三十万，商业和手工业随之发展起来。燕京刻印的大藏经《契丹藏》、彩印的《南释迦牟尼像》达到很高的水平。在倡导佛教的辽代，燕京"僧居佛寺，冠于北方"。北京至今仍盛名远播的大觉寺、戒台寺等，均兴建于此时。辽朝政治文教生活中的又一重要举措，是创制契丹大字和契丹小字，并在北京开科取士。这进一步增强了燕京在北中国地区的重要性。辽代王鼎的小说《焚椒录》，描述了京都宫廷生活、宫闱斗争和民俗人情，拓展了北京文学的政治、人文内涵。随着辽祚的终结，燕京又成为北宋的燕山府。

逐渐强盛起来的女真族在黑龙江上京（今阿城县）建立金朝（1115年）。1125年，金灭辽，并南下攻宋，占领燕山府。二十八年后，金海陵王从上京迁都燕京，改称中都。北京成为与南宋并立对峙的北中国的政治、经济、文化中心，拉开了北京作为封建王朝皇都的序幕。金统治者大兴土木修建城池宫殿、离宫苑囿，城市规模有了长足发展。举世闻名的永定河卢沟桥，精美、实用，大大改善了当时的陆路交通，也给后代留下了石桥建筑史上的一个经典之作。在文教方面，设国子监，开科取士；颁行女真大小字，设女真学。经济文化的活跃促进了文学艺术的发展。以董解元的《西厢记诸宫调》为代表的讲唱文学，以及由北宋"官本杂剧"演化出来的"院本杂剧"，开始面向民众，为后来元代戏曲的空前繁荣作了准备。

从商朝后期的燕都到金代的中都，在这漫漫三千余年间，北京从方国的都邑，到统一中原王朝的北方重镇，到北中国的政治中心，一直在逐步成长。受特定经济结构和社会发展阶段的制约，北京的文化类型就总体而言，属于早期农业文明的范畴。因此，这一时期的北京文学，浸润在乡土和原生的乡土文化氛围之中，是扩大到北方地区的北京地域文学。它所描绘的主要是北地的山水景物、风土人情、壮士豪侠、边塞征戍，以及面对自然与多事社会的主体体验和感怀。与文学体裁升降沉浮的一般演化规律相一致，诗歌是此阶段北京地域文学的主流样式。除了上面提到的诗家外，各代都有到过北京的诗人，如汉魏之际的曹氏父子，唐代的卢照邻、张说、孟浩然、祖詠、王之涣、李白、杜甫、李益、张籍，宋代的王安石、欧阳修、苏轼、韩琦、范成大，金末元初的元好问，等等。他们吟咏幽燕的诗篇，就题材内容而言，或游宦，或怀古，或记述风情，或描写战乱；就风格气度而言，或磅礴遒劲、博大雄浑，或古朴沉郁、清雅幽深，是北京地域文学的有机组成部分。

1206年，成吉思汗即位并创建蒙古帝国，开始称雄欧亚。1271年，忽必烈定国号“大元”，第二年从上都迁都中都，改称中都为大都。七年后，南宋亡。北京开始成为统一的多民族国家的政治中心。中书省、枢密院、御史台、宣政院等中央官署均设置在此。大都是在原中都的东北部兴建的，城市格局及建筑更为规整、雄伟。大都经济发达，手工业、特别是商业尤为繁盛，对外贸易往来远达西域、中亚以及欧洲。首都的特殊地位，成就了北京汇八方名流人杰于一域的人才分布格局。在科学技术方面，著名天文历法学家郭守敬的杰出成就，在当时居于世界领先行列。作为当时世界上最强盛的封建王朝的首都，北京也是对外文化交流的中心。来自波斯、阿拉伯国家以及欧洲、摩洛哥的科学家、医生、传教士，或在大都居留任职，或作考察旅行，增进了中外的了解与沟通。意大利商人马可·波罗的《马可·波罗行记》，对大都城市赞美有加，是中西交通史上的重要文献。

北京的平民社会初具规模，为戏剧演出的社会化和商业化准备了条件。演剧活动逐步从官廷府第走向瓦肆行院。在前代戏曲艺术基础上发展起来的元杂剧，兴盛于大都。许多文人从事或参与戏剧活动，涌现出一大批著名剧作家和演员。有籍贯可考的元曲作家约八十人，其中有十九个是大都人。“元曲四大家”中，关汉卿、王实甫、马致远三家为大都人。关汉卿在大都被尊为“驱梨园领袖，总编修师首，捻杂剧班头”。他的代表作《窦娥冤》，大胆揭露和抗议封建统治者的昏庸残暴。马致远的《汉宫秋》演绎的是昭君出塞的故事，通过朝代更迭时期的民族矛盾的激化与帝王的爱情悲剧，来表现王昭君热爱汉朝和祖国的感情。大都人王实甫的《西厢记》，表达了封建社会青年人要求婚恋自由的强烈愿望，具有明显的反封建礼教色彩。大都曲作家纪君祥的《赵氏孤儿》虽取材于春秋时期，却突出了忠臣义士与权奸小人斗争的主题。该剧后来被翻译成法文，并搬上巴黎舞台，被传为古代中法文学交流史上的佳话。创作了《潇湘雨》的杨显之，也是大都重要的曲作家。北京其他知名杂剧作家还有王仲文、张国宾、秦简夫等。元大都的杂剧，在中国文学史上留下了炫耀百代的一章。契丹族耶律楚材是由金入元的官员，为蒙古王朝的第一位著名诗人，诗风多样，被时人称作一代词臣。长时间在北京写诗作画的名家还有宋亡后入元的赵孟頫。

明灭元（1368年），定都应天（今南京），元大都改称北平府。

明成祖朱棣夺取帝位后，决定迁都北平，遂于永乐元年（1403年）升北平为北京。经过长时间的筹备建设，于1421年正式迁都北京，以北京为京师，南京为陪都。明北京城是在元大都的基础上，参酌南京城池宫殿规制营建的。分为宫城（紫禁城）和京城，沿贯通南北的中轴线对称展开，形成了完整和谐的庞大建筑群。以紫禁城为中心的雄伟壮观的北京城，充分展示出明王朝强大的国力和精湛的建筑工艺。农业、手工业、尤其是商业有了长足发展。规模宏大的商业区，名目繁多的专业集市，以及定期举办的庙会，使北京成为国内最重要的消费市场。

全国政治文化中心的地位促进了北京教育和科学的繁荣。三年一次的会试和殿试，汇集了来自各地的成千上万名考生，成为选拔各级官员的主要途径。明代举行会试七十八科共取士二万二千九百六十七人。北京国子监在学学生多时达万人。还在太医院、钦天监和四夷（译）馆内设科，培养医药学、天文学以及少数民族和外国语言文字方面的专业人员。明代后期，产生了李时珍、徐光启、徐霞客、宋应星这样的伟大科学家。徐光启官至礼部尚书兼内阁大学士，著有《农政全书》，并与来京的意大利传教士利玛窦合作翻译《几何原本》等书，为引进西方现代自然科学作出了重要贡献。

随着工、商的繁荣，市民社会进一步形成。出现了城市公共空间剧场，当时称其为查楼，即查姓老板创建的戏场。兴盛于元代的杂剧式微。由宋、元南戏衍生出来的传奇成为主流戏曲样式，并且出现了汤显祖这样的大戏曲家。汤显祖到过北京，查楼曾上演他的代表作《牡丹亭》。在传统深厚的京师戏坛，引进了原在苏州、昆山地区流行的昆曲，并且很快从王侯府邸走进戏场，演化为北京地方曲种。民间艺术形式如说书、弹词等也有较大发展。

北京成为首都后，冷落多年的诗文创作又活跃起来。杨士奇、杨荣、杨溥身居高位，所做诗文多事关朝廷，以歌功颂德为主旨。“三杨”及其他馆阁诸公的作品平缓纡徐，雍容风雅，一时间成为文坛的主导、太平盛世的点缀，被后世称作“台阁体”。独立于台阁体的，有爱国将领于谦的诗文。在社稷存亡的危急关头，临危受命的于谦率领北京军民，打退了蒙古瓦剌部的军队，使京城百姓免遭涂炭。后被强加罪名处死（1457年），九年后始得平反。北京人民十分爱戴这位民族英雄，在其生前住所建有于谦祠堂。他的诗一如他的人，或抒情言志，或忧国忧民，浅近中蕴深厚，不求工而自工。一句“粉身碎骨全不怕，要留清白在人间”（《石灰吟》），是于谦人生与人生观的真实写照。

明代中叶，社会矛盾和民族矛盾加剧，北京文坛不能不对现实政治有所关注，出现了纠偏和革新之风。台阁重臣李东阳一直生活在北京。以他为首的茶陵派为矫正呆板冗沓的台阁体，提倡深厚雄浑的诗风。由于有作品、有理论，且响应者为数众多，茶陵派成为文学史上较有影响的流派。继之而起的前七子和后七子的复古运动，对于扫除冗弱文风、振兴诗文创作，发挥了更为重要的作用。他们中的主要成员常住北京。如前七子中的李梦阳、何景明，诗风或劲健或俊逸，个性特点鲜明。两人的共同之处是，敢于在现实的北京政治舞台上以及创作的作品中，抨击穷奢极欲的官宦显贵，揭露其残暴贪婪的劣迹，为此曾屡遭贬谪和迫害。以李攀龙、王世贞为首的后七子在北京结成诗社，对文坛的影响力更为持久。王世贞的政治诗感时伤世，义正辞严。秦榛的《居庸关》、《塞下曲》写北京边关的雄伟壮阔、气势磅礴，也写守土将士的骁勇英武、坦然自若。李攀龙的《塞上曲·送元美》，描绘了驻军接到边关告急文后连夜出征的景象。后两句“城头一片西山月，多少征人马上看”，出神入化地渲染出将士们对北京城的眷恋与热爱。明代著名叛逆思想家李贽曾任职北京，晚年来到北京通州讲学，批判旧礼教和程朱理学，被朝廷当作异端逮捕，不久在狱中自尽。他重视民间文学和通俗文学，提出“童心说”，力倡创作“绝假纯真”的作品，对晚明文学具有积极的影响。与李贽有师友之谊的公安派在诗文领域激烈反对复古，系统阐扬以独抒性灵为核心的文学思想。其主要代表人物袁宏道、袁宗道长期在北京任职、寓居，创作了一批清新深幽的作品。晚明受竟陵派影响的刘侗，与于奕正合著的《帝京景物略》，生动描述了北京的山川、风物、园林，虽属记载北京自然人文概貌的地志类专书，历来被视为优美的小品文集，竟陵派的代表作。

总的来看，明代北京的诗文繁荣，其他样式、特别是小说创作相对萧条。而实际上，随着印刷技术的提高，明代小说蔚为大观，历史演义、神魔公案风靡畅销，最著名的有《三国演义》、《水浒传》、《西游记》、《封神演义》、《金瓶梅》以及收入“三言”、“二拍”的拟话本小说等。民间通行的杂剧种目也数以千计。但这些作品的作者大多集中在中原、长江中下游和沿海地区。这一现象表明，在国都北京，明王朝的文化专制和言论禁锢严密，不利于更为贴近现实的叙事样式的发展。尽管如此，明代北京文坛描写宫闱宦族的小说仍为数不少，如王达的《椒宫旧事》，李贤的《古穰杂录》、宋懋澄的《九籥集》、《九籥续集》中的稗类小说，朱国桢的《涌幢小品》，陆琛的《玉堂漫笔》，杨士聪的《玉堂荟记》，李清的《梼杌闲评》等。特别是《梼杌闲评》这部具有北京地域特色的章回体小说，是后世京味小说的先导。

1636年，努尔哈赤的儿子皇太极将国号金（史称后金）改为清，女真族再度崛兴东北。1644年，清进占北京，推翻明朝，并颁诏天下，定鼎北京。这样，继元、明之后，北京又一次成为统一的多民族国家首都。清王朝的统一战争，曾遭到以汉族为主体的内地人民的顽强抵抗。清朝初期国内民族矛盾十分尖锐，及至清中叶，有所和缓。清政府发展农业的措施和政策，成就了康乾盛世。这是中国封建社会的最后一个经济繁荣期。清中叶以后，阶级矛盾的加剧引发接连不断的民众反抗运动。以汉族为主体的传统中国观，又把清王朝统治视为"异族入侵"，民族矛盾一触即发。鸦片战争的失败使中国沦为帝国主义列强蚕食的目标。清朝统治乃至千疮百孔的中国封建制度，已积重难返，进入日暮途穷的衰败期。

北京虽历经明清之际的战火，城市格局基本上被完整地保留下来。清代比较突出的是园林建设。除营造内城的南海、中海、北海皇家园林外，集中主要力量建成了规模空前的西北郊园林群。几十座华丽非凡的皇家和王公大臣的园林殿阁分布在海淀香山之间，颐和园是其中最突出并至今仍保持完好的一座。京师的建置沿袭明代，保持着相对的稳定性。清初对永定河、通惠河的修浚治理，改善了农业生产条件。官营手工业萎缩，前店后厂式的私营作坊日增。商贸继续发展。几十万满族军民进入北京后，清政府实行旗、民分城居住的制度，即八旗官兵及其家属住内城，汉、回等族居民住外城。这使得城市的居民构成及布局发生重大变化。加之各地赶考举子、来京商人集中住在外城，促使内外城结合部"前三门"（崇文门、正阳门、宣武门）地区店铺商号林立，很快成为北京繁荣的经济带和繁华的闹市区。

这一时期的北京文化更加充分地显示出多民族政治中心的特点。如敕制碑文用满、汉、蒙、回、藏五种文字书写。不同民族的楼、堂、塔、寺宗教建筑，如堂子（满族萨满教）、雍和宫（蒙古族喇嘛教）、西黄寺班禅塔（藏族佛教）等，一地共存。在全国最高学府国子监里，既有汉、满、蒙古族儒生，也有来自日本、越南、朝鲜、琉球、俄罗斯的学生。清代举行会试一百一十四科，有二万六千八百四十六人在北京成为进士。1862年设京师同文馆，洋务教育和现代传媒开始萌生。同文馆分为英文、法文、德文、俄文和日文各馆，以及后来增设的算学馆。1898年建京师大学堂（今北京大学前身），1902年京师大学堂设师范馆（今北京师范大学前身），1909年设游美学务处，后改为清华学堂（今清华大学前身）。此外，还出现育英、汇文等一批中等学校。从1895年起，《中外纪闻》、《启蒙画报》、《京话日报》、《北京女报》等二十余种民办报刊也相继在北京问世。清代的书籍编纂和公私刻书业十分发达。其中，费时十年编迄的《四库全书》，是古代世界最大的丛书。

在艺术方面，进京献艺的安徽地方剧团与来自湖北的汉调艺人合作，吸收昆曲、秦腔、梆子等剧种的技巧，创立了新剧种京剧。京剧以其唱做念打并重的独特艺术魅力，很快成为北京地方剧的代表，至今仍享誉世界。北京的讲唱样式即俗曲（曲艺），也为大众所喜闻乐见。

在文学方面，由于天下名士聚集，北京的诗论一直延绵不衰。王世祯创立的“神韵说”，沈德潜的“格调说”，以及翁方纲的“肌理说”，表现出拟古主义和形式主义的倾向，与主流意识形态合拍。主要在北京活动的桐城派方苞、刘大櫆、姚鼐等人的散文理论，也在正统文论的范畴之内。袁枚的“性灵说”对拟古倾向和温柔敦厚的“诗教”有所反拨。著名满族文学家纳兰性德是北京旗人。他一生著述丰厚，尤以婉丽清凄、天然浑朴的词作名世。他的词不仅抒性灵，也时时吐露豪侠不平之气。这种对现实的关注，在唱本（戏曲）、话本（小说）等通俗样式中表现得更为充分。浙江钱塘人洪昇在北京十年磨一剑，创作出戏曲《长生殿》。该剧借唐玄宗和杨玉环的爱情悲剧，褒扬国破家亡历史关头的爱国主义立场。作者因此而罹祸，受到削籍回乡的惩处。山东曲阜人孔尚任的《桃花扇》，也是在北京呕心沥血十年得以脱稿。剧本写的是发生在南明王朝的“离合之情”，所抒发的却是国家“兴亡之感”。剧中人物的故国之悲和怀旧之情，是与民族国家意识紧密相连的。作者的命运同样是被罢官和离京回乡。小说创作渐成气候。描写宫闱宦族的小说有王崇简的《谈助》，梁维枢的《玉剑尊闻》，昭梿的《啸亭杂录》，查慎行的《人海记》，天花藏主人的《平山冷燕》、《玉娇梨》，随缘下士的《林兰香》等。文言笔记体短篇小说集有《子不语》（袁枚）、《阅微草堂笔记》（纪昀）、《池北偶记》（王世祯），文言传奇体短篇小说集有《夜谭随录》（和邦额）、《萤窗异草》（庆兰）等。被称作封建社会百科全书的长篇小说《红楼梦》，是“半生潦倒”的曹雪芹在北京创作的。《红楼梦》(1791)以其深广的社会内涵和高超的艺术技巧，以及对现存封建制度的深刻质疑，揭示出封建社会气数已尽的历史命运，在古代文学史上具有划时代的意义。北京人李汝珍的长篇《镜花缘》(1818)想象奇崛，通过虚构的海外乌托邦制度，辛辣地影射、讽刺现实社会，寄托了作者的政治理想。随着满族文学在整体上的成熟，北京在乾隆年间出现了一大批出身经历、修养志趣大致相同的满族作家，其中包括曹雪芹以及永忠、敦敏、敦诚、墨香、弘晓、庆兰、明义、和邦额、成佳等。他们作诗著文，相互呼应，自成一体，被后人称作京城满族作家群。做京官十七年的龚自珍，在鸦片战争爆发后第二年去世。他以其富于启蒙主义精神的诗词散文，预示和期待着巨大社会变革的来临。这位北京早期维新思想家被文学史称作“清代诗文领域中的最后一位大家”，同时，也是中国近代文学的先驱。19世纪40年代以后，社会动荡人心惶惶，形成了英雄幻想和颓废苟且之风流行的文化土壤。加之北京官话的普及，武侠小说、狭邪小说、谴责小说等白话小说大量涌现。由话本改写成章回小说的《三侠五义》(1879)、《小五义传》(1890)等在北京印行。陈森的《品花宝鉴》(1849?)演绎青楼酒肆中的妓家故事。文康的《儿女英雄传》(1878)融合英雄之性、男女之性于一体，揭露晚清社会黑暗面的新小说繁盛一时。《老残游记》(1903)的作者刘鹗、《孽海花》(1905)的作者曾朴，都曾在北京生活。散文著作有朱彝尊的《日下旧闻考》、戴璐的《藤荫杂记》、震钧的《天咫偶闻》、潘荣升的《帝京岁时记胜》、富察敦崇的《燕京岁时记》、沈太侔的《明春采风志》、魏元旷的《都门琐记》和《都门怀旧记》等。这些作品描述记载北京风物人情的方方面面，纪实特点突出。

元代以后，北京成为元、明、清强大封建王朝的国都，成为全国的政治文化中心。这一变化对北京的城市规模、社会构成以及地区经济产生了重大影响，也使北京地域文学发生了深刻的变化。首都的地位加速了北京的城市化进程。大兴土木修建皇宫、皇城、御园、寺庙，系统规划衙署、官府、街坊、集市。手工业、商业、交通贸易日益繁荣。时人曾这样形容当时北京的风物景观：“华区锦市，聚万国之珍异；歌棚舞榭，选九洲之秾芬……天生地产，鬼宝神爱，人造物化，山奇海怪，不求而自至，不集而自萃”。[12]城市人口迅速膨胀。早在元代中期，大都及京畿地区人口已达八十至一百万。皇亲国戚、达官贵人麇集北京。官营与私营手工业者、商贾贩夫、官吏差人、书生士子、塾师郎中、艺人伶工、奴婢仆役等五行八作的人数激增，形成了庞大的市民阶层，大大超出了京畿的务农人口。或小住暂栖，或长期滞留的各类流动人口，也是北京市民社会的组成部分。明代中后期，北京的商业流通功能进一步强化。日趋成熟的市民社会形成了新的文艺接收和消费群体。京城的巍峨崔嵬，宫廷的政治斗争，高门鼎贵的富丽奢华，宫闱的秘闻轶事，以及五光十色的市井社会，成为文学艺术的表现对象，强化了其政治内涵，扩展了北京文学的地域内容和地域特征。与此相适应，反映功能更为强大的小说、戏剧、散文样式，逐渐取代韵文，在文艺生态系统中居于主要位置。

文学艺术自身的特殊性，决定了其兴衰隆替并不总是与社会经济发展相一致的。此外，“国家不幸诗家幸，赋到沧桑句便工”（清代赵翼《题遗山诗》）。一个政权建立初期，往往励精图治，蒸蒸日上。及至中后期，农民与地主豪绅之间、市民与统治阶级之间、统治阶级内部各派别之间的矛盾，以及中央王朝与边地觊觎中原的少数民族贵族集团之间的矛盾，日益尖锐，有的演化成杀戮和武装冲突，造成生灵涂炭，民不聊生，怨声载道。而乱世之时的许多忧国忧民、感时伤生之作，往往更具生命力。

近代是中国从古代走向现代的灾难深重，也是风雷激荡的转折时期。清朝末期内忧外患不断，战争威胁频加，西学传入，传统思想信仰大厦岌岌可危，政治社会危机日益加剧。鸦片战争前后的禁烟运动、太平天国北伐、洋务运动、变法维新、义和团运动、八国联军入侵，对中国封建王朝也对北京的方方面面产生了巨大的冲击。维新改良思潮勃兴。谭嗣同、康有为、梁启超等维新思想家在北京的改革活动，悲壮惨烈、可歌可泣。“译著东流，学术西化”。意在启蒙的维新文学运动响亮地提出了一系列鼓吹文学变革的口号。“诗界革命”、“新文体”、“新小说”和“戏曲改良”虽未能形成气候，却也成为后来更大变革的先兆。世纪交替期文坛影响最大的作家梁启超，成为晚清文学界革命的旗手。资产阶级革命运动的兴起从根本上改变了中国和北京。1911 年 10 月 10 日，武昌起义爆发。1912 年 1 月 1 日，中华民国成立，孙中山在南京就任临时大总统。2 月 12 日，宣统帝溥仪正式退位，北京结束了封建王朝都城的历史。民国初期，北洋军阀统治着北京，北京仍为中华民国的首都。1927 年 4 月 18 日，蒋介石在南京成立国民政府，次年 6 月 28 日，国民党南京政府改北京为北平，并划为特别市。尽管北京不再是中国的政治中心，但仍是中国传统文化和新文化运动的中心。进入民国后，一直是皇家私人领地的宫殿园林，陆续辟为博物馆或公园，成为平民百姓的公共空间。随着城市规模的拓展和城市的现代化进程，北京规整的城墙街道格局，特别是皇城，发生了很大的变化。变化最大的还是人的思想观念。与鸦片战争后康有为一代士大夫恢复天朝大国霸主地位的变法图强理想相比，五四时代忧国忧民的中国先进知识分子，在借鉴西方，顽强不懈地寻求富民强国之路时，吸纳了人的个体本位价值观，高举“民主”和“科学”两大旗帜，掀起了反封建的新文化运动。新文化运动的主要人物陈独秀、李大钊、胡适和鲁迅，都活跃在北京文坛上。1919 年在北京爆发的五四运动，迅速蔓延到全国，使北京成为全国爱国反帝群众运动的策源地。与社会政治、经济、思想领域的重大历史转折同步，北京文学的生活内容、思想意识、伦理道德以及审美观念、叙事话语、艺术形式也发生了根本性的变化。

中国文学在 20 世纪实现了几千年来的一次全方位的转型。这就是从古典到现代，从相对单一到自觉融合中西。1915 年创刊的《青年杂志》，在第二年就改称《新青年》。《新青年》以倡导新文化运动为己任，从理论建设和实践操作两个维度致力于传统旧文化的批判和西方新文明的输入。1917 年从上海迁至北京后，由陈独秀、李大钊、胡适、刘半农、沈尹默、钱玄同等人轮流编辑，周作人、鲁迅也给该刊撰稿。文学革命的前驱者年富力强，思想活跃。他们国学根底深厚，且大都或曾留学外国，或熟谙国外政治学术思潮和文学艺术。胡适发表的《文学改良刍议》，陈独秀的《文学革命论》，拉开了新文学运动的序幕。《新青年》从四卷五期（1918 年）起完全改用白话文。各地报章纷纷响应，白话文逐步在书面语言领域取代了文言文的正统地位。与形形色色西方思潮的传播同步，主张不同创作方法的新文学社团纷纷涌现，各种文学流派风起云涌。1921 年 1 月，由周作人、郑振铎、沈雁冰、叶绍钧等十二人在北京发起成立的文学研究会，是新文学史上的第一个文学社团。会员发展到百余人，其他著名早期作家有冰心、王统照、许地山、庐隐。编有《小说月报》、《文学旬刊》、《诗》月刊等，出版丛书近百种。他们主要倡导“为人生而艺术”的现实主义，影响一直持续到 30 年代初，与上海主张“为艺术而艺术”的创造社的浪漫主义倾向，形成遥相呼应的双峰并峙。北京其他文学社团还有语丝社、浅草社、沉钟社、莽原社、未名社等。几座堪称一流的著名高等学府把一些优秀作家吸引到北京，同时也在不断培养出文学新人。一批作者进行了大胆的文学创新尝试。中国现代文学的奠基人鲁迅在北京工作和生活十五年。他的短篇小说、特别是《狂人日记》(1919)，以“表现的深切和格式的特别”成为中国现代小说的开端，显示出具有现代性特质的新文学的强大生命力和文学革命的实绩。胡适的新诗和话剧，特别是他的“充分采用白话的字，白话的文法和白话的自然音节”的《尝试集》(1920)，也具有开拓的意义。老舍从北京走出去之后，成为以写北平著称的大作家。曹禺是在清华求学读书时完成其成名作《雷雨》的。繁荣的20年代北京文坛见证了现代诗歌、散文、小说、话剧等各体新文学样式在中国的萌芽和成熟。文学艺术的引进和革新，在大大丰富文学自身的同时，也史无前例地缩小了它与人民大众的距离。张恨水等人的通俗章回小说，北派武侠小说作家的作品，一直有着广泛的读者群。20年代中期，以马克思主义为指导的左翼文学运动开始兴起，影响日趋扩大。新文学中心南迁上海的30年代，活跃在北京的有北方左联，以及被称作“京派”北平作家群的沈从文、废名、萧乾、芦焚、杨振声、李健吾、林徽因、周作人、俞平伯、梁遇春、何其芳、李广田、卞之琳、林庚、孙毓棠、朱光潜等。1937年全面抗战的爆发，改变了中国文学的格局。文学的主旋律是抵抗日本侵略者，但在主题、寓意以及创作手法、地域特色等诸多方面呈现出多样化态势。在抗日救国的旗帜下，国统区文艺界实现了大联合。在解放区，毛泽东的《在延安文艺座谈会上的讲话》(1942)，对后来中国文学的规制产生了重大深远影响。日本侵略者的军事占领使北京的新文学戛然终止，文人学士纷纷离京。然而，在异常恶劣的环境中，北京沦陷区新起的一批作家，如袁犀、梅娘、关永吉、张秀亚、吴兴华、毕基初等，仍顽强地沿着五四新文学开创的道路迂曲前行，使北京的中国民族文学没有在异族的统治下中断。抗战胜利后一些作家陆续北返。沈从文、朱光潜等人的新写作给北京带来生气。1950年，北京召开的第一次文代会，汇聚了即将走上新的历史舞台的各路文学艺术家，制定了即将诞生的新中国文艺工作的方向与任务。而1949年10月1日中华人民共和国的成立，为北京文学翻开了划时代的崭新一页。

张泉

记于2009年11月

注释：

（1）20 世纪 80 年代，当改革开放逐步消解了对于台港澳的政治禁忌的时候，内地出版了首部《现代台湾文学史》（白少帆等，辽宁大学出版社，1987）。截止到现在，大陆出版的台港澳文学史著作已超过二十部。在中国近代史上，香港、台湾、澳门曾长期处于东西方列强的殖民统治之下，与内地相隔绝的时间比较长。三地的文学在这种特殊的历史环境中生长，其表现形态与大陆主流文学不尽相同。因此，大陆学界不曾对台港澳区域文学史的合理性加以质疑。

（2）梁庭望：《20 世纪的中国少数民族文学研究》，《中南民族学院学报》第 21 卷第 1 期。

（3）杨义：《当代中国文学地图新页——〈中国当代少数民族文学史论〉简评》，《今日民族》2006 年第 3 期。

（4）四川、重庆的关系比较特殊。重庆市于 1997 年 3 月 14 日设立直辖市后，已有不少学者主张撰写独立的"重庆文学史"。参见《涪陵师专学报》的"重庆文学史"栏目（始于 1999 年第 1 期）中的文章。近年出版的四川文学史多冠以"巴蜀文学"，为覆盖范围同时囊括四川省和重庆市提供了方便。不过，如果严格按照区域、地域文学史的标准来分类，《巴蜀文学史稿》似应归入地域文学史。

（5）《图说河南文学史（上、下册）》（中州古籍出版社，2005）虽覆盖了河南四千多年的地方文学，但材料主要来自河南省文学院的"河南文学史展览"，由五百余幅图片及作家简介组成，通俗、简明，旨在"开发资源、创造产品、内壮精神、外树形象"。因此，这类书通常不被归入学术著作之列。

（6）参见邓敏文：《中国多民族文学史论》，社会科学文献出版社 1995 年版。以及龙建春《不寻常的模式建构——黄万机〈贵州汉文学发展史〉简评》，《贵州社会科学》2002 年第 2 期。

（7）参见龙建春：《不寻常的模式建构——黄万机〈贵州汉文学发展史〉简评》，《贵州社会科学》2002 年第 2 期。

（8）邓敏文：《中国多民族文学史论》，社会科学文献出版社 1995 年版，第 69—74 页。

（9）乔力、武卫华：《论地域文学史学的研究方法》，《理论学刊》2006 年第 12 期。

（10）北京断代文学史目前可能只有《沦陷时期北京文学八年》（张泉，中国和平出版社，1994）。不过北京在区域戏剧史研究领域成就较为突出，出版有《北京戏剧通史（3 卷）》（周传家、秦华生主编，燕山出版社，2001）和《北京新时期戏剧史》（高音，中国戏剧出版社，2006）。

（11）《史记·货殖列传》。

（12）黄文仲：《大都赋》。

上篇：北京古代文学

（公元 1840 年以前）

第一章　古典时期北京（地域）文学

从远古到辽金之前的北京文学，长成于燕赵文化之沃土，地域特征显著，其地理边界随着各历史时期政治、军事、经济、社会生活的变迁不断发生变化，有时清晰，有时模糊，时而有所收缩，时而又有所扩展，但其核心区域始终围绕在当今北京及周边文化同质地区，这种文化气质具有很强的相近和相似性，有“燕赵”、“幽并”、“幽朔”等史称而得以佐证，它们是北京文学成长发展的广泛基础。

一、秦汉之前文化与文学概况

（一）远古神话与传说

北京历史悠久，是人类最早的发源地之一。从部落、方国、诸侯领地、到北方重镇、帝国都城直到现代化国家的首都，文明演进的历史脉络异常清晰、完整、连贯。随着政治、文化、经济地位越来越高，城市诸项功能也越来越完善，北京文学始终伴随着这个历史进程，脉络清晰有致地的发展和演进，同样悠久、完整、连贯。

北京人类的踪迹可以上溯到大约七十多万年之前。周口店的“北京人”表明了早期人类生命的足迹。“山顶洞人”生活在距今一万八千年前的新石器时代，已从游牧生活发展出农牧为主的原始定居聚落。人类早期聚集地主要选择在沿河的山麓地带，之后逐渐向较为开阔的平原转移。北京人类生活的基本形态从那时起就已经奠定了。

青铜时代开始，北京地区聚落逐渐增多。早期青铜，指的是“三皇五帝”时代，包括神农氏、黄帝、炎帝、尧舜禹等。由于这段历史许多是以神话传说面目出现，所以习惯上称为古史传说时代。在中国古史神话传说中，可以发现与北京相关的最早传说，其中关系较大的记载是关于黄帝的。司马迁《史记·五帝本纪》中不仅记载了黄帝与蚩尤战于涿鹿之阿，还记载炎、黄两个部落战于“阪泉之野”，三次大战之后，黄帝部落打败了炎帝部落，“邑于涿鹿之阿”，即在涿鹿建立都邑。涿鹿，山名，属太行山脉，地处今河北北部，现为行政地名。传说中的战场和建立的都邑都在今日北京周边，这是北京附近最早的都邑。蚩尤、炎、黄部落之间的战争，表现了中原和古代燕山南北各族之间的冲突，黄帝战胜炎帝，部族融合，华夏始有“炎黄子孙”之说，这是中华民族第一次最大的融合，地点就在北京地区。古史传说中，还有几个地方与北京有关，尧生于丹陵，大禹治水“自冀州始”，并且登临碣石山。丹陵，地处今河北曲阳西北的丹丘，冀州、碣石一南一北，在今河北境内，三地距离北京都不远，青铜时代属相同的文化带。

与“盘古开天地”、“女娲补天”、“后羿射日”等相比较，“黄帝擒蚩尤”、“大禹治水”等故事的神话色彩明显要少得多，更多传说成分。而近几十年的考古发现证明，早期青铜时代的传说是有史实根据的，虽非信史可比，但确实保留了非常丰富真实的历史信息，具有很高的史料价值。另外《韩非子·十过篇》、《尚书·尧典》、《史记·五帝本纪》也都记载了尧在“幽都”、“幽州”的活动，幽州、幽都的具体位置虽然不可确考，但是其范围就在今北京或北京周边地区却是可以确定的，幽都很可能就是幽州的核心聚居区。

从文学而言，“黄帝擒蚩尤”、“大禹治水”等都应该算是北京地区最早的文学创作成果了。它们是民间的、口头的，由集体共同创作而成并依靠口耳相传保留。而这也正是人类早期所有文学创作的共同特征，这从一个侧面表明北京文学是伴随着华夏最古老的文明一起诞生的。

（二）西周春秋战国时期燕蓟文化与文学

西周初，即公元前1045年前后，周王朝在北京先后分封了两个诸侯国——蓟与燕。以有文字可考的信史而言，这是北京历史的开始。当时蓟、燕并存，出现城池，并呈对峙之势。

周王朝自平王于公元前770年迁都洛邑后，史上习惯称之为东周。东周分为春秋和战国两个阶段，被认为是我国从奴隶社会向封建社会过渡的时代。春秋时，几十个诸侯国进行长期的侵吞兼并，燕国灭掉蓟国并以蓟城作为自己的首都。蓟城就是今日北京的前身。北京城的城址，自蓟城迄今，虽历数千年，但位置一直没有大的改变。到战国时期（前475—前221年），燕国已经成为著名的“战国七雄”之一，此时的燕国非常强盛，疆土不断扩大，据《战国策·燕策》记载：“东有朝鲜、辽东，北有临胡、楼烦，西又有云中、九原，南有呼沱、易水。”说明当时燕国疆域，东部已经达到了朝鲜，包括辽东，南部达到了今河北省的中部，与齐国等为邻；北部越过燕山，与北方少数游牧民族相接；西部到了今山西的东北部，与赵国接壤，战略地位十分重要，形成了“有所附而无不重”的局面。[1]随着燕国实力不断增强，蓟城也逐渐繁盛起来，其内宫殿巍峨，豪族聚集，官吏众多，十分繁荣，最终成为与赵国邯郸、齐国临淄、楚国宛城等并驾齐驱的著名城邑。

春秋战国五百余年间由于周王室统治的衰亡，形成了诸侯争霸，群雄兼并的混战局面，但是也成就了一批堪为历史标榜的政治家、军事家和改革家，并且造成诸子蜂起百家争鸣思想空前解放活跃的繁荣局面。孟子描述当时的情况说：“圣王不作，诸侯放恣，处士横议。”[2]当时最重要的有儒、道、墨、法、名、兵、杂、阴阳、纵横九家，许多著名的学派就产生在北京及周边区域。例如慎子（慎道）属于法家，公孙龙子属于名家，荀子自称为儒家。

这个时期的文学创作也进入了一个发达繁荣的时期，最著名的成果应该就是后来由孔子整理的《诗经》以及由刘向编辑成书的《战国策》的原始底本。

《诗经》是中国最早的诗歌总集，包括了公元前11世纪（西周初期）至公元前7世纪（春秋中叶）总共大约五百年间的作品，作品三百零五篇，分为风、雅、颂，其中“风”就是地方乐调，十五国风中，邶风中的一些作品有可能是燕赵——今北京、河北一带的地方创作。王国维《北伯鼎跋》[3]中所说：“北，盖古之邶国也。……余谓邶即燕，鄘即鲁也。邶之为燕，可以北伯诸器出土之地证之。邶，既远在北……”[4]邶风名篇有《柏舟》、《北风》、《泉水》等，它们是《诗经》中著名的诗篇。

《战国策》是根据战国时期各国史官或策士的辑录编订的国别史书，主要记载了战国时游说之士的策略和言论，西汉末年由刘向整理成书，分为十二国策，共三十三篇。其中《燕策》所辑录的就是发生在北京以及附近地区的史实。这些文章不仅对历史进行简要的勾勒，对事件发展进行清晰的交待，而且对人物行为、神态、语言、心理进行传神的刻画生动描绘，对后世的文学传记和散文都有巨大深远的影响，因而应该称为文学创作的典范。其中许多脍炙人口的故事，成为后世小说戏曲创作的题材。

（三）史籍中燕昭王鲜明独特的文学形象

历史上，燕赵两地地缘关系密切，渊源深远，相互影响很大。燕昭王即位前，燕国政治黑暗，经济落后，社会动荡，内忧外患始终不断。公元前312年，在各国联合干涉之下，入侵并占领燕国的齐国和中山国被迫退出燕国。一代明君赵武灵王，为使饱经战乱浩劫的燕国尽快安定下来，他将在韩国作为人质的燕国公子职立为燕王，这就是燕国历史上最为著名的燕昭王。燕昭王为人质时期，在中原接受了先进文化的影响，吸纳了各国变法的主张和经验，回到燕国后，励精图治，广泛招揽人才，形成了一个高层次的士人文化群体，进行了系统的大胆改革，使得燕国逐渐强盛起来。而燕昭王本人也作为北京第一位伟大的政治家、军事家和改革家成为历史镜头的聚焦所在。许多历史文献中，都对他的作为进行了记录与描述，显现出文学艺术的精彩。其中最为著名的就是《战国策》。《战国策·燕策》中不仅记载了燕昭王“千金市骨”礼贤下士，为郭隗“筑宫而师之”，终于形成“乐毅自魏往，邹衍自齐往，剧辛自赵往，士争凑燕”人才望归的兴旺局面，[5]还真实记录了燕昭王进行系列改革富国强兵后，与赵国联合瓜分中山国，并在此后不久通过征战占据齐国七十二城的故事。燕昭王公元前311年即位，在位三十三年，这是燕国历史上最为强盛的时期。

《战国策·燕策》燕昭王招贤纳士的故事思想深邃，形象生动，堪为楷模，成为人们衡量统治者德行的基本标准。司马迁作《史记》对此又进行了反复补充渲染，例如讲述他筑黄金台的故事[6]，描绘他为迎接邹衍到来竟“拥慧先驱”[7]无比恭敬的形象，《说苑·君道》也强调了其显著的效果是“苏子闻之，从周归燕；邹衍闻之，从齐归燕；乐毅闻之，从赵归燕，屈景闻之，从楚归燕，四子毕至，果以弱燕并强齐”。这些都具有感人至深的效果和影响，盛传千年不衰，始终为后人所津津乐道。初唐陈子昂《郭隗》“逢时独为贵”、盛唐李白《古风第十五》“燕昭延郭隗”、晚唐聂夷中《燕台》“燕台累黄金”等，都一致表达了对燕昭王祈求贤能的追慕。燕昭王本身对中原文化的广泛吸纳，折射出多种文化交融汇集焕发出的强大力量，而他招贤纳士广揽英才的作为，也成为北京自古以来传承不息的文化特质。

《战国策·燕策三》记载了荆轲刺秦王的故事。故事发生在战国末期的公元前227年，即秦统一中国之前的六年。故事中荆轲是迁移到卫国的齐国人，因在卫国得不到重用，经赵国流落到了燕国。苦闷的荆轲与当地杀狗的屠夫和擅长击筑的高渐离交上了朋友，他们喝酒唱歌，因为心情郁闷时哭时笑，因为壮志难酬烂醉于燕市。燕太子丹先在赵国做人质，后来又到秦国做人质，此时出生在赵国与之是少年好友的秦王嬴政已经执掌了秦国强大的国家权力，但他却毫不念惜童年的友情，企图吞并燕国，无奈的燕太子丹只得求助因为得罪了秦王而逃亡在燕国避难的秦将樊於期。整个故事从几个特殊人物的遇合开始，全文仅仅千字而已，却写的起伏跌宕惊心动魄，人物个性鲜明生动，为后世所激赏。"风萧萧兮易水寒，壮士一去兮不复还"是燕太子丹饯别荆轲于易水之上时，荆轲伴着高渐离击筑时所唱的歌。被后世目为最能代表"燕赵自古多慷慨悲壮之士"的原始注脚和典型形象。这个故事至少表达了燕赵地域文化最典型也是最基本的特征：即追求真理和正义，不畏牺牲的理想主义；路见不平，拔刀相向，不畏强暴的英雄主义；讲信义，重承诺，行侠仗义的豪侠忠勇之气。还说明燕地自古人文荟萃，能够为各路英才提供施展抱负的广阔空间，其海纳百川的容纳之量，使之具有能够汇集各种力量成就伟业的壮阔格局。《史记·刺客列传》对这段史实的评价是："其立意较然，不欺其志，名垂后世，岂妄也哉。"左思的《咏荆轲》称颂荆轲说"虽无壮士节，与世亦殊伦"，"贱者虽自贱，重之若千钧"。陶渊明说他"其人虽已没，千载有余情"，都说明了这种文化力量对后世的深远影响。

《燕丹子》三卷，世无传本，仅见于《永乐大典》，后又以抄本收录于《四库全书》，成书年代不详。但较为一致的看法是"前秦古书"或"汉以前书"。[8]《燕丹子》记述了战国时期燕国太子丹被秦国扣为人质，遭到非礼待遇，之后寻求复仇的故事。其中"荆轲刺秦王"是全书最为精彩的部分，被誉为"古人小说杂传之祖"。[9]《燕丹子》是现存的北京最早的古代文献，在北京文学史上享有重要的地位。

（四）阴阳五行学说鼻祖邹衍与博取众家之长的思想家荀况

邹衍（约前324—约前250，一说约前305—约前240），生活年代晚于孟子，与公孙龙、鲁仲连同时，齐国人。是中国古代除儒家、道家学说之外影响最大的阴阳五行说的思想鼻祖，奠定了历史发展循环论的理论基础。

齐宣王时，邹衍就学于稷下学宫，初学儒术，后攻阴阳五行学说。

阴阳五行学说产生于战国后期，与当时群雄争霸、政事频繁更替的局面密切相关。邹衍的活动主要是在齐国和燕国，受其学说影响最大的当时也是这两个诸侯国。邹衍具有广博深厚的天文、地理、物候、农业种植学知识。《史记·孟子荀卿列传》说“邹衍之术，迂大而宏辩……故齐人颂曰：‘谈天衍’。”《文心雕龙·时序第四十五》说：“邹子以谈天飞誉。”由此可知其对天文非常精通，竟能因“谈天”而获誉。他曾运用自己丰厚的知识指导燕地农事生产，《艺文类聚·水部下·谷》载：“刘向《别录》曰‘《方士传》言：邹衍在燕，燕有谷，地美而寒，不生五穀。邹子居之，吹律而温气至，而穀生，今名黍谷’。”王充在《论衡·寒温篇》中也说：“燕有寒谷，不生五谷，邹衍吹律，寒谷可种。燕人种黍其中，号曰黍谷。”只是这种基于科学顺应物候的农业生产指导被披上了一层“吹律”而得的神秘外衣。

邹衍以谈天闻名于世，但又绝非以谈天为目的，而是以谈天为手段，服务于当时的政治需要。正所谓“邹子养政于天文”。[10]建立于阴阳五行基础上的“五德终始”说才是他学说的核心所在。战国时各诸侯国无不图谋永久王权，甚至想要成就一统霸业，邹衍学说正是为此设计的全新的政治方案。阴阳五行说认为，世间万物都由金木水火土五行组成，并按照土克水、木克土、金克木、火克金、水克火的次序进行循环。邹衍把流行的五行生克原理从自然界引入到历史领域之中，解释社会变化、朝代更替、王位轮换，称为“五德终始论”。认为历史上每一个王朝或者王者都有一个自己的五行归属，人类社会的历史变化同自然界一样，也受到五行相克次序循环变化规律的支配，依照有德者居之，无德者失之的法则，王朝从诞生到消亡，始终遵循这一规律，体现出历史的必然。而人世间王朝国运的任何重大变化，都会在天上星宿运行中有所反映，若想运势长久，就必须了解规律，顺应其势，以德治国。这一理论因为涉及最高统治者的生死存亡和国运是否能够延续，所以即使不为儒家“克己复礼”所动的诸侯王孙也空前忌惮，纷纷邀请掌握着生存秘密的邹衍前去，并对他表现出了十二分的敬重。因此他本人及其学说受到各国最高统治者的高度重视和广泛欢迎。邹衍曾活动于齐、赵、魏、燕诸侯国，所到之处，礼遇甚隆。在齐，“邹子重于齐”；到梁，梁惠王郊迎；往赵，平原君“侧行避席”；如燕，燕昭王甚至“拥慧先驱，请列弟子之座而受业。筑碣石室，身亲往师之”。[11]司马迁分析说“邹衍睹有国者益淫侈，不能尚德”，因而才“乃深观阴阳消息而作怪迂之变，《终始》、《大圣》之篇十余万言”。但是“要其归，必止乎仁义节俭，君臣上下六亲，始也滥耳。王公大人初见其术，惧然顾化，其后不断行之。……邹衍其言虽不轨，傥亦有牛鼎之意乎”？[12] 桓宽《盐铁论》也指出：“邹子疾晚世之儒墨不知天地之弘，昭旷之道，将一曲而欲道九折；守一隅而欲知万方，犹无准平而欲知高下，无规矩而欲知方圆也。于是，推大圣终始之运，以喻王公列士……”[13]“邹衍以儒术干世主，不用，即以变化始终之论，卒以显名。……邹子之作变化之术，亦归于仁义”。[14] 司马迁和桓宽都清晰地认识到了邹衍学说的实质所在，认为它来源于儒学，只是因为要克服儒学传播不畅难以发生实际作用而进行的形式变通，其精神实质依然是“仁义”、“尚德”，依然是要通过“干世主”，规范“君臣上下六亲”“王公列士”的行为而达到经世致用匡世济民的目的。其实“五德始终”说与“邹衍吹律”一样，都是邹衍为了真正打动、影响最高统治者而将自己的主张和理论用通俗化手段进行了必要的装饰而已。

邹衍理论对后世的诸多王朝统治者和王权争夺者都产生过深浅不一的影响，有的深信不疑，敬畏有加；有的借机造势，为我所用。甚至皇宫、帝陵的布局等也都借鉴了阴阳五行和天论学说。不仅如此，“邹衍以阴阳主运显于诸侯，而燕、齐海上之方士传其术，不能通，然则怪迂阿谀苟合之徒，自此兴，不可胜数也”。[15] 竟然发展成为“方士学”，在中国几千年的历史中对上至帝王政治，下至民间生活发挥着或深或浅、或隐或显的影响和作用。但这仅是后人失其大道，取其小术，人为制造迷信而已，并非邹衍本意。

邹衍学说主要保留在《吕氏春秋》和《史记》之中。《汉书·艺文志》著录邹衍四十九篇，另有《邹子始终五德》五十六篇，皆已失传。

荀子（前313—前238），名况，字卿，战国后期伟大的思想家。荀子虽是赵国人，但是在秦汉之前的燕赵文化圈内，他的思想影响巨大，是构建燕赵文化重要的支点之一。他汲取了道、墨、名、法诸家之长，建立了自己博大的思想体系。他的学生中，毛亨、浮丘伯、张仓等都是学术史上非常著名的人物，而韩非、李斯等则是非常杰出的思想家、政治家。他的著述不仅思想深邃，逻辑严谨，而且文笔洗练，遣词朴实警策，现有《荀子》三十二篇传世。

荀子不仅是成就巨大的思想家、教育家和经学家，而且是一位伟大的文学家。他传至后世的数万言巨著，十分鲜明地表达了对唯心主义的批判，也充分展现了杰出的文学才能和成就。他散文、诗歌、文赋诸体兼备，而且在众多领域具有开创之功。文章内容丰富，格局多变，壮伟的气势与委婉细致的说理、优美生动的比喻描绘相结合，使文章兼具阳刚和阴柔之美，对后世影响很大，唐宋的韩愈、柳宗元、苏轼等八大散文名家都深受他的影响，以当时的震撼和对后世的影响而论，不愧为文学旷世奇才。

《劝学篇》为荀子所著，至今仍然是中小学生必读篇目。荀子流传下来的文赋具有更多的文学色彩，其主客问答形式为荀子始创，著名的有《礼》、《智》、《云》、《蚕》、《针》等。而《成相》等则体现了他用文学宣传政治思想的努力。

与荀子前后或者同时活跃在学术界的还有法学家慎道（约前395—前315）、名家学派的公孙龙（约前320—前250）等，他们都是战国时期的赵国人，与荀子一样，共同打造着燕赵文化的思想根基。

二、秦汉时期文化与文学概况

（一）秦代民歌

公元前221年秦灭六国，建立中国历史上第一个统一的封建帝国，公元前226年秦灭燕，蓟城被纳入到其强大的统治范围之内。秦始皇把统治区域内划分为三十六郡进行管理，蓟城属广阳郡治所。秦始皇大修驿道，建设了以首都咸阳为中心四下辐射的强大交通网络，其中向北的主要驿道就直通蓟城。此时的蓟城的地位虽然从过去的燕国领地中心转变为秦王朝的北方军事重镇和交通枢纽，但仍是北方地区的政治、军事和经济中心。为防备来自北面匈奴的侵扰，秦始皇将原来秦、赵、燕北界的防御城墙修筑连接起来，由临洮一直到辽东，长达万余里，这就是闻名世界的万里长城。《孟姜女哭长城》的传说，经考证，出现于秦代之后，但是秦暴政给人民造成的灾难，包括给燕地人民造成的深重灾难，在当时的民间歌谣中就有广泛的流传。只是这些民歌疏于整理考证，创作的时间和地点都暂不可确指，有待进行深入的历史钩沉。

（二）汉代董仲舒与燕蓟儒学以及文学发展

西汉王朝建立之后，实行郡、国并行制度。一部分地区仍然按旧制置郡，首都的周边地区包括燕、赵、齐、楚等地，封有功之臣为侯王。郡和王国之下仍设置县。北京在汉高祖五年（前202年）属燕王卢绾的封地，仍以蓟城为都。后来虽然郡国屡变，蓟城所在的行政区划屡变，但是蓟城为封国国都的地位却一直没有任何改变。

汉代，对北京地域的思想文化产生了重大影响的是董仲舒。董仲舒，西汉哲学家，今文经学大师，约生于汉慧帝三至四年（前192—前191），约卒于汉武帝太初元年（前107—前104），广川（今河北省枣强）人。少时专治《春秋》，以“公羊学”闻名，景帝时为博士，潜心钻研儒家学说。汉武帝时，召试天下贤良文学之士，他以“天人三策”为对，向汉武帝提出了“罢黜百家，独尊儒术”的建议，为汉武帝采纳。这一主张开启了此后两千年中国封建社会以儒学为正统的局面。董仲舒的学说以儒家宗法为中心，杂以阴阳五行说，把神权、君权、父权、夫权贯穿在一起，形成封建神学体系，其中心是“天人感应”说。此外，他还提出了“三纲”、“五常”的封建伦理。董仲舒还非常重视教育，提出了“兴太学”的主张，认为“养士之大者，莫大于太学。太学者贤士之所关也，教化之本原也……臣愿陛下兴太学，置明师，以养天下之士，数考问以尽其材，则英俊宜可得也”。[16]董仲舒的这些建议大多都被汉武帝采纳，以后在公孙弘等人的具体实施中逐一得到落实。董仲舒以修学著书终老，著作有《春秋繁露》和《董子文集》，在当时就享有很高的声誉，被誉为“群儒首”、“儒者宗”和“王佐之材”。中国古代两千年的封建历史中，无论政权如何变更，北京始终都是受到儒学思想统治和影响较为深刻的地域，这都与董仲舒强大的思想影响和教育为重的主张有着深刻的联系。

董仲舒的散文，在艺术方面表现出了鲜明的特色。他一变贾谊、司马相如等汉初文章的豪迈雄放、气势磅礴，转而为温文尔雅、侃侃而谈的论道方式，引经据典，深奥宏博，有条不紊，从容不迫，给人以古朴典雅醇厚之美感。刘勰的《文心雕龙·议对》对这一新文风充分关注并给予高度评价。汉代散文的变革，始于董仲舒，并伴随着汉武帝独尊儒术统治思想的确立和董仲舒地位和影响的巩固，得以广泛传播，这种与新儒学相适应的醇厚典雅文风，最终以压倒优势直接影响了汉代百余年间的文坛。

北京另外一个著名的儒学大家是韩婴。韩婴，生卒年不详，《史记·儒林传》、《汉书·儒林传》、《汉书·艺文志》都有关于韩婴的记载。韩婴，燕人，汉文帝时为博士，汉武帝即位，招贤良文学之士说《诗经》，韩婴为八儒之一，与鲁国申培公、齐国的辕固生等齐名，是今文诗学、“韩诗学”的开创者。作《韩故》三十六卷、《韩说》四十一卷等。燕赵之地凡是研习《诗经》的，莫不受到韩婴的影响。汉武帝时，韩婴曾经与董仲舒一起探讨辩论经典，其论述辩证不输于董，可见其研习的深入和见解的独到。

（三）汉代乐府民歌中反映幽州生活的创作

汉代民歌乐府是中国文学史上很重要的一环。其创作的广泛性和题材的多样化以及风格的质朴、自然、清新对后世的文学都产生过非常积极的影响。燕赵是民歌创作流传都很丰富的地域。

李延年是汉代著名的音乐家，中山（郡治在今河北定县）人，善为新声。虽然存诗仅一首《北方有佳人》，但是，对北方的女子却有非常传神的刻画，其诗云："北方有佳人，绝世而独立。一顾倾人城，再顾倾人国。宁不知倾城与倾国，佳人难再得。"在反复慨叹吟咏中，烘托出女子超群的美丽和高雅气质，成就了对北方美人的高度概括。

汉乐府民歌，是我国文学史上的一个民间创作的高峰，著名的汉乐府，是汉代从燕、赵、秦、楚等地采集的民间传唱的诗歌。虽然当时汉朝统治者的主观目的是通过采集民间歌谣，达到"观风俗，知得失"(17)的政治目的，但是却客观地在一定程度上保留了当时丰富多彩的民间创作。当时采诗的区域十分广阔，但是由于后来散佚，所以很难确指具体的创作地点。不过由于许多作品内容和风格保留了鲜明的地域特色，所以大致可以推断出其创作的原始出处。例如吴楚之地多委婉清丽，北国区域多彪悍豪迈。由内容风格分析推断，汉乐府民歌之中当有不少燕地之作。《古诗十九首》中的第十二首，因为内容可以确认就是燕赵地区吟唱的诗歌："燕赵多佳人，美者颜如玉。被服罗裳衣，当户理清曲。音响一何悲！弦急知柱促。驰情整中带，沉吟聊踯躅。思为双飞燕，衔泥巢君屋。"诗中这位燕赵女子，不仅容貌端庄美丽，而且气质高雅，情感丰富深邃，比之李延年的《北方有佳人》形象更为立体，描绘更加生动翔实，是古代诗歌中不可多得的佳作。

宋代郭茂倩收录各地民歌，辑成《乐府诗集》。《乐府诗集》一百卷，是现存收集乐府歌辞最完备的一部，主要辑录汉魏到唐、五代的乐府歌辞兼及先秦至唐末的歌谣，共五千多首。它搜集广泛，各类有总序，每曲有题解。它是继《诗经·风》之后，一部总括我国古代乐府歌辞的著名诗歌总集。其中就有表燕地"声音"、赋燕地"风土"之作，例如《燕歌行》，直接把明示地方声音的地名入诗题，是一些乐府诗的特点。其他如《幽州马客吟》、《出自蓟北门行》等，也是写北京地区的，后声音失传，这些诗题便专门用来歌咏地方风土，一直到唐代还有诗人沿用。

虽然后来有王莽篡权，以及再后来的东汉建立，但是蓟城始终是北方重镇。东汉立国之前，刘秀至此，借助渔阳、上谷两郡兵力，增强了自己的军事实力，为统一全国奠定了基础。两汉时期，蓟城作为当时北方的商业中心，在沟通中原与东北以及西北各族人民交往和贸易中，不仅极大地繁荣了经济，更在交流中逐渐繁荣了文化。但是东汉末年由于北方鲜卑、乌桓等少数族频繁南侵，幽州地区始终是军事前沿，蓟城最主要的功能依然是北方军事重镇。

在中国文学史上，一门数人，诗文大家辈出的文学世族家庭可谓代有其人，例如东汉的班固父子兄妹，宋代的眉山三苏以及苏小妹皆是。燕赵之地农业发达，文化昌盛，西汉时涿郡安平崔氏就是名声显赫而又源远流长的一门。安平属涿郡，距今北京很近，在今河北境内。崔氏家族兴盛于西汉昭帝时期。崔朝具有远见卓识，升任侍御史。崔朝的儿子崔舒有政声，先后担任过几郡太守。崔舒的儿子崔篆生当西汉末年王莽当政时代，但洁身自好，临终作《慰志赋》剖白自己的节操。崔篆的儿子崔毅也隐居不仕。崔毅的儿子崔骃少年聪慧，熟读百家学说，是燕、涿一代著名学者。青年时曾游历太学，与班固、傅毅齐名，并作《达旨》表达自己洁身自好的心志。又作《四巡颂》等，文辞典雅优美，展现出高妙的文学才华。崔骃的儿子崔瑗是东汉著名的文学家兼书法家，所作《河间相张平子碑》是为好友张衡所写的碑文，为后世所称道。崔瑗的儿子崔寔是东汉著名的政论家，代表作《政论》，被《后汉书·崔寔传》称为“指切时要，言辩而精”。他关心民瘼，指责时弊，大量文章著述揭露社会矛盾，因而饱含郁郁不平之气。

书香传世是燕赵地区儒学文化得以传承的重要渠道和方式之一，在军事争霸或政权更迭频繁的社会巨大动荡时期，这种渠道和方式显得尤为重要，使宝贵的华夏文脉得以保存和延续。

三、三国两晋北朝时期文化与文学

（一）魏晋北朝时期的幽州文化特点

建安元年（196 年），曹操“挟天子以令诸侯”。建安九年（204 年）官渡之战后，幽州大部分地区被曹操所控制。曹操为征伐乌桓运送粮草，特地修筑了平虏渠和泉州渠，用水道将中原地区与蓟城地区连接起来，为蓟城后来的经济发展创造了有利条件。曹操去世后，曹丕在邺城继魏王位，直到称帝前。三国后期，魏国政权逐渐落入大官僚家族司马懿父子之手，篡权后的司马炎废曹自立，史称西晋。西晋统一中国，结束了三国分裂的局面，使得南北交通恢复，经济得到恢复发展。但由于政治腐败，晋武帝死后，八个分封为王的皇族展开了长期的混战，史称“八王之乱”。西晋结束后，在一百三十多年的时间里，北方的少数民族统治者先后建立了许多国家，称为“五胡十六国”时期。东晋与五胡十六国之后，为南北朝时期，仍然是典型的南北分裂局面。公元439年，北魏统一了北部中国，标志着北朝的开始，并先后经历了北魏、东魏、西魏、北齐、北周五个朝代。

公元220至581年的魏晋南北朝时期，是中国历史上南北分裂、政权频繁更替、军阀混战的特殊时期，也是中国历史上第一次南北民族大融合时期。在这个历史阶段，古代北京地区历经曹魏、西晋、十六国时期的后赵、前燕、前秦、后燕和北朝的北魏、东魏、北齐、北周等朝代，但其作为中国北方区域性政治经济中心的地位没有改变，蓟城之名也一直被保留沿用。而且它始终没有走出这样的历史轮回：当以中原文化为代表的中央政权强盛之时，幽蓟往往成为北方的经济、贸易中心和护卫北疆的军事重镇；当这个政权集权力量削弱实际控制能力严重衰微下降时，幽蓟便往往成为地方军事割据势力盘踞的中心之一；当中原政局混乱势力不逮时，幽蓟又成为北方游牧民族南下对中原进行侵扰的军事前沿基地。以后的历史中，这样的轮回无数次重复上演。

魏晋南北朝是中国历史上一个民族大融合时期，幽州蓟城地区的政治形势复杂多变，由于地理位置的特点，种族人口流动多向、频繁，有时规模较大。表现为内迁和外移：东北和西北各民族不断内迁，幽州蓟城是内迁的集中点和留居地；同时由于少数民族对汉族地区一贯实行人口掠夺政策，所以蓟城以及附近人民外流的现象也十分普遍。这种民族人口的规模迁移以及经济文化的交流，使得蓟城在魏晋南北朝四百年间成为真正意义的民族融合的大熔炉，农耕与游牧两种形态的文化相互渗透，影响深刻，意义重大。魏晋南北朝在历史上虽然征战不已动荡不安，但却又是文坛上云蒸霞蔚、辉煌灿烂的时代。

（二）燕蓟儒学的发展

古代北京是儒学兴盛之地，而权要者的推崇，也对其发展起到推波助澜作用。曹操东征乌桓，曾经广泛结交燕蓟儒家学者，卢毓、孙礼、刘放等人由于受其重用大多成为达官显贵。

晋代蓟城也出过一些著名的儒学世家。例如范阳卢氏家族就有很大影响和声誉。《晋书·卢钦传》记载说卢毓之子卢钦“世以儒业显，（卢）钦清澹有远志，笃志经史”，而卢钦之子卢谌“清敏有理想，好老庄，善属文……早有声誉，才高行洁，为一时所推”，一生著述很多。

卢植（？—192）字子干，东汉涿州人，与郑玄同师著名古文经学大师马融，“能通古今学，好研精而不守章句”。[18]灵帝时为议郎、博士，晚年隐居上谷，在军都山（今北京昌平）讲学授业，曹操被征乌桓，过涿郡，曰“卢植名著海内，学为儒宗，士之楷模，国之桢干”。[19]公孙瓒、刘备等为卢植门下弟子，卢植之子卢毓亦以才学著称。

渔阳无终阳氏也是世族大户，儒学传世。其记载始见于《晋书》。西晋十六国时期，无终阳耽与其子阳骛皆仕前燕，史称阳骛“少清素好学，器识沈远”，[20]阳耽从子阳裕以干练能事著称。北魏、北齐时，阳氏一门有文名的有阳尼、阳承庆、阳固、阳休等，他们都博览群书，以文藻佳丽著称于世。

霍原，字休明，燕国广阳人。尊孔习礼，学识渊博，后归乡里隐居，授徒数千，成为著名的大学者。

平恒，字继叔，燕国蓟人。祖与父皆事儒业，平恒自幼精研经史，博文多学，安贫乐道。著有《略注》，记述了自周以来历代盛衰。

这个历史时期，文人学者仍然多以私人授课和家族传承作为文化传播的主要方式，到了北齐，蓟城恢复学校制度，文化教育得到进一步的发展。

（三）魏晋北朝时期的幽州诗人及吟咏幽州之作

魏晋南北朝是中国文学的自觉时代。涌现出来一大批艺术主张鲜明的文学家，尤以诗歌成就斐然。此时，北京地区的文学家由两部分人组成，一部分是生活在北京及其附近的本土作家，人数并不多，但是经过多种文化长期滋养浸润，在创作上开始显现出较为鲜明的地域文化特征；另外一部分是生活在北京及其周边地区的客居者。他们并非“专职”从事文学，但是所取得的成就却令世人瞩目。两相比较，后者对北京文学特征的形成与发展所作出的杰出贡献更具有奠基意义。以曹氏父子为核心所表现出的“建安风骨”，不仅使得彰显创作个性成为文学一时之风尚，而且对后世影响巨大。所谓的建安风骨，主要是指汉魏诗歌中抒写人生志气，追求远大理想的传统。

曹操（155—220），字孟德，杰出的政治家、军事家、文学家。沛国谯郡（今安徽亳州）人。建安十一年（206 年）曹操率兵亲征高干，[21]途中经过太行山著名的羊肠坂道（今位于河南境内），写下了《苦寒行》。而他的《步出夏门行》二首，则是他北征乌恒时所作。《观沧海》“东临碣石”气势磅礴，意境壮阔，透露出的是一代伟人叱咤风云，气吞山河的壮伟豪情。而碣石山正位于幽燕门户渤海之滨今河北昌黎城北（一说在辽宁绥中）。

曹丕（187—226），史称魏文帝，字子桓，曹操次子。建安二十五年（220年）代汉即帝位，在位七年。他生长戎旅，读书勤奋，著述颇多。现存诗歌完整的约四十首。《燕歌行》本是非常典型的描绘燕地风光的诗歌，《乐府广题》说：“燕，地名。言良人从役于燕而为此曲。”曹丕作《燕歌行》“秋风萧瑟天气凉”、“别时何易会时难”二首非常著名，尤其前一首，描绘了妇人秋夜思念在远方的丈夫，更是现存最早最为完整的七言诗。“秋风萧瑟天气凉，草木摇落露为霜”具有最为典型的燕地风光物候特征。

边塞诗是中国诗歌发展中一个取得很高成就的特殊题材，在艺术传统上与乐府的发展有着非常密切的关系。曹植以其《白马篇》最先奠定了边塞诗奔赴边塞建功立业的传统，是这个方面的首倡者，他以自己的实践极大地开拓了中国诗歌的题材和视野。

傅玄（217—278），字休奕，泥阳（今甘肃宁县东南）人。博学能文，勤于著述。历仕魏晋两代。精通音乐，擅长乐府诗，不少作品反映了社会问题。在他的诗作中，反映妇女命运的作品尤其受到人们的关注和称道。他在《吴楚歌·燕人美篇》诗中写道“燕人美兮赵女佳，其室由迩兮限层崖。云为车兮风为马，玉在山兮兰在野。云无期兮风有止，思多端兮谁能理?”这本是一首思慕佳人之作，借着咏唱一位北方女子的情思，抒发个人感怀。其中有“燕人美兮赵女佳”之句，对燕赵之地的女子的容貌风采予以赞美，燕赵多美女在当时已被广泛认可。

张华（232—300），字茂先，范阳方城（今北京）人。博闻强记，晋武帝伐吴时，曾任度支尚书，表现出来杰出的运筹才能和经济才干。曾任幽州都督，领安北将军等职，政绩显著，经他治理，幽州连年丰收，兵强马壮。军政要务之余，工诗赋，作品被梁代钟嵘《诗品》列为中品。他的《鹪鹩赋》曾得到当时大诗人阮籍的赞赏，名声大振。他的诗作，追求骈偶妍丽，对当时的文风影响很大，这方面的代表作《轻薄篇》、《游猎篇》都极尽铺陈渲染之功。诗歌之外，还著有《博物志》，分类记载异域奇珍异物、神仙方术以及古代琐闻殊俗，有较高的史料和文学价值。著名的《二小儿辩日》、《东方朔饮不死之酒》等篇均出自《博物志》。

陆机（261—303），字士衡，吴郡华亭（今上海松江）人。被后人誉为“太康之英”，代表了典型的太康时期的创作风尚。文藻富丽，对偶工整，多为乐府诗和拟古制作。他有《从军行》“苦哉远征人”和《苦寒行》“北游幽朔城”模拟曹操的同题之作，都是描写北地风光，但由于缺乏曹操亲自北征的经历，所以陆诗虽极尽铺陈渲染，气势境界终究不逮，但这也从另外一个侧面反映出曹操此类诗歌的广泛影响。

张协（255？—307？），字景阳，安平（今属河北）人。《杂诗》十首为代表作，其中第八首“述职投边城”描述了诗人述职投边不习边地生活而思念家乡的感情。他与哥哥张载（生卒年不详）、弟弟张亢是晋代著名的诗人，在我国文学史上并称“三张”，与当时的“二陆”（诗人陆机和弟弟陆云）齐名。

刘琨（270—317），字越石，中山魏昌（今河北无极）人，西汉中山靖王刘胜之后。其祖父刘迈、父亲刘蕃都曾出任高官。刘琨年轻时和祖逖要好，相约要做出一番事业，“闻鸡起舞”便是出自他们二人的典故。“八王之乱”中刘琨也被卷入。历任尚书左丞、司马左长史等职，惠帝时封为广武侯。永嘉元年（307 年）任并州刺史，后都督并、冀、幽三州军事，率部入蓟城，抵抗石勒，败后投奔幽州刺史，与之相约共同扶助晋室，后为其所害。善诗文，现仅存《扶风歌》、《答卢谌出》、《重赠卢谌》三篇，诗风刚健清新，慷慨悲壮，反映了他强烈的爱国思想和报效祖国的豪迈气概。

卢谌（264—350），字子谅，范阳涿郡（今河北涿州）人，东晋诗人。清敏有才思，好老庄之学，擅为文章。与刘琨交好，建兴末（316 年），曾任幽州别驾。他身处国家分裂、战乱不止的时代，所以诗中多感慨悲怆之词，并通过对蔺相如等古代英雄的歌颂，抒发了自己的抱负和希望。除了《揽古》、《赠刘琨》、《赠崔温》等诗较为著名外，另有《燕赋》、《蟋蟀赋》等文。

祖台之，生卒年不详，东晋时人，字符辰，范阳人。官至侍中，光禄大夫。著有文集十六卷，志怪两卷，《唐书经籍志》作文集十五卷，志怪四卷。此从《隋书志》并传于世。

鲍照（？—466），字明远，东海（今江苏涟水）人。出身寒素，但才华出众，是我国魏晋南北朝时期历史上最为著名的诗人之一。有《拟古》八首，其中第三首“幽并重骑射，少年好驰逐。毡带佩双鞬，象弧插雕服。兽肥春草短，飞鞚越平陆。朝游雁门上，暮还楼烦宿。石梁有余劲，惊雀无全目。汉虏方未和，边城屡翻覆。留我一白羽，将以分虎竹”。虽然抒发的是个人希望建功立业的志向，但在客观上却真实地反映出了幽燕之地的人物风尚。另有《代出自蓟北门行》属《杂曲歌辞》，表达了从军卫国的壮志和边塞风光。从歌辞可见，当时的燕蓟一带历史上一直都是边塞重地。

梁祚（402—488），北魏北地泥阳人。经学大师，久住蓟城，精通公羊《春秋》和郑玄《易经》，在蓟城设馆授徒。虽饥寒困窘，著述不倦，撰《国统》及《代都赋》，行于世。

徐遵明（475—520），字子判，北魏华阴人，也是北方闻名的经学大师，年轻时游学燕赵，在范阳研究经学，后在幽蓟地区授业多年，从其者众。著有《春秋义章》三十卷，他长期在蓟城设馆授课，生徒众多。

卢景裕，字仲儒，小字白头。北魏范阳涿郡人。其祖父、叔父均为幽州仕宦。景裕自幼好学，专心经学典籍，淡泊世事，独居拒马河畔，后避世大宁山，先后注释《周易》、《尚书》、《孝经》、《礼记》等儒学经典，颇受时评称誉。

虞羲，生卒年不详。曾仕齐。入梁，任晋安王侍郎。最著名的诗作是《咏霍将军北征》描绘了汉代名将霍去病征战匈奴的史迹。其中“拥旄为汉将，汗马出长城。长城地势险，万里与云平。凉秋八九月，铁骑入幽并。飞狐白日晚，瀚海愁阴生。羽书时断绝，刁斗昼夜惊。乘墉挥宝剑，蔽日引高旍”。都是对边地风貌以及幽并风情的真实描绘，地域特征异常突出。

刘峻（463—522），字孝标，祖籍平原（今属山东），南朝齐梁间学者、文学家。有《出塞》一首，诗中写道：“蓟门秋气清，飞将出长城。绝漠冲风急，交河夜月明。陷敌摐金鼓，摧锋扬旆旌。去去无终极，日暮动边声。”诗歌全用白描，描绘征战生活，充满英雄的豪迈之气。刘峻少时被掠卖到北方，到齐武帝永明年间才得以南归，可以说他对北方边地生活记忆非常深刻，所以作品在自然质朴之中表达出了浓烈深厚的情感。

张正见（？—582年前），清河东武城（今河北、山东交界处）人，诗作多拟古之作，《战城南》对北方边地生活进行了形象的描绘：“蓟北驰胡骑，城南接短兵。云屯两阵合，剑聚七星明。旗交无复影，角愤有余声。战罢披军策，还嗟李少卿。”自西汉至隋唐五代时，张氏与崔氏皆为清河东武城名声显赫的名门望族，此二姓氏也多以此清河东武城为其郡望。

祖珽，字孝徵。范阳道（今河北涞水）人。[22]擅长音律，能诗文，有《观海》诗写登高观海，气势壮阔，情景并茂。“登高临巨壑，不知千万里。云岛相连接，风潮无极已。时看远鸿度，乍见惊鸥起。无待送将归，自然伤客子”。而其所描绘的当是北京东秦皇岛一带的风光。

（四）地理学家、文学家郦道元

郦道元（466或472—527），字善长，北魏范阳（今北京西南）人，是我国古代最伟大的地理学家，散文家。郦道元自幼爱好游览，随父在青州即与友人游遍山东。喜好阅读，地理学知识深厚。入仕后，所到之处，必游览当地名胜古迹，留心勘察山脉水流地势，探溯源头，其《水经注》是我国古代地理科学最伟大的著作。《水经》是一部专门研究河流水道的书籍，作于三国时期，全书仅有一万五千字，由于记述过于简略以至匮乏难解。郦道元决心在对地理情况认真考察的基础上，为《水经》作注。在此过程中，郦道元特别注重实地勘察和民间调查，《水经注》中记载了大量野外考察中取得的成果，与此同时，还博览群书，精研地图，在《水经注》中，明确指名引用的文献多达四百八十种，最终著成这部三十多万字规模空前的地理学巨著。它名义上是注释《水经》，实际上却是全新的再创作。

《水经注》具有丰富的地理信息，不仅对全国地理情况作了详细记载，甚至还记述了一些国外的地理情况，对于研究我国古代历史和地理具有重要的参考价值。例如从关于北京地区的描述中，我们可以了解当时北京城城址、近郊的历史遗迹，河流湖泊分布以及流向等自然环境，还可以了解到人们拦河筑堰、导开凿渠、道引河流等利用自然改善环境发展生产的情况。这是我们现在所能得到的关于北京地区较早的地理资料，对研究北京地区历史地理变迁无疑具有极其宝贵的价值。他开创的古代“写实地理学”在世界地理学发展史上也占有相当重要的地位。

在写作体例上，《水经注》打破惯例，以水道为纲，详细记述各地的地理概况，开创了古代综合地理著作的一种新形式。同时它还是一部文字优美生动的文学巨著，作者以饱满的热情，浑厚的文笔，精美的语言，形象、生动地描述了祖国的壮丽山川，开创了山水游记的新写法。郦道元一生著述很多，除《水经注》外，还有《本志》十三篇以及《七聘》等著作，但是，流传下来只有《水经注》一种。由于《水经注》在中国科学文化发展史上的巨大价值，历代许多学者专门对它进行研究，形成“郦学”。

北京地区以儒学为代表的传统文化研究、传播在先秦汉魏晋北朝时期一直受到重视得到发展，表现出重视正统经典，教育昌盛的鲜明特点和悠久传统。而文学总体上发展较为缓慢，尤其是本土作家更是寥若晨星，以创作的数量和形成有影响力作家为标准衡量，整体实力薄弱，基本无法与当时周边的一些区域例如今天的山东、河南、山西比肩。

四、隋唐五代时期文化与本土作家

（一）隋唐五代时期政治概况与文化特征

公元 581 年，北周朝政旁落，杨坚称帝，建立隋朝。建隋伊始，幽州下辖燕、范阳、渔阳三郡。[23]隋朝统一中国后，改幽州为涿郡，治所蓟城，所统基本在今北京辖境，为北方人口和军事重镇。隋炀帝以涿郡为征伐高丽基地，不仅开凿了永济渠，使得沁水南达黄河，北通涿郡，他本人还多次亲往涿郡，三次督兵征辽均以涿郡为大本营。由于劳役过重和连年穷兵黩武，导致国家迅速崩溃，但隋炀帝所开凿的永济渠，沟通钱塘江、长江、淮河、黄河、海河五大河流，将涿郡及北方地区与富庶的关东、江淮地区连接在一起，在此后的一千多年中，对北京的发展起到了持续不断且至关重要的作用，成为名副其实“不胜其利”[24]造福后代的大运河。

公元 618 年，李渊登帝位，国号唐。唐改涿郡为幽州，北京此时称为幽州城，不仅是贸易中心，也是军事重镇。唐代的范阳道，以今北京西南的幽州为中心，统率十六州，为北方边防重镇。防御契丹，对辽东用兵，远征高句丽，均以幽州为前沿基地和军事集结地，战略地位非常重要。平辽东后，唐王朝对幽州更加重视，专门派亲信重臣带兵镇守。武则天时期，曾先后派名相狄仁杰为幽州都督，李多祚为检校幽州都督。睿宗时，以幽州镇守经略节度大使薛纳为左武卫大将军兼幽州都督。有人认为，唐朝有节度使之称自薛纳始。[25]此后，到唐玄宗时代，全国北部边境先后设立了十个节度使，幽州兵马精锐，实力雄厚，扩张迅速，所统为全国边镇总兵员的五分之一，影响之重为各道之冠。安史之乱，幽州成为割据势力盘踞的中心和动摇中央政权的祸端。唐天宝十四年即公元 755 年，安禄山反于范阳（今北京地区），一路南下，攻陷东都洛阳，第二年正月称帝，国号大燕，以范阳为东都，六月，叛军攻陷长安，唐玄宗被迫逃亡入蜀；之后，与安禄山同时叛乱起兵的史思明在假意降唐后再次叛唐。公元 759 年，史思明在杀掉弑父自立的安禄山之子安庆绪之后，又在范阳自立为皇帝，复立国号“大燕”，以范阳为燕京，建元天顺，同年复陷洛阳，再攻长安。这就是历史上著名的“安史之乱”。叛乱虽然最终被平息，但藩镇林立混战不断的局面已然形成，中国历史上最为强盛的唐王朝最终竟然被彻底葬送，而国运由盛而衰正肇源于幽州的藩镇割据与动乱。

唐亡后，国势衰落，后梁政权建立之初，曾任卢龙军节度使的刘仁恭占据燕地，驻镇幽州。后梁、后唐时幽州政区未变，仍以蓟城为治所。东北辽河上游的契丹族兴起，与中原汉族政权形成南北对峙。五代后晋年间，石敬瑭把幽州城在内的广大地区割给契丹，史称燕云十六州。[26]从此幽州落入北方少数游牧民族政权统治之下，时间长达数百年。

隋唐是中国文学史上一个关键时期，它酝酿并最终成就了中国诗歌创作的巅峰，而这与当时政治文化发展密不可分。幽州自古以来就是北方文化教育比较发达的地区，隋唐时期，由于经济的发展繁荣，幽州的文化整体水平有了很大的提高。《隋书·地理志》云：“涿郡连接边郡，习尚与太原同俗，故自古勇狭者皆推幽并云。然涿郡、太原自前代以来，皆多文雅之士，虽俱曰边郡，然风教不为比也。”可见幽州文化整体发展水平还是比较高的。国家统一使地域隔阂消弭，随着人员流动、交流的频繁，胡汉文化、南北文化、东西文化的多向交流和相互影响日益深入，诗歌在此过程中水到渠成地完成了南北朝诗风的融合。南朝士族“罕关庶务”专事吟咏的诗歌创作，逐渐被庶族寒士为主体的积极进取的“抒情言志”所替代。此时的创作，一扫南朝的绮靡柔媚，代之以充满着渴望建功立业奋发有为的精神和力量，而北方边地壮观苍老的景色，多姿多彩的生活，又为文学题材的充分开拓提供了广泛前景。随着唐朝盛世的到来，最终发展成为世所瞩目充满盛唐气象的盛唐之音。与先秦汉魏晋北朝相比，隋唐五代文学对社会生活的反映更加全面、深刻，幽州地域文学无论是本土作家还是客游作家的数量和影响力都有了空前的发展。

（二）隋及初唐文坛的幽州作家

隋及初唐，在幽州较以往产生了更多的在国内知名的优秀诗人和作家。

卢思道（约531—583），字子行，范阳（今北京西南）人。是由北齐、北周入隋的最著名的诗文家。他长于七言诗，对仗工整，精于用典，感情充沛，气势宏伟。《从军行》“朔方烽火照甘泉”是诗人出仕之前所作，作品极力铺叙边关苦寒，跌宕起伏，转折往复，却没有缠绵幽怨之情。胡应麟《诗薮·内编》卷三评价此诗时说："音响格调，咸自停匀，体气丰神，尤为焕发。"他的创作与题材，当与熟悉北方生活有关。

魏征（580—643），字玄成，巨鹿曲城（一说馆陶，但两者均在今河北境内，距离今北京不远）人，唐代名相，对唐代盛世有开创之功，以直谏敢言著称，卒时，太宗悲恸之极，谓侍臣："人以铜为镜，可以正衣冠，以古为镜，可以见兴替，以人为镜，可以知得失。魏征没，朕亡一镜矣！"[27]魏征不仅是著名的政治家，而且对文化发展卓有贡献。唐初搜集和整理典籍，即出于他的建议，后又亲自参加了《隋书》组织和编写，赢得良史之誉。他著有《隋书》序论、《梁书》、《陈书》、《齐书》总论，其政治见解和主张多见《贞观政要》。同时他也是具有真知灼见的文学家，在《隋书·文学传序》中批判了梁陈浮靡文风，倡导南北文化交融，对唐代文学的繁荣有一定的影响，在随李密降唐，自请安辑山东时，曾作诗《述怀》："中原初逐鹿，投笔事戎轩。纵横计不就，慷慨志犹存。杖策谒天子，驱马出关门。请缨系南越，凭轼下东藩。郁纡陟高岫，出没望平原。古木鸣寒鸟，空山啼夜猿。既伤千里目，还惊九逝魂。岂不惮艰险，深怀国士恩。季布无二诺，侯嬴重一言。人生感意气，功名谁复论。"表达了君臣遇合后为国请缨渴望建功立业的风发意气。沈德潜称此诗"气骨高古，变从前纤靡之习，盛唐风格，发源于此"。[28]赞誉首开盛唐气象之功，给予极高评价。

卢照邻（约636—约689），字升之，自号幽忧子，幽州人。与王勃、杨炯、骆宾王并称"初唐四杰"。年少时，从曹宪、王义方受小学及经史，博学能文。高宗永徽五年（654年）为邓王（李元裕）府典签，极受邓王爱重，比之为司马相如。但后来由于政治坎坷和长期病痛折磨，竟然自投颍水而死。有文集二十卷，今存七卷。《全唐诗》编录其诗两卷。卢照邻擅长七言歌行，代表作《长安古意》。卢照邻对故乡有着深厚的情思，自号幽忧子，表达不忘故乡的情志。而最为明显的带有怀乡情思的创作是《送幽州陈参军赴任寄乡曲父老》："蓟北三千里，关西二十年。冯唐犹在汉，乐毅不归燕。人同黄鹤远，乡共白云连。郭隗池台处，昭王尊酒前。故人当已老，旧壑几成田。红颜如昨日，衰鬓似秋天。西蜀桥应毁，东周石尚全。灞池水犹绿，榆关月早圆。塞云初上雁，庭树欲销蝉。送君之旧国，挥泪独潸然。"而另外一首《晚渡滹沱敬赠魏大》，则不仅描绘了燕赵之地的壮阔而优美自然景色，而且也表达了对友人淳朴真挚的感情："津谷朝行远，冰川夕望曛。霞明深浅浪，风卷去来云。澄波泛月影，激浪聚沙文。谁忍仙舟上，携手独思君。”

与卢照邻同乡而又稍晚的另一个著名的诗人是张说。他本身是一个在文学史上起到过相当作用的人，只是对其研究有待于进一步的加强。

张说（667—730），字道济，一字说之，唐代著名的文学家和文学倡导者。原籍范阳，弱冠之时因对策第一，授太子校书。武后时策贤良方正，累官至凤阁舍人。因忤旨流配钦州，中宗朝召还。睿宗朝同中书门下平章事。玄宗开元初，因不附太平公主，罢知政事。复拜中书令，封燕国公。出为相州、岳州等地刺史，又召还为兵部尚书、同中书门下三品，迁中书令，俄授右丞相，至尚书左丞相。卒谥号文贞。作为开元前期一代文宗，张说品评文苑，奖掖后进，深孚众望。开元十三年，玄宗改丽正书院为集贤书院，并扩大规模，增设学士，以时任中书令的张说知院事。而张说“喜延纳后进”[29]，张九龄、王翰等许多著名文士均常游其门下。他实际成为盛唐前期文学界的领袖人物，对文学变革起到了至关重要的作用。

张说在玄宗励精图治、国力空前强盛的开元前期前后三次为相，掌文学之任三十年。因其特殊生活和地位，作品中虽有一些报效君主篇什，但基本摈弃了矫揉造作、浮华空泛的宫廷文学陋习，表现出对人生价值积极追求的真实感情和豪情四射的无限热情，具有感动心灵的力量。他的诗主要抒写以王霸大业自许的怀抱，语言质朴，豪迈壮阔，充满自信，显示出雄才大略的政治家风采气度，代表作为《邺都引》。

张说一生大部分时间在唐都长安和官任上度过，但是他却有着非常浓重的故乡情结，写了许多有关故乡风物的诗作。《幽州新岁作》：“去岁荆南梅似雪，今年蓟北雪如梅。共知人事何常定，且喜年华去复来。边镇戍歌连夜动，京城燎火彻明开。遥遥西向长安日，愿上南山寿一杯。”以画龙点睛之笔，生动地描绘了边镇幽州特有的景色和生活。《幽州夜饮》：“凉风吹夜雨，萧瑟动寒林。正有高堂宴，能忘迟暮心。军中宜舞剑，塞上重笳音。不作边城将，谁知恩遇深。”极具边塞诗歌的风味和特色，其中边地苦寒，报效国家等正是边塞诗不可或缺的基本要素，体现了文学创作由初唐向盛唐的过渡。

作为盛世之将相，在他的诗作中时时透露出雄临天下的豪迈之气，即使遭遇坎坷、人生处于低谷，依然难以掩饰。《巡边河北作二首》和《巡边在河北作》，无不令人感受到以功业追求不朽人生的豪情。由此可见张说诗作，虽未完全脱离初唐遗风，但已开盛唐气象。在中国文学史上，“盛唐气象”是对诗歌鼎盛的一个高度概括的描述。最早见于严羽《沧浪诗话》，后经林庚先生饱含激情的阐释而深入人心：“蓬勃的朝气，青春的旋律，这就是盛唐气象与盛唐之音的本质。”“它玲珑透彻而仍然浑厚，千愁万绪而仍然开朗，这是植根于饱满的生活热情、新鲜事物的敏感。”[30]沈德潜评价张说的古体诗《邺都引》时说：“声调渐响，去王、杨、卢、骆体远矣。”[31]认为已经脱离了初唐慷慨激愤，慨叹世路不平的情味，展现出雄浑壮阔的气势和气象风骨兼备的风采；近体如《幽州新岁作》，清代学者方东树以为“情词流转极圆美”，“亲切不肤”[32]，逐渐体现出盛唐诗歌的成熟中和之美，这正是盛唐诗歌最显著的精神内涵。张说巡边河北是当时朝廷政治中一个引人注目的事件，有多人奉旨应题酬唱，韩休、许景先、王丘、苏晋、崔禹锡、张嘉贞、王光庭、徐知仁、席豫等都有同题《奉和圣制送张说巡边》，酬唱者之一卢从愿也是幽州人。

张说在文章方面所取得的成就也很高，其作品思绪精密，语言俊丽，于质朴俊爽之中展现宏伟的气势。《旧唐书·张说传》载其《谏武后幸三阳宫不时还都疏》等疏表，皆政论名作。当时朝廷重要制诰著作，多由其承旨撰述，他尤其擅长于碑文墓志，与许国公苏颋齐名，人称“燕许大手笔”。[33]沈曾植《菌阁琐谈》认为“燕许宗经典重”的文学倾向，开辟了中唐梁肃、独孤及、韩愈、柳宗元古文运动的先声。他一改骈俪写作之风，以散为主，骈散结合，透露了唐文由骈入散的最初消息。他以执宰大臣和文坛领军的双重身份，对于文坛风气、创作倾向所产生的影响无疑是巨大的，绝非一般文坛领袖可比，他在创作上的表率作用和对众多优秀诗文作家的提携奖掖，极大推进了唐代散文和诗歌的变革和发展。这一切，使之成为跨越初唐与盛唐文学发展当之无愧的桥梁，功绩卓著，令人瞩目。

李峤（约645—约714），字巨山，赵州赞皇（今属河北）人，历官高宗、武后、中宗、睿宗四朝，三度拜相。为初唐文学名家。与苏味道齐名，人称“苏李”，又与崔融、苏味道、杜审言并称“文章四友”。

苏味道（648—705），赵州栾城（今属河北）人，高宗、武后时期曾两度为相。工于诗文，为“文章四友”之一，他的诗作多为写景咏物，以五言律诗为多。《正月十五夜》“火树银花合”为其代表作之一。

卢从愿（668—737），祖籍范阳，是名门望族卢姓后裔。他的祖上有卢绾、卢植、卢毓、卢廷、卢志、卢谌、卢纶、卢度世、卢昶等自汉至唐的历代名人。卢从愿是卢昶的六世孙，曾历任山南黜徙巡抚使、殿中侍御史、中书舍人、吏部侍郎、豫州刺史、工部侍郎、尚书左丞、中书侍郎、金紫光禄大夫、刑部尚书。在张说巡边河北即将出发时，卢从愿作《奉和圣制送张说巡边》“上将发文昌”[34]一首，气势豪迈。

（三）盛唐文坛的幽州作家

盛唐诗歌所具备的盛唐气象，突出体现在山水田园诗和边塞诗两大题材中。因为它们最能反映诗人们在山林廊庙、出处进退、牧歌情调和英雄气概之间所取得的平衡，是唯有盛唐时代才具备的性格。[35]诗人高适，为幽州节镇辖区内的渤海人，他以边塞诗的卓然成就，成为盛唐诗坛的代表之一。

高适（约702—765），字达夫，渤海蓨人。少小孤贫，爱好交游，有游侠之风，以建功立业自相期许。早年曾游历长安，后到过蓟门、卢龙一带，寻求晋身之阶，均未如愿。安史之乱后，曾任淮南节度使、彭州刺史、蜀州刺史、剑南节度使等职，官至左散骑常侍，封渤海县侯，世称“高常侍”。作为唐代著名的边塞诗人，其诗直抒胸臆，不尚雕饰，以七言歌行最富特色，大多写边塞生活，与岑参齐名，并称“高岑”。其作品笔力雄健，气势奔放，洋溢着盛唐时期特有的奋发进取、蓬勃向上的时代精神。喜功名，尚节义，与李白、杜甫等著名诗人相结交。高诗当时即已享有盛名，“以气质自高。每吟一篇，已为好事者传诵”。[36]《旧唐书·高适传》赞其：“开、宝以来，诗人之达者，唯适而已。”殷璠《河岳英灵集》也称许他“多胸臆语，兼有气骨，故朝野通赏其文”。

边塞诗在盛唐攀上艺术巅峰，与国力强大和边塞雄固密切相关，与帝国盛世中人们焕发出的乐观自信、奋发进取精神紧密相连。不少诗人一改孱弱书生形象，投身国家伟业，他们不仅亲临前线，甚至进入边镇幕府充当军师僚佐，期冀有所作为，从而建功立业，成就功名，这成为当时布衣寒士出将入相的又一“终南捷径”。文人大批入幕是唐代特有的一种社会现象，有人描绘说：“唐词人自禁林外，节镇幕府为盛。如高适之依哥舒翰，岑参之依高仙芝，杜甫之依严武，比比而是。中叶后尤多。盖唐制，新及第人，例就外幕，而布衣流落才士，更多因缘幕府，蹑级进身。要视其主之好文如何，然后同调萃，唱和广。”[37]文人入幕主要盛行于安史之乱后，而在之前，高适、岑参为开其先河者。高适一生中不仅常走边关，更曾经多次进入军事幕府。因此，对于边塞生活和将士情感非常熟悉，这为其创作奠定了坚实的基础。

《燕歌行》不仅是高适个人的代表作，也是盛唐边塞诗达到高峰的标志，诗中描述了边塞生活的艰苦和战争的严酷，其中既有“汉将辞家破残贼”的勇往直前，也有“战士军前半生死，美人帐下犹歌舞”的腐败和不平。既有“男儿本自重横行”的凌云壮志，同时也有“少妇城南欲断肠，征人蓟北空回首”的缠绵和幽怨。内容丰富，情感复杂，感情立体，情绪昂扬。在高适的诗作中，吟咏幽州的名篇佳作不少，例如《蓟门行五首》，不仅可以看出诗人游走于幕府时的个人际遇，而且能够真实反映出当时方镇中所存在的一些社会问题。从《蓟中作》、《自蓟北归》、《送兵到蓟北》等诗，不仅可见当时幽州边防局势，而且也表达了作者进步的军事观：征战是为了安边，但现实中将军们却为了封官晋爵冒功领赏而不惜欺上瞒下，这种卑鄙行径让作者愤慨不已。沈德潜《唐诗别裁集》卷一评价说：“不云天子僭赏，而云主将承恩，令人言外思之。”这确实道出了高适边塞诗艺术表现的一个突出特点，即感情充沛而表达含蓄宛转，有弦外之音。居庸关，在北京北部，为扼守中原之门户，自古具有极高战略意义。高适有《使青夷军入居庸三首》抒发了抗击外侵的深刻感慨。青夷军，当作“清夷军”，当时归范阳节度使统辖。高适另有《塞上》诗：“东出卢龙塞”诗中回顾了历史上胡汉之间长久的民族冲突，表达了一扫胡虏使边事永消的愿望。卢龙塞在北京东，今河北秦皇岛境内。

在高适的个性中，游侠使气是其基本性格特征，如果说《封丘作》是对自己个人生活经历的现实主义描写，那么《邯郸少年行》“邯郸城南游侠子”则是诗人心灵理想生活的写照。诗人笔下的游侠子睥睨尘世，耿介刚强，为国排难，奋不顾身，充溢着抱负高远、纵恣豪迈的英武气概，这种情怀高旷的侠肝义胆，正是高适对自己人生性格的概括。而诗中所歌咏和崇尚的“侠气”，不仅是“自古多慷慨悲凉之士”的燕赵地域文化基础底色，也是高适边塞诗的精神追求。盛唐边塞诗中虽然渴望建功立业与厌战反战的思想复杂交织，不畏牺牲与思乡怀远的情绪相互映衬，但在整体上却保持了雄浑开朗、积极向上的基调，民族自豪感、时代责任感以及奋发有为、建功立业的精神力量充溢其中，形成了气势壮丽豪放而又情感真实细腻的艺术特征。这与魏晋边塞诗极度夸张的英雄主义相区别，与南北朝边塞诗充斥笼罩着浓重的边愁闺怨更有本质不同。

高适的创作题材非常广泛。除边塞诗，还有反映民生疾苦，揭露统治者与广大人民之间矛盾的篇什，例如《自淇涉黄河途中作十三首》之九《东平路中遇大水》等；还有抒发友情或者表达对隐居生活向往的《别董大二首》、《赋得还山吟送沈四山人》、《人日寄杜二拾遗》等；另外还创作了不少题画诗《同鲜于洛阳于毕员外宅观画马歌》、《同李九士曹观壁画云作》、《画马篇（同诸公宴睢阳李太守，各赋一物）》借画咏志，表达自己不凡的志向和英雄不甘沉沦的悲凉。

刘长卿（709—786），字文房，河间（今属河北廊坊）人。开元间屡试不第，居嵩山读书，大约至天宝后期进士及第。刘氏各种诗体皆工，尤长五言律诗，自称“五言长城”。交游甚广，与当时许多著名的大诗文家如李白、元结、张籍、李嘉佑、朱放、严维、秦系以及诗僧皎然、灵澈、古文家独孤及、萧颖士等都有过从唱酬。与大历诗人钱起、郎士元、李嘉佑并称钱、郎、刘、李。《新唐书·艺文志》著录《刘长卿集》十卷。刘长卿的近体诗蕴藉含蓄，婉曲多讽，写景诗则冲淡闲远，接近王孟一派。五言诗在其创作中占十之七八，不乏佳作，但是题材较为狭窄，反复吟咏的多是离愁别绪，意境不免雷同。

李嘉佑（？—约779），字从一，赵州（今河北赵县）人。天宝七年（748年）进士及第。著名诗人。与刘长卿、皇甫冉、严维、钱起、韩翃等交好。其诗风“涉于齐梁，绮靡婉丽”。[38]有《李嘉佑集》两卷。

司空曙（约720—790），字文明（一作文初），广平（今河北永年）人。大历初年登进士第，为大历十才子之一，曾任拾遗之职。贞元初，为剑南西川节度从事、检校水部郎中，官终虞部郎中，《新唐诗·艺文志》著录其诗集二卷。有《贼平后送人北归》描写了战乱后范阳荒芜的景色和诗人对故乡思念的深情。

崔护，生卒年不详，郡望博陵（今河北安平）。贞元十二年（796年）进士及第。最著名的诗歌是《题都城南庄》“去年今日此门中，人面桃花相映红，人面不知何处去？桃花依旧笑春风”。

卢殷（746—810），范阳（今北京西南）人，工诗，当时著名诗人韩愈、孟郊皆与之友善。一生穷困潦倒，死后家人无力安葬，韩愈为之买棺，并为之作墓志铭。孟郊曾作《吊卢殷》诗十首，对其不幸遭遇深表同情。

卢纶（约748—799），字允言，原籍范阳（今北京西南）人，后迁居浦州（今山西永济）。安史之乱时，避难鄱阳（今江西鄱阳）。大历初，数举进士不第，经宰相元载等推荐入仕。卢纶为“大历十才子”之一，诗歌多送别赠答之作，工于写景。其边塞诗苍劲雄健，为其他大历才子所少有。因此，王士祯在《分甘余话》中称之为“大历十才子”之冠冕。

司空曙（约720—790），字文初（《唐才子传》作文明），广平（今河北永年）人，大历十才子之一，诗作多送别赠答与羁旅漂泊之作，善于以质朴真率的词句，表达流落异乡的感慨和失意的哀愁。

崔峒，同为“大历十才子”中人，生卒年不详，博陵（今河北安平）人，官终州刺史，诗以五律见长，多为送别、赠答、登临题咏之作。《全唐诗》录存其诗四十多首。

（四）苦吟诗人贾岛及其他中晚唐幽州作家

与张说、高适豪迈人生展现出绝然不同风貌的是贾岛。

贾岛（779—843），字浪仙，一作阆仙，自号碣石山人。范阳（今北京房山）人。早年贫寒，应试不第，出家为僧，法名无本，后还俗应试，仍屡试不第，被讥为科场“十恶”。文宗开成二年被谤，责为遂州长江主簿，故被称为“贾长江”。后迁普州司仓参军，卒于任所。曾以诗投韩愈，与孟郊、张籍、马戴、姚合等诗友唱酬，诗名大振。

贾岛虽然也偶然能够写出“松下问童子，言师采药去。只在此山中，云深不知处”（《寻隐者不遇》）这样超脱闲逸的诗，也曾流露出“十年磨一剑，霜刃未曾试。今日把试君，谁有不平事”（《剑客》）这样昂扬的豪气，但其诗作总体上不脱寒苦之气。他擅长五律，苦吟成癖，自题曰：“两句三年得，一吟双泪流。知音如不赏，归卧故山秋。”（《题诗后》）五律精于炼字琢句，但谋篇结构稍显逊色。司空图《与李生论诗书》评价他说：“诚有警句，视其全篇，意思殊馁。”其诗造语奇特，常写凋敝枯寒之景，表现愁苦幽独之情，奇僻清峭。

贾岛一生坎坷，漂泊异乡，思乡之情，时见笔端。曾作《上谷旅夜》：“世难那堪恨旅游，龙钟更是对穷秋。故园千里数行泪，邻杵一声终夜愁。月到寒窗空皓晶，风翻落叶更飕飗。此心不向常人说，倚识平津万户侯。”凄苦之情令人不忍卒读。更有《渡桑干》：“客舍并州已十霜，归心日夜忆咸阳。无端更渡桑干水，却望并州是故乡。”直接表露胸襟。《易州登龙兴寺楼望郡北高峰》：“郡北最高峰，巉岩绝云路。朝来上楼望，稍觉得幽趣。朦胧碧烟里，群岭若相附。何时一登陟，万物皆下顾。”则是一首直接描写故乡的诗篇。贾岛是功名富贵场中的失意人，又是诗坛上青灯古卷耗尽心力的苦行僧。《易水怀古》：“荆卿重虚死，节烈书前史。我叹方寸心，谁论一时事。至今易水桥，寒风兮萧萧。易水流得尽，荆卿名不消。”表达的是缅怀前贤，渴望有所作为的心志。最后这个一生凄苦抑郁不得志的诗人，终于在穷愁潦倒中客死他乡。贾岛与孟郊齐名，诗坛上历来有“郊寒岛瘦”[39]之说，影响深远。他的诗风在晚唐形成流派，对后世尤其是晚唐五代和宋诗的影响颇大。其墓址在今北京房山境内，仅存清代碑刻两座。

吴可，生卒年不详，俗姓贾，范阳（今北京房山）人。他是贾岛从弟，少年出家，曾经与贾岛一起居住在青龙寺，后来四处云游。擅长诗书，诗名不逊色于贾岛。与诗人张籍、马戴、厉玄等相友善，与姚合交往甚密。《秋寄从兄贾岛》“螟虫喧暮色”是他居住在庐山西林寺写给贾岛的，其特点是把喧嚣的物象与沉静的禅思一一对比，动静映衬之间，表达出对从兄，同时又是知己的思念之情。《寄青龙寺源上人》“敛屦入寒竹”通过冥想，感受源上人对居所一切的感受，禅意盎然。

卢汝弼，字子谐，范阳（今北京西南）人，诗人卢纶之孙。景福年间进士，官祠部员外郎、知制诰。后依附李克用父子，曾任节度副使，卒后追赠兵部尚书。善诗文，《全唐诗》存诗八首。有《和李秀才边庭四时怨》“卢龙塞外草初肥，雁乳平芜晓不飞”、“陇头流水关山月，泣上龙堆望故乡”、“朔风吹雪透刀瘢，饮马长城窟更寒”等句，胡应麟评价此诗“语意新奇，韵格超绝”。[40]甚至将其目为盛唐高手所为，可见其诗的格调气魄之高。

卢延让，生卒年不详。字子善，范阳（今北京西南）人。屡举不第，至光化三年（900年）登进士。曾为节度使雷满从事，后入蜀地从王建，任水部员外郎等职。他的诗歌学习薛能，以苦吟著称。“莫话诗中事，诗中难更无。吟安一个字，撚断数茎须。险觅天应闷，狂搜海亦枯。不同文赋易，为著者之乎。”（《苦吟》）是诗人自己苦吟形象的生动写照。

五、隋唐五代时期幽州客游文化与文学

幽州自古以来都是北方军事重镇，有唐一代，幽州的局面以安史之乱为界，分为前中后截然不同的三个时期。安史之乱前，幽州节度使的地位最重，兵权最大，管辖二十四州及安东都护府，所占兵力为全国的六分之一，并且多精锐，所以那时候的幽州是唐玄宗以为可以倚重的安边前沿。安史之乱，安禄山不仅自立为大燕皇帝，而且攻占首都长安、东京洛阳，严重动摇了唐王朝的根基，给整个国家带来了前所未有的深重灾难。安史之乱前后八年，幽州河北地区叛军盘踞，

前有安禄山，后有史思明，烧杀掳掠，战祸连绵，人民遭受荼毒最深。安史之乱之后，地方节度使的势力进一步扩大，拥兵自重，终于形成了长期的藩镇割据的局面。

盛唐时期的幽州，对于文人们有着特殊的吸引力。因为这里有苍凉壮阔的边地风光，有多元文化融合的边地风情，有豪爽任侠质朴慷慨的燕地民众，还有源远流长底蕴深厚的文化遗存。更重要的是在边地方镇幕府中，这里的势力最大，权力最重，为文人建功立业进身仕途提供的前程最为广阔，这是吸引大批文士来到幽州的主要原因，也是幽州客游文学兴盛发展的文化基础。安史之乱，这里吸引了整个民族的目光，成为忧国忧民的文学家们关注的焦点。

（一）以陈子昂为代表的客游文学

陈子昂（661—702），字伯玉，梓州射洪（今属四川）人，是初唐诗坛影响较大的诗文革新人物之一。因曾任右拾遗，后世称为陈拾遗。家世豪富，年轻时使气任侠，轻财好施。后折节发愤，博览群书，志向高远，意欲在政治上有所建树。二十四岁举进士，官麟台正字，后升右拾遗，直言敢谏。他曾在二十六岁、三十六岁两次从军边塞，这种特殊经历，使他对边塞形势和当地人民生活有着较为深刻的认识。其诗标举汉魏风骨，强调兴寄，反对柔靡之风，风骨峥嵘，寓意深远，苍劲有力，是唐代诗歌革新的先驱。

陈子昂的历史文化积淀很深厚，所以对幽州这个闻名于世的历史故地有着强烈的尊崇感。他少年胸怀大志，关怀时政，但是屡遭挫折。曾随建安王武攸宜东征，由于武攸宜的轻率无能，致使东征军陷没，陈子昂两次进谏，并自告奋勇为杀敌先锋，却因此惹恼武攸宜，把他降为军曹。诗人接连受到挫折，眼看报国宏愿成为泡影，因此登上幽州台（又名蓟北楼，遗址在今北京），慷慨悲吟，写下了《登幽州台歌》以及《蓟丘览古赠卢居士藏用七首》等诗篇。“前不见古人，后不见来者。念天地之悠悠，独怆然而涕下！”幽州台，即著名的黄金台，是历史上燕昭王不惜千金招贤纳士的地方，后来它就成为渴望得遇明君圣主，一展才华抱负之人的心灵圣地。此诗创造一种辽阔幽远、空旷苍茫的意境，气势磅礴，意境阔大，格调雄浑，具有震撼人心的艺术魅力，首开唐诗浑厚磅礴之气象。

《蓟丘览古居士藏用》一共七首，是陈子昂在幽州期间，遍览古迹，有感而发的一组咏怀之作。包括《轩辕台》、《燕昭王》、《乐生》、《燕太子》、《田光先生》、《邹衍》、《郭隗》，诗中歌颂了礼贤下士、知人善任的燕昭王、燕太子，羡慕能够得遇知己乘时立功的乐毅、郭隗等历史人物，充满了对古代圣贤的追思，对建功立业的向往。诗中充溢着个人才能遭到压抑的激愤不平，表现出生不逢时、理想无法实现的痛苦和悲哀，其千载孤独、寂寞无主的基调与《登幽州台歌》如出一辙。

《感遇诗三十八首》是陈子昂最为著名的杰作，其第三十四首“朔风吹海树”作于万岁通天元年（696 年）诗人追随建安王武攸宜东征契丹时。诗中描绘了“幽燕客”这位游侠之士怀才不遇坎坷一生的经历。幽燕即今北京地区，战国时燕国之地，汉以后置为幽州，连称为“幽燕”。诗人虽然是借他人际遇之不平，浇自己胸中壮志未酬之块垒，但是燕地人民的疾恶如仇、敢作敢为、轻财好义、勇武慷慨，路见不平拔刀相助，为实现报国理想不惜生命的行为准则和性格特征却刻画得入木三分，异常鲜明生动。《感遇三十八首》第三十五“本为贵公子”，是陈子昂自传式的一篇作品，诗的开头直截了当，叙述自己的出身经历和志向。“拔剑起蒿蓬”这个少年豪杰的形象，与“幽燕客”是何其相像，同样的英气逼人，威风凛凛，同样的志向高远，万里从军，而结局同样都是报国无门，寂寥到白头。从陈子昂的许多作品中，可以看出，虽然他不是幽州人，但是在情感上，对于幽州的历史、幽州众多的历史先贤、幽州现实生活中的民众，确实有着很深的认同感。这就是人类社会最根本的认同——文化的认同。陈子昂另有《登蓟城西北楼送崔著作融入都》“蓟楼望燕国”和《登蓟丘楼送贾兵曹入都》“东山宿昔意”都是送别之作，情感真挚，表现了对友人的依恋，而意境上，突出表现的也都是幽州特有的苍凉风貌。

王之涣（688—742），字季凌，盛唐诗人，晋阳（今山西太原）人。史书记载他为人慷慨有大略，有侠士风度，擅长五言，以描写边塞风光为胜。语言朴实，造境深远，能够给人以回味无穷之感。他的作品，一经问世，即被乐工制曲歌唱，迅速传播天下，常与高适、王昌龄等唱和，传为一时佳话。《全唐诗》存绝句六首，皆历代传诵名篇，《九日送别》“蓟庭萧瑟故人稀”即是其中之一，是诗人在幽州送别朋友时所作。

祖咏（699—746），洛阳（今属河南）人，开元十二年（724 年）进士。曾因张说推荐，任过短时期的驾部员外郎，后弃官回到故里隐居终生，与王维自幼交好，多酬唱之作，又与卢象、储光羲、王翰、丘为等友好。擅长山水诗，意境幽远，《全唐诗》存其诗三十六首。《望蓟门》“燕台一去客心惊”为其代表作：“燕台一去客心惊，笳鼓喧喧汉将营。万里寒光生积雪，三边曙色动危旌。沙场烽火侵胡月，海畔云山拥蓟城。”燕台指黄金台，诗中以此代称燕地，用以泛指平卢、范阳一带。诗人一到燕台，即为其所特有的边塞风光肃穆氛围感到惊心动魄。诗人写幽州的山川形胜要塞巍峨，写旌旗飘扬烽火相连战鼓喧嚣，也写将士们的无畏和豪迈之气。从“望”字落笔，意境阔大，气势恢宏，“少小虽非投笔吏，论功还欲请长缨”为名句，涌动着立功报国的激昂激愤之情。从诗中描绘的鲜明形象和独特的边塞气氛看，祖咏对边地生活有着切身的感受和投身其中的真切体验。

而著名诗人孟浩然的《同张将蓟门观灯》则展示了幽州古城另外一面的独特魅力：“异俗非乡俗，新年改故年。蓟门看火树，疑是烛龙燃。”由此可见幽州生活风习、节俗庆典等与中原其他地方还是有很大区别的。

（二）中国诗坛双子星座李白杜甫对幽州的歌咏

在群星灿烂的盛唐诗坛，李白、杜甫是最为耀眼的两颗巨星。他们的创作集中体现了盛唐诗人胸怀开阔、积极进取的精神风貌和安社稷、济苍生、关心民瘼、以天下为己任的情怀。而两位诗人都不约而同地将关注的目光长久聚焦在幽州这片土地上，足见这里的命运与国家安危息息相关。

李白（701—762），字太白，号青莲居士，唐代伟大的浪漫主义诗人。在我国历史上，被誉为诗仙，其诗风豪放飘逸，想象丰富，语言流转自然，音律和谐多变。李白一生遍游祖国名山大川，唐天宝十一年（752 年），曾到幽州游历。并写下了一些优美的诗篇。《幽州胡马客歌》“幽州胡马客”，标明横吹曲辞，是一首古歌行，由此诗，不仅能够了解到幽州地区多民族交叉生活，生产生活方式多样化、文化表现多元化的具体情形，而且可以进一步了解到燕地游侠之风盛行的民族根源，而诗中鲜明形象的刻画，一个侠士形象跃然纸上，作者的赞美欣赏之情也溢于言表。李白的另外一首诗歌《出自蓟北门行》“虏阵横北荒”则描述了尖锐的民族矛盾和异常惨烈的军事冲突，其主调是强烈的爱国主义热情和个人英雄主义情结，是对封侯拜相的个人理想的热烈追求。

李白是我国历史上最富浪漫主义理想的诗人，他有关幽州的创作，虽然更多的展现的是经过主观情感加工过的个性化的幽州影像，也正因如此，才给这块古老土地增加了些许壮伟奇特、绮丽多姿的亮色。他“燕山雪花大如席”的夸张描述给人以无限的震撼和遐想。这种伟大的想象，和李白心目中幽州的诡异、奇特、壮丽、开阔密不可分。在《经离乱后，天恩流夜郎，忆旧游书怀，赠江夏韦太守良宰》中，诗人追忆了在幽州见闻到的种种反常现象以及当时自己的万般无奈：“十月到幽州，戈铤若罗星。君王亲北海，扫地借天鲸。呼吸走百川，燕然可催倾。心知不得语，却欲栖蓬瀛。弯弓惧天狼，挟矢不敢张。揽涕黄金台，呼天哭昭王。无人贵俊骨，绿耳空腾骧。乐毅倘再生，于今亦奔忙。”由此可见李白以诗人特有的敏感，已经嗅到了边镇守军周边萦绕的浓烈的不祥气息。

杜甫（712—770），字子美，自号少陵野老，又号杜少陵，杜工部等。是我国古代伟大的现实主义诗人，一生写诗一千四百多首，其思想核心是儒家仁政思想，作品突出地表达了“致君尧舜上，再使风俗淳”的宏伟抱负。

杜甫与李白齐名，被誉为“诗圣”。李白的创作完全站在盛唐的坐标上，而杜甫则把重心投射到了安史之乱后苦难深重的国家命运和人民遭际之上，他的创作更多反映了国家深重的灾难和人民颠沛流离的生活，真实深刻完整地描绘了安史之乱前后广阔的社会生活画面，无愧于“诗史”之誉。幽州在杜甫的创作中占有很重的分量，他以平实冷峻的目光剖析着现实社会中的幽州，描述着这方处于多事之秋的土地。

安史之乱对于唐王朝而言是由盛而衰的历史分水岭，对幽州而言，之前它是保卫国家完整和民族安全的前沿重镇，之后它成为威胁王朝稳定和人民安宁的罪恶之源，给人民造成长久苦难。在《后出塞五首》中，杜甫借一位幽州戍边者的自述，描绘了幽州前后二十年天翻地覆的变化。其一中他写道：“男儿生世间，及壮当封侯。……少年别有赠，含笑看吴钩。”指出为国建功立业的战场就在幽州前线。其三云：“古人重守边，今人重高勋。”其四又云：“主将位益崇，气骄凌上都。”指出割据势力拥兵自重为乱一方的嚣张气焰和造成国家民族实难的根源所在。其五“我本良家子”则表现了一个死里逃生的士兵所看到的安史之乱给人民带来的哀鸿遍野、万户空门的深重苦难。这组诗中，大将们觊觎国家权力的狼子野心，与人民的不顾生死，从军戍边，渴望保家卫国的理想形成鲜明对比，冷酷中，表现出诗人对现实的客观观察和冷静思考，其中饱含着深切的忧虑和义无反顾的果敢，忠君爱民激愤情感充溢其间。杜甫的《渔阳》更是将批判的笔锋直指边镇守军：“渔阳突骑犹精锐，赫赫雍王都节制。猛将翻然恐後时，本朝不入非高计。禄山北筑雄武城，旧防败走归其营。系书请问燕耆旧，今日何须十万兵!”深谋远虑地指出了藩镇割据局面的形成将给国家造成长久的威胁。

《散愁二首》则写出了在平乱过程中，诗人对幽州地区战局形势的深切关注：其一：“久客宜旋旆，兴王未息戈。蜀星阴见少，江雨夜闻多。百万传深入，寰区望匪它。司徒下燕赵，收取旧山河。”其二：“闻道并州镇，尚书训士齐。几时通蓟北，当日报关西。恋阙丹心破，沾衣皓首啼。老魂招不得，归路恐长迷。”渴望尽快收复山河的愿望如此紧急迫切。

安史之乱平定之后，杜甫又作《有感五首》，表达了对藩镇割据不消除国无宁日的担忧，其中所举的一个例子正是幽州：“幽蓟馀蛇豕，乾坤尚虎狼。诸侯春不贡，使者日相望。慎勿吞青海，无劳问越裳。大君先息战，归马华山阳。”《诸将五首》其三也说：“沧海未全归禹贡，蓟门何处尽尧封?”这些都不仅仅是单纯的对现实的反映，更有对当朝统治者关切的提醒和对民众提高警惕的强烈呼吁。

经过长期艰苦卓绝的斗争，在国家和人民都饱经动乱和苦难之后，公元763年，藩镇割据的河北终于归顺中央政府，流落在四川避难的杜甫：“剑外忽传收蓟北，初闻涕泪满衣裳。却看妻子愁何在，漫卷诗书喜欲狂。”(《闻官军收河南河北》)表现出来的是难以抑制的狂喜。《承闻河北诸节度入朝欢喜口号绝句十二首》更是将这种情绪进行了淋漓尽致的宣泄：其一：“禄山作逆降天诛，更有思明亦已无。汹汹人寰犹不定，时时战斗欲何须。”其二：“社稷苍生计必安，蛮夷杂种错相干。周宣汉武今王是，孝子忠臣后代看。”其三：“喧喧道路好童谣，河北将军尽入朝。自是乾坤王室正，却教江汉客魂销。”其四：“不道诸公无表来，茫茫庶事遣人猜。拥兵相学干戈锐，使者徒劳百万回。”其五：“鸣玉锵金尽正臣，修文偃武不无人。兴王会静妖氛气，圣寿宜过一万春。”其六：“英雄见事若通神，圣哲为心小一身。燕赵休矜出佳丽，宫闱不拟选人才。”其七：“抱病江天白首郎，空山楼阁暮春光。衣冠是日朝天子，草奏何时入帝乡。”其八：“澶漫山东一百州，削成如案抱青丘。包茅重入归关内，王祭还供尽海头。”其九：“东逾辽水北滹沱，星象风云喜共和。紫气关临天地阔，黄金台贮俊货多。”其十：“渔阳突骑邯郸儿，酒酣并辔金鞭垂。意气即归双阙舞，雄豪复遣五陵知。”其十一：“李相将军拥蓟门，白头惟有赤心存。竟能尽说诸侯入，知有从来天子尊。”其十二：“十二年来战场多，天威已息阵堂堂。神灵汉代中兴主，功业汾阳异姓王。”杜诗历来有“诗史”之称，幽州边镇历史演进的这段轨迹在诗人这十二首诗中得到了浓缩概括，当之无愧于“诗史”之誉。

但是边关的安宁是短暂的，割据势力对中央政府的臣服也是徒有其表的权宜之计。经过这场动乱，整个唐王朝元气已伤，“大一统”只是表面繁华的最后一瞥，拥兵自重的藩镇割据势力在这之后迅速、持续地恶性膨胀，终于伴随着各种社会矛盾日益激化，在唐王朝走向衰亡的过程中，起到了推波助澜的关键作用。在此期间，气焰嚣张的就有镇守幽州的范阳节度，破坏最强的也非其莫属。

在随后诗人创作中，这些情形在作家们的笔端都有尽情反映。

（三）其他作家在幽州的客游之作

张籍（767—830），字文昌，原籍吴郡（今江苏苏州），是一位关心民瘼的诗人。他的文学主张和认识，与白居易相近。是中唐时期新乐府运动的积极支持者和推动者。其乐府诗颇多反映当时社会现实之作，广泛深刻地反映了各种社会矛盾，表现了对人民的同情。其诗作的特点是语言凝练而平易自然。与王建齐名，并称“张王”。张籍曾经北游幽州，看到卢龙节度使李怀仙逼迫百姓修筑城池，特地创作了《筑城词》，愤怒控诉了藩镇割据统治下人民的悲惨遭遇，“筑城处，千人万人齐把杵。重重土坚试行锥，军吏执鞭催作迟。来时一年深碛里，尽著短衣渴无水。力尽不得休杵声，杵声未尽人皆死。家家养男当门户，今日作君城下土”。《渔阳将》则以白描手法，描述了边地生活：“塞深沙草白，都护领燕兵。放火烧奚帐，分旗筑汉城。下营看岭势，寻雪觉人行。更向桑干北，擒生问碛名。”在幽州边地时，张籍还有一些怀乡之作《蓟北旅思》（一作《送远人》）“日日望乡国”和《蓟北春怀》“渺渺水云外”都表现了对故乡的思恋和怀念。其中“今朝蓟城北，又见塞鸿飞”感情真挚，语言平实。

李益（748—829），字君虞，唐代“大历十才子”之一。大历四年（769年）进士，久不得升迁。因仕途失意，后弃官在燕赵一带漫游。贞元十三年（797年）任幽州节度使刘济从事。元和后入朝，因恃才傲物，为众不容，于是谏官拿出他在幽州时写给刘济的诗句，举出其中的“怨望”之语，李益因此得罪，降居散秩。宪宗时为秘书监，迁太子宾客、集贤学士等职。大和元年（827年）官至礼部尚书，以礼部尚书致仕卒。李益诗风豪放明快，尤其擅长边塞诗，是中唐边塞诗的代表诗人。《送辽阳使还军》、《夜上受降城闻笛》在当时广为传唱。《登长城》（一题作《塞下曲》）“汉家今上郡”表达了渴望国家安宁的愿望。《夜发军中》“边马枥上惊”以自己理想中的英雄与现实作对比，表现了对边镇局势和国家命运深刻的忧思。《从军夜次六胡北饮马磨剑石为祝殇辞》是一首长篇歌行，对造成人民灾难的民族冲突和藩镇割据给予了猛烈的抨击，表现了同情人民的情怀。

注释：

（1）（5）《战国策·燕策》。

（2）《孟子》卷六《滕文公下》。

（3）北伯鼎是1890年在河北省涞水县出土的商代青铜鼎。

（4）王国维：《北伯鼎跋》，见于《观堂集林》。

（6）司马迁《史记》卷三四《燕召公世家》。

（7）（11）（12）司马迁《史记》卷七四《孟子荀卿列传》。

（8）参见《文献通考·经籍考》，转引自《周氏涉笔》以及鲁迅《小说史大略》。

（9）胡应麟：《少室山房笔丛》卷三二《四部正讹》下。

（10）刘勰：《文心雕龙·诸子》。

（13）（汉）桓宽：《盐铁论·论邹第五十三》。

（14）（汉）桓宽：《盐铁论·论儒第十一》。

（15）司马迁：《史记》卷六《秦始皇本纪》。

（16）《汉书》卷五六《董仲舒传》。

（17）《汉书》卷三〇《艺文志》有“古有采诗之官，王者所以观风俗，知得失，自考正也”之语。

（18）（19）《后汉书》卷六四《卢植传》。

（20）《晋书》卷一一一《慕容暐载记》阳骛附记。

（21）高干，字元才，为袁绍之甥，先降曹又叛曹。

（22）三国魏黄初五年（224年）置范阳国，黄初七年（226年）又将涿郡改名为范阳郡，治所在涿县（今河北省涿州市），辖今北京昌平区、房山区及河北涿州市一带。西晋泰始元年（265年），封司马绥为范阳王，都涿（今河北省涿州市）。范阳郡改称范阳国。后在北魏时期又复称范阳郡。隋开皇元年（581年），析涿县西境原道县（今河北省保定市涞水县）地置范阳县。

（23）王仲荦：《北周地理志》。

（24）（唐）皮日休：《汴河铭》，见萧涤非新校《皮子文薮》。

（25）谭新生、倪洁：《北京通史简编》，南开大学出版社2004年版，第124页。

（26）燕云十六州指：幽州（今北京）、顺州（今北京顺义）、儒州（今北京延庆）、檀州（今北京密云）、蓟州（今河北蓟县）、涿州（今河北涿州）、瀛州（今河北河间）、莫州（今河北任丘北）、新州（今河北涿鹿）、妫州（今河北怀来）、武州（今河北宣化）、蔚州（今河北蔚县）、应州（今山西应县）、寰州（今山西朔州东）、朔州（今山西朔州）、云州（今山西大同）。幽、蓟、瀛、莫、涿、檀、顺七州位于太行山北支的东南方，其余九州在山的西北，十六州大致是今北京、天津和河北北部、山西北部的大片土地。

（27）《资治通鉴》卷一九六。

（28）（31）（清）沈德潜选注：《唐诗别裁集》。

（29）《旧唐书·张说传》。

（30）林庚：《盛唐气象》，见《北京大学学报》1958年第2期。

（32）（清）方东树著，汪绍楹校点：《昭昧詹言》二一卷。

（33）（唐）李肇：《唐国史补》。

（34）《全唐诗》卷一一一。

（35）傅璇琮、蒋寅：《中国古代文学通论·隋唐五代卷》，第57页。

（36）《新唐书》卷一四三《高适传》。

（37）（明）胡应麟：《诗薮》。

（38）（唐）高仲武：《中兴间气集》。

（39）（宋）苏轼《祭柳子玉文》有“元轻白俗，郊寒岛瘦”之语。

（40）（明）胡应麟：《诗薮》内编卷六。

第二章　辽金文学

辽金是北京历史上至关重要的发展阶段，辽之南京，金之中都，循序渐进地完成了从北方军事重镇向北方政治文化中心功能的转化，为北京向国家首都逐渐过渡做了全面的必要准备。但由于辽金统治区域仅限于北中国，所以尽管北京已经显露出了帝京文化和帝京文学的部分特征，文学从内容到形式上都发生了显著的变化，例如具有都市文化特征的诗文代替了魏晋以来盛行不衰的边塞诗，但是这种变化还是局部的、渐进的，整体上还很难完全与历史上有千丝万缕联系的周边地区彻底区分开来。所以辽金时期的北京文学依然是以北京为中心和代表的，辐射至周边地区的地域文学。

一、辽代南京社会概况和文化特征

（一）契丹统一北方及建都南京

契丹族是我国古老的少数民族之一，公元10世纪初完成了部族统一，军事力量更加雄厚。从唐末到五代，契丹人开始经常突破燕山天险，大举南下。后唐时，河东节度使石敬瑭为达到篡权称帝一己之私利，竟然割让大片土地给契丹，以换取契丹对于他“大晋皇帝”的承认。清泰三年（936年），契丹终于夺得了觊觎已久的燕云十六州。燕云十六州囊括了今北京、天津和河北北部、山西北部的大片土地。燕云十六州自古以来就是中原地区主要的军事屏障，割让给契丹以后，中原失去了与北方游牧民族隔绝的天然屏障和人工防线，从此门户洞开。中原政权与契丹围绕以燕京为中心的燕云十六州展开了激烈的争夺，契丹以燕京为基地，时时南进，灭掉后晋，讨伐后汉，攻击后周，侵扰北宋。在后周和北宋时期，中原政权曾先后三次北上发动攻打燕京战争，公元 959 年，后周夺得三关之地，确立了以拒马河为界的稳定格局，而公元 979 年、986 年的“高粱河之战”和“雍熙之役”，宋朝两次北伐都以失败而告终。在宋朝文人作品中，经常可以看到发誓要收取燕云十六州的豪言，但是这个历史夙愿却始终没有实现。契丹夺得燕云十六州后不久，公元 938 年，即改国号为“大辽”，并升幽州为陪都，号南京，亦称“燕京”，府曰析津，军号卢龙。南京为“五京”之一。[1]幽州称“燕京”始于唐史思明时，但因其为叛军伪政权所建，故不为史家承认。南京在五京中规模最大，设计最完整，并统领整个幽燕地区。由于辽沿袭“四时纳钵”制度，因此南京并不具备真正的都城意义，但人口之稠密、市井之繁荣，经济之发达，文化之昌盛，在所有陪都中堪称为最。城市地位不断提高，逐步具备了首都部分功能，拉开了北京首都历史的序幕。

（二）经济发展为文化进步提供了坚实基础

就文化而言，南京当之无愧为辽国中心。这首先取决于社会的相对稳定和经济基础的雄厚。在契丹经营燕京的最初几十年，尤其是世宗、穆宗时期，南京一直处于较为混乱的状态，汉族官员、军士和民众经常性大批逃亡。直到景宗任命汉人室昉为南京留守，局面才彻底改观，南京走向兴盛。此后，南面朝官和燕京地区州县官吏基本由汉人担任，韩、刘、马、赵等家族都是南京有名的世家豪族。公元 983 年圣宗时期以耶律休哥为南京留守，奖励农耕，减少赋税，和睦民族，减少边境冲突，开始了此后数十年南京平稳、兴盛的发展阶段。根据《辽国志》记载，“南京户口三十万，大内壮丽。城北有市，陆海百货聚于其中。僧居佛寺冠于北方。锦绣湘绮精绝天下。膏腴蔬瓜果实稻粱之类靡不毕出，而桑柘麻麦豕雉不问可知”。辽对北宋的搜刮掠夺，也为南京城市发展准备了坚实雄厚的物质基础。公元 1004 年（辽统和二十二年，北宋景德元年），辽发动对宋进攻，宋真宗在宰相寇准为代表的主战派力争之下，御驾亲征，竟然挡住了辽兵锋锐的进攻之势，因当时辽宋双方均无决战之意图，于是达成合议，双方签订“澶渊之盟”，议定罢兵休战，开放边贸[2]，宋每年向辽纳“岁币”银十万两，绢二十万匹，在燕京交割。依仗宋朝源源不断的“岁币”供给和双边贸易带来的巨大利益，南京经济得到空前发展。太平五年（1025 年）辽圣宗巡幸南京，“燕民以年谷丰熟，车驾临幸，争以土物来献。……

至夕，六街灯火如昼，士庶嬉游，上亦微行观之”。[3]到公元 1042 年（北宋庆历二年，辽重熙十一年），辽向宋所要的“岁币”在原来的基础上又额外增加了银十万两，帛十万匹，这不仅使得辽经济实力进一步加强，而且有力地促进了南京城市功能的进一步完善。

（三）文化相互交流带来文化大发展

民族融合与多元文化的交流借鉴，是南京文化大发展的一个重要原因。早期，幽燕地区是契丹吸收中原文化的一个最重要的前沿基地。燕云十六州本是汉传统文化较为发达地区，辽建立政权过程中，因为得益于汉族知识分子的帮助，逐渐认识到了以儒学为中心汉文化的重要，不仅越来越多地任用汉族知识分子，契丹贵族统治阶层也开始接受汉文化影响，辽尊崇汉唐，即使是皇帝也要研读《贞观政要》等经典。在民间，尤其是燕云十六州地区，汉族、契丹混杂而居，后来又允许相互通婚，民族文化得到进一步的交流融合。契丹开始从单纯的游牧民族，转变为游牧文化与农耕文化相融合的民族，取得了文化能量的聚变优势。

到了辽宋期间，尽管政权对立，但由于签盟休战和边贸开通，双方经济、贸易、文化交流得以开展。宋朝是中国文化发展繁荣的巅峰时期。陈寅恪认为：“华夏民族之文化，历数千载之演进，造极于赵宋之世。”[4]辽受其影响巨大。辽宋敌对，全方位多渠道交流难以全面开展，造成个别边地互市异常活跃，南京由于特殊的地理位置、完备的城市功能以及政治军事上的特殊地位，自然成为贸易和交流交汇点和最大受益者。大量的商旅往来，大量的使者驻足，甚至大量的旅游观光性质的使团，大量的纯文化性质的交流，官方的，民间的，无论目的地是上京，还是汴京，或者是辽或宋的其他地方，都要在南京驻足停留，有时南京本身就是最终的目的地，这使得这个幽燕腹地首当其冲地获取着大量南北信息，充斥着多种新奇的文化元素。当时宋朝的各种书籍一经出版，便迅速流入辽国，而南京正是这种流动的要冲之地。出使辽国的宋使苏辙在南京就看到了哥哥苏轼刚刚刊刻的作品《眉山集》已经重新刊刻，以《大苏小集》之名流传开来。[5]除了人员密集往来带来的文化交流，文化产品也追逐着商业利润担负起了传播更为广泛的文化交流使命。成为陪都之后，南京的书肆业得到了极大的发展，它们不仅通过搜集、购买等手段翻印发行宋人的图书，而且契丹的图书也大量地流入宋地。南京成为一个名副其实的两国书业流通的集散地，这使得大量的文化信息得以保存、沉积，并更远距离的传播开去。其他渠道的交流也不可小觑，例如边关将领和朝廷要员多种形式的接触交往。

这种文化交流从一开始就是双向的。岳珂《桯史》中就记载了苏轼应辽人之请，为之题写对联之事。南京涿州的画家高益甚至亲自到汴京传授技艺，并在大相国寺创作了大量的壁画。事实上，宋在绘画、杂剧、园艺冶铁技术等方面对辽多有学习和借鉴。在文化时尚方面，宋也曾深受幽燕地区的服饰影响。宋朝就曾下令禁止宫人和贵族妇女仿效辽人装扮，说明幽燕服饰曾经以时尚的面貌出现在汴京并受到宋人的欢迎和追逐。就辽宋的总体比较而言，辽文化不如宋发达成熟。但就文明而言，并无先进和落后之分。因为，发达尽管精美细腻，但是不免纤弱靡丽，甚至带有一些腐朽没落的味道，而发展中的文明也许更能够以一种积极向上不断进取的价值取向而呈现出蓬勃的生机。燕京处于两种文化两种文明的交汇口，既吸收了中原的儒雅、精致，又具有北方的豪放、开阔、生机勃勃的特征，逐渐形成独具特色的幽燕文化体系。到金元以后，这种区域文化的特征便更为明显了。正是由于具备了这样独特的文明、文化基础，南京文学得以发展也就成为必然。

而契丹民族固有的文化在辽代、在南京也得到了保存和发扬。虽然它们不像传统汉学那样传承有序，但也仅仅是因为缺少文字记载而在书面上缺失，因缺少梳理和总结而显现得不够清晰明确。其影响却是深刻的、久远的、多方面的。例如辽代文学整体所表现出来的质朴、粗犷、简约，尤其是在契丹女诗人的篇什中所表现出来的清新雄放之气，明显来自契丹民族文化基因，而非中原文化、唐宋文学或者传统儒家之影响。

整个契丹王朝，历时近三百年，实现了北方多民族的统一，通过各族人民的共同努力，全面实现了我国北方地区的开发和文明过渡。

南京是南京道的中心城市，析津府所在地，统辖长城以南，包括河北北部的广大地区，即故幽燕之地。包括幽州、蓟州、瀛洲、莫州、涿州、檀州、顺州、平州、营州以及易州等，南部边界已经到达保定、高阳、河间一带，深入到了今河北中部地区。圣宗开泰以后，南京道析津府共领六州，直辖县十一个。[6]所以整个辽代的北京文化，不应该仅仅局限于南京城这个人口几十万的北方城市，而是应该以此为中心，辐射为包括燕云十六州大部分在内的广大地区。因为这个广大区域的文化不仅与南京这个陪都具有高度的同质性，而且也同样承担着双向交流的重任。北京辽代文学也是以此为范围的地域文学。

二、辽南京文学概况与作家作品

（一）辽南京文学发展的原因及特征

辽代文学作品保留至今的主要是诗、文。统治阶级的喜好和偏爱，影响整个王朝对汉文学的接受。辽太祖耶律阿保机通晓汉语，能识读汉文，长子东丹王买书万卷，也能诗能文。辽太宗还可以用汉语写文书，批文件。但他们对汉语和汉文化基本上还是采取限制传播的国策，试图通过实施愚民于战牧，保持本民族传统。但是帝王后妃阶层却都以习文为高雅的时尚追求。辽景宗后，经济发展，生活安定，统治者以文雅为时尚，君主多爱文学诗。辽圣宗以后，诗歌成为政治生活中的重要组成部分，写诗成为一种风气。创作虽然并不多，整体面貌也显粗糙，但是却给文坛吹来一股质朴自然的清新之风，体现了辽文学特有的生命活力。

儒学的发展也是文学兴盛的原因之一。早在五代中期，就已经有汉地的儒生在辽统治中心上京传播儒学了，而可以推断的是，最初的传播渠道正是通过幽燕这个通道传入的，许多著名儒生本身就是幽燕之地成长起来的。辽朝儒学的大发展是在夺取了燕云十六州之后，在辽太祖时代，三教之中，强调儒教为先。尤其是对燕云地区的统治，需要笼络汉族文人，于是大力弘扬儒学。太宗时，在南京就已经设立了太学。景宗和圣宗时，对儒学的发展更加重视。在南京设有太学，所属州、县又设有州学、县学。统和十三年（995 年），因为南京太学生人数很多，圣宗下令赐给太学田地和农庄作为办学的经费资助。儒学的提倡与发展，使得汉文化的文脉在有辽一代得以承接，获取丰富的思想滋养，这是辽文化发展的基础所在。

科举制度的实施，为文学的发展培养了一批人才。在辽代推行科举制度之前，就对五代时参加科举考试而成为进士的文人学者十分重视，并对其中的一些名士委以文学职任。到了统和六年（988 年），辽自己正式恢复科举，并成为定制。辽代的科举制度自南京而始，起初取士人数不多，到圣宗时数量大增，太平五年（1025 年），南京进士数量达到了七十二人。[7]

在辽代，科举制度还成为辽与宋争夺人才的一个重要手段。统和七年（989 年），宋朝有进士十七人来辽，辽对他们复试后，分别授予官职爵位。进入辽统治阶层，成为宋朝进士们谋求自身发展的一个出路。而辽借用人才实现封建化转变的目的也得以实现，这就是所谓的“借才异代”。由于科举制度的实行和“借才异代”渠道的打通，使得文人有了更多进身入仕的机会。当时辽代的南面官，尤其是文官，大多是两朝科举出身的文人，他们成为南京文学创作的一支重要力量。由于南京地区参加科举的人数众多，所以这部分官僚阶层中自然也以南京地区为最，其中显贵者亦不在少数。他们并不专职于文学，但却承担着辽文学的重心，是辽文学的主力军。

辽代文学虽然起步较晚，留存作品稀少，且由于佛教盛行，浮屠文学特多，文学既非全面发展，也没有达到局部繁荣。但因辽文学深受唐、宋文学的影响，所以就现存的作品来看，水平并不太低。而其整体的创造意义与清新刚劲的文风，则别具异彩，为中国古代文学增添了一抹绚丽的亮色。辽代诗文主要由两大创作主体完成，一个是以契丹宫廷贵族为主，另一个以汉族儒学官僚为主。

（二）辽贵族及宫廷文学创作

辽代契丹作家创作以贵族为主，这些人大部分集中在辽最高统治集团中，他们对中原文化非常向往，喜好文学，对诗歌创作情有独钟。辽圣宗耶律隆绪辽统和二十四年（1006 年）七月至南京（今北京），改南京各宫门名称，其汉学功底可见一斑。他注意选拔人才，奖励垦荒农耕，实行赋税制度，使辽朝迅速完成封建化进程。他本人喜好读书，能诗能文。辽贵族文学创作，以女作家的成就最为突出，萧观音等堪称名家。

萧观音（1040—1075），辽道宗耶律洪基懿德皇后，死后追谥宣懿。她姿容出众，汉文化修养极高，多才多艺，《辽史·萧后传》记载说她：“姿容冠绝，工诗，善谈论，自制歌词，尤善琵琶……好音乐。”能自制歌词，并且在书法上也有较高的造诣。道宗为燕赵王时聘为妃子，即位后册封为皇后。

契丹尚武喜猎，皇族也始终保持着这一传统。道宗常骑爱马出没于高山大漠，清宁二年（1056 年）八月，道宗出猎，萧观音率众妃从行。至伏虎林，帝命赋诗，萧观音不假思索，随口吟道：“威风万里压南邦，东去能翻鸭绿江。灵怪大千俱破胆，哪叫猛虎不投降。”这就是著名的《伏虎林应制》，它是一首口占七绝，歌颂了辽国开边拓土之功，前两句由出猎阵营之威猛壮观，高度概括地表达了辽国皇帝南征东扩之雄心和壮举，景象壮观，气度非凡。通过象征手法，映衬出了辽国无坚不摧、所向披靡的威猛气势。末句“哪叫猛虎不投降”，与地名“伏虎林”紧相契合，自然工巧。整首诗大气磅礴，慷慨豪迈，使得雄心万里、威震四方的帝王之气跃然纸上，也显示了一代帝后君临天下的气魄和北方女子豪迈壮阔的性格。道宗当时极为高兴，盛赞其为女中才子。从这段诗本事中，不难看出萧观音的诗才和机敏。清宁三年（1057年）秋，道宗作《君臣同志华夷同风》诗，萧后应制和作《君臣同志华夷同风应制》诗，诗曰：“虞廷开盛轨，王会合奇琛。到处承天意，皆同捧日心。文章通谷蠡，声教薄鸡林。大宇看交泰，应知无古今。”这首五律诗虽为应制唱和之作，但气势磅礴，感情真挚，歌颂了文治的成就和天意眷顾的喜悦，蕴含着激励道宗积极进取，树立“正统”一统天下的政治内涵，展现了其迥异于中原汉族贵族或帝后的豪放性格与壮阔心怀，有经纶天地、股肱八方的雄伟气魄。诗律严谨，文词典雅，具有较高的思想艺术造诣。

《回心院词》是萧观音最为著名的传世之作。道宗耽于游猎，萧观音深受儒学文化影响，自觉以汉族历史贤圣帝后为榜样，对此常予劝谏。道宗反感，疏远冷落萧观音。萧观音深感忧伤，特作《回心院词》表达心曲。《回心院词》十首用同一曲调，幽怨怅惘，通过日常生活细节的铺叙，反复咏叹，抒发了自己寂寞孤独的悲哀，表达了对道宗缠绵深切的情思和能够共同重拾往日欢乐的渴望。情感细腻丰富，表达婉转凄丽，以其词藻华丽、寓意凄婉为后世所称道。清人徐釚评价说：“怨而不怒，深得词家含蓄之意。斯时柳七之调尚未行于北国，故萧词大有唐人遗意也。”(8)认为其与唐宋词一脉相承，艺术风格委婉含蓄，得词家要义，思想内涵符合儒家文学标准。

萧观音的胸怀大志和感情深挚并没有给她带来应有的幸福，却使之遭受了千古奇冤。道宗时皇族耶律乙辛因平叛皇太叔造反有功权倾朝野，又因道宗耽于狩猎不理朝政而大权独揽，皇亲贵戚内外官宦无不阿附，当时唯有萧观音与儿子即太子耶律睿深明大义，保持清醒，不肯附和，这遭到耶律乙辛深深忌恨。为了扫清谋反篡权障碍，于是设计陷害萧观音。他先是秘密派人作《十香词》，接着与萧后仇家串通一气，诓骗萧观音说，这是宋国皇后所作，如果萧皇后能够亲笔“御书”，当为世所罕见的词、书双绝。萧观音不知是计，为其手书，接着又书写自己所作七言绝句《怀古》一首，诗曰：“宫中只数赵家妆，败雨残云误君王。惟有知情一片月，曾窥飞燕入昭阳。”耶律乙辛拿着萧观音亲手誊写的《十香词》给辽道宗，接着耶律乙辛的同党，辽国宰相张孝杰乘机对《怀古》诗进行曲解，说诗中正包含了“赵惟一”三字，是皇后与经常出入皇宫伶官赵惟一通奸的铁证。辽道宗勃然大怒，处死赵惟一，逼迫萧观音自尽。萧观音想要当面向皇帝申白冤情，却遭到拒绝，绝望中的萧观音作《绝命词》，其词曰："嗟薄命兮多幸，恙作俪兮皇家。……岂祸生兮无联，蒙秽恶兮宫闱。……呼天地兮惨悴，恨今古兮安极！知吾生兮必死，又焉爱兮旦夕。"这是一首骚体诗，分六章、三段。结构严谨，层次分明有序，足见艺术素养之高深。有人认为萧观音的作品"代表了辽代诗坛的一个高峰"。[9]萧观音死后不久，由于耶律乙辛的构陷，年仅十八岁的太子耶律睿贬为庶人，不久被害死。后来道宗有所醒悟，对耶律乙辛篡权野心开始防备，并最终将其翦灭。道宗耶律洪基（1032—1101）在位长达四十七年，重用奸佞，不理朝政，政治腐败，各种矛盾迅速激化，使得国势日渐衰落。他的继承者天祚帝耶律延禧也很昏庸，因此道宗死后仅二十五年，当年曾强大一时的辽王朝终于走向覆灭了。

堪称萧观音不幸命运翻版的是辽天祚帝文妃萧瑟瑟，只是悲剧发生的时间稍晚了一二十年。萧瑟瑟为国舅大父房之女，自小工于文墨，善歌诗，后立为文妃。当时外有女真崛起，内有奸佞当道，忠良遭斥，朝政昏暗，辽王朝内忧外患风雨飘摇，而天祚帝仍耽于田猎，萧瑟瑟作《讽谏歌》加以劝谏，其词曰："勿嗟塞上兮暗红尘，勿伤多难兮畏夷人；不如塞奸邪之路兮，选取贤臣。直须卧薪尝胆兮，激壮士之捐身；可以朝清漠北兮，夕枕燕云。"规劝天祚帝远奸邪，近贤能，卧薪尝胆，挽狂澜于既倒，使王朝摆脱困境，重整山河。文妃还有《咏史》诗云："丞相来朝兮剑佩鸣，千官侧目兮寂无声。养成外患兮嗟何及，祸尽忠臣兮罚不明。亲戚并居兮藩屏位，私门潜畜兮爪牙兵。可怜往代兮秦天子，犹向宫中兮望太平。"借古讽今，句句陈述历史，却字字针砭时事，表达了对政治修明的愿望，情真意切，忧国之心跃然纸上。但是辽天祚帝却"见而衔之"。[10]与皇后萧观音一样，文妃萧瑟瑟同样没有逃脱悲剧的命运。

如果说萧观音的《君臣同志华夷同风应制》诗是一首典型而成熟的五言诗，那么萧瑟瑟的《讽谏诗》、《咏史》则是骚体杰作。

（三）南京汉族文学家及创作

除宫廷贵族们进行的文学创作以及记载宫廷生活或斗争的文学创作外，辽代文学创作的主体主要还是集中在汉族为主的官僚阶层，辽代的科举制度使得很多读书人由此进入统治阶层。燕京的文人学士中，成就较突出的有耶律俨、王鼎、行钧等人。他们大多虽然并不以文学创作为职业，但是在不同的情况下也都展示了各自的文学才能，南京文坛尤其如此。

李瀚，辽早期文士。生卒年不详，约晋太祖天福中在世。与兄李涛俱有才望。初仕晋，晋亡归辽，与高勋等十余人羁留南京。后归上京，授翰林学士。穆宗即位，累迁工部侍郎。恰李瀚的哥哥李涛在宋朝的汴京为翰林学士，秘密传信给李瀚。李瀚接信后，假托有病到南京，连夜潜逃汴京。不料中途在涿州被辽军发觉拦截，押解到南京投入大牢。狱中李瀚上吊自杀，没有死成。在羁押送往上京途中，又投河自杀，还是没有死成；到上京，皇帝要杀他，当时已经身为枢密使的高勋援手相救，屡次上言："瀚本非负恩，以母年八十，急于省觐致罪。且瀚富于文学，方今少有伦比，若留掌词命，可以增光国体。"皇帝怒火稍解，下令将他囚禁在奉国寺，时间长达六年，历经磨难。后来皇帝想要建《太宗功德碑》，高勋上奏说："非李瀚无可秉笔者。"文成以进，皇帝大喜，于是将他释放。此后又加礼部尚书，宣政殿学士。李瀚与哥哥李涛都以文名著称，宋人称其"辞藻特丽，俊秀不群"。可惜他们的作品都没有流传下来。李瀚可以划入"借才异代"的阵营，从他的经历和遭遇可以看出，有些人滞留辽地并非本愿。

赵延寿（？—948），本姓刘，恒山人，被幽州（今北京）将赵德均收为养子，易姓。后唐明宗时授驸马都尉等，入为上将军，枢密使，镇守许州（今河南许昌）。辽太宗时，被俘降辽，天显十二年（937年）被封为燕王，任南京留守，加政事令。作《虏廷感赋》，[11]诗云："黄沙风卷半空抛，云动阴山雪满郊。探水人回移帐就，射雕箭落著弓抄。鸟逢霜果饥还啄，马渡冰河渴自跑。占得高原肥草地，夜深生火折林梢。"真实生动地描绘了契丹民族的风土人情，对他们尚武雄豪的民族性格充满了赞赏之情。赵延寿算是"借才异代"方式而成为辽南京重地南面官的。

室昉，字梦奇，南京人。自幼谨厚笃学，长达二十多年足不出户。辽太宗会同初年登进士第，为卢龙巡捕官。世宗天禄中为南京留守判官。之后，累迁翰林学士，兼政事舍人，经常被皇帝问及古今治乱得失。保宁三年（971年）、四年、五年，辽景宗连续巡视燕京地区，任命室昉为南京留守。室昉与名臣韩德让、耶律斜轸同心辅政，决讼平允，减轻税负，深得民声，结束了世宗以来南京长达三十年的混乱局面，使这所城市迅速走向兴盛繁荣。又升职为工部尚书，改枢密副使，参知政事。不久，拜枢密使，兼北府宰相，加同政事门下平章事。圣宗乾亨初年，监修国史。统和八年（990年），再次请辞，得到很高礼遇，太后特意嘱咐令他常居南京，并封为郑国公，仍然对国家政务发挥积极作用。曾进所撰《实录》二十卷，深得辽帝嘉许。逝世前，嘱咐家人切勿厚葬，因怕别人过誉，墓志铭竟然是室昉自己撰写的。皇帝特停朝两天，表示哀悼。室昉是辽通过科举选拔出来的汉族官吏，而室昉的为人为官之道，显然有着深刻鲜明的儒学背景。

马得臣，南京人（今北京），好学博古，善属文，尤长于诗。保宁间累迁政事舍人、翰林学士，常常参与政事，以正直著称。乾亨初，因为辽与宋军事冲突增多，马得臣被任命为南京副留守，又拜为翰林学士承旨。后兼侍读学士。时常以古代圣贤为榜样劝谏最高统治者，当时的东宫太子游戏无度，马得臣上书劝谏。书奏，皇帝很是感慨嘉许。不久，马得臣去世，上特赠太子太保，并安排国葬礼。从《辽史》本传所录的这篇谏书看，马得臣的文学才能不仅在于诗歌，而且议论散文也是脉络清晰，辩理透彻，语言质朴，文风平和，很得大家风范。

张俭，宛平（今北京）人，性格正直诚实，生活节俭质朴。统和十四年（996年），举进士第一，调云州幕官。皇帝过云中，受到召见，因质实淳朴，应答睿智，深受皇帝倚重。先同知枢密院事，出为武定军节度使，后拜为左丞相，封韩王。皇帝临终托孤令其辅佐太子，是为兴宗。张俭在相位二十余年，裨益为多。寿九十一，死后敕葬宛平县，赐谥号贞亮弘靖保义守节耆德功臣，拜太师、中书令，加尚父，徙王陈。

杨佶，字正叔，南京（今北京）人，生卒年不详。自幼颖悟异常，读书自能成句，令人称奇。辽圣宗统和二十四年（1006年）丙午科状元。出任地方长官，颇有政声。入朝为大理少卿，累迁为翰林学士、吏部尚书。开泰八年（1019年），燕地灾荒严重，瘟疫流行，饿殍遍野，杨佶被派往南京任留守。杨佶到任，立即开仓赈灾，并由政府提供机会以工代赈。宋朝使者梅询来朝，圣宗派杨佶迎送，二人多有唱酬，杨佶深得梅询赞赏。重熙六年（1032年），杨佶为翰林学士承旨时，母丧守制，满，起复为工部尚书，历任多州节度使，并同中书门下平章事，参知政事等职。十五年（1046年），出为武定军节度使。兴宗召其还朝时，郡中百姓攀辕泣送。杨佶高居相位，以进贤选能为己任，事总大纲，责成百司，人人乐为之用。其晚年多次请求入仕，兴宗不得已诏准后，给予很高的礼遇。杨佶擅长诗文，卒后有《登瀛集》行于世。

刘伸，字济时，宛平（今北京）人。少年颖悟，长于辞翰。重熙五年（1036年），登进士第，历彰武军节度使掌书记、大理正。直言敢谏，甚至敢当面向不专心听奏报的皇帝进言："臣闻自古帝王必重民命，愿陛下省臣之奏。”[12]皇帝闻听此言，大为惊异，任命他为枢密都承旨，权中京副留守。此后的职位多是司法监察，用法得当，平反冤狱甚多。后为三司副使，加谏议大夫，提点大理寺。徙南京副留守。政务简静，民用不扰。道宗曾经对大臣们说：“今之忠直，耶律玦、刘伸而已！”[13]并拜为参知政事，因不畏权贵，屡受诋毁排挤，不得已出为节度使。曾以崇义军节度使致仕。当时恰逢燕、蓟遭遇灾害，饿殍遍野，刘伸与致政赵徽、韩造每天施粥赈灾，使得许多百姓得以存活。

王鼎，字虚中，涿州人。自幼好学，隐居山中数年，博通经史。在燕蓟一带文名显赫的马唐俊一次与人水滨雅聚，酌酒赋诗，王鼎偶过入席，马唐俊见其貌不惊人，便不经意地将其安排在下坐。诗题一出，王鼎挥毫而就，众人无不为其敏捷才思所折服，马唐俊从此将他引为知己。王鼎于辽道宗清宁五年（1059 年）进士及第，咸雍、太康之际为翰林学士，“方侍禁近”，接近最高统治集团，朝廷典章多出其手。曾上疏言治道十事，道宗因其通晓政务，事多咨询于他。王鼎正直不阿，《辽史》卷一〇四《王鼎传》载：“当代典章多出其手。上书言治道十事，帝以鼎达政体，事多咨访。正直、不阿人，有过必面诋之。”《焚椒录》为其大安五年（1089 年）谪居镇州时作，书中详细记载了萧观音被害的经过，不仅较为完整地保留了萧观音的作品，而且描述了京都宫廷生活、宫闱斗争和民俗人情。具有很高的文学和史学价值，同时，小说的艺术性也非常高，是辽代最著名的小说。

除了《焚椒录》外，王鼎还是一个碑文大家，在燕京地区就留有大量的碑文，其中以佛寺碑记最为常见，反映出当时佛学空前盛行的状况。例如写于咸雍八年（1072 年）的《蓟州神山云泉寺记》、写于大安五年（1089 年）的《固安县固城村谢家庄石桥记》、《六聘山天开寺忏悔上人坟塔记》、写于大安七年（1091 年）的《法钧大师遗行碑铭》、《慧峰寺供塔记》等。王鼎的这些作品，文笔流畅华丽，状物、写人、叙事生动传神，使我们在今天还可以想见当年朝野上下重佛、礼佛的盛况。

耶律俨（？—1113），字若思，析津人，本姓李，其父李仲禧为南院枢密使，被赐国姓，封韩国公。耶律俨自幼喜爱读书，过目成诵，并有诗名。咸雍年进士及第。为官以勤政机敏著称，一生廉洁，不肯收受他人一针一线，而且为官做人都很谨慎。道宗晚年时，迁知枢密院事，封越国公。后徙漆水郡王。死后谥号忠懿。耶律俨一生主持的最大的文化工程就是修撰《皇朝实录》，共七十卷。后人称为《耶律俨实录》，元人修《辽史》多参照此书。耶律俨治史严谨，是一位杰出的史学家，同时他的政治经验丰富，又爱好诗文，实录除了史学价值，在文学上也不乏艺术的突出表现。他的孩子们也都有作为，其子处贞、处廉、处能均从政为官。

另外辽代民歌的创作也呈现出别样风姿，格调质朴、清新、辛辣，口语化倾向明显，表现了北方文化的鲜明特色。

在辽代，从帝王贵族到文人墨客都喜欢将自己的作品结集出版，充分证明文学创作在当时受到了相当的重视，只是由于辽统治者禁止书籍外流，未能使之广泛传播。而在辽国内部，由于朝代的更替岁月的浸淹又使大多数作品未能完善保存流传下来，这也是导致辽文学创作显得较为寂寥的重要原因。

（四）宋作家对幽燕地区的文学描述

宋朝使臣抵达燕京，常有诗文创作，记述描绘京城的山川景色，人文风情。苏辙、王安石、刘敞等都有这方面的诗文。古北口在辽是从南京通往中京的要道，宋朝遣使契丹赴中京，都要从南京取道古北口。因此，古北口留下了不少来朝使臣的诗句。著名的有欧阳修的《奉使契丹过塞》："古关衰柳聚寒鸦，驻马城头日欲斜。犹去西接二千里，行人到此莫思家。"韩琦的《过古北口》："东西层巘入嵯峨，关口才容数骑过。天意本将南北限，即今天意又如何。"从这些诗句中，不仅反映了辽宋当时使节往还密切的情况，同时也反映了古北口的山形地势和关口险要的情况。

苏辙在过古北口时也做过一首七律《谒杨无敌祠》"行祠寂寞过关门"，描写的是经过古北口时看到杨门英雄杨继业庙宇时的强烈感受。同样受到感动的还有许多人，刘敞也有《和仲巽过古北口杨无敌庙》"汉家飞将领熊罴"诗，表达了同样的思想。还有记述幽燕风土民情和历史变迁的诗。如苏辙有《出山》"燕强不过古北阙"，这首诗的内涵十分丰富，不仅描写了少数民族生活方式与中原汉族的巨大差异，也叙述汉族与少数民族在长期的生产生活中，逐渐融合的过程，不仅记录了燕地赋役较轻的客观事实，也忠实反映了统治族群契丹对奚人和汉人的民族歧视。这种现实主义的描绘，真实生动，形象客观，具有较高的历史价值。

还有些描绘燕地自然风光的诗，写得也很好。如刘敞有《过思乡岭南茂林清溪啼鸟游鱼颇有佳趣》"山上回溪溪上峰"，描绘了燕山深处的景色，诗人将山水景观与自己的内心感受融为一体，乐景哀情，一派浓郁的思恋故乡之情。思乡岭在今滦平境内，这些使者回宋后，其作品必然很快在南朝流传，这使中原人民能够更为具体、形象地了解幽燕的情景，至于描绘草原内地契丹人民牧猎生活的诗篇则更为丰富。

元代是我国戏曲发展的高峰，兴盛于元代的杂剧，一般认为其形式始于金，但实际上早在辽代就已经具备了其基本形制和名称。在《宋史》以及宋人的笔记中都有直接或者间接的记载。《宋史》卷二九七《孔道辅传》就记载说，孔道辅出使辽国时，“契丹宴使者，优人以文宣王为戏”。由此可以佐证，当时杂剧已经兴起，在一些重要的外交宴请场合，杂剧的演出也已经成为一种常态。当时这些杂剧主要流行于燕京及周边地区，以南京最为兴盛。

三、金代中都社会概况与文化特征

（一）女真建金及定鼎中都

女真族是生活在东北黑龙江、松花江、长白山一带古老的民族，唐时，称靺鞨。公元11世纪，女真的完颜部逐渐兴盛起来。公元1113年，女真族的阿骨打即位，成为完颜部首领，并在公元1115年正式称帝，确定国号为“大金”。由于辽王朝的腐朽不堪，金在短短两年多的时间，不仅占领了包括辽上京在内的东北广大地区，而且顺利攻占了辽中京、辽西京等重要城市。公元1122年，金军与宋合围夹击，攻占燕京。灭辽后，金灭宋的步伐也进一步加快，金天会三年（1125年），金首先夺取了因与之合作攻辽而名义上交还给宋朝——不过是宋朝向金缴纳了巨额岁币后换来的一座财宝人口尽被劫掠的空城——燕京（燕山府），接着一路南下，天会四年（1126年）冬，攻占汴京（今开封），北宋灭亡。金人将宋徽宗和钦宗押解到燕京囚禁于延寿寺和悯忠寺，次年十月又自燕京将二帝继续北迁。金灭北宋时，实际仅占河东、河北十余州郡。公元1127年（金天会五年，南宋建炎元年）五月宋康王赵构在南京应天府（今河南商丘南）即位，是为高宗，史称南宋。高宗仍奉行妥协政策，致使金兵不断南犯，宋节节败退，直到岳飞等英勇抗击，大量收复失地，这种情况才得以彻底改观。正当岳飞乘胜反击之际，宋为乞和，竟令各路撤军，不仅使得收复之地顷刻尽失，而且招致金军再次进犯，幸为宋军所败。此时已经无力渡江攻宋的金朝决定以战迫和，于是陈师长江北岸，向宋提出以杀岳飞为议和条件，竟被宋廷接受。皇统元年（1141年）十一月，宋金达成和约，以东起淮河西至大散关一线为界，南宋向金称臣，并大量进贡金银绢匹以为岁贡。于是宋金两国南北对峙的局面形成，出现了相对和平安定的局面，双方的生产得以恢复，经济得以发展。

此时金朝统治区域北起东北，南抵淮河流域，已经拥有了整个北中国的广大地区。公元1151年，海陵王下《议迁都燕京诏》，开始都城的规划和建设。金贞元元年，即公元1153年，正式迁都，改燕京为中都，作为国家首都。随后，又于贞元三年（1155年）在中都西部的大房山择地修建皇室陵寝。正隆元年（1156年）正式将始祖以下十个帝王陵寝迁入安葬于此。建都与迁陵，表明女真从内心深处已经将幽燕之地作为自已民族根基之所在，不仅反映了文化的逐步认同，同时也有力地促进了民族文化的进一步融合。在北京城的变迁史上，辽南京及金中都是北京由地方重镇向全国政治文化中心迈进的重要转折点。尤其金国中都建设基本依据北宋首都汴京形制为蓝本，规格气势富丽宏大，非一般城市可比，奠定了北京千年帝都的基础。

早在辽代，作为陪都的南京，城市已经比较发达，并逐渐具备了部分首都功能，金定鼎中都后，首都功能进一步完善，经济文化得到了长足发展。由于王朝的中央枢纽都设立于此，所以，城内更加集中地聚集了大批的贵族和文武百官，他们以及家属庞大的消费需求，极大刺激了城市商业的膨胀和增长。中都作为女真族创建的国家首都虽然只存在了短短六十余年，但在这几十年中，经济得到了很快的发展，尤其是世宗的近三十年统治，社会稳定，经济发展，已经达到“上下相安，家给人足”[14]的富足程度，被后世称为“小尧舜”。其后经济进一步发展，章宗时，中都已经发展成为一个人口有八十万之多的繁华都市了。随着财富的丰裕，追求奢华之风日盛。不仅大兴土木，翻建宫殿，仅仅为了宫廷陈设装饰，每天所用绣工就达到了一千二百人之多。[15]在上层宫廷贵族示范作用之下，整个中都崇尚奢靡，享乐风气日益浓重。中都城南城北皆有大型市场，全城内外，到处酒楼林立，这些酒楼，多有歌舞娱乐。平乐楼在当时甚为著名。中都的繁华，也极大带动了周边地区的繁盛。据记载，当时中都南面的涿州，“四方行旅，取道往来，十率八九。使客冠盖旁午，晨夕疲于迎接”，[16]而专为中都供应食盐的宝坻，由于交通便利，也是“稻粱黍稷鱼蟹不可胜食，而材木亦不可胜用也”。[17]另外朝廷采取积极鼓励商业的政策，甚至朝官、卫士也都允许经商。商业的发达，为都市生活提供了全方位保障，而社会的安定和富足，反过来又极大地刺激了整个城市对生活质量的追求。金末，草原上蒙古人的势力强大起来，成吉思汗发动对金战争，公元1211年燕京一度被围，后蒙古军队再次攻陷山后（今北京北部延庆一带）诸州，进逼金中都，受到严重威胁的金朝统治者决议迁都，贞祐二年（1214年）金迁都到汴京，贞祐三年（1215年），这是一个历史上值得记住的日子，是年，蒙古军队攻占金中都燕京，女真结束了对燕京九十年的统治；是年，后来叱咤风云对世界历史包括北京历史产生重大影响的元朝皇帝忽必烈诞生。

（二）中都文化发展及特征

金代文化发展得益于统治上层对文化的倡导，对儒学人才的重视，全社会对教育的大力推进，多元文化相互借鉴充分交流。

金建立之初，女真族的文化基本上处于原始状态，甚至没有自己的文字，“及破辽，获契丹、汉人，始通契丹、汉字”。[18]据《金史》记载，天辅三年（1119年）完颜希尹“依契丹字制度”创制了女真大字，之后又于1138年创制女真小字，与女真大字并行使用。同时，还设立了女真学，采取种种措施保存和传扬本民族文化。但由于女真小字笔画繁琐，应用价值很小，所以随着提倡者金熙宗被杀，也被淘汰。金依靠武力灭辽夺取江山后，由于疆域广大，文化差异显著，各类矛盾更加复杂，为适应政治统治需要，金借鉴辽统治经验，大量任用汉人，把儒学为代表的传统思想作为统治思想和治国方略，迅速迈入封建化的进程。

与辽初期文化建立发展的情形极为相似，金初文化也是在“借才异代”基础上建立发展起来的，并且效果非常明显。所借之才来自辽和宋两个方面，这不仅加快了少数民族汉化的速度，而且由于起点较高，也有力地推动了整个北方文化水准的普遍提高。

早在辽南京时期，燕京就是一个刻印、出版、发行都非常发达的地区，金朝迁都燕京，设立国子监，承担了刻印书籍的职责。在中都，不仅刻印汉学文化经典，而且出版刊刻唐宋名家的文集，更大范围地传播了文化，促进了文学的发展。明昌二年（1191年），章宗命学士院把唐宋著名文学家杜甫、韩愈、柳宗元、刘禹锡、杜牧、贾岛、王建、王禹偁、欧阳修、王安石、苏轼、张耒、秦观等人的文集在中都刻印刊行。除满足各类学校的教学和科举考试需要外，文学典籍的刊刻，也是最高统治者大力提倡的一个风向标，极大鼓舞和促进了中都文学的繁盛。

中都作为金王朝的政治文化中心，设有国家及地方的各级、各类学校，以传播文化，培养人才。在中都，国子监直属的学校有：国子学、太学、女真国子学、女真太学。金中都地方性学校有大兴府府学、大兴府女真府学等。另外还有一些培养专门人才的学校。为了能够培养国家所需大量人才，金除了运用科举考试这一传统方式作为重要杠杆进行引导外，对于经学、史学也大力发展。金章宗经常“召朝臣文学者及礼学官于宫宴会，令以经义相质，手笔指问”。[19]金代的经学大家对经典要义进行了深入的研究和阐释，代表性的人物有赵秉文、李纯甫、张行简。史学研究和普及成就也很可观，许多大型文化工程例如翻译、刻印、出版《贞观政要》、《史记》、《西汉书》等历代王朝的史书，都是集中在中都进行的，“皆自国子监印之，授诸学校”。[20]除了官方修史之外，私人修史也取得了一定的成就，例如蔡珪的《南北史志》三十卷，萧贡《注史记》一百卷，都独具特色。元好问在《陆氏通鉴详节序》中评说：“中州文明百年，有经学、有史汉文学，通典文学，而《通鉴》则不能如江左之盛，惟蔡内翰伯正甫琏、肖户部真卿贡、宗室密国公子瑜等十数公，号称专门而已。”

生活在中都的女真人被先进的汉文化所吸引，不断学习汲取，最终达成了文化的融合。中都文化仍以传统的汉文化为中心基调，但也充分融合了女真族文化因素。

四、金中都文学发展概况与作家作品

（一）金朝文学概况

金代文学成就总体要比辽代略高一些。这是文学发展自身规律所决定，更与金代文化政策密切相关。

较之辽代，金统治者对于汉文化和文学有了更深刻的认识和更迫切的需要。由于没有文字，初始的女真仅有一些原始歌谣，基本处于文学的萌芽阶段。这种近乎空白的本真状态，使之在入主中原后，像对待中原文化一样，对汉文学采取了顶礼膜拜全盘吸纳的态度。当然最高统治者的个人喜好也起到了相当的作用。金初与辽初的情况有许多相似之处，同样对汉文化充满矛盾心态，既深切喜爱又因敬畏而戒备十足。有的女真统治者不仅通晓汉文化，而且颇具诗词才能。海陵王完颜亮（1122—1161）《书壁述怀》“蛟龙潜匿隐沧波”写于即位之前，但是勃勃雄心已经充分展示出来。皇统九年（1149 年）即位之后，《题西湖图》“万里车书尽会同”不事雕琢，大气磅礴，统一南宋的雄心更加表露无遗。《法苑春秋》记载了金世宗所作的一首［减字花木兰］“但能了净”[21]不仅禅味十足，表达了对佛教的虔诚与倾心，而且遣词、用韵、意境营造无不精到适于法度。但是出于对汉文化强大融合力量的畏惧，金世宗对汉文化的态度始终显得比较暧昧，不肯公开大力提倡汉族文化。但随着其疆域日益扩大和政治关系日益复杂，在其对国家进行有效统治和管理方面，汉族文化所产生的巨大作用和效能日益凸显，最高统治者对待汉文化的态度也因此有了彻底的改观。到金章宗时期，开始公开大力提倡文治，不仅自己“吟哦自适”，甚至能够对“群臣中有诗文稍工者，必籍姓名，擢居要职，庶几文物彬彬矣”。[22]他经常在宫廷召集宴请文学之士，这些都有力地促进了诗文的发展繁荣，极大推动了整个社会汉文学的兴盛。金代几位文化素养颇高的皇帝都曾留下一些关于中都的诗篇，如金章宗有《建春宫》。

金代的科举制度，基本上承袭了中原传统，考试的内容是诗赋、论策、经义等。[23]诗赋创作在各级科考中均为必考，特别是在会试、殿试中，诗赋尤为重要，显示出对文学的极大重视。词赋科的设立，专为金王朝选拔具有较高文学才能的文士充实到中央和地方各机构，如翰林院、国史院等，这对金代文学的发展尤其是中都文坛的兴盛起到了非常重要的促进作用。

中都作为金政治中心，拥有庞大的政府机构，当时幽燕地区的许多名门望族和社会名流也得到了礼遇重用，他们之中大多都能诗善文，有很好的文学造诣和创作成就，金代大诗人赵秉文曾长期生活在中都，留下了大量关于中都的诗篇。

宋代是中国封建社会时代文化发展的一个顶峰。宋金并峙，金受宋影响深刻，文化的起点较高。金代文学，以诗歌的成就最值得称道，词和诸宫调也取得了较高的成绩，尤其是诸宫调，对于元曲——中国戏曲文学的巅峰的生成有着至关重要的影响。郑振铎曾说：“如果没有诸宫调的一代文体的产生，为元人一代光荣的杂剧，究竟能否出现，却还是一个不可知之数呢！”[24]非常恰当地标明了诸宫调在文学史上的重要地位和影响。

整个金代文学的发展大致可以划分为初、中、后三个时期。初期指从金太祖到海陵王这段时间。中期指世宗、金章宗这段时间，后期指从宣宗贞祐南渡到金亡。对于金中都文学的发展而言，实际上主要是指整个金代文学初期的后半部分和整个中期，即天会三年（1125年）金兵占领燕京，到贞祐二年（1214年）金迁都到汴京结束，共九十年，其中尤以贞元元年（1153年）正式迁都燕京开始的金中都六十年最为重要。这是因为初期北京还没有成为新王朝的政治文化中心，而后期，金被迫撤离中都，燕京的文学创作已经纳入到了元代文学的范畴。

（二）金中都诗歌的发展

金中都诗歌的发展与整个中都文学发展相一致，前后九十年，其中最重要的是作为国家政治文化中心的六十年。尽管如此，我们还是倾向于将元好问等人放在金代，因为从整体创作而言，元好问所体现的更多的还是“古典”的精神；他对金文学的保存之功，更是标彰历史，功绩齐天；而其人元而不仕元，也是我们将其划为金文学家的一个重要依据。

金朝的初期可以称为“借才异代”，其作家主要是由宋入金的士人。例如：宇文虚中、蔡松年、高士谈、吴激等。

金朝中期，由于金朝统治中心的南迁以及中都城的建设，政治、地理、交通、交流、物质和人才等诸多方面的优势得以发挥；又由于与南宋缔结合约，战事暂歇，边境稳定，经济持续发展，社会逐渐繁荣。于是形成了大定、明昌年间的所谓“金源盛世”。世宗、章宗开始，重视吸收汉文化，整个社会尚文气氛渐浓。此时“借才异代”而来的宋、辽故人已经相继去世，活跃在中都文坛的第二代文人主要由两部分人员组成，一是辽、宋故人的子弟后裔，辽人子弟入金有韩汝嘉、张浩、边元鼎、王元节、王元粹、李献可等人，宋人子弟有蔡珪、毛麾、王琢等；二是在北方成长起来的新人，如王寂、周昂、刘迎、党怀英、王庭筠等。此外还有少数女真贵族文人，如金章宗、完颜璹等。汉族文人往往都是金朝进士出身，有的还担任朝中要职。在此氛围之下，在中都文坛形成了“国朝文派”，其代表人物有蔡珪、党怀英、王庭筠、赵秉文等。

蔡松年（1107—1166），字仲坚，晚年在居所筑有萧闲堂，故自号萧闲老人。封卫国公，卒谥文简。北宋燕山府守将蔡靖之子，金人来攻，时为少年的松年随父降金。完颜宗弼（兀术）攻宋，与岳飞等交战，任松年为“兼总军中六部事”。金主完颜亮为南渡灭宋，又对两代仕宋的蔡松年擢以显位，任户部尚书，后拜左、右丞相，以图借此影响南人。蔡松年是金初最重要作家之一，虽然一生官运亨通，但思想时时流露出出世入世之间难以排解的矛盾，感情极为复杂。一方面潜伏在内心深处的民族意识使他感到“却视高盖车，身宠神已辱”、“自要尘网中，低眉受机械”，[25]另一方面由于受到金朝特殊荣宠，又不能不思报知遇之恩。这种深刻的难以化解的内在矛盾，加之对官场的极度厌倦，使他对归隐避世充满向往。他自称“自幼刻意林壑，不耐俗事”，[26]表示要“将营草堂，以寄余龄”。[27]这种思想感情的抒写成为他诗词中的一个重要主题，作品风格隽爽清丽，词作尤负盛名。其［念奴娇］最为时人称道：“离骚痛饮，问人生佳处，能消何物？江左诸人成底事，空想岩岩青壁。五亩苍烟，一丘寒玉，岁晚忧风雪。西州扶病，至今悲感前杰。我梦卜筑萧闲，觉来岩桂，十里幽香发。块垒胸中冰与炭，一酌春风都灭。胜日神交，悠然得意，离恨无毫发。古今同致，永和徒记年月。”词作借用王衍、谢安、王羲之三人不同的人生际遇，表达了自己犹豫不定、徘徊复杂的情怀，抒发了对现实的不满和自己的万般无奈，典型地反映了金初汉族文人一方面想要取得功名和政治地位，一方面又怀念故国和对现实不满等复杂感情。［鹧鸪天］：“秀樾横塘十里香，水花晚色静年芳。胭脂雪瘦熏沉水，翡翠盘高走夜光。山黛远，月波长，暮云秋影蘸潇湘。醉魂应逐凌波梦，分付西风此夜凉。”描写初秋时节荷塘月色，营造出幽静温馨的氛围和物我两忘的境界。《金史》称其“文词清丽，尤工乐府，与吴激齐名，时号吴蔡体”。[28]元好问指出：“百年以来乐府推伯坚与吴彦高，号吴蔡体。”《中州集》卷一选存其诗五十九首；其词作《萧闲老人明秀集》原为六卷，今存三卷，有魏道明注本，补遗一卷。

蔡珪（？—1174），字正甫，金初著名文学家蔡松年之子，被称为国朝文派开山人物。天德三年（1151年）登进士第，授澄州军事判官，累官入为翰林修撰，同知制诰，改户部员外郎，兼太常丞，迁礼部郎中。活跃在海陵王和世宗时期，以文名世，著有文集五十五卷，《补正水经》三卷，《晋阳志》十二卷，《续金石遗文跋尾》十卷。蔡珪学识渊博，精于考古，见识卓然，所作《两燕王墓辨》，虽为考古论文，但是观点明确，逻辑严谨，论述清晰，证据确凿，被誉为天下第一辨博美文。当时金朝制定礼仪典章，大多要咨询蔡珪。蔡珪人生观深受父亲蔡松年影响，对仕途险恶有深切清醒的体会，作品中时时会流露出退隐之意。但他没有父辈降金的负罪感和对宋朝的愧疚感，所谓退隐更多是出自对案牍劳形和官场钩心斗角的厌恶和逃避，对悠闲舒适身心自由生活的向往。《寄通州王倅》就透露出他的心声：“长夏少人事，官闲帘户深。枕凉秋入梦，林密翠交阴。适欲非吾事，谋闲遂此心。绝交吾岂敢，觅酒见知音。”可见他所追求的是清闲优游的居官生活，而并非真正要远离官场退居山林。作为新一代北方文人代表，蔡珪的成就主要体现在那些呈现出北方特有豪迈雄厚气概的壮伟之作中，这是其文学成就的典型代表，也是成为国朝文派开创人的根本所在。元代诗人郝经曾经称赞蔡珪道："煎胶续弦复一韩，高古劲欲摩欧苏"，"不肯蹈袭抵自作，建瓴一派雄燕都"。[29]蔡珪以文学名世，但是由于文集散佚，难见全貌，幸有四十六首诗赖《中州集》收集得以留存，使后人得见其风采。总的来说，蔡诗笔力雄健，气势磅礴，有清奇俊逸之美。最能体现这方面风格特征的当是《野鹰来》、《医巫闾》等。《野鹰来》"南山有奇鹰"描述了野鹰的凌云壮志，矫健身姿，和不受圈养、不幕荣利的独立个性和精神风貌，而这所展示的其实正是作者本人的高远抱负和宽阔胸襟。《医巫闾》"幽州北镇高且雄"摹写了辽西医巫闾山。从历史传说入手，将神奇的想象巧妙融入其中，不仅写出了山的气势、雄姿，更写出了医巫闾山雄居塞外不肯屈服的精神，而这恰是作者本人"清劲有骨"的真实写照。蔡珪史学功底深厚，在诗歌创作中，也表现出来非常浓厚的历史观照。例如《读史》"夏氏不无衅"中就表现的极为突出，这使得他的诗歌凝重高远，文化底蕴深厚而不减磅礴气势。

蔡珪出生、成长于金源大地，又创立了独具风骨神韵的一代诗风。赵秉文在对金朝文坛总结时说："本朝百余年间，以文章见称者，皇统间宇文公（指宇文虚中），大定间无可蔡公（指蔡珪），明昌间则党公（指党怀英）。"[30]元好问在《中州集》中更明确地品评说："国初文士如宇文太学、蔡丞相（松年）、吴深州（吴激）等，不可不谓之豪杰之士，然皆宋儒，难以国朝文派论之。故断自正甫为正传之宗，党竹溪次之，礼部闲闲公（指赵秉文）又次之，自肖户部真卿倡此论，天下迄今无异议云。"元好问对金源一代诗歌的总结，站在历史的高度，进行全面的审视，最后得出的结论是：蔡珪为国朝文派正传之宗，明确说"国初文学，断自正甫，为正传之宗"。[31]清人顾奎光评论金诗整体风格指出："雄健而踔厉，清刚而激越悲凉。"一语道破金源国朝文派的文风特点就是雄健清刚。而这正是金有别于宋及其他朝代诗歌的根本所在。

党怀英（1134—1211），字世杰，号竹溪，冯翊（今陕西大荔）人。官至翰林学旨承旨，卒谥文献。金代诗文家，书法家，工篆籀、隶书，时称第一。与赵沨、赵秉文、王庭筠等齐名，皆以书法著称，其画与诗文紧密结合，继承并发展了文人画派，对后世影响很大。大定十年（1170年）进士，曾任国史院编修官、应奉翰林文字等职，主持修撰《辽史》。他的诗歌与国朝文派之宗的蔡珪绝然不同，很少豪迈之作而多闲远冲淡之情。作品多借写景，表达自然闲适之情怀。另外他的题画诗很多，也很出色，大多借题发挥，抒写自己"寄兴高妙"

的理想。赵秉文评价他“诗似陶谢，奄有魏晋”，[32]确为一针见血的精辟之论，清人况周颐评价其词风“潇洒疏俊极矣！”[33]

赵沨，字文孺，号黄山，东平（今山东）人。大定二十二年（1182年）进士，仕至礼部郎中。性冲淡，学道有所得。[34]与党怀英一样，也是著名的书法家。有《黄山集》行于世。追求恬淡闲适生活，向往陶渊明、王绩的人格理想，诗风与党怀英也相近，所作《仙和尚坐脱》、《立秋》、《题齐物堂》等，都深受佛家思想熏染。如《晚宿山寺》：“松门明月佛前灯，庵在孤云最上层，犬吠一山秋意静，敲门时有夜归僧”，描写寺院的幽静，大有唐人意趣。而《秋日感怀》则追述自己的生活理想，朴实自然，深得陶诗韵味。

刘汲，字伯深，自号西岩老人。天德三年（1151年）进士，入翰林为供奉。善草书。作品闲适自然，朴实有真趣。《题西岩》“卜筑西岩最可人”完全是陶渊明、谢灵运理想境界的再现。他的《金水河》“金水河畔驻马时”[35]写金皇城西的金水河畔景色。李纯甫认为他的诗有白居易神髓，评价他的创作“质而不野，清而不寒，简而有理，澹而有味。盖学乐天而酷似之，能道退居之乐”。[36]

周昂（？—1211），字德卿，真定（今河北正定）人。大定年进士。章宗时，曾任监察御史。因诗获罪外调，以边功召入翰林。又因言事遭忌，出佐三司。后从军随宗室完颜承裕出征抗御蒙古，承裕逃亡，昂临危不惧，城陷遇害。周昂博学多识，“文笔高雅，以杜子美、韩退之为法，诸儒皆师尊之”。[37]周昂现存诗一百首，咏怀、吊古、伤别、写景、边塞、悯农、论诗、题画等各种题材兼备。《香山》诗“山林朝市两茫然”，红叶、黄花、长松、古柏加上彷徨的诗人，共同组成一幅古朴画卷。周昂因有边地生活体验，所以边塞诗很有特色。如《边俗》：“木杵舂晨急”写边地人民深受赋税严苛之害。《莫州道中》“大陵河东古莫州”写东北边塞所见，完全采用白描手法，却使人有身临其境之感。

王庭筠（1151—1202），字子端，号黄华山主、黄华老人，左相张浩外孙，金代著名书画家。金世宗大定十六年（1176年）进士，官至翰林修撰。善书画，山水画师法任询（字君谟），书法、枯木竹石学米芾，“文采风流，照映一时”。[38]与党怀英、赵沨、赵秉文共同发展了文人画派，对后世产生了很大影响。在诗歌方面，擅长七言律诗，尤工险韵，以七言长诗见称。词在金代文坛也占有重要的地位，尤其小令，用笔幽峭。著有《王翰林文集》、《黄华集》等。

赵秉文（1159—1232），字周巨，号“闲闲老人”，磁州滏阳（今河北磁县）人。为金朝文学家、诗坛领袖、理学家和著名的书法家。金世宗大定二十五年（1182 年）进士，金宣宗兴定元年（1217 年）拜礼部尚书，兼侍读学士，同修国史、知集贤院事。著有《滏水集》，仕五朝，官六卿，堪称名臣。赵秉文诗文书画皆工，是当时著名的雅士。元代刘祁《归潜志》云："赵秉文幼年诗与书皆法子端（王庭筠），后更学太白、东坡，字兼古今诸家学，及晚年书大进。诗专法唐人，魁然一时文士领袖，自号闲闲居士云。"著作有《闲闲老人滏水文集》等。赵秉文的诗歌多写自然景物，其中有不少描绘了当时中都胜景。《扈跸万宁宫》诗"一声清跸九天开"，[39]描绘了扈从章宗赴万宁宫的情景，气氛热烈，气势恢宏，自是一派皇家气象。西园是金中都最著名的皇家园林，又名同乐园，位于今宣武区莲花池一带。赵秉文的《上巳游西园，分韵得兰字，与杨礼部携同院诸公赋》二首："相逢草草即杯盘"和"跨凤骑麟玉笋班"生动描述了其恍如仙境的美景。赵秉文描绘自然山水的还有《香山》、《香山寺飞泉亭》等，也都充满了诗情画意。又有《游玉泉山》"夙戒游名山"写得意趣盎然。而一些中都名胜，也都留下了赵秉文的游踪，《陪李舜咨登悯忠寺阁》、《古北口》都能借古抒怀，而《卢沟》"河分桥柱如瓜蔓，路入都门似犬牙。落日卢沟沟上柳，送人几度出京华"一诗，借卢沟之景，写尽人生离别聚散，看似平淡，而寓意深婉。

刘迎（？—1180），字无党，号无诤居士，东莱（今山东掖县）人。世宗大定十三年（1173 年）以荐书对策为当时第一，次年登进士第。颇受金世宗第二子显宗允恭亲重。大定二十年（1180 年）"从驾凉陉"，[40]因病去世。大定年间社会安定、经济繁荣，刘迎的创作充分体现了这一时代特征，表现出对金源盛世无限的欢欣，例如《秋郊马上》"岁熟多同社，村闲绝诟租"充满了田园牧歌式的赞美。同时一些作品也表现了对民间疾苦的关注，这方面的代表作有《河防行》、《修城行》等，体现出北方诗风刚健、质朴、豪爽、苍劲的特色。元好问《中州集》选存其诗达七十六首之多，超过了先后主盟文坛的宇文虚中和蔡松年、党怀英、赵秉文诸家，可见对他的特别推重。其诗见《中州集》卷三，词见《中州乐府》。

元好问（1190—1257），字裕之，号遗山，世称遗山先生，太原秀容（今山西省忻州）人，是出现在金代亡国前后最为杰出的伟大文学家。他诗、文、词、曲，各体皆工。诗作成就最高，"丧乱诗"尤为有名。词为金朝之冠。其散曲传世不多，但影响很大。不仅是宋金对峙时期北方文学的主要代表，是我国金末元初文坛盟主，是金元文学承前启后的桥梁。而且在文学思想、文学批评以及史学方面，都取得了他人难以企及的成就。著述被后人收入《元遗山先生全集》，词集为《遗山乐府》。

他的诗歌成就，足以代表金代最高水平，即使置于整个中国文学史中，也无愧于巅峰之誉。“纪乱诗”是其代表作，堪与杜甫“安史之乱”期间的不朽之作比肩，为金末之诗史。明人李调元评元好问：“元遗山诗，精深老健，魄力沉雄，直接李杜，上下千古，能并驾者寥寥。”(41)清人潘德舆则说：“豪情胜概，壮色沉声。只欲跨苏黄，攀李杜矣。”(42)元好问为北方文学的杰出代表，在《自题中州集后》中，他曾对包括词在内的金代诗歌评论道：“邺下曹刘气尽豪，江东诸谢韵尤高。若从华实评诗品，未便吴侬得锦袍。”以“豪”“实”刚健来概括北方诗词的基本审美特质和追求，不仅反映了文学创作的基本事实，而且追根溯源，道出了其源流变化，见解精辟独到。

元好问在中国文学批评史、文学思想史上都有杰出贡献。《论诗三十首》较为全面完整地体现了元好问的创作思想和文学思想，其中多有真知灼见，是中国诗论中不可多得的珍品。一代诗歌总集《中州集》的编纂，更是元好问对中国文学史在文献方面的杰出贡献。许多金代士人的行迹以及创作因此得以保存流传。

蒙金战后，元好问在窝阔台汗十年（1238 年）、乃马真后三年（1243 年）、贵由汗四年（1249 年）、蒙哥汗三年（1253 年）数次游访燕京，留下了许多诗篇，如《赵吉甫西园》、《宿翠屏口》、《蜀昭烈庙》对燕京景色古迹进行了描绘，《出都二首》、《梁园春五首》发出国家兴亡世事变迁的慨叹。而《赠答赵仁甫》、《燕都送马郎中北上》等诗，则是在燕京与友人的唱和之作。

元入主中原，政治上虽然已经改朝换代，但是文化上依然有其延续性和连贯性。元好问是金元之际承前启后的杰出代表，不仅以最高规格总结了金代文学，更为元代文学的发展奠定了很好的基础。

（三）中都词的发展

唐圭璋在《全金元词》前言中说：“金元先后占据北方，词受两宋影响，亦多可观，如元好问、张翥，其最著者。”(43)词始于唐而盛于两宋，复兴于清而境界大开。辽金元介于其中，是一个关键的转折过渡时期。与诗歌创作一样，金词的创作也大致可以分为初、中、后三期，而中都词的发展，主要集中在两次迁都之间的中都时期，时间前后大约六十年。在这一时期，金初蔡松年等所创立的北宗词得到了完善和成熟。此时词家辈出，先有耶律履、蔡珪等，后有党怀英、景覃、王庭筠、刘迎、赵秉文、王特起、完颜璹、折元礼、高宪等。这些人与金初的"借才异代"大有不同，都是在金源文化的土壤中独立生长起来的，"金词至此，确乎体段完足，能自树立了"。[44]

词到北宋末年，已臻于成熟、完美，个性风格不同的两派已经基本形成，其境界与美学追求迥然相异，泾渭分明：婉约派以周邦彦为代表，讲究格律，词情婉丽，境界柔美；豪放派以苏轼为代表，率真、热烈，境界开阔。南宋时，由于政治对峙，南北隔绝，相对封闭的地理环境和人文环境，形成了宋与辽金各自独立发展的格局。北方的辽金词，与北宋大文豪苏轼创作的文艺风格最为接近，加之北方文化气质的特点，于是粗犷刚健之风得到突出彰显，整体上呈现出质朴遒劲的风格特点。元好问《自题中州集后》曾以"豪"、"实"刚健来概括北宗词的基本特质。况周颐《惠风词话》更明确说："南人得江山之秀，北人以冰霜为清。南或失之绮靡，近于琢文刻鏤之技，北或失之荒率，无解深裘大马之讥。"[45]陈匪石《声执》也指出："金据中原之地，郝经所谓歌谣跌宕，挟幽并之气者，迥异于南方之文弱。"但这只是大体而论的概括之言，并不能涵盖所有的创作。

金主海陵王完颜亮，字元功。辽保大二年（1123 年）生，皇统九年（1149 年）登基，在位十三年，后在伐宋征战中，为其部下所谋害，年仅四十岁。所作［昭君怨］《雪》"昨日樵村渔浦"一词已经完全是汉人词作意境。而［鹊桥仙］《待月》"停杯不举"以及［喜迁莺］《赠大将军韩夷耶》等作品豪迈奔放，则是典型的北宋风格。

蔡珪有［江城子］《王温季自北都归，过予三河，坐中赋此》（"鹊声迎客到庭除"）写出了友人相见的欣喜。

刘迎词存四首，见《中州乐府》及《历代诗馀》卷一八。徐釚《词苑丛谈》引《词筌》云："元遗山集金人词为《中州乐府》，颇多深裘大马之风。惟刘迎［乌夜啼］最佳。"认为与北宋谢逸"风调仿佛"。［乌夜啼］"离恨远萦杨柳"表达了对一位歌姬的怀念和追忆，词风婉约而少豪爽之气，确为金词中特立独行之作。

党怀英的词遗存并不多，但是大多写的情思绵眇，婉丽娟秀，也颇多南人风致。

王庭筠词作风格爽利疏朗，［谒金门］"双喜鹊"保留了词的民歌遗韵，清新质朴。

完颜璹（1172—1232），金宗室，世宗之孙，越王永功之子。累封密国公，有诗词《如庵小稿》。词作［朝中措］"襄阳古道霸陵桥"气势恢宏，而有历史苍茫之感，堪称佳作。而［西江月］“一百八般佛事”则写出了作者了悟，意味深长。

赵秉文的词，学苏痕迹明显，［水调歌头］“四明有狂客，呼我谪仙人”、《大江东去·用东坡先生韵》“秋光一片”以及《缺月挂疏桐》“乌鹊不多惊”等用词造境，无不学苏轼词，但恨描摹痕迹过于明显，缺乏鲜明的创作个性。

金章宗完颜璟（1168—1208），小字麻达葛，公元1190至1208年在位，重视教育，大兴郡学，提倡儒术。喜好游览佛寺，在位时采用汉族礼仪服饰，提倡女真汉族通婚，促进了民族融合。词作有［蝶恋花］《聚骨扇》“几股湘江龙骨瘦”和［生查子］《软金杯》“风流紫府郎”皆为咏物之作，很是清巧，风致婉丽。

元好问的词代表了金元北宗词的最高成就。今存词三百八十余首，在数量上也是金代之冠。刘熙载《艺概·词概》指出：“金元遗山，诗兼杜、韩、苏、黄之胜，俨有集大成之意。以词而论，疏快之中，自饶深婉，亦可谓两宋之大成者矣。”元好问以苏辛词派的传人自居，他的作品集中体现了北方文化特质，成为苏辛之后，北宗词派创作的一个高峰。

一般认为，散曲兴盛于元代。散曲的基本体式包括小令和套曲。曲家以词应歌，依照当时北方民众的口头之自然语音用韵，这样就形成了所谓的曲。北曲初兴，盛行在以大都、平阳为中心的北方。从金亡（1234年）到元世祖登基（1260年），这个阶段是词和散曲的并行时代。就散曲文学样式的发展而言，是由文人创作词演化为基本的曲的阶段。

（四）金杂剧和小说发展

辽、金、元都是少数游牧民族建立起来的国家政权，初起时，文化都处于较为原生态的阶段，文学也以歌舞、说唱为主，对于戏剧本来并不熟悉。辽朝在与北宋的文化交流中接受并输入了杂剧。《辽史·乐志》中已经记载了宫廷宴乐的杂剧演出：“酒四行，琵琶独弹。饼、茶、致语。食入，杂剧进。”[46]而金朝的杂剧发展，则是以“借才异代”的方式开始的，所借之才来自两个方面，一个是在灭辽后获得了辽宫廷教坊乐工，于是开始在宫廷宴会上表演杂剧。宋人徐梦莘《三朝北盟会编》卷二十记载了宋使许亢宗于宣和七年（1125年）到金朝，在宴席上看到杂剧演出的情况：“云乃旧契丹教坊旧部”，说明金杂剧艺人部分来源于辽朝教坊。金杂剧演员的另外一个来源是金朝以武力劫掠宋朝的艺人。靖康元年（1126年），金兵攻陷宋都汴京，将汴京的财富典籍、工匠艺人掳掠北去，《三朝北盟会编》卷七七记载："金人来索御前祗侯——杂剧、说话、弄影戏、小说、嘌唱、弄傀儡、打筋斗、弹筝、吹笙等艺人一百五十余家。令开封府押赴军前。"[47]被掳掠的杂剧艺人到了燕京（今北京）与原来辽朝的杂剧艺人汇合，共同形成了燕京的杂剧演出队伍。《三朝北盟会编》记载说金朝的杂剧演出"服色鲜明，颇类中朝"。说明金杂剧的发展肇始于对宋、辽杂剧的学习和模仿，不仅演出形式甚至连服饰都与宋辽杂剧很接近。院本杂剧与诸宫调，对北曲的形成产生了直接影响，为元代杂剧的发展繁荣创造了条件。

金杂剧发展的兴盛阶段与诗文同时，也是世宗、章宗年间。这时候金朝国力强盛，经济繁荣，盛世之下，文学艺术也有了长足的发展，金杂剧与诗文同时进入了兴盛阶段。京城中都是杂剧的中心，宫廷宴会演出杂剧已经成为惯例。贞祐南渡之后，燕京的杂剧继续流传，最后在元代登上了文学的巅峰。

（五）中都散文、骈文的发展

金代散文是在前代散文成就的基础上发展起来的。先是"取经籍图书"通过刻印刊行名家文集，直接向唐宋名家大家学习，不少人师法北宋苏轼。接着"借才异代"，通过直接选拔任用辽宋旧人，继承和汲取中原传统文化的营养。同时，宋金两国常有的国书往来的庙堂应用之文，本身也是一种文学的交流，对双方尤其是金朝不无借鉴作用。

韩昉（1082—1149），字公美，燕京（今北京）人，辽天庆进士。先祖仕辽，累世通显。金天会四年（1126年）出使高丽，改礼部尚书，迁翰林学士，监修国史。昉本人长于昭册，曾作《太祖睿德神功碑》，世所称誉。为人宽厚，曾受到家奴诬告，真相大白后，有司将家奴交还韩昉惩罚，昉宽厚有加，待之如故。出使高丽，不仅圆满完成国家使命，而且以才学品德修养等个人魅力赢得高丽崇敬，以后高丽使者到金，必问韩昉安否。

完颜勖（1099—1157），字勉道。本姓乌野、金穆宗盈哥第五子，能以契丹文字为诗文，国人呼为"秀才"，历官至国史监修，同中书门下平章事、左丞相，封"金源郡王"。编撰《金先朝实录》、《金太祖实录》。

金代散文作家，基本上都是汉人中的儒者或者是受儒学影响很深的少数民族作家，有蔡珪、党怀英、王庭筠和周昂等人。赵秉文之后又有堪称一代宗匠的元好问。其中真正可以作为金代中都散文代表作家的是蔡珪、党怀英、赵秉文和元好问。

在金朝，骈体文也得到了发展。宋徽宗、钦宗被掳掠到北方，在金朝写下了一些骈体，行文更加雅丽。如徽宗赵佶所作《谢赐币帛酒果及许诸女相见表》词采精美，对偶工整，用典恰当，华美至极。金代中期中都的骈文作家主要有金世宗、党怀英等。但是他们的骈文创作并没有停留在对宋骈文简单的学习和模仿之上，而是将北方文人特有的刚健、率真、清爽融入其中，自铸伟词，开创了金代华实并重、文质并重的骈文之风，充分展示了民族文化交流融合产生的丰硕成果。

注释：

（1）五京分别是上京临潢、中京大定、东京辽阳、西京大同和南京幽州。《辽史》第一册，卷四，第45页。又见《辽史》第二册，卷四〇，第494页。

（2）公元1005年，宋下令雄县、霸州及安肃军置榷场，以通边贸。公元1014年，辽南京及奉圣、平、蔚、云、朔、应等州设立转运使，加强南部经济贸易。

（3）《辽史》卷一七《圣宗纪八》。

（4）陈寅恪：《邓广铭宋史职官志考证序》，见陈寅恪：《金明馆丛稿二编》。

（5）（宋）吴聿：《观林诗话》（中华书局，1985）转载宋人王辟之所撰《渑水燕谭录》，记张芸叟奉使辽东，宿幽州馆中，有题子瞻《老人行》於壁者。闻范阳书肆，亦刻子瞻诗数十首，谓之《大苏小集》。芸叟题其后云："谁传佳句到幽都，逢着君儿问大苏。莫把文章动蛮貊，恐妨谈笑卧江湖。"此乃子由与坡诗。佳句二字，本云家集，坡亦有和篇。所谓"欲问君王乞鉴湖"是也。

（6）它们包括：析津县（今北京东部以及郊区）、宛平县（金京西以及近郊区）、良乡县（今北京西南）、潞县（今北京通州）、安次县（今北京西南）、永清县（今北京东南）、武清（经北京东南）、香河县（今北京东）、昌平县（今北京昌平）、玉河县（今北京石景山西部）、漷阴县（今北京通州东南），见谭新生、倪洁：《北京通史简编》，第158页。

（7）《辽史》卷一七《圣宗纪》。

（8）（清）徐仇：《词苑丛谈》。

（9）祝注：《辽代契丹族的诗人和诗作》，《中南民族学院学报》1987年第2期。

（10）《辽史》卷七一《后妃传》。

（11）选自《辽诗纪事》，诗题可能是编者所加，有的选本作《北廷感赋》、《塞上》、《失题》等。

（12）（13）《辽史》卷九八《耶律俨传》。

（14）《金史》卷八《世宗纪》。

（15）《金史》卷八三《张汝霖传》。

（16）《日下旧闻考》卷一二七引《金黄久约涿州重修文宣王庙碑》。

（17）《日下旧闻考》卷一一三引《刘晞颜新建宝坻县纪略》。

（18）《金史》卷六六《完颜勖传》。

（19）《大金国志》卷一九《章宗皇帝纪》。

（20）《金史》卷五一《选举志》。

（21）转引自吴梅著《辽金元文学史》。

（22）《大金国志》卷二一《章宗皇帝纪》。

（23）《大金国志》卷三五《天会皇统科举》。

（24）郑振铎：《中国文学研究》，第962页。

（25）（金）蔡松年：《庚申闰月从师还自颍上，对新月独酌》，见（金）元好问《中州集》。

（26）（金）蔡松年：《雨中花》词序，见（清）张金吾：《金文最》卷三七。

（27）（金）蔡松年：《水龙吟》词序，见（清）张金吾：《金文最》卷三七。

（28）《金史》卷一二五《蔡松年传》。

（29）（元）郝经：《书蔡正甫集后》，见《四库全书》集部五六，（元）郝经：《陵川集》。

（30）（金）赵秉文：《中大夫翰林学士承旨文献党公神道碑》，见赵秉文：《闲闲老人滏水文集》卷一一。

（31）（金）元好问：《中州集》卷一《蔡珪小传》。

（32）（金）赵秉文：《翰林学士承旨文献党公碑》，见赵秉文：《闲闲老人滏水文集》卷一一。

（33）（清）况周颐：《惠风词话》，唐圭璋编《词话丛编》。

（34）（金）元好问：《中州集》卷四《赵沨小传》。

（35）《全金诗》卷二二《南园步月》，四库全书本。

（36）（金）元好问：《中州集》卷二《刘汲小传》。

（37）（金）元好问：《中州集》小传引李纯甫《故人外传》。

（38）（金）元好问：《中州集》卷三《王庭筠小传》。

（39）（金）赵秉文：《闲闲老人滏水文集》卷七。

（40）上都地区在金代称金莲川或凉陉。

（41）（清）李调元：《雨村诗话》，见郭绍虞编选《清诗话续编》。

（42）（清）潘德舆：《养一斋诗话》，见郭绍虞编选《清诗话续编》。

（43）唐圭璋：《全金元词》序，中华书局1979年版。

（44）钟振振：《论金元明清词》，《第一届国际词学研讨会论文集》。

（45）（清）况周颐：《惠风词话》卷三，唐圭璋编《词话丛编》。

（46）见《辽史》卷五四。

（47）（南宋）徐梦莘：《三朝北盟会编》第四册。

第三章　元代文学

元代是北京发展历史的里程碑，大都于公元 1272 年被正式命名并成为大元帝国首都。随着其国家政治、经济、文化中心地位的确立和巩固，开启了北京作为统一多民族国家首都长达数百年并延续至今的历史。元代也以此成为北京文化和文学发展的分水岭，成为从“泛北京”的地域文化嬗变为“首都”文化的一个鲜明界限，从此北京文学从“北京地域文学”而转变为“国家帝都文学”。

一、元代社会背景与大都文化概况

（一）蒙古族建立的强大帝国及定鼎大都

蒙古族是生活在我国北方草原上的一个少数民族，公元 1206 年蒙古族杰出领袖铁木真完成漠北草原统一大业，被推举为成吉思汗，建立大蒙古国，迈开了迅速向外扩张的步伐。公元 1215 年五月，蒙古铁骑攻克金中都，改为燕京。建行省于燕，作为进取中原的指挥枢纽和大本营。从成吉思汗到蒙哥汗的五十年中，燕京地区在饱受战乱之苦后逐渐恢复了在北部中国的政治、经济、文化中心的地位，为元世祖忽必烈在此建都打下了坚实基础。忽必烈时代，汉族幕僚刘秉忠、姚枢、郝经、许衡等对当时政策制定和许多重大决策起到过关键的作用。公元 1260 年忽必烈称帝，至元元年(1264 年)八月，改燕京为中都，此后不久，刘秉忠亲自设计并主持完成了新城址勘定。当时之所以选择燕京进行城市建设，主要是看重“幽燕之地，龙蟠虎踞，形势雄伟。南控江淮，北连朔漠。且天子必居中，以受四方朝觐，大王果欲经营天下，驻跸之所，非燕不可”。[1]至元八年（1271年）十一月，根据刘秉忠建议，建国号为大元，次年二月，改中都为大都。大都城从此作为统一的多民族国家的政治、经济、文化中心而闻名于世，奠定了北京长达数百年的首都历史。大都的水利和漕运在北京古代历史上占有重要的地位。郭守敬为此做出了杰出的贡献。郭守敬，字若思，顺德邢台（今河北邢台）人。元世祖中统三年（1262年）初见忽必烈，此后许多重要的水利工程尤其是大都的水利工程都是由他亲自设计并领导完成的。

至元十三年（1276年）三月，忽必烈的元朝大军终于占领临安，灭掉觊觎已久的南宋，同年闰三月，宋降帝被押解到大都。当时“官属从行者数千人，三学之士数百人”。[2]元灭南宋后，把宋朝宗室权贵的大量财富劫掠到了大都，这对大都的迅速发展具有极大的影响和作用。经济上，江南数代积累的巨额财富和大批物资的北运，为大都城市的繁荣提供了物质基础。而且，江南富饶的物产，精湛的百工技艺，源源不断地流入燕京地区，滋养充实了大都奢华的都市生活，使得社会风气为之改观。灭宋统一，这是唐末燕云十六州被割给契丹后，华夏大地实现真正意义上的南北统一，也是继魏晋南北朝后，中国历史上又一次最大规模的具有最深刻意义的南北文化大融合。

大都多元文化特征极其鲜明突出，这与蒙古统治者的政治、民族、宗教、文化政策密不可分，与大都的城市地位、城市功能、发展历史、人口构成等诸多因素紧相关联。

人口密集、民族众多是元大都最基本的特点。在整个帝国区域内，大都人口堪称之最，根据至元七年（1270年）统计，有十一万多户，四十多万口人，其数量远远超过其他行政辖区，是上都的四倍。元统治者将帝国臣民分为蒙古、色目、汉人和南人四等，四等人在元大都高度密集交汇，既相互影响融合，又有足以完整保持个性的文化群体甚至生活群落。蒙古人被称为“国人”、“国族”，其语言被称为“国语”，他们的政治地位和社会地位最高，生活在大都的蒙古人依然较为完整地保留着浓郁的草原游牧民族文化特色和生活习性。在大都生活的色目人也很多，他们或在官署机构任职，或从事商业活动，许多色目人尤其是回回人依靠为蒙古贵族经营产业或从事长途贸易而聚集起巨额财富。他们生活奢侈，酷爱舞乐，有着迥异于中原的商业文化观念和理想追求，不仅带来了全新的生活理念和浓郁的异域生活色彩，也使大都具有了鲜明的消费城市特征。随着蒙古军队进驻中原，来到燕京的还有漠北及西域的一些少数民族，他们聚族而居，形成村落，如在今北京海淀区魏公村（原称畏兀儿村，或畏吾村），在今通州、顺义的高丽营，在今昌平境内的阿速村，当时都是少数民族聚居的地方。汉人在元代并不简单等同于汉族，还包括了原金统治下的女真、契丹、渤海等民族，汉族在数量上占绝对优势。燕京地区历史文化悠久，又经过辽、金作为北方政治文化中心经营数百年，故而文化昌盛，教化深厚，所以传统儒家文化为核心的汉文化基因得以保存。李庭《送荆干臣诗序》透过荆干臣的人生际遇，描述了当时元大都的文化氛围："干臣家世东营，虽生长豪族，能折节读书。自幼游学于燕，夫燕，诚方今人物之渊薮也。变故之后，宿儒名士往往而在，干臣日夕与之交，得以观其容止，听其议论，切磋渐染，术业愈精。一旦崭然见头角，遂为明天子所知……出使万里之外。"(3) 南人是元统治者对中华大地上最后被征服地域人民的统称，主要指原南宋治下的臣民。元统治者对南宋降将旧臣多采取怀柔政策，凡归顺者，都给以原任官职。为便于控制牵制，将他们大批迁往北方，大批江南文士最集中的聚集之地就是大都。灭宋时，随宋宗室一起被掳掠随行来到大都的还有大量的宫女、太学生。南人长期受到程朱理学的熏陶，文化基调不仅与蒙古、色目不同，就是与北方独立发展的儒学也有较大的区别。元代文化的最大特色就是各个民族文化体系通过接触，相互影响，相互补充，相互吸收，相互融合，共同形成的以汉文化为主的多种文化相互辉映的独特文化。

在城市特征上，大都的文化个性不仅与中国历史上强大的汉唐首都不同，与南宋小朝廷偏安一隅迥异，与燕京前朝辽金的南京和中都也有着天壤之别。成吉思汗勾勒了大蒙古帝国横跨欧亚大陆的巨大版图，也就奠定了大都成为国际性大都市的基础。各外国使节、属国来朝参拜的使团、僧侣、旅行者和贸易商队络绎不绝，不仅有波斯人、阿拉伯人，而且还出现了欧洲人和非洲人。他们折服于强大帝都雄伟的风貌，壮丽的景观，先进的生产，繁荣的经济，丰富多彩的文化，流连忘返，甚至长期留居。欧洲大旅行家马可波罗曾长期在大都生活，高丽国王也曾定居大都。这些人所携带的异域文化以各种方式影响浸染着大都。元代文学家袁桷有诗歌咏大都"煌煌千舍区，奇货耀日出。方言互欺诋，粉质变初质。开张益茗酪，谈笑合胶漆"。(4) 描绘了城市的繁华，贸易的兴盛以及操着各种语言的八方商客云集大都的盛况。城市经济的极度发达，城市功能的空前完善，都市生活的繁华多彩，元大都这些显著的特征显然与蒙古统治者的生活传统、文化理念有着密切的关系。蒙古是个性格强悍、开朗、率真的民族，对于生活的享受更多直接的感官追求，他们在执掌了政权后，将帝国都城建设成为一个“华区锦市，聚四海之珍异，歌棚舞榭，造九州之秾芬”[5]的享乐之都也就是意料中事了。同时与国家实力也是密切相关的，当时帝国的版图是如此之大，强大的霸业，使得天下珍奇，包括物质和文化的，汇集于大都这个帝国享有之所。因此，在大都“外国巨价异物及百物之输入此域者，世界诸城无能与比”。[6]这里“凿会通之河，而川陕豪商，吴楚大贾，飞帆一苇，径抵辇下”，[7]城市有着非凡的气势和异常发达的商业。城市商业理念的盛行，追求享乐的风靡，显然更多地来源于蒙古及西域民族的生活态度和西方文化的强烈影响，与正统的中原农耕文化有着较大的差异，这也决定了大都文化和文学鲜明的个性特征。

（二）元帝国文化政策

蒙古统治者的政治、宗教、文化乃至人才政策是开放、自由、兼容、拿来主义，这决定了有元一代文化的基本走向，对大都文化发展产生了极其深刻的影响。元朝以佛教为国教，但对其他宗教道教、伊斯兰教、基督教也一律接纳，这在中国历代统一王朝的历史上是绝无仅有的。这些宗教对元朝都产生过广泛的影响，各种教派，在大都最为集中。早期对蒙古政治和大都发生较大影响的是道教全真道龙门派创始人之一丘处机（1148—1227）和佛教大师行秀（1166—1246）。前者于金大定二十八年（1188年）在中都传教，后奉诏从成吉思汗西征，1224年自西域返回燕京，持玺书放奴为良救生达二三万人，世号“长春真人”。后者行秀又称万松老人，深通儒家经典，金明昌四年（1193年）入宫说法，公元1197迁燕京报恩寺，元太宗二年（1230年）奉诏住持万寿寺，有《万松老人评唱天童觉和尚拈古请益录》，[8]对元初政治和国家重大决策产生过较大影响的耶律楚材是其弟子，曾就之学佛三年。宗教对于社会生活的影响，遍及各个阶层，多个层面。包括文学、艺术，甚至是人们的着装服饰。忽必烈时，藏传佛教舞蹈之一，俗名“十六天魔舞”，从吐蕃传入大都，很受蒙古统治者的喜爱，每逢盛大庆典，都要进行表演。文化方面元统治者采取了近于“无为而治”的态度。科举自产生之日起，就是传播、灌输儒学思想最重要的载体之一。但是元代统治者对于科举制度始终抱着一种可有可无、游移不定的态度，元前期，曾开科取士，但是之后不久又取消了科举。仁宗延祐年间虽然恢复，但其后一度中断，阻断了文人士子传统的仕进出路，但却又从思想上解放了他们，促进了文学创作的繁荣。

随着儒学思想统治地位极大削弱，社会生活亦随之改观，例如元代妇女较少受封建礼教的严格限制，她们可以自由地外出、聚会。元代也是中国历史上各个统一王朝中较少实施文字狱的一个朝代。蒙古统治者以掳掠起家，“拿来主义”和“为我所用”似乎一直是他们的治世箴言。他们对待文化产品也是如此，以图书出版为例，在灭宋征战中，忽必烈就下令大军和派驻官员，沿途搜集经籍、图书、书画等，灭宋后，又专门派遣使者到江南，搜集南宋遗留下来的官书版。这些宋书版，运到大都印书，就成了元版书，这就是很著名的“宋版元用”现象。这种手段似乎表现在对待物质和文化甚至是人才的各个方面。大都各级官僚机构叠床架屋，官吏众多，成为吸纳文化人才的宝库。在此为官者，有本地人才，但更多的是外地进京为官者。在中统、至元年间，大都不但有前朝金代的社会名流出入新朝，而且宋代许多旧臣文士也聚居于此。元世祖以及之后的统治者更是不断选拔、吸引、征召各种人才至其辇下。不同政治、历史、文化背景下的众多官员和政府机构任职者，携带着各自深厚的文化烙痕聚合到大都，在此形成文化的碰撞与融合，使得大都文化异常活跃。

（三）大都的多元文化特征

元代是自汉代以来唯一一个没有明确、严格以儒家思想为统一精神基础的王朝。蒙古统治者进驻中原之初，逐渐起用儒学人才。耶律楚材、杨惟中、姚枢、郝经、陈时可、赵昉等一批著名儒学家，逐渐都被委以从中央到地方的各级要职。忽必烈是元初蒙古贵族中接受儒学影响较大的一位。在其帐下，一大批儒士得到了重用。刘秉忠、姚枢、窦默、许衡、张文谦、王鹗、赵璧等皆是。但是这些人的儒学思想，更偏重于治世之用。在征服南宋的过程中，又俘获了著名的儒学大师赵复，也将其送至后来的大都，令其教授传播儒家学说。这是南北割裂后，程朱理学在南方相对独立环境发展百年后，思想学说的首次北渡，也形成了与北方独立发展起来的包括李纯甫、耶律楚材、王若虚等所信奉儒学的首次正面交汇。大元灭亡南宋统一国家之后，江南的儒学思想随着儒学家的北上也传到了大都，其中最有影响的是南宋名儒吴澄。如此一来，在大都形成了儒学门派林立，相互争鸣、影响、借鉴、交汇甚至出新的局面，避免了一统的僵死。因而，有元一代，文人思想无拘无束，文坛也呈现出难得的自由与活跃。

中原农耕民族和北方游牧民族共存交融构成了元代之前北京地域文化最基本的特征。元代开始，作为帝都的北京文化更加多元，不仅吸纳统一国家东西南北各区域各民族的文化精华，而且在内外文化交流上，也发挥出更加广泛的作用。中华文明和大都所特有的文化，也通过交流，得到了最广泛的传播。据记载，忽必烈就曾命令中书省平章政事赵璧用蒙文翻译了《论语》、《大学》、《中庸》、《孟子》等儒家典籍，命令色目大臣安藏翻译了《尚书》、《贞观政要》、《资治通鉴》、《申鉴》等重要的史籍经典，为蒙古统治者学习和了解汉文化提供帮助。到元朝中后期，天历二年（1329 年），又设置了艺文监"专以国语（指蒙古语）敷译儒书"。当时的高丽和安南等国，也多次遣使大都，使得儒学为代表的中华文明得到了广泛传播。

学校的建设和发展对文化的传承发挥了重要作用，忽必烈在位时，大力推进教育，广建学校。至元元年（1264 年）九月一日，元廷设立翰林国史院。至元八年（1271 年），为大批培养蒙古族接班人，设立蒙古国子学，用《通鉴节要》教育蒙古学生。至元二十四年（1287 年），又在大都设立国子监，隶属于集贤院。至元二十六年（1289 年），在大都设立回回国子学。大德七年（1303 年），大都新孔庙建成。《大元一统志》再次修成。随着国子监的建立健全，学校课程也逐渐规范化，确立"凡读书，必先《孝经》、《小学》、《论语》、《孟子》、《大学》、《中庸》、次及《诗》、《书》、《礼记》、《周礼》、《春秋》、《易》"。[9]至元二十五年（1288 年），天下学校达到两万四千四百多所，大都是各类教育机构最为健全和数量最为庞大的地区。

科技的进步为文化繁荣发展提供了有力支撑。元朝的出版业达到了前所未有的发展，木版活字、锡活字、泥活字等多种技术发明得到普遍应用。先进的印刷术使得小说戏曲这些更受平民欢迎的叙事文学得以广泛传播，大都发达的书肆业为文学的市民化普及创造了不可或缺的条件。而交通的发达为文化传播提供了保障，元朝的中外交通无论是陆路还是海上，都非常发达。元代对外图书贸易，以高丽、日本、安南为多。延祐元年（1314 年）高丽忠宣王曾在大都大批购书，元代对日本的图书贸易主要通过海路进行。大德五年（1301 年），安南使者邓汝霖就在大都的书肆中购买了地图、宫苑图本甚至还有元朝政府的禁书。[10]

二、元代文学地位与大都文学概况

（一）元代文学变革之功

元代文学在中国文学史上具有里程碑式的鲜明意义，是中华文明最为灿烂的一部分，因为它是“古典”与“近世”的鲜明分界。在元代之前，传统的代言体的诗歌、散文统治文坛。从元代开始，叙事体的小说、戏曲登上文坛，为中国文坛注入了新的活力。在元代，“古典”与“近世”又是融合交汇的，在诗、文等传统文体中，叙事的成分大大增加；在新兴的小说、戏曲等文体中，大量融入了诗词文赋的元素。正如胡适所评价：“文学革命至元代而登峰造极。其时，词也，曲也，剧本也，皆第一流之文学，而皆以俚语出之。其时吾国真可谓有一种活文学出世。”[11]这成为元代文学最突出也是最基本特征。元朝创造出的文学新时代在大都文坛得到了极其鲜明、典型、集中、完美的体现，诗、词、文、赋、小说、戏曲异彩纷呈，同时，大都更是元代文学中最为辉煌的杂剧中心。

（二）南北荟萃的大都文坛

依靠“借才异代”支撑起来的元初文坛，集中了金、宋两朝人才，大都文坛，荟萃了南北精华。与辽、金初期“借才异代”的情形几乎一样，首先登上元代文坛的，大多数是由金入元或由宋入元的文人。在蒙古政权进驻中原之前，金朝的政治虽已腐朽，但文化经过长期积累和发展，已经达到了较高水平，诗、词、文、赋、书法、绘画都出现了一批杰出人才。这些人才在蒙古进驻中原之初，最早登上新政权文坛，随着蒙古政权统治不断扩张，有更多的人陆续加入这个阵营。成吉思汗末年，在全真道士丘处机定居燕京后，经常与之来往的就有吾道孙、李士谦、刘中、陈时可、吴章、赵昉、王锐等人。窝阔台汗初，元好问向耶律楚材推荐了大批文士，有王纲、王鹗、李献卿、李天翼、刘汝翼、张伯猷、李谦、高鸣、李冶、杨果、徐世隆、敬铉、李祁、刘郁、麻革、商挺、赵著、曹居一、王铸、杨恕等人，其中有些在新政权有所作为。元代开国元勋和文学奠基者耶律楚材就是前朝金代官宦。与耶律楚材同时，在燕京城中以诗文见称的还有赵著、吕鲲、郝经、李昶、王鹗等。在初建的翰林国史院任职的文士有徐世隆、阎复等。在元初大都文坛负有盛名的学士还有杨果、孟攀鳞、王构、李谦、王恽、胡祗遹、雷膺等人，也都曾长期生活在大都，他们代表着当时北方文化的最高水平，在元初的文坛上占有举足轻重的地位。

南宋政治腐朽不堪，但是经过百年偏安发展，文化艺术上却达到了畸形的繁荣和登峰造极的精美，而且人才济济。忽必烈挥师南下，统一南北。在押送南宋君臣北上的同时，忽必烈“命姚枢、王磐选宋三学生有实学者留京师”[12]给予任用，这是第一批来到大都的南方文士。其后，南北流动成为常态，大批北方官僚文士南下的同时，元统治者又多次派人到江南搜求人才，以为己用。至元二十四年（1287年），集贤直学士程钜夫把江南的一大批著名文士推荐到了大都，有叶李、赵孟頫、张伯淳、万一鹗、凌时中、包铸、吴澄等，“帝皆擢置台宪及文学之职”。[13]由宋入元的士人还有方回、戴表元、黄庚、方夔等。与由金入元的文士有不同，这些人在文学创作上有一个共同的特点，就是作品中充满浓郁的遗民情结，感慨兴亡，怀恋故土，向往归隐成为他们之间共同的话题。典型代表是赵孟頫、谢枋得。

（三）大都文人影响力

由于元统治地域广大，立国时间不长，元之前是长达数百年的南北对峙，其间虽然文化交流并没有停止，但毕竟相对封闭，独立发展还是其基本格局，所以在文学上，无论是诗文还是戏曲，都形成了比较鲜明的地域特色。随着“大一统”的到来，南北交流成为潮流，范围广而有时尚化趋势。江南的典雅清秀，精美婉丽，北方的雄浑壮伟，豪放率真，通过交流融汇，相互影响，使得各自文风发生了极其微妙的变化，南方文士消除了纤弱靡丽，北方文士增加了清雅周密，共同将文学推向了新的高度。元人欧阳玄曾对当时的文坛给予描述：“中统、至元之文，庞以蔚；元贞、大德之文，畅以腴；至大、延祐之文，丽而贞；泰定、天历之文，赡以雄。”[14]这种文风变化之产生，既有社会生活对文学发展产生影响的作用，也是南北文化交流不断促进的结果。北上文人的定居点大多是元首都，这对大都文坛的繁荣起到了至关重要的作用。较早到大都任职的“南人”有陈孚、贡奎、程钜夫等。其后虞集、袁桷、邓文原、贡奎、揭傒斯等也先后来到大都任职。民间讲学、游访甚至是定居等各种形式来到大都的更多不胜数。而科举制度的一度恢复，更使得文士大批北上。仁宗皇庆、延祐年间（1312—1320），科举一度恢复，招致全国文人士子纷纷涌向大都。通过科举，江南的许多优秀学者也得以脱颖而出。欧阳玄、杨载、范椁、宋本、宋褧等都由此开始显名大都文坛。广泛而常态化的文化交流，使大都成为帝国内众多文人的目的地和出发点，通过发挥聚合、融汇和辐射作用，影响着整个元代文坛。

交流中北人南下的也很多。较早到江南任职的“北人”有胡祇遹、卢挚、燕公楠、高克恭、陈思济、鲜于枢等；民间的交流也如潮涌动，大都著名文学家贯云石定居江南，对那里的文坛产生过不小的影响。刘因、白朴、关汉卿、马致远、曾瑞、秦简夫等许多重要的北方文学家都曾经先后到过江南。这种交流对文学发展的影响巨大。江南文人创作中大量出现北方风物，而元曲与杂剧也开始在南方普及，以至于到后期，元曲的中心竟然从大都转移到了江南杭州，促进了那里戏曲的极大发展，并且影响了几百年直到清代。只是，在元代的江南，再也没有产生过像关汉卿那样在大都成长活跃着的堪称一代宗师的杂剧大家。

（四）大都文坛广泛性

元代大都在中国文学史的长河中堪称最广泛的文坛。就作家而言，大都文坛无论民族、地域、宗教都实现了前所未有的丰富和包容。元代宗教开放自由，佛教为国教，势力最盛，信奉者多是蒙古贵族或者称为“汉人”的汉、契丹、女真等北方民众。势力仅次于佛教的是道教，出于历史原因，信众多是“南人”和部分“汉人”。由于在大都生活的色目人和西域、中东、欧洲人士较多，基督教和伊斯兰教也很盛行。另外蒙古族的原始崇拜“萨满教”也得到了保留。“大都城不仅是宗教信仰多元化的都会，而且也是当时各种宗教派别相互融合、斗争的重要场所。”[15]宗教对于人们的生活产生了重要的影响。大都的官僚文士们与宗教人士也有着千丝万缕的联系。有的甚至关系极为密切。著名的政治家、开国元勋、元代文学奠基人耶律楚材曾经向燕京著名的禅宗领袖万松老人行秀学习佛法，他秉承万松老人“以儒治国，以佛治心”的理念，在帮助忽必烈立国安邦、实现宏伟霸业中，深得佛、儒所长。国家重臣、元大都的规划设计者、元代著名文学家刘秉忠出身佛门，本是稍后于万松行秀的禅宗领袖海云印简的弟子。经海云推荐，辅佐忽必烈，深受重用。各种宗教为了发展势力，不仅运用各种手段争取最高统治者的支持，也采取多种多样的方式扩大影响，其中常用的是密切与社会名流的关系，文人雅士是他们争相笼络的重要目标。僧侣道人参禅打坐诵经之余，经常在寺庙、道观中接待社会文化名流，诗文唱和，书画雅集，颇具文化沙龙性质。许多方外人士，学识渊博，才华超众，本身就有很深厚的文学功底，他们的创作为元代大都文坛留下许多精美篇章。释英，字实存，号白云。俗姓厉，曾出游至大都，与赵孟頫结识后，一次攀登径山，写下了《径山夜坐闻钟》，有所感悟，于是出家为僧。号称“诗不离禅，禅不离诗”。[16]其作品《白云集》在元代是一部影响较大的诗集。

少数民族诗人群体的崛起是元代文坛一个突出的文学史现象。陈垣先生引清人王士祯语谓：“元代文章极盛，色目人著名者尤多。”[17]有作品流传至今的蒙古诗人有二十余人，色目诗人约一百人。[18]许多少数民族文士都活跃在大都的文坛上，耶律楚材、贯云石、马祖常、廼贤、萨都剌、赵世延、李公敏、伯颜、不忽木、阿鲁威等都是。他们或以诗文著称，或以散曲称雄，或长于辞赋，或精于小令。清代诗论家顾嗣立评论元代少数民族诗人，认为他们的成就堪与最杰出的文学家媲美："要而论之，有元之兴，西北子弟，尽为横经。涵养既深，异才并出。云石海崖、马伯庸以绮丽清新之派振起于前，而天锡继之，清而不佻，丽而不缛，真能于袁、赵、虞、杨之外，别开生面者也。于是雅正卿、达兼善、廼易之、余廷心诸人，各逞才华，标奇竞秀。亦可谓极一时之盛者欤！"[19]充分肯定了少数民族作家群体在元代文坛上的特殊地位。在文化传播方面，少数民族翻译家们也作出了杰出的贡献。

三、杂剧的发展与兴盛

（一）元杂剧兴起

王国维说："凡一代有一代之文学：楚之骚，汉之赋，六代之骈语，唐之诗，宋之词，元之曲，皆所谓一代之文学，而后世莫继焉者也。"[20]元曲是元代文学的典型，代表着元代文学最高成就，是元代文学对中国文学最独特的贡献。

元曲本为杂剧和散曲的统称，但是人们一般所指元曲皆为杂剧，或者说主要是指杂剧。关汉卿、白朴、马致远、郑光祖被称为"元曲四大家"，是其中最为杰出的代表。元代杂剧的中心在大都，长期在大都从事杂剧创作的作家有关汉卿、马致远、王实甫、杨显之、纪君祥等杂剧名家。元代杂剧的发展分为前后两期，前期为杂剧的鼎盛时期，中心在京城大都，在其周围，还分布着三个杂剧活跃地区，它们是真定（今河北正定）、东平（今山东境内）和平阳（今山西境内）。

据考早在辽金时期，燕京地区就已经有杂剧演出了，只是当时杂剧还处于雏形阶段，诸体尚未完备。直到元代，才发展成为念唱做打俱全、以唱为主、篇幅较长的完整的戏剧形式。杂剧能够在元代发展成熟，并在大都形成繁盛的中心，主要获益于以下诸因素。

（二）大都杂剧中心地位的确立及成因

首先是市民阶层的崛起为杂剧提供了广泛的消费群体。杂剧，作为俗文学的一种形式，其发展和兴盛，有赖于该种文化消费群体规模性的成长。宫廷性的各种娱乐演出，自古有之，但是要形成一种能够立足于世的独立样式，非走向民众，拥有广泛的社会基础不可。杂剧早在辽代就已经具备了其基本形制和名称。尤其是一些重要的外交宴请场合，用杂剧演出招待来宾也已经成为惯例。当时这些杂剧主要流行于燕京一带。经过金代的发展，杂剧依然未成气候，还停留在宫廷而没能真正走向民众。元代的情形就大不相同了，从成吉思汗十年（1215 年）蒙古军队攻占燕京，到至元元年（1264 年）忽必烈将燕京立为陪都，之后又正式确定为首都，经过半个多世纪的发展，大都已经成为全国最大的城市。人口众多，经济发达，城市繁荣，市民阶层已经成为一个庞大的群体。他们的文化消费诉求，必然要通过某种形式得到满足。因此，经过辽、金多年酝酿，宫廷、节庆反复演练的戏曲，在加入了诸多新的元素后，逐渐完善，成为广受民众欢迎的成熟的艺术形式。发达的商业，富足的生活，不仅培养造就了足够多的杂剧消费观众，而且为戏班和剧作家、编导等提供足以维持体面生活和延续创作的物质基础。如果说杂剧引导了民众的文化消费趋向，不如说是城市民众特有的文化需求呼唤了杂剧的产生。

商业化演出成为杂剧兴盛的有力推手。世界上没有什么比经济手段更具有恒久的推动力量。元代由于较少传统儒学束缚，加之大都特有的商业文化氛围，使得重农轻商的传统观念大为淡化，正是在这样一个大背景下产生了杂剧的特别繁荣。在中国历史上，将文学如此紧密地与商业联系在一起，元代杂剧为史无前例的第一个。杜仁杰的[般涉调·耍孩儿]《庄家不识勾阑》就形象生动地再现了杂剧演出时的情景。这里不仅有相当于商业广告式的招揽：“见一个人手撑着椽做的门，高声的叫：‘请请’，道：‘迟来的满了无处停坐。’……高声叫：‘赶散易得，难得的妆哈’”；也有“要了二百钱放过自咱”。这是纯粹商业演出的清晰交代，还有“层层叠叠团栾坐”专业演出场所的介绍，从“前截儿院本《调风月》，背后幺末敷演《刘耍和》”的说明中还可以看出当时演出剧目的丰富。从对演出中插科打诨的描述，也可以看出演出效果和观众对于这种戏曲样式的喜爱。由此可见，元代杂剧演出，已经完整地具备了文化商品化的所有元素。当文学商品化后，必然要追逐利益；利益的追逐，必然会产生激烈的市场竞争；竞争就会导致商品的差异化，人们就会尝试生产出更多的不同类型的，适合不同观众审美需要的剧目；演出剧目不仅要有引人入胜的故事，精美的唱词，更需要天赋超群的表演，这就必然要吸引更优秀的剧作家、演员和演出组织者加入其中，从而使得整个行业专业化程度不断提高。市场化促进了专业化，而专业化反过来又极大培育了市场，开拓了市场。

人才的聚集为大都杂剧的繁荣提供了充足的前提条件。蒙古统治者实行乐籍管理制度，凡在籍的乐舞人，本人、配偶甚至子女都将终生从事该行业。这种制度显然有失人道，但从客观上却保证了艺术人才队伍的稳定和各门技艺的传承。大都在辽金元三代，通过战争，从旧朝或敌方掳掠、迁移了大量的表演人才，之后又有被迫落籍者的加入，使得在籍者数量不断增加。经过有进无出的积累和数代繁衍，到元代时，已经形成了数量非常庞大的乐人队伍。他们是元代杂剧演出的主力军，也是杂剧艺术兴旺的人才保障。乐人除了在重大的庆典和日常的宫廷或官方宴饮场合为统治阶层服务之外，也可以参加一些商业演出。乐人虽然社会地位低下，但是由于技艺精湛，赢得了观众和剧作家们的尊重，相互友好往来，通过切磋，不断提高艺术水平，共同将杂剧艺术推向高峰。

杂剧作家队伍的形成，很大程度上还得益于科举制度的崩坏。一方面文人的仕途之门被关闭，另一方面儒生社会地位大幅度降低，走出书斋的文人开始了解了民间疾苦和人民喜怒哀乐，这种思想感情的转变是产生民众文学的基础。元杂剧成为文人释放创作热情的渠道和精神的依托。卑微的乐人，落魄的书生，在大都的闹市走到一起携手努力时，才能成为表演艺术家和伟大的剧作家，他们终于在欢声雷动的观众面前找回了自尊。这是一个良性循环，最优秀的表演艺术家和杂剧作家推动了大都杂剧的兴盛，而兴盛的大都杂剧市场，又吸引和培养了更多的艺术家、作家和懂得欣赏的众多观众。最后，终于将杂剧推向了历史发展繁荣的极致。

当然，杂剧的繁盛与文化交流和文学艺术发展的自身规律是必不可分的。大都在不同时期，不断接受着来自南北东西各方音乐元素的影响，“北曲”逐渐形成。而传统的词乐、民间说唱艺术、俗语俚曲，还有文人诗词曲的创作，金朝后期产生的诸宫调，共同影响，生发出了号称“大元乐府”北曲新声。这直接导致了包括杂剧和散曲在内的元曲的兴盛。尤其是诸宫调的产生，可以说是元曲的前奏。

杂剧的观众、作者、表演者共同决定了杂剧表演的内容和艺术的追求，这是叙事化倾向形成的原因。杂剧是叙事化文学的典型，而杂剧的内容，都是当时社会生活和民众愿望的真实体现和反映。钱玄同《儒林外史新叙》在论述关汉卿为代表的元曲的地位、作用与影响时，将之视为文学发展史上一场伟大革命加以评价。指出自中唐以后的白居易，到宋朝的柳永、辛弃疾、程颢、程颐、张载、朱熹、陆九渊等人偶然用白话写作，但他们“不过站在补缀顾问的地位”而已，直到“元曲出世，关汉卿、马致远、白仁甫（白朴）、郑德辉这班大文学家才把以前的文体打破，自由使用当时的北方语言来做新体文学”。并得出结论“元曲可以说是方言文学”。[21]这个方言无疑是以北京语音为标准音，以北方话为基础方言，当时活的大都语言。这不仅意味着北京文化借助着杂剧能够传播得更远，影响更大，同时也标志着中国文学从此进入了一个崭新的历史阶段，树立起了一个白话语言进行文学艺术创作的里程碑。它开后世京味文学之先河并树立了内容丰富、层次多样、堪供学习摹写的典范。

（三）大都创作群体对杂剧繁荣的杰出贡献

大都是元杂剧鼎盛时期的中心，大都剧坛群贤毕集，人才济济，涌现了一大批最优秀的杂剧作家、曲作家和表演艺术家。当时大都的玉京书会、元贞书会和燕赵才人等书会中，剧作家、曲作家和表演艺术家之间有着密切广泛的联系，彼此切磋技艺，声气相通，创作演出相长，使得杂剧呈现出空前的繁荣局面。“元曲四大家”中，关汉卿、王实甫、马致远三人都在大都生活并从事创作。

关汉卿，生卒年不详，大都人，位居“元曲四家”之首，是元杂剧的旗帜。据朱经《青楼集序》：“我皇元初并海宇，而金之遗民若杜散人、白兰谷、关已斋辈，皆不屑仕进，乃嘲风弄月，留连光景”，可见关汉卿与杜善夫（杜散人）、白朴（白兰谷）同为由金入元之人。《录鬼簿》著录了关汉卿所作杂剧剧本六十余种，流传至今的完整剧本有十五种，可见其创作极其旺盛。据《青楼集》、《录鬼簿》以及贾仲明“书录鬼簿后”等记载以及为部分元曲作家所作挽词看，关汉卿的主要创作生涯是在大都。元末人熊梦祥《析津志》记载他时说：“生而倜傥，博学能文，滑稽多智，蕴藉风流为一时之冠。是时文翰晦盲，不能独振，淹于词章者久已。”从这个记载中可以清晰地看到是元代特殊的历史环境、文化环境成就了关汉卿在元曲中杰出的地位和成就。关汉卿代表作为《窦娥冤》、《望江亭》、《救风尘》、《单刀会》等。他被誉为“梨园领袖”“杂剧班头”，在当时大都杂剧界享有很高的威望。王国维在他的《宋元戏曲考》中赞美关汉卿“一空依傍，自铸伟词，而其言曲尽人情，字字本色，故当为元人第一”。关汉卿的剧作自诞生之日起，便具有强大不朽的生命力，七百多年来在中国戏曲舞台上长演不衰，并被翻译成英、法、德、日俄等多种语言，走向世界，成为全人类共同的宝贵财富。

王实甫，一云名信德，字实甫，大都人。《录鬼簿》将其列于“前辈已死名公才人”一节。他主要创作于元成宗元贞、大德年间。他早年曾经为官并经历坎坷，在套曲《退隐》［金菊香］中曾说“想着那红尘黄阁昔年羞，到如今白发青衫此地游”，因此决心“退一步乾坤大，饶一着万事休”。走归隐之路。王实甫的代表作是《西厢记》、《破窑记》、《丽春堂》等，其中《西厢记》是元代杂剧的巅峰之作。作品描述了崔莺莺和张生的爱情故事，情节跌宕，人物塑造生动，表达感情婉丽动人。作者对爱情的大胆肯定和歌颂，体现了人文精神的光华，这一点被明代思想家李贽充分肯定，赞誉其“如化工之于物，其工巧自不可思议”[22]。

马致远（约1250—1321至1324间），号东篱，一说字千里，大都人。年辈或晚于关汉卿。他是历来公认的“元曲四大家”或“元曲六大家”之一，他的杂剧创作开始比较早，在元贞大德年间就已相当活跃，是元曲社团“元贞书会”的成员。创作时间比较长，经历丰富，影响也比较广泛。《太和正音谱》的《古今群英乐府格势》将其列为开卷第一人，以为“典雅清丽”，并声言“宜列群英之上”。马致远写有十五部杂剧，流传至今的有七种，即《破幽梦孤雁汉宫秋》、《江州司马青衫泪》、《西华山陈抟高卧》、《吕洞宾三醉岳阳楼》、《马丹阳三度任风子》、《半夜雷轰荐福碑》六种，以及和李时中等合作的《开坛禅教黄粱梦》。《汉宫秋》、《青衫泪》是元杂剧代表作。马致远的其他杂剧主要是神仙道化剧，这与金元之际北方，尤其是燕京地区道教盛行密切相关。

杨显之，生卒生不详，大都（今北京）人，著名杂剧作家。与关汉卿为莫逆之交，常在一起讨论、推敲作品。杨显之善于对别人的作品提出中肯的意见，有“杨补丁”之誉。在元初杂剧作家中，他年辈较长，有威望。杨显之作有杂剧八种，题材多采取现实生活和民间故事，作品风格与关汉卿相近，关目动人，语言流畅，本色中偶有华丽，朱权《太和正音谱》称它们如“瑶台夜月”。今仅存剧本两种：《临江驿潇湘秋夜雨》、《郑孔目风雪酷寒亭》。

王伯成，生卒年不详，涿州人。元代杂剧作家。约生活在至元年间前后，活跃于大都，与著名戏曲作家马致远是“忘年交”，与张仁卿关系也颇密。著有杂剧三种，今存《李太白贬夜郎》一种。贾仲明为其所写［凌波仙］吊词称其为“马致远忘年交，张仁卿莫逆交，超群类一代英豪”。所著《天宝遗事诸宫调》规模宏大，在文学史上有重要地位。今存小令二首，套数三篇。《太和正音谱》评其作品“如红鸳戏水”。

纪君祥，生卒年不详，一名纪天祥，大都人，元代前期的杂剧作家。生平事迹不可考。其剧作存目八种，现存《赵氏孤儿大报仇》一种，是元杂剧中著名悲剧之一。全剧主题鲜明，冲突尖锐，情节扣人心弦，基调凄凉悲怆，表现出壮丽高尚之美，《太和正音谱》赞其“儒学里梅花”。该剧流传甚广，早在18世纪初就已经流传到了欧洲，曾在法国皇家剧院演出，有法、英、俄、德、意大利等文字的译本流传。

赵明道，大都人（今北京人），钟嗣成为他写的［凌波仙］：“钟公鬼薄应清朝，范蠡归湖手段高。元贞年里，升平乐章歌汝曹。喜丰登，雨顺风调。茶坊中嗑，勾肆里嘲。明明德，道泰歌谣。”据《录鬼簿》著录，赵明道做杂剧两种《牡丹亭》、《范蠡归湖》，现仅存佚曲。《太和正音谱》将其列为杰作一百五十人中，称其词“如太华晴云”。

张国宾，一作张国宝，又称张酷贫，大都人，生卒年不详，生平事迹不可考。是元代著名的戏曲艺人、杂剧作家和教坊官员。生活于社会下层，曾任教坊勾管，擅长作曲，其杂剧曲词通俗易懂，有较为浓郁的民间生活气息。钟嗣成在为其写的［凌波仙］中说：“教坊总管喜时丰，斗米三钱大德中，饱食终日心无用。”《录鬼簿》中著录杂剧四种，今存《薛仁贵衣锦还乡》（一说为《薛仁贵荣归故里》）、《相国寺公孙汗衫记》、《严子凌垂钓七时滩》三种。代表作《汗衫记》，讲述了一起谋杀案的前因后果，情节曲折，人物生动，是元杂剧中之名作。后曾流传国外，有法文译本。

秦简夫，生平事迹不详，大都人。元代后期著名的杂剧作家，与《录鬼簿》作者钟嗣成同时代。他一直在大都从事戏曲创作，并有较高的名望，公元1330年之前，曾寓居杭州，继续从事戏剧活动。他非常熟悉舞台生活，所作杂剧易于演出。所作剧五种，现仅存《孝义士赵礼让肥》、《东堂老劝破家子弟》、《晋陶母剪发待宾》三种。有论者认为其中的《东堂老劝破家子弟》有基督教背景。

庾天锡，生卒年不详，字吉甫，大都人，元代文学家。曾任中书省掾，除员外郎，中山府判。著有杂剧《骂上元》、《琵琶怨》、《半昌宫》等十五种，今皆不传。亦善作散曲。贯云石序《阳春白雪》品评元朝当代乐府，曾把他和关汉卿相提并论。《全元散曲》录存其小令七首，套曲四套。

王仲文，生卒年不详，大都人，元代杂剧作家。贾仲明为《录鬼簿》补作吊词中，以其与关汉卿、郑光祖、马致远相提并论。所作杂剧十种，今仅存《救孝子贤母不认尸》一种，以及《诸葛亮军屯五丈原》、《汉张良辞朝归山》部分曲文。其剧作以历史题材居多，作品呈阳刚之气，《太和正音谱》赞其如“剑气腾空”。

梁进之，据《录鬼簿》、《青楼集》、《南村辍耕录》记载，他和杂剧作家杨显之、费君祥，散曲作家王和卿以及著名女演员朱帘秀等均有交往，和杨显之、王和卿尤其亲密。

费唐臣，生卒年不详，大都人，元代杂剧作家。其父费君祥，曾与关汉卿交游，撰有杂剧《才子佳人菊花会》一种。费唐臣撰有杂剧三种，现存《苏子瞻风雪贬黄州》一种，描写苏轼被贬的故事，对封建官场的黑暗和世态炎凉有所揭露。

石子章，大都人。生卒年及生平事迹均不详。约元世祖至元中前后在世，擅长作曲，《太和正音谱》评为“如蓬莱瑶卿”，《录鬼簿》记所作杂剧两种，现仅存《秦修然竹坞听琴》一种。

元代杂剧之所以兴盛繁荣，有一个重要的原因，是作家和艺术家们相互之间关系密切，经常在一起相互切磋、合作。例如有“杨补丁”之称的杨显之，就经常为关汉卿修改剧本，补漏拾遗。当时在大都，杂剧作家们还组成了行会性质的组织，“元贞书会”就是其中之一。参与者包括作家、曲家、艺人。天一阁本《录鬼簿》贾仲明为李时中补写的［凌波仙］吊曲开篇中说：“元贞书会李时中、马致远、花李郎与红字公，四高贤合捻《黄粱梦》。”四贤中，李时中、马致远是官员，花李郎、红字公则是典型的艺人。一部四折的《黄粱梦》杂剧，由四个人一人一折的做法，在杂剧创作中是个特例，应该与“元贞书会”的创立有关，当时各种各样的书会成为元曲创作的推动力量。与以往作家与演员隔膜疏离的关系不同，元曲作家和演员保持着比较密切的合作关系，私交也比较好。一些优秀的表演艺术家多才多艺，更是在文坛受到普遍的尊重，朱帘秀就是其中比较有代表的一位。

珠帘秀，生卒年不详，姓朱，排行第四，艺名珠帘秀，主要生活在至元、大德时期。是元代杂剧著名的女表演艺术家，多才多艺，行当兼擅，花旦、正旦等，皆曲尽其妙，是一位对杂剧艺术作出过独特贡献的艺术家。在元大都杂剧舞台上非常活跃，也很有声望，与元曲作家如关汉卿、胡祗遹、卢挚、冯子振、王涧秋等有很好的交情，常有唱和。《青楼集》记载说：她“杂剧为当今独步，驾头花旦软末泥等，悉造其妙，胡紫山宣慰尝以沉醉东风曲赠云：‘锦织江边翠竹，绒穿海上明珠。月淡时，风清处，都隔断落红尘土。一片闲情任春舒，挂尽朝云暮雨。’冯海粟待制亦赠以《鹧鸪天》云：‘凭倚东风远映楼，流莺窥面燕低头。虾须瘦影纤纤织，龟背香纹细细浮。红雾敛，彩云收，海霞为带月为钩。夜来掷尽西山雨，不着人间半点愁。’盖朱背微偻，冯故以帘钩寓意，至今后辈以朱娘娘称之者。”胡紫山，指文学家胡祗遹。由这段记载不难看出珠帘秀与当时文坛活跃的文人雅士、社会名流保持着非常融洽热络的关系。关汉卿有散曲［南吕·一枝花］《赠珠帘秀》是特为她作的。珠帘绣善写散曲，现存小令一首，套数一篇。

胡祗遹（1227—1295），字绍开，号紫山。磁州武安（今河北武安）人，少孤，及长读书而见知于名流。中统初，为大名宣抚从吏。至元初，授应奉翰林文字，兼太常博士。他与元曲艺人交往广泛，对元前期的杂剧表演、创制较有影响。他曾经为著名艺妓珠帘秀作《朱氏诗卷序》，《黄氏诗卷序》、《优伶赵文益诗序》也都是为元曲艺人所作。有《紫山先生大全集》、《周易直解》等著述。

杨驹儿是著名的艺妓，[23]据《录鬼簿》（曹寅刊本）记载，杨驹儿不但是表演家，而且还曾经创作过杂剧《东窗事犯》。贯云石的［醉高歌过喜春来］和［凭栏人］等两组《题情》都是专为杨驹儿创作的，皆元曲名篇。

《青楼集》中多有对大都这些艺术家的记载。例如：“玉莲儿，端丽巧慧，歌舞谈谐，悉造其妙；犹善文楸握槊之戏。尝得侍英庙，由是名冠京师。”“宋六嫂，小字同寿。元遗山有《赠筚篥工张嘴儿》词，即其父也。宋与夫合乐，妙入神品；盖宋善讴，其夫能传其父之艺。滕玉霄侍制，尝制［念奴娇］以赠……”《青楼集》说：“张怡云能诗词，善谈笑，艺绝流辈，名重京师。赵松雪、商正叔、高房山，皆写《怡云图》以赠，诸公题诗殆遍。”

元代前期是杂剧的鼎盛时期，其中心在大都。到杂剧发展的后期，受到北方政治动荡，社会不安定等诸多因素的影响，使得这个中心南移，杭州成为杂剧新的传播中心。杭州是南宋时的首都，历来是繁华优裕，南北一统之后，美丽的湖光山色和浓厚的文化气息很快就吸引了大批的北方戏剧家来到杭州并定居下来。关汉卿、白朴等著名杂剧作家都先后到了那里，杂剧在杭州具有很大的市场号召力和影响力，但杭州本身从来没有能够产生像关汉卿、马致远那样的杂剧大家，而南下的杂剧名流到了杭州这个温柔之乡似乎也很难再有大都时那样健康、旺盛的创作活力。

四、散曲的发展与成就

（一）大都文坛散曲创作的广泛性

元曲，包括杂剧和散曲，但在元代并无散曲之名。当时人们把散曲当作诗歌看待，统称为“乐府”、“新乐府”、“北乐府”、“今乐府”等。散曲形式上分为套曲和小令两种。套曲是两只以上的、同一宫调的小令的联唱，小令则是单独的一支曲子。在散曲中，小令更为流行，优秀作品也更多。

散曲是杂剧艺术最重要的要素之一。杂剧作家必须能够创作散曲，例如“元曲四大家”中的关汉卿、马致远、王实甫都是著名的散曲作家。但是纯粹的散曲作家不一定能够从事杂剧创作，在元代，散曲作家比杂剧作家要广泛得多，从事散曲创作的有著名儒学家、执掌朝政的重臣、翰林文士，还有云游四方的才子。一般来说，散曲作家群体的社会地位比杂剧作家要高一些，他们似乎可以与诗文作家比肩。元代前期，许多的散曲作家都是达官贵人，元世祖忽必烈的谋士刘秉忠就是其中之一。

散曲的创作在金末就开始了。金朝遗民元好问、杜仁杰等都有散曲的创作，这一时期是文人创作由词演化为基本的曲形式的阶段。在元初的达官显贵散曲作家中，杨果、刘秉忠、商挺等人的创作成就是较高的。因为散曲作家非常广泛，也包括诗文家、杂剧家以及部分的杂剧表演家，所以，文坛领袖所在地和杂剧中心大都自然也就成了散曲创作的一个中心。在元初和中期发展时期都是如此。到后期，随着大批文人南下，散曲创作的中心实际上也随之南移了。并且，风格发生了整体的变化。

（二）元初大都文坛的著名散曲作家

杨果（1195—1269），字正卿，祁州浦阴（今河北安国）人。金正大甲申年（1224 年）进士，为官以廉洁干练著称。由金入元后，官至参知政事。《金史》本传称：“果性聪敏，美风姿，工文章，尤长于乐府，外若沉默，内怀智用。善谐谑，闻者绝倒。”他是元代前期较为著名的曲家，散曲流传不多，今存小令十一首，套数五套，但是风格典雅。从中可以看出传统诗歌创作从词向散曲的过渡痕迹。明人朱权《太和正音谱》称其曲作“如花柳芳妍”。有《西庵集》传世。

商挺（1209—1288），字孟卿，自号左山老人，青年时代与著名诗人元好问交好。元初为行台幕官，官至参知政事、枢密副使。散曲今存小令十九首。

刘秉忠（1216—1274），初名侃，字仲晦，自号藏春散人，邢州（今河北邢台）人。为元开国名臣。年十七岁曾出仕金朝，后削发为僧。元世祖忽必烈在潜邸为亲王时，随海云禅师被召入见，因博学多才，成为忽必烈的主要谋士，于是令其还俗，留侍左右，更名秉忠。他参与元朝建国初期几乎所有的重大政治决策。定国号为“大元”，协助制定朝仪官制，以中都为大都，都是听从了刘秉忠的建议。元大都城址的勘探、规划等，也都是他亲自主持的。在为政的三十余年间，举贤荐能，广罗人才，这些人后来在大都都身居要职，在元初政治、经济、军事、文化的舞台上发挥着重要的作用。其中以张文谦、张易、王恂、郭守敬、王文统等为其中最杰出的代表。卒后赠太傅，封赵国公，常山王，谥文贞。其自幼好学，至老不衰，为官后仍保持淡泊清净的生活。他不仅是元初最重要的政治家、儒学家，也是北京历史最值得大书一笔的人物。一生著述丰富，今仅存《藏春集》六卷传世，其中收录七律、七绝、词五卷共四百六十九首，另有一卷载刘秉忠行状、墓志、补道碑等。《全元散曲》收其小令十二首，大多为写景之作，[南吕・干荷叶] 为其代表作。

张弘范（1238—1280），字仲畴，祖籍河北易州定兴，元初汉人世侯张柔第九子，张弘范少承家训，文武兼备。元朝著名的军事家、统帅。封淮阳王，谥献武。张弘范幼年从郝经学，能为诗歌，著有《淮阳集》、《淮阳乐府》。其散曲内容主要是以铁骑征战自矜。明・朱权《太和正音谱》将其列于“词林英杰”一百五十人之中。

（三）大都散曲创作鼎盛阶段的知名作家及创作

忽必烈统治的中统、至元时期，社会较为安定，经济发展，文化繁荣，散曲创作也得到了长足发展。散曲创作以关汉卿、王和卿出现在词坛为标志，进入整个元代散曲创作的初盛阶段，同时这也是大都散曲创作的鼎盛阶段。此时的主要作家有关汉卿、王和卿、卢挚、姚燧、胡祗遹、徐琰、庾天锡等。

关汉卿是伟大的杂剧作家，在散曲创作上也取得了很高的成就。他的散曲创作，个性突出，棱角分明。通过他的作品，一个愤懑不平，勇于抗争的下层知识分子形象跃然纸上。[南吕・一枝花]“攀出墙朵朵花”、[梁州] 第七“我是个普天下郎君领袖”以及 [黄钟煞]“我是个蒸不烂煮不熟槌不扁炒不爆响当当一粒铜豌豆”等，都是这方面的代表。他的许多小令，写儿女意态，情感细腻，人物刻画入木三分。郑振铎评价说“比柳词还要谐俗，却也比柳词还要深刻活泼；比山谷词还要艳荡，却也比山谷词还要令人沉醉，同时却又那样的温柔敦厚，一点也不显出粗鄙恶俗”。[24]

王和卿，生卒年不详，大都人，与关汉卿同时，是关系很好的朋友。中统初年与关汉卿在大都曲坛活动。[25]与关汉卿一样，他也是名震勾栏的“散人”曲家。两人性格有许多相似之处，同样风流蕴藉，追逐歌伎舞女，表现出玩世不恭的情绪。《录鬼簿》称他为“学士”，蒋一葵《尧山堂外纪》云：“关汉卿同时，和卿数讥谑，关虽极意还答，终不能胜。”[26]由此可见其机智幽默，非一般人能比。他的作品从题材内容到艺术风格，都洋溢着滑稽诙谐的意趣。艺术价值最高的多是咏物之作。今存套数一篇，小令二十多首。著名的作品有［仙侣醉中天］《咏大蝴蝶》等。

杂剧大家王实甫的散曲成就也很高，可谓无一首不好。［春睡·山坡羊］“云松螺髻”等作品写得非常风趣。《太和正音谱》云：“王实甫之词如花间美人，铺叙委婉，深得骚人之趣；极有佳句，若玉环之出浴华清，绿珠之采莲洛浦。”[27]

马致远的散曲成就也极为突出，有“曲状元”之称。现存散曲一百多首，风格多样。小令名作［天净沙］《秋思》被称为“秋思之祖”。小令创作的数量和质量在元人中名列前茅，难以匹敌。

这一时期的散曲，有几个特点，一是出现了关汉卿、王和卿等这样的勾栏曲家，他们与善于演唱表演的歌女伶工联系密切。而一些著名的表演艺术家，在社会上也有广泛的交际，他们的交往不仅是杂剧作家，甚至是达官贵人、社会名流。例如著名女演员珠帘秀在大都与关汉卿、胡祇遹、冯子振、王恽、卢挚等交往密切，至元十九年（1282 年），珠帘秀要出游江南，这些人均作曲以赠，可见当时文坛众人与勾栏中人关系之密切。[28]这种密切关系，极大程度地扩大了散曲创作在社会上的影响力，它使得文人之作，借助音乐和演唱能够在社会上广泛流传。另外这个时期散曲的题材和内容都得到了开拓，反映社会生活和作家情感更加广泛，而自然风流的韵致也得到了充分的表现。这在关汉卿、王和卿创作中表现得尤其突出。当然，其他人的创作也各有特色。

胡祇遹（1227—1293），字绍开，号紫山。现存散曲十一首，朱权《太和正音谱》称其散曲风格如“秋潭孤月”一般明净。

卢挚（1235—1314），字处道，号疏斋，涿州人。受到忽必烈的赏识，元成宗大德年间，入朝为翰林学士，官至翰林承旨。是元代前期影响较大的散曲家、诗文家。他与南北文学艺术家、歌人舞伎有着广泛密切的联系。诗词、古文、散曲以及书法都颇有名。其在文学创作上的最高成就是散曲，是元初第一个大量写作散曲的名公大臣。有小令一百二十首，在元代前期散曲作家中数量仅次于马致远。由于他的提倡，散曲才作为一种与诗词相并的体裁进入上层社会。他的散曲典雅蕴藉，清新流丽，自然活泼，与词较为接近，对后来张可久等“雅正”一派的小令有开启之功。《太和正音谱》将其列入杰作一百五十人中。贯云石《阳春白雪序》曾评价其作品：“近代疏斋妩媚，如仙女寻春，自然笑傲。”所存小令，题材广泛，几乎涉及元曲家写过的所有领域。据卢挚的散曲，可以知道他与艺妓交往很多，仅见于小令题目的就有杨娇娇、江云、珠帘秀、刘蕙莲等。另外特别值得注意的是，卢挚一直是文坛召集人，在大都文坛对散曲的写作、用韵与演唱的关系探讨颇多。

姚燧（1238—1313），字端甫，号牧庵，河南洛阳人，官至翰林学士承旨。曾参与纂修《世祖实录》，是元代德高望重的著名大儒。其散曲与卢挚齐名，有许多儿女风情之作，曲词清新、开阔，摹写感情文辞流畅，雅致缠绵，对散曲开拓发展有一定的影响。著有《牧庵文集》五十卷，清人辑《牧庵集》三十卷。

庾天锡，生卒年不详，字吉甫，大都人。曾任中书省掾，授员外郎，中山府判。杂剧作家，亦善作散曲，现存小令七首，套曲四篇。《太和正音谱》评其曲“如奇峰散绮”。贯云石序《阳春白雪》，品评元朝当代乐府，曾把他和关汉卿并论，称之为“造语妖娇”。明人贾仲明作［凌波仙］曲概括其平生说：“语言脱洒不粗疏，翰墨清新果自如。胸怀倜傥多清楚，战文场，一大儒，上红笔，没半点尘俗。寻章摘句，腾今换古，噀玉喷珠。”[29]

荆干臣，生卒年不详，一说北京路兴中府（河北昌黎），一说东营（元代大宁路兴中州，今内蒙古宁城西）。虽生长豪族，但能折节读书，少年时游学于燕地（今北京、河北一带），以制曲知名，《太和正音谱》将其词列为上品。《全元散曲》存其套曲两套。至元年间曾两次出使日本。

冯子振（1257—1327），字海粟，自号怪怪道人。自幼“博洽经史，于书无所不读”。元成宗大德二年（1298年）四十七岁登进士第，人称“大器晚成”。朝廷重其才学，先召为集贤院学士、待制，以“轮番值日，以备顾问”。为人性格豪放，文思敏捷，《元史》记载说：“酒酣耳热，命侍吏二三人，濡笔以俟，据案疾书，随纸数多寡，顷刻辄尽，事料浓郁，美如簇锦，殆天才也。”[30]是元代前期文坛相当活跃的人物，诗文词曲书画都有很高的声誉。与赵孟頫、陈孚等人交好，相互题跋。其诗散佚甚多，清顾嗣立从书画卷中搜得七十三首，题为《海粟集》载入《元诗选》，所传多为题画诗。赋作今存《十八公赋》和《居庸赋》，如汉大赋的洋洋大观，写得气势磅礴，慷慨淋漓，宋濂说：“海粟公以博学英词名于时，当其酒酣气豪，横厉奋发，一挥万馀言，少亦不下数千，真一世之雄哉。”（《居庸赋跋》），明吴纳赞曰：“今观海粟赋，何宏衍巨丽之若是也”（题《居庸赋》），其散文也是豪奇恣肆，英气勃发。冯子振的书法为时人所重，重金购之，或勒石刻之，或藏之名山，传世书迹有《居庸赋》、《与无隐元晦诗》等。冯子振所作散曲小令今存四十四首，题材广泛，劲逸潇爽。其中〔鹦鹉曲〕（俗名〔黑漆弩〕）四十二首，作品风格豪放，贯云石称“海粟，豪辣灏烂，不断古今”（《阳春白雪序》）。[鹦鹉曲] 以韵险著称。

（四）文化中心南移后大都作家群体的散曲创作

从元成宗元贞元年（1295 年）到元文宗至顺三年（1332 年），这一阶段史称“垂拱而治”，[31]这是元散曲发展的鼎盛时期。此时杂剧和散曲的创作中心已经转移到了杭州。但是支撑起这个中心的却是一大批来自北方的文士如关汉卿、马致远、贯云石、乔吉、曾瑞等，他们与江南作家共同开创了这个奢靡城市里散曲的鼎盛新局面。这个阶段，散曲的题材得到了开拓，由原来多书写个人牢骚愤懑，转向更广阔的社会人生，张养浩、刘时中是这方面的代表。同时由于散曲创作者中不少经历过宦海风波，对官场险恶、世态炎凉有切身体会，所以叹世归隐题材竟然成为创作的主旋律。从创作风格上，南北作家虽有融合，但是依然各自带有鲜明的地域特色。相对南方作家的清丽来说，北方作家的创作更偏重豪放。马致远、贯云石为豪放派的代表。在豪放派中，还有冯子振、张养浩、刘时中、薛昂夫、睢景臣等。

贯云石（1286—1324），号成斋、疏斋、酸斋，高昌畏吾人。早年世袭父亲爵位，大德末年将职位让给其弟，自己返回大都家族聚居地——大都畏吾村（又称畏兀儿村，即今北京魏公村），很快融入了大都的皇族生活，并受到元武宗、元仁宗的赏识。元武宗登基并改元，贯云石作《皇都元日》，表示庆贺。贯云石还将《孝经直解》进呈给当时的太子爱育黎拔力八达（元仁宗），这本书以图文并茂的形式，用元代当时的口头语言解释儒家经典，便于母语非汉语的少数民族人士研习，对于普及文化经典有示范作用，实际效果甚佳。皇庆二年（1313年）贯云石任翰林学士，延祐中弃官离京，游历江南，定居钱塘（即杭州）。他在当时文坛交游十分广泛。有任讷的《酸甜乐府》（与甜斋徐再思合集），顾嗣立《元诗选》二集《酸斋集》存诗二十七首。[32]贯云石散曲影响很大，可与马致远比肩。时人将散曲称为“马贯音学”，可见其在曲坛的分量。同时，贯云石还是颇有见地和影响的曲论家，今天所能见到的最早的一篇元人专论散曲的文字，就是贯云石皇庆二年写的《阳春白雪序》，欧阳玄为贯云石写有墓志铭。[33]

张养浩（1270—1329），字希孟，号云庄，山东济南人。官至监察御史、礼部尚书，以直言敢谏著称，曾因进谏得罪权贵，英宗即位，又因谏元夕节大肆张灯事而获罪。因为深感官场险恶，辞官还乡，创作中多寄情林泉、叹世归隐之作，间有关怀民瘼篇什。散曲集有《云庄休居小乐府》。

曾瑞（？—1330年前），字瑞卿，自号褐夫，大兴（今北京）人，散曲作家。终身不仕，因喜江浙风物而移家南方。曾瑞为人神采卓异，邀请友人吟诗度曲，优游市井，依仗熟人馈赠为生，被视为神仙中人。善绘画，尤长于山水，学范宽一路，能作隐语小曲，散曲集有《诗酒余音》，已佚。今存散曲约小令九十余首，套数十七首。《录鬼簿》记他“临终之日，诣门吊者以千数”，其风采为世人所崇仰可见一斑。现存杂剧一种《王月英元夜留鞋记》。

杨朝英，号澹斋，青城（四川灌县）人，行年大致与贯云石相，活动于元代中期。《阳春白雪》（全名《乐府新编阳春白雪》）与后来问世的《太平乐府》（全名《朝野心声太平乐府》）都是杨朝英以个人之力而成书的元曲总集，是元人第一次对本朝曲家所作的筛选，也是元曲第一次作为一种文学形式展示全貌。它们的出现，对散曲创作有相当大的推动作用。杨朝英本人所作的散曲当时也很有名，杨维桢甚至认为，元散曲“奇巧莫如关汉卿、庾吉甫、杨澹斋、卢疏斋”。[34]

鲜于必仁，生卒年不详，字去矜，号苦斋，渔阳郡（今北京密云附近）人，元末明初在世。现存小令二十九首，主要内容为写景抒怀之作，曲文华美，意境开阔，咏史论世，格调健朗。［折桂令］《燕山八景》（此曲有的说是张养浩所作）专写大都景致，非常著名。

散曲的作者包括了当时的蒙古、色目、汉人和南人。

五、诗词文的发展

（一）元大都诗文地位及贡献

元代诗歌创作是中国诗歌史中最重要的环节之一。在元代，作家最众创作最多的依然是诗歌，其光芒并不能由于戏曲小说的特别耀眼而被遮掩。元代的诗文家，大多为汉人，也有少部分深受儒学浸染的少数民族作家，这使诗文这种高雅艺术从内容到形式较为完整地保留了传统本色。

元代散文与诗歌相比，要沉寂许多。在仁宗延祐之前的近五十年间，除了一部分金、宋遗民写下的怀恋故国的文章外，总体成就不大。元人南伐灭宋，寻访儒士，罗致了一批中原文人，才使得儒学与文学得以在新朝保留。此时的散文，兼容了古文和理学的倾向，而本质上依然不脱宋金风气。王恽、许衡、郝经、刘因、吴澄、赵孟頫是其代表。真正对大都文坛中后期散文发生影响的是姚燧，《元史》本传说姚燧为文"宏肆该洽，豪而不宕，刚而不厉，舂容盛大，有西汉风，宋末弊习，为之一变"。他的许多散文，尤其是碑版文字，纵横开阖的气度，远承了汉风唐韵。延祐初年，一度恢复科举，一大批作家如袁桷、柳贯、杨载、范梈、虞集、马祖常、元明善、欧阳玄、揭傒斯等在这期间崛起，并产生了号称"元四家"的虞、杨、范、揭。

（二）活跃于前期文坛的大都诗文作家

元诗大致可分为前中后三个时期。元代前期的诗坛，大多数是由金入元和由宋入元的诗人，如元好问、李俊民、郝经等是由金入元的诗人，而方回、戴表元、黄庚、赵孟頫、方夔等，都是由宋入元的士人。耶律楚材虽然曾仕金朝，但后来一直辅佐成吉思汗，不仅是元朝的开国功臣，也是元代文学的奠基人。

耶律楚材（1190—1244），号湛然居士。契丹贵族，自祖上定居燕京地区，是元代文学的创立人之一。十七岁仕金，曾在金尚书省任职，久居燕京。中都被元攻陷后，受到元最高统治者的信赖，成为成吉思汗和窝阔台汗时期最有作为的政治家。王国维《耶律文正公年谱》曾经评价说："文正（耶律楚材）师事万松老人，称嗣法弟子从源。其于禅学所得最深，然其所用以佐蒙古安天下者，皆儒术也。公对儒者则倡以儒治国，以佛治心之说。"耶律楚材的思想兼具儒家、佛家双重色彩，在他文学创作中有鲜明显现。公元1220年，耶律楚材曾随成吉思汗出征西域，其间写作了大量诗歌，这是他一生中创作活力最为旺盛的时期，这些“西域诗”也是耶律楚材诗歌最高成就的代表。在耶律楚材身上非常浓缩地体现了元代文学的典型特征。据《黑鞑事略》记载，在蒙古与南宋对峙时期，耶律楚材见到南宋使臣时说：“你们只恃着大江。我朝马蹄所至，天上天上去，海里海里去。”[35]由这段话，不难看出他无比壮阔的胸怀和恢弘的气势。在元代文坛，地域特征极为明显，耶律楚材的思想不仅将儒、释、道诸家有机调和在一起，还集中融会了女真、蒙古、西域、汉族等多元文化，最终荟萃成为独具特色的北方地域文化，这使得他不仅成为元代文学的开创者，也成为北方地域文学影响最大，成就最高的代表，可以说元代诗文振兴局面的到来离不开耶律楚材的积极倡导和实践示范。

郝经（1223—1275），字伯常，泽州陵川（今山西陵川）人。金亡后迁居河北。被忽必烈诏入藩邸，条陈数十事，颇受信任。中统元年（1260年）以翰林侍读学士使宋，为贾似道秘密扣押长达十余年。一生著述甚丰，有《续后汉书》、《春秋外传》、《周易外传》、《原古录》、《行人志》、《陵川集》等。

刘因（1247—1293），初名骃，字梦骥，后改字梦吉，号静修，保定容城（今河北徐水）人。元代著名的学者、作家。出身世儒，天资聪颖，敏而好学，为元代三大理学家之一。理学在元代是官方哲学之一，而元代的许多诗人，也都是理学中人。刘因在政治上采取了与元朝统治者不合作的态度，被称为“不召之臣”。诗歌受苏轼、元好问影响较深，多感时伤事，表现家国之痛，很有现实意义。创作上诸体兼备，题材广泛，内容丰富，有很高的成就。《西山》、《饮后》等吟咏大都风物的作品都很能代表刘因诗歌气势磅礴，奇丽雄峭的特征。如著名的《渡白沟》“蓟门霜落水天愁”诗中塑造的天涯孤旅的形象，其实正是诗人孤独忧愤、思投明主而不得的自我心灵的写照。《白沟》“宝符藏山自可攻”诗中指出宋太祖曾图谋收复幽燕之地，但儿孙却对辽金一味妥协退让，终于酿成亡国之祸。诗人借咏史表达了深沉的感慨。白沟，即拒马河，宋辽曾以此为界，所以又称界河。

鲜于枢（1256—1301），字伯机，号困学山民，寄直老人，大都人，元代书法家、诗人。官至太常典簿。工正、行、草，与赵孟頫齐名，尤以草书闻名。有《京师上元夜》等诗作，著有《困学斋集》、《困学斋杂录》。

赵孟頫（1254—1322），字子昂，号松雪道人、水晶宫道人，宋朝宗室，生于湖州（今属浙江），元文学家、书画家。宋朝灭亡后，赵孟頫被推荐给元世祖忽必烈，受到重视，入仕新朝，官至翰林学士承旨，封魏国公，谥文敏。忽必烈死后，他感到“世事多变”，于仁宗延祐六年（1319年）南归。以宋宗室的身份仕元，这在旧臣遗老看是人生最大的污点，在赵孟頫则是终身羞愧难当的心结，亡国的伤痛和出仕新朝的屈辱，在其诗文中随时表露无遗。他的诗歌以清丽著称，散文则舒缓从容。赵孟頫艺术修养很高，工书法、绘画，各体无所不精，山水人物无所不能。元成宗即位，诏赵孟頫修《世祖实录》。元仁宗即位，授集贤侍讲学士。赵孟頫在大都，几乎是南宋遗民旧臣的标志性人物，在文坛上也极具代表性，影响广泛。

文天祥（1236—1283），小名云孙，字天祥，后以字为名。吉州庐陵（今江西吉安）人，南宋著名的民族英雄。宋景炎三年，即元至元十五年，公元1278年，文天祥兵败被俘，宁死不降，被押解到大都。在大都的监牢里，文天祥被囚禁在一土室中，“室广八尺，深可四寻，单扉低小，白间短窄，污下而幽暗。当此夏日，诸气萃然：雨潦四集，浮动床几，时则为水气；涂泥半朝，蒸沤历澜，时则为土气；乍晴暴热，风道四塞，时则为日气；檐阴薪爨，助长炎虐，时则为火气；仓腐寄顿，陈陈逼人，时则为米气；骈肩杂遝，腥臊污垢，时则为人气；或圊溷，或毁尸，或腐鼠，恶气杂出，时则为秽气。叠是数气，当之者鲜不为厉”。[36]然而各种威胁利诱，都不能使之屈服。狱中，他创作了大量的诗词文稿，表达了坚贞不屈的信念。在《五月十七日夜大雨歌》中他写道“但愿天下人，家家足稻粱。我命浑小事，我死庸何伤”。流露出对故国、对亲人的思念和视死如归的决心。经过数年囚禁后，至元十九年（1282年）十二月，文天祥被押到南城柴市（今北京宣武区菜市口一带）杀害。当时大都的许多文人，包括南宋遗民和仕元官宦，都作词赋诗表达对他由衷的钦佩和深切的悼念。其中汪元量的《文山道人事毕壬午腊月初九》写得最为沉痛。汪元量是在南宋灭亡后，随宋皇帝和皇后一起被押解到大都的，被迫供职于元廷。他的自责、愧疚、悲愤等复杂感情是元前期很多遗民作家所共有的。

元代诗文兴盛之前一个重要的承上启下的人物是袁桷。袁桷（1266—1327），字伯长，鄞县人，最初为丽泽书院山长。元大德初年，被荐举担任翰林国史院检阅官、翰林直学士、知制诰、同修国史。后又拜侍讲学士。他奉旨修成宗、武宗、仁宗三朝大典。元英宗对他的博学赏识有加，又命他撰述宋、辽、金史。泰定初年（1324年），袁桷辞归故里。袁氏一生著作甚丰，有《易说》、《春秋说》、《五朝实录》、《延祐四明志》、《仁宗实录》、《读书记》、《清容居士集》传世。《四库提要》称誉其文“博硕经训，有盛世之音，尤练习掌故，长于考据”。因此，“文采风流，遂为虞、杨、范、揭等先路之导”。他的出现，预示着元诗文盛世的到来。

元明善（1269—1322），字复初，鲜卑拓跋氏后裔，清河（今河北清河）人。年二十已有文名，初为路学正，累迁中书左曹掾。仁宗居潜邸，选取为太子文学。仁宗即位，改翰林待制，与修成宗、顺宗实录，升翰林学士、侍讲学士。延祐二年（1315 年），会试进士，为考试官，廷试为读卷官。改礼部尚书，迁翰林侍读。英宗即位，授翰林学士，与修《仁宗实录》。精工古文，与姚燧齐名。清人辑其文，为《清河集》。

（三）活跃于元盛世的大都诗文作家

元世祖后期，统一天下的大业已经完成。元仁宗皇庆、延祐年间，社会安定，经济发展，人们把这个时期目为“盛世”。元代重要的诗文作家，大多都集中在这个时期。江南籍的文人在京师大都形成了一个很有影响力的文化圈，其中的代表包括袁桷、虞集、贡奎、范梈、杨载、揭傒斯、柳贯、黄溍等人。他们都曾经任职于集贤院和翰林院，有着比较高的社会地位，相互来往，酬唱甚多。其中虞集、杨载、范梈、揭傒斯身处馆阁，社会地位都比较高，他们作诗宗法唐诗，创作成就上，杨载、范梈主要是诗歌，而散文领域，时称大家的当推揭傒斯和虞集。四人来往密切，闻名于当世，被誉为“元四大家”。但是其成就与创作又各有差异。四家中虞集的成就更加突出，影响也更大。杨载、范梈侧重诗歌创作，而虞集和揭傒斯则诗文并重。这些蜚声中外，成就粲然的诗人将大都的诗坛妆点得星光灿烂。元代著名诗人戴叔能说：“我朝自天历以来，学士大夫以文章擅名海内者，有蜀郡虞公、金华柳公、黄公。一时作者，涵醇茹和，以鸣太平之盛。治学者宗之，并称虞、杨、柳、黄，而本朝之盛极矣。”(37)

元朝似乎有用“四”之癖好。有“杂剧四家”、“散曲四家”、“元朝四学士”、“元四大家”、“儒林四杰”。“元朝四学士”指吴澄、虞集、欧阳玄、揭傒斯。“元四大家”指虞集、杨载、范梈、揭傒斯，他们是元代中朝影响较大的诗文创作群体。

虞集（1272—1348），字伯生，祖籍仁寿（今属四川），宋丞相虞允文五世孙，元代文学家。元成宗大德元年（1297 年），虞集从江南来到元朝京师大都任职。曾参与《经世大典》的编写。入仕四十年，有三十多年主要生活在大都，在这里他勤奋创作，一步步走到了文坛的前列。“元诗四家”、“儒林四杰”、“元朝四学士”中，他都占有举足轻重的地位。虞集生长在社会和平安定时期，他的诗词一般都写得清雅淡远，一派承平祥和气象。虞集诗文皆负盛名，当时宗庙朝廷之典册，公卿士大夫碑版皆出其手，被推为一时大家。元代陶宗仪曾评价当时的诗坛：“国朝之诗，称虞、赵（孟頫）、杨（载）、范（梈）、揭（傒斯）焉。”一般说“元诗四大家”皆指虞、杨、范、揭四人。

吴澄（1249—1333），字幼清，学者称为“草庐先生”。抚州崇仁（今江西崇仁）人，至大、皇庆年间（1308—1313）任职国子监，后升翰林学士。泰定年间主持修《英宗实录》，著有《吴文正公集》、《草庐精语》。

欧阳玄（1273—1358），字原功，号圭斋。济阳（今湖南浏阳）人，延祐进士。致和元年（1328年）任翰林侍制兼国史院编修官。历官四十余年，凡宗庙朝廷大册制造多出其手。天历年间参修辽、金、宋三史，任总裁官。后拜翰林院学士承旨。卒于大都，著有《圭斋集》。

元代散文家虞集、揭傒斯、黄溍、柳贯并称“儒林四杰”。文章多宣扬儒家伦理道德，推崇儒学经术。“四杰”文章各具特色：虞文清雅淡远，和蔼平正；揭文叙事严整，语言简练精确；黄文结构严谨整齐，论证缜密精切，柳文山倡议论，叙事完备而语言简要。

黄溍（1277—1357），字晋卿，义乌（今属浙江）人，延祐间进士，官侍讲学士，知制诰，卒追封江夏郡公。有《黄文献集》。

柳贯（1270—1342），字道传，浦江（今属浙江）人，官至翰林待制，兼国史院编修。博学多通，为文沉郁春容。有《待制集》、《字系》、《近思录》、《广辑金石竹帛遗文》传世。

宋本（1281—1334），字诚夫，大都（今北京）人。英宗至元（1321年）以进士第一官至集贤大学士兼国子祭酒。门生故吏众多，著有《至治集》、《大都杂诗》等。

“延祐之盛”所体现出来的元诗特征是“雅正”。欧阳玄在论述这一时期的诗歌创作时说：“我元延祐以来，弥文日盛，京师诸名公，咸宗魏晋唐，一去金宋季世之弊，而趋于雅正，诗丕变而近于古，江西之士之京师者，其诗亦弃其旧习焉。”(38)

（四）元后期个性张扬的大都诗文创作群体

从泰定帝之后，社会各种矛盾不断激化，元朝统治迅速走向衰落。

诗坛风貌较之前期和中期，也发生了较大的转变。延祐之后，元代诗坛改变了“雅正”为核心的创作观，呈现出多样风格，诗人个性得到了充分的张扬。

元顺帝时期，对文化发展多所建树。例如，恢复科举制度和经筵进讲制度，又命中书右丞相脱脱主持编修了宋、辽、金史。元朝中期的黄文仲、李洧孙两人各自撰写一篇《大都赋》，具有较高的史料和文学价值。

柯九思（1290—1343），字敬仲，号丹丘生，又号五云阁吏，台州仙居（今属浙江）人。元文宗在潜邸，柯九思得侍左右，对其影响较大。他的书画享有很高的声誉，又是著名的书画文物鉴赏家，诗文亦有时名。顾嗣立《元诗选》三集《丹丘生稿》，编录其诗二百六十二首。柯九思最有影响的作品是《宫词》系列。由于他受到元文宗特殊的宠信，对宫廷生活相当熟悉，使得他创作宫词有了得天独厚的条件。宫词，始创于唐朝王建、张籍，到元代发展成为一个非常特殊的文学题材，作者多而影响面广。柯九思宫词著名的作品有《宫词十五首》、《宫词十首》等几组。《酬陆友仁城南杂诗》是诗人在大都为金中都遗址写的另外一组宫词。

苏天爵（1294—1352），字伯修，真定（今河北正定）人，元代著名的儒学大家。自幼师承理学大师安熙，延祐元年（1314 年）前后，随父至京城入国子学读书。受到著名学者虞集、吴澄、齐履谦等人的赏识与指点。延祐四年（1317 年），在国子生员公试中，以《碣石赋》脱颖而出，为主考官马祖常所赏识，列为第一。顺帝至正五年（1345 年）以集贤侍讲学士巡视京畿道，大事兴革。通晓元代文献，辑录《国朝文类》（后世称为《元文类》）七十卷，是元代一部诗文总集，另收集碑文百余篇，记录元制度文物甚多。又收集碑志、行状、传记百余篇，编成《国朝名臣事略》十五卷，所作传四十七人，诗文有《滋溪文稿》。

（五）令人瞩目的大都少数民族创作群体

少数民族诗人群体的崛起是元代文坛一个突出的文学现象。有作品流传至今的蒙古诗人有二十余人，色目诗人约一百人。[39]清代诗论家顾嗣立评论萨都剌等少数民族诗人说：“要而论之，有元之兴，西北子弟，尽为横经。涵养既深，异才并出。云石海崖、马伯庸以绮丽清新之派振起于前，而天锡继之，清而不佻，丽而不缛，真能于袁、赵、虞、杨之外，别开生面者也。于是雅正卿、达兼善、廼易之、余廷心诸人，各逞才华，标奇竞秀。亦可谓极一时之盛者欤！”[40]这段话概括地描述了少数民族诗人群体在元代诗史上的特殊地位。

萨都剌、贯云石、马祖常、迺贤、丁鹤年、泰不华等蒙古族诗人和色目诗人的创作，使得元代诗歌更加丰富多彩。在元代后期诗坛上，还有一位大诗人，那就是杨维桢。他创造了“铁崖体”，影响遍及元末明初的诗坛。

萨都剌（1305—1355），字天锡，号直斋，答失蛮氏（回族）人，元代诗人。泰定四年（1327年）进士及第后，曾先后担任过一些地方官。萨都剌为官清正，颇有政声。但一生仕途坎坷，所以对现实社会怀有强烈的不满情绪。文学创作以诗歌为主，涉及内容极为丰富。其中的一些对元代社会的黑暗现实、阶级压迫有比较直截了当的反映和揭露。而《过居庸关》、《题画马图》等诗，针对元朝统治者穷兵黩武，表达了强烈的反战思想。萨都剌的山水诗颇见功力，描绘北方风物，尤具特色。他曾两度官翰林国史院应奉文字，所以对京城甚至是宫中生活颇多关注，他的《京城春暮》反映了社会贫富不均的现实。其宫词创作也非常引人注目，杨维桢《竹枝词序》说：“天锡诗风流俊爽，修本朝家范，宫词及《芙蓉曲》，虽王建、张籍无以过矣。”将他与唐代擅写宫词的张籍、王建相提并论。

萨诗揭露现实极为大胆，甚至将批判的矛头直接指向最高统治者。元朝由于皇位继承关系比较混乱，造成宫廷斗争异常频繁激烈。至和元年（1328年）泰定帝病逝于上都，于是拥立元武宗幼子图贴睦儿为帝的一部分蒙古贵族与在上都辅佐泰定帝之子阿速吉八为帝的倒剌沙在两都之间展开了激烈的皇位争夺，上都的阿速吉八年号“天顺”，大都的燕铁木儿扶立图贴睦儿为帝，是为元文宗，年号“天历”。在元朝的历史上，再次出现了两帝并立的局面，这就是著名的“两都之战”。

元文宗在夺得皇位之后，曾下诏曰：“谨俟大兄之至，以遂朕固让之心。”[41]表示要把皇位让给长兄和世，但是当和世从西北察哈台汗国东归时，元文宗派燕铁木儿前往迎接，在到达王忽察都之地时，“明宗（指和世）暴崩，燕铁木儿以皇后命奉皇帝玺宝授文宗，疾驱而还，……达上都。遂与诸王大臣陈劝复正大位。己亥，文宗复即位于上都”，[42]一场禅让的闹剧终于演变成了血腥谋害。经过这次事变，朝中权力被燕铁木儿掌握，元朝统治集团内部的矛盾进一步加深。萨都剌《记事》一诗，用“当年铁马游沙漠，万里归来会二龙。周氏君臣空守信，汉家兄弟不相容。只知奉玺传三让，岂料游魂隔九重。天上武皇亦洒泪，世间骨肉可相逢”的诗句，直截了当地揭露元文宗为保皇位而弑兄之事，显示了诗人的胆量和勇气。所以此诗又被誉为“诗史”。萨都剌的词作虽然不多，但颇有影响。后人曾推崇萨都剌为“有元一代词人之冠”。在元代乃至整个中国文学史中都是占有一定地位的。

马祖常（1279—1338），字伯庸，其祖先系雍古部人（今新疆）。延祐初乡贡会试皆第一，廷试第二，授应奉翰林文字，官至枢密副使。不惧权贵，正直敢言，卒，谥文贞。工于诗文，在元代诗史上有着重要的地位。元代著名文学家苏天爵称其诗：“公诗接武隋唐，上追双魏，后生争效慕之，文章为之一变。”[(43)]他的创作，继承乐府传统，描写下层人民的困苦，表现出鲜明的个性特征，留下了《都门》、《壮游》等鸿篇巨制，其善写文章，“专以秦汉为法，而自成一家之言”。其诗“圆密清丽，大篇短章无不可传者”，[(44)]才力富健，著有《石田集》十五卷。还参与修撰《英宗实录》，译润《皇图大训》、《承华事略》，编集《列后金鉴》、《千秋纪略》。被文宗誉为“中原硕儒唯祖常”。[(45)]

廼贤，汉姓马，又称马易之，葛逻禄人，其祖上随蒙古大军入主中原，至正五年（1345年）北游京师，长期驻留，期间交结了许多不同民族的友人，为他们写下了许多清俊而动人心弦的诗章。后曾几番离开大都，至正二十三年、二十八年，又分别因任翰林编修、参枢密院同知桑哥实里军等职几番回到京师。他一生大约有三分之一的时间是在大都度过的，其传世作品大多与大都有关。他是元代末期最重要的诗人，也是用汉语写作而达到很高水平的少数民族的文学代表人物之一，有《金台集》传世。

梁有，号九思，大都（今北京）南城人。天历年间他在北方采录金石碑刻三万多，并将其副本呈献给文宗，将正本编成《文海英澜》，共二百卷。还作有《续列仙传》十卷。梁有撰写的燕京地方人物小传，至正年间被编入《析津志》。

《析津志》是现存最早记述北京的一部专门志书，此书对金中都和元大都的沿革、建置、官署、山水、风俗、古迹等皆有记载。作者熊自得，字梦祥，号松云老人，江西丰城人，元朝学者。博览群书，工翰墨，通音律。元末以茂才异等被荐为白鹿书院山长，后任大都路儒学提举、崇文监丞，后居门头沟斋堂村，他所撰写的《析津志》今已佚失，人们只能见到《析津志辑佚》一书。

注释：

（1）《元史》卷一一九《霸突鲁传》。

（2）《元史》卷一二七《伯颜传》。

（3）（元）李庭：《寓庵集》卷五。

（4）（元）袁桷：《清容居士集》卷六《开市十咏》。

（5）（元）黄文仲：《大都赋》。

（6）马可·波罗著，冯承钧译：《马可·波罗游记》，第379—380页。

（7）（元）李洧孙：《大都赋》。

（8）《万松老人评唱天童觉和尚拈古请益录》二卷，简称《请益录》，收于《万续藏》第一一七册、《禅宗全书》第八十六册。

（9）《元史》卷八一《选举志》。

（10）田建平：《元代出版史》，第13页。

（11）《胡适古典文学研究论集》，第12页。

（12）《元史》卷九《世祖本纪》，文中所云"三学生"，指宋朝太学生。

（13）《元史》卷一七二《程钜夫传》。

（14）（元）欧阳玄：《圭斋文集》卷七《潜溪集序》。

（15）王岗：《北京通史》第五卷，第333页。

（16）赵孟頫：《白云集序》。

（17）陈垣：《元西域人华化考》，第132页。

（18）查洪德、刘嘉伟：《元代葛逻禄诗人廼贤研究百年回顾》，《民族文学研究》2007年第4期。

（19）（40）《元诗选》戊集《天锡门集》。

（20）王国维：《宋元戏曲史》，第1页。

（21）朱一玄：《儒林外史资料汇编》，第459页。

（22）（明）李贽：《焚书》卷三《杂说》。

（23）（28）（元）夏庭芝：《青楼集》。

（24）郑振铎：《中国俗文学史》，第168页。

（25）（元）陶宗仪：《南村辍耕录》卷二三。

（26）（明）蒋一葵：《尧山堂外纪》卷六八。

（27）（明）朱权：《太和正音谱》。

（29）天一阁抄本《录鬼簿》。

（30）《元史》卷一九〇《陈孚传》后附其小传。

（31）《元史》称："成宗承天下混一之后，垂拱而治，可谓善于守成者矣。"

（32）杨镰：《元代文学编年史》，第329页。

（33）（元）欧阳玄：《圭斋集》卷九，四部丛刊初编集部。

（34）（元）杨维桢：《东维子集》卷一〇。

（35）（南宋）彭大雅：《黑鞑事略》。

（36）（南宋）文天祥：《正气歌》序。

（37）（清）顾嗣立编：《元诗选》庚集。

（38）（元）欧阳玄：《圭斋文集》卷八《罗禹美诗集序》。

（39）查洪德、刘嘉伟：《元代葛逻禄诗人廼贤研究百年回顾》，《民族文学研究》2007年第4期。

（41）《元史》卷三一《明宗纪》。

（42）《元史》卷一三八《燕铁木儿传》。

（43）引自《元诗选》二集。

（44）（45）《元史》卷一四三《马祖常传》。

第四章　明代文学

明成祖朱棣迁都北京，使始于辽金成于元的京师文化得以延续、巩固并发展。正统文化、官场文化、世俗文化是其神髓，宫廷文学、精英文学、市民文学并存是其基本特征和表现。在正统文学越过有元一代再度重返文坛主流之际，通俗文学虽然受到重重压抑，但仍然以不可逆转之势得到空前发展。

一、北京都市概况与文化特征

元至正二十八年（1368 年）正月明太祖朱元璋在应天（今南京）登皇帝位，国号明，建元洪武。八月，徐达攻入元大都，元残余势力退居漠南。第二年的六月，明军进攻元上都（开平），元顺帝继续北逃，北平以北悉平，于是改元大都为北平府。自公元 936 年石敬瑭割让燕云十六州以来，燕云地区始终处于北方少数民族统治之下，为时四百三十多年，至此，又重新回到汉族统治政权手中。洪武三年（1370 年）四月，封朱棣为燕王，改元大都内殿为燕王府。洪武三十一年（1398 年）朱元璋死，其孙即位，第二年七月，燕王发动“靖难之役”，攻占南京即皇帝位。1403 年，改年号为永乐元年。正月，改北平为北京，这是北京历史上第一次使用北京这个称谓。明永乐四年（1406 年）七月，迁都北京进入议事日程，第二年北京开始建设宫殿。蔡信、陆祥、杨青、宋礼、吴中、蒯祥、阮安等一大批工程设计、运筹、指挥专门人才和各类能工巧匠对于明皇宫、庙坛以及城垣建设都作出了杰出贡献。明永乐十九年（1421 年）正月，明成祖正式迁都北京。永乐迁都北京在中国历史上有着深远的意义。正像人们所认识的那样："伏惟北京，圣上龙兴之地，北枕居庸，西峙太行，东连山海，俯视中原，沃野千里，山川形势，足以控制四夷，制天下，成帝王万世之都也。"[1]不仅可以在军事上控扼南北，对东北、西北进行有效的统治，更可以在政治上统领各族，实现国家和民族的长久稳定统一，是一个功在千秋的具有历史意义的伟大决定。

为加强皇权统治，朱元璋废除了宰相之职，并提高六部职权功能。明成祖即位后，更大力削弱、降低各藩王势力和地位，中央集权进一步加强，迁都北京后，北京作为统一国家政治文化中心的地位进一步巩固加强。

明政权重视文化保护和建设。早在公元 1368 年徐达攻入元大都时，除斩杀几位拒不投降的元朝重臣外，对其他官宦旧臣一个不杀，基本保持了北平稳定。而且徐达非常重视这座古城文物典籍的保护，进城后迅速有效地接管了整个城市，派人把守宫殿，封存府库，使得文物典籍免遭抢掠焚毁、流失损坏，并且把重要的文物典籍等转运到了南京。

明最高统治者为了从历代盛衰兴亡中汲取统治的经验和教训，非常重视历史文化和古籍图书的编纂整理。为了笼络人心，消弭朝野上下的杀伐戾气，明成祖大力提倡文治，即位之初就开始了大规模的文化工程《永乐大典》的编纂，这是一部百科全书式的大型类书，姚广孝、解缙等重要的大臣以及陈济等博学之士都参与编修，《永乐大典》全书二万二千八百七十七卷，目录六十卷，装成一万二千册。广收古今图书七八千种，总计约三亿七千多万字。内容浩繁，巨细并蓄。《永乐大典》之后，只有清乾隆时编的《四库全书》在规模上超过了它。书成，朱棣赞扬它"上自古初，迄于当世，旁搜博采，汇聚群书，著为奥典"，[2]为使之永久留存，迁都之后又在北京进行了重录，这项伟大的文化工程，成为中华民族历史上弥足珍贵的文化遗产。

姚广孝（1335—1418），字斯道，长洲（今江苏苏州）人，曾为僧人，释名道衍。是一位对当时政治影响极大的传奇人物。通儒学，工诗画。朱棣被封为燕王，从南京至北平，姚广孝随同北上，住持庆寿寺，出入燕王府，与朱棣过从甚密，参与了许多重大政治军事文化决策，是扶助朱棣登上帝位的关键人物之一。永乐二年（1404 年）拜资善大夫、太子少师。官至三公，仍居庙寺，赏赐财富美女皆不受，入朝冠带，归即着缁衣。奉命重修《太祖实录》，又与解缙等共同纂修《永乐大典》，有《道余集》、《逃虚子集》。[3]卒，成祖缀朝三日以示痛悼，追封荣国公。其墓塔在今房山区长乐寺村北。

解缙（1369—1415），字大绅，一字缙绅。江西吉水人。明初学者、文学家，以才华闻名于世。解缙生而秀异，颖敏绝伦，六七岁就能即席吟诗作对，一时传为神童，他不仅在学术上卓越不凡，而且在诗歌、书法、散文等方面也很有成就。解缙历明太祖、建文帝、成祖三朝，沉浮曲折，历尽坎坷。永乐五年（1407年），以“泄禁中语”，“廷试读卷不公”，[(4)]谪迁广西。永乐八年（1410年），遭人诬陷，以“无人臣礼”罪下诏狱。永乐十三年（1415年），被锦衣卫帅纪纲活埋雪中而死，年仅四十七岁。后谥文毅。“墙上芦苇，头重脚轻根底浅；山间竹笋，嘴尖皮厚腹中空。”这副著名楹联，即出自其手。尤工五言诗，现存诗五百余首。他的古体歌行，想象丰富，豪迈奔放，大有李白之风，而律诗绝句，亦近唐人，别有气象。著作有《白云稿》、《东山集》、《太平奏疏》等。现在留存下来的有《解文毅公集》十六卷及《春雨杂述》一卷、《古今烈女传》三卷。后人对他一生的评价是：“气节千秋壮，文章百代尊。”[(5)]为《永乐大典》总编纂。

明朝在迁都北京之后，就面临着北方游牧民族的侵扰，为此对北京的长城进一步加以修筑，这项工程是在历代修筑的长城基础上完成的，从而形成一道庞大坚固的军事防御体系。明代修筑的北京地区段落的长城，凝聚了徐达、华云龙、谭纶、戚继光、于谦等军事家，以及不知名的建筑学家与广大劳动人民的智慧和血汗，成为中华民族贡献给全人类的宝贵文化遗产。

迁都后通过发展科学技术、文化教育，北京迅速成为人文荟萃之地。首先，设立了培养和选拔人才的专门机构。当时设有国子监，它与贡院、钦天监、太医院、四译馆等都是文化教育管理机构，同时国子监又是最高学府，招收官僚贵戚子弟、全国府、州、县选拔的高材生和少数民族以及来自高丽、越南等国的外国留学生学习四书五经、八股文以及程朱理学。国子监为统治阶级培养了大批的人才，在永乐宣德年间，监生达到万人以上，北京府、州、县学生，除进入国家的国子监外，其余的还可以进入顺天府学习。除了培养为统治阶级服务的通才之外，政府对科学技术和专门人才的培养也很重视。太医院、钦天监是培养医学、天文学方面的专门人才，四译馆又称四夷馆，负责教授外文和少数民族语言文字，以加强邻邦国家之间、国内各个民族之间的文化交流和往来。明政府将科举考试制度化，北京贡院举行的科举是最高级别的考试，三年一次的国家科考，将全国的知识分子吸引汇聚到北京。教育的发展，人才的聚集，使得北京的文化氛围更加浓厚，在此熏陶之下本籍人才蓬勃成长起来。例如艺术领域就产生了米万钟（1570—1628）、崔子忠（约1594—1644）等大师。

北京的文化事业随着其首都教育和文化中心地位的确立得到蓬勃发展。以图书为例，北京的书肆兴起于辽，经过金元两代至明整个行业有了长足的发展，其特点是读者对象清晰，品种类别区分细致，商业化程度很高。在全城的繁华地段皆有固定书肆，布局均衡合理，各种庙会有流动书摊，专为特殊集市而设。市场广阔、利润丰厚的科举考试书籍空前兴盛，贡院和国子监前的书肆生意兴隆。另外，还有专门为出入朝廷的各式官僚文士服务的朝前市书肆。与此相应的是，明代的刊刻印刷技术有了很大的提高，前门外打磨厂与西河沿都是著名的民营刻印中心，至明末，以前手抄的邸报已经开始用活字排版印刷了。刊刻发达，阁臣饱学之士纷纷展示深邃文采，修典著录蔚然成风，不仅促进了学术昌盛、培育了更加广泛的书籍消费群体，而且收藏之风勃然而起，官藏、私藏方兴未艾，又进一步推动了刊刻出版、各类书肆的兴盛。市民文化消费也已经成为一支不可忽视的力量，有力地促进了刊刻出版和书肆行业的发展，现在已知的明代最早一批说唱词话《花关索》等，最早的一批民歌小曲《驻云飞》等以及最早的南戏作品《白兔记》等，都是率先在北京版刻印刷的。

明王朝高度重视文化统治，进行严格掌控和限制，尤其明初有时达到了难以理喻的程度。顾起元《客座赘语》记载，军中一般性的娱乐，尚且要受到“割舌头”“卸脚”的严苛惩处。建国之初为收服、拉拢民心，稳固政权，对士人采取了一些优待政策，特招一批较有影响和才华的文人到南京，但他们中的许多人却因此招来杀身之祸。陈田《明诗纪事序》所列的三十五人中，被征辟为官的有三十二人，其中有将近一半被杀或被罢免。当时地位最高、名气最大的“明初四杰”（又称“吴中四杰”）高启、扬基、张羽、徐贲无一幸免，其中三人被杀。这种政治的严酷和文化的恐怖，使整个社会人人自危。李诩《戒庵老人漫笔》就记载苏郡黄钺因爱读书，被父亲禁止的故事。[6]一介百姓对于读书的态度尚且唯恐避之不及，文人们的噤若寒蝉也就可想而知了。所以王世贞对明初的政坛文坛发出“呜呼，士生于斯，亦不幸哉”[7]的感慨。迁都北京后由于政治的巩固和经济发展，这种思想文化的高压态势才有所改变和松懈。明中叶，在思想领域占支配地位的程朱理学开始动摇，至中晚期，随着思想的解放，文化才重新迸发出新的生机和活力。

王守仁（1472—1528）乃是这个时期思想文化的代表性人物之一。他反对程朱理学的客观唯心主义，发展主观唯心主义，创立了自己的哲学体系。因为王守仁曾在自己的故乡阳明洞筑室讲学，后人称他为阳明先生，其思想称为“阳明学派”。王守仁的学生王艮等人，不但反对程朱理学，而且对当时的君主专制也给予了尖锐的抨击。被称为“王学左派”的代表人物还有颜山农、梁汝元、李贽等，都是有相当影响的著名学者，对北京的思想界和文化界影响巨大而深远。

梁汝元，明朝嘉靖时人，曾在北京招生讲学，宣传贫富相助的平等思想，后遭到内阁首辅张居正的迫害。

在北京影响最大的是李贽。李贽（1527—1602），号卓吾，又号宏甫，别号温陵居士，福建泉州人，著名思想家。万历二十九年（1601年）到北京通州设馆讲学，反对封建专制，批判旧礼教和程朱理学，对封建儒学的核心思想进行批判，甚至大胆地称赞中国历史上陈胜、吴广领导的第一次农民起义和梁山好汉，肯定卓文君与司马相如的私奔。他“离经叛道”的言论，引起统治阶级极大的恐慌，万历三十年（1602年），七十六岁的李贽被捕下狱，遭迫害致死。李贽一生著作宏富，代表作有《焚书》、《续焚书》、《藏书》、《续藏书》和《九正易因》等。李贽的思想，在当时社会引起极大的震撼，对明朝后期和明清之际的思想界、文化界影响深远。李贽墓在通州，保存至今，表明了人民对他的崇敬和热爱。

明朝中期以后，由于城市工商业的繁荣兴盛和市民阶层的蓬勃兴起，北京的文娱活动日益兴旺。张瀚记载了当时京师的繁荣：“余尝数游燕中，睹百货充溢，宝藏丰盈，服御鲜华，器用精巧，宫室壮丽。”[8]王士性说到京师人好游乐，重彩描述：“都人好游，妇女尤甚。每岁，元旦则拜节，十六过桥走百病，灯光彻夜。元宵灯市，高楼珠翠，毂击肩摩。”[9]沈德符特地记载了京师灯节的盛况：“自永乐七年己丑，至今上明年三十五年，恰恰已一百九十九年。四海承平日久，辇下繁富百倍，外方灯市盛，日新月异。诸司堂属，俱放假遨游，省署为空。”[10]城市的繁荣，使得文化兴盛，除了戏曲得到发展之外，民间说书、弹奏琵琶、演出杂技等曲艺活动也非常的兴旺。金元以来，北京说书非常流行，是最大众化的一种文化娱乐消费形式。说书艺人们绘声绘色地演讲古今故事，受到普通大众的欢迎。弹奏琵琶也是当时北京人生活中非常时尚的一项文化技艺。演唱小曲的歌女大多演奏陈大声——陈铎散曲，陈铎本是闻名江南的散曲作家，但是他的曲子却得到了北京市民的喜爱，“令听者神动色飞”，深受感染。专以诙谐娱人的相声口技也深受市民喜爱，有的演员可以口操五种方言演出，[11]不仅说明了民间艺人的技艺高超，也说明了北京移民城市的特征非常明显。随着整个娱乐业的持续发展，各个娱乐行业内部的竞争必然加剧，艺人们专业化程度越高，演艺水平提高也就越快。从嘉靖到万历年间，北京的艺人中出现了演艺“八绝”，它们分别是李近楼的琵琶，苏乐壶的投壶，王国用的吹箫，蒋鸣歧的三弦，刘雄的八角鼓，郭从敬的踢球，阎桔园的围棋，张京的象棋，他们以精湛的技艺受到人们的喜爱，这些都极大丰富了京城人民的文化生活，成为北京文化极具吸引力的一部分。

无论是说唱艺术还是杂技表演，无论是琵琶弹奏还是相声演出，它们的兴盛，都说明了明朝文化的世俗化程度已经达到了空前的高度，这对传统雅文化的发展产生了非常明确而深刻的影响。它使得说唱文学、小说、戏曲等为代表的俗文学在辽金元崛起后，到明代发展成为声势浩大的文学创作潮流。

明朝的中外文化交流也非常频繁，在洪武、永乐年间多次前往藏地的高僧智光（1348—1435）精通梵文，广译佛经，又出使印度、尼泊尔，进行文化交流，他先是居住在南京，永乐迁都后又曾两度居住在北京，时间总计长达二十余年。

明成祖在即位后又曾派遣郑和七下西洋，创造了世界航海历史和中外交流的多项奇迹。郑和（1371—1434）本姓马，小字三保。昆阳（今云南晋宁）人，回族，明初入宫为宦官，侍奉燕王府，靖难有功，赐姓郑，擢内官监太监。自永乐三年（1433 年）始，奉命率领庞大的航海船队七下西洋，历经三十多个国家，友好通商，对传播中国文化，扩大中华文明影响以及建立国家邦交，向中国介绍世界文化都作出了杰出的贡献。

在明代，又有一些西方传教士陆续来到中国，其中许多著名的人物如利玛窦、南怀仁、汤若望等人，他们有的长期住在北京，从事文化交流活动，在这里留下了较大的文化影响，是继元代之后西方文化在东方的重要传播者，也是清代西学东渐的先驱。

二、诗歌发展与作家成就

明朝北京文学的一大特点是活跃在文坛的作家都是本朝成长起来的。因为此前由元入明的文学家宋濂、刘基、高启等，都生活在朱元璋统治的以南京为都城的时代。1406 年朱棣迁都北京后，活跃于文坛的都是本朝成长起来的作家，他们的作品中没有改朝换代时所特有的黍离之悲、家国之痛。

从永乐到天顺的六十多年间，台阁体诗文独尊文坛。代表人物是“三杨”，即杨士奇（1365—1444）、杨荣（1371—1440）和杨溥（1372—1446）。“三杨”都是国家重臣，他们正直清廉，恪守正统，历事成祖、仁宗、宣宗、英宗四朝，政治地位和社会威望都很高。在“治平之象”的笼罩之下，他们在文学上“以其和平易直之心发而为治世之音”，[12]形成了雍容典雅，安闲从容，和顺平正的文风。他们诗歌创作的主要题材和内容都是与之生活密切相关的朝贺、宸游、巡狩、征伐、官场迎送等，主题基本都是宣扬帝王威德，歌颂太平盛世，整体显示的是高官显贵安然自得的心态。由于“三杨”的身份地位极为特殊，朝廷大臣以及一般官宦竞相仿效，其中虽然也有上乘之作，例如翰林李时勉的《北都赋》堪称台阁体文章的范文，但是大多数人因为不具有相应的社会地位和生活体验，因而缺乏开阔的胸怀和内在的气度，往往“行模徒具，兴象不存”。[13]时评认为“三杨”“柄国既久，晚进者递相模拟，城中高髻，四方一尺。余波所衍，渐流为肤廓冗长，千篇一律”。[14]单纯模仿之作虚伪陈腐，毫无生命活力，已经形成流弊泛滥之势，彻底失去了存在价值。

台阁体风靡文坛之时，曾棨可能是诗坛的一个异数。曾棨（1372—1432），字子棨，永丰（今属江西）人。永乐二年（1404 年）进士第一，授翰林。宣德初，进詹事府少詹事，卒于官，赠礼部侍郎，谥襄敏。曾棨才思敏捷，下笔千言，为诗气势飞扬，格调俊逸，遒劲高华，有唐诗境韵。他的作品有些反映了当时京师重大的政治文化活动，可以当作诗史来读。《陈员外奉使西域，周寺副席中道别长句》以及《送陈郎中重使西域三首》等作品，与一般的官场迎送应酬不同，不失为明诗中的上乘之作。

于谦（1398—1457），字廷益，号节庵，钱塘（今浙江杭州市）人。于谦在中国历史上以高风亮节为世人所推重，文如其人，他的诗歌最集中地反映了道德品质的坚贞纯粹。永乐十九年（1421 年）进士。正统十四年（1449 年）土木堡之变，英宗为瓦剌俘获，于谦由兵部右侍郎擢兵部尚书，拥立新君，守卫京师，使局势转危为安，北京人民免遭生灵涂炭。景泰八年（1457 年），夺门之变，于谦被诬陷，以“迎立外藩”、“谋逆”罪名下狱致死。《四库全书总目提要》评其人其诗“志存开济”、“风格遒上”。他重视诗歌的审美，“一草一木之微皆有所因寄”（《林亭远眺集》）。《北风吹》是这方面的代表作，它以“柏树”自喻，表现出坚贞不屈的节操和乐观豁达的胸怀。著名的《石灰吟》与《北风吹》相同，托物言志，体现了威武不屈的坚定意志和情操，“粉身碎骨全不怕，要留清白在人间”，成为历代仁人志士不畏牺牲、舍生取义的精神榜样。

从明宪宗成化元年（1465年）至明武宗正德十六年（1521年），是明代正统文学裂变时期，诗文在台阁体走入穷途末路之后，终于发生逆转。正统初年之后，台阁体逐渐衰落，茶陵派应运而生。茶陵派的领袖李东阳为朝官五十年，入内阁长达十八年，官高位显，时间既久，本人生性喜好奖掖后进，于是在他周围形成一个人数庞大影响广泛的文士圈子，这就是著名的“茶陵诗派”。茶陵派成员经常聚会唱和，谈文论艺，一时成为文坛主流。

李东阳（1447—1516），字宾之，祖籍湖广茶陵（今属湖南），曾祖时迁居北京，自祖辈始定居北京西涯，西涯即今北京什刹海，东阳生于此地，故世称西涯先生。八岁被诏命入京学。十八岁登进士第，殿试二甲第一，参与修撰《英宗实录》。宪宗成化三年（1467年）书成，升从六品俸。后迁侍讲，旋入经筵侍班。十六年，为应天乡试考官。二十年，再迁侍讲学士，辅太子诵习。弘治二年（1489年），补原官加左庶子，预修《宪宗实录》。官至太子少保礼部尚书，文渊阁大学士。李东阳本人作为台阁重臣和文坛领袖人物，对台阁体末流的种种表现深感不满，有强烈的变革愿望。茶陵派诗人们的目标本来是既要在文风上保持雍容典雅、浑雅正大风格，又能在思想上增加关注社会民生的内容，同时能够自然顺畅地表达诗人的真情实感。但事实上，除了李东阳本人由于造诣极高，诗文达到了典雅工丽的目标之外，茶陵派作为一个整体并没能彻底转变萎靡颓弱、平庸拖沓之风。他作《京都十景诗》、《西山十首》，对明代北京名胜古迹描述甚详。著有《怀麓堂集》一百卷、《怀麓堂诗话》一卷，又有《燕对录》、《东祀录》等。(15)

另外一个著名的馆阁诗人是吴宽。吴宽（1435—1504），字原博，号匏庵，玉亭主，世称匏庵先生。明成化八年（1472年）举进士第一，授修撰，弘治八年（1495年）迁吏部右侍郎，掌詹事府，入东阁，专典诰敕。官至礼部尚书。卒谥文定。工诗文，善书法。他供职宫禁长达三十多年，虽为成化、弘治间馆阁作家，但是对空疏卑弱的后期馆阁文风深感不满，为文以平易畅达为美。所作诗歌也都以沉着深厚见长，不事浮艳，颇得自得之趣。今有《匏翁家藏集》七十七卷存世。

诗坛的真正革新始于“前七子”。弘治七年（1494年），李梦阳中进士，其后王九思、边贡、王廷相、康海、何景明、徐祯卿等先后中进士。弘治十五年（1502年）前后，这些进士齐聚京师北京，他们不满于台阁体末流颓靡萎弱之风弥漫文坛，打出复古旗帜，主张“文必秦汉，诗必盛唐”，[16]文学主张非常鲜明，而创作实践也很丰富，真正扭转了文坛风向，使得“当时笃行之士，翕然臻向”。[17]

李梦阳（1472—1529），字天赐，更字献吉，号空同子，开封（今河南开封）人。弘治七年（1494年）进士，授户部主事，因为弹劾贵戚下狱，后释放。正德元年（1506年）又因代户部尚书韩文草书弹劾权阉刘瑾的奏章下狱，五年刘瑾伏诛，方复职。李梦阳为“前七子”之首，是弘治、正德间文学复古运动的领袖。他不满前期台阁体的流弊，批评宋诗的“主理不主调”，强调诗学汉魏盛唐，与何景明等相互标榜，声势浩大，文坛诗风为之一变。其诗歌纵横雄健，风骨遒上，多有感而发，与馆阁诸家风貌迥异。史称李梦阳刚烈正直，以气节震动朝野。《内教场歌》就是一首针对皇帝“过锦”所作的著名的“政治诗”，诗因武宗练兵内教坊、宠幸奸佞所发，托讥讽于描写之中，具有很强的现实针对性，表现出不畏权贵的凛然正气。而组歌《杂诗》以及《汉京篇》、《石将军战场歌》或借古喻今，或率言直书，无不表达了对社会政治和生活的强烈关注，具有非常鲜明的历史意识。但是由于过于强调复古，所以不免单调僵化，缺乏创新和个性，甚至有抄袭之嫌。但是他的主张和创作对于整个明代诗坛影响巨大，直到李攀龙、王世贞等“后七子”和明末的陈子龙等几社诸子，[18]仍然高举他的复古旗帜。有《空同集》六十六卷。

何景明（1483—1521），字仲默，号大复，信阳（今属河南）人。弘治十五年（1502年）进士，授中书舍人。因得罪刘瑾免官，武宗正德五年（1510年）刘瑾败，复职。他与李梦阳同为文学复古一派，但由于取径不同，风格迥异。关于二人高下，历来分歧颇多，直到沈德潜的评论出来：“北地（李梦阳）诗以雄浑胜，信阳（何景明）诗以秀朗胜，同是宪章少陵，而所造各异”，[19]准确总结了他们各自的特点，争议才渐趋平息。何景明论诗主张内容充实，富于现实精神。他的《易水行》：“燕丹寡谋当灭身，田光自刎何足云，惜哉枉杀樊将军!”见识卓然，被沈德潜誉为“三语千古断案”，表现了非常鲜明的历史观。《津市打鱼歌》传承杜甫《观打鱼歌》、《又观打鱼》而来，但能发扬神髓，推陈出新，历来为论者称许。

王廷相（1474—1544），字子衡，号浚川，仪封（今河南兰考）人，明代重要的思想家。弘治十五年（1502年）进士，嘉靖中累迁至左都御使、兵部尚书，卒谥肃敏。他的诗颇具才情，当时以论诗之说闻名于世，《与郭价夫论诗书》等提出了文学创作的鲜明观点和主张。

有《王氏家藏集》六十八卷。

徐祯卿（1479—1511），字昌穀，一字昌国，吴县（今江苏苏州）人。少聪敏，与祝允明、唐寅、文徵明齐名，并称“吴中四才子”。弘治十八年（1505年）中进士，宦居京师，受李梦阳等影响，诗风大变。论诗力倡“因情立格”、“由质开文”，[20]在“前七子”中，成就仅次于李、何，沈德潜评价说：“风骨超然，故应鼎足。”[21]对他的《杂谣》“夫为虏”，陈子龙直截了当地说：“此记正德五年八月之变”，[22]此诗描述了刘瑾败露后，当时搜捕查抄阉党的慌乱恐怖情景，据实直书，颇具史笔。

但正德之后，文坛之风再次逆潮涌动，诗文创作以“剽猎记诵为口耳之资”，[23]文坛重新笼罩在日益严重的剽窃模拟风尚之下。

与“前七子”在文坛几乎同时崛起的是祝允明（1460—1526）、唐寅（1470—1523）、文征明（1470—1559）等吴中作家，他们追求情趣，表达狂放，呈现出独立于正统文学的风貌，成为晚明以公安派为代表的文学解放思潮的先声。

从明世宗嘉靖元年（1522年）到明思宗崇祯十七年（1644年），是明代文学多元化发展的时期。

嘉靖初年，文学尊古的复古思潮开始与王守仁崇尚的“心学”靠拢，出现了唐宋派古文创作新潮。茅坤编选的《唐宋八大家文钞》，极大张扬了唐宋派古文的声势。从嘉靖二十七年（1548年）到三十二年（1553年）之间，李攀龙、王世贞、谢榛（1495—1575）、宗臣（1525—1560）、梁有誉（1519—1554）、徐中行（1517—1578）、吴国伦（1524—1593）等在北京结为七子社，再次举起了文学复古的大旗，被称为“后七子”。他们“相切磋为西京、建安、开元语”，[24]“其诗论谓自西京，诗自天宝而下，俱无足观，于本朝独推李梦阳”，[25]他们继承“前七子”余绪，在文坛上再次发力，大兴复古，而且风头异常强劲。“后七子”的诗歌在内容上有了很大的变化，它们开始广泛反映国家内外交困、政治黑暗的现实，揭露社会各种尖锐矛盾，但是在形式上却又食古不化，一味地模拟古人，最终沦落到“剽窃成风，万口一响”[26]的难堪境地。其流弊所及至“后五子”、“广五子”、“续五子”、“末五子”以及“琅琊四十子”的时候，已经达到相当严重的程度。这从一个侧面不仅说明“后七子”在文坛的号召力极强，而且说明京师文学思潮在全国影响极大。

李攀龙（1514—1570），字于鳞，号沧溟，历城（今山东济南）人。嘉靖二十三年（1544年）进士，授刑部主事，历官员外郎、郎中。三十二年（1553年）出知顺德。自幼发奋于学，酷嗜诗歌。京城供职，与王世贞等结社，为“后七子”领袖，对诗坛影响很大。文学推崇秦汉散文、汉魏古诗和盛唐近体，创作以七律最为成熟，为世人推崇。［塞上曲］《送元美》描绘了守军接到边关告急讯息后紧急出征的情景，表现了将士们对亲人的不舍，更有对京城的眷恋和热爱。

王世贞（1526—1590），字元美，号凤洲，太仓（今属江苏）人。嘉靖二十六年（1547年）进士。王世贞与李攀龙并为“后七子”领袖，世称“王李”，李殁后，独标诗坛二十年，海内宗之。王世贞各体兼擅，许多诗歌能够直陈时事，例如《西城宫词》共八首，其中“新传牌子赐昭容”就讽刺了明朝宫廷的腐败荒淫，在看似平静客观的叙述中，蕴含深意。《燕京四时乐》也是一组诗，“蓟门霜叶马初肥”格调俊爽，意气飞扬，传神描绘出京师豪侠少年的风姿神韵。晚年创作趋于平淡自然。

也有一些未曾标榜流派的作家，他们多以文学为政事之余，然而创作成就也值得一提，杨继盛、戚继光都是其中典型，他们为北京文坛增添了奇异光彩。

杨继盛（1516—1555）字仲芳，号椒山，容城人，工书、画。明代著名谏臣。嘉靖二十六年（1547年）进士。为人正直敢言，笔力老健，“铁肩担道义，辣手著文章”这副传唱千古的著名楹联即出自其手，恰如其人。当时蒙古族首领俺答屡犯边境，大将军仇鸾屡战屡败后无奈地主张开马市（集市贸易），此方略一旦实施，会使北方边境永不安宁。杨继盛于嘉靖三十年（1550年）向嘉靖皇帝朱厚熜上《请罢马市疏》，指出其荒谬不可行，被下狱贬谪。仇鸾勾结外敌奸情败露后，杨继盛方被重新起用。当时严嵩父子权倾朝野，他却于嘉靖三十二年（1552年）冒死上《请诛贼臣疏》，弹劾之，终为严嵩父子所害，处斩时，京城百姓蜂拥而至为其送行。而杨继盛视死如归，临刑前放声吟诵绝命诗：“浩气还太虚，丹心照千古。生平未报国，留作忠魂补。”[27]明穆宗即位后，首先为其平反，并追赠为太常少卿。遗著有《杨忠愍文集》。

戚继光（1528—1587），字元敬，号南塘，祖籍安徽，定居山东。为明朝抗倭名将。隆庆初年，为神机营副将，隆庆二年（1568年）以都督同知总理蓟州、昌平、保定三镇兵事。[28]在蓟镇密云戍边十六年，屡败犯敌，拱卫京畿，为九边之冠。著有《备倭答策》、《纪效新书》、《练兵纪实》。曾为诗《马上作》“南北驱驰报主情，江花边月笑平生，一年三百六十日，多是横戈马上行”，高度概况了自己戎马一生的曲折经历和保卫国家的豪迈英姿。

就在复古模拟之风甚嚣尘上之时，徐渭提出了“师心纵横，不傍门户”[29]的主张，李贽也提出“天下之至文，未有不出于童心焉者也”[30]的理论。他们的诗文主张和创作，在汹涌澎湃的复古思潮之外独立标杆，在万历年间终于发展成为师心尚俗的文学思潮。

万历二十年（1592年），袁宏道（1568—1610）中进士，与其兄袁宗道（1560—1600）、其弟袁中道（1570—1623）形成新的文学流派。因为他们来自湖广公安，所以被称为“公安派”。公安派在思想和文学主张上都深受李贽影响，主张书写性灵，不拘格套，反对模拟古人。他们成就卓著的创作实践和异常鲜明的文学理论，将师心尚俗推向高峰。袁氏三兄弟在北京居住期间，写过一些北京名胜的文章，风格清新秀丽，自然流畅，充满灵性。袁宏道积极学习民歌，而且颇有心得，在给其兄袁宗道的信中，曾经非常兴奋地写道：“近来诗学大进，诗集大饶，诗肠大宽，诗眼大阔。世人以诗为诗，未免为诗苦；弟以［打草竿］、［擘破玉］为诗，故足乐也。”[31]足以证明当时文人参与民歌时调写作已经成为一种为文学开辟的全新途径。袁宏道写过一篇《为官苦》“白羽落青松”，表现了在京城为官的压抑和苦闷，清新自然，浅白易懂，很有民歌风致。

当时还有以钟惺（1574—1624）、谭元春（1586—1637）为代表的“竟陵派”，介于师古崇雅与师心尚俗之间。

张文煃，通州（今北京通州区）人，崇祯年间进士，授山东益都知县，复擢吏部主事。工于诗，著有《彦彪近怡堂诗集》。

明代北京文坛呈现出一些迥异于先朝的鲜明特点：首先是北京的文学社团林立，流派众多。所有社团或者流派的形成过程，似乎都遵循了“人以群分”的规律，有的地缘相近，有的年辈相当，有的同出一门，但以政治、文学主张基本一致为基础，通过结社相互声援，加强势力。明代是中国历史上党争最为严重的朝代之一，党争的影响和裹挟极大地刺激了文学社团的勃兴，同时许多作品对党争进行了直接反映。每个社团和流派都提出了自己鲜明的文学主张，并在文坛形成有影响力的思潮。社团和流派最集中地产生于北京，但影响波及全国。

三、词、散曲及俗曲时调发展概况

明代词、散曲两种文体历来被研究家们所忽视，这是因为这两种文体，在明朝与诗文相比较既不具有诗文那样的正统地位，创作也都处于相对弱势。但事实上，明代词曲自有其价值。

首先值得关注的是杨士奇、杨荣、朱有燉为代表的词家，其词创作与诗如出一辙，基本未脱台阁气象。其余如叶盛、丘濬等多闲适吟咏，并无专心力作。所以明初的词坛基本乏善可陈。到弘治、嘉靖年间，是明词的中兴期，此时有状元词人杨慎，仕途通达的词人夏言，豪放派词人陈霆以及文坛领袖王世贞。同时涌现出了一批词话、词谱、词集，都颇具影响，例如杨慎的《词品》、陈霆《渚山堂词话》、王世贞《弇州山人词评》等。隆庆之后，小说、戏曲等通俗文学得到进一步发展繁荣，与之相比较，词的地位和影响却进一步呈下降趋势，但是词作为雅文学的代表依然继续点缀着文坛。此时知名作家并不多，但是以汤显祖等为代表的戏曲词人却值得关注。

明代的散曲，作家和作品数量大为增加，远远超过了以曲著称的元代。初期，散曲仍以北曲为主，其风格和意趣上基本保持和延续了元代风貌，只是风格上更加典雅，明显呈现出文人化的倾向。到中期，基本是南北曲并行的时期。后期呈现南曲兴盛而北曲衰落的趋势。当时崇尚海盐南曲，王骥德《曲律》说："迩年以来，燕赵之歌童舞女，咸弃其捍泼，尽效南声，而北词尽废"，这表明当时整个社会审美时尚已经发生了很大的转变，首当其冲者正是北京。当时的一些评论家就已经充分注意到了地域环境、社会生活对文学面貌、文学风格的影响，徐渭在《南词叙录》中说："听北曲使人神气鹰扬，毛发洒淅，足以作人勇往之志，信胡人之善于鼓怒也，所谓'其声噍杀以立怨'是已。南曲则纡徐绵眇，流丽宛转，使人飘飘然丧其所守而不自觉，信南方之柔媚也，所谓'亡国之音哀以思'是已。"

在文人以散曲作为抒情样式的同时，民间流行的通俗小曲也引起了文人的关注。当时俗曲非常兴盛，城乡人民流传的民谣地域特色鲜明，现实性和斗争性都很强。万历间著名政治家、散文作家赵南星（1550—1627）就曾著录民谣《京师人为严嵩语》："可笑严介溪（严嵩），金银如山积，刀锯信手施。尝将冷眼观螃蟹，看你横行得几时。"这首民谣是嘉靖年间京城人民揭露、鞭挞奸臣严嵩的佳作，表达了人民对权奸的极度憎恨和愤怒，在风格上辛辣、直率、幽默，形象鲜明，体现了京师民间歌谣的一贯风格。沈德符《万历野获编》"时尚小令"条中对民歌时调风行于明代社会之盛况做过非常形象的描述："元人小令，行于燕、赵，后侵淫日盛，自宣、正至成弘后，中原又行［锁南枝］、［傍妆台］、［山坡羊］之属……不问南北，不问男女，不问老幼良贱，人人习之，亦人人喜听之，以至刊布成帙，举世传诵，沁人心腑。其谱不知从何而来，真可骇叹！”[32]正统文人如沈德符等虽然指斥这些民歌时调“语秽亵浅”，但是却不得不承认“举世传诵，沁人心腑”的流行盛况。[山坡羊]等曲调从宣府、大同、辽东等北方军事重镇传来，北京成为其主要的扩散地。其时备受李梦阳、何景明赞许的民歌俗调就是《泥捏人》：“傻酸角，我的哥，合块黄泥儿捏咱两个。捏一个你，捏一个我。捏的来一似活托。捏的来同床上歇卧。将泥人儿摔碎，着水儿重合过。再捏一个你，再捏一个我。”[33]其实，类似的小曲在元代大都就已经非常流行。蒋一葵曾经讲述了著名画家文学家赵孟頫的一段生活趣事，[34]其中就有赵孟頫夫人管氏吟唱的一段与《泥捏人》非常相似的民谣，足见当时“泥人”的歌辞流传非常久远，即使是文人士大夫也都耳熟能详。明代，向民歌学习更成为一时之风尚。目前发现的明代最早的曲刻本是成化七年（1471年）北京书林金台鲁氏刊刻的《新编四季五更驻云飞》、《新编题西厢记咏十二月赛驻云飞》、《新编太平时赛驻云飞》、《新编寡妇烈女诗曲》。[35]

李开先（1502—1568），字伯华，号中麓子、中麓山人及中麓放客，明代文学家、戏曲作家，民歌时调的积极倡行者。嘉靖八年（1529年）中进士，曾在户部、吏部任事。他因抨击当时执政的夏言和严嵩，揭露政治腐败，于嘉靖二十一年（1542年）罢官回乡。之后专心致力于搜集戏曲及民间文学。他用民间时调写成《中麓小令》一百首，王九思和作百首，合刊为《傍妆台百曲》。还收集民歌时调一百零三首，编成《市井艳词》，这是已知明代最早的民歌时调集。

杨慎（1488—1559），字用修，号升庵。明代文学家。首辅杨廷和之子，自幼聪慧过人，十一二岁即能诗文，人皆称奇。十三岁随父入京师，沿途所作《黄叶诗》，轰动京华。当时茶陵诗派的首领礼部尚书兼文渊阁大学士李东阳“见而嗟赏，令受业门下”，[36]并称杨慎为“小友”。正德六年（1511年），殿试第一，授翰林院修撰。与修《武宗实录》，秉笔直书，堪称良史。他为人正直，不畏权势。明武宗朱厚照荒诞不经，不理朝政，微服出行，扰乱生民，杨慎不避斧钺，上疏规谏。正德十二年（1517年）上《丁丑封事》，对其“轻举妄动，非事而游”的荒唐行为进行劝阻。目睹民不聊生，国事日非的现实，杨慎写下了“紫塞朝朝烽火，青楼夜夜弦歌”（《西江月》）这样极度悲愤的词句，后称病辞归。武宗薨，朱厚熜继位，是为明世宗，杨慎出任经筵讲官，他常借圣贤之道对其进行规谏，引起世宗反感。嘉靖三年（1524年），又因“议大礼”，忤帝意而遭廷杖被流放云南永昌卫（今云南保山县）三十余年，最后卒于戍地。杨慎存诗约两千三百余首，所写的内容极为广泛。既有个人抒怀寄托，又能反映民生疾苦。既有写景状物之作，又有歌颂历史英雄、忠臣义士之词章。

杨慎在前七子复古之风盛行之时，别张垒壁，独树新帜，在创作中表现出深厚学识、卓越才智和广博社会生活的深厚积淀，形成其“浓丽婉至”的诗风。杨慎对文、词、赋、散曲、杂剧、弹词，都有涉猎。尤其是词和散曲，写得清新绮丽。如［浪淘沙］“春梦似杨花”描写柔润细腻，言辞华美流畅。散曲［驻马听］《和王舜卿舟行之咏》，想象丰富，意境优美。他的长篇弹唱叙史之作《二十一史弹词》，讲述上古至元明历史，文笔典雅，顺畅流利，广为传诵。他的散文古朴高逸，笔力奔放。另外他还著有《宴清都洞天玄记》、《太和记》、《割肉遗细君》等杂剧。杨慎又是有明一代著名的博学家，除文学具有超常造诣，词曲、音韵、金石、书画亦无所不通，对天文、地理、生物、医学等也有很深涉猎。一生著述甚富。除诗文外，杂著多至一百余种。主要作品收入《升庵集》（共八十一卷，又称《升庵全集》）。其杂著合集有《升庵外集》一百卷，明杨金吾辑的《升庵遗集》二十六卷。词、散曲、弹词另辑有《升庵长短句》三卷，《陶情乐府》四卷，《升庵外集》序称：“国初迄于嘉隆，文人学士著述之富，毋逾升庵先生者。”《明史》本传曰：“明世记诵之博，著作之富，推慎第一。”杨慎［临江仙］《滚滚长江东逝水》：“滚滚长江东逝水，浪花淘尽英雄，是非成败转头空，青山依旧在，几度夕阳红。白发渔樵江渚上，惯看秋月春风。一壶浊酒喜相逢。古今多少事，都付笑谈中！”极具历史苍茫遒劲之感，历来被视作感叹兴亡之名篇。

刘效祖，生卒年不详，字仲修，号念庵，北京宛平人，明代散曲作家。嘉靖二十九年（1550年）进士。终因怀才不遇，罢官归隐，寄情词曲，抒发悒郁愤懑。刘效祖的词曲小令在当时颇有名，曾流传宫中散曲有《都邑繁华》、《中一笑》、《混俗陶情》、《裁冰剪雪》、《良辰乐事》、《空中语》、《云林稿》、《莲步新声》等八种，但当时就多已散佚。后其子孙在诸家选本中搜集，编为《词脔》，仅是刘一生创作的极小部分。刘效祖善于向民歌学习，写了许多通俗小曲。作品的内容主要是叹世与风情两大类。叹世如［沉醉东风］《怕待看蛾眉妒宠》、［黄莺儿］《堪笑世情薄》等作品表现得玩世不恭，旷达放怀。写风情的作品，对市井妇女爱情心理进行大胆的描写，纵横恣肆，酣畅淋漓，风韵十足，很受人们的喜爱。其余创作为写景小曲，亦清新可喜。

“云间三子”，活动于明崇祯年间。其中李雯（1608—1647），字舒章，江南华亭（今上海）人，明崇祯十五年（1642年）举人，入清被推荐入弘文院撰文，授中书舍人，充顺天乡试考官，与陈子龙、宋征舆齐名，称“云间三子”，其词清艳。

四、散文发展概况

明代初年，都城南迁，大批文人学者都汇集在南京，大都城从首都被降为北平府，在文学创作方面走入低谷。是时值得一提的著述为《故宫遗录》，作者为明初的萧洵。萧洵，吉水（一说庐陵，二者均在今江西境内）人。洪武中为工部主事，奉命随大臣至北平拆毁元朝旧宫，曾周历城址，亲睹元宫殿全貌，于是著《故宫遗录》，记载宫殿规制，园林形态，材料翔实、准确，而语言亦极简练、生动、形象，是记录元代大都城池宫殿的一部重要著作，不仅具有较高的史料价值，而且有较强的文学性。

从明成祖迁都北京到天顺年间，北京的散文创作开始复兴，当时的代表文体是台阁体，尤以杨荣、杨士奇、杨溥为代表，合称“三杨”。“三杨”文章多歌功颂德、雍容典雅之作。他们推崇宋人文章，尤其追步清正廉洁，同为盛世朝廷高官的欧阳修。杨士奇文章特优，制诰碑版多出其手。杨荣的文章“有富贵福泽之气，虽无深湛幽渺之思，纵横驰骤之才，足以震耀一世，而逶迤有度，醇实无疵，台阁之文所由与山林枯槁者异也。与杨士奇同主一代之文柄，亦有由矣”。[37]《赐游万岁山诗序》、《登正阳门楼唱和诗序》等应制之作，多歌功颂德，感念皇恩，为台阁体散文的经典之作。

成化之后，散文逐渐踏上复古之路。力图改变散文文风的代表人物是李东阳，他高举复古大旗，试图以典雅流丽之风纠正台阁体末流的拖沓平弱的弊端。他推崇宋代曾巩，把山林之文与台阁之文相提并论，在《京都十景诗序》中明确地将文章气脉与国家运势相联系。

明代中期，“前七子”提倡“文必秦汉”，冲破了以宋文为宗的台阁体文风。李梦阳仕途坎坷，性格耿介，为文也敢于直陈己见，充满雄迈之气。何景明“操耿介，尚节义，鄙荣利”，[38]提出“成一家之言”的文学主张，提出要学习古人神韵，反对单纯模仿。他的《上冢宰许公书》在阉党气焰嚣张之时，直陈时弊，切中要害，文章条理清晰，分析深刻，感情充沛，极富先秦文章气势。

杨廷和（1459—1529），字介夫，号石斋，蜀郡新都（今四川新都）人，明代著名政治改革家。成化十四年（1478 年），进士及第。孝宗弘治二年（1489 年）进修撰，参修《宪宗实录》、《会典》。历官左春坊大学士，典诰敕。因指斥佞幸忤刘瑾，被贬谪。瑾败，拜华盖殿大学士，继李东阳出任首辅，总朝政。曾屡屡向武宗上奏，以正朝纲，武宗死，无子，杨廷和引《皇明祖训》“兄终弟及”为据，立武宗从弟兴献王长子朱厚熜继统，杨廷和借遗诏行事，革除弊端，励行新政，使得国家从危机四伏转臻中兴。又谨慎刑审、广开言路，举荐人才，使“天下翕然称治”，政声蜚著；杨廷和为官清正，身仕两朝，前后担任宰辅十四年，其中首辅九年，兼《武宗实录》总裁，政治上多有建树，史称“中外倚以为安”。“大礼”议起，杨廷和受到排斥，谪官，致仕，削职为民。嘉靖七年（1528年）卒，年七十一。于穆宗隆庆初年得以复官，赠太保，谥文忠。李东阳赞誉他说：“吾于文翰，颇有一日之长，若经济（经邦济国）事，须归介夫。”有《杨文忠公三录》、《石斋集》传世。

“后七子”文以李攀龙、王世贞为代表，继承“前七子”的文学主张，同样以汉魏、盛唐为楷模，他们拟古复古，声气相和，互相标榜，门户广大，在文坛上活跃的时间很长，影响超过了“前七子”，把明代文学的复古倾向推向高潮。李攀龙复古观点较为偏激固执，但因个人才力超群，所以创作上并未受到太大的束缚局限，反而时有雄迈之作呈现。

李开先（1502—1568）自嘉靖十一年（1532年），历任吏部考功司主事、稽勋司员外、文选司郎中、太常寺少卿，并曾提督四夷馆。期间与王慎中、唐顺之、陈束、赵时春、熊过、任瀚、吕高等人诗文唱和，人称“嘉靖八子”，他们反对“文必秦汉，诗必盛唐”的文风，主张学习韩愈、柳宗元、欧阳修和曾巩，强调作品的思想内容，要求文字平易质朴。

李贽是晚明文章创作中最具影响的人物，除了在思想方面的巨大成就外，他的文章也极有特色，而且影响深远。文章如其思想，天马行空，彻底解放，完全摆脱了古文套路，信笔而书，文笔犀利，辨析深刻，条理清晰，直陈要害，酣畅凌厉，不同凡响。代表作《焚书》、《续焚书》、《藏书》、《续藏书》和《九正易因》等都具有这些鲜明特色。朱国桢《涌幢小品》曾经说到广大读者对李贽文章的异常喜爱：“今日士风猖狂……全不读四书五经，而李氏《藏书》、《焚书》，人挟一册，以为奇货。”[39]

万历年间崛起的“公安派”，继承和发展了李贽的文学观点，反对尊古模仿，主张书写性灵。作品自然率真，在文坛形成了一种清新的文学潮流。三袁之中，袁宏道成就最高，袁中道的作品数量最多。袁中道的主要成就是山水游记。袁宗道、袁宏道都写过系列山水游记，但是袁中道的规模更大，他游览了西山诸多景观，写下了《西山十记》、《西山游后记》。每篇大约二三百字，文字简约优美，天然灵动，相当传神。袁中道的人物传记写得也相当出色，《梅大中丞传》等都写得有血有肉，充满感情。尤其是《李温陵传》将李贽这位一代思想宗师的形象刻画的超凡脱俗，极具个性。

当"公安派"风靡文坛之时，以钟惺、谭元春为首的"竟陵派"也反对摹古，主张表现自我，不过他们的文学主张主要表现于诗歌。刘侗也是竟陵派的作家，他与于奕正、周损合著了《帝京景物略》，专门描述了北京城郊园林名胜。于奕正（？—1636），初名继鲁，字司直，北京宛平人，明末文学家，工于诗，重义轻财，喜欢结交朋友，所交皆当世名人。《帝京景物略》是现存记述北京风土景物较为详尽的一本专著，对研究明代北京的历史风土具有极其可贵的史料价值，也是一部优秀的文学作品，具有很高的审美价值。

《天水冰山录》是中国历史上堪称一绝的杂史笔记，为无名氏所撰，记录了严嵩父子被抄家时，罚没的金银珠宝、珍玩字画等贪贿所得。当时一经刊出，即刻畅销不衰。

刘宗周（1578—1645），字起东，号念台，因讲学蕺山，时人称"蕺山先生"，浙江山阴（今绍兴）人。万历进士，天启间，参与东林党活动，上书弹劾魏忠贤擅权，曾任顺天府尹、左侍郎等职。崇祯年间，上书请求革除弊政，削职为民。著作有《刘子全书》四十卷。

晚明小品文取得很高成就，它们轻松自然，形式多样。或随笔、或杂文、或日记、或书信、游记、寓言等，既可抒情，又可叙事，灵活自由，挥洒裕如。

五、戏曲发展概况

明代最高统治者对戏曲的喜好，与前代帝王没有区别。李开先就记载了明太祖对戏曲的喜好，说："洪武初年，亲王之国，必以词曲一千七百本赐之。"[40]徐渭《南词叙录》也有明太祖喜好戏曲并赏赐剧本给诸王的记载。明成祖在燕邸时，身边有贾仲明、汤舜民、杨景贤等戏剧作家。[41]英宗、宪宗也都是戏迷。整个明代，宫廷之内由宦官所充任演职的戏班始终存在。

明朝政治权力高度集中，政治斗争较为激烈。出于政治忧虑，最高统治者对于广受民众欢迎的戏曲、小说等大众文学采取了严格控制的政策。所以，在正统文学重返文坛主流之时，俗文学与元代相比，明显地呈现出衰颓之势。《明律》规定："凡乐人搬做杂剧戏文，不许妆扮历代帝王后妃、忠臣烈士、先圣先贤神像，违者杖一百；官民之家，容令妆扮者与同罪。"[42]《明会典》甚至还规定了教坊司伶人们的巾冠服饰、穿妆打扮，以有别于士夫百姓。[43]而据顾起元《客座赘语》记载，实际的情况可能比大明法律明确规定的还要严厉："永乐九年（1411 年）七月初一，该刑科署都给事中曹润等奏：'乞敕下法司，今后人民倡优装扮杂剧，除依律神仙道扮，义夫节妇，孝子顺孙，劝人为善及欢乐太平者不禁外，但有亵渎帝王圣贤之词曲、驾头、杂剧，非律所该载者，敢有收藏、传诵、印卖，一时拿送法司究治。'奉旨：'但这等词曲，出榜后，限他五日，都要干净将赴官烧毁了，敢有收藏的，全家杀了。'"[44]奏章和批复都充满了杀机。而永乐年在整个明代，还是文化政策相对宽松的时期，到正统后，当政治局势严酷时，文化的严苛也进一步加强。如此政治和文化的高压氛围，文化的发展被禁锢而产生时代性断裂也就都在情理之中了。

明初北杂剧创作以贾仲明（1343—？）、朱权（1378—1439）、朱有燉（1379—1439）为代表，呈现出宫廷化、贵族化的特点。贾仲明撰有杂剧十四种，多是演义才子佳人风流艳遇的爱情故事和宣扬迷信的神仙道化故事，主要供宫廷贵族消遣，缺乏人民性。朱权和朱有燉都是宗室藩王，他们的作品宫廷化、贵族化倾向更加鲜明。朱权著的《太和正音谱》是研究元明戏曲的重要典籍。明正统后的几十年间，没有什么特别优秀的作品问世。

从明宪宗成化元年（1465 年）至明武宗正德十六年（1521 年），是明代俗文学崛起的时期。地方戏兴盛起来，杂剧表演曾经盛极一时，各地通行的民间杂剧已达一千余种。李梦阳有诗云："中山孺子倚新妆，赵女燕姬总擅场。齐唱宪王新乐府，金梁桥外月如霜。"[45]可见当时杂剧在全国的普及程度非常高。

丘濬（1421—1495）等作家开始俗文学创作，写有《五伦全备记》、《香囊记》等教化戏。但明代杂剧一蹶不振的境况，直到正德中后期王九思《杜甫游春》和康海《中山狼》出现后，才得以彻底改观。王九思、康海、杨慎等都参与了北杂剧的创作，并且影响巨大。王九思和康海都是"前七子"中人。

王九思（1468—1551），字敬夫，号渼陂，陕西鄠县（今户县）人，明代文学家。弘治九年（1496 年）进士，选为庶吉士，后授检讨。正德四年（1509 年）调为吏部文选主事，年内由员外郎再升郎中，同年秋，以刘瑾党羽罪名贬为寿州同知，次年，因同样原因勒令离职。诗文作品有《渼陂集》、《渼陂续集》，散曲《碧山乐府》、《南曲次韵》。王九思的杂剧《杜甫游春》描写杜甫春天闲游长安的感受，剧中痛责了奸相李林甫的罪恶，揭露了昏庸无为者高居显位，丑陋贪腐者把持朝政的荒唐现实。作家借杜甫之口，倾吐自己的愤懑。

康海（1475—1540），字德涵，号对山、沜东渔父，西安武功人（今陕西省武功县）。弘治十五年（1502 年）状元。为人刚正不阿，仗义执言，诗文俱佳，闻名天下，成为“前七子”核心人物。正德元年（1506 年），太监刘瑾专权，他敬慕康海才名，多方拉拢，康海始终不为所动，拒绝联络。后李梦阳因为代尚书韩文草拟弹劾刘瑾的奏章，被下狱，将处死。康海为救李梦阳性命万不得已登门求助刘瑾，方使李梦阳得以活命。后刘瑾以谋反治以死罪，康海因救李梦阳曾找过刘瑾成为其结交刘犯的罪状，受到牵连入狱。政治的黑暗和官场的无耻，令康海极为愤怒，决心归隐故里，寄情山水，“辞章小技耳，壮夫不为，吾咏歌舞蹈泉石间矣”！(46) 从此回到故乡，投身戏曲，创立家乐班子，人称“康家班社”。康海精通音律，善弹琵琶，被称为“琵琶圣手”。与王九思共创“康王腔”。他在戏剧界极富号召力，曾广集艺人千名。后来又在康家班社的基础上组建的张家班，又名华庆班，广受欢迎，具有坚实的观众基础和旺盛的艺术生命力，在历史上活动长达五百年之久。吴梅村评价说：“琵琶急响多秦声，对山慷慨称入神，同时渼陂（王九思号）亦第一，两人失志遭迁谪，绝调康王并盛名，昆仑摩挲无颜色！”(47) 康海曾亲自创作有《东郭先生误救中山狼》和《王兰卿服信明忠烈》等杂剧，为重振北曲立下不朽功勋。《中山狼》是讲述东郭先生救助一只中箭逃命的狼，结果自己几乎反被狼所害的故事。通过对狼的本性的揭露，痛骂了一切背叛国家、人伦、友情的无耻之徒，同时辛辣地嘲讽了的东郭先生的僵化、迂腐，思想内涵深刻丰富，极具深意。康海的散曲，今存套数三十余首、小令二百余首，主题多是抒发愤世嫉俗的情怀，如［雁儿落带过得胜令］“真个是不精不细丑行藏”，在玩世不恭的表面下潜藏着对自己无辜披冤的愤慨。康海所著《武功县志》，明、清时皆推第一。康海、王九思同为陕西人，但北京宦海沉浮的政治生活都为其创作提供了深厚的现实主义基础，他们的创作无不打上了鲜明的帝京文化烙印。

杨慎（1488—1559）著有《宴清都洞天玄记》、《太和记》、《割肉遗细君》等杂剧。

李开先（1502—1568）在户部任事时，曾运饷金至宁夏，归途经陕西，登门拜访当时削职家居的康海和王九思，并结为友好。后他因抨击权相夏言和严嵩，被罢官，返乡之后，专心致力于搜集戏曲及民间文学。于嘉靖二十六年（1547年）写成传奇戏曲《宝剑记》。晚年他用金元院本形式写成《园林午梦》、《打哑禅》等六种，总名《一笑散》。他是当时著名的藏书家，搜集戏曲甚富，有“词山曲海”之称。

嘉靖年间，昆山乐工魏良辅和剧作家梁辰鱼合作，改进昆腔，创立昆曲。由于昆曲的影响不断扩大，隆庆年间的杂剧作品，在体制、曲调上都有了很大的变化。剧本体制上，长短更为灵活。这时的剧坛上出现了一大批著名的杂剧作家，其中一些是北京籍或者是在北京长期生活过的。

陈与郊（1544—1611），原姓高，字广野，号禺阳、玉阳仙史，亦署高漫卿、任诞轩，海宁盐官人。万历二年（1574年）进士，累官至太常寺少卿。万历二十四年（1596年），上疏乞归乡里，开始埋头著述。陈精通音律，能自谱曲，音调典雅，雅好戏曲，文辞端丽，著有传奇《宝灵刀》、《麒麟罽》、《鹦鹉洲》、《樱桃梦》四种，另有杂剧五种，现存《昭君出塞》、《文姬入塞》、《袁氏义犬》三种。其中《出塞》、《入塞》都洋溢着深沉的爱国热情。同时他还辑有《古名家杂剧》、《古今乐考》等十余种，对戏曲发展贡献颇多。

明杂剧继承元杂剧传统，而文人色彩更加浓郁，案头赏玩的意义大于现场演出的追求，所以少了元词的朴拙，而多了文辞妍丽，遣词考究。在形式上，明杂剧与元也有很大的不同，元剧多四折，明代则更为灵活；元剧多是一人独唱，明剧可以轮唱。风格上，“苍莽雄宕之气，则明人远不及元”。[48]这与戏曲发展的自然流变有关系，同时与戏曲作者大部分出自江南也有很大的渊源。我们从方志远《明代城市与市民文学》中“明代杂剧作者及作品地域分布表”[49]和“明代传奇作者及作品地域分布表”[50]可以看出，明代无论是杂剧作者还是传奇作者，主要集中在经济发达、城市繁荣、政治宽松、生活富足的南直隶以及浙江、江西等地。当然他们当中一些人的创作主要在北京展开，如贾仲明、丘浚等。以江南籍作者为主的剧坛，其创作风貌与元代以当地人为主的大都剧坛“苍茫雄宕”大不相同也在情理之中了。

另外，在明代还有一种名曰“全相”的文学艺术形式得到了长足的发展。所谓全相就是图文并茂的图书形式，最早始于唐代经刻艺术，明代发扬光大，在通俗小说中得到了广泛的应用，就是对戏曲、演艺等文学样式的推广也起到积极的作用。明代成化年间北京永顺书坊刻印了十三种说唱词话，成化十一年（1475年）北京金台岳家重刻了

《新刊奇妙全相注释西厢记》，这些以阅读为欣赏形式的文本，是对文辞妍丽和考究的追求。

昆曲在万历年间传入北京，成为当时最为流行的剧种。在这个时期，剧坛上文词派戏曲盛极一时。《宝剑记》、《浣纱记》、《鸣凤记》三大传奇问世，标志着传奇戏曲体制基本定型。汤显祖先后创作了“临川四梦”《紫钗记》、《牡丹亭》、《南柯记》、《邯郸记》。一大批戏曲名家活跃于剧坛，戏曲创作呈现出空前繁荣的局面。

汤显祖（1550—1616），字义仍，号海若，又号若士，别署清远道人，临川（今属江西）人，明代最杰出的剧作家。万历十一年（1583年）到北京参加科举考试，因不愿与当权者同流合污，而遭排斥，以较低的名次入选，旋即回到南方。虽然官场长期失意，但是在南京与当时著名的戏曲大家徐霖、陈大声、何良俊、金在衡、臧懋循等交往，却使他的艺术生命迸发出新的活力，生活和思想都变得充实而活跃。汤显祖曾师从罗汝芳，读“非圣之书”。后与禅宗大师紫柏为友，这些都使得他的思想深受影响。汤显祖尤其崇拜一代思想宗师李贽，并深受其影响，表现出强烈的反抗性和斗争性，汤显祖也因此被人称之为“狂奴”。“临川四梦”是其传奇代表作，其中又以《牡丹亭》最为著名。该剧描写了杜丽娘和柳梦梅生死相恋的故事，大胆歌颂了自由爱情的伟大，肯定了追求个性解放的精神，表达了对封建礼教的强烈反抗，充满了思想解放的启蒙意义，标志着传奇戏曲同晚明进步文艺思潮发生了紧密的结合。该剧写成于万历二十六年（1598 年），一经问世，便受到广泛的欣赏，时人沈德符（1578—1542）曰：“《牡丹亭梦》一出，家传户诵，几令《西厢》减价。”(51)传入北京，受到热烈的欢迎，为人们所喜爱。

叶宪祖（1566—1641），字美度，号六桐，别署紫金道人，浙江余姚人，明代戏曲作家。万历四十七年（1619 年）进士，历官大理寺评事、工部主事。因不肯趋附魏忠贤，被削籍革职。直至魏党被戳，崇祯三年（1630 年）复起，补南京刑部主事，授广西按察使，未赴任，归家五年而卒。创作传奇六种，今存《鸾鎞记》、《金锁记》两种；杂剧二十四种，今存九种，其中《团花凤》、《寒衣记》、《四艳记》、《骂座记》、《易水寒》较知名。剧作多描写爱情，《鸾鎞记》写唐代诗人温庭筠与女道士鱼玄机的爱情；《寒衣记》写金定与刘翠翠的悲欢离合，这些作品敢于突破封建礼教，大胆歌颂人性爱情，思想上充满叛逆，充满思想解放的意味，在明末剧坛有相当大的影响。

从现存剧目看，尽管明代后期传奇盛行，但是杂剧的传统并没有中断，到明末，文人杂剧反而有复兴之势。

明朝戏曲的发展，与城市经济繁荣密不可分，与市民阶层崛起密不可分。从明朝中期，在北京演出的各种戏曲多达上千种，而演出场所也非常多。现在前门外的广和剧场，就是明朝末期的大剧场，原名查楼，距今已经有四百多年的历史了。而与印刷创新相联系的全相剧本的推出，对于戏曲文学的普及推广则有非常积极的意义。

六、小说的创作与流行概况

本章所述及的所谓小说，包括所有进行人物形象塑造、故事叙述以及环境描写的文学体裁。在明代，小说的概念极其庞杂混乱。大的分类有长篇章回小说和短篇白话小说、文言小说。有按题材内容分类的，如章回小说中有历史小说、神魔小说和世情小说，《三国演义》、《西游记》、《金瓶梅》分别为其代表。有按体例分类的，以文言小说为例，从形式到内容，从语言到叙述方式，情形极其驳杂，传奇、志怪、笔记等无所不包。

作为人口众多，文化消费潜力巨大，文化人才高度集中的首都，北京本来应该成为通俗小说产生、发展、繁荣的茂盛之地，但事实上北京作者几乎少到了可以基本忽略不计的程度，远远不能与小说文化中心南直隶、福建相提并论，甚至与浙江、江西、湖广相较，也难望其项背。

瞿佑（1342—1427）的《剪灯新话》是明代最早的文言小说。书中内容“远不出百年，近至在数载”。[52]相当真实地表现了士人阶层在元末明初动荡中的社会生活，具有鲜明的现实性、真实性和典型性。《剪灯新话》不仅对明代文言小说影响重大，例如李昌祺（1376—1451）《剪灯余话》等都沿袭了这一传统，而且在明代尤其是北京士人中间产生了很大的影响。正统时任北京国子监祭酒李时勉在一份奏折中说：“《剪灯新话》之类，不惟市井轻浮之徒相诵习，至于经生儒士，多舍正学不讲，日夜记忆，以资谈论。”[53]呼吁统治者予以禁止。但是这也从侧面反映出当时此类文学在民众间广受欢迎的程度。由于李时勉等人的呼吁，统治阶层对意识形态的控制进一步强化，文言小说创作陷入低谷，出现了长期空白。

《三国演义》、《水浒传》在思想和艺术上都达到了文学历史的顶峰，开启了章回体通俗小说的创作范式。其后，创作进入萧条期，近二百年内没有新的通俗小说问世。其根源一是统治阶级用高压手段对意识形态领域进行严密控制；其次是由于印刷业落后，制约了小说的刊刻传播。而且商业流通水平的局限也影响了图书商品的销售，并制约了小说读者群的形成。所以《三国演义》、《水浒传》两部优秀巨著成书后，长期以少量抄本的形式在小范围内流传，不能对整个社会文学产生实质性的影响，小说创作处于停滞期。

成化、正德年间，值得关注的一种文学形式兴盛起来，这就是通过演唱搬演故事的说唱词话。如今已经发现的明代最早的说唱词话刻本也出现在这一时期，它们是北京书林永顺堂刊刻的《花关索》、《包待制出身》等十三种。[54]

从明世宗嘉靖元年（1522 年）到明思宗崇祯十七年（1644 年），是明代文学多元化发展的时期。《三国演义》、《水浒传》等在嘉靖年间开始刊刻印刷，并逐渐流行，引起文坛广泛注意，章回小说逐渐兴起，其中历史演义蔚然成风，广受欢迎。

随着吴承恩《西游记》和兰陵笑笑生《金瓶梅》的先后问世刊行，神魔小说和世情小说异军突起，同时还出现了一批公案小说，这都大大丰富了章回小说的题材。章回小说也彻底摆脱了说书艺术附庸的地位，成为独立文体茁壮发展起来。

到天启、崇祯年间，冯梦龙（1574—1646）、凌濛初（1580—1644）为代表的一批通俗文学作家，在商品经济的有力推动下，大量编纂文化市场所需的话本小说，形成了短篇白话小说创作高潮。其中有些小说显然是以北京的生活为故事背景的，例如《警世通言》卷二四《玉堂春落难逢夫》，所叙述的是正德年间发生在北京的官宦子弟与妓女之间的爱情故事和波折经历。

作为国都，北京在表现宫闱宦族生活的小说方面，沿袭了从辽代王鼎《椒焚录》开始的传统，而有了长足的发展，故事结构，情节框架，人物塑造等小说元素，都表现出越来越成熟的趋势。王达的《椒宫旧事》、李贤的《古穰杂录》、宋懋澄的《九籥集》、《九籥续集》中的稗类小说、朱国桢的《涌穰小品》、陆琛的《玉堂漫笔》、杨士聪的《玉堂荟记》、李清的《梼杌闲评》等，都或多或少地对北京权贵阶层生活进行了多角度的描绘与反映。

宋懋澄（1570—1622），字幼清，号雅源，一作稚源或自源，松江华亭（今上海松江县）人。其先祖为赵宋王朝宗室，世为大族。他的《九籥集》、《九籥续集》是当时稗类小说或称传奇的代表作。宋懋澄少时即颇负文名，万历十四年（1612 年）乡试中举，北上京师为太学生，三次参加进士科举，始终未中。回乡后，以奇节自许。诗文创作主张自然本能，在其《九龠集·诗序》中说："余以为饥则思食，寒则求衣，一皆出于自然，令捉笔之时，而有如思食求衣之不得已焉。"其文洒脱流畅，自然清新；其诗质朴爽利，高洁而有情趣，一扫世俗媚态，开"奇矫雄特"[55]之文风，为时人称道推重。但他自己的创作却专注于文人一向鄙视的"稗官家言"，并将之与国史掌故、正经正史相提并论。《九龠集》、《九龠别集》共收文言小说四十四篇，其中成就最高的是直接取材现实生活而且时代特色鲜明的篇什。在其中特地辟出《稗》编，记载当时流传于民众之中的各种通俗故事，这在封建时代的文人中实属罕见，表现出在历史观和文学观方面的独到见解。宋懋澄为人重义轻财，喜与人交，不屈权贵，虽布衣终身，但极富传奇色彩。所以有关他的奇闻轶事，流传很广，陈子龙《宋幼清先生传》、姚希孟《书宋幼清事》、吴伟业《宋幼清墓志铭》、王士禛《书宋孝廉事》等，都是一些充满感情的回忆和记载。

《梼杌闲评》又名《明珠像》，主要描写的是明代宦官魏忠贤与明熹宗乳母客印月互相勾结、篡权乱国的历史故事，是一部具有鲜明北京地域特色的章回小说，对后世京味小说的产生和发展都有很大的影响。

《涌幢小品》作者朱国祯（1557—1632），字文宁，号平极，别号虬庵居士，浙江乌程（今吴兴）人。万历十七年（1589 年）中进士，天启三年（1623 年）拜礼部尚书、文渊阁大学士，次年（1624 年）春晋户部尚书，武英殿大学士，总裁《国史实录》。史称"处逆境时，独能不阿，洁身引退。性直坦率，虽位至辅伯而家业肃然"。后称病辞官，加少师兼太子太师，晋吏部尚书兼建极殿大学士，归隐著书。崇祯五年（1632 年）卒，赠太傅，谥文肃。著有《明史概》一百四十二卷，《皇明纪传》三十卷，《大政记》三十六卷，《涌幢小品》三十二卷、《朱文肃遗集》八册，《平涵诗文钞》二册等。《四库全书总目提要》对他著作的评价是："其是非不甚失真，在明季说部之中，尤为质实。"《涌幢小品》为历史笔记小说，初名《希洪小品》。书中翔实、生动地记录了明中后期的典章故事、政治经济、社会风貌和人物传记，深刻揭露了社会种种弊病。其中对倭寇骚扰、农民起义、市民抗税等进行了完备记载，叙述了叶戴冠、王守仁、沈周、吴昂等人的琐闻逸事，形象生动，所记质实可信，具有较高的史料价值。

沈德符（1578—1642），字景倩，又字虎臣，嘉兴（今浙江嘉兴）人，万历举人。祖、父皆以进士京师为官，自幼寓居京邸。习闻掌故，精音律。父卒南归，梦寐京城，于是依靠记忆，写成《万历野获编》，多为明代的典故，具有较高的史料价值。他还著有《秦玺始末》、《飞凫语略》、《敝帚轩剩语》、《故曲杂言》等。

蒋一葵，字仲舒，别号石原。曾任京师西城指挥使，任职期间四处寻访荒台断碑古迹，写成《长安客话》，是明代专门记载北京地方的重要文献之一。

刘若愚《酌中志》（又名《酌中志略》），和《芜史小草》、《皇明宫闱秘典》是有着极高史料价值的笔记。刘若愚生于万历十二年（1584 年），二十六年（1598 年）自宫后“废儒业，习医书”，[56]二十九年（1601 年）入皇宫。《酌中志》记载了明代大量的政治内幕和宫闱密事，翔实中肯，是研究晚明历史以及宫廷史的最重要的资料之一。

范景文（1587—1644），字梦章，号思仁，河间（今河北）人。万历进士，崇祯初，招为太常少卿，累官至工部尚书。崇祯十七年（1644 年）兼东阁大学士，入参机务。李自成破北京，投井自尽。著有《大臣谱》、《昭代武功录》等，赋有《灯市酒楼》诗多首，记录明末京师城内情状。

王世德，字克承，号霜皋，顺天府人。明末袭锦衣卫指挥佥事。崇祯十七年（1644 年）李自成破京城，逃奔南方。著有《崇祯遗录》，记述当年京师轶事。

赵士锦，字前之，常熟（今江苏常熟）人，明崇祯进士。崇祯十六年（1643 年），调北京补工部营缮司员外郎，不久又主管节镇库。著有《甲申纪事》，收入《壹是堂集》。

杨士聪，字朝彻，山东济宁人，明末清初史学家。明崇祯四年（1631 年）进士，官拜翰林院检讨，入清仍仕，官至谕德。所作《玉堂荟记》是一部史料类笔记小说，该书描写晚明社会，记载的关于崇祯皇帝禁烟、解禁的历史，颇为真实。

一般来说，城市的繁荣，必然促进与之相应的市民文学的繁荣兴盛。但当一个城市政治功能畸形发展时，文化功能必然就要衰退，明代的北京正是如此。小说、传奇创作在北京没能兴盛起来。但民间演唱艺人对小说的推广却值得关注，它们都对传统传播形式进行了全新的有益的补充。姜南《洗砚新录》说，北京的说唱盲人很多，他们“学弹琵琶，演说古今小说，以觅衣食”。[57]而演唱的内容“皆取唐人传奇为之敷演，深不甚文，谐不甚俚，能使骇儿少女无不入于耳而洞于心”。[58]对小说的传播渠道有了很大的开拓，人群覆盖达到了纯文本所不能企及的层面。田艺蘅《留青日札》记载说许多女说书盲人被“大家妇女”“养之深院静室，昼夜狎集饮宴”，[59]她们不仅将小说推广到了目不识丁的贩夫走卒，也引进到了深宅大院。

与“瞎先生”存在密切联系的说唱词话的文本刊刻印刷也得到了发展，成化年间北京的永顺书坊和鲁氏书坊刊印数量很大，一度使北京成为这些通俗文学文本生产传播的中心，可惜这个中心地位并没有能够维持太久，到嘉靖时期，这个文本传播中心就向南方转移了。从万历中后期至明末，北京的小说等俗文学刊刻基本归于沉寂。

明代小说的创作中心、刊刻的中心都不在北京，但毫无疑问，图书发行销售最大的市场在北京，最广泛的读者群也在北京。

注释：

(1)《明实录·太宗实录》。

(2) 朱棣：《永乐大典》序。

(3)《明史》卷一三四《姚广孝传》。

(4)（清）昭梿：《啸亭杂录》卷六。

(5)（明）邹元标：《解春雨学士旧墓》。

(6)（明）李诩：《戒庵老人漫笔》卷三《黄叔扬传》。

(7)（明）王世贞：《艺苑卮言》卷六。

(8)（明）张瀚：《松窗梦语》卷四《百工纪》。

(9)（明）王士性：《广志绎》卷二《两都》。

(10)（明）沈德符：《万历野获编》补遗卷三《畿辅·元夕放灯》。

(11)（明）沈德符：《万历野获编》卷二四《技艺·李近楼琵琶》。

(12)（明）杨士奇：《东里集·文集》卷五《玉雪斋集序》。

(13)《四库全书》卷一九〇《明诗综》提要。

(14)《四库全书总目》卷一七〇《杨文敏集》提要。

(15) 据《四库全书总目》。

(16)《明史》卷二八六《李梦阳传》。

(17)（明）李梦阳：《同空集》卷六一《与周子书》。

(18) 陈子龙开始是复社成员，后在松江组织“几社”。所谓“几者，绝学有再兴之几，而得知几其神之义也”。入社六人，世称“几社六子”。几社和其他文社一样，初起时以文会友，后来随着政治形势的变化，逐渐演变成一股政治势力。几社的主要特点是取友极严，非师生子弟不得入社。它成立后汇刻制艺范本《几社壬申文选》，集六子之文，人各六十首。又刻《几社会义初集》、《二集》、《三集》、《四集》、《五集》，几社的声势由此大振。陈子龙的名气由此日重，“问业者日进，户外屦满”。

(19)(21)（清）沈德潜：《明诗别裁集》。

(20)（明）徐祯卿：《谈艺录》。

(22)（明）陈子龙辑：《皇明诗选》。

(23)（明）黄省曾：《五岳山人集》卷三〇。

（24）（明）王世贞：《弇州四部稿·续稿》卷五一《吴峻伯先生集序》。

（25）《明史》卷二八七《李攀龙传》。

（26）（明）袁宏道：《袁宏道集笺校》卷一八《叙姜陆二公同适稿》。

（27）《明史列传》第九七《杨继盛列传》。

（28）《明史》二一二卷《戚继光传》。

（29）（明）徐渭：《徐文长三集》卷一九《叶子肃序》。

（30）（明）李贽：《焚书》卷三《童心说》。

（31）（明）袁宏道：《解脱集》之四《尺牍·伯修》。

（32）（清）沈德符：《万历野获编》卷二五《词曲·时尚小令》。

（33）（明）李开先：《词谑·词谑》卷二七。

（34）（明）蒋一葵：《尧山堂外纪》卷七〇《元·赵孟頫》。

（35）方志远：《明代城市与市民文学》。

（36）《明史》卷一九二，列传第八〇。

（37）《四库全书总目提要》卷一七〇，集部二十三。

（38）《明史》卷二八六，列传第一七四《何景明传》。

（39）（明）朱国桢：《涌幢小品》卷一六《李卓吾》。

（40）（明）李开先：《麓中麓闲居集》卷六《张小山小令后序》。

（41）（明）无名氏：《录鬼簿续编》，一说作者为贾仲明。

（42）《明会典》卷一七〇《刑律·杂犯·搬做杂剧》。

（43）《明会典》卷六一《礼部·教坊司巾冠服》。

（44）（明）顾起元：《客座赘语》卷一〇《国初榜文》。

（45）（明）李梦阳：《汴京元夕》。

（46）（明）李贽：《续藏书》卷二六《文学名臣·康公》。

（47）（清）吴伟业著，（清）程穆衡原笺，（清）杨学沆补注：《吴梅村诗集笺注》卷四《琵琶行并序》。

（48）吴梅：《中国戏曲概论·明代杂剧》。

（49）方志远：《明代城市与市民文学》，表4—3。

（50）方志远：《明代城市与市民文学》，表4—4。

（51）（明）沈德符：《万历野获编》卷二五。

（52）（明）瞿佑：《剪灯新话序》。

（53）（明）顾炎武：《日知录之余》卷四《禁小说》。

（54）方志远：《明代城市与市民文学》。

（55）（清）姚弘绪辑：《松风余韵》引《方志》之语，齐鲁书社“四库全书存目丛书补编”丛书。

（56）（明）刘若愚：《酌中志》卷二四《累臣自叙》。

（57）（明）姜南：《蓉塘诗话》卷二《洗砚新录·演小说》。

（58）（明）臧懋循：《负苞堂文选》卷三《弹词小序》。

（59）（明）田艺蘅：《留青日札摘抄》卷二《瞎先生》。

第五章　清代文学

清朝是中国历史上最后一个封建王朝。从公元1644年清兵进入北京，到1840年鸦片战争爆发之前，这个神秘的东方古国置身于世界强国之林，其统一疆域之广阔，国势之强盛，影响之宏大，政治、经济、社会统治管理之严密都已登峰造极，文化的发展繁荣也达到前所未有之程度。首都北京经过数百年国家帝都历史的积淀发展，城市地位、首都功能、文化底蕴都更趋独特、成熟、完善、深厚，文学也呈现出全面繁荣发展的局面，代表了封建帝国最后的辉煌。

一、燕京文化特征与文学概况

建立清王朝的满族，祖先女真。女真人的杰出领袖爱新觉罗·努尔哈赤，明万历十一年（1583年）开始统一女真各部，到万历四十七年（1619年），基本统一了东北、蒙古的广大地区，并开始了对明朝的征战。公元1626年，努尔哈赤之子皇太极继承汗位，后称皇帝，是为清太宗，改国号为清，改女真为满。公元1644年（即明崇祯十七年，清顺治元年，李自成大顺永昌元年），对于北京来说是一个风云骤变动荡不已的多事之秋，“城头变换大王旗”改朝换代，政权走马灯般更替着。这年三月，先是明朝崇祯皇帝在农民起义军攻入北京后自缢于煤山（今景山），明王朝二百七十余年的统治结束。接着李自成在金銮殿登基，号称大顺皇帝，但次日即四月三十日便在吴三桂引领的清兵进逼下离城西撤，此时距农民起义军进入北京也不过只有短短四十一天。李自成撤离三天之后的五月初二，经过长期征战的清兵在摄政王多尔衮的带领下，进入北京。六月定都北京，改称燕京。九月，顺治进京，十一月，即皇帝位。

清朝统治者以燕京为都城，以明故宫为新朝帝王之所，对皇宫并未进行大规模的改造和重建。这似乎预示着大清这个由少数民族建立起来的新王朝，对于汉文化历史的恭敬与接受。而清王朝所采取的一系列政治、文化政策似乎也想要表明这一点。在摄政王多尔衮入城伊始，便颁布政令，对降清的明朝故臣一律升级留用。满族贵族与汉族官员的合作，使得清王朝入主中原后，全面承袭明制，权力较为平稳过渡，迅速实现了对全国的有效统治。其次，确定开科考试制度，大量吸引和拉拢汉族地主阶级知识分子，从根本上削弱社会反抗力量，一定程度上消弭了清统一战争中因为血腥屠杀带来的民族间尖锐的矛盾和对立。清朝实现有效统治的第三个重要举措，就是尊崇儒家为代表的汉文化。多尔衮入京不久，就派遣官员祭孔，第二年又亲自拜谒孔庙。顺治年间不仅尊孔子为“大成至圣文宣先师”，将其封号推到了前所未有的崇高地位，之后又确立了以孔子嫡孙世袭衍圣公尊号的制度。(1)此后历代帝王都举行过十分隆重的祭孔活动，康熙帝将定期礼拜孔子，举行经筵日讲，研读儒家经典定为制度。乾隆帝更是九次亲往曲阜孔庙祭拜。这些举措，在政治上无疑对巩固其统治起到了积极作用。

清朝是中国历史上最为强盛的王朝，这个多民族统一国家，疆域版图空前扩大，多民族融合与凝聚力空前加强。燕京不仅成为中国多民族统一国家的政治中心，同时也成为这个多民族统一国家的文化中心。在清代，燕京所有的敕制碑文，一律都用满、汉、蒙、回、藏五种文字书写，充分显示出多民族政治文化中心的特点。满族定鼎燕京后，建立了专门处理民族事务的理藩院。在宗教文化上，为了加强多民族的凝聚力，清统治者实行积极的民族拉拢政策，不仅在承德建有“外八庙”，在京城，各民族、各宗教建筑也随处可见，满族萨满教的堂子、西藏喇嘛教的雍和宫、藏族西黄寺禅塔等与汉族众多的佛教寺庙道教道观一地并存。按照清制，外蒙古、新疆以及西藏的王公贵族、宗教人士和上层人士，每年要分班轮流进京朝觐，称为年班制度。年班的人数众多，规模宏大，将有着浓郁民族文化特色的风习和事物源源不断地带入京城。清廷对于来自边疆的年班，给予十分隆重的款待和丰厚的赏赐，使得清廷思想、京师文化和先进的生产技术、科技文明等远播四方。

与历朝历代相比，清代北京的文化功能，得到了空前的发展和加强。而且具有自己的鲜明特色。在中国历史上，由少数民族建立的政权中，唯有清朝对于汉文化的重视与尊崇达到了前所未有的高度。整个清朝，历代皇帝都能流利地使用汉语，阅读汉书、书写汉字，并用汉语言文字写诗作文。尤其是康熙帝、乾隆帝两位盛世之君，更是历史上罕见的博学之士，汉文化功底极其深厚。这对整个清代汉族文化的发展具有很强的表率作用，产生了深刻的社会影响。

北京的人才聚集效应在清代更加明显。这里的各个官僚衙门和文化机构，聚集着来自全国各地的饱学之士，来京作文化访学、交流的中外文化人士更不绝于途。尤其是康熙以来，天下儒学名士竞相来到京师，讲学之风盛行。这里设有全国最高的文化机构翰林院和最高学府国子监。全国科举考试的最高规格、即最后一个阶段也在北京定期举行，大批源源不断来京的科举士子们携带多种文化的种子，在京师交汇、碰撞、传播、融合，形成了活跃度极高的京师文化。康熙十七年（1678 年）为延揽山林隐逸之士而开设的“博学鸿词”科，其意义远远超出考试本身，大大推动了儒学繁盛气象，被称为“旷世盛典”。

整个清代，巨大的文化工程连绵不断，且成就斐然。以文化工程聚集人才成为通行惯例。《康熙字典》、《佩文韵府》、《古今图书集成》、《四库全书》等文化工程，规模之大都是前所未有的。清廷在编修这些皇皇巨著时，往往要设立一个以此立名的相对长期稳定的文化机构，并把修书作为培养馆阁人才的重要途径。

有清一代，尤其是康雍乾盛世，产生了许多著名的文化精品，它们树立起来的品牌，产生极大的商业效应。在京师经朝廷立项牵头编纂刊刻的书籍称为“内府刊本”，质量大多很高，受到当时藏书家们的喜爱。除此而外，由于京师内府修书的兴盛，也带动了外城以琉璃厂古旧书业为中心的文化市场的形成。琉璃厂书肆的鼎盛时期正是《四库全书》纂修之时，[2]成为书肆和古玩艺术品一条街，无论是贵重的宋版珍籍，还是当朝最新刊刻的流行书刊，无论是坊间精刻，还是民间流传抄本，无所不包。[3]书肆行业中也涌现出了一些闻名京城的老字号，例如二酉堂。“五柳之陶”、“文萃之谢”、“鉴古之韦”也都是书肆中顶级行家。

清代在北京形成了若干个文化聚集区。例如在宣南一带，形成了全国游宦士子的聚居区，清初的士人团体有著名的“燕台七子”；康熙年间有“海内八家”、“都门十子”等；到了清朝中叶的乾隆年间，又有清初“江左三大家”之后的“新江左三大家”等；嘉庆年间则有著名的“宣南诗会”等。万柳堂、怡园、寄园都是当时著名的文人雅士宴集之地，米市胡同东侧的保安寺以及槐树斜街等也是清初士子聚集的地方。自然，武英殿更是一个大师荟萃名家云集的场所。号称“前三门”的崇文门、正阳门、宣武门由于商铺林立，不仅是北京繁华的经济带，也是文化消费的集中地。

共赏性文化的发展成就了巨大的文化市场。这个方面最突出的就是戏曲，乾隆年间，每逢节日、月令、庆典等都要在宫内演戏，专门拍戏、习艺的人就达到一千多人。同时外城中戏院林立，如太平园、四宜园、查楼等，集中在前门左右，每天演出连台本戏，受到市民阶层的热烈欢迎，戏曲已经成为京师人们生活中必不可少的一个重要组成部分。受到广泛欢迎的还有曲艺，例如八角鼓，其内容又往往描述京师本地的风俗时事，所以深受民众喜爱。

清代的宫廷绘画取得了前所未有的成就。应清帝之邀，全国各地甚至来自欧洲的著名画家，来到京师供职。他们创作了大量以朝廷政治、军事、文化为内容的美术作品。这些作品称为“院画”。王翚、王原祁、焦秉贞、冷枚、蒋廷锡等，都是这方面的杰出代表。另外少数民族画家例如满族的唐岱、意大利人郎世宁等人的成就也深受称誉。北京本地成长起来的书画人才也备受瞩目。米寿都、米汉倬父子是当时成就卓著的书画大家。宫廷绘画的长足发展，有力地影响了整个社会文化艺术氛围的形成，使得绘画欣赏收藏兴盛起来。

清代文化繁荣与思想禁锢、文化封锁并存，这主要是通过科考制度和大型文化工程实现的。科举八股盛行，严重窒息了知识分子的创作活力，对人们思想的禁锢作用巨大，纂修《四库全书》，虽然对保存历史典籍贡献重大，但在编纂的过程中，对能够启迪人们思想解放，反对异族统治的书籍大量禁毁，也对文化遗产的继承造成了无法弥补的损失。

二、诗歌发展与作家成就

文学发展到了清代，所有的文体已经齐备，文体资源也有了相当程度的开掘。尽管如此，清人还是以充分承继、发展、创新的姿态，以二百多年基本国泰民安环境之下不懈的努力，成为古典文学的集大成者。

清代的诗歌创作达到了一个新的境界。不仅参与者众多，而且作品宏富。有清一代的诗歌，据在《全清诗》筹备过程中的初步推算，有作品传世的作家远在十万人以上。[(4)]仅乾隆皇帝一个人的创作就达到了四万三千首之多，[(5)]这个数量几乎是全部传世唐诗的总和。

中国古代诗歌，唐代是一个顶峰。宋代以理入诗，对唐诗的内涵和深度进行了拓展和开掘。辽、金、元的诗歌虽各有特色，但总体上基本在走下坡路，难与唐宋并论。明代，虽然流派林立，但复古思潮泛滥。清代，诗歌则大为改观，它学古，但却能够超越古人有所创新，在内容、境界、风格上均有广泛深入的开拓，终成蔚然之势。北京的诗歌创作，在整个有清一代都异常活跃。一方面是由于京师居民文化素养普遍较高，拥有广泛深厚的社会基础，另一个方面是有大批堪称大师的文豪巨匠集中于此。当时诗坛领袖钱谦益、吴伟业、王士禛、朱彝尊等都曾供职京师，王士禛更是长期留居北京，以一代文坛盟主的影响力左右着全国的诗歌创作风气。

清初，世事沧桑，社会巨变，国内民族矛盾异常尖锐，这时候就出现了许多杰出的作家、作品。钱谦益、吴伟业等由明入清，他们的作品不可避免地具有故国之思，亡国之痛。

钱谦益（1582—1664），字受之，号牧斋，又号蒙叟、梧下先生、东涧遗老等，常熟（今属江苏）人。明万历进士，官至礼部侍郎，南明福王朝召为礼部尚书。后降清，授礼部侍郎，充明史馆副总裁，旋即乞归，隐居乡里。诗文甚负盛名，为当时文坛盟主，被誉为“明末诗雄”、“清诗开山”。钱谦益等人在诗学理论上反对墨守唐人陈规，认为“唐人一代之诗，各有神髓，各有气候”（钱谦益《唐诗鼓吹评注序》），“自宋以来学诗者多师法少陵”（钱谦益《薛行屋诗序》），对“独尊盛唐”提出了挑战，论文论诗，反对明代“复古派”的模拟、“竟陵派”的狭窄，也不满“公安派”的肤浅。扩大了诗歌的取径范围，促进清代诗风走向有容乃大的全新境界，对诗风的转变和确立作出了突出的贡献，为清诗超越元、明取得斐然成绩奠定基石。他的诗歌表达了亡国之恨板荡之悲，抒写了个人的宦海沉浮身世荣辱，具有强烈的民族意识。在广师前贤的基础上，进一步融会贯通，形成自己激越苍凉的风格。作为清初诗坛领袖，他对清初许多重要诗人都产生过很大的影响。对后来的诗坛领袖王士禛，多有揄扬提携。陈文述称其诗“沉郁藻丽，原本杜陵，逸情高致，远在梅村祭酒之上”。(6) 著作有《初学集》一百一十卷、《有学集》五十卷、《投笔集》二卷、《苦海集》一卷及外集等多种。

吴伟业（1609—1672），字骏公，晚年号梅村，太仓（今江苏）人，明清易代之际诗人，又工词曲书画。明崇祯进士，为几社成员，入清，官国子监祭酒。善七律和七言歌行，多哀时伤事之作，富有时代感。名篇络绎，堪称诗史，《圆圆曲》、《听女道士卞玉京弹琴歌》

是“梅村体”歌行的代表作。居京城多年，作《白塔寺》、《朝日坛》等诗咏。有诗集《梅村家藏稿》，历史著作《绥寇纪略》、《春秋地理志》、《复社纪事》等。钱谦益与吴伟业、龚鼎孳在诗坛上并称为“江左三大家”，三人皆由明仕清，但在清初诗坛的影响却要远远大于遗民诗人。

而清代本朝成长起来的诗人都是通过科举而踏入仕途的，完全没有前朝遗民的情思，甚至出现了许多歌功颂德的作品。其代表人物被称为“国朝六家”，其中施闰章、朱彝尊、王士禛、赵执信都先后生活在北京，其创作的时间跨度从清初顺治到康熙、雍正数朝。

施闰章（1618—1683），字尚白，一字屺云，号愚山，又号蠖斋，晚号矩斋，宣城（今属安徽）人，清代诗人。顺治六年（1649年）进士。康熙十八年（1679年）举博学鸿词，授翰林院侍讲，与修《明史》。施闰章中年游学京师，所作古体诗比较关注现实。王士禛论康熙时诗人，将他与宋琬合称“南施北宋”，认为其诗“温柔敦厚，一唱三叹，有风人之旨”。[7]施闰章与宋琬、丁澎、张谯明、周茂原、严沆、赵锦帆并称“燕台七子”。

朱彝尊（1629—1709），字锡鬯，号竹垞，晚号小长芦钓师，又号金风亭长，清初著名学者和诗人。在入仕之前就多次到北京游学，并曾在宣武门外、通州等地居住。康熙十八年（1679年），应博学鸿词科试。当时受试者共一百四十三人，录取五十人。朱彝尊、严绳孙、潘耒、李因笃、陈维崧、汪琬、汤斌、毛奇龄、施闰章、尤侗等均被录取。其中朱、严、潘、李四人皆以布衣入选，授翰林院检讨，成为轰动一时的新闻，被尊称为“四大布衣”。朱彝尊入直南书房，参修《明史》，颇受皇帝宠遇。在京为官期间，曾在禁垣（景山之北，黄瓦门东南，为康熙帝所赐）、虎坊桥、宣武门外古藤书屋、槐树斜街等处居住生活。即使是离开京城之后，也颇得朝廷眷顾，康熙六次南巡，而朱彝尊四次奉旨迎驾。这些在朱彝尊的诗中有大量的反映。其诗歌工整雅健，与当时王士禛南北齐名。朱彝尊与当时文坛诸多大家保持着良好的关系，与顾炎武、钱谦益、王士禛、曹溶、纳兰性德等人有着长久的交往，无论是在北京还是在外地，多有诗歌唱和。

早在朱彝尊青年时期，便以诗歌受到曹溶赏识。后曹溶任广东布政使，朱彝尊前往，为曹溶甄录《岭南诗选》，曹溶回嘉兴，彝尊又以诗送别，十几年后，曹溶在云中（今山西大同）任职，朱彝尊在其幕府中常有诗词唱和，后为文追忆当时情景：“余壮日从先生（指曹溶）南游岭表，西北至云中，酒阑灯灺，往往以小令、慢词更迭唱和；有井水处，辄为银筝檀板所歌”。[8]在广东，朱彝尊与诗人屈大均交往，诗文唱和，屈大均《过朱十夜话》诗有“夫君若萱草，一见即忘忧”句。康熙五年（1666年）三十八岁的朱彝尊在山西会见顾炎武，顾诗《朱处士彝尊过余于太原东郊》诗，有“自来贤达士，往往在风尘”句（见《顾亭林诗文集》）。为钱谦益文集后题“集杜”诗一首，有“海内文章伯，周南太史公”句，称颂钱之诗文。康熙六年（1667年）三十九岁的诗人来到北京，与表兄谭吉璁住在一起，拜访王士禛。王士禛《朱锡鬯自代州至京奉柬》“燕市雪深衣褐敝，吴江风落酒船迟”特记此事，后朱彝尊又应邀为王士禛诗集作《王礼部诗序》。访孙承泽，孙到朱彝尊寓所回访后，对人说：“吾见客长安者，争驰逐声利，其不废著述者，惟秀水朱十一人而已。”[9]居京期间，龚鼎孳卒，朱彝尊作挽诗八首，有“记忆惟公切，过从听我疏”，“重来清泪迸，风急繐帷秋”句。

朱彝尊诗名盛而不骄，四十五岁的他与纳兰性德书信交往时，纳兰还是位十九岁的青年。第二年年初，到北京访纳兰性德，两人初次相见，倾盖如故。再一年，朱彝尊因嗣父卒自通州奔丧归故里，纳兰性德《寄朱锡鬯》诗有“萍梗忽南北，相聚忽相离”、“开户见残月，道远有所思。丈夫故慷慨，此别何凄其”句，充分表现了两人之间相知相惜的深厚感情。朱彝尊是个社会交往广泛，非常活跃的文人，在京期间，参与文坛雅事甚多。在留居潞河（今北京通州）期间，因思乡作《鸳鸯湖棹歌》一百首，谭吉璁和韵合刊，缪永谋等为之作序。随后又有《江湖载酒集》与李良年《秋锦词》、李符《耒边词》、沈皞日《茶星阁词》、沈岸登《黑蝶斋词》、龚翔麟《红藕庄词》合刻于金陵，名“浙西六家”，陈维崧为之作序。曾同钱澄之、陈祚明、严绳孙宴集丰台药圃。康熙十八年（1679年）朱彝尊以布衣身份录取博学鸿词科后，移居虎坊桥，与徐釚同寓。朱彝尊一生诗作有两千一百余首。其学术贡献则遍及经学、史地学、文学乃至目录学等各个领域，号为“通才”。《清史稿》本传赞誉说“王士禛工诗，汪琬工文，毛奇龄工考据，独彝尊兼有众长”。另著有《经义考》三百卷、《日下旧闻》四二卷、《明诗综》一百卷、《词综》三十六卷、《曝书亭集》八十一卷、《腾笑集》八卷、《曝书亭集外稿》八卷。

王士禛（1634—1711），字子真、贻上，号阮亭，又号渔洋山人，新城（今山东桓台县）人。清初杰出诗人，康熙盛世主盟诗坛，与朱彝尊号称“南朱北王”。王士禛出生在一个世代官宦家庭，一门多才，年轻时曾在济南大明湖举诗社，以《秋柳》四章名噪一时。二十二岁入都考中进士，文名更著。官至刑部尚书，颇有政声。王士禛的诗清新蕴藉、刻画工整，散文、词也很出色。他提出的神韵诗论，渊源于唐司空图“自然”、“含蓄”和宋严羽“妙语”、“兴趣”之说，以“不著一字，尽得风流”为作诗要诀。康熙十五年（1676年）至十六年（1677年），王士禛在北京评选台阁文士诗为《十子诗集》，倡导“神韵说”，促进了诗歌创作的繁荣。入选的十位诗人有：著有《绵津诗抄》的宋荦，后官至吏部尚书；著有《黄湄集》的王又旦，后官至户部给事中；著有《珂雪集》的曹贞吉，后官至礼部员外郎；著有《乐圃集》的颜光敏，后官至吏部考功郎中；著有《嵩游集》的叶封，后官至工部主事；著有《山姜诗选》的田雯，后官至户部侍郎；著有《杏村集》的谢重辉，后官至刑部郎中；著有《问山集》的丁炜，官至湖广按察使；著有《未庵诗集》的曹禾，后官至国子祭酒；著有《百尺梧桐阁集》的汪懋麟，官至刑部主事。十人后来被称为“金台十子”。王士禛又与诗坛上皆以诗称家的曹尔堪（1617—1683）、宋琬（1614—1674）、沈荃（1624—1684）、施闰章、王士禄（1626—1673）、汪琬（1624—1691）、程可则（1624—1673）并称“海内八大家”。

赵执信（1662—1744），字伸符，号秋谷，晚号饴山老人，是清代优秀的现实主义诗人、诗论家、书法家。十八岁殿试二甲进士，二十五岁升右春坊右赞善兼翰林院检讨，充《明史》纂修官兼预修《大清会典》。康熙二十八年（1689年）秋，因在康熙佟皇后病逝的国丧期间观演洪升《长生殿》传奇，被给事中黄六鸿告发，以“国恤张乐大不敬”为由削职除名，终身不用。

康雍乾为清王朝的鼎盛时期，整个诗坛是颇为繁荣的。清代诗坛的流派有以诗学主张划分的，如以王士禛为首的神韵说，以沈德潜为首的格调说，以袁枚为首的性灵说，以翁方纲为首的肌理说。也有以地域为区分的，例如，以朱彝尊、厉鄂为首的浙派就独占上风。

高士奇（1645—1704），字澹人，号瓶庐，又号江邨，赐号竹窗，浙江钱塘人，居于平湖。初以国学生入试京师，不利，卖文为生。后因宰相明珠举荐，供奉内廷，官至礼部侍郎，[(10)]深受康熙帝宠幸，康熙十六年（1677年），赐宅邸居西安门内。康熙二十七年（1694年）因结党营私等罪名被劾、解职归里。后复召入京，官至礼部侍郎。著有《春秋地名考略》、《左传纪事本末》、《清吟堂集》、《江村消夏录》、《天录识余》、《扈从日录》等。有诗词《城北集》、《竹窗词》等多种。他所著又有《金鳌退食笔记》，详细记载了他在皇宫中任职时所见到的宫殿、皇家园林的情景，为后人了解清代前期北京的宫殿园林提供了珍贵的资料。

查慎行（1650—1727），初名嗣琏，字夏重；后改名慎行，字悔余，号他山，又号初白，海宁（今属浙江）人，清代诗人。康熙四十二年（1703年）进士，特授翰林院编修，人直内廷。十年后，乞休归里。慎行才华横溢，声名早著。入朝后以“扈从塞外者三”的特殊经历，得以饱览各地风光，又兼武英殿修书总裁，内廷供职七年，加之担任书局总裁三年，[11]得以“读万卷书”，因而不仅具有深厚的文史功底，而且视野极其开阔。其论诗以为“诗之厚，在意不在辞；诗之雄，在气不在直；诗之灵，在空不在巧；诗之淡，在脱不在易”，[12]推崇“空灵”创新。诗作工于刻画，精于白描，为清初学宋诗成绩最好的名家。赵翼认为：“梅村（吴伟业）后，欲举一家列唐宋诸公之后者，实难其人。惟查初白才气开展，工力纯熟”，“要其功力之深，则香山、放翁后一人而已”。[13]查慎行一生的诗歌创作宏富，编为《敬业堂诗集》四十八卷，《续集》六卷，另有《词集》两卷。

查日乾，字天行，号慕园，宛平人。幼年丧父，青年时奉母居天津。美风仪，重然诺，主张学为世用，著有《史腴》若干卷。其子为义，为官正直，体恤民生。勇于改革，不避利害。子为仁，年轻时因受人诬告，蒙冤入狱，坎坷多难。出狱后，弃绝繁华，专心吟咏。其诗作清新委婉，耐人寻味，他学诗于查慎行，又与厉鹗、杭世骏、万光泰、汪沆等人交往，有《蔗堂未定稿》六卷，《外集》八卷。子为礼，字恂叔，号俭堂。戎马一生，未尝一日废书，有《铜鼓书堂遗稿》二十二卷。其诗清腴，雄而不肆。喜好收藏，擅长画梅。查为礼之子查淳，字厚之，号篆仙。工于诗，著有《梅舫集》。乾隆六年（1741年），查为仁、查为礼兄弟编辑《沽上题襟集》，向厉鹗索序，厉则欣然而就。两年后，为仁拟将其《蔗塘未定稿》付梓，再次求序于厉，厉在序中盛称查氏“以诗名宇内久矣”。《绝妙好词笺》乃查为仁与厉鹗合力之作。

黄叔璥，字玉圃，大兴人。康熙三十四年（1695年）进士，康熙雍正间，镇守海疆，乾隆初，任河政官。有才干，严厉自持。著有《南台旧闻》十六卷，《台海使搓录》八卷，《南征纪程》一卷。

翁方纲（1733—1818），字正三，一字忠叙，号覃溪，晚号苏斋，直隶大兴（今北京）人，清代诗人、书法家。乾隆十七年（1752年）进士，官至内阁大学士。他是肌理说诗论首倡者。所谓肌理说，实际上是翁方纲对王士禛神韵说和沈德潜格调说的综合与修正。他说：“今人误执神韵，似涉空言，是以鄙人之见，欲以肌理之说实之，其实肌理亦即神韵也。”[14]“诗之坏于格调也，自明李、何辈误之也。李、何、王、李之徒，泥于格调而伪体出焉。非格调之病也，泥格调者病之也”。[15]又说：“其实格调即神韵也。”[16]翁方纲用“肌理”说来给“神韵”、“格调”以新的解释，借以使复古诗论重振旗鼓，继续与袁枚的“性灵”说相抗衡。翁方纲的复古主张极力推崇江西诗派的黄庭坚，他认为，“宋诗妙境在实处”。[17]翁方纲诗分两类。一类是把经史、金石的考据勘研写进诗中，即所谓“学问诗”，这类诗往往佶屈聱牙，味同嚼蜡。时人洪亮吉批评他说：“最喜客谈金石例，略嫌公少性情诗”[18]；另一类诗记述作者的生活行踪、世态见闻或描述山川景，这类作品大多缺乏生活气息和真情实感。只有个别近体诗，偶见佳作。翁方纲的著作有《复初斋文集》三十五卷，集外文四卷，《复初斋诗集》四十二卷等。翁方纲之子翁树培，字宜泉，乾隆五十二年（1787 年）进士。官至刑部主事。博雅好古，能传家学。

北京诗歌创作队伍中特别值得关注的还有以满族作家为主体的少数民族诗人。清朝前期，中国历史上最有作为的、开创了康乾盛世的康熙、乾隆两位皇帝，都酷爱诗词，他们除了组织学者刊刻了许多诗集，还编纂了许多韵律工具书，为创作诗歌提供切实有力的支持和帮助。他们本人也都创作了不少诗歌。乾隆的诗歌创作数量创中国历代诗人之冠，并形成了著名的“高宗体”。

李绶，字佩廷，号杏浦，宛平人。乾隆十六年（1751 年）进士，官至都察院左都御使，性喜读书，作诗不下数千首。

朱筠（1729—1781），字竹君，一字美叔，学者称笥河先生，大兴人。九岁进京师，读书有灵性，与弟朱珪少皆以能文有声于时，乾隆十九年（1754 年）进士，改翰林院庶吉士，散馆，授编修。三十二年（1767 年）授赞善，三十三年（1768 年）擢侍读学士，充日讲起居注官。为人耿介，不趋炎附势。朱筠久在词苑，德高望重，好奖掖后进，承学之士望为依归。陆锡熊、程晋芳、任大椿皆所取士，李威、洪亮吉、武亿、黄景仁皆其弟子，而戴震、邵晋涵、汪中、章学诚等亦先后在筠幕府中。为学包容万有，通经史，好诗赋，著有《笥河集》三十六卷。

朱孝纯（1735—1801），字子颖，号思堂，一号海愚，人呼戟髯。隶奉天汉军正红旗，都统伦瀚之子。乾隆二十七年（1762 年）举人，少承家学，工诗，雄豪壮伟，有幽燕之气。纪昀过古北口，见其壁上题诗，大加赞赏。绘画得家法，工山水，蟠郁苍浑，不愧家风。著《海愚诗抄》十二卷以及多种绘画美学书籍。

李维寅（1747—1797），字春旭，顺天大兴人。少笃学，威仪倜傥。乾隆三十九年（1774年）举人。居官清廉，好奖拔后进，士民称道。工于诗，多雄浑激壮之气，著有《廉余诗集》二卷。

以词著称的纳兰性德，同时也擅长诗歌。其他的满族作家如岳端、铁保、英和与奎照父子，蒙古族作家如法式善等都是著名的诗人。

岳端（1671—1704），清宗室爱新觉罗氏。工诗擅画，长于戏曲，是重要的少数民族代表性作家。在世仅三十五年，但是艺术成就却令人瞩目。岳端与京师很多汉族文人名士交往密切，情谊深厚，或结成诗社，或切磋书画，艺术涵养极其深厚，但是在政治上却极不得意，所以在他的诗歌里，表现了对政治的极端厌恶，例如《竞渡曲》就表达了自己对人生险恶丛生的强烈感受。而另外一些作品，则表达了沉溺于艺术中的愉悦和陶醉。他的诗，很受文坛推崇，姜宸英、陶之典、顾贞观、沈德潜等清代名家，对他都有较高的评价。戏曲《扬州梦传奇》被搬上舞台，受到欢迎，并得到孔尚任的热情赞誉，甚至将其与明代戏剧家汤显祖的“临川四梦”相比拟。

奎照（？—1842），字玉庭，索绰罗氏，满州正白旗人，著名清朝大臣，诗人。父子三代皆与宫廷渊源很深，且纠葛不断，备受磨难。他本人被贬荒凉之地，直到道光十一年（1831年）才得奉旨还京。此后，奎照与兄弟奎耀继续出仕，其父英和却被一贬到底，再也未复官位。奎照的创作都打上了家庭和个人命运的深深烙印。

法式善（1753—1822），姓伍尧氏，原名运昌，字开文，号时帆，一号梧门，蒙古正红旗人。乾隆四十五年（1780年）进士，被选为翰林院庶吉士，并参与《四库全书》的编纂工作。后官至国子监祭酒，是乾隆时期享有盛名的诗人，诗多为写景、咏物、酬和、送别之作。

嘉庆九年（1804年），宣南诗社成立。初名消寒诗社，参加者有陶澍、顾莼、朱珔、夏修恕、吴椿、洪介亭等。他们都是嘉庆七年（1802年）的同榜进士，并且当时都在翰林院供职。后活动因故一度停止。嘉庆十九年（1814）冬，由翰林院编修董国华发起，诗社继续活动。参加者有陶澍、朱珔、胡承珙、钱仪吉、谢阶树、陈用光、周蔼联、黄安涛、吴嵩梁、李彦章、梁章钜、刘嗣绾、周之琦等。其活动“间旬日一集，集必有诗。……并不独诗也”。[19]同年十二月至次年四月，林则徐在京期间，曾参加宣南诗社。整个道光期间，诗社活动时停时续，道光十三年（1833年）后，诗社基本停顿。他们的创作多粉饰现实、消闲遣兴之作。

龚自珍（1792—1841），字尔玉，又字璱人；更名易简，字伯定；

又更名巩祚，号定盦，又号羽琌山民，浙江仁和（今杭州）人，清末思想家、文学家。出身官宦世家，祖、父、母皆能诗。二十岁之前，在家学习经学、文学。嘉庆二十五年（1820年）开始入仕，为内阁中书。这时期他逐渐接触社会现实，并从个人科试失意中切实体验到政治的腐败和社会的黑暗，从而产生了强烈的变革要求，这成为贯穿其一生的思想基础。嘉庆二十二年（1817年）他曾以文集《伫泣亭文》及诗集一册请教"吴中尊宿"王芑孙。王认为他"诗中伤时之语、骂坐之言，涉目皆是"。[20]今存这时期诗作有《逆旅题壁，次周伯恬原韵》、《杂诗，己卯自春徂夏在京师作，得十有四首》等。道光九年（1829年）中进士，官礼部主事。道光十九年（1839年），辞官南归。

龚自珍认为诗、史同功，应该承担社会批判功能，发挥匡正的作用。他的创作以此为出发点充满对社会本质的尖锐批判。因不为流俗所容，多次戒诗，但又多次破戒。龚自珍今存诗六百余首，多为中年后所作，主要内容仍是"伤时"、"骂坐"。龚自珍在京为官十七年，在鸦片战争爆发后第二年去世。他以其富于启蒙主义精神的诗词散文，预示和期待着巨大社会变革的来临。这位北京早期维新思想家被文学史称作"清代诗文领域中的最后一位大家"，同时，也是中国近代文学的先驱。

三、词曲发展与成就

继宋词巅峰之后，清词全面拓展创新，取得了辉煌的成就，达到了一个全新的高度，形成词界新的高峰。首先，清词破除了宋词以来"诗庄词媚"的传统，境界更为开阔，气势更为宏大，波澜壮阔的社会生活使词人们的创作表现出前所未有的现实感、时代感、使命感，几乎达到了无事不可以入词的境界。其次，词的创作异常繁荣。词人数量之众，作品之多都达到了空前的水平。根据《全清词》的统计，仅仅顺治、康熙两朝的词人，就已经达到了二千一百零五人，词作五万三千四百多首。清一代的词人、词作超过唐、宋、辽、金、元、明之总和。另外，清代词学研究繁盛，理论众多，流派林立，其中多有真知灼见，能自立门户。同时，整个清代，对前朝各代词作的校勘整理也不遗余力，使得优秀词集词作得以广泛传播，继承发扬之功甚大。

明末，由于政治、经济、社会生活各个方面的原因，文化重心有所南移。但是到清初，随着社会的安定和北京政治文化中心的重新确立，文学的中心又回到了北京。尤其是康乾盛世，不仅朝中多德高望重、学养深厚之人，天下闻名学者也云集京师，加之北京本土作家群体日益庞大和不断成长，京师文学对整个文坛的影响力越来越大。

尤侗（1618—1704），字同人，一字展成，号悔庵，又号艮斋，晚自号西堂老人，江南长洲（今江苏苏州）人。顺治三年（1646 年）副榜贡生，康熙十八年（1679 年）举博学鸿儒，授翰林院检讨，参与修《明史》，康熙二十二年（1683 年）告老归家。四十二年（1703 年）康熙帝南巡，晋升他为侍讲。尤侗才情敏捷，文名早著。以文章受知于顺治、康熙，所谓“受知两朝，恩礼始终”。[21]他的诗文新警谐谑，一经问世，便广为传颂。尤侗词曲亦佳，著有《百末词》六卷；又有《钧天乐》、《读离骚》、《吊琵琶》、《桃花源》、《黑白卫》、《清平调》等杂曲传奇六种，编入《西堂曲腋》，流传颇广。

龚鼎孳（1615—1673），字孝升，号芝麓，安徽合肥人。明崇祯七年（1634 年）进士。清初起用，旋即降黜，康熙元年（1662 年）重新起用，历官至礼部尚书。著有《定山堂诗馀》，一名《香严词》。初期创作多绮丽悱恻之调，后期随着社会生活和个人遭际挫折转而变得苍凉遒劲，为清初词坛宗主。

梁清标（1620—1691），字玉立，号棠村、蕉林，别号苍岩子，斋号秋碧堂，河北正定人。著名的书画鉴藏家。明崇祯年间进士。清顺治元年（1644 年）授编修。官至户部尚书、保和殿大学士。所著《蕉林诗集》十八卷刻于康熙十七年（1678 年），其中有许多为当时著名书画家、收藏家所写的题画诗。另有《蕉林文稿》、《棠村词》等行世。龚鼎孳与梁清标都是清初举足轻重的人物，他们不仅对抗清志士多有回护，对晚辈也多有提携，而且亲自参加群体唱和，例如当时的秋水轩唱和，二人就是主要的参与者，对康熙年间深厚蕴藉词风的形成起到了重要作用。

曹贞吉（1634—1698），字升六，号实庵，山东安丘人。康熙三年（1664 年）进士，授内阁中书，出为徽州府同知，内召礼部郎中，辞归。早年以诗名轰动京师，系“金台十子”之一。后以词著称于世，词作雄深苍茫，为清前期名家。

纳兰性德（1655—1685），原名成德，字容若，号楞伽山人，满洲正黄旗，被誉为“国初第一词人”。纳兰性德是武英殿大学士明珠长子，生长于北京。自幼聪颖好学，博览群书，经史百家，无不涉猎，文武兼修，无不精到。康熙十五年（1676 年）年仅二十二岁，殿试中二甲第七名进士。授乾清门三等侍卫，后循进一等，武官正三品。随扈出巡大江南北，并曾出使梭龙（黑龙江流域）考察沙俄侵扰东北情况。纳兰性德虽然出身显赫，但是却少有贵胄之气，所交往的也多是汉族文人，如朱彝尊、陈维崧、顾贞观、姜宸英、严绳孙等，所居渌水亭为他与文友们的雅聚之所。纳兰性德生命短暂，年仅三十一岁便陨没了，但著作颇丰，留有《通志堂集》二十卷和《词林正略》；辑有《大易集义粹言》、《陈氏礼记说补正》等。这些多是在鞍马扈从之余完成的，足见勤敏过人。纳兰性德的主要成就在于词。其词现存三百四十九首，称《纳兰词》，风格清新隽秀，凄清婉丽。顾贞观《通志堂词序》认为其作"容若天资超逸，翛然尘外"，陈维崧认为他部分作品"哀感顽绝，得南唐二主之遗"。[22]王国维给予高度评价，称其为"北宋以来，一人而已"。[23]纳兰性德与朱彝尊、陈维崧并称"清词三大家"。

顾贞观（1637—1714），字华峰，号梁汾，谱名华文，江苏无锡人。康熙初年进京，考选秘书院典籍。康熙十年（1671 年）落职归里。康熙十五年（1676 年）再次进京，馆于明珠府，与纳兰性德为挚友。纳兰性德卒，回归故里，著书立说。有《弹指词》二卷，作品风格不雕琢，不柔弱，清劲爽利。

朱彝尊才华横溢，学识渊博，诗、词、曲、文、经义考研皆擅长，尤以词著称，是清初浙派（一称"浙西派"）开创者，和以陈维崧为代表的阳羡派在词坛并峙称雄。朱彝尊所作的词现存五百多首，均收入《曝书亭集》。他的作品醇雅清空，崇尚南宋姜夔、张炎一派。长调如［金明池］《燕台怀古和申随叔翰林》、〔水调歌头〕《谒张子房祠》等皆工雅醇清。但是总体上看，小令成就更高。陈廷焯《白雨斋词话》赞誉其词作"疏中有密，独出冠时"；并认为"《江湖载酒集》洒脱有致，《茶烟阁体物集》组织甚工，《蕃锦集》运用成语，别具匠心，然皆无甚大过人处。惟《静志居琴趣》一卷，尽扫陈言，独出机杼……"，但其词过分追求技巧，讲究声律，偏重词句琢磨，作品虽多，题材仍不免狭窄，即使是陈廷焯也不得不承认"微少沉厚之意……托体未为大雅"。与朱彝尊并称的浙派李良年、李符、沈岸登等都各有兼擅。朱彝尊对词学的发展做出了很大贡献，他亲自编选《明诗综》一百卷，《词综》三十六卷（汪森增补）。其中以《词综》贡献更大，它选取唐、五代、宋、金、元词人六百六十家，作品二千二百五十多首，以作者时代先后为序，附有作者小传和一些宋、元人的评语，其中存录了不少优秀作品，至今仍然是中国词学研究的重要选本。

陈维崧（1625—1682），字其年，号迦陵，宜兴（今属江苏）人，清代词人、骈文作家。康熙十八年（1679 年）举博学鸿词，授翰林院检讨，并参与修纂《明史》。陈维崧的祖父陈于廷是明末东林党的中坚人物，父亲陈贞慧是著名的“四公子”之一。陈维崧少时即以文著名，被吴伟业誉为“江左凤凰”。但飘零的身世，使他从年轻时就开始悠游四方，得以广泛接触社会生活的各个层面。康熙七年（1668年）陈维崧第一次来到北京，就因才华卓越而名动京师，“江左三大家”之一的龚鼎孳对他赞赏有加。但生活依然穷困潦倒，最后不得不南归。康熙十七年（1678年）开博学鸿词科，陈维崧因被举荐再次北上京城，居住在纳兰性德家中。此时朱彝尊、陈维崧、严绳孙、梁佩兰、姜宸英、顾贞观等人也在北京，纳兰性德的绿水亭成为这批文人雅士唱和活动的中心，他们的创作共同将清初文学推向高峰。陈维崧与朱彝尊二人词派风格迥异，但关系却异常密切，二人常常在一起共同切磋词学。朱彝尊的《曝书亭集》载有陈维崧、秦松龄、严绳孙、姜宸英等人共同合作的［浣溪沙］联句“出阁寻春春已阑”，二人曾合刊《朱陈村词》。陈维崧的方外好友，广东长寿寺主持、著名画僧大汕，曾专为他创作了一幅肖像画，朱彝尊特地为此作［摸鱼儿］“擅词场”，羡慕推崇之情溢于言表。清初词坛，陈、朱并列，陈为“阳羡（宜兴古名阳羡）派”词领袖，词作数量很多，现存《湖海楼词》尚有一千六百多首。风格豪迈奔放，近于苏、辛派。蒋景祁《陈检讨词钞序》云：“读先生之词者，以为苏、辛可，以为周、秦可，以为温、韦可，以为《左》、《国》、《史》、《汉》、唐、宋诸家之文亦可。……取裁非一体，造就非一诣，豪情艳口，触绪纷起，而要皆含咀酝酿而后出。”陈廷焯《白雨斋词话》也赞誉他：“情词兼胜，骨韵都高，几合苏、辛、周、姜为一手。”说明了陈维崧词以豪放为主，兼有清真娴雅的特点。更难得的是陈维崧词作不仅诸体兼备，而且注意反映社会现实。因而，陈廷焯《白雨斋词话》赞誉他为“国初词家，断以迦陵为巨擘”。

蒋景祁（1659—1695），字京少，一作荆少，江南宜兴（今属江苏）人。与陈维崧同里，而人生遭际相近，康熙间曾举博学鸿词，未遇。长年漂泊，一生落魄。他常与陈维崧唱和，词风追步陈维崧，自称阳羡后学。陈维崧孤身卒于京师时，仅蒋景祁一人侍奉于侧；陈氏遗稿，也尽数托付给蒋景祁，可见二人情谊之深厚。蒋景祁的词，题材广泛，往往能于细腻处入笔，创造出豪放壮阔、悲凉郁勃的境界。著有《东舍集》、《梧月亭词》、《罨画溪词》。此外，蒋景祁又搜罗清初顺治、康熙间词作精华，辑成《瑶华集》行世。

张惠言（1761—1802），原名一鸣，字皋文，武进（今江苏常州）人，清代词人、散文家。嘉庆四年（1799年）进士，改庶吉士，授翰林院编修。张惠言是常州词派的开创者，清代嘉庆以后的重要词派。康熙乾隆时期，词坛主要为追求清空醇雅的浙派所左右，其末流渐趋空虚狭窄，流弊日显。张惠言企图彻底改变这种颓靡之风，他大声疾呼，主张词应该像《风》、《骚》一样具有社会功能，反对无病呻吟。结果响应者众，于是常州词派兴起，后经周济完善，理论更趋成熟，其主张更加适应当时社会急速变化的要求，影响久远。张惠言的词现存四十六首，数量不多但是质量极佳。张惠言所编《词选》对历代词人的评论，较浙派词人公允。

龚自珍著有《定庵词》五种，词作光怪陆离，不为传统藩篱所局限，同样是近代词的开山鼻祖。

清代散曲，就广义而言，分为文人散曲与民间散曲。文人散曲已经演变为一种案头之作，成为一种纯文学意义上的韵文体裁。整个清代，文坛始终也没有形成普遍的散曲创作风气，由于并没有人集中精力专门进行散曲创作，也就不可能产生专以散曲闻名的大家，但是这并不妨碍“诸体兼备”的清代产生部分诗意隽永的散曲佳作。例如朱彝尊［北“双调”折桂令］“闹红尘衮衮公侯”，就表达了对官场的厌恶，对隐居生活的向往。讽刺尖刻，言语直白，与其词的工雅醇清形成了鲜明的对比。

清代竹枝词盛行，文人借用民歌形式对各地风土习俗进行描述。孔尚任《燕九竹枝词》十首，杨米人《都门竹枝词》一百首，疑为查揆所作的《燕台口号一百首》，作者不详的《都门竹枝词》八十首，得硕亭的《草珠一串》，学秋氏《续都门竹枝词》，杨静亭《都门杂咏》，何耳《燕台竹枝词》，李静山《增补都门杂咏》，瞑西复侬氏、青村杞庐氏《都门纪变百咏》，兰陵忧患生《京华百二竹枝词》，吾庐孺《京华慷慨竹枝词》，李声振《百戏竹枝词》皆用组诗形式吟咏北京之作，内容丰富，文笔活泼，或记述风俗时尚、名胜古迹，或描写政治斗争、文化活动，为了解京都生活提供了形象生动的重要参考。1962 年以《清代北京竹枝词》之名由北京出版社整理出版。

四、散文发展与成就

清初欲以文传世者，多承前明余波，尊崇唐宋而谋自立。由明入清的钱谦益，是清初散文的代表作家，其创作先是追随明代前后七子，后转变为尊崇唐宋派归有光，总体成就不高，其他散文作家亦大体如此。

王崇简（1602—1678），字敬哉，一作敬斋，宛平（今北京）人。明崇祯十六年（1643年）进士，入清官礼部尚书。有志于当世，经史诸子百家无不贯穿。为人谦和，交游广泛。除精于儒学，碑铭亦为当时所重，著《青箱堂文集》三十卷。王崇简之子王熙，字子雍，号胥廷。顺治四年（1647年）进士，改庶吉士。官至翰林院章院学士，加礼部尚书衔。康熙七年（1668年）迁工部尚书，十七年（1678年）兼礼部尚书。二十五年（1686年）加太子太傅。雍正十年（1732年），入祀贤良祠。参与过众多的文化工程，如任《实录》、《玉牒》、《典训》、《方略》、《国史》、《明史》、《一统志》总裁。诗歌清丽，著有《宝翰堂集》。王燕，字子喜，号个庵，是王崇简的第五个儿子。以荫生累任户部员外郎、兵部郎中。为官清廉，体恤百姓。能诗文。

到清中期，散文进入了最为繁盛时期。汤寿潜《国朝文汇序》云："国朝文以康、雍、乾、嘉之际为极盛，其时朴学竞出，文章多原本经术，虽微异其趣，要归有则，无前明标榜依附之习。"[24]这段话很好地概括了当时散文发展的状况，首先是空前兴盛，其次是与学术思想相依傍，独辟新径，在文风上已经彻底摈弃了明散文尊古、拟古之弊端。

万斯同（1638—1702），字季野，号石园。浙江人。少从黄宗羲受业，名重一时，明亡不仕，康熙十七年（1678年），诏征博学鸿词，立辞不受。后以布衣身份从修《明史》，不署衔，不受俸。历时十三年，成《明史稿》五百卷，后客死京城，遗著散佚。

刘献廷（1648—1695），字继庄，一字君贤，别号广阳子，其学以经世致用为主，经万斯同引荐，入馆修《明史》，编纂《大清一统志》。今存其弟子辑录所作《广阳杂诗》、《广阳杂记》。

阿兰泰（？—1699），姓富察氏，满洲镶蓝旗人，清初任兵部笔贴式，康熙间评定三藩之乱，专司军机檄文，官至尚书、英武殿大学士，曾任监修《平定三逆方略》副总裁，《平定朔漠方略》、《明史》总裁。

王源（1648—1710），字昆绳，号或庵。北京大兴人。是清朝颜李学派的重要代表人物，主张"有田者必自耕"，提高商人地位，主张按照上税额度的多少而授予高低官职。所著多散失，唯道光间管绳莱所辑《居业堂文集》尚存。

朱轼（1665—1736），字若瞻，号可亭，江西高安人。康熙进士，官至大学士。康熙六十一年（1722年）修《圣祖实录》充总裁官，雍正元年（1723年），加吏部尚书衔，寻加太子太保，晋太子太傅，时修《明史》、《会典则例》，充总裁。乾隆元年（1736年），修《世宗实录》纂修《三礼义疏》，俱任总裁。谥文端公。著有《朱文端公集》

等，因沉潜义理，故多议理之文，见识有时不免迂阔。

黄叔璥（1666—1742），字玉圃，自号笃斋。顺天大兴（今北京）人，康熙四十八年（1709年）进士，由户部主事迁吏部员外郎，官江南常镇道。康熙六十一年（1722年）奉命任巡视台湾御史，著有《台海使槎录》八卷。晚年著有《南征纪程》、《南台旧闻》、《中州金石考》等。《台海使槎录》对台湾做了全面的描述，内容丰富而翔实，自然山水、潮汐气候、物产出土、饮食风俗、文化礼仪等无所不包。

鄂尔泰（1680—1745），字毅庵，姓西林觉罗氏，满洲镶蓝旗人。康熙举人，雍正十年（1732年）拜保和殿大学士兼兵部尚书，为雍正心腹。乾隆即位，任军机大臣，总理朝政。撰有《八旗通志初集》二百五十卷，分为八志、八表、列传，取材于清初至雍正年间的有关八旗的文书档案以及八旗世袭谱档。

在京师首先登上文坛并产生重大影响的是桐城派。桐城派，即桐城文派，又称桐城古文派、桐城散文派。因其主要代表人物均为安徽桐城人，故名。由方苞创立，刘大櫆、姚鼐等人发扬光大，桐城文派是清代文坛最大散文流派，其作家之多、播布地域之广、绵延之久，为文学史所罕见。

方苞（1668—1749），字凤九，一字灵皋，晚年号望溪，安徽桐城人，清代散文家，官至礼部右侍郎。方苞自幼聪颖过人，能诗文联句。康熙二十八年（1689年）投入宛平人高裔门下。二十四岁进京，入国子监，以文会友，名声大振，被称为“江南第一”，受到大学士李光地极力称赞。康熙四十五年（1706年）考取进士第四名。康熙五十年（1711年），因《南山集》案被株连下江宁县狱。不久，押解到京城判为死刑。狱中两年，仍坚持著述不辍，著成《礼记析疑》和《丧礼或问》。康熙五十二年（1713年）因重臣李光地极力营救，得康熙皇御批“方苞学问天下莫不闻”，方免死出狱，入南书房，后来又移到养蒙斋编修《乐律》。康熙六十一年（1722年），充武英殿修书总裁。后充《一统志》总裁及《皇清文颖》、《三礼书》副总裁，并再次入南书房。乾隆七年（1742年），因病告老还乡，从此，闭门著书，直到病逝。他一生中大部分时间都是在京师度过的。对京师风俗、社会状况颇为了解。《游丰台记》、《良乡县冈洼村新建通济桥碑记》等均为其时所作。方苞尊奉程朱理学，为文提倡“义法”，主张“阐道翼教”，为桐城派散文理论奠定了基础，为桐城鼻祖。方苞一生著述甚富，但代表作《狱中杂记》、《左忠毅公逸事》，则是书写性情阐述“道”较少的佳作。

刘大櫆（1698—1780），字才甫，一字耕南，号海峰，安徽桐城人。才华出众，二十多岁入京师，方苞为其文章所折服，大加褒奖，刘因此名噪京城，士大夫多愿与其结交。从雍正七年（1729年）到乾隆十五（1750年）年的几十年间，数次参加科举以及博学鸿词、经学等特科，均未被录取。六十岁后告归，以文学教授生徒。刘大櫆为“桐城派三祖”之一，师从方苞，深得方苞的推许；他又是姚鼐的老师，为文主张“明义理，适世用”，但是又进而讲究“行文之道”，主张为文要有“神气”，对于音节字句等精于锤炼。

姚鼐（1731—1815），字姬传，一字梦穀，室名惜抱轩，世称惜抱先生、姚惜抱，桐城人。乾隆二十八年（1763年）中进士，授庶吉士。乾隆三十八年（1773年）为《四库全书》纂修官。书成，鼐乞养归里，授徒教书，从此不入仕途。姚鼐生当考证之学日盛之时，提出义理、考证、文章三者并重之说，使桐城派的文章理论更加完备。《登泰山记》是其文学主张的典型代表。所著《惜抱轩全集》，所编《古文辞类纂》流传甚广。姚鼐之后，桐城派作者代有其人。

朱珪（1731—1806），字石君，号南厓，晚号盘陀老人，谥文正，北京大兴人。年十七与兄朱筠同举于乡，珪为第一名，共负神童时誉。乾隆十三年（1748年）进士，年仅十八岁，名震京师。乾隆四十年（1775年）充翰林院侍讲学士，上书房师傅、教授。官至左都御史，兵部尚书，户部尚书，兼署吏部尚书等职。并充任会典馆总裁、实录馆总裁、国史馆副总裁、四库全书馆总阅。多次主持科考，搜拔名流甚多，门人众多。为文沈雄奥博，兼工诗，颇有声誉，后人评价其诗歌“感物怀人，模山范水，长篇险韵，别开生面，才力之大，无所不举。而真情至性，勃勃动人。未尝求肖于流派，实则与杜陵、昌黎为近”。[25]《晚晴簃诗汇》有云：“其诗探源汪、魏，参以昌黎。博大雄深，直吐胸臆。承平台阁之中，固定首屈一指也。”著有《知足斋诗文集》六卷、《知足斋进呈文稿》二卷。

龚自珍的散文与诗词一样，直接而深刻地揭露批判现实而不加任何矫饰。早在嘉庆二十五年（1820年），他已指出“自京师始，概乎四方，大抵富户变贫户，贫户变饿户”，“各省大局，岌岌乎皆不可以支月日”。[26]在道光三年（1823年），也就是第一次鸦片战争发生的前十几年，在朝野上下昏昏然陶醉于所谓“泱泱大国”、“太平盛世”时，他就已经异常敏感地意识到了国际殖民主义侵略给民族存亡带来的严重威胁，告诫朝野要高度警惕：“近惟英夷，实乃巨诈，拒之则叩关，狎之则蠹国。”[27]他对百姓苦难，民族的危机，不仅是出于文人的敏感而深刻地感觉它，而且试图尽一己之力唤醒更多的人拯救它，他肯定历史发展变化的必然，并寄以殷切热情的希望，这是历朝历代王权没落之时从未曾有过的时代强音。所撰《京师乐籍说》、《病梅馆记》等，从思想到文风，都表现出新时代的崭新特色。

清代的学术思想、学术研究对文学产生了超越任何时代的重大影响，大师们深厚的学养，使其文学创作表现出极高的精神容量和思想意蕴。《清史稿·文苑传序》甚至说："清代学术，超汉越宋，论者至欲特立'清学'之名。"

在学术研究异常兴盛的清代，对京师本身的人文地理等全方位的研究也取得了令人瞩目的成就。到清代，北京就已经有了两千多年的建城历史，作为政治、文化中心的国家首都也已经有几百年的历史了。辉煌的历史，灿烂的文化，始终吸引着人们关注的目光。有关描述这片土地历史沿革、风土人情、自然风貌的书籍历朝历代都很多，并且不乏佳作。但是，达到鼎盛的却是清朝。清代考据学空前发达，而北京文人荟萃，他们对这座千年古城、数百年古都的历史发生了浓厚的兴趣，历史考据以及游记式、记叙式散文著作为数众多，作者既有来自全国各地到京城为官的达官贵人，也有北京本乡本土的文人士子。而且与以往历朝历代所不同的是，清朝有关北京的研究呈现出以下特色：

首先，投入研究的人数超过以往历朝历代，著名学者参与者众。参与者顾炎武、朱彝尊都是中国历史上极负盛名的文人学者。其次，研究投入超过历代。一些著名学者，竭尽毕生精力投入研究。第三，研究成果宏富，表现在能够集历史研究之大成，而且涉猎范围甚广，内容丰富，考据精湛。朱彝尊长达四十二卷之多的《日下旧闻》等是杰出代表。另外，清代也是我国修志的鼎盛时期。有关成就和著述，以下择其要而录之。

钱士馨，明末清初人，晚年居住北京，目睹李自成进京情状，广为搜集见闻，自顺治四年（1647 年）至顺治十年（1653 年）著《甲申传信录》，排日纪事，是研究明末珍贵的历史资料。

顾炎武（1613—1682），原名绛，字忠清。明亡后，改名顾炎武，字宁山。曾自署蒋山佣，学者称亭林先生，江苏昆山人。清初著名思想家，对天文、历算、舆地、音韵、金石、考古皆有研究。有"清学开山"[28]之誉。顺治十六年（1659 年）入京，十九年间，亲临其地，周密调查，博览群书，精湛考证，终于著成《昌平山水记》诸书。明代昌平州领顺义、密云、怀柔三县。该书上卷记述明十三陵以及昌平的山脉河流、城镇关隘、名胜古迹。下卷记述顺义、密云、怀柔三县的历史沿革、山川古迹等。《京东考古录》以考证为主，对京东地区的重要历史地理问题详加考证。《北平古今记》十卷，内容多涉及北京地名以及宫殿考证。另有《日知录》、《历代帝王宅京记》、《金石文字记》等。

宋起风（一作凤），字来仪，号弇山，又号紫庭、觉庵，直隶广平人，后随父到京城。生性好游离，足迹遍天下，著述甚多，如《北京风俗记》、《稗说》等。《稗说》四卷，所记多明末清初朝野轶事、掌故传说等。

孙承泽（1593—1676），字耳伯，号北海，又号退谷，退谷逸叟。顺天府大兴人。清代史坛大家，也是京师第一位北京史学家，著有《春明梦余录》、《天府广记》，前者追述北京历史，后者着重北京明代的典章制度。

高士奇（1645—1704），是深受康熙宠待的高级文官，所著《金鳌退食笔记》载皇家御苑的历史沿革、主要建筑、掌故逸闻、赐游纪实、宫廷习俗等。由于所记多作者亲历或所见所闻，比较真实可信。

朱彝尊（1629—1709），是清代著名诗人、学者，而且还是藏书家。康熙十七年（1678年）入京，居京多年，始终笔耕不辍。所著《日下旧闻》是清代私家编纂的大型都邑志书，全书四十二卷，内容广泛，引证广博，考据翔实，是一部大型的北京史志文献资料选辑，具有极其重要的史料价值。康熙二十七年（1688年）刻成。乾隆五十年（1785年），以《日下旧闻》为蓝本的《日下旧闻考》一百二十卷，经过十二年在众多人的共同努力下终于修成。

查慎行（1650—1727）《人海记》，全书分为两卷，主要记述明清历史掌故、北京人情风土以及作者供奉内廷和从事书局工作时的见闻，是研究明清宫廷史和北京历史的重要参考书籍。

潘荣陛，字在廷，北京大兴人。雍正九年（1731年）秋开始进入禁廷。十一年（1733年）冬，奉置史馆，有机会博览内府藏书。乾隆十一年（1746年）告养归里，将十几年中亲身经历以及辛勤摘抄、努力积累所得整理成册，撰写成《帝京岁时记胜》一书。该书记录北京岁时节令、风土景物、典仪盛况等。例如记录琉璃厂店、元宵节杂戏、丰台芍药以及北京四时丰富精美的商品和古老字号等。此书是迄今为止已知的清代第一部专门的北京风俗志书，对研究清代北京社会生活和都市文化具有非常重要的史料价值。

刘锡信，生卒年不详，初名锡侯，字桐村，北京通州人。清代著名学者。作《潞城考古录》，对通州古潞城的历史沿革，名胜古迹进行实地考察和考据研究，是很有特色的地方志书。

戴璐（1739—1806），字敏夫，号菔塘，又号吟梅居士。浙江归安人（今湖州），乾隆二十八年（1763 年）年进士。在朝任职四十年，久居宣南，对当时的典章制度、科举情况以及文坛掌故非常熟悉。作《藤荫杂记》十二卷，分别记录清代掌故、衙署旧闻以及名人轶事、里巷锁谈、闻人故居、风土习俗等。该书的一大特色是以诗存史。戴璐书中记录了很多掌故，如北京戏馆、二忠祠、精忠庙等，而且，将时人为这些地方题写的诗词也辑录其中，使之文化、文学意味更加浓郁。

爱新觉罗·昭梿（1776—1829），原袭和硕礼亲王爵，后因故被削爵圈禁三年。昭梿自幼酷嗜文史，对与满族及其前身女真族有关的史志兴趣尤其浓厚。他交游广泛，既熟悉宦海波荡、民俗风情，对历史典籍又烂熟于心。所作《啸亭杂录》记载了清朝前期、中期的史料共五百多条、三十余万字。涉及政治、经济、军事、文化各个方面，对清初至嘉庆大的战争和重要政治事件人物皆有记述，对王公贵族，文武官员的遗闻轶事和社会风俗习惯也多有介绍，涉猎广泛，内容丰富，记事谨严。它既是一本不可多得的清学史料，又是一部可读性很强的文学笔记，一些史学家甚至认为此书可补《清史列传》、《清史稿》之不足。

富察敦崇，满族人，长期在京城居住，熟悉北京历史掌故和风土人情。著有《芸窗琐记》、《皇室见闻》等。《燕京岁时记》为其所著，该书以时间为序，从正月到腊月，依次记述北京的风土、名胜和物产等。对北京社会生活记录翔实生动，真实地保留了清代北京生活的面貌和风采。

徐松（1781—1848），字星伯，清代地理学家。嘉庆十三年（1808 年）以进士任翰林院编修，辑成《宋会要辑稿》，撰有《唐两京城坊考》。嘉庆十五年（1810 年）被谪戍新疆，撰成《西域水道记》、《汉书西域传补注》、《新疆识略》等。嘉庆二十四年（1819 年）回京，道光年间任礼部主事、江西道监察御史等。1821 年成书的《西域水道记》是研究西北史地的重要文献。

震钧（1857—1920），姓瓜尔佳氏，字在廷，汉名“唐晏”，自号涉江道人。满族官宦后裔，从先祖开始，世居北京已十二代之久。《天咫偶闻》为其众多著述中之一种。是一部记述北京地区历史、地理、文化、典籍和风土人情的著作。

五、戏曲以及曲艺发展与成就

在元代杂剧的巅峰之后，从明代中叶开始，以昆山、弋阳腔的兴起和大量传奇剧本的问世为标志，戏曲进入一个新的繁荣时期，并走向成熟，到清代前期，这种文学体裁发展到了极致。在清代近三百年间，社会审美数度发生变迁。传奇和杂剧逐渐走向衰落，昆曲和弋阳腔由于曲高和寡，最后也风光不再。京剧在众多的花部声腔中脱颖而出，成为剧坛主角。尽管如此，从文学价值而言，代表清代戏剧文学最高成就的依然是传奇。

明末清初，江苏苏州是昆曲创作中心，苏州派昆曲的作者们都是职业性或半职业性的传奇作家，与戏剧消费市场联系密切。另外的一些剧作家为诗文作家，他们出仕清廷，并不以创作为生，创作戏曲多有玩票性质，吴伟业、尤侗便是个中代表。他们传奇创作多为案头之作，带有更多的个人主观色彩，表达兴亡之叹，故国之思，远离实际演出舞台。

李渔（1611—1680），原名仙侣，号天徒，字笠鸿、谪凡，又字笠翁，浙江兰溪人。清初著名的戏曲理论家、画家。康熙时寓居北京，自建芥子园，地址在今宣武门外梁家园东韩家潭，结构精巧，为京师著名园林之一。家中设有戏班，著有传奇《比目鱼》、《风筝误》等十种，合称《笠翁十种曲》，另有《芥子园画谱》影响很广，《闲情偶记》是一部影响至深的戏曲理论著作。

康熙年间传奇创作出现了两部光耀文坛历史的杰作。一个是洪昇的《长生殿》，另一部是孔尚任的《桃花扇》。他们虽然都是正统文人剧作家，但是因为两部传奇无论是从文学脚本的角度，还是舞台搬演的角度，都堪称至妙之作，所以成就远在前面所提及的两类作家群体之上，显示了高雅艺术与流行艺术臻于完美的结合。

洪昇（1645—1704），字昉思，号稗畦，又号稗村、南屏樵者。钱塘（今浙江杭州市）人，清代戏曲作家、诗人。出身名门望族，外祖父黄机，康熙朝官至刑部尚书和文华殿大学士兼吏部尚书。洪昇自幼接受儒家正统教育，同时受到遗民思想熏染。康熙七年（1668 年）赴京，国子监肄业，未入仕，回归故里。康熙十二年（1673 年）冬，他再度进京。两年后，诗集《啸月楼集》编成，受到李天馥和王士禛等名流赏誉，名声大振。洪昇在京城以卖文为生，其个性桀骜不驯，对现实颇多不满。康熙二十七年（1688 年）他把旧作《舞霓裳》传奇改写为《长生殿》，传唱甚广。次年，《长生殿》在北京搬上舞台，立即轰动京城，一时广为传唱，名流争相观看。时值皇后丧服未除，有人上章弹劾。与会者广受牵连，多人被革职，洪昇本人被下刑部狱。这在京师引起巨大轰动。其实，此案的政治背景与当时朝廷内南北两党之争有着密切关联。好在康熙帝英明睿智，除对与会者作了处理外，并未深究《长生殿》剧本。洪昇突遭此劫难，于康熙三十年（1691年）返回故乡。洪昇一生致力于戏剧、诗歌创作，写过不少传奇，现仅存《长生殿》和《四婵娟》两种。据洪昇《长生殿例言》所述，《长生殿》的创作经历长达十多年之久，先后三易其稿。《长生殿》全剧共五十出，规模宏大，内容丰富。故事以李隆基和杨玉环爱情为主线，广泛深入地描绘了唐天宝年间各种尖锐复杂的社会矛盾和政治斗争，表现了一代王朝由盛而衰和李、杨爱情悲剧的必然。全剧曲辞典雅，律调和谐，情节跌宕起伏，心理刻画婉曲有致。

在《长生殿》京城演出的十年之后，另一部达到辉煌顶峰的剧作也搬上舞台，这就是康熙三十八年（1699年）六月在京城演出的剧作《桃花扇》。《桃花扇》的作者是孔尚任，与《长生殿》一样，《桃花扇》也是“三易稿而书成”；并且和《长生殿》一样，一经搬上舞台便获得极大成功，轰动京师；同样，和《长生殿》作者洪昇一样，孔尚任也因剧作而得祸，被罢官。

孔尚任（1648—1718），字聘之，又字季重，号东塘，别号岸堂，自称云亭山人。山东曲阜人，孔子六十四代孙，清初诗人、戏曲作家。1684年因曲阜御前讲经，得到康熙赏识，破格授为国子博士，赴京就职。此前，孔尚任有感于南明兴亡以及李香君轶事传闻，已经开始构思《桃花扇》。进京两年后，孔尚任奉命赴淮扬治水，足迹几遍南明故地，加深了对南明兴亡历史的认识，极大丰富了《桃花扇》的构思。康熙二十九年（1690年），奉调回京，公事之余，对《桃花扇》反复锤炼，该剧以复社名士侯方域与秦淮名妓李香君的爱情故事为主线，将其置于南明王朝灭亡的社会背景之下，“借离合之情，写兴亡之感”。康熙三十八年（1699年）《桃花扇》成，一经问世，便以深刻的历史反思和强烈的艺术感染力，吸引了众多的读者和观众。不仅王公显贵对剧本争相传抄，而且康熙也派人向他索取了《桃花扇》稿本。当时清宫内廷与民间著名昆曲班社竞相演出，“岁无虚日”，盛况空前。该剧不仅在北京频繁演出，而且流传到偏远的地方。时人将他与《长生殿》作者洪昇并论，称“南洪北孔”。但是第二年，孔尚任却被罢免官职。罢官后，孔尚任在京赋闲两年多，接着回乡隐居，直至辞世。

有清一代，民族矛盾始终是清朝统治者心头大患，《长生殿》、《桃花扇》都以国家兴亡为思想主脉络，前者有“安史之乱”胡人乱国的谴责，后者有明朝遗民忠于前朝思想的宣扬，这对于清朝满族这样一个用武力征服了汉民族正统统治的少数民族来说，始终讳莫如深，是一个不能触碰的政治底线，洪昇和孔尚任的个人遭际，都与此密切相关。两部剧作都在剧坛登上了无与伦比的艺术高峰，获得雅俗共同承认，好评如潮。康熙年间人金植有诗云：“两家乐府盛康熙，进御均叨天子知。纵使元人多院本，勾栏争唱孔洪词。”[29]这两部剧作从文学上看，难分伯仲。但是从演出的情形看，由于《桃花扇》“有佳词而无佳调”，在演出的短暂轰动后，就很少真正搬演了。《长生殿》因音律精严，使得“爱文者喜其词，知音者赏其律”，所以搬演三百多年而始终不衰。

《长生殿》、《桃花扇》之后的百年间，北京的戏曲艺术发展达到了繁荣的顶峰。地方戏的精华源源不断地流入京师，尤其是大运河将北京与明末清初中国戏曲中心苏州密切联系在一起。许多戏班、剧目先在扬州演出，一旦受到追捧，必然能够风靡京城。当时北京舞台上，各个剧种百花齐放，争奇斗艳。剧种有十几种之多，例如昆腔、弋阳腔、京腔（又名高腔）、秦腔、梆子腔、柳枝腔、西调、四平腔、二黄腔、南梆子腔[30]等。乾隆中叶以后，云南、四川、安徽、湖北等地名伶，在京师组成的名班多达三十五个之多，数量和等级均为国内之冠。这些都足以证明，北京已经替代苏州，无可置疑地占据了全国戏曲中心的地位。

北京戏曲发展繁荣的根本原因，主要来自几个方面。首先，随着城市经济的发展，市民阶层日益壮大，他们成为支撑戏剧文化消费的主力军。而且，北京是个具有极强文化包容度的城市，各种声腔、剧作、题材在这里都能找到自己的一席之地。这种肥沃的文化土壤，正是北京戏曲几百年兴盛不衰的基础。其次，是宫廷、官宦生活的需要。宫廷演出，古已有之，到清代达于鼎盛。乾隆五十五年（1790年），徽班正是专为庆祝乾隆八十寿辰来到北京，从而进入京城人们视野的。宫廷王府演出的兴旺，对提高整个戏曲艺术水平、提高全社会戏曲文化发展根基都起到了极大的促进作用。第三，戏剧市场竞争激烈，促使艺术水平不断提高，剧种转换，精品不断出现。昆曲、弋阳腔各有其兴盛期。到乾隆时期，出现昆曲、弋阳腔与花部竞争的局面。但后来人们尽弃昆曲。徐孝常为张坚《梦中缘》所作序中说：“长安梨园称盛，管弦相应，远近不绝。子弟装饰，备极靡丽。台榭辉煌，观者叠股倚肩，饮食若吸鲸填壑。而所好惟秦声、啰、弋，厌听吴骚，闻歌昆曲，辄轰然散去。”[31]之后花部出现了“六大名班，九门轮转”的盛况，逐渐取得压倒之势。乾隆四十四年（1779年），魏长生秦腔入京，轰动当时。后来，秦腔等花部被清政府指为“淫靡”而遭到禁演。但是由于民间喜爱，所以屡禁而不能止。[32]乾隆五十五年（1790年），徽班进京，带来“二黄调”与北京原有的京腔、秦腔等旧班组成了“三合班”，融合了多种花部声腔，很快受到广大市民的欢迎，并逐渐演变发展为生命力极其旺盛，历经几百年传唱不衰的京剧，成为戏曲艺术发展巅峰的标志。清代戏剧演出市场硬件、文化软件建设不断加强。据记载，北京的戏曲演出场所众多，有故馆重修，也有应时新建。“京师戏馆惟太平园、四宜园最久，其次则查家楼、月明楼，此康熙末年酒园也。查楼木榜尚存，改名广和。余皆改名，大约在前门左右，庆乐、中和、似其故址。自乾隆庚子回禄后，旧园重整，又添茶园三处”。[33]他们集中在前门左右，形成相对集中的戏曲文化消费市场。

清代，北京戏曲发展取得极大成就的同时，曲艺也获得了长足的发展。以评书为例。北京的评书据称是清初王鸿兴所创，他的传人有“三臣五亮十八奎”之说。清末北京的书场集中在天桥一带，所说的书目有《隋唐》、《水浒》、《封神》、《西游》、《聊斋》、《济公传》、《彭公案》、《永乐升平》等。[34]

满族对清代曲艺发展做出了重要的贡献。子弟书是清代满族的说唱文学，作者和演员都是在旗的满族子弟，其中多世家出身，饱读诗书，因而蕴含浓厚的文人气质。子弟书盛行于乾隆、嘉庆、道光年间，开始在北京流行，后来又流传到了沈阳和天津等地。现存的子弟书有五百种之多，其中大半来自戏曲、明清小说名著，其他的多是描写当时北京社会生活、风土人情和根据民间故事改编而成，其中保留了大量的满族社会生活风情。[35]后来从子弟书中又发展出“带戏”的快书，又称“子弟快书”、“连珠快书”，盛行于同治、光绪年间，到20世纪三四十年代仍有流行。“石派书”，又称“石韵书”，因创始于石玉昆而得名，因为也是从子弟书中派生出来的，所以又名“石派子弟书”。“八角鼓”也是满族曲艺的一种。因演唱时使用的乐器八角鼓而得名。它源于满族人民的民间歌曲，并逐渐在八旗军中流行。八角鼓的说唱形式大约在康熙、乾隆间形成，由于弘历喜爱这种曲调，曾命人编写新的唱词，令太监演唱。于是，“八角鼓”在民歌的基础上，发展成为一种坐唱形式的曲种。所演唱的内容多是描述北京的风俗时事。“八角鼓”首先盛行于北京，其后在全国各地流行。

清代小曲十分流行，小曲类作品，有乾隆、康熙年间结集的《霓裳续谱》、《白雪遗音》等。小曲类作品以短篇的抒情或演唱故事为主，小曲作品的内容十分广泛，反映了广阔的社会生活和时代风貌。

六、京城小说发展与成就

古代小说发展到清代，进入全面繁荣的鼎盛时期。这表现在：第一，各体小说创作全面繁荣，中国古代小说无论文言还是白话，无论传记还是通俗，各种样式都得到了充分的展现；第二，产生了足以代表时代精神的《红楼梦》等巨著；第三，作家创作的主体意识进一步增强，一大批小说家开始以真实的身份，正式亮相文坛。

乾隆五十六年（1791 年），《红楼梦》（程甲本）这一中国文学史上划时代的伟大著作首次在北京刊刻。

曹雪芹（1715—1763?），清代小说家。名霑，字梦阮，号雪芹，又号芹圃、芹溪。满洲正白旗包衣籍。曹家与康熙帝有着非同寻常的友谊，从曹雪芹的高祖曹玺在康熙二年（1662 年）开始，曹府三代四人担任江宁织造之职时间长达六十年之久。曹家在曹雪芹祖父曹寅一代达到鼎盛时期，康熙六次南巡，有五次都以曹家为行宫，由此不难看出曹家的显赫以及与康熙帝亲密的关系。康熙雍正之交，曹家因为卷入皇室权利之争而获罪，被革职抄家。到乾隆初年，又遭另一次更大祸变，从此彻底衰败。曹雪芹一生正好遭遇曹家盛极而衰的过程。十三岁前曾经在南京过着奢靡豪华的生活，十三岁迁居北京后，则沦落到衣食无着，困苦不堪的境地。生活遭际的巨大反差，使曹雪芹对现实生活有了更加清醒的认识，他呕心沥血开始了《红楼梦》的写作，“批阅十载，增减五次”之后，终于写成了这部“字字看来皆是血，十年辛苦不寻常”巨著的前八十回。该书以贾宝玉、林黛玉的爱情故事为感情线索，通过描写以贾府为代表的贵族大家庭的没落过程，深刻揭示出了清代封建统治的本质。《红楼梦》素材取自北京，对京师生活多有描绘，是一部展现清代北京社会生活风貌的百科全书。书成，先在朋友中传阅，时间长达三十年。到乾隆五十六年（1791 年），第一次以活字版排印出版，已是一百二十回，书名亦由《石头记》改为《红楼梦》。后四十回一般认为是高鹗续写的。

高鹗（约 1738—约 1815），字兰墅，别号红楼外史，汉军镶黄旗人。乾隆五十三年（1788 年）举人，乾隆六十年（1795 年）进士，官内阁中书、内阁侍读。曾任顺天乡试同考官。以补续曹雪芹著小说

《红楼梦》而闻名。张问陶《赠高兰墅鄂同年》诗自注云："传奇《红楼梦》八十回以后，俱兰墅所补。"善诗词，与麟庆为忘年交，多有唱酬，并为麟庆母恽珠之《红香馆集》制序。所作现存《月小山房遗稿》、《砚香词·簏存草》等。《簏存草》录其乾隆三十九年（1774 年）至五十三年（1788 年）间所填词四十四首，词风与五代《花间》相近。

《平山冷燕》是著名的才子佳人小说，又名《四才子书》，刊行于清初，流传甚广，影响颇大。作品描写才子才女平如衡、山黛、冷绛雪、燕白颔四人终成眷属的故事。书中人物，才华超群，尤其是两个才女，更是诗才卓异，机敏过人。但他们又都忠君孝父，恪守仁恕。小说无疑是在宣扬儒家伦理道德，但在对女子不遗余力的颂扬和褒奖，又使之在客观上具有一定的反封建作用。

《玉剑尊闻》是以明人为描写对象的世说体著作。作者梁维枢（1589—1662），字慎可，清真定人。

明末清初才子佳人小说的另一个代表作是《玉娇梨》，又名《双美奇缘》，为无名氏或署名荑荻散人者所著。作品主要写青年才子苏友白与官宦小姐白红玉（又名无娇）、卢梦梨为爱情经历了种种磨难，最终大团圆的爱情故事。故事曾先后被译为法、英、德文，在国外有较大影响。

嘉庆道光年间，北京还有另外一部小说盛行，这就是李汝珍的《镜花缘》。李汝珍（1763？—1830?），字松石，直隶大兴（今属北京市）人。小说《镜花缘》发挥丰富的想象，营造了"女儿国"这样一个理想主义的王国。通过描述女性的杰出才能，深刻批判男尊女卑、女子无才便是德的封建观念。以反衬的手法，对现实生活中女子社会地位低下表达了强烈的不满，是一部结构独特、思想新颖、特色鲜明的长篇小说。

化名随缘下士的作者所著《林兰香》是继《金瓶梅》之后一部重要的世情小说。作者通过一个家族的兴衰，描绘了一群女子的悲剧命运。燕梦卿是作者精心塑造的悲剧形象，通过这样一个完美女性的毁灭，揭示出封建社会制度对女性的摧残，有进步的思想意义。小说真实的作者以及创作年代都相当模糊，但是由于作品涉及北京地理、民俗之处随处可见，证明作者对京师社会生活非常了解。《林兰香》中所写朝政大事约有两种情况：一类为明代史实，一类为作者杜撰，从后者可以清晰地映射出清初朝政的影子。

清代的文言笔记小说多有杰出之作，而作家群中不乏称誉海内的著名思想家和学者。王士禛、袁枚、纪昀都是当时文坛赫赫有名之人，其中王士禛、纪昀又都位列三卿，除了袁枚在京师生活时间较短以外，王士禛、纪昀都长期生活在北京，对京师生活非常熟悉。丰富多彩的京师生活是他们创作的重要源泉。他们在笔记小说方面取得的成就同样令人称道。

王士禛是清初文坛重要人物。所作《池北偶谈》又名《石帆亭纪谈》，内容非常庞杂，或议论文章流变，或解析经史疑义，或介绍国家典章制度沿革，或记录名臣硕儒言行，还记叙了许多志怪神奇传说。由于作者长期生活在北京，对国家典籍历史和文坛轶事、民间传说非常熟悉，所以叙述生动传神。不仅具有很高的史料参考价值，也具有一定的文学价值。

袁枚（1716—1797），嘉庆时期代表诗人之一，与赵翼、蒋士铨合称为“乾隆三大家”。袁枚所著《新齐谐》初名《子不语》，因元说部中有同名作品，后改名《新齐谐》。该书记叙鬼神怪异之事，意在揶揄、嘲讽、批评人性中虚伪丑恶。其中不少故事，表现了袁枚反对理学、追求个性解放的思想，这在当时也是有一定积极意义的。文笔自然流畅，章法变化多端，读之令人回味无穷。

纪昀（1724—1805），字晓岚，一字春帆，晚号石云，观弈道人，直隶献县人。乾隆十九年（1754 年）进士，改庶吉士，入翰林。他才华横溢，文思敏捷，博古通今，机敏善辩，工诗能文善赋，尤长于联语对句，伶牙俐齿，有“铁嘴”之称。纪昀居官五十多载，官至左都御史、礼部尚书、兵部尚书直至协办大学士兼太子少保。一生主要主持科举和领导编修，故在士林影响颇大。倾注毕生精力于《四库全书》的编纂，共组织学者三百五十九人，誊录员一千多位，吸纳了大批著名的学者，成就了这一闻名世界的文化工程。由纪昀删定润色的《四库全书总目提要》共二百卷，是中国古代最大的一部官修书目。纪昀的笔记小说《阅微草堂笔记》五种共二十四卷，自乾隆五十四年（1789 年）至嘉庆三年（1798 年）陆续写成，嘉庆五年（1800 年）印行。该书内容丰富，涉猎庞杂，语言质朴，风格庄谐有致。思想上虽然存在因果报应等糟粕，但是许多篇什，通过鬼神志怪，折射出官场的腐朽昏暗堕落，尖锐地揭露了当时的社会矛盾，讽刺道学家的虚伪矫作卑鄙，表达了对下层人民的同情，其中多有独到大胆之论。艺术上，文笔简约，语言生动，叙事委曲，说理透辟，具有很高思想价值、学术价值和艺术价值。此书写作过程中，每脱一稿，便在社会上广为传抄，深受欢迎。鲁迅在《中国小说史略》中对《阅微草堂笔记》有很高的评价："纪昀本长文笔，多见秘书，又襟怀夷旷，故凡测鬼神之情状，发人间之幽微，托狐鬼以抒己见者，隽思妙语，时足解颐，间杂考辨，亦有灼见。叙述复雍容淡雅，天趣盎然，故后来无人能夺其席，固非仅藉位高望重以传者矣。"《阅微草堂笔记》不仅是纪昀的代表作，也是清代笔记小说的巅峰之作。时评与后人对纪昀给予极高的评价，其门人刘权称赞他"才力宏富，绝不矜奇好异，总以清运人。譬满屋散钱，逐手下串，李杜之光焰，燕许之手笔，尽归腕下，然一带文宗也"。

在文言笔记体小说中，有一些满族作家也表现地非常杰出。《夜谭随录》一书的作者和邦额是满族作家。和邦额，字闲斋、霁园、愉园，号霁园主人、蛾术斋主人。乾隆年间人。青少年时代，曾随祖父、父亲在西北、东南长期居留，见多识广，熟悉"诸志异书"。《夜谭随录》大部分写的是鬼狐怪异、人妖艳遇的故事。但有些作品也反映了现实生活的真实，切中时弊要害。因作者游踪广远，谙熟各地风物，所以笼罩着一种特异的地方色彩。鲁迅对此充分肯定说"记朔方景物及市井情形者特可观"，[36]书中一些篇什所记录的正是清代京师人民真实的生活状况。例如《谭九》，表面写的是鬼域世界，实际反映的却是乾隆年间京城郊区一带下层人民的生活处境。作品真实生动，生活气息浓郁。《尸变》第二则，写某公寄居于广渠门外古寺的经历，故事营造出阴森恐怖的气氛，很见功底。《夜谭随录》并非全部和邦额撰写，有些是辑录他人的作品。笔记小说《萤窗异草》的作者尹庆兰也是一位满族作家。

经过王朝建立后经济文化长期稳定发展，在燕京这个人文荟萃之地，孕育培养出一大批特色独具、成就卓然的满族作家，其中包括曹雪芹以及永忠、敦敏、敦诚、墨香、弘晓、庆兰、明义、和邦额、成佳等。他们集中涌现于乾隆年间，或者出身相似，经历相近，或者修养相类，志趣相投，作诗著文，彼此相互呼应，自成一体，被后人称作京城满族作家群。这个群体的出现，是满族文学整体成熟的标志。

注释：

（1）《清世祖实录》卷一三。

（2）孙殿起：《琉璃厂小志》，北京古籍出版社1982年版，第4页。

（3）孙殿起：《琉璃厂小志》，北京古籍出版社1982年版，第100—102页。

（4）朱则杰：《论〈全清诗〉的体例与规模》，《古籍研究》1994年第1期。

（5）戴逸：《我国最多产的一位诗人乾隆帝》，《吉林大学学报》1985年第5

期。

（6）（清）陈文述：《颐道堂集》卷十。

（7）（清）王士禛：《池北偶谈》。

（8）（清）朱彝尊著，郭绍虞主编，姚祖恩编，黄君坦校点：《静志居诗话》。

（9）《国朝先正事略》卷三九。

（10）《清史稿》卷二七七《高士奇传》。

（11）（清）沈廷芳：《翰林院编修查先生慎行行状》。

（12）（清）查为仁：《莲坡诗话》。

（13）（清）赵翼：《瓯北诗话》。

（14）（16）（清）翁方纲：《神韵论上》，见于郭绍虞主编《中国历代文论选》，第372页。

（15）翁方纲：《格调论上》，见于郭绍虞主编《中国历代文论选》，第524页。

（17）（清）翁方纲：《石洲诗话》卷四。

（18）（清）洪亮吉：《北江诗话》卷一。

（19）（清）胡承珙《消寒诗社图序》，《求是堂文集》卷四。

（20）（清）张祖廉：《定盦先生年谱外纪》。

（21）（清）潘耒：《尤侍讲艮斋传》。

（22）（清）冯金伯：《词苑萃编》卷八。

（23）王国维：《人间词话》。

（24）沈粹芬等辑：《国朝文汇》卷首。

（25）徐世昌：《大清畿辅先哲传》卷五。

（26）（清）龚自珍：《西域置行省议》，见《龚自珍全集》，第105页。

（27）（清）龚自珍：《阮尚书年谱第一序》，见《龚自珍全集》，第225页。

（28）梁启超：《中国近三百年学术史》。

（29）（清）金埴：《巾箱说》，第135页。

（30）参见何时希：《读京戏史料札记》。

（31）（清）张坚：《玉燕堂四种曲》，清乾隆二十三年刊本。

（32）（清）昭梿撰：参见《啸亭杂录》卷八。

（33）（清）戴璐：《藤荫杂记》。

（34）张次溪：《人民首都的天桥》。

（35）陈锦钊：《论子弟书的整理与研究》，《满族研究》2003年第4期。

（36）鲁迅：《中国小说史略》，第二十二篇。

中篇：北京近代文学

（公元 1840—1919 年）

第六章　近代文学史上的北京

一、近代文学的开端

清王朝的统治，在道光年间已是衰世，林则徐曾经形象地譬喻说："今日之时势，观其外犹一浑全之器也，而内之空虚无一足以自固。"(1)严重的社会危机，引起一些人的忧虑。道光间，士大夫中出现了一批有见识有作为的人，对汉学的繁琐、宋学的空疏，均表示不满，出现了汉、宋调和或融合的趋势，出现经世致用思潮。如陶澍、林则徐、贺长龄、李兆洛、龚自珍、魏源、周济、姚莹、张际亮、潘德舆、汤鹏、包世臣、黄爵滋、沈垚、张穆、何秋涛等，他们面对日益蹙迫的时局和巨变，从故纸堆中转向有关国计民生的经世之道，探索强国救民之路。

帝国主义的入侵，打破了清王朝闭关自守的高墙，鸦片战争引起了中国社会的巨大变化，经世派也从注重"时务"扩大到注重"夷务"，他们也是学习西方的倡导者和开风气者。林则徐在广州编撰的《四洲志》，体现了睁眼看世界的时代风气；魏源编的《海国图志》是当时由中国人自编的最为详备的一部关于世界各国地理、历史概况和社会现状的书。经世思潮是从传统文化过渡到近代文化的桥梁，"学以致用为贵，本无中西之殊"，正是经世思潮的特点。一些曾经调和汉、宋，接受经世思潮者，如曾国藩、左宗棠、沈葆桢、丁日昌、郭嵩焘等，到 19 世纪 60 年代成为洋务思潮的倡导者和实践者。这批人与道光年间的林则徐、魏源、贺长龄有着间接和直接的联系。经世派人士的所思所想、所作所为代表了当时先进的中国人适应时代潮流、追求民族进步、捍卫国家独立所作的努力，因此，他们不会满意当时脱离现实的平庸诗风。乾嘉诗风末流的主要特征就是远离社会现实，将诗歌囿于个人生活的圈子，或好声色，或写艳情，或模山范水，或无病呻吟等等。以龚自珍、魏源、林则徐、黄爵滋等为代表，忧国忧民，感事抒怀，以更广阔的视野与焦灼的忧患意识赋予诗更深刻的内容。他们关心世衰灾降时的民生疾苦，国家、百姓、个人在动荡不安、灾祸遍地的年代里种种遭遇，成为他们诗歌创作的重要题材。潘德舆论黄爵滋的诗作时说："大抵非有益于国之敷政、人之植行者，则不以命笔，其志之严如此。"(2)

龚自珍自云"但开风气不为师"，但近代以来的诗风确由定庵开创。读定庵的诗，一种英伟雄横之气扑面而来，感到压抑不住的力量在诗中磅礴而出。定庵诗风影响到黄遵宪、康梁等"世界革命诸将，"并及于南社"柳亚子"等人，可谓"别具魔力"。龚自珍（1792—1841），字尔玉，更名易简，字伯定；又更名巩祚，号定庵，浙江仁和（今杭州）人。六岁随父母租居北京仁匠胡同、潘家河、门楼胡同和城外斜街等处，祖父病逝后与家人回杭州守孝，两年后返京，租住北京法源寺南。他在科举上不得志，二十七岁中举，三十八岁才中进士，曾任内阁中书、礼部主客主事，二十余年始终是个七品小京官。四十八岁时，他终于愤然辞官还乡，不久与世长辞。

由于清初封建统治者多次大兴文字狱，在专制主义的淫威下，一般读书人只得埋头于古籍中去搞考据训诂，致使学术界、思想界死气沉沉。龚自珍要求改变这种状况，以把学术变为"经世致用"之学。因此，在他的著述中，大胆地抨击社会弊政，提出变革主张。他开创的这种新风气，在当时士大夫中被视为"言多奇僻"的"狂士"，甚至称他为"龚呆子"。直至资产阶级改良派兴起后，一些知识分子才对龚自珍所开创的新风气有了较为深刻的理解。梁启超在《清代学术概论》一书中说："晚清思想之解放，自珍确与有功焉。光绪间所谓新学家者，大率人人皆经过崇拜龚氏之一时期，初读《定庵文集》，若受电然。"

思想的深刻性和艺术的独创性，使龚诗别开生面，开创了不同于唐宋诗的近代诗的新风貌。林昌彝在《射鹰楼诗话》中评论龚自珍的诗歌说："诗亦奇境独辟，……美人香草之词传遍万口，善倚声。道州何子贞师谓其诗为近代别开生面。"(3)

龚诗突出的特点是思想性和政治性，即抒情与政治内容结合，又不落于以文字、学问、议论为诗。他绝少单纯地描写自然景物，而总是着眼于现实政治、社会形势，抒发感慨，纵横议论。他以政论作诗，但并不抽象议论，也没有呈现散文化的倾向，不涉事实，议论亦不具体，而只是把现实的普遍现象，提到社会历史的高度，提出问题，抒发感慨，表示态度和愿望。

他的抒情诗，表现了诗人深沉的忧郁感、孤独感和自豪感。作为一个具有诗人气质的思想家和一个时代的先觉者，一个不甘遁世自适的志士，龚自珍的精神是非常痛苦的。如道光三年（1823 年）的《夜坐》七律二首，在沉寂黑夜的山野景观中，寄托着诗人清醒的志士孤愤，抒发着对天下死气沉沉的深忧。道光六年（1826 年）的《秋心三首》七律，深深为边塞形势担忧，感慨仗剑报国的志士无多，更缺少知音的同志。“箫和剑”是他反复使用的意象，代表着他多情易感和豪放任侠的两面。从早年的“一箫一剑平生意，负尽狂名十五年”（《漫感》），到晚年的“少年击剑更吹箫，剑气箫心一例消”（《己亥杂诗》），对于自己的志向抱负不能实现，深为苦闷。龚自珍诗作中的情感绝非叹老嗟悲的一己私情，而是其忧患国民的深沉感伤。

在形式上，诗人爱用不受格律束缚的五七言“古体诗”和七言“近体诗”，而以七言绝句为大宗。作于道光十九年（1839 年）的《己亥杂诗》三百一十五首，独创性地运用了七言绝句的形式，内容无所不包，诗人的旅途见闻，以及生平经历和思想感情的发展变化，历历如绘，因而成为一种自叙诗的形式。《己亥杂诗》不仅进一步揭露了统治阶级的昏庸堕落、腐败专横，表现出对人民苦难生活的真切同情，还指出了在外国资本主义势力的侵略面前国家的严重危亡局势，发出了呼唤变革的呐喊：“九州生气恃风雷，万马齐喑究可哀；我劝天公重抖擞，不拘一格降人材！”（第一百二十五首）明确提出了变革要求。

龚文在当时比诗有名，也更遭到一般文士的非议。龚文区别于唐宋和桐城派的古文，是上承先秦两汉古文的一个独特的发展，开创了古文或散文的新风气。龚自珍的政论文多“以经术作政论”，“往往引公羊义讥切时政，诋排专制”（梁启超《清代学术概论》），即用《春秋》公羊学派的观点与现实的政治联系，引古喻今，以古为用。如《乙丙之际箸议七》、《乙丙之际箸议九》和《尊隐》等，都是公羊“三世说”的运用。有些则是直接对清王朝腐朽统治的揭露和批判，如《明良论》；有些各种积极建议的篇章，如《平均篇》、《西域置行省议》、《对策》、《送钦差大臣侯官林公序》等。另一类讽刺性的寓言小品，如《捕蜮》、《病梅馆记》以及许多记叙文，如《杭大宗逸事状》、

《书金伶》、《王仲瞿墓志铭》、《书居庸关》、《己亥六月重过扬州记》等都富有现实意义。

龚自珍的出现不是偶然，嘉道年间也有很多同调人。龚自珍和黄爵滋、林则徐、魏源、包世臣、姚莹、陈銮等人在北京共商时政，针砭时弊，在禁烟运动中起了相当积极的作用，并促进了北京知识阶层士风的转变。道光十年（1830 年）六月，龚自珍召集同人于龙树院，饮酒赋诗，潘曾莹召同朱为弼、林则徐、周凯、黄爵滋等齐集寓斋。林则徐写了《题黄树斋思树芳兰图》诗，借芳兰的“此品羞为众草伍，芳菲菲兮，情脉脉兮系汝”的品格来互相勉励大家要保持高洁的品格。

林则徐（1785—1850），近代政治家、诗人。字元抚，又字少穆、石磷，晚号俟村老人、俟村退叟。福建侯官（今福州市）人。嘉庆十六年（1811 年）进士，选为庶吉士，授编修，官至云贵总督。鸦片战争时期他主张严禁鸦片、抵抗侵略，史学界称他为近代中国“开眼看世界的第一人”。有《云左山房文钞》、《云左山房诗钞》、《使滇吟草》和《林文忠公政书》、《荷戈纪程》等著作。所遗奏稿、日记、公牍、书札、诗文等，建国后辑为《林则徐集》。《云左山房诗钞》存诗六百五十三首。[(4)]

林诗的成就主要在后期，这是由时局的变化，本人的思想和经历的变化所致，有一种凄婉苍凉的情调，但是他前期的诗歌也不乏优秀之作。如《驿马行》和《病马行》鞭挞了当时用人制度的不合理，对那些受压抑受摧残的人士表示同情，其中不乏自抒胸臆。驿马不乏“飒爽姿”，只是“邮传长奔驰”才弄到“骨立皮干死灰色”的地步，而这样的事比比皆是，“君不见，太行神骥盐车趋，立仗无声三品刍”，神骥在太行山上拉盐车，白汗交流，而平庸马匹却列于宫外作天子仪仗，享用“三品刍”。这是作者的安慰，实际是一种反讽。对于有才干的人，往往是死后才看到他们的价值，作者愤恨地指出，“千金一骨死乃知，生前谁解怜神骏。不令鏖战临沙场，常年驿路疲风霜。早知局促颠连有一死，恨不突陈冲锋裹血创”。（《病马行》）

前期作品中，林则徐与人酬唱赠答的较多。林则徐在北京与宋诗提倡者程恩泽等参加了宣南诗社，有《潘功甫舍人曾沂〈宣南诗社图卷〉》诗云：“偶随追陪饮文字，敢擅风骚附述作。”《郑少谷先生诗册·为陈望坡中丞题》，表现了作者对明代中叶闽派诗人郑善夫的崇敬心情：“先生忧时抒孤愤，抗疏拜杖披天阍。迟清归来见初志，行吟兰芷搴荃孙。草堂瓣香有真髓，黄河冰色非知言。细律靡以硬语掩，岂直感事声为吞。”

魏源在晚清诗坛独树一帜，卓然成家。其诗以讽喻诗和山水诗见长，价值最高的是政治诗，写得最多的是山水诗。魏源（1794—1857），字默深。原名远达，字良图，号默深。道光二年（1822年）举人，道光二十五年（1845年）进士，官至知州。

作为经世致用的学者，魏源在国势沦丧的时刻自然不会忘怀政治改革。鸦片战争前后，他短短几年内所写有关鸦片战争的诗作计有一百余首。他在《秋兴》之八中试图解决财政等社会问题："粟死金生孰后先，由来二物互操权。荒年谷贸丰年玉，下赋田征上赋钱。寒食几曾烟果断，尾闾愁说海堪填。蜗庐外漏兼中蠹，宵拥长沙家令篇。"禁烟无效，白银外溢，统治者日益横征暴敛，国家到了民穷财尽的境地。魏源想效法汉代政治家贾谊和晁错，竭尽全力医治国家的战争创伤。此外，《江南吟》和《都中吟》两组新乐府诗、继承了白居易的现实主义传统，发挥诗歌的战斗作用，从更广的角度揭发了官场腐朽、民生凋敝等多方面的政治和社会问题，大胆地用诗歌干预政治和生活，蕴含着强烈的讽喻精神。

魏源创作山水诗的自觉程度能与谢灵运相媲美，是晚清山水诗创作第一人。他在《戏自题诗集》中说"应笑十诗九山水"。实际约六百余首，山水诗占其全部诗作的十之六七。他几乎涉及了所有名山大川，把大自然的优美景色，写得瑰奇壮观，生机勃发，气象万千，引人入胜。他采用组诗的形式在结构上极为灵活，各组诗歌，分可各自成篇，合则成为一个整体，各首单诗前后相衔，构成一个有机的整体，将诗人的游览行程展现于读者眼前，宛如山水游记。魏源的"溺仙溺佛溺山水"（《游山后吟》），使他的山水诗表现出一种与佛教美学相会通的审美向度。郭嵩焘在《古微堂诗集序》里说，"每有所作，奇古峭厉，倏忽变化，不可端倪。又深入佛理，清转华妙，朝悟尘表"。(5)"佛理"已经内化为魏源精神世界中审视自然山水的独特方式。他的山水诗中也有对当时社会不满的情绪流露，《大江阻风》其三就联想清王朝大肆掠夺东南财富，造成民生凋敝的社会现实。

黄爵滋（1793—1853），字德成，一号树斋，江西宜黄人。道光三年（1823年）进士，授翰林院编修，历任监察御史、兵工科给事中、鸿胪寺卿、刑部侍郎等职。他是第一个向道光帝提出严禁鸦片的人，连上三疏，道光帝乃采纳其建议，派林则徐前往广东办理，因而时人并称"林黄"。黄爵滋交游甚广，曾与张际亮、潘四农、徐廉峰、吴嘉宾等都有诗词唱酬，与林则徐、魏源等结宣南诗社。有《仙屏书屋初集诗录》十六卷、《仙屏书屋初集诗后录》二卷、《燕门百菊咏》三卷、《戊申楚游草》一卷等。

黄爵滋写下了大量的感时抚事之作，连接不断的自然灾害，在诗中多有记载。《黄河篇》写水灾之害与治水之难，《梅关行》写梅关运输之艰，《磁州行》写地震时百姓流离之苦。《抚州行》写故乡农民不得耕种，盗贼横行，可怕的是："不见阿芙蓉，家家鬼结燐。士贫孰义学！民贫孰义仓！贫人挑盐富人食，官吏捉盐盐被攘……"鸦片加剧了农村的贫困，官吏的专横更使贫苦百姓难以生存。张际亮论此诗云"蒿目时艰，宜通风谕，况在桑梓风俗之可忧者！淋漓疏快，诗佳固不待言，而予尤感其意之忠厚也。"(6)

黄爵滋不少赠答诗表达了诗人的真挚友谊。如《喜郭羽可至京》言老友或能用于世，将有燕昭王筑黄金台招此贤也，可见对郭仪霄的器重。从《二月二十六日招叶筠潭前辈、郭羽可、艾至堂、蒋子潇、张亨甫、朱晓山小集江亭》一诗中可看出他在京中与众诗友嘤鸣相集相得的情景，同时流露出他的思乡情绪："冀北才多天下骏，江南春在梦中山。"

张际亮（1799—1843），字亨甫，号松寥山人、华胥大夫，福建建宁人。几次进士皆不中，一生过着羁旅浪游的生活。生平著作甚富，仅诗歌便有万余首，惜多散佚。今存诗文《张亨甫全集》、《思伯子堂诗集》，杂著《金台残泪记》、《南浦秋波录》等。《张亨甫全集》收诗二千六百余首，文六卷。他的诗作大多表现了深厚的爱国思想，感情真实，艺术成就也较高。挚友姚莹《张亨甫传》评他的诗"沉雄悲壮"，《清史列传》说"际亮负经济才，磊落有奇气。所为诗，天才奇逸。感时记事，沉郁雄宕，嘉庆、道光以来作者未能或之光"。

由于张多次抵京会试，所以经常滞留北京。他默察京师官场恶习和社会积弊，谋求社会改革方案。他颇能言其利而救其弊，主张用法家的方法来改革蠹政，他的大胆议论引起一些权贵、文人的不满，但也结交了不少主张改革的有识之士。同乡林则徐称他有经世之才，林昌彝赞扬他对国事有远见，黄爵滋等人则与之诗词唱和，成为挚友。道光十六年（1836年），他由杭入京会试不第，出京前，黄爵滋索赠，以《树斋以笺索赠言走笔》为题，写下了"结交半天下，知我几人深。愿汝如明月，光辉照古今"。久试不中，也使得诗人不免心绪黯然，偶有伤怀之作，如《与陈大伯游方海观荷花》（道光八年，1828年）"生长莲乡心太苦，天涯相对话归难！"

二、报刊对文学的影响

报纸对社会、文化的发展起了不可限量的作用，它既“达内情于外”，让世界了解中国，树立国威，又“通外情于内”，开启民智，使国民了解世界。[7]在19世纪90年代，现代化的报刊在中国已不是新颖之物，在主要的口岸城市大约已出版了十二份报纸，多数在香港和上海，多为外国人创办，无论内容还是形式都难以适合中国人阅读。而从光绪二十一年（1895年）起，在中国公开发行的报刊有了惊人的增加和新的发展。光绪二十一年（1895年）至光绪二十四年（1898年）中国出现了第一次办报高潮，中文期刊达到一百多种，其中百分之八十左右是中国人自办的，[8]“报馆之盛为四千年来未有之事”。[9]这样一种发展是前所未有的、预示着在国家的发展中出现一个新的转变。[10]

甲午惨败后，士大夫们把目光投向当时最先进、最快捷、最有效的舆论传播工具——报刊，“居今之世，吾辈力量所能为者，要无能过撰文登报之盖矣”[11]。谭嗣同认为在民族救亡图存的时代大局中，“撰文登报”以作舆论的鼓吹，是士人以尽社会责任的主要方式，希望“以二三报馆之权力以变易天下”，使“士论为之一变”，“天下人咸知变法”。[12]士大夫们本来是排斥报刊的，但是中国近代创巨痛深的亡国危机促使那些具有“天下兴亡，匹夫有责”政治感的士大夫寻求摆脱困境的出路，当他们听到西方的富强原来是依靠报刊，报刊可以治国，便马上与他们原有的文学“治国平天下”的观念对应起来，促使他们接受了报刊，成为报刊的作者与读者。梁启超在《敬告同业诸君》中，归纳出报纸的两大天职：“一曰对于政府而为其监督者，二曰对于国民而为其向导者是也。”[13]作为改革的工具，晚清维新志士通过报纸传达启蒙思想、宣传变法，通过舆论导向，信息、知识的传递，思想的宣传而达到“新民”的最终目的：“立言之宗旨，则仍在浚墉民智，熏陶民德。发扬民力，务使养成共和法治国民之资格。”[14]

维新派办刊物的目的是为了宣传变法的主张，最终促成了光绪二十四年（1898年）的戊戌变法。戊戌变法虽然很快就失败了，但对中国社会思想和文化的转变产生了深远的影响：“由于一种新式报纸的出现，使改良运动有可能形成一场具有全国性影响的文化运动。……为了宣传他们的思想，年轻的知识分子开始与期刊杂志的出版工作打交道。他们的成功直接或间接地刺激了许多类似的活动，导致更有政治倾向和思想内容的政治期刊杂志大批涌现。大量的期刊杂志由士绅创办有助于它们在全国范围的传播。通过这一新的传播媒介，这些年轻的改革者比以前有了更为广泛的听众。”[15]由于以康梁为首的维新派大力提倡和成功实践，报刊成为宣传教化、开发民智的重要手段，年青一代的进步知识分子纷纷参与办报。到1898年，北京先后出现八种刊物，其中四种为外国人所办，四种是中国人所办，这是北京报刊发展的初始阶段。[16]由于康有为、梁启超为首的维新派处于社会精英的地位，这些新出的报纸不但在一般受过教育的公众中间，特别是在士大夫成员中间，比通商口岸的报刊有着更大的影响。[17]

这一时期，报刊业的中心依然在上海、广州和香港，但北京由于是变法运动的中心地，也受到了办报浪潮的波及，出现了《万国公报》和《中外纪闻》等维新派刊物。光绪二十一年（1895年）康有为、梁启超等在后孙公园创办《万国公报》，同年十二月更名为《中外纪闻》，成为强学书局的刊物。这是北京第一份由中国人自己创办的近代报纸，也是中国士人大量从事报刊活动的开始。《康有为自编年谱》言及此报的创刊：“以士大夫不通外国政事风俗，而京师无人敢创报以开知识。变法本原，非自京师始，非自王公大臣始不可。”

新文体伴随着报刊的出现而产生。较早从文学角度考察报刊的是谭嗣同，他专门写了一篇《报章文体说》，论说报章体出现的必然性和它的诸多文体优长，谓文体种种，“其斯事体大，未有如报章之备哉灿烂者也”。“疏别天下文章体例，去其辞赋诸不切民用者，区体为十，括以三类”。古代文章没有超出这“三类十体”的，一部作品之中也从未有过包容这“三类十体”的；但是现在有了，“有之，厥惟报章，则其体裁之博硕，纲领之汇萃，断可识也”。因此他确信报章文体功能巨大，“信乎经国之大业，不休之盛事，人文之渊薮，词林之苑囿，典章之穹海，著作之广庭，名实之舟楫，象数之修途”。[18]这就把报章文体与传统文体，传统文学观念完全结合起来。传统文学的核心是“诗文”，尤其是“文”，因为可以“载道”而有特殊地位。报章文体的问世与发展，实际将诗文推向俗化。传统的散文主要在文人之间流通，用文言表达，语言追求古雅。新文体是一种报章文体，是一种思想启蒙的文体，作者借此向更为广泛的受众传播新的思想信息。这样，有些人认识到文言的诸多不便，为了配合改良维新、革命排满的政治运动，利用开办白话报，兴起颇有规模的白话运动，导致了新文体语言追求平易新奇的倾向。

北京人所办报刊的大量出现是在清廷实行新政以后，光绪三十二年（1906年）推行预备立宪，使北京报刊的创办达到最高峰，全年新创刊报刊三十四种，特别是北京的白话报取代上海成为启蒙白话报的中心。至辛亥革命为止，北京共出版报刊一百六十多种，[19]数量在各省中是较多的。武昌起义后，北京的报刊发展更为迅速，仅1912年北京新出版的报刊就有五十多种，北京成为与上海并立的全国报刊发行中心之一。

《京话日报》极大地改善了晚清北方落后的舆论环境，将由康有为、梁启超等维新派发起的晚清启蒙运动推向了一个高潮。当时各地的白话报都难免掺杂文言，给下层社会读者造成阅读障碍。林獬在《中国白话报发刊词》中希望“能够叫十八省的人都听得着”，使用“刮刮叫的官话”，可是对于下层社会读者而言，这种“官话”并不是他们的日常生活语言，不免妨碍他们对其表达言论的理解与认同。《京话日报》则占了帝都的好处，是当时白话报中使用白话最彻底的，不仅正报“通篇概用白话”，连商家送来的广告也要求“概用白演”。彭翼仲理想的白话是北京人（尤其是旗人）口语的直录，所以称之为“京话”。京话成为媒体的书面语言，与从古文翻译过来的白话相比，显然更易被下层社会接受；而生动的方言语词进入媒体，也不断地重塑着“白话”的语言形态。汪康年的《京报》在言论上督责政府，与上海新闻报相呼应，以故在北京报界颇负敢言之名。

北京近代第一批报人在宣传新思想的时候，考虑到以小说的形式进行比较容易令人接受，遂提倡小说创作。彭翼仲是北京报界的泰斗，也是提倡小说的功臣，北京近代小说由他而得以蓬勃发展。光绪三十年（1904年）八月十六日创办《京华日报》首开小说栏目，登载《侦探记》、《猪仔记》，在社会上引起了广大反响，以后的报纸遂争相效仿，乃成定例，形成几乎每个白话报必有小说的兴盛局面。光绪三十一年（1905年）八月二十日创刊的《北京女报》上已有短篇小说的栏目，刊有《逛永定门》，《还愿》等短篇小说。

为报纸提供连载故事，这对于作家创作产生多方面的影响。影响之一即重视语言形式的通俗化和本地化特色。此前的文人或出于兴趣，或为少数文人小集团阅读的目的而创作，无需有太强的针对性。而为报纸创作的小说家们捉笔时已经预知将会有怎样的读者，希望读者有怎样的反应，所以对于形式的通俗易懂和受众的阅读需要格外在意，与之相应在内容上具有平民性和现实性。当时报纸的读者群固然包括极少数贵族高官，但清末的白话报纸主要还是针对社会中下层的读者，所以小说提供的多是描写市民自身生活的作品。[20]

影响之二是新闻报道和时事小说的混淆。冷佛（王咏湘）是《公益报》、《爱国白话报》的编辑，他根据市隐提供的材料著《春阿氏》载于《爱国白话报》。小说正文前有写于1913年12月的《马序》、冷佛《自序》、天僧的《题词》、市隐的《弁言》和编者的《钞本序言》，这五篇文字虽然侧重点有所不同但都强调了该小说的纪实性与真实性。小说第302至317页附有1906年7月至9月《京话日报》对此案的相关报道。《春阿氏》是根据轰动一时的春阿氏谋杀亲夫春英案而创作的实事小说。光绪三十二年（1906年），小官吏文光之子春英在家中被杀，妻子春阿氏被认为有重大嫌疑而被捕入狱。光绪三十五年（1909年）三月三十一日，在被关押了三十二个月之后，春阿氏于法部监所病故。当时舆论普遍认为出身暗娼的文范氏最为可疑，对年仅十九岁的春阿氏则报以极大的同情。小说和报纸的舆论一致，坚信杀人另有真凶，是大理院官员刻意将之办为疑案的。

三、京师大学堂对文学理论的影响和制约

作为维新变法产物的京师大学堂，康梁等维新派并无立锥之地。在20世纪初的十五年中，桐城派晚期要员及其盟友云集于京师大学堂，并先后入据要津。光绪二十八年（1902年），吴汝纶任总教习，逝世后，由其弟子、阳湖派代表人物张鹤龄继任。光绪三十二年（1906年）起，桐城派古文家的势力开始在京师大学堂文科居于优势。这年，对桐城文章情有独钟的古文家兼翻译家林纾进入大学堂任教，不久桐城派的马其昶、姚永概、姚永朴等先后进入任教，桐城派就此稳居上风。光绪三十二年（1906年）至1913年，林纾任预科、文科讲席并一度主持文科。1912年—1913年姚永概任文科讲席，还曾一度担任文科教务长。马其昶（1910—1913）、姚永朴（1910—1917）亦先后任文科讲席。宣统二年（1910年）至宣统三年（1911年），吴汝纶之婿柯劭忞任署理。1912年2月至10月，严复任校长。桐城文人在京师大学堂安身立命，得以著书立说、传道授业。姚永朴的《文学研究法》、《历史研究法》，林纾的《春觉斋论文》便是在北大的讲义，也都是为桐城布道的学术著作。

由于时代变了，科举制度已经取消，撰写古文的能力不再是衡量读书人良莠高低的主要标准，桐城派所独尊的古文义法，也不能不有所变通。古文之由“看家本领”转为“基础知识”，其教学方式也逐渐从技能训练转为知识传授。因此，《春觉斋论文》（1916）和《文学研究法》（1914）对于桐城义法的阐释，便出现某种新气象。

《春觉生论文》是林纾1913年离开北大后开始在《平报》连载的，1916年由都门印书局出版单行本时改题《春觉斋论文》，据此推测，此稿应是林纾任教北大时的讲义。林氏论文，以意境为主导，讲求识度、气势、声调、筋脉、风趣、情韵、神味等，以追求自然天真之妙为最高境界，这种观点即使在今天看来也无可厚非。他说："文字有义法，有意境，推其所至，始得神韵与味；神也，韵也，味也，古文之至境也。"(21)在他看来，神、韵、味虽是古文之至境，但也必须经由义法才能达到："凡文皆不能逃法度。"(22)法即具体写作方法，他称之为针线筋脉。筋脉也是叙事方法的呈现，比如提前叙事，既是伏笔，也是伏脉。林纾甚至认为外国小说中也有义法在，"是书（《黑奴吁天录》）开场、伏脉、接笋、结穴处处均得古人义法。可知中外文法，有不同而同者"。(23)"仆译外国文字，成书百三十三种"，每"审其文法"，(24)将《左传》、《史记》与狄更斯、司各特的小说相比拟，强调外国小说"处处均得古文义法"，明显背离"忌小说"的桐城家法。经过西洋小说洗礼的林纾，其"古文义法"已经不太纯正了，但这正是其价值所在。

姚永朴（1861—1939），字仲实，晚号蜕私老人，安徽桐城人，姚鼐伯父姚范的五世孙。学宗方姚，毕生致力于经史研究，与其弟姚永概同为桐城派末期主要作家。光绪三十五年（1909年）先生挈家入京，教授京师法政学堂，撰成《蜕思轩读经记》及《外国文学》两书。1914年，应北京大学聘，任文科教授。清史馆长赵尔巽复聘他充清史馆纂修，乃成《清史稿》四十余卷。1918年因受到新文学家的冲击离开北京大学。其间著《史学研究法》一卷，《蜕私轩集》五卷，《读经记》三卷，《史事举要》七卷。1921年，姚永朴南归，在北京凡十二年。

《文学研究法》四卷二十五篇，是姚永朴在北大开文科必修课作为教材的著述，专讲桐城文法，主要着眼点不是"文学研究"，而是"写作指导"。作者发凡起例，模仿的是古老的《文心雕龙》，而不是刚刚传入的文学史，故不以文学历史的发展为叙述线索，而是集中讨论文学（以"古文"为中心）创作的各种要素。(25)作者不愧为桐城传人，谈"神理"与"气味"、说"格律"与"声色"、辨"刚柔"与"雅俗"时，均能旁征博引，折中各家意见，故此书可谓桐城文派最后的总结，也是桐城派作家系统阐述桐城派文论的唯一专著。在旧学与新学交替之际，作者试图努力证明"义法"适应时代要求的可行性，对桐城派文论作了新的整理和阐述。他始终强调文学与语言学的结合，强调文学风格存在于作品和创作主体之中，自觉不自觉地将桐城文论与时代接上轨。

《文学研究法》写作时，桐城派已随着清王朝的灭亡而衰落，但由于作者属于这一派别的最后一代人物，所以有可能、有条件回顾桐城派的整个历史。他的介绍从横向看，涉及桐城派理论的各个方面。桐城派的“义法说”、方苞的“雅桔”论，刘大櫆的“神气说”，姚鼐的“文体说”，文之精粗说、风格论等等，凡桐城派理论涉及的重大理论问题，均有掖录。从纵向看，《文学研究法》所引论著涉及桐城派几代人物，对桐城派不同时期的理论都有所汲取，充分吸收了其中的合理内涵，加以整合，反映了桐城派文章理论在调整中不断发展的面貌。方苞、刘大櫆、姚惜抱当然必有，桐城后期的方东树、曾国藩、张裕钊、吴汝纶，林纾等人的论述也有记载。特别是姚永朴用发展的眼光介绍桐城派理论，能够使人们了解桐城派文论的完善过程。在《文学研究法》中，每谈到桐城派的一种观点，都要指出它的历史渊源。由于他对“家法”非常熟悉，他的考察一般来说比较准确，具有很高的参考价值。

光绪二十八年（1902 年）严复出任京师大学堂的译书局总办。其间除自家译述外，行政管理方面，留下一部《京师大学堂译书局章程》，其中第一条就规定：“现在所译各书，以教科为当务之急。”从光绪二十九年（1903 年）的《奏定大学堂章程》到 1913 年教育部公布大学规程，讲授文学研究法及中国文学史的要求有增无减。为了救燃眉之急，教员们也积极赶写文学教材。

林传甲（1877—1922），字归云，号奎腾，福建闽侯人。为京师大学堂优等师范学生所编，完成于光绪三十年（1904 年）的《中国文学史》是作为“京师大学堂国文讲义”而撰写的。郑振铎《插图本中国文学史》、容肇祖《中国文学史大纲》等，都将此书作为最早由中国人撰写的文学史来表彰。全书共十六篇，从文字、音韵、训诂讲到古今文章流变和作法，显得庞杂，缺乏严格的体系，但这正反映了当时人对文学史的看法：研习中国文学必须结合中国文化，中国文学必须在中国学术传统中加以考虑，文学理论和创作应该结合起来探讨。以现今中国文学史的标准去看，林著贬抑小说戏曲，也很少涉及诗歌，但这是京师大学堂的环境使然。从《奏定章程》的整个设计来看，诗赋本来就不是重点；大学堂不鼓励“诗赋”的课习，中小学堂的“中国文学”和“中国文字”课程也声明“学堂之内万不宜作诗”。因为在“致用”的要求下，文比诗重要。

林传甲编撰《中国文学史》时从近代中国积贫积弱、内忧外患交侵的现实背景出发，强调“致用”精神，反对不切于事物的空谈，一定程度上突破了儒家思想的限制，但完全从致用角度评价文史现象也不免褊狭。针对五代时长年战乱多出武人，文士寥落的状况，林传甲抒发沉痛的感喟：“中原有乱，他族乘之，汉族因之衰落，汉文亦因而萎靡，……汉族式微，则汉文亦绝矣，数往察来，可不惧乎?”表达了作者面对汹涌而来的异族文化而对传统文化命运的忧虑。林传甲吸收了近代进化论思想，摆脱了传统的明道宗经复古的历史观，严厉批评泥古而不通于今，肯定时势有变迁，制度文化也应当变通。

黄节在北大讲授诗学时，沿用其于宣统二年（1910 年）广东讲学时所撰写的《诗学源流》作为授课之讲义，易名为《诗学》，于 1918 年在北京初次发行。这是八十多年来甚为传统学界所推重的一本中国古典诗学批评史，比陆侃如《中国诗史》早二十年面世，可以说是近代最早的一部诗学史。《诗学》不以“诗史”名书，实际上是诗史。除起首一段文字不署题目可作序言看待以外，下分“诗学之起源”、“周秦间诗学”、“汉魏间诗学”、“六朝诗学”、“唐至五代诗学”、“宋代诗学”、“金元诗学”、“明代诗学”八题。其言简括，总计字数二万有余，而中国诗学发展脉络分明。研究中国诗学，首先面临的是《诗经》的问题。其时清朝政府被推翻，民国政府初建，经学无所依附，地位开始动摇。黄节用诗之义与诗之辞的区别来处理《诗经》问题。将《诗经》与《三百篇》分流，以其治学之机敏，适应了学术思潮的递变。

1912 年后，京师大学堂改名为北京大学，1913 年随着章太炎的门生入主北大文科，取代了桐城派的地位，之后的中国文学史的编撰终于摆脱了《奏定大学堂章程》的影响和束缚，更加注重文学的个性化和独立性。吴梅（1884—1939），字瞿安，号霜压，江苏长洲人，1917 年 9 月应北京大学聘，讲授文学史及词曲。其编写文学史讲义，受同事鼓吹新文化的影响，小说成了中国文学史上必不可少的重要文类。朱希祖（1878—1944），字逷先，一作逖先，浙江海盐人。1913 年受聘于北京大学，1920 年刊行《中国文学史要略》，强调文学必须独立的立场：“今则主张狭义之文学矣，以为文学必须独立，与哲学、史学及其他科学，可以并立，所谓纯文学也。”[26]

注释：

（1）林则徐：《云左山房文钞》卷四。

（2）（6）黄爵滋：《仙屏书屋初集序》，道光二十九年（1849 年）木刻本，国家图书馆。

（3）孙文光、王世芸：《龚自珍研究资料集》，第 38 页。

（4）郑丽声：《林则徐诗集编例》，第 1—3 页。

（5）郭绍虞主编：《中国历代文论选》，第四册，第 18 页。

（7）忻平：《王韬评传》，第 146—150 页。

（8）方汉奇：《中国新闻事业通史》第 1 卷，第 593 页。

（9）《中外日报》1898 年 9 月 20 日。

（10）（17）费正清、刘广京主编：《剑桥中国晚清史》（下），第 387 页。

（11）谭嗣同：《致汪康年》（三），《谭嗣同全集》（下），第 494 页。

（12）方汉奇：《中国近代报刊史》（上），第 139 页。

（13）梁启超：《敬告同业诸君》，《饮冰室合集》第 2 册，饮冰室文集之十一，第 36 页。

（14）梁启超：《鄙人对于言论界之过去及将来》，《饮冰室合集》第 4 册，饮冰室文集之二十九，第 4 页。

（15）张灏著，崔志海、葛夫平译：《梁启超与中国思想的过渡（1890—1907）·前言》。

（16）史和：《中国近代报刊名录》。

（18）谭嗣同：《报章文体说》，《谭嗣同全集》，第 119 页。

（19）据《中国近代报刊名录》统计，至 1911 年底，北京先后出版报刊共计一百六十九种。

（20）雷晓彤：《“京味”：近代北京小说家的探索》，《北京社会科学》2005 年第 2 期。

（21）林纾：《畏庐续集》，第 20 页。

（22）李家骥等：《林纾诗文选》，第 388 页。

（23）朱羲胄：《春觉斋著述记》（卷三），第 24 页。

（24）林纾：《左传撷华》（卷下），第 29 页。

（25）张玮：《序文学研究法卷首》，姚永朴：《文学研究法》。

（26）朱希祖：《〈中国文学史要略〉叙》，《中国文学史要略》。

第七章　游走在复古与革新之间的近代诗歌

一、庙堂文人和宗宋诗风

清代咸丰、同治以降形成以宗宋为主的宋诗运动，这股风气是程恩泽与祁寯藻倡导于前，上承钱载、姚鼐，下启何绍基、郑珍、曾国藩、莫友芝。“道光以来，何子贞（绍基）、祁春圃（寯藻）、魏默深（源）、曾涤生（国藩）、欧阳硐东（辂）、郑子尹（珍）、莫子偲（友芝）诸老，始喜言宋诗”。(1)显臣名宦以地位之要、影响之巨对于某一文学思潮的推动作用自不待言。咸丰、同治间，汉学家程恩泽、祁寯藻、何绍基，既是著名的学者，又身居高位，自然把持诗坛。当时文坛正宗的桐城弟子如方东树、梅曾亮等人也以文为诗，其诗学倾向在宗宋。曾国藩道光十五年（1835年）入京应试之时，与何、梅结识，诗酒唱和，成终身好友，在这样的环境中，曾氏濡染宋诗习气在所难免。曾氏后来又以他的诗歌宗趣影响一时，以至出现“黄诗价重，部直十金”的局面，对扩大宋诗派阵营无疑起到了良好的效果。虽然道咸宋诗派有大体一致的主张，但其内部诗学取径并不完全一致，“何、郑、莫皆出程春海侍郎恩泽门下，湘乡诗文字，皆私淑江西”，(2)可见曾氏在宋诗派中之独特性。“坡诗盛行于南宋、金、元，至有清几于户诵。山谷则江西宗派外，千百年寂寂无颂声。湘乡出，而诗学皆宗涪翁”。(3)

宋诗派最有价值的是同情人民疾苦和揭露时政弊端的诗篇。即使因指陈时务受过惩处写诗不敢接触时政的何绍基，在内忧外患战火连年的动乱年代，也写下了《普贤西向》，愤而责问西向的普贤菩萨，为何见劫不救，见贼不戮？这实际是影射无能的在位者。由于郑珍对困苦生活体验真切，因而他写反映自己贫病饥寒生活的诗歌，如《屋漏诗》、《湿薪行》、《贷米》、《断盐》、《瓮尽》等真实动人。而且那些记述农民悲惨境遇，揭露官吏敲骨吸髓罪恶的《经死哀》，揭露清政府苛捐杂税层层盘剥的《抽厘哀》、《南乡哀》等更反映了诗人对人民苦难生活的同情与对社会黑暗的深刻揭露。除此之外，宋诗派揭露了帝国主义列强对我国的侵略，颂扬为民谋利与为官效力的官吏。莫友芝的《有感》（海腥吹入汉宫墙）叱骂英法侵略者为海腥，杂种，鳞介，对咸丰帝逃往热河，清廷无能投降乃至签订割地赔款，签订《北京条约》等现实有所微讽，不失为表现爱国主义的诗篇。

祁寯藻（1793—1866），字叔颖，号实埔，晚号观斋，又号息翁，山西寿阳人。嘉庆十九年（1814 年）中进士，入翰林，授编修。祁氏历官道光、咸丰、同治三朝，有“三代帝王师”之美誉，他既是高级官员又是皇家师长，因而时时恪守儒家规范，处处以身作则，可谓一位言行一致的道德坚守者。他一生作诗甚勤，其自编《亭集》三十二卷，集诗一千六百余首，又有《亭续集》十二卷，集诗六百余首，共两千二百余首。祁寯藻最能体现宋诗派以考证入诗与以才学入诗的特点，他的《玉蜀黍歌》考证今之玉蜀黍即古之“木禾”，是学人之言与诗人之言的典型。

在祁氏整部诗集中极少有歌功颂德的应制之作，他的诗歌贯穿了现实主义精神。如《苦旱》是祁氏擢进士第任京官时之作：“都城久不雨，炎天苦烦热。火云烧骄阳，气挟焚柴烈。维时夏方仲，麦秀已黄折。农人汗禾土，望泽急如渴。西山来片云，倏忽干风掣。丰隆殷不闻，雷车走无辙……侧身望乡庐，芜秽耕久辍。遥遥千里外，旱潦不可说……安得归田园，荷锄从饮啜。”诗人身居京师，正逢显达，然而却为“农人汗禾土，望泽急如渴”而焦急，为家乡田荒耕辍而悒悒不乐。情感极其真挚，绝无丝毫矫饰。《感河南直隶二案，时久不雨》是描述河南新乡和河北阜平农民被清朝官吏迫害致死的诗篇，《肩与道覆，夷于右臂，作此自遣》反映的是农民不堪官府的榨取，不得不弃农来作轿夫的现实。祁氏的这些诗比较客观地再现了百姓的生存状况，揭示了社会矛盾和被压迫的劳动群众的贫困艰辛和苦难，因而具有深刻的现实意义。

何绍基（1799—1873），字子贞，号东洲等，道州（今湖南道县）人。七岁时，何绍基迁居北京，道光十六年（1836 年）进士，授翰林院编修。著有《东洲草堂诗钞》三十卷、《东洲草堂文钞》二十卷，诗达两千三百多首。深厚的儒教家学背景使得何绍基的文化人格自然呈现出持正保守、高雅趋古的特点，在诗歌艺术上，他更强调创新自立以达到更高层次的“不俗”，“不依傍前人，不将就俗目”。[4]

何氏为人真诚不虚，故为诗也是“以达吾意而已”。[5]人称读何诗，“如见子贞之性情”。[6]强烈的风格意识使得他特别重视诗歌语言的个性化，不少诗朴实自然，明白如话，甚至广采口语、俗语入诗，如《三月初九日过灵川县》：“昨日风清雨不大，今日雨狂风更怪。雏雷忽妒风雨来，草树云岚都破坏。须臾日出万态静，四面好山争入画。天公岂欲恐行人，游戏无心聊一快。”[7]何氏学识渊深，常常以议论、才学入诗，也有议论直露、理语过多的情况出现。如《韩侯岭》，必须具备相当的历史、地理、典故知识才能读懂。

曾国藩（1811—1872），原名子城，字居武，又字伯涵，号涤生，湖南湘乡人。道光十八年（1838 年）进士，从此开始长达十四年的京宦生涯。现存诗集四卷，三百余首，绝大部分作于道咸年间，是其宗宋理论的具体实践。

曾国藩一生从戎从政，事务繁多，但他从来不曾忘怀故乡和亲人。如《题簹筼谷图》写道：“一月更借十回看”，表面上写曾国藩对画的爱不释手，实际表现作者对家乡的喜爱与深深怀念之情。又如《岁暮杂感十首》其一中的“三百六旬同逝水，四千馀里说家山”，其二中的“最是故园难忘处，待莺亭畔路三叉”表达了游子的思乡情愫。曾国藩离家愈久就愈恋家，在旅途的孤独寂寞中体验兄弟的至情，道光二十三年（1843 年）在四川返京途中写的《早发武连驿忆弟》，其中有“大壑高崖风力劲，何当吹我送君旁”之句，表达了诗人希望借助猛烈的风吹送自己早日回到弟弟身旁的强烈愿望。

曾国藩比较关心国计民生，其诗中有不少表现忧国忧民之情的。第一次鸦片战争使曾国藩寝食难安，如《失题四首》之三云：“金堤旧溃高家堰，复道今年盛昔年。自古尘沙同浩劫，斯民涂炭岂前缘？沉江欲祷王尊璧，击揖谁挥祖逖鞭？大厦正须梁栋拄，先生何事赋归田。”此诗借王尊和祖逖道出了曾氏报效国家的雄心壮志，也表达了对时势的深深忧虑及无奈之情。

二、遗老诗人与“同光体”

一些文人尽管对康梁维新派的改良与辛亥革命并不赞成，但对于晚清昏庸、官吏腐败的现实极为不满，故有“家国常有忧”之叹。他们以特有的政治敏锐性意识到满清王朝的覆亡是不可避免的，却又以历代孤臣孽子“拯救时艰”为己任，逆时而动。当民国的诸种环境和现实离他们的理想相差甚远，“新”的立身处世的法则有悖于他们认可的标准，旧经验无法适应新变化，他们便觉得只能回到过去，从传统文化提供的人生模式中寻找精神的退路，变成固守过去的遗老。

胡思敬（1869—1922），字笑缘，一字瘦唐（亦作绍堂、瘦篁、漱唐），晚号退庐、耶溪憨史，江西新昌（今宜丰县人），有《退庐全集》。在他不到两年的御史任上，先后上奏七十多道，端方、袁世凯、耆善等疆臣贵戚均被列章摘罪。尤其痛诋新政改革有“速贫、速乱、速亡”之灾，在保守主义阵营中一时号为“真御史”，被誉为在朝锄奸的“忠臣”。宣统三年（1911 年）三月，他预感“天下不可为”，愤然辞官南归，他的诗友同僚赵尧生（熙）后来在《题漱唐匡庐归隐图》对此同怀悲戚：“一官无计补清时，眼见神州万事非，劫外将身藏海市，草间留命活山薇。”赵熙（1867—1948），字尧生，别号香宋，四川荣县人，清光绪进士，历任翰林院编修、御史、江西道监察御史。做京官时，以直言敢谏而著称。著有《峨眉纪行诗》、《香宋词》等。

作为一位毕业于江西南昌经训书院、并以奉行程朱理学为宗旨的正统士人，胡思敬在诗文中效法杜甫。清亡前他的诗文多是凭吊先贤忠烈和抒发心志之作，辛亥革命后，诗文风格更加苍老沉寂而时时泛着“衰世”之叹，纵或有所暇适，描写自然的感发之作，也是透着对世事漠然不预甚或无奈的一种心境。如《山居杂兴》其三：“欲采蘼芜已过时，胸藏信史畏人和，休官不敢看官报，日写毛诗课女儿。”这首创作于辛亥革命前夕的诗，就表达了自己知朝廷必亡而恐惧山雨欲来的预感。这种心态在另一首《索居》诗中表达得更加清楚直白：“身退官休念未休，索居何处觅交游，入山反觉书是累，丧子方知药是仇。”

林纾（1852—1924），原名群玉、秉辉，字琴南，号畏庐、畏庐居士，别署冷红生，晚年称蠡叟、践卓翁、六桥补柳翁、春觉斋主人、长安卖画翁，福建闽县（今福州）人。民国成立给林纾带来振兴国家的希望，对南北议和、政治统一等焦点问题大发议论。他写于 1912 年底至 1913 初的《论中国海军》、《论中国丝茶之业》等文章，阐述了“振军旅”、“兴实业”、“广教育”等救国主张，也表达了“使上下成为一气，方是共和之真面目”的政治愿望。然而，耳闻目睹的“共和”现状很快就打消了他的热情，他为《平报》所撰一百余首《讽谕新乐府》对民初乌烟瘴气的议员生活、议会活动及社会上的种种丑恶现象作了讽刺。如《共和实在好》一诗："共和实在好，人伦道德一起扫。入手去了孔先生，五教扑地四维倒。""男也说自由，女也说自由，青天白日卖风流。如此瞎闹何时休，怕有瓜分在后头"。这些讥讽显然是真实的，表现了林纾对"共和"现状的愤慨情绪。

民国以后种种伤心惨目的现实促使林纾的社会政治倾向急剧折返。他对民国政治的极度失望，终致成为遗老。林纾晚年，先后十一次谒陵，到第五次谒陵归来，他便吟出"老来早备遗民传，分定宁为感遇诗"了。不但对现实社会深感绝望，而且对一切新生事物都充满了敌意，对一切可能发生的"未来"都拒绝接受。于是，"故国"、"天命"、"皇恩"以及基于此的文化秩序与道德生活成为他推持生命的精神支柱。在《危峰积雪》中，他写道："万事尽灰冷，岂复畏寒雪！一白直到天，吾亦表吾洁。高哉袁安卧，卓哉苏武节。丈夫畏污染，所仗心如铁。持赠宫中人，与彼浇中热。"这何止是自赏自叹，而是在古老道德王国的高蹈中他几乎是沉醉不已了。

道光咸丰间的宋诗运动并未随着曾国藩的去世而退出历史舞台，直到民国，依旧活跃着一个实力和影响较大、有一批成就卓著的诗人、却又最为人诟病的诗歌流派——"同光派"。其中之一为闽派，以陈衍、郑孝胥、沈瑜庆、陈宝琛、林旭为代表，最后由李宣龚等人为殿。(8)宣统二年（1910年）春，胡思敬与陈宝琛、郑孝胥、温肃、陈衍、江翰、曾习经、赵熙、罗谈东等集于宣南松筠庵，成立诗社。闽派许多重要诗人在辛亥革命后成了遗老，郑孝胥、黄濬、梁鸿志又沦为汉奸；在诗歌创作上，由于过分追求奇崛，超凡脱俗，主张学问即诗料，因而出现脱离现实和刻意求工的形式主义倾向。

陈宝琛（1848—1935），字伯潜，别署韬庵，号弢庵，晚号沧趣老人，是"同光派"闽派的扛鼎诗人之一。二十岁点翰林，做内阁学士，礼部侍郎，有清流党之称。光绪十七年（1891年）削职闲赋在家二十五年，直到宣统即位，才被起用，任山西巡抚，未及到任，即被留作师傅。1917年张勋复辟时，溥仪重新称帝，他做了几天议政大臣。从此以后他如影随形地紧跟溥仪，献计献策，成为著名的遗老。

他的《沧趣楼诗集》十卷，共收入古今体诗七百九十一首，另附录《听水斋词》四十多首，大多是逐臣与遗民的感世述怀之作，因为青年时代活跃政坛，无暇顾及诗词。他的诗作可谓体式兼备，五七言古律绝，均有涉猎，诗人对声律的要求十分严格，律、绝平仄、押韵均合律，较少拗句，《慈仁寺松》押平声支韵，运用排韵一气呵成，显示了他驾驭诗体的娴熟功力。黄濬评："沧趣楼诗，谨严精密，属词使

事，罔不铢两悉称。”(9)

诗人复出后面对满目疮痍的神州大地，还怀有对理想社会的憧憬。如宣统元年（1909年）的《慈仁寺松》：“慈仁寺燔行十禾其，突见丹碧成崇祠。虬松两三犹旧姿，自我不见常汝危。身历浩劫兀不知，却对霜鬓怜吾衰。吾衰乃有看汝时，昔日同游存者谁？张叟先来闻有诗，可能雪中持一希瓦。亭林龛前斟酌之，仰读乾隆御笔碑。”但“乾隆盛世”毕竟不可得，那就退而求其次恢复到“同光中兴”吧，但诗人还是失望，“不须追溯乾嘉盛，说着同光已惘然”。（《瑞臣属题罗两峰上元夜饮图摹本》）将后作与1911年辛亥革命之前的七言古诗《二月二日温毅夫御史招同访松旧慈仁寺》进行对比，就不难体会到劫后余生的感悟和内心的矛盾痛苦：“街西三寺无一存，慈仁独以松留痕。双松成三久代嬗，望古销尽渔洋魂。山光满镜昔登阁，戒公息叟遗孤墩。顾阁龛火接凉翠，中有梵籁无尘喧。讵知转眼便泡影，窑像指画同泥洹。三松倔强天所赦，物外不动宁非尊？人间何世独也正，后秀足可追金元。欲知未来视过去，诗成图就吾何言。”面对圆明园等数以万计文物古建筑被掠夺破坏，可怜的诗人只能通过对有为之君的仰慕，含蓄地表达对理想社会的追求。

民国以后，诗人对改朝换代的“沧桑”之感，对保持“名节”，不作贰臣的“岁寒心”的表白，构成了他这一时期的基本主题。如《画松寄节庵》、《题画松为蒲生志中母谢太夫人作》、《画松寄吴郁生亲家》、《杨屏衡乞题其母金太孺人经声灯影图》等等皆是对饱经沧桑，却始终不改“岁寒心”的劲松的赞美，以此比喻在危难困厄下的坚贞节操。1918年的《六月望后，匏庵、芝南、珍午、贻书、幼点、嘿园、约为戒坛潭柘之游，予先一日至，三宿而归》“联章体”诗第一首：“八年不到山，间阔抵卅载。眼明对松栝，世换怜我在。辽金岁且，曾不柯叶改。皎然受命正，未死终磊磊。嗟予有涯生，少留玩桑海。每忧象教替，斤斧谁庇乃。托根远尘土，得地复何悔。明明去来今，无用叩真宰。”诗人处于固守“气节”与祸且不测两难的境地，“古松”不免有斧斤之虞，只能“托根远尘土”，归隐以明哲保身。结尾“无用叩真宰”表达不事民国，不与新统治者合作之意。这是恪守君臣之义的清廷遗老的悲歌，一个与时代潮流很不协调的噪音。

三、维新志士的诗歌

新词语、新概念也随着东西方文明的碰撞中大量输入。在新的语言系统中，文言的交际功能愈见微弱，变革的要求因此空前强化。在梁启超等人倡导的“诗界革命”中，当时改良派诗人的创作表现出两种倾向。其一是谭嗣同、夏曾佑的语言追求，他们的特点是以大量新出现的词语入诗。由于处于变革时期，所用的新词语往往不具有明晰性和广泛性，一般的读者很难读懂。另一种倾向是不以过多的新词语入诗，多以通俗的语言表现新的境界、新的事物，影响很大，以黄遵宪为代表被视为“诗界革命”成就最高的诗人。“诗界革命”的两种创作倾向都试图突破陈腐的文言，都不失为有益的努力。夏、谭等人的成就虽然不能和黄遵宪相比，但是他们的努力给改良主义文学运动抹上了一层独特的色彩，使它不同于历史上诗歌语言通俗化运动。

戊戌六君子中林旭、刘光第、谭嗣同都善诗，而以谭嗣同最为杰出。他们的诗作真实反映了那个时代波诡云谲的时代风貌，折射出御侮图强、革故鼎新的时代精神。

谭嗣同（1865—1898），字复生，号壮飞，又号华相众生、东海褰冥氏等，湖南浏阳人。谭嗣同与梁启超为挚友，一起参与了政治革新，又一起商讨了诗界革命。其三十岁以前的诗亦独辟新境而渊含古声，三十岁以后的科学之诗，颇喜拉扯新名词以自表异，“诗则瓣香杜甫，沉郁顿挫，得杜为多，间效昌谷，亦能奇丽。三十以后，乃喜摭拾西籍名词，入诸韵语，名为开新，实则肤浅生硬，不及蒋、夏二家之深醇也”。[10]

谭诗约二百一十五首，有《莽苍苍斋诗集》三卷行世。其山水诗写得精致又蕴藉，有王维律体山水诗之风。谭的山水诗绝大多数是律绝，于较短篇幅和严谨格律中，能选择山水景观最撩动人心的画面，并且融入自己观察山水的主观感受，含蓄蕴藉地写出山水富有诗意的美。如《道吾山》和《潼关》概括力极强而含不尽之意于字里行间，颇得唐人七绝高手真谛。他的政治抒情诗慷慨悲壮，遒劲雄健的特点既是时代风尚、文学环境和民族传统影响的结果，也是诗人遭遇和性格、才能和爱好等因素所决定的。他的新学诗虽然杂糅佛、孔、耶及新学知识，形成一种艰涩怪诞的风貌，然而诗中所要表达的思想却是新奇的，最突出的主题是批判君统和纲常，同时也表达了倡导民权，平等与自由思想。特别是他的绝命诗《狱中题壁》家喻户晓，妇孺皆知：“望门投止思张俭，忍死须臾待杜根。我自横刀向天笑，去留肝胆两昆仑。”尤其是后两句，最是流行，是谭嗣同崇高人格的极佳写照。其视死如归的气概，“无力回天”的遗恨都通过短短十六个字表达得淋漓尽致，真可谓响遏行云，义薄长空！

康有为也是晚清山水诗大家，他的山水诗也有不少陶醉华夏文明之作。如《登万里长城二首》（其一）：“秦时楼堞汉家营，匹马高秋抚旧城。鞭石千峰上云汉，连天万里压幽并。东穷碧海群山立，西带黄河落日明。且勿却胡论功绩，英雄造事令人惊！”[11] 在鸦片战争战败后国家有海无防的当时，康有为陶醉于长城“却胡”之功，不能不说有点夜郎自大。

林旭（1875—1898），字暾谷，号晚翠，福建侯官（今福州）人。光绪二十一年（1895 年），林旭二次落第之后留在京城，捐资为内阁候补中书。《晚翠轩诗集》大多写于光绪二十年（1894 年）以后，共存诗作一百五十四题，计一百九十二首（未含科第应制诗），其中五古十七首，五律九首，五绝二首；七古十三首，七律六十七首，七绝八十二首，歌行杂体二首。写于光绪二十一年（1895 年）甲午战争期间的诗作《叔峤、印伯居伏魔寺，数往访之》，以白描手法勾画出两书生坐在丁香盛开的窗前枉自叹息的忧国忧民神态，并把矛头指向朝廷，“言战言守言迁都，三十六策他则无”。结尾通过鲜明对比，把“翰林”平日“慷慨排和议”，而一旦洋人打来跑得比谁都快的丑恶嘴脸和卑劣行径暴露得淋漓尽致。

刘光第（1859—1898），字裴村，四川富顺县赵化镇人。光绪九年（1883 年）荣登进士，授为刑部主事，有《衷圣斋文集》、《介白堂诗集》和《衷圣斋诗集》。由于他在京城难以施展抱负，又不肯追逐流俗，便过起了闭门读书的生活，用陶渊明的诗文培植着自己安贫乐道的志向。如《远心》：“远心无杂迹，随在得真还。阅世摩孤剑，围书坐万山。雪天生气出，人海寄身闲。愧少匡时略，梅花且闭关。”内向的性格使刘光第孤傲气节较为突显，其咏物诗中有较多体现。《看竹辞》一诗中有“春花繁艳不堪顾，夏木浓荫少情趣。俗肠江水浣不得，紫陌红尘久难住。忽闻胜地笋泥香，知有此君心便凉。虚心只合临睡照，高节讵肯随风扬”。刘光第深知竹的清雅、虚心、高洁，曾语“此君（指竹，著者注）即作吾师看”！这种傲气与内向熔铸成一种孤傲。他的诗作常传达着对孤独的审美体验，意境悠远苍茫，如《独临宝见溪危石上小坐》中有“我心欢素闲，山灵助孤赏”、“平生五岳志，收拾在林间”。儒家的忠君爱国思想使刘光第要有所为，但对世事无奈与失望又使刘光第由儒入道想无所为，他的这种矛盾，在诗歌中也有表露：既有豪气干云的“劲松知冬秀，杰士济时艰。男儿有壮志，封侯头未斑”，“丈夫一举为黄鹄，下士大笑如苍蝇”；又有皤然而思归隐的“灾见天心厚，穷知国手难。故园花木笑，招我醒盘桓”，“平生五岳志，收拾在林丘”。

秋瑾（1887—1907）是一位杰出的女革命家，也是一位才华横溢的文学家，她有诗百余首、词数十阕、文十余篇、还有歌及弹词等。秋瑾从一闺中女子最终成长为一名彪炳青史的革命人物，光绪二十八年（1902年）前后北上京城实为一大契机。秋瑾本以才学自负，又怀有高远的思想，一旦跻身新环境，读到各种新书报，原先潜藏的能量勃然爆发，转化为趋新的巨大动力，在京师学界很快脱颖而出。

秋诗以1904年东渡日本投身革命为界，可分为前后期。与后期慷慨激昂有所不同，前期诗歌多悲愁低徊情调。如：“秋来何处最凄迷，回首都门夕照低。旧事已成蝴蝶梦，新愁都付鹧鸪啼。欲将星替谁怜月，却怨云痴不忆泥。为问离情长几许，水流呜咽到耶溪。”（《秋来》）“生成薄幸奈何天，一度思量一惘然。才子偏铿偕老福，美人工唱想夫怜。花含别泪啼朝露，柳织离愁绾暮烟。半掐情痕浑褪尽，余根绪触尚缠绵”（《惆怅词》）。这些诗篇细致地刻画了对王子芳的思念与期待、幻想与失望，几近旧时女性爱情嗟叹的复归，缠绵悱恻，情致殷切，一唱三叹。秋瑾在光绪二十九年（1903年）秋的同类作品达到十七首之多，勾勒出她在婚姻决裂前后的心理变化过程。对婚姻的彻底失望促使她的人生追求转为以入世精神为主的建功立业、扬名后世：“秋山妆黛水文波，猎猎惊风飐薜萝。芳草也如人意懒，斜阳无那客愁多。茫茫对此新亭泪，黯黯销魂敕勒歌。沧海横流行且遍，辟兵何处觅岩阿。”（《重九前三日书怀》）

秋瑾在北京接触了新的社会思潮后，深感现实严峻，渴望拯救祖国。光绪二十九年（1903年）作《感事诗》说：“竟有危巢燕，应怜故国驼！东侵忧未已，西望计如何？儒士思投笔，闺人欲负戈。谁为济时彦？相与挽颓波。”她目睹《辛丑条约》签订后，统治者照样醉生梦死，无视日本虎视眈眈，而仁人志士和像她这样的爱国妇女愤怒异常，急思杀敌报国。然而谁是济时豪杰，与她共挽时局呢？于是渴求知音，有寂寞孤独之感。如《独对次清明韵》诗说：“独对春光抱闷思，夕阳芳草断肠时……喜散奁资夸任侠，好吟词赋作书痴。浊流纵出身原洁，合把前身拟水芝。”秋瑾作为深闺女子，却能与当时最先进的爱国志士一样，忧心国事，正是这种爱国爱民的思想才使她坚决冲出封建牢笼，投身革命。

四、少数民族诗人的创作

清王朝定都北京以后，大力推行儒家的典籍伦理，专门设置了翻书房，吸取汉族封建文化。因此，清代少数民族文学的成果超过以往任何一个时代，尤其是诗歌创作，可谓群星灿烂。其中成绩最突出的当然是满族人了，难能可贵的是他们很多身为宗室，对社会现状和人民苦难却有深刻的认识，在诗中表达了对人民的同情和理解，抒发对社会不平的愤慨，富有现实主义精神。

宝廷（1840—1890），初名宝贤，字少溪，号竹坡。满洲镶蓝旗人，清宗室，父亲的罢官成为宝廷生活的转折点，昔日公子王孙沦落为普通百姓，所以贫穷困苦成为其诗歌中反复吟咏的重要内容与主题。在《无食叹》、《无衣叹》、《无火叹》、《无糕叹》等诗歌中，他直接抒发因贫穷的压力而导致在身体上的强烈刺激及对不能养亲的内疚与自责。为了亲人，为了国家与民族尽职尽责，必须勇敢积极地奋发。《咏怀七古》希冀自己有朝一日能够发挥自己的才能报效国家："无衣无食强偷活，心寒意冷朱颜摧。国忧家恨两纠结，终朝饮泣怅中怀。赖有和盟息争战，幸免沟壑颠尸骸。我皇嗣位天运开，中兴诸将呈英材。十年积寇一旦灭，廓清九有驱豺狼。"全诗基调虽不免悲哀，但想有一番作为的抱负还是很清楚的。

宝廷晚年虽罢官退隐，但一直没忘国计民生，人生易老、功名难成的感慨更加强烈与深厚。面对人生易老、韶华难留，宝廷表现出眷恋与无可奈何。"老近生离如死别，途穷作客胜居家。……物候人生皆尔尔，勉旃行矣漫咨嗟"（《送汝明之凤台》）。人生易老的无情主要是事业难就的无限遗憾与苦痛，如"半生悲自误，廿载笑空忙。弹指青年过，生沉拟尽忘"（《偶成》）；"弹指年华渐消歇，天时人事两相摧"（《干戈》），既有怀才不遇的愤慨，更有时光易逝人生空忙的悲哀。

恩华（约1810—1860），字缄庵，清宗室。青年时曾任宫廷侍卫，后来官至理藩院尚书。逝后其子族伯侍卫、女婿锡璋等整理刊出他的诗集《求真是斋诗草》。恩华能跳出宗室与高官的藩篱，着眼于民生大众，诗集中却有许多关切百姓、怜悯众生的作品，且多为鸿篇巨制。《书王眉仙孝廉（贩女哀诗）后》、《悯农》等表现了作者对农民不幸遭遇的同情，情意真挚，真切感人。《苦旱行》（昌平道中作）叙述农民遭遇旱灾后祈雨无效，借贷无门，婴儿饿死沟壑，而官吏如虎狼，夺占了饥民的赈粮，饥民却不敢言的现实。"此苦君不知，茅檐异碧瓦"二句揭示贪官污吏草菅人命，身在高门广厦的贵族大员不能知晓的残酷。其他如感伤兵徭之苦的《古诗》和感伤被盗之家的《伤被盗者》，反映社会现实也很深刻。《贫女诗八首》分别写了纺织女、压线女、缝纫女、歌舞女、洗衣女等人的贫苦与不幸，对她们的辛勤操劳寄予了深切的同情。

恩华为人正直，卓有气节，常感慨人心不古，英杰遭难的现实。《志怀》借对好友不幸遭遇的不平，表露了自己对世事人生的感慨和磊落不凡的襟怀。诗人至友霭亭，本是人中楷模，却因遭到小人嫉妒陷害，像屈原被楚怀王放逐一样，一去三年，想求告于皇上也无门路。作为好友与弟子，恩华为此深感羞愧，“遂令九京下，犹有覆盆呼。至今偶思及，泪汗惭交俱。烨烨棠棣华，隐痛存区区”。

面对腐败丑恶的社会现实，恩华时时有出世隐居之思。《和人邯郸题壁》约作于道光二十三年（1843 年），借《枕中记》黄粱一梦的故事抒发对做官无味，弃之又惜，如食鸡肋的感叹：“宦成鸡肋人将弃，名不羊头史或存。”《读〈陶靖节传〉书后》抒发了诗人羡慕陶渊明辞官归隐的情意：“我爱陶靖节，弃官事畋亩。堂堂七尺躯，不肯折五斗。归来三径开，闲情寄诗酒。高卧傲南窗，嘻嘻乐子归。”作者把归耕畋亩的生活描画得极其美好，虽然这种理想不能实现，但却证明诗人对此向往之情。

盛昱（1850—1899），字伯熙（又作伯希、伯羲、伯兮、伯蕴、韵苗），号意园，爱新觉罗氏，满洲镶白旗人，肃武亲王裔孙，肃恭亲王永锡的曾孙。盛昱出身名门，十岁能诗，同治九年（1870 年）中第一名举人，光绪二年（1876 年）中第一名进士，改翰林院庶吉士，散馆后授编修，以后相继充詹事府右春坊右中允、翰林院侍讲、文渊阁校理、国事馆协修等职。有《郁华阁遗集》四卷，多为盛昱晚年所作。

盛昱虽出身贵胄，但仕途不得意，被迫退隐，其欲有所作为而又郁郁不得志成为诗集的主要内容。如《送门人张季直南归二首》之二：“同是忧君国，吾生早自捐，纷坛今日拯，涕泪十年前。诗稿怀中字，琴心海上天，愿赊干净土，跣足看耕田。”诗人“跣足看耕田”乃不得已，十年前也曾为民族之危亡涕泪，至今仍很自豪、留恋。身虽退而心未隐对一个报国志士来说是非常痛苦的：“赋就高轩荷播扬，当年曾指是儿狂，少年谈笑匡时略，晚岁经营避四方。匠石程材全大栎，伶伦抱瑟奏空桑，达门潭上神仙鹿，一离分尝念故乡。”少年诗人谈笑风云，指点江山，何等威风，何等傲狂，然而晚年却要经营避世，退隐谋田，又是何等凄凉，何等酸楚，皆因未遇识才之“匠石”，雄才大略亦只好“伶伦抱瑟奏空桑”了。

由于失意，诗人寻求解脱，《将为釜山之游晚出西便门宿沟陆书》把一个既欲流连于山水诗书之中，又未能忘却家国尘世的既洒脱而又伤怀的隐居者形象描摹得如在眼前：“一脱京尘便洒然，相逢父老说丰年，可堪日暮轻阴际，况复秋深落木天。笑我节枝来画帧，诸君华省有诗篇，伤心缺月芦沟水，曾照朝京几辈资。”《游西山和王廉生》表现了诗人摆脱功名的烦优，陶醉在家庭情爱的生活：“官职声名亦偶然，百年鬓雪不能坚，衰迟语爱即灵鞠，闲适诗吟白乐天。小女能编藏画籍，门生时送买书钱，短衣匹马西山下，好趁春风一放颠。”

归隐课田的闲适生活，养成了诗人极为豁达、乐观的处世观。《徕水病足示来臣》、《病中效倚松老人体》、《病小愈》都是诗人病入膏肓时而写，却不见丝毫悲观之意。诗人在绝诗《病占口革》中更轻描淡写地道出了他的生死观：“怕死作为已死，有生便是无生。纵然自有余岁，不过多得浮名。”

在少数民族诗人中，也涌现了大批闺秀文学家。她们的诗作题材受到内眷生活的制约，缺乏时代风起云涌的心灵振荡所激起的回音。但满族女诗人顾春的诗既有不同于男性的深切痛楚的生命体验，又超越了一般女性狭窄封闭的见识，是其中的佼佼者。[12]

顾太清（1799—1877），满洲镶蓝旗人。本为西林觉罗氏，后改姓顾，名春，字梅仙，又字子春，道号太清，晚号云槎外史，常以太清春、太清西林春、云槎外史自署。[13]善诗词，工书画，著有诗集《天游阁集》、词集《东海渔歌》、小说《红楼梦影》等。她一生坎坷波折，历嘉庆、道光、咸丰、同治、光绪五个朝代，目睹了清王朝由盛转衰的过程，因此当时的时代忧患在她的笔下亦时有流露。道光二十二年（1842 年）英军侵犯浙东时，她慨然写道：“盍效昆阳助战争，一为吾皇击群丑。”（《过访少如坐中忽值雷电交作……四月廿二也》）表现了她的爱国思想。在《咸丰庚申重九有感湘佩书来借居避乱数日未到又传闻健锐营被夷匪烧毁家霞仙不知下落命人寻访数日未得消息是以廿八字记之》中写道：“几林枫叶染新霜，山色依然未改常。欲插茱萸人不见，满城兵火过重阳。”诗中所深蕴的家国之痛乃力透纸背，不言自明，对家妹霞仙失散又重晤亦有“虎口余生喜尚存”的记述。

顾春与奕绘贝勒的理想婚姻，以及满族人特有的豪爽，使得她有着深藏闺阁的女诗人所没有的放逸的情思，开阔的视野以及明朗清新的格调。“酒”在传统文化中被赋了浓厚的男权色彩，似乎与女人无缘。而太清涉及“酒”的诗词众多，仅在其诗集《天游阁集》中就有近三十首。《癸巳春雪》描绘了一个银装素裹的童话世界：“春分犹雨雪，二月尚重裘。浅草埋银海，新条结绣襦。冷侵云阁幔，寒入玉人楼。匝地阴云重，漫天花雨浮。纷纷铺石砌，剪剪上帘钩。坐对尊中酒，琼瑶落未休。”面对落英般缤纷的飞雪，女诗人悠闲自在地饮酒观景。一个开朗自信，活泼可爱的女性形象如在目前。

顾氏四十夫亡，陷入了后半生的多灾多难、凄寂悲凉的孤寡生涯。《七月七日先夫子弃世，十月二十八日奉堂上命，携剑初两儿、叔文以文两女移居邸外，无所栖迟，卖金凤钗购得住宅一区。赋诗以纪之》和《自先夫子薨后意不为诗，冬窗检点遗稿，卷中诗多唱和，触目感怀，结习难忘，遂写数字，非敢有所怨，记余生之不幸也》反映了她从往日的豪华生活陷入生活困境的凄惨，连斗粟尺布的最低生活都不能维持。以至于到了年关，许滇生送了点东西，她为此感激不尽。并写下了《许滇生司寇六兄见赠银鱼螃蟹，诗以致谢》，记叙此事。经历了失去亲人、含冤莫辩、生活陷入困顿的大痛之后，顾太清藉登山临水、俯仰山川来荡涤胸怀、放飞心灵。她的许多山水小诗写得轻灵淡远，充满洞明世事的禅，如《题文衡山〈秋湖晚眺〉》："秋水澄峰影，丹枫照夕阳，忘机二三子，无语对沧浪。"而游仙亦是她扫除胸中块垒的方式之一，《游仙四首》描绘了一个充满生之欢乐的人间仙境。但她同时又清醒洒脱、乐观豁达，明白这只是一个"我欲往从之，不见三青鸟"的虚幻世界。

在诗词中书写自己的母性情怀在以往的作品中较为少见，而顾太清的笔下经常流露出温柔的母爱。如《夏日听道初两儿读书》："翛然花木阴茅庵，一柱炉烟经半函。闲向窗前课儿女，微风晴日诵《周南》。"描绘了一幅温馨的场景，洋溢着一个慈母的幸福和骄傲。丈夫去世后，她含辛茹苦，独自养育儿女，因此儿女成家生子给她带来的快慰非同寻常。光绪二十二年（1842 年）元日，她的儿子载钊按定制受二品顶戴，太清《壬寅元日试笔》表达心中的喜悦："娇儿公服耀金缕，新妇斑衣献寿杯。"这是做母亲的骄傲，也是家族的荣耀。[14]诗末也表达了自己期待早日做祖母的心愿："心香一瓣虔心祷，早愿含饴弄小孩。"在老年太清的心目中，完成儿女的婚姻大事，含饴弄孙是人生第一乐事。孙女、孙子出生后，太清在《春日偶成》中写道："含饴亦是人生乐，闲坐南窗弄掌珠。"[15]道光二十七年（1847 年）太清八儿载初娶妇，五儿载钊又生子，同在子时，太清写道："从来万事难逢巧，预兆绵绵瓜瓞蕃。"[16]这些作品洋溢着母性的欢欣和慈爱，显示出强烈的家族观念。

扈斯哈里氏（1848—?），满洲人，有《观红楼梦有感》五首。其中七律一首："真假何须辩论详，斯言渺渺又茫茫。繁华好是云频幻，富贵无非梦一场。仙草多情成怨女，石头有幸做才郎。红楼未卜今何处，荒址寒烟怅夕阳。"七绝三首，其一："红楼一梦警迷人，名利场中莫认真。十二金钗今已杳，几堆白骨掩香尘。”其二：“青埂峰前一石头，携来偏自落红楼。绛珠有草随缘化，离恨天中不了愁。”其三：“幻境虚成一段缘，红楼奇事古今传。半生洒点相思泪，不免魂归离恨天。”五绝一首：“是是非非地，空空色色天。红楼如一梦，警世悟禅缘。”这些诗作于咸丰十年（1860 年），作者时年仅十三虚岁。但从“十二金钗今已杳”可以看出，如此年幼，却表达了青春易逝、沧海桑田的命运悲叹和历史空茫，流露了对封建末世人生如梦的幻灭之感。

那逊兰保（1824—1873），字莲友，博尔济吉特氏，喀尔喀部人，出身于贵族家庭。那逊兰保自幼聪明好学，道光七年（1827 年）她四岁时随父入京，从小接受汉文化教育，七岁入家塾，十岁便开始创作诗歌，十五岁已精通了四书五经。因此，当时人们都称她为“喀尔喀才女”，她是清代蒙古族文学史上有整部诗集流传至今的第一位女诗人。[17]道光二十年（1840 年）那逊兰保十七岁时嫁与清满洲宗室副都御史恒恩，夫家也是个汉化较深的满族宗室官宦家族，她的一生都是在北京度过的。那逊兰保著有《芸香馆遗诗》，分上下两卷，共九十一首，其子盛昱搜集整理并刊刻印行。晚清文学家李慈铭为《芸香馆遗诗》所作的《序》中，称她“惠性夙成，苕华绝出”，所作诗篇“清而弥韵，丽而不佻……洵足抗美遥代，傅示后来”。

1840 年，鸦片战争爆发。那逊兰保的兄长应俊奉旨赴库伦抵御沙皇俄国的侵略。当时，那逊兰保便写了一首洋溢着爱国主义热情的道别诗：《瀛俊二兄奉使库伦，故吾家也，送行之日率成此诗》。这首五言古诗写出一位少数民族诗人心理衍化的轨迹。“四岁来京师，卅载辞故乡。故乡在何所，塞北云茫茫。成吉有遗谱，库伦馀故疆。弯弧十万众，天骄自古强。夕宿便毡幕，朝餐甘湩浆。幸逢一大统，中外无边防。带刀人宿卫，列爵袭冠裳。自笑闺阁质，早易时世妆。无梦到鞍马，有意工文章。绿窗事粉黛，红灯勤缥缃。华夷隔风气，故国为殊方。问以啁哳语，逊谢称全忘”。作品写于送别兄长之日，却未述离愁别绪，其主要篇幅历数对于故土的眷恋深情和现今文化气质的变异与认同。对故土的种种追忆，“所愧非男儿，归愿无由偿”的心境，是民族感情的潜在意识的显现。

五、居京文人才士的作品

到了晚清，京师依然是人文荟萃之地。各省来京致仕官员、胥吏及大批会考士子、游宦士子与进京谒选官员不定期地涌入北京，他们或随任游历或钻研学问，有的还在北京留居多年。诗歌唱和在频繁的人际交往是一种交流学问、寻求友情的重要手段，历来是士人抒发传递情感的重要方式。诗社给士大夫们提供了一个休闲场合和交流机会。同治十年（1871 年），各省士子汇集京师，参加会试，由张之洞（当时为翰林）倡议和策划，以潘祖荫名义举行的雅集，大会天下名流于城南陶然亭。[18]光绪时，张之洞进京后再次成为京都名流之魁。“文襄开府江汉，朝野之士，即已云集相从。其宴会时，又无往而不分韵题诗，即最促时间，亦必钩心斗角，作诗钟一二。上好下甚，故当日十刹海之会贤堂、宣武门外之畿辅先哲祠与松筠庵，皆为名流畅叙幽情之所。而寒山社之诗会，亦即起于是时”。[19]张之洞在光绪三十三年（1907 年）夏，被授予体仁阁大学士兼军机大臣，入值枢府，至宣统元年（1909 年）秋病逝，前后只有两年时间，则寒山社亦当活跃于此时。此后，北京诗社仍很活跃，“宣统庚戌、辛亥间，京朝官方结社为乐，多游览题咏之作”。[20]

这些长期或短暂逗留在北京的文人可以分为几类，第一类当然不乏庙堂重臣。他们作为高官，有资格成为诗坛、文坛的组织者，但其本身或者由于时间的关系，或者因为才能局限，创作诗歌的成就并不是很大。

倭仁（1804—1871），字艮峰，号艮斋，乌齐格里氏，蒙古正红旗人，出生于河南开封。道光九年（1829 年）赐同进士出身，点选为翰林院庶吉士。道光二十六年（1846 年）理学家唐鉴告老南归后，倭仁成为京师理学重镇。同治元年（1862 年）任同治帝师傅、文渊阁大学士。同治七年（1869 年）同治见习临朝理政，得旨允准，倭仁禁不住“喜而赋诗”，其一云：“哀躬道积已成基，稽众还思允若兹。龚命重申群策纳，乾纲玉振一人持，每怀机密欣观政，况有摅亲更进词。独愧老臣无寸补，龙章日月仰风期。”诗写得一般，但表达了对同治皇帝临朝“听政”的欣喜和期望能把同治皇帝培养成一代“中兴圣主”的真诚愿望。

李鸿章（1823—1901），字渐甫，号少荃（亦作少泉），晚年自号仪叟，是曾国藩同榜进士李文安的儿子。道光二十三年（1843 年）李鸿章入京考进士，次年，李鸿章中顺天恩科乡试第八十四名举人，李文安命李鸿章跟着曾氏读书学做文章，曾李自此建立了师生关系。道光二十七年（1847 年）李鸿章中丁未科会试是二甲第三十六名，同年六月十五日引见，改为翰林院庶吉士，道光三十年（1850 年）授翰林院编修。咸丰三年（1853 年）二月，他告别做京官的父亲，随侍郎吕贤基回皖办团练。

李鸿章的诗歌并不多，但他在不同年龄阶段均有诗歌创作。道光二十三年（1843年）李鸿章谨遵父命，满怀信心北上，作《入都》诗十首。虽然前途未卜，仍能看出作者对未来充满信心，不达目的便“誓不重回故里车”，真实反映了一个青年书生猎取功名的急切心情和坚忍不拔的豪迈之情与坚强决心。光绪二十一年（1895年）由于李鸿章代表清政府和日本签订了《马关条约》，遭到全国人民的强烈抗议，只得闲居在北京。此时的他感受到世态炎凉，忧谗畏讥，苦闷无聊，但仍然对朝廷忠心耿耿，把自己比作包拯：“正直原留万古名，包公忠义使人顷。欲求一笑阎罗易，须俟千年德水清。雅意静涵波万顷，澄怀朗印月三更。春山霁宇开终古，秋水锋芒露一生。”[21]期冀自己能像包拯那样流芳百世，也流露了他对于自己的人生际遇不甚满意的情绪。李鸿章死前忧念危局，还老泪纵横地吟成一诗：“劳劳车马未离鞍，临事方知一死难。三百年来伤国步，八千里外吊民残。秋风宝剑孤臣泪，落日旌旗大将坛。海外尘氛犹未息，请君莫作等闲看。”[22]（高拜石《南湖录忆》）把自己比喻如同一匹老马，劳累一生都没有停歇，“秋风宝剑孤臣泪”反映其临终前的心情，忧思惶恐，悲凉凄怆，令人感叹！

第二类为文化名流或诗坛领袖，他们虽然在仕途上没有大的成绩，但是他们文学成就突出，以此名世，其中不乏开创新局面者。

李慈铭（1829—1894），字公书，爱伯，号莼客，自号越缦老人，浙江会稽（今绍兴）人。李慈铭以诗歌和骈文有名于时，有《越缦堂诗初集》、《霞川花隐词》。《清史稿》本传称其“为文沉博绝丽，诗尤工，自成一家”。蒋瑞藻认为清季诗家以李慈铭为冠[23]，此言或过其实，但李慈铭在近代文学史上的重要地位没有人能够否认。蔡元培称他为“旧文学殿军”，[24]其诗学主张突破了当时诗坛专尊唐诗或宋诗的樊篱，视界较开阔。他称道王渔洋、何景明和李梦阳，于晚明公安派和竟陵派之诗亦多有节取。“不名一家，不专一代”的诗学态度最终造就了李慈铭诗歌创作的大家气象。其诗无体不工，风格以清新俊逸为主，温婉和平。

咸丰九年（1859年）以后，李慈铭北上宦游，长期居京为官，结交虽广，但总以同乡人为最。他在京常作怀乡诗，咸丰十一年（1861年）作《青田湖竞渡词十六首》，“万人歌吹阴天，酒户茶桔处处连。谁坐水边凉子，画罗扇底看游船”。描写青田湖畔（位于作者老家霞川）江南水乡的动人画面。他对老家的思念最为感人。晚年《自题霞川老屋图》长诗中，他深情地叹道："多情唯有霞川水，日望行人万里归。"他多么想在"烟波浩森，鸥亮四散"的水乡酒乡安享天年啊。他喜欢家乡习俗，尤其是各种习俗中的酒俗。一次，他在京都把酒欢庆上元灯节，作《越中灯词十首》，其一写故乡的灯市："陶堰年年灯市新，百家庙里共嬉春。春星渐乱歌尘歇，灯火家家扶醉人。""家家扶醉人"，写出了酒之多，人之乐，也表现了他对醉乡"醉人"的无限向往之情。

整个晚清诗坛都弥漫着宗宋风气，王闿运却能不受影响，独自标立，别创一派。他于诗主张复古，"平生造诣，乃在心模手追于汉、魏、六朝而稍涉盛唐"。(25)成为近代诗坛独树一帜之汉魏六朝派的代表。

王闿运（1833—1916），字纫秋，后改壬秋，又字壬父，自号湘绮，湖南湘潭人，咸丰九年（1859年）入京应试，以后又多次北上京师。今存《湘绮楼诗集》十七卷、补遗三卷，约千首诗。其关心时事世务，诗中不乏"家国常有忧"之作。特别是诗史之作《圆明园词》更是脍炙人口的政治时事诗。这是他同治十年（1871年）四十岁抵京师，参加会试后所作。长达九百余字的七言古诗模拟白居易的《长恨歌》、元稹《连昌宫词》，规讽时事，描绘了社会现实。作者追记了圆明园建园的经过，描绘了被焚后的破败，揭露了清朝宫廷的荒淫生活和英法联军的侵略罪行，表现了作者无可奈何的颓丧和悲愤。认为被焚的原因是"吏治凌迟民困窘，长鲸跋浪海波枯"，并告诫当政"唯应鱼稻资民利，莫叫莺柳斗宫花"。此诗出后，亲师学人争相传阅，"以为笔墨通于情性，回首当前情事，读之悲恸欲绝，乃叹诗之感人"。但也无庸讳言，在艺术上创新不足，胡适所谓其"笨拙的时事诗，不能算作诗"，(26)言之甚苛。王闿运于近代咸、同、光、宣四朝诗坛盛行宋诗之时，独"寝馈汉魏六朝诸家集"，拔戟自张一军，以其"另类"的风貌为宋诗学弥漫的近代诗坛增添了一道异样的风景，还是有其存在价值的。

第三类属于一般的官员或者滞留在京的举子们，他们是众多诗社活动的参与者，其中很大一部分人在文学上无甚大造诣，在文学史上或许不能占据重要地位，但是他们的诗歌创作反映了各自的心声，也各有特色。

周锡恩（1852—1899），字伯晋，又字荫常，湖北罗田古羊山人。光绪九年（1883年）考取进士，授翰林院编修，因其文思敏捷、才情奔放而颇受推崇，时人将他与江南才子张百熙合称为"北周南张"。《罗田县诗精选》中，录有周锡恩诗三首，诗质朴少文，但能看出作者忧于时事，渴望一展抱负的雄心。其一写道："郁郁苍髯叟，所喜住岩壑。移根入华屋，风烟遭束缚。有如鲁仲连，强之受秦爵。盆盂置高堂，纵贵非所乐。怜尔强直性，蜷曲随众作。根学蛐蚓蟠，心容蝼蚁嚼。园丁当解事，殷勤放棕索。纵尔反东岗，岂无千岁鹤。"其二写道："海水横飞起飓风，砰訇帝怒震瑶宫。雷霆忽骇惊天下，颇牧谣传出禁中。公法几条颁万国，诏书一尺罢三公。汉文有道师黄老，一为匈奴谪武功。"其三写道："旗山高耸鼓山连，盘折闽江石峭然。已报鸡笼煤窑夺，更惊马尾炮声传。贾生汉室才无几，房官陈陶事可怜。坐使鲁连悲啸发，茫茫沧海尽风烟。"[27]

黄彭年（1824—1890），字子寿，贵州贵阳人，道光二十五年（1845年）进士，改庶吉士，授翰林院编修。著有《陶楼文集》十四卷，《陶楼诗钞》六卷，均印行于世。张舜徽在《清人文集别录》中说读黄彭年的著述，"可知其根本甚大，胸襟开拓，不偏不觉，廓然有以见道术之公，于箴盲起废，不为无补"，览其《陶楼文集》，"可以考见彭年潜心问，颇有功力，不徒托空言以播为口说，与庸常拥皋比为山长者固自不同耳"。意即与一般学问肤浅、空话连篇的主持书院讲习的人有根本的不同。

民国建立后的几年间（1912—1919）是中国20世纪以来最为黑暗的时代，袁世凯专制，二次革命失败，许多昔日雄心勃勃的文人志士变得消沉落寞，无用感、挫败感、颓丧感充斥于这一时期文人们留下来的文字中。由于辨不清目标，看不到前途，本欲一展襟抱的文人在一系列事件中倍感个体生命的无力与渺小，心中苍凉而迷茫。当他们对于时局，对于政体，以至对于人生选择产生了困惑时，有的人甚至重新从旧时代的武库中寻找伦理纲纪的武器，以期整治天下秩序；有的人或者沉迷于风花雪月中去逃避现实；有的以独善其身的精神支柱，疏离了各种政权斗争。因此，辛亥革命以后，弥漫在文人诗歌的迷茫苍凉心境是一些文人苦闷心理的典型反映。

黄节（1873—1935），名晦闻，字玉昆，号纯熙，又号节，别号甘竹滩洗石人，后署晦翁、佩文、黄史氏，广东顺德甘竹右滩人。黄节是近代史上的诗学大师，有"黄诗陈（洵）词"、"章（太炎）文黄诗"的美誉。纵览黄节自1913年离粤入京至1926年的创作可以看出苍凉迷茫的心态，在诗中不止一次以唐代安史之乱后流落无着的李龟年比拟自己。即使是袁世凯称帝阴谋破产的1917年，诗人的心情也没有乐观："万虑撄心强自持，别寻歌哭恣吾思。"（《答瘿公》）虽有满腔抱负与一身才学，却难以在乱世中建功立业，这种无奈意绪见于

《都门遇何剑吾》（1918年），其颈联云："可怜赤手拿龙学，只付黄金买醉吟！"诗人借自己空有屠龙之技比喻自己无用武之地的窘境。诗人放不下忧国伤时的情怀，然而却无能为力，只能保持独善其身的气节。如《残梅》（1915年）云："一雪助花消朔气，无人倚竹共天寒。"又如《生朝》（1917年）："五年作北客，志洁宁嗟穷？区区说名节，岂与王霸功！尊前有寒梅，雪后翘春松。把酒思吾妻，今朝祀祖宗。"读罢令人感佩其"穷且弥坚，不坠青云之志"的清白风节。正由于他洁身自好，不与袁世凯同流合污，所以他对友人投奔袁氏的行为极为痛心，多加劝阻。在对刘师培几次劝诫无效之下，创作了《无题》（1915年）："深灯密幄坐寻常，已被旁人窥晚妆。却误嫁时为妇易，漫嘲邻女压针忙。得鱼赤尾吾知病，见叶黄陨汝或伤。负尽秋期是今夕，可能回忆十年强。"该诗隐晦地表达了对刘师培之流的嘲讽与蔑视，为自己与刘师培十年左右的交往画上了句号。对于同乡兼老友的罗瘿公为《袁氏世系》一书题字之事，他及时讽劝，生恐罗氏越陷越深，诗云："文章不朽关风节，士行从来乃国维。老辈主持原有责，时流薄弱岂云知。君于名德都交遍，事或非人莫强为。贾郭谊高犹见鄙，莱芜虽激可追思。"（《简瘿公》，1915）

袁克文（1890—1931），生于汉城（今首尔），金石书画、诗文戏艺，无所不通，尤其在诗词歌赋方面，表现出超人的才华。二十四岁时就出版了第一部诗集《寒云诗集》，共收诗百余首。当时的袁克文既有与哥哥袁克定争夺太子的嫌疑，又无力劝阻父兄的逆势行为，十分痛苦，只有沉醉在温柔乡里，与红颜名士相交，诗酒唱和，逃避现实。当时袁寒云与易顺鼎、闵尔昌、何震彝、步章五、梁鸿志、黄浚、罗瘿公六位名士在南海流水音结成诗社，流连诗酒，因称"寒庐七子"。1913年袁寒云专门请人绘制《寒庐茗话图》，"七子"皆着古代衣冠，俯仰异趣，大得名士况味，此画一成，京城人士慕名来看者络绎不绝。

袁克文思想敏锐，已经看出袁世凯称帝不会有好结果，对前途抑郁满怀，因此在诗中弥漫着浓厚的凄凉和迷茫，组诗《分明》是这种情绪的典型反映。第一首云："乍着微绵强自胜，古台荒槛一凭陵。波飞太液心无往，云起魔崖梦欲惊。偶向远林闻玉笛，独临灵室转灯明。绝怜高处多风雨，莫到琼楼最上层。"第二首是："小院西风送晚晴，嚣嚣欢怨未分明。南回寒雁掩孤月，东去新风黯九城。驹隙留身争一瞬，蛩声催梦欲三更。山泉绕屋知清浅，微念沧浪感不平。"传闻因诗中有不满袁世凯称帝的意味，袁世凯把他软禁在北海雁翅楼，不许他和名士们来往。袁世凯命归黄泉后，方地山在挽联中说："论琼楼风雨之诗，南国亦知公有子；承便店共和明间，北来未以我为臣。”其中提到的琼楼风雨就是指袁克文《分明》第一首的末句。

六、近代诗学

诗歌发展到近代可谓极盛，诗人之多，诗风之繁，前所未有。近代诗歌构成之复杂，活动之丰富，有着鲜明的特点，而近代诗学对其具有非常自觉的理论探讨意识。汪辟疆、陈衍等人不仅能够看到近代诗歌的价值所在，而且进一步从具体层面入手，揭示近代诗的特色，反映了他们的识力和见解，这是对文学史研究的一大贡献。在此之前，文学史上从未有人对近代诗给予这么高的评价。考虑到他们与近代诗人多有交往，或许不无溢美之处，但他们精熟诗艺，又带有史家眼光，终非泛泛之论。

1912 年 10 月，陈衍应梁启超之邀在北京开办的《庸言》杂志上登载诗话，后来结集出版为《石遗室诗话》。[28]《石遗室诗话》是近代诗歌批评著作中的代表作之一，全书共三十二卷，每卷万言左右，卷秩的浩繁是空前的。它是对“同光体”诗歌的揭集，同时收录和评论了咸、同以来大量诗家的作品。它既继承了源于钟嵘、盛于宋代的那种论“品第”、“辨句法、备古今、纪盛德、录异事、正讹误”的中国古代独特的诗论形式，又对传统诗话模式有所突破，更注意专题性、理论性，更具有近代朴学精神。它不仅对近、现代旧体诗坛有很大影响，而且对研究诗歌理论具有重要的借鉴意义。

陈衍和郑孝胥把早在“道、咸”就已开始的思潮，同光年间已形成一种宗宋的诗歌流派命名为“同光”体。陈衍提出，诗莫盛于“三元”：上元开元，中元元和，下元元佑也。“三元”说把宗唐与宗宋统一起来，宋诗是从唐诗发展而来并且对唐诗有所开拓，“力破”出一个新天地来。沈曾植也提出“三关”说，指元嘉、元和、元佑这三个关键。后面的“两关”与陈衍的后“两元”相同，前一“关”则从开元上溯到了六朝的元嘉。陈衍对同光体诗歌进行理论上的揭示和探讨，为同光派诗歌乃至近代旧体诗的繁荣做出重要贡献，故“时人称为诗坛救主”。[29]

汪辟疆（1887—1966），名国垣，辟疆其字，又字笠云，号方湖，又号展庵，江西彭泽人。光绪三十五年（1909 年）保送到京师大学堂，1912 年毕业。《光宣诗坛点将录》撰成于 1919 年，1925 年分五期刊于《甲寅》。其书简明谨严地勾画了光宣时代的诗史，其中涉及的

192 名诗人，基本囊括了晚清诗坛的主要作者。汪辟疆把近代诗坛分为六派：第一是湖湘派，以王闿运为领袖，提倡汉魏六朝诗，和宋诗派相抗衡。第二是闽赣派，即同光派，以陈宝琛、郑孝胥、陈衍、陈三立为领袖。第三是河北派，以张之洞、张佩纶为领袖，推崇杜甫，出入韩愈、苏轼。第四是江浙（江左）派，以俞樾、金和、李慈铭、冯煦为领袖，取法唐人。第五为岭南派，以朱次琦、康有为、黄遵宪、邱逢甲为领袖。第六为西蜀派，以刘光第、顾印愚、赵熙、王乃征为领袖，宗尚介于唐宋之间。汪辟疆从风格与地域的关系入手，勾勒出近代诗的整体风貌，不仅是对近代文学研究的重大贡献，而且使得清代诗史的面目也更为清楚。汪辟疆的近代诗论，是对“一代有一代之所胜”说的继承和超越。汪认为近代诗学成就即宋人亦有所不及，敢于把近代诗的成就提到这样的高度，无疑受到严复进化论的影响。（汪在京师大学堂读书时曾师事严复，并对这位老师的学问终生服膺。）

近代诗坛宗派林立，或尊唐诗，或唱宋调，或提倡学习汉魏六朝，强分畛域，各树一帜。很多人不满这种片面的诗学观念，因此主张调和之说的也不乏其人。

曾国藩标举的“机神”说，在中国诗学史上应占据一定地位。所谓“机神”，曾氏解释说：“机者，无心遇之，偶然触之……神者，人功与天机相凑泊。”[30]“机神”说重视灵感在诗歌创作中的突出作用，要求诗歌天才兴发，富有韵味，意境缥缈，“其义在可解不可解之间”，将性情看作诗歌创作的必要条件。但虽有真情，若无读书积理功夫，也不能一吐为快。道光二十二年（1842 年）11 月 17 日《日记》云：“凡作文、诗，有情，极真挚，不得不一倾吐之时。然必须平日积累既富，不假思索左右逢源。其所言之理，足以达其胸中至真至正之情，作文时无镌刻字句之苦，文成后无郁塞不吐之情皆平时读书积理之功也。若平日酝酿不深，则虽有真情欲吐，而理不足以达之，不得不求之于字句，至于雕饰字句，则巧言取悦，作伪日拙，所谓修辞之诚者，荡然失其本旨矣。以后真情激发之时，则必视胸中义理何如，如取如携，倾而出之可也。不然而须临时取办，而不如不作，作则必巧伪媚人矣。”[31]因此，曾氏既注重天性机趣又讲求后天历练，力图使学问与才力相济，把侧重思想的“言志”与侧重“缘情”加以对接，表现出对传统诗学资源的整合态势，以纠正专宗盛唐产生的肤廓之弊，初步将学人之诗与诗人之诗合一，为宋诗派与同光体之间架一座桥梁。

李慈铭强调“不名一家，不专一代”，其目的正是要打破诗坛尊唐祧宋的既成格局，实现诗歌的创新发展。同治十一年（1872 年）四月初六，他在日记中写道："学诗之道，必不能专一家，限一代，凡规规摹拟者必其才力薄弱，中无真诣，循墙摸壁，不可尺寸离也。五古自枚叔、苏李、子建、仲宣、嗣宗、太冲、景纯、渊明、康乐、延年、明远、元晖、仲言、休文、文通、子寿、襄阳、摩诘、嘉州、常尉、太祝、太白、子美、苏州、退之、子厚以及宋之子瞻，元之雁门、道园，明之青田、君采、空同、大复，国朝之樊榭，皆独具精诣，卓绝千秋，作诗者当汰其繁芜，取其深蕴，随物赋形，悉为我有。七古子美一人足为正宗，退之、子瞻、山谷、务观、遗山、青邱、空同、大复，可称八俊，梅村别调，具足风流，此外无可学也。五律自唐迄国朝，佳手林立，更仆难数，清奇浓淡，不名一家，而要以密实沈著为主。七律取骨于杜，所以道扬忠爱，结正风骚，而趣悟所昭，体会所及，上自东川、摩诘，下至公安、松园，皆微妙可参，取材不废，其唐之文房、义山，元之遗山，明之大复、沧溟、弇州、独漉，国朝之渔洋、樊榭，诣各不同，尤为绝出。七绝则江宁、右丞、太白、君虞、义山、飞卿、致尧、东坡、放翁、雁门、沧溟、子相、松园、渔洋、樊榭十五家皆绝调也，而晚唐、北宋多堪取法，不能悉指，我朝之王、厉尤风雅替人，瓣香可奉。五绝则王、裴其最著已。平生师资学力约略在兹，自以为驰骤百家，变动万态，而可域之以一二人，赏之以一二字哉？"[32]

这段话可以视为李慈铭诗学理论的纲领。同晚清许多诗学家一样，李慈铭企图通过学习古人，使诗歌创作回归"正宗"，但李氏反对"规规摹拟"，"循墙摸壁"，恪守古人尺寸，主张"随物赋形"，取其深蕴，自创新面。为此，他强调"驰骤百家"而后自成一家，主张根据诗体选择不同的学习对象。五古、七古、五律、七律、五绝、七绝各体有各体的源流正变，学习某诗体，应该选择该诗体最具影响力的诗人作为典范，绝不能局限于一家或一代。

注释：

（1）陈衍：《石遗室诗话》，钱仲联编：《陈衍诗论合集》，第6页。

（2）陈衍：《石遗室诗话》，钱仲联编：《陈衍诗论合集》。

（3）曾国藩著：《曾国藩诗文集》，第460页。

（4）何绍基：《与汪菊士论诗》，《何绍基诗文集》，第818页。

（5）何绍基：《何绍基诗文集》，第1079页。

（6）何绍基：《何绍基诗文集》，第1084页。

（7）何绍基：《何绍基诗文集》，第546页。

（8）钱仲联：《近代诗钞·前言》，第14—15页。

（9）黄濬：《花随人圣庵摭忆》，第48页。

（10）汪辟疆：《近代诗人述评》，《南京大学学报》1962年第1期。

（11）康有为：《康有为诗文选》，第57页。

（12）卢兴基：《尘梦半生吹短发，清歌一曲送残阳——清代女词人顾太清和她的词》，《阴山学刊》2001年第3期。

（13）关于顾太清的生卒年，齐燕铭根据《天游阁集》编年诗推定其生年为嘉庆四年（1799），关于卒年的情况则注其未详。“考诗集注明年月者，最后为壬寅夏四月二十二日，壬寅者，道光二十二年（1842年），则卒年当在此后，约五十余岁。”（李一：《一氓题跋》北京三联书店1981年）黄世中认为齐燕铭的这一推测是不确切的，他根据顾太清词《烛影摇红》“四十年来，伤心惨目”之句，推测顾春在光绪四年（1878）尚健在，享年应在八十岁以上，这样他认为顾太清的卒年当在1880年以后。（黄世中：《清代第一女词人——满族西林顾春词漫论》，文学评论丛刊第31辑，人民文学出版社1991年）卢兴基认为太清一生经历了嘉庆、道光、咸丰、同治四朝，至光绪二年（1876年）尚在世，大约次年逝世，享年七十七岁。（卢兴基：《尘梦半生吹短发，清歌一曲送残阳——清代女词人顾太清和她的词》，《阴山学刊》2001年第3期）。金启孮根据《荣府家乘》与《爱新觉罗族谱》记载确定：顾太清生于嘉庆四年已未正月初五（1799年2月9日），卒于光绪三年丁丑十一月初三（1877年12月7日），享年七十九岁。（金启孮：《满族女词人顾太清和〈东海渔歌〉》，满族文学研究，1982年第1期。）这一说法现已为大多数研究者所接受，如张璋《八旗有才女，西林一枝花——记清代满族女文学家顾太清》、赵伯陶《关于满族女词人顾太清的几个问题》及黄嫣梨《清代四大词人》一书皆采信此说。

（14）顾太春：《天游阁诗集》卷五，张璋整理：《顾太清奕绘诗词合集》，第132页。

（15）顾太春：《天游阁诗集》卷六，张璋整理：《顾太清奕绘诗词合集》，第152页。

（16）顾太春：《天游阁诗集》卷六，张璋整理：《顾太清奕绘诗词合集》，第155页。

（17）杜家骥：《清代蒙古族女诗人那逊兰保及其相关问题考证》，《民族研究》2006年第3期；阿如那：《蒙古族“易安居士”那逊兰保——家庭、民族、性别对其诗歌创作的影响》，《呼伦贝尔学院学报》2006年第3期。

（18）杨守敬：《邻苏老人年谱》，谢承仁主编：《杨守敬集》第1卷，第11页。

（19）徐柯编：《清稗类钞》第8册，第3955页。

（20）徐柯编：《清稗类钞》第8册，第3977页。

（21）周殿龙、孙素云：《李鸿章全集》。

（22）高拜石：《南湖录忆》，转引自《从李鸿章诗歌看他的人生际遇》，《安徽文学》2007年第6期。

（23）平步青：《掌山西道监察御史督理街道李君蓴客传》，闵尔昌纂：《碑传集补》卷十，第1页。

（24）文廷式：《闻尘偶记》，《近代史资料》44号，第338页。

（25）汪辟疆：《说近代诗·近代诗派与地域》，第21页。

（26）胡适：《五十年来之中国文学》，《胡适文存》（卷二）。

（27）罗田：《罗田诗词精选》，罗田县馆藏书，第338页。

（28）钱仲联编校：《陈衍诗论合集》，第3页。

（29）王运熙、顾易生：《中国文学批评史新编》，第436页。

（30）曾国藩《日记》，《曾国藩全集》，第1497页。

（31）曾国藩《日记》，《曾国藩全集》，第131页。

（32）李慈铭：《越缦堂日记》，第5537页。

第八章　桐城余绪与京城散文

一、桐城余绪

晚明自由不羁的小品文，弃“道”而抒写“性灵”，亦文亦白，已显示出对儒家道统、文统的叛离趋势，但桐城派标举“义法”，崇奉程朱，讲求“雅洁”，使古文又绵延了二百多年。桐城派发展到晚清，由于曾国藩的加盟，出现了一个中兴的阶段。曾国藩是桐城派姚门弟子之后的重要人物，也是继承、改造桐城派并对其继续流衍发展起过作用的人物。汪镇远认为，曾国藩在道光十八年（1838 年）至咸丰二年（1852 年）的十余年在京供职期间，“发愤读书，并接受了桐城派的影响”。接着，他又引曾国藩《致刘孟容》的全文，证明他“服膺姚鼐，依归桐城，即在此时”。(1) 曾国藩以政治家兼古文改革家的身份挽救桐城派“文敝道衰”的危机，为去桐城派的空疏之病，主张文章切于世用，强调文学为政治服务，在文章风格上，他一变桐城方、姚诸人雅洁醇厚的文风，主张雄奇恢宏，光明峻伟，以奇崛恣肆取胜。这代表了道光后桐城派古文审美理想上的发展与改变，较之姚门弟子在文风上更趋于阳刚之美。曾国藩不仅个人在古文创作上取得了突出成就，而且他的许多门第子形成了“异军突起，而自为一派，可名为湘乡派”的局面。(2) 湘乡派都是洋务派中的中坚人士，他们的出使日记和其他著述无形中受到西方熏染，与桐城“义法”渐行渐远，开启了桐城散文近代变革的新生面。

曾氏古文大约有一百五十余篇，以序跋、书札、奏议为多。曾国藩幕府盛极一时，属僚友朋比比皆是，其所赠序反映了深广的社会内容。作品内容大多阐扬治国修身之道，或与其政治活动仕途经济有关。本来赠序一般用来叙友谊、道别情，韩愈扩而大之，述主张、议时事、咏怀抱、劝德行，极大充实了赠序文之内容，而曾氏文则对好友多寓劝诫之意，有力地继承韩愈赠序文的优点。刘师培主张骈体文，反对古文，在《论近世文学之变迁》等文中，刘师培多斥桐城之言，如“枵腹之徒，多托于桐城之派，以便其空疏”；“其墨守桐城文派者，亦囿于义法，未能神明变化。故文学之衰，至近岁而极”。[3]但他也认为“惟姬传之丰韵，子居之峻拔，涤生（曾国藩）之博大雄奇，则又近今之绝作”。如曾国藩的《祭汤海秋文》，对鸦片战争前后政治家兼文学家的汤鹏作了绘声绘色的描绘。文中赞扬他不甘折腰屈节，趋时媚俗，敢于直谏的高风亮节，特别是对他勇于言事，触怒权贵而被罢官后的表现给予高度的评价。此文完全用四字韵文写成，且滔滔长篇，多奇险光怪之语。

梁启超虽然不喜欢桐城派古文，但对薛福成的论著却情有独钟，推崇备至。“中国人所著言西事之书”中，薛叔耘的文集“皆佳作也”。[4]薛的散文对当时以及后世的政治生活、文学变革乃至于社会进步造成了极其深刻而绵远的积极影响。他的论著是晚清最畅销的书籍，《出使日记》被视为了解西学、认识世界的入门书籍，为戊戌维新运动提供了最重要的理论资源。光绪二十七年（1901 年），清廷被迫推行“新政”，科举考试废除八股，“改试策论”，薛著得到空前的关注和珍爱，几乎成了当时士子企望投身仕途的知识阶梯。胡适对桐城派文学深恶痛绝，但充分肯定了薛福成在晚清文坛上的鼎立地位，“王闿运号称一代大师，但他的古文还比不上薛福成（诗另论）”。[5]薛福成的散文介于正宗的桐城古文、典型的湘乡古文与辛亥革命前后的“新民体”之间，是反映桐城古文向新体散文过渡的具有代表性的作品。[6]

桐城派讲究文字雅洁，戒律尤为苛，致使桐城古文无法反映新思想和新事物，而薛文传播力主变革的进步思想，鼓吹建立资产阶级的君主立宪制。在《出使日记》中，有很多描写海外自然风貌、人文环境和日常生活的叙事作品，还有介绍西方政治、经济、科技、教育、军事等内容的议论散文。为了介绍海外情势，他的文章中不时出现外国的地名、人名及新事物的译名，这些都不是桐城古文传统章法所能容纳的。

姚门弟子影响最大的是梅曾亮（字伯言）。在鸦片战争以后，在时代思潮的冲击下，也看出固守“义法”说的危险，提出了文之随时而变的观点。在《答朱丹木书》中倡导“因时说”。在《复上汪尚书书》

中提出“通时合变”为立言的准则，所以他的文章中不少反映了当时的政治事件。光绪二十一年（1895年）写的《上某公书》就是为勉励林则徐而作；《与陆立夫书》则总结了鸦片战争中历次失败的教训，提出了克敌制胜的战术；次年写的《王刚节公家传》及后来写的《正气阁记》，则是为悼念与英军作战而阵亡的王锡鹏、葛云飞、杨庆恩等人而作。论文主张“真”，文章往往能以情动人，善于捕捉生活中的一些细节来表现真情，从而产生感人的艺术效果。如他的《复陈伯游书》通过给不懂事的儿子披麻戴孝的事，屈尽自己悲伤情怀，颇能传神。最为难得的是方苞对柳宗元文颇有微词，而梅文却近柳，这说明他已摆脱了桐城派的藩篱而有所新变。林纾就曾指出“上元梅曾亮，顾其山水游记，则微肖柳州。夫桐城者，必不近柳州，而伯言能之，此非易也”。[7]

曾国藩后，桐城派就江河日下，难以挽救其颓势，但吴汝纶、林纾等人的翻译活动却开辟了另一片天空。“（晚清）桐城派对西方作品翻译作出了相当贡献，其中以吴汝纶的理论建设、严复、林纾的翻译实践最为引人注目。吴汝纶虽然一生没有涉足翻译，但他在《〈天演论〉序》中所表现出的开放精神，为桐城派古文向翻译西学著作打开了门径”。[8]

吴汝纶（1840—1903），字挚甫，安徽桐城人。他是一位兼通新旧、融合中西的人物，作文长于议论，逻辑严密，有“海内大师”和“古文宗匠”的盛名。桐城后贤吴汝纶、严复既恋恋不舍于孔孟之道，又冀望以西学而自强，出于挽救桐城派的心态，想以桐城古文来传播西学，使桐城古文依附于西学再度盛行起来。[9]严复翻译、吴汝纶作序的《天演论》等著作即为两人此种文化理念的表白。

虽然实际上林纾从未认为自己属于桐城派，当时桐城派的几位主要人物也从未将他列入门墙。[10]但由于他对古文的偏爱和维护，特别是他用古文翻译的小说无形中扩大了桐城古文的影响，所以这里还是将林纾作为桐城派的同盟者来看待。林纾的译作对其同时代及以后的“五四”新文学有着潜移默化的影响，鲁迅、郭沫若、周作人、郑振铎等都十分中肯地评价了林纾的翻译对中国现代文学的积极作用和影响。胡适在《五十年来中国之文学》中说：“古文不曾做过长篇的小说，林纾居然用古文译了一百多种长篇小说，还使许多学他的人也用古文译了许多长篇小说；古文里很少滑稽的风味，林纾居然用古文译了欧文与迭更司的作品；古文不长于写情，林纾居然用古文译了《茶花女》与《迦茵小传》等书。古文的应用，在司马迁以来，从没有这样大的成绩。”[11]

林纾和桐城派交往很多。光绪二十七年（1901年），五十岁的林纾举家定居北京，光绪三十二年（1906年），任京师大学堂经学教员后，先后与马其昶、姚永概、严复共事于京师大学堂。林纾追随桐城文派的倾向，主要表现为对“义法”的尊崇和对“雅洁”的追求上。他的游记文如《记翠微山》、《明湖泛雨记》等文清新简雅，条理井然，颇符合桐城文派之风。然而林纾又摆脱义理考据辞章并重的风气，为文标举意境，无疑具有革命性。他的游记之作多数像诗境小品，幽清隽永，耐人寻味。在《游颐和园记》、《游西海子记》、《游玉泉山记》等文中，并不单纯写景，而是睹物思人，字里行间弥漫着黍离之悲，更像是诗的意境。他又将桐城古文侧重于对“道”、“理”的阐发转向对真情的摹写。如《先妣事略》、《亡室刘孺人哀辞》倾注了林纾的一腔深情，而娓娓道来的语调又使读者感到亲近，这些散文从题材到写作方式都深受归有光的影响。

姚莹是姚鼐的侄孙，又是方东树的朋友，文学的修养相当深厚。他发展了姚鼐义理考据文章三结合的主张，加入了经济要素，将考据改为多闻，且置于末端，正表明他对汉学的蔑视。以经济放在桐城派文人奉为神明的义理之后，显然意在强调立身行事对于文章的作用。从散文创作来看，由于他重视经世致用，《康輶纪行》一书与魏源的《海国图志》一起成为近代早期介绍西方情况颇有影响的著作。他的文章一般比较通达事务，喜欢论事，以阐发公德，精忠、孝道为宗旨，而与姚鼐文风的差异主要是刚健雄直，长于议论。

二、梁启超与“新文体”

其实，在晚清文坛上，桐城文章早已不能一统天下。在新的文学风尚一波接一波的冲击下，桐城派终于在内外夹击中由文坛盟主退化成文化“边缘人”。对桐城派第一波的冲击首先来自维新派。梁启超尖锐地批评桐城派：“以文而论，因袭矫揉，无所取材；以学而论，则奖空疏，阏创获，无益于社会。”[12]并声明“启超夙不喜桐城派古文，幼年为文，学晚汉魏晋，颇尚矜炼。至是自解放，务为平易畅达，时杂以俚语、韵语及外国语法，纵笔所至不检束。学者竞效之，号新文体，老辈则痛恨，诋为野狐。然其条理明晰，笔锋常带感情，对于读者，别有一种魔力焉。”[13]

新文体的形成是伴随着近代报纸而产生的。报纸的文学公共领域作为政治公共领域的派生，在某种意义上与中国传统的“讽喻上政”的文学传统相沟通，也吻合经世致用的精神。报纸是新文体作家自由言说的载体，“指陈时事无所忌讳”，能使“知地方之机宜”，“知讼狱之曲直”，更能“辅教化之不足”，[14]所以梁启超提倡报馆发扬“史家之精神”，要使报纸成为“鉴既往，示将来，导国民以进化之途径者也”。[15]许纪霖也指出：在近代中国，由于公共领域的建构直接与救亡和变革这些政治问题相关，因此，致力于公共领域建构的新型士大夫，不是以文学而是直接以政治作为中介聚集起来。其讨论的主题，不是所谓公共的文学艺术问题，而是民族国家的建构和传统制度的改革，中国的公共领域，从一开始就表现出明显的政治性质。[16]这个主要体现为政治功能的派生公共领域的形成尤其对散文意义重大。

19世纪90年代伴随着维新运动的发展，大量报刊涌现，言文合一的努力使报章文体开始突破古文规范，在作者（传播者）和读者（受众）之间激起双向互动。梁启超等人进一步将报章体提升到一种文体的高度论述，得益于文学观念的渐渐成型，小说、诗歌、散文、戏剧的并列完全打破了传统的文类区分，而报章文的“新民”作用也已被深广地论述。如谭嗣同的《报章文体说》、《湘报后叙（上）》、《湘报后叙》（下）等文，皆论及报章文体的“新吾民”之功用。在这样的价值认定中，梁启超几乎是水到渠成地将自己的报章文字定义为“新文体”。

维新期间，梁启超以热情奔放、通俗流畅的“新文体”宣传其政治和文学主张，风靡一时，“对于读者，别有一番魔力焉”。连反对他的严复也说：“任公文笔原自畅达，其自甲午以后，于报章文字，成绩为多，一纸风行，海内观听为之一耸。”[17]

刘光第在光绪二十年（1894年）上了《甲午条陈》，先于《公车上书》半年而流传于官僚士大夫中间，是维新运动的先声。它表达了走日本明治维新和俄国彼得一世进行改革之路，开办铁路和机器等局，改革军事训练办法，改革教育，多聘外国教师，造就和举拔专门人材等维新思想。改革的目的则是要让“彼外洋诸大国睹之，犹当心折气沮，况于胜楼，必如操券”，即通过学习外国，使中国走上富强之路。值得一提的是，刘光第已清醒地注意到外国文明对中国影响的利与害两个方面。在《赵化镇牛痘局记》中，他把外国文明的影响分为三种情况：一种是有利无害，如洋痘（指牛痘接种术）的传入；一种是有利有害，如洋货（指外国商品）的大量输入；还有一种是有害无利，如洋药（此专指鸦片）的泛滥。刘光第主张区别对待，总的原则是“收其利而制其弊”。

康有为等人通过《万国公报》和《中外纪闻》，评论、陈述中华民族面临的严重危机，谴责帝国主义列强侵华的种种罪行，揭露地方官员的卖国丑态；提出设议院、伸民权，开学校、废科举、关税自主、发展民族工业、与帝国主义“商战”等一系列主张；发出“振我夏声，昌吾华种”等呼声。光绪二十一年（1895年）八月十七日，《万国公报》在北京城南宣武门外后孙公园创刊，由康有为出资、启超主编，以介绍西方各国商务、矿务、铁路、农学、兵学为主要内容，着重宣传“富国”、“养民”、“教民”之法。光绪二十一年（1895年）十二月十六日，《万国公报》正式更名为《中外纪闻》，梁启超、汪大燮为主笔。《中外纪闻》主要编译西方各国的电讯和报道，介绍西方国家政治经济情况等，意在开启知识，使国人知晓外国的政事和风俗。次年一月二十日，仅发行十八期的《中外纪闻》，便被慈禧太后封禁了。其中，康有为的《强学会序》是一篇震人心弦的维新派政治宣言书，它描述了当时中国危亡的形势，号召士大夫支持变法维新，踊跃加入强学会，共谋“中国自强之学”，“读之者多为之泪下”。但康有为的《强学会序》、《上清帝第五书》等政论，尽管新的内容时时要冲破旧形式的束缚，比前期的散文是更进一步了，但这还不能算新文体，还缺乏新文体那种流畅而锐利的特色。

梁启超等人倡导的“新文体”，是由古文向现代白话文过渡的一种文体，当他们用古老散文来记录西方社会现实，论说西方政治思想、价值观念，传播现代知识系统，发表离经叛道之论的时候，因为“道”的变化，“文”的变化也就随之发生了。在这个过程中，新文体脱去古代散文的谨严章法，不用艰深的汉字，不刻意炼字，不追求对仗，很少用典，不以语言的古奥渊雅为求，使用的是一种平易畅达的浅近文言，大量使用双音词，行文中时有外来词汇，有时句式还掺杂一点欧化色彩。这是中国知识阶层接触新思想新事物后自然发生的语言变化。随着“议院”、“总统”、“钢铁”、“行星”、“宇宙”等词语进入散文，缓缓地脱去古奥渊雅的面貌，这种从语言因素引起的古文蜕变，是一种质的改变，无可逆转。

因此，“它是从八股文、桐城派文、骈文里面解放出来，中间夹杂些他们所知道的外来的新知识，新思想。他们用这种文体来向当道上书，来向报馆投稿，来向人家讲富强之学，来谈一切时务，故可以说这种文章为‘时务文学’”。[(18)]

新文体的“新”相对于传统文章体例而言，“自报章兴，吾国之文体为之一变，汪洋恣肆，畅所欲言，所谓宗法家法，无复问者”。[(19)]也针对它所承担的“新吾民”之新责而言，更是梁启超所一再吁求的新论理方式——思维方式之“新”。到庚子事变之后，清廷也开始怀疑“八股文”的作用，科举考试改试“策论”，糅合了“报章体”。这时原来被士大夫诋为野狐禅的“报章体”更加风行，连私塾也有要求学生写报章文章的。

由于新文体被赋予了更多的启蒙使命，因而作者往往注重求取其“觉世”的宣传功能，而忽视其审美因素的灌注。这样，文章在整体上就有某种思想偏至的倾向，离审美的散文有着相当大的距离。“传世之文，或务渊懿古茂，或务沉博绝丽，或务瑰奇奥诡，无之不可。觉世之文，则辞达而已矣。当以条理细备，词笔锐达为上，不必求工也”。（梁启超《湖南时务学堂学约》）从新文体的形态看来，它不属“传世之文”诸类，而是一种“辞达而已矣”的“觉世之文”。

注释：

（1）汪镇远：《桐城派》，第115页。

（2）周中明：《桐城派研究》，第345页。

（3）钱玄同：《刘申叔遗书》，第1648页。

（4）梁启超：《读西学法》，中国近代史料丛刊《戊戌变法》，第456页。

（5）胡适、周作人：《论中国近世文学》，第11页。

（6）钱仲联：《梦苕庵论集》，第168页。

（7）林纾：《惜宜轩文集序》，《中国近代文论选》（下），第633—634页。

（8）曾光光：《桐城派在中国近代文学史上的贡献与地位》，《江淮论坛》2004年第6期。

（9）叶易：《中国近代文艺思潮论稿》，第151—152页。

（10）王枫：《林纾非桐城派说》，《学人》第9辑，第605—620页。

（11）胡适：《五十年来中国之文学》，《胡适文存》二集卷二。

（12）梁启超：《清代学术概论》，第63页。

（13）梁启超：《清代学术概论》，第77页。

（14）忻平：《王韬评传》，第146—150页。

（15）梁启超：《敬告同业诸君》，《饮冰室合集》第2册，饮冰室文集之一一，第38页。

（16）许纪霖：《中国早期现代化中的公共领域》，《光明日报》2003年1月21日。

（17）严复：《与熊纯如书札》，《严复集》（三），第699页。

（18）陈子展：《最近三十年中国文学史》，第70页。

（19）梁启超：《中国各报存佚表》，转引自杨义、陈圣生：《中国比较文学批评史纲》，第36页。

第九章　哀怨、悲悼与爱国：近代词的发展

一、端木埰、文廷式与“晚清四大家”

随着国运日下，民族、阶级矛盾的日益尖锐，当时的词人目睹朝政腐败，胸中郁结着国势沉沦的愤慨，国家兴亡之感，忧生念乱之情，一寄于词，于是诞生了大批洋溢着爱国主义的词作。(1)以王鹏运为首的“晚清四大家”（朱祖谋、郑文焯、况周颐）继承了尊词体、意内言外、重比兴寄托的理论，推尊词体，“以其无意不可入，无事不可言也”的精神拓展词的意境，扩大词的容量，表现重大社会主题，提高词的地位与影响。(2)而端木埰、文廷式与王鹏运等人关系较密，他们都倾向于维新运动，政治主张相同，词集中多有和作。

端木埰（1816—1892），字子畴，江苏江宁（今南京）人。他一生除了青少年时期及短暂的返乡和出游外，大部分时间都居于京师。他性格兀傲，不与时谐，这种性格影响到他在政坛的更大发展，所以他把不少的精力放在文学创作和学术研究上。著有《碧瀣词》、《楚辞启蒙》、《赋源》等，编选有《宋词赏心录》、《金陵诗征录》等。

端木埰是晚清词学的引领人物，晚清词坛，绚烂辉煌，离不开端木埰的倡导。唐圭璋先生云：“晚清词学大昌，实由端木埰开其端。”(3)他的创作奠定了晚清词学的发展方向，“晚清四大家”都受其影响，在近代词学发展史上具有一定的地位，堪称清代词学向近代转型的一个相当重要的过渡人物。彭瑟轩、王鹏运辑《薇省同声集》刊行，合端木埰、许玉缘、王鹏运、况周颐“四中书”词为一集，即以端木埰

《碧瀣词》居首。

端木埰的词兼采王沂孙的寄托、姜夔的清空和苏轼的清雄，不名一家，自成统系。[(4)]他的词集为《碧瀣词》，“以是为碧山之唾余”。全集共一百零一阙，而以“齐天乐”词牌所写的达五十阙，几占半数。大概是受碧山词的影响，词中多写秋，尤爱写秋月。北京秋天美，秋夜月色更美，当然是原因之一，但更重要的是反映了作者的美好理想、美好愿望和美好追求，也表现了他对现实生活中丑恶黑暗的不满、厌恶，他的苦闷忧虑以及寻求解脱的心情。除了秋色之美外，还用了大量篇幅描绘了另一种秋天景象，那就是秋风劲吹，乱叶敲窗，秋气袭人，勾起无边凄紧的肃杀气氛，在这种肃杀的秋日景象中诉说自己悲秋的心情。

端木埰写得最多的是与同僚、词友的寄赠酬唱之词，这些词不仅传写友情，记一时雅事，也往往以此衬写自我怀抱。他那些忧时念乱之作，更具一种震烁人心的力量，这与他生当风云际会的封建社会末期，又深具忠爱之情密切相关。集中如〔石湖仙〕《读曾文正师家书敬跋》、〔庆春宫〕《澄碧销云》、〔水调歌头〕《皇宋有夫子》、〔齐天乐〕“一从洒遍西州泪”、〔齐天乐〕“左徒风节千秋重”、〔齐天乐〕“昭陵遗泽深如海”等，借助屈原、苏轼、岳飞等人的高风亮节，表达自己对这些历史人物的追慕和对时局的忧虑，忠爱之意，情溢笔端。这类词大多作于他咸丰六年（1856 年）入都以后，其时兵事频仍，国势飘摇，因与祁隽藻的特殊关系，其词更多地关注现实。光绪十年（1884 年）以后，他与王鹏运、况周颐等同直薇省，同为朝中之臣，同怀济世之意，同具耿直之心，所以在琴尊唱和中将那一份抑郁不平之气，寄于词发之。这种绵延三十余年的情怀成为他词中的一个标志，并直接影响到“晚清四大家”及此后词人的创作风尚。

文廷式（1856—1904），字道希，号芸阁，晚号纯常子，祖籍江西萍乡。光绪八年（1882 年）秋，文廷式北上，以附监生考中顺天乡试第三名举人，从此名闻都下。光绪十六年（1890 年）中进士，光绪二十年（1894 年）升翰林院侍读学士，兼日讲起居注官，署大理寺正卿。文廷式的词作时而奔突狂纵，时而低徊要渺，铸就了他豪放与婉约并存的词风。胡先骕评《云起轩词》说：“意气飙发，笔力横恣，诚可上拟苏、辛，俯视龙州。其令词浓丽婉约，则直入《花间》之室。”[(5)]

《云起轩词》共收词一百五十余首。词人处于风雨飘摇的晚清，又怀有经世之志，这使他敢于在词中反映重大题材，指责朝政，表达自己辅弼帝王，救国惊世之志，因此，他成功地继承和发展了苏辛“以诗为词”、“以文为词”的传统，不仅以词写志，而且还用词对时事发表议论。当壮志在现实面前失败后，特别是当他寄予希望的明君光绪失权后，便变成了刻骨的相思和难抑的悲愤。他在词中倾泻这种悲愤时，特别喜欢引用屈子及其“楚骚”的典故，构成文词一个明显的特色。这是文词中的“悲愁”别于其他词人之处，也笼罩着浓郁的感伤愁绪，带上了悲壮色彩。如〔浪淘沙〕《赤壁怀古》、〔水龙吟〕“落花飞絮茫茫”等都是直抒壮志的佳作。同时，他能灵活化用苏辛成句以壮大其词作的意境。〔高阳台〕《和半塘乙韵却寄》中“猛拍栏杆，恁他蝶醒莺痴”，就是化用辛弃疾的词句“把吴钩看了，栏杆拍遍，无人会，登临意”。

文廷式对晚唐、五代词仿效尤多，深得花间词体之神韵，因而形成他词风的另一主要特质——柔靡。此类弱靡绮美的词较多，超过他雄放任性的词作。有的纯系巫山艳冶之作，有的则以楚骚的笔法，将自己比拟为香草美人以鸣放牢骚不平之绪，缠绵低徊，深有寄托。

王鹏运（1849—1904），字幼遐（幼霞），自号半塘，又号鹜翁，又号半塘僧鹜，广西临桂人（今桂林市）。同治九年（1870年）中举，不久北上，应进士试不第，自是栖迟京华，浮沉宦海，做了中下级的京官。王鹏运不过朝中一闲官而已，在仕途上无甚建树，在词学上却树旗南国，名响宇内。青年时代就刊行了《袖墨集》、《虫秋集》，四十岁后完成了《味梨集》、《鹜翁集》、《蜩知集》、《校梦龛集》、《庚子秋词》、《春蛰吟集》，辞官南下后的四年里仍有《南潜集》行世，并自选《半塘定稿》于去世后得以刊行。

王鹏运虽与常派为近，却脱其窠臼，最终以其自然之神、寄托之义，重拙大之旨、冲淡沉着之风，独辟蹊径，另立门户，冲破了常州词派一统天下的氛围。其词在思想内容上突出的特点是忧国忧民、以政治入题。他的词或写得含蓄蕴藉，或写得激昂慷慨，悲愤痛苦是其词的情感主调。有的感时伤事之作写得含蓄隐晦，虽然感兴于重大事件，寓有博大的悲苦，读来却似情词艳曲。也有不少词是慷慨陈词，激愤之情溢于言表。《庚子秋词》中的一些作品，抒发亡国之痛，控诉八国联军的暴行，甚至对慈禧太后和光绪帝也做了含蓄的批评，表现出强烈爱国激情和忧患意识。

王鹏运在四大词人中年纪最长，影响最大。他除了勤于创作外，尤热心于词社活动，以招揽俊才，奖掖后进为己任。他在北京的寓所四印斋，就是当时词人经常聚会唱和之处。朱、郑、况三氏，当年都在其词社中活动过。而朱祖谋的弃诗攻词，则更是直接受王氏影响的结果。清末，在北京成立“宣南词社”，四大词人是中坚人物，参加者有盛昱、文廷式、陈锐、粤西籍词人于式枚、邓鸿荃（半塘妹婿）、王维豫（半塘胞弟）等人。

王鹏运对词学的另一大贡献就是用清儒考订经史的方法，校勘唐宋以来的词籍。他校刻了《宋元二十一家词》、《南宋四名官词》和《四印斋所刻词》。《四印斋所刻词》收有南唐、宋、元、金50余家词，以“搜集富、版本佳、校勘精、补缺勤、订伪真、附注慎”而被誉为善本。

朱祖谋（1857—1931），原名孝臧，字藿生，一字古微，号沤尹，又号疆村，浙江归安（今湖州）人。光绪九年（1883年）进士，授编修，历任国史馆协修，会典馆总纂总校，累迁至礼部侍郎，兼署吏部侍郎。他早岁工诗，四十岁后受王鹏运的影响，弃诗攻词。学词虽晚，但他倾三十余年之力，专注于词学，终成清末一大宗匠。著有《疆村词》、《疆村乐府》等，后删定为《疆村语业》二卷。

其词宗南宋词人吴文英，典丽精致、沉抑绵邈，又深受常州词派比兴寄托的影响，故其词颇不易作“郑笺”。其名篇〔声声慢〕《辛丑十一月十九日，味聘赋落叶词见示》尤能表现他工于技巧、富于藻丽、深于机体而又晦涩难解的风格。如果不是龙榆生在《疆村本事词》中指出“此为德宗还宫后恤珍妃作”，恐怕读者很难理解词中的“飘蓬”和“离魂”是在暗喻珍妃的亡灵，而“飞霜金井”是暗指慈禧太后下令将珍妃推落井中的史事。

由于朱氏平易近人，诲人不倦，尤喜奖掖人才，故海内受教者不可胜数。著名者如龙榆生、夏承焘、刘永济等，皆出于其门下。他辑有《湖州词征》三十卷，《国朝湖州词录》六卷，《沧海遗音集》十三卷。编选有《宋词三百首》。他校刻的《疆村丛书》收录唐、宋、金、元词集一百七十余种，规模空前，校订精审，影响深远，至今为治词者不可或缺的重要书籍。

郑文焯（1856—1918），字俊臣，号小坡，又号叔问，晚号大鹤山人，别署庾碧、冷红词客、鹤道人等。奉天铁岭（今辽宁铁岭县）人。同治十四年（1875年）中举，官内阁中书。四十三岁时在进京会试期间，应邀加入王鹏运主办的咫村词社。著有《瘦碧词》二卷，《冷红词》四卷，《比竹余音》四卷，《苕雅旧稿》四卷，后删存《樵风乐府》九卷。郑文焯在词律研究方面很有造诣，《词源斠律》对张炎《词源》上卷所辑词乐作了考证，并对所涉及的古代乐律问题加以详细考校。

他的词深受吴文英的影响，词藻绮密，守律甚严，间有姜夔的疏逸之致，仍未脱深涩之弊。作为一位隐逸词人，其作品所表现的大多是旁观者的超脱和闲适，而在庚子国难时，其所作〔贺新郎〕《秋恨》意象繁丽，托兴深微，是郑氏词中仅见的风骨劲峭的佳作。又有〔谒金门〕三首，悲凉哀婉，也是一时传诵之作。辛亥革命后，多凭吊旧朝之作。

况周颐（1861—1926），原名周仪，字夔生，号玉梅词人，晚号蕙风，广西临桂人。光绪五年（1879 年）乡试中举人，官内阁中书，在京与王鹏运晨夕相咏者五年。编《玉梅词》、《存梅词》、《锦钱词》、《薇省词钞》，特别是光绪十九年（1893 年）夏编成的《惠风词话》影响最大。

况周颐受王鹏运的影响很大，且同为广西临桂词派的领袖，交往密切，性情相投，但两人词风各有其独特处。王氏多关心家国兴亡、民族盛衰等大事，心怀忧患，况氏则多思考人在茫茫尘世中的沉浮、升降，多有满怀激情的哲思和慨叹。

王国维在《人间词话》附录中评价况氏词说："惠风词小令似叔原（晏几道），长调亦在清真（周邦彦）、梅溪（史达祖）间，而沉痛过之。疆村虽富丽精工，犹逊其真挚也。"其实，与朱祖谋相比，不仅真挚胜之，其清朗峻拔亦胜之。如〔南乡子〕"秋士惯疏萧"虽身处困境而不作寒酸语，又能于寻常语中突发通脱奇警之语。再如〔鹧鸪天〕中"秋规尚有黄花在，未必清尊不破愁"，"寻常豹鼠何难识，未必终童我不如"等句，尤能表现况氏豪爽洒脱而又孤傲轻狂的个性。

况周颐填《莺啼序》九首，数量之多，为词史上仅有，且艺术圆熟，值得关注。〔莺啼序〕是最长的词调，四叠，二百四十字。翻检《全宋词》迄《全清词》（顺康卷），填此调者可谓寥寥。长调之词，素不易工，最忌词意重复，故尤重布局和用笔，非具大神力而不能写好此调，故填词者不肯轻易入手。但长调自有其绝胜之处，既可铺衍叙事，也可补充短歌之不足，能更充分地表达情感，或缠绵悱恻，或慷慨淋漓，各具其妙。蕙风此调数词，既有情感之厚，而且在表现上出之宛转，蕴之遥深。如〔莺啼序〕《前题用梦窗韵》由清游而论及国事，以丽词写哀心，尤见厚重之处。〔莺啼序〕《题王定甫师〈婆砧课诵图〉》由读王拯（字定甫）《婆砧课诵图》而怅触乡愁，引起对亡姐的深切怀念及对国家衰亡的无尽哀痛。真可谓"亡国之音哀以思"。"此恨生离，未应得似"，"羁孤易感，情亲难再"，"况山河、风景而今异”几句更是家事、国事缠绕，突显个人命运、国家前途的悲哀，最后以“填胸事往休论”化之。

二、近代女词人

社会环境对女性文学创作的提倡，男性文人的扶持，使得女性文学发展到清代俨然成为文坛上一大观。出现于道光年间的“秋红吟社”则与此前的诗社有着显著的不同，成员首次突破了血缘关系，不限于家内亲戚，而是选择与自已诗品趣味相投的友人为知己结社联吟。沈善宝在《名媛诗话》中记载：“己亥秋日，余与太清、屏山、云林、伯芳结秋红吟社。”(6)其实还有四人，她们是栋阿少如、富察蕊仙、栋阿武庄、西林旭。(7)这个规模不大的诗社是明清以来女性诗社发展到成熟的标志，它不仅完全由女性诗人组成，而且打破了民族界限和地域性，满汉人皆有。

顾太清词意境深邃，格调高雅，被公认为清代第一女词人，“男中成容若，女中太清春”(8)之说在词学界乃至文学界已成定论。太清在三十五岁以前尚不能作词，在奕绘的辅导下，凭借十年作诗的基础，又加上刻苦学习宋词的不懈努力，终于超越丈夫揭开了《东海渔歌》的篇章。

《东海渔歌》收词达三百三十三首，多为吟咏花草、郊野览胜、名画赋题、抒述友情之作。由于顾太清才华过人，又有家学源泉，所以她的词作浑朴清新，散发异彩。〔迎春乐〕《乙未新正四月，看钊儿等采茵陈》：“东风近日来多少？早又见蜂儿了。纸鸢几朵浮天杪，点染出晴如阶。暖处有星星细草，看群儿缘阶寻绕，才采茵陈茉苢。提个篮儿小。”这是从母亲眼中看到的一幅美丽的春色图画，描绘得清新而又绚丽夺目。东风乍起，蜂儿飞来，天际飘着纸鸢，春意融融的草地上，孩子们提着小篮采茵陈。另一首〔喝火令〕写友情，但描写北国雪景，颇富艺术魅力：“别后情犹热，交深语更繁，故人留我饮芳樽。已到鸦栖时候，窗影渐黄昏。拂面东风冷，漫天春雪翻，醉归不怕闭城门。一路琼瑶，一路没车痕，一路远山近树，装点玉乾坤。”词人踏雪访友，知交相聚，少不了开怀畅饮，絮絮叨叨。待至黄昏归去之际，春雪翻飞，银装素裹。词人归来，已是车痕掩迹。作品记叙生活片段，情真意切，尤其是下片写归途景致，雄壮瑰丽，一洗妇女纤弱铅华之气，更显示出满族妇女特有的豪情逸致。

丈夫去世后，生活困苦，精神无着，给太清带来莫大的悲伤。〔秋波媚〕《夜坐》中写道："自笑当年费苦吟，陈迹梦难寻。儿卷诗篇，几张画稿，几许光阴。唾壶击碎频搔首，磨灭旧胸襟。而今赢得，千丝眼泪，一个愁心。"她四年后又到原府邸，见到那些凄凉景象，目不忍睹，今昔对比，很有感叹地写了首〔惜秋华〕："认取栏干角，乱蓬篙掩处，绽海棠红尊。景如此，人非昔，向谁寄托？不堪四载重来，怅怀抱、情伤心恶。难著！对西风、泪痕吹落。"

太清记梦的佳作，极其动人，如〔江城子〕《记梦》："烟笼寒水月笼沙，泛灵槎，访仙家，一路清溪，双浆破烟划。才过小桥风景变，明月下，见梅花。梅花万树影交加，山之涯，水之涯，影塔湖天，韶秀总堪夸。我欲遍游香雪海，惊梦醒，怨啼鸦。"词的第一句化用杜牧的名句，一开头就显得不同凡响。全词挥洒自如地描绘梦境的美，泛灵槎、破烟划、小桥清溪、明月梅花、影塔湖天、梅花万树，如烟一样朦胧，如仙境一样秀美。

沈善宝（1808—1862），字湘佩，晚号西湖散人。浙江钱塘人（杭州），幼年丧父，又遭母亲抛弃，以卖诗画为生，积资归葬父亲入祖墓。后乃仕，道光乙未进士、礼部主事、吏部郎中、山西朔平知府来安武君凌云，时武君供职京曹，从夫侨寓都门。[9] 著有《名媛诗话》十二卷，今存八卷，还有诗词集《鸿雪楼初集》四卷。与顾太清交好，当奕绘去世，太清被赶出荣王府之际，善宝于 1839 年秋日结秋红吟社，相互唱和，对太清是莫大安慰。二人交往长达二十五年之久，曾有来世兄弟之约。

沈氏独特的魅力在于她以词表现自己脱离闺阁气息后的洒脱俊逸风采。在她的词中，最富情感的作品是那些以理想女性角色为依托，对现有女性角色消除女性生命能量和创作价值的愤懑和痛苦，因为这是一种天然具有冲突性和悲剧性的感情，容易使词风兼容放逸和沉郁两端，从而形成抒情的张力。因此她的词风虽然具有女性的细腻，但更表现出一个精神世界开阔、情感勃郁的深思型女性的风采，从而在风格上表现出或悲壮苍凉或潇洒俊逸的特征。

秋瑾作为一名革命志士，其胸怀抱负远远超过封建时代闺阁女子的思想境界，所以在很多抒怀作品中直接表现自己不甘受压迫，被轻视的地位，决心与男子一样建功立业。在〔满江红〕《客里中秋》中，她对着月色表明自己皎洁的胸怀："风味何人能领略？襟怀自许同圆洁"，在赠日本女子陶狄的〔踏莎行〕中，她描述自己的性格，表现了对世俗的愤慨："志量图雄，生机太窄，襟怀枉自多豪杰。"光绪二十九年（1903 年）中秋夜，夫妻间的冲突给了犹疑的秋瑾冲决束缚的机会和动力。在当晚所作的〔满江红〕《小住京华》中她写道：“身不得，男儿列，心却比，男儿烈。算平生肝胆，因人常热。俗子胸襟谁识我？英雄末路当磨折。莽红尘何处觅知音？青衫湿！”这首词写出她对身为女子，受礼教束缚，被人轻视，不得施展抱负的愤愤不平，表现出她侠义满胸怀，肝胆过于男子的强烈愿望。词的上阕抒写远离故乡，独寓京华的感慨。佳节思亲之情，身为蛾眉，不由自主之愤，灌注于字里行间。下阕一开始就连用三字式短句，简洁有力的语言，透露出作者敢与男子争高下的刚肠烈胆，以及不为世人所理解，知音难觅的遗憾心情，真实地展示出这位正处于觉醒中的“越东女儿”思绪万千的精神世界。其坚定、激越的情调，其豪放而沉郁的风格，堪称不同反响。

再读她东渡日本前填写的一首词〔鹧鸪天〕：“祖国沉沦感不禁，闯来海外觅知音。金瓯已缺总须补，为国牺牲敢惜身？嗟险阻，叹飘零，关山万里作难行。休言女子非英物，夜夜龙泉壁上鸣！”古代传说，战斗将要发生之前，宝剑常常会发出声音，龙泉夜鸣生动地象征着作者渴望献身，不甘无所作为的不平静的心潮。词中“为国牺牲敢惜身”的誓言，有如洪钟巨响，不但在当时足以振聋发聩，就是在今天也仍然发人思索，催人进击，为振兴中华而奋勇向前。这些诗词洋溢着一股巨大的浪漫主义激情。其怀抱，其胆识，无不展示出一位以报国自许，矢志献身的女杰的不平凡的风貌。

三、其他词人

除了“晚清四大家”和顾太清等影响全国的著名词人外，还有许多京官在业余时间进行往来应酬，抒发个人情绪的作品，不少也结集出版。尽管他们的创作无法和那些大家相提并论，但是他们对词的热衷和爱好反映了当时人们依旧固守“词”是属于个人娱乐和抒情的传统观念。

王国维词作有《人间词甲乙稿》。其词描写人生的痛苦和困惑，正是他悲观厌世，孤寂矛盾的心情再现。或寄托深远，讲求意境，字锻句炼，开前人未开之境，如〔蝶恋花〕“昨夜梦中多少恨”、“百尺朱楼临大道”、“窗外绿荫添几许”等；或寓哲理于情景之中，形象自然，言显而意深，如〔蝶恋花〕“阅尽天涯离别苦”、〔点绛唇〕《屏却相思》、〔蝶恋花〕“窈窕燕姬年十五”、〔浣溪沙〕“本事新词定有无”等；或描绘大自然的雄浑和壮丽，既有气势，又有情趣，如〔蝶恋花〕

"落落盘根真得地"、〔蝶恋花〕"连岭去天知几尺"等；或抒发遗老孤臣的郁怨哀思，自然浑成，如〔浣溪沙〕"掩卷平生有百端"、〔摸鱼儿〕《秋柳》等。故有学者谓其词"往复凄咽，动摇人心，快而能沉，直而能曲，不屑于言语之末，而名句间出，往往度越前人。至其言近而旨远，意决而辞婉，自永叔以后，殆未有工如君者也"。[10]

奕誌（1821—1850），原名奕约，号西园主人。清高宗曾孙，清仁宗第四子端怀亲王绵忻子，著有《古欢堂文集》、《诗集》、《诗余》。其词风格沉郁而顿挫，笔法稳重而老练。〔烛影摇红〕云："风雨敲窗，更阑滴入秋心碎。帘花落处酒同斟，犹忆年时事。细数天涯朋辈，定今宵、孤吟不寐。萧萧短榻，耿耿疏灯，自扶残醉。老去诗人，高吟扌厌笛苍龙背。魂归蜀道上青天，梦冷芳兰佩。便说浮休一例，总难忘、云埋玉笥，愁怀黯惨，墨洒如烟，都成幽翠！"上下两片，一写怀念旧友，一写悼念亡友，尽管对象不同，但都表达出了词人对友情的重视，故能浑然一体，毫无割裂之感。词的上片从景物入笔，随后引出对友人的回忆，再直写内心思念友人的苦楚，层次井然，步步深入。词的下片主要是追念斌良，入笔即抒情写意，不枝不蔓，一气呵成。下片结尾处三句排比的运用，更将词人的情感推向了高峰。

王拯（1815—1876），原名锡振，字定甫，号少鹤，又号龙壁山人，广西马平人。道光二十一年（1841年）进士，历官至通政司通政使，署左副都御史。谭献曾将其列为"后十家"，并称之为"乐府中高境，三百年所未有也"。[11]评价甚高。王拯是王鹏运和况周颐的同乡前辈，为"岭西五大家"之一，王鹏运、况周颐曾分别直接受到王拯的影响。王拯在当时以讲究音律而闻名，杜文澜称："其为词以南宋为宗，音律至细。"又评其〔眉妩〕词云："笔致超妙，清气盘空，凡用去上及应去应入，无不谐协。"[12]有《龙壁山房词》，多有依南宋讲究词律者诸如姜夔、吴文英等词作之韵的和作。王词意格声律并重不偏的特点对四大家颇有影响。

周寿昌（1814—1884），字应甫，一字荇农，晚号自庵，湖南长沙人。道光二十五年（1845年）进士，选庶吉士，授编修，官至内阁学士兼礼部侍郎。著有《思益堂词钞》一卷，陈乃乾《清名家词》收之，凡一百零二首。

韩钦（1816—1896），字孟仙，号螺山，又号萧闲老人，浙江萧山人。咸丰六年（1856年）进士，官内阁中书。著有《闲味轩词钞》二卷，录词六十七首。

李联琇（1820—1878），字季莹，号小湖，江西临川人。道光二十五年（1845 年）进士，改庶吉士，授翰林院编修，官至大理寺卿。著有《好云楼集》，附词一卷，有咸丰辛酉（1861 年）恩养堂刊本。

蒋春霖（1818—1868），字鹿潭，江苏江阴人，寄籍大兴（今北京），有《水云楼词》存世。前期的词包括他在京城求仕无成南返故园，直到他北上扬州谋任淮南盐官为止，主要表现对流光易逝的叹惋和怀才莫展的悲恨。三十一岁前后到扬州开始其长达二十年的江北苦旅时期，创作了大量反映咸丰兵事的战争词。

叶衍兰（1823—1897），字兰台，号南雪，晚号秋梦主人，广东番禺人。咸丰六年（1856 年）进士。改庶吉士，官户部郎中。有《秋梦庵词》，录词一百一十四首。

潘祖同（1829—1902），字桐生，号谱琴，江苏吴县人。道光二十五年（1845 年）进士。改庶吉士，授翰林院编修。著有《竹山堂词稿》，录词仅 8 首。

冯煦（1843—1927），字梦华，号蒿庵、蒿史，辛亥革命后称蒿隐，金坛（今属江苏省）人。光绪八年（1882 年）以副贡举于乡，光绪十二年（1886 年）成一甲三名进士，授编修，从此开始了京师十年馆职生活。有《蒿庵词》二卷。

盛昱（1850—1899），姓爱新觉罗氏，字伯兮，自号意园，号韵莳。满洲镶白旗、宗室。光绪三年（1877）进士，官至国子监祭酒。光绪十四年（1888）康有为上书变法，受到大臣阻挠，他慷慨代递。著有《郁华阁遗集》，内收词一卷，共计十三首，有戊申年（1908 年）刻本。〔梦横塘〕《送子勤表弟乞外》二首是盛昱送别杨钟羲所作的词，也是两首写得很出色的寄友抒怀之作。杨钟羲是盛昱的表弟，曾协助盛显完成了《八旗文经》的编写工作，两人友情甚笃。这两首词盛昱回顾了他们“垂髫年纪、嬉游君家”的纯洁友情，赞赏了杨钟羲“惊人诗笔”的文才，面对即将离别的故友，诗人只好作“无声泣”，发出“白头兄弟，再相逢迟暮”的感叹。

刘恩黻（1861—1905），字星甫，或作新甫，号患援，江苏仪征人，光绪十四年（1888 年）举人，官于礼部。有《麟援词》一卷，戊申年（1908 年）双照楼刻本。

张鸿（1867—1941），初名澂，字映南，一字师曾，常熟人。光绪十五年（1889 年）举人，为内阁中书，迁户部主事，兼充总理各国事务衙门章京。在京与杨圻、翁之润、王景沂、曹元忠、章华等题襟结社，争以词鸣。光绪三十年（1904 年）进士，1916 年辞官归里，著有《蛮巢诗词稿》三卷。

恽毓巽（1872—1904），字季蒿，顺天大兴人。光绪十九年（1893年）举人，官内阁中书。自幼即喜为词，常与友人唱和。著有《剪红词草》一卷，庚戌年（1910年）北京刻本。

张茂炯（1875—1936），字仲清，号君鉴，别号忏庵，江苏昊县人。光绪二十三年（1897年）举人，光绪三十年（1904年）成进士，官度支部主事、盐政院总务厅长。有《艮庐词》一卷，1931年石印本；《艮庐词续集》一卷、外集一卷，1934年石印本。

潘承谋（1874—1934），字聪彝，一字轶仲，号省安，江苏吴县人。光绪二十三年（1897年）副贡，官农工部员外郎。有《瘦叶词》一卷（附《己巳消寒词》、《庚午消夏词》），1933年石印本。

杨圻（1875—1841），榜名朝庆，更名鉴莹，再改名圻，号野王，常熟人。早年就读于同文馆，与翁之润、何毖威、章华有"四公子"之目，并同王景沂、曹元忠、张鸿、张百宽等人题襟结社，名动京师。著有《江山万里楼诗词钞》二册，收词四卷，即《回首词》、《楼下词》、《海山词》、《望帝词》各一卷。其词才华艳发，奇丽俊美。

四、近代词话

近代是中国社会发生急剧变化的时期，学术界也出现了新旧观念并存、冲突和交锋，给近代词学研究带来了生机和活力，形成以"清末四大家"为代表的伦理批评和以王国维为代表的审美批评对峙之态势。况周颐继续张扬着由常州派而来的"比兴寄托"思想，用传统的"温柔敦厚"的诗教观念分析清词；王国维将其所接受的西方哲学与美学观点带入了传统的词学，赋予其近代学术特色。

《蕙风词话》是清末与陈廷焯《白雨斋词话》、王国维《人间词话》并列的"三大词话"之一。况周颐在总结自己和前人填词的经验基础上，发展常州派词论，重视有寄托而表现含蓄。重、拙、大是晚清四大家所倡的词学范畴，尤其是况周颐将其作为词学理论的核心，成为具有标志性的范畴。《词话》有正编三卷、条文三百二十五则，续编二卷，条文一百二十六则。大率是卷一为词论，卷四为考证，其余以词评为主，兼有词论。

况周颐以"沈著"和"厚"来解释"重"，并指明"在气格，不在字句"，可知"重"者，指词中的思想情感，而不在字句语言。[13]晚清四大家对于吴文英尤为推重，况氏透过词人的外部风格指出吴文英与苏轼、辛弃疾一样以"沈著"胜，可谓见解深刻。况氏评贺铸的另一段话可作为“厚”的注脚：“东山笔力沈至，满心而发，肆口而成，骤观之甚似意中之言，深求之实有无穷之蕴藏其体。”[14]“厚”即在于感情真挚浓郁，又有深厚的文化修养，加之不加雕饰的自然表达，给人以蕴藉无限的强烈感染。况氏说：“重者，沈著之谓。”又说“沈著者，厚之发现乎外者也”。可见“厚”即“重”之内在根本。唐圭璋先生指出：“况蕙风所标重、拙、大之旨，实特重厚字。惟拙故厚，惟厚故重、故大，若纤巧、轻浮、琐碎，皆词之弊也。”[15]

“拙”的对立面是“巧”。过分强调形式之巧，就会影响到作品的思想感情的表达，因而在重质轻文为文学思想主潮的古代文学批评中，常常受到非议。拙与巧是文艺创作的一对矛盾，对立的双方皆有各自的益和弊。况周颐对此有清醒的认识：“词过经意，其弊也斧琢；过不经意，其弊也撤械。不经意而经意，易。经意而不经意，难。”“词太做，嫌琢，太不做，嫌率。欲求恰如分际，此中消息，正复难言”。[16]然而“恰如分际”谈何容易，在不易居中时，“拙”与崇尚自然相一致，“不曾作态，恰妙造自然。蕙风论词之旨如此”。[17]拙有天然自然的特质，所以“不可及”。

《词学讲义》说“纤者大之反”，可见“大”是与“纤”相对立的。况氏对“纤”批评甚为激烈：“不俗之道，第一不纤。”况氏词论之中多处提到“纤艳”、“纤桃”、“尖纤”、“纤巧”、“纤小”、“纤庸”、“纤滞”、“纤妍”、“纤弱”、“纤丽”等等。“纤”指词的气象狭小，风格平弱，词中弄巧呈新的伎俩。况氏论及“大”时常举《花间集》为例。花间词虽艳，但有“大气真力”，即以质直之笔写深挚之情，所以为“大”。“真挚语见性情”即是“大”。

况氏对词学和文艺理论贡献不惟表现在对“重拙大”的理论上，而且也表现在其意境理论中。《惠风词话》大力提倡意境说，多次提及“意境”、“境”、“境界”等概念。况氏提出“静而兼厚重大”的穆境，强调了这种情景交融而倾向于静穆的境界是意境的最佳表现。这类似于王国维提出的“无我之境”，是一种融情于境，融人于物，融动于静，融物于心的静穆之境。

王国维以其卓绝的才识和先进的方法给词学带来的新的生机，在词学界产生了深广的影响。据王国维《人间词话》书末自题脱稿于宣统二年（1910年），“宣统庚戌九月脱稿于京师定武城南寓庐”。[18]此书风行至今，笺注校点者、撰文论述者、著为专书研究者、行文引其言者，不下百千；即以笺注校点者为例，至20世纪80年代初即已有不下七家。《人间词话》之所以在近世词学和文学理论批评界产生那么大的影响，在于王氏引入了新的观念，建立了从艺术本质、创作方法到文学批评的理论体系，实现了中西学化合的理想。

王氏第一个在词学里引入了新的观念和方法，为建立词学理论的新体系作出了贡献。这个理论体系的核心是外来观念与我国文学固有材料之参证而形成的境界说。王氏在《人间词话》开宗明义指出："词以境界为最上，有境界则自成高格，自有名句。五代北宋词所以独绝者在此。"无我之境和有我之境是境界说的重要审美范畴。他从主体与客体内在联系的不同形式和不同审美特征，分出了"有我之境"与"无我之境"两大类。"有我之境"是以我观物，在观物时表现了一种鲜明的，甚至强烈的主观情绪，在实际生活中自然会产生痛苦、哀伤、怨望等等情绪，带着这种情绪看物，自然染上浓烈的主观色彩。因此，在艺术表现上又往往采取比兴、拟人、烘托等等手法。王氏所引两例，其一为欧阳修的《蝶恋花》，其一为秦观的《踏莎行》，都充分说明了这个道理。欧阳修词结拍的艺术特点是意余不尽，层深浑成，寄兴无穷，是在主体和客体的对立冲突中体现的，其中落花愈著我之色彩，则抒情主人公的悲抑激越情绪愈被推为极端，从而构成逐步层深的兴寄。秦少游词中的"可堪"两句，其审美特性与欧词相同。所不同者，欧词拟人，秦词烘托。秦词用烘托把主人翁的情绪推向最高点，所以王氏说"变凄婉为凄厉"。无我之境是由以物观物所产生的，作为主体的我是自然物化的我。王氏说"无我之境，人惟于静中得之"，是因为静，意味着个人欲望的消失，或克制，在虚静的状态中审美主体自然物色，而且始以自然的本性观物，审美主体达到了忘我的境界，于虚静中摄取物之神理，从而创造出无我之境的作品。

在此基础上，王国维又提出了隔与不隔的问题。他说："问隔与不隔之别，曰……'池塘生春草'、'空梁落燕泥'等二句，妙处唯在不隔。词亦如是。即以一人一词论。如欧阳公《少年游》咏春草上半阙云：'阑干十二独凭春，晴碧远连云。千里万里，二月三月，行色苦愁人。'语语都在目前，便是不隔。至云'谢家池上，江淹浦畔'，则隔矣。"但是，由于词家风格流派的不同，形象的直觉性有别，境界在艺术表现上也就不同。不能只看直致和真寻的那些境界，各种艺术手段成功的运用，都能体现直觉性和寄兴深微的特点，但王氏显然没有作这样全面性的考虑，因此在评价白石词、梅溪词、梦窗词以及咏物词时，常显得有些偏颇。

从艺术角度而言，《人间词话》承袭前人所论甚少，尤见勇于开辟、勇于立论者的理论锋芒，但其偏颇与不足之处也极为显见。如王氏认为“一切文学之进化，先真朴而后趋工巧”，屡称五代北宋词之深厚而颇诋南宋词之雕镂。尽管如此，由于《人间词话》体现了中学西学互相推进的精神，构建了较为完整的体系，仍可以充分肯定它在词学批评史，乃至中国文学批评史上的划时代意义。

注释：

（1）陈铭：《晚清词论转变的核心：以诗衡词》，《浙江学刊》1993年第3期。

（2）唐圭璋：《词话丛编》，第3690页。

（3）马兴荣：《中国词学大辞典·序言》。

（4）彭玉平：《端木埰与晚清词学》，《中山大学学报》（社科版）2004年第1期。

（5）胡先骕：《评文芸阁云起轩词抄王幼遐半塘定稿剩稿》，《学衡》27期，1924年3月。

（6）沈善宝：《名媛诗话》，《续修四库全书·集部》（第1706册），第651页。

（7）顾太清：《雨窗感旧序》，张璋评校：《顾太清、奕绘诗词合集》，第170页。

（8）况周颐《兰云菱寝楼笔记》载王鹏运语“满洲词人，男中成容若，女中太清春”。另况氏《蕙风词话续编》卷二：“曩阅某词话云，本朝铁岭人词，男中成容若，女中太清春，直窥北宋堂奥。”冒广生《小三吾亭词话》卷一：“论满洲人词，有男中成容若，女中太清春之语。”徐世昌《晚晴诗汇》卷一八八：“八旗论词，有‘男中成容若，女中太清春’之语。”可见当时顾太清盛名流行之广。

（9）沈善宝：《名媛诗话》卷七，光绪间鸿雪楼刻本，《续修四库全书》本据此影印。

（10）樊志厚：《人间词甲稿序》，《教育世界》1906年第7期。

（11）唐圭璋：《词话丛编》，第4012页。

（12）《憩园词话》卷三，《词话丛编》，第2911页。

（13）孙克强：《况周颐“重”“拙”“大”新论》，《中国韵文学刊》2003年第2期。

（14）况周颐：《历代词人考略》卷三〇，现藏南京图书馆。孙克强：《况周颐“重”“拙”“大”新论》，《中国韵文学刊》2003年第2期。

（15）唐圭璋：《论词之作法》，《词学论丛》。

（16）《蕙风词话》卷一，《蕙风词话·人间词话》合刊本。

（17）《蕙风词话》卷二引述《织余琐述》语，《蕙风词话·人间词话》合刊本。

（18）《蕙风词话·人间词话》合刊本，第221页。

第十章　近代小说家和小说

一、旗人和早期京味小说

近代小说家是中国文学史上最早开始有意识地探索北京风格的一批人。他们多出生在底层旗人家庭，生活穷困，大多是报人。正是由于这些报人作家本身处于社会的中下层，所以对于底层的遭遇天然有着同情，因此，小说大部分表现的是清末民初北京底层民众文化的面相。由于他们熟悉老百姓的口味，多采用平民喜闻乐道的方式进行创作，创作的小说可谓“京味”的早期代表。他们的题材除了旗人生计这一牵涉广泛下层民众的问题之外，多是日常所闻、街谈巷议、家庭内部纷争、社会场景白描，全然写日常生活，小说故事本身没有多少跌宕起伏、引人入胜的情节，主要靠叙述的技巧设置关节，方言土语的魅力引起读者的兴趣。[(1)]

据白维国考察，蔡友梅早年随父在山东任所，坐过馆。光绪三十三年（1907 年）回北京办《进化报》，任该报社总务之职，未几报社倒闭。到归绥先是作幕僚 2—3 年，辛亥革命后到豫、鄂、赣等省办公债，1916 年前后回北京在《小公报》作记者，1919 年到 1922 年在《益世报》作记者。[(2)]从其遭际经历来看，他生活在败落的旗人家庭，后做记者，一生中绝大部分时间都生活在北京。其他如文实权、王冷佛、李仲梯、勋荩臣等大都是小报记者或编辑。他们自觉地利用小说进行教育和启蒙，并取得不俗的成绩。《小额序》中言：“（友梅）尝与二三良友曰：‘比年社会之怪现象，于斯极矣。魑魅魍魉，无奇不有。势日蹙而风俗日偷，国愈危而人心愈坏，将何以与列强相颉颃哉？

报社以辅助政府为天职，开通民智为宗旨，质诸兄，有何旋转直能力，定世逆之方针？捷经奚由？利器何具？'”是时曼青诸先生俱在座，因慨然曰：“欲引人心之趋向，启教育之萌芽，破迷信之根株，跻进化之方域，莫小说若，莫小说若。……观其中缀人事之直曲，叙世态之炎凉，先生非徒事酸刻也，殆有深意存焉。”

由于他们的报人身份，这些小说均刊载于自己或朋友主编的白话报纸上。由于立宪运动，北京报业发达，清末民初京津地区涌现了几十种白话报，[3]知名的《京华时报》、《爱国白话报》、《白话国强报》、《竹园白话报》等白话报培养了损公（蔡友梅）徐剑胆，丁竹园（国珍）自了生、冷佛，市隐、湛引铭、耀公、涤尘、钱一蟹等一批京味儿小说家。蔡友梅以“损公”之名在当时各报上登载的小说有几十种，仅其在《北京国强报》连载的《新鲜滋味》一个系列就有24种之多，徐剑胆在《京话日报》、《北京小公报》上发表的小说也有30多种以上。自了生于民国三年（1914年）在《北京爱国报》上发表小说十几篇。尹箴明于民国四年（1915年）在《北京群强报》上刊载《凤仙》、《陈云栖》、《细柳》、《阿英》、《梦狼》等小说。铁庵编著奇情小说《意外缘》，刊于《白话国强报》，并由该报出单行本。丁竹园的作品都登载在《敝帚千金》、《大公报》、《竹园报》等报纸，而以《竹园白话报》最多。文实权辛亥后创办《燕都报》，在《公益报》发表小说《米虎》，首开报纸连载个人长篇小说的记录，在《爱国白话报》、《燕都报》发表《西太后传》、《梅福结婚记》、《武圣传》、《闺中宝》等。[4]

早期京味小说里写的较多的是关于市井习俗，带有旗人的特点。从满族的服饰，到文化信息（书、茶馆和戏园子）以及市井风情（烟馆、大钱、玩鸟、抓会、请安、小押、饮食、钱粮）等，所写的尽管都是京城满族人的生活琐事，但当时北京旗人的人文属性得以充分的展示。其中最有代表性的是王冷佛的《春阿氏》。松颐在小说的《后记》中写道：“作者的笔触还深入到旗人家庭生活里去。因此，有很多旗人日常生活、风俗习惯、婚丧嫁娶、规矩礼行种种描述。这对于我们研究清末的社会生活，深入了解民俗风情无疑也是一部绝好的材料。”满洲习骑射，尚武功，并以此立国，更是强化了这一传统，《春阿氏》对尚武精神有着具体的描绘。旗人子弟春英在三伏大热天，用石锁练臂力，号称“尚武的精神，是满洲固山的本等”，表明这种观念的深入人心。这一习俗同时表现为北京民众好急喜斗的性格。比如在《小额》中：“（楞祥子）一瞧青皮连这分儿不说理，真气急啦，说

‘小连，咱们俩外头说去。’青皮连说：‘外头也不含糊哇。’”然后两人就动起手来了。

在主题上，京味小说家最关注世道人心，专注于描摹人与人之间的关系特别是伦理关系。清末民初，由于传统权威的丧失，中国人的精神世界出现道德失范，进而导致全社会的道德危机。整个社会在道德上亦处于混乱状态，人与人之间的关系被赤裸裸的利益考虑所操纵。《鬼吹灯》中继母为了让亲生儿子独得家产，千方百计谋害丈夫与前妻之子。《搜救孤》中弟媳陷害长兄的儿子。《姑作婆》、《铁王三》中妻弟或妹夫总是试图通过各种方法篡夺亲人的财产，置道德和亲情于不顾。《小额》讽刺揭露的重心是世态炎凉，世风日下，“北京城什么德行都有”。作者认为，“既是社会小说，沾乎社会上的坏习气，不能不说说，这也是警省人的意思”。小说围绕小额进监之后的各类人物活动，充分描绘出乌烟瘴气的社会众生相。其次，针砭时政，揭露政府腐败，是小说的一个重要内容。推翻帝制建立共和，本是我国近代历史上的一件政治大事，由于辛亥革命的不彻底，致使民初的社会出现很大的动荡，各种怪现象层出不穷，对社会腐败的有力鞭笞，表明作者进步的政治立场和积极的创作倾向。蔡友梅的《理学周》对当时“麻雀普及”的社会现象进行了猛烈的抨击；《秋海棠》写自共和以来，外省人在北京拐骗媳妇之事。

在艺术表现上，这些小说家谙熟京都的逸闻掌故，风土人情，最早在小说作品中用北京话自觉地展示老北京市民特别是旗人日常生活的方方面面，提炼其中蕴含的传统文化精神，带有浓厚的京味色彩。

其一，用北京话创作。虽然作者是旗人，但旗人话语固然是北京话的一种，但是因为是上流社会的语言，属于官话，带有典雅的性质，不可视为一般的市井俗话；而京旗报人小说的读者不是大学或中学里接受新鲜思潮的学生，也不是完全没有多少文化的引车卖浆贩夫走卒，而是那些普通的粗通文字的北京城小市民，所以小说的语言处在高雅的官话同市井方言之间，更多倾向于下层百姓的语言。《小额》的语言是京腔京韵，尤其在叙事语言上也用京话来描写，表明作者驾驭京味语言的高超本领。它不仅承继了《红楼梦》、《儿女英雄传》时期的京味语言，而且记录了清末时期大量的北京口语，在京味小说的发展史上起了承上启下的作用。

其二，满人爱听评书，多采用评书形式进行叙述。《小额》中有许多说书人的套语，如“闲话少叙，咱们是书归正传”。开头就是评书的开场形式：“如今说一个故事儿，就是库界的事情。这可是真事。诸位别忙，听我慢慢儿的道来。西直门城根儿，住着一个姓额的，人都管他叫小额。”在讲故事时，有时夹杂些倒叙与补充交待，而一旦作者说到高兴处，则会另外插叙些故事，有的叙述时往往荡开一笔，作者出来大发议论，或者抨击时势，或者讥讽世态人情。

其三，幽默诙谐。满人以活泼风趣，语言幽默见长，小说也追求这种美学特征。丁竹园的《毛厨子纵谈臭肉》，借某权贵买了一块臭肉怎么烹调也不好吃，来讽刺清政府失败的改革。《小额》在叙述过程中，时常添枝加叶，有解释说明、批评议论、分析补充、接话答喳、插科打诨、感慨叹息等等多种内容。这种边说边议，全由作者即兴而发，随意性很大，有嬉笑怒骂的牢骚怪话，有诙谐幽默的冷嘲热讽，从而给小说增了些谐谑性与可读性。

二、侠义公案小说

清代公案侠义小说是清代中后期公案小说和侠义小说合流后所产生的一种新型小说，它的产生和繁荣与当时北京曲艺业的发展尤其是说书艺术有很大关系，有不少学者称这类小说为“话本小说”或“平话小说”。在晚清诸多侠义公案小说中，影响最大的当推《三侠五义》和《儿女英雄传》。

《三侠五义》出版于光绪五年（1879 年），原名《忠烈侠义传》，百二十回，根据天津说书艺人石玉昆的《龙图公案》而改编，熔公案与侠义为一炉。作者的理想是清官在侠客的辅助下审案断狱，侠客在清官的支持下行侠仗义，清官与侠客互为依赖，体现了市井细民对贤明政治的渴望与幻想，对行侠仗义的英雄的渴求。前二十七回主要写包拯在展昭等侠士帮助下审狱断案、除暴安良的故事，多根据宋元以来小说戏曲中的传统题材和民间传说加以丰富和发展；后部分主要写三侠、五义以及智化、艾虎等如何克服内部矛盾，归顺朝廷，并协助颜查散剪除谋叛的襄阳王及其党羽，这部分是石玉昆等人的创造。

小说塑造了一批侠肝义胆的侠客形象，但是性格迥异。如卢方忠厚老实，蒋平机智幽默，徐庆憨直鲁莽，展昭宽宏干练，智化精灵妩媚，艾虎天真活泼，都具有鲜明独特的个性。其中白玉堂是刻画得颇为突出的一个侠义英雄形象。他器宇轩昂，武艺超群，同时又骄傲任性，逞强好胜，最后惨死于铜网阵中。白玉堂大闹东京，有一定的蔑视封建法权的意味，后来虽然皈依皇权，身居官职，却仍然野性未驯，还是任性而行，不按照法令行事，具有反抗的个性。欧阳春则是一个不受官家管束的侠客。他武功高超，却不逞强斗狠；行侠仗义却不求报恩，不慕权势富贵，功成后飘然而去，不失独立人格和自由个性，具有鲜明的清高狷介的性格。小说还塑造了一批耿直、善良、乐于助人的小人物，如张别古、张立、雨墨、佳蕙等，都写得纯朴可爱，极富人情味。对嫌贫爱富的柳洪，势利小人李平山等人的刻画，也是活灵活现，善恶分明，体现了此书的市井文化品位。

《三侠五义》的小说语言体现了民间评话艺术的特色，俚俗中带着粗犷、朴野，口语生动活泼。它的叙事艺术历来为人称赞，情节曲折多变，结构巧妙。如第六十七回、第八十五回、第一百五回，作者把侠士们置于激烈的矛盾冲突和斗争中展现他们除暴安良、不畏生死的英雄本色，写得惊心动魄。特别在组织故事方面，善于在大故事中包含许多小故事，一波未平，一波又起，如此连续不断地发展，扣人心弦。小说还带有诙谐性的喜剧色彩，诙谐性的语言和形象为作品增添笑料，活跃气氛。

《三侠五义》流传广泛，其影响所及，出现了一大批侠义小说。《小五义》和《续小五义》就是《三侠五义》的续书，这三部小说共同组成了一个连贯的故事，首尾相接，结构完整。其他类似《三侠五义》的小说还有很多，如《永庆升平》、《英雄大八义》、《英雄小八义》、《七剑十三侠》、《七剑十八义》等。

《永庆升平》根据同名评话整理，在表现手法上有自己的特色，开启了民国时期新派武侠小说的写法，在19世纪末20世纪初流传广泛，影响很大。后来为京剧所吸收，其中整个改编的有连台戏《永庆升平》八本；改为单本剧的有《五龙捧圣》、《虎丘山》、《闹苏州》、《峨嵋山》、《汝宁府》、《乐平山》、《剪子谷》、《张广太》等。小说主要叙述康熙年间江湖侠客马成龙、顾焕章、马梦太、李庆龙等人协助朝廷搜剿肃清天地会八卦教的故事。小说中的英雄都是市井中人，他们为王前驱而立军功，都得到封赏，深得市井细民的羡慕。

《彭公案》二十三卷一百回，正集之外又有《续彭公案》八十回，《再续彭公案》八十一回，《三续彭公案》八十一回。小说中清官彭朋的故事，糅合了历史上彭鹏和朋春两人的事迹。小说以侠义作为主线，着重刻画了一批绿林出身的英雄好汉的形象，如李七侯、黄三天、杨香武、欧阳德、石铸、纪逢春等。对于绿林人物，小说以他们对朝廷对清官的态度作为评价标准：投顺朝廷辅佐清官的就是英雄好汉；反之就是为贼，为恶。明显是为维护封建统治秩序服务。小说的评话色彩较浓，基本上采用口语，语言通俗易懂。情节曲折离奇，常用倒叙法来设置悬念，如杨香武三盗九龙杯、众英雄三打连环寨、欧阳德三打牧羊阵等，非常精彩。此后又有《四续彭公案》、《五续彭公案》、《六续彭公案》、《七续彭公案》、《八续彭公案》，还经常被改编成京剧。

《儿女英雄传》是我国小说史上较早出现的一部熔侠义、言情、公案于一炉的长篇小说，又名《金玉缘》、《侠女奇缘》、《日下新书》等。作者文康，费莫氏，字铁仙，一字悔庵，笔名燕北闲人，满洲镶红旗人。大约生于嘉庆初，卒于同治中，享年七十余岁。初印本为光绪四年（1878 年）京都隆福寺路南聚珍堂书坊发兑。这是一部真正的旗人写旗人的小说，形象地再现了旗人的社会生活与风俗习惯，表现出旗人的思想和意识。如书中所涉及的旗人的习俗、礼节、服饰、婚丧、祭祀、语言等方面的描写很多，富有满族风情。值得注意的是作者在小说中多次使用满语，开创了满语进入小说的先例，堪称是一部满汉文化交融的杰作。

小说写的是出生于正黄旗汉军世族旧家的安氏由衰而盛，重新发迹的历史。文康把家道中落的困顿和晚年的孤苦，在现实中无法达到的理想寄之笔端，以求得精神上的安慰与满足。书中塑造了一系列的理想人物。安学海是理想的圣人之徒，是一个“蹈仁履义，折规周矩”的“醇儒”。为人虽不免迂腐，但为官清廉正直，宁愿被参、坐班房，也不肯营私舞弊，是“忠”的典型。安骥则是“孝”的典型，为了救父，他跋涉千里，亲自去淮安送银两，差点遇害身亡。平时恪遵父训，循规蹈矩，埋首苦读，最终探花及第，位极人臣，光耀门庭。张金凤身陷能仁寺恶僧魔掌，宁死不屈，守身如玉，突出描写其“节”；久闯江湖的邓九公受恩不忘报，甘担风险，重义轻财，则极写其“义”。主人公十三妹何玉凤更是作者心目中的“英雄至性”和“儿女真情”完美结合的典范，是“忠孝节义”的化身。她欲为国除害可谓是“忠”；奉养老母，立志报父仇，足见其“孝”；救出落难的安公子并解囊赠金，堪称是“义”；用弹弓拉安骥起来而不用手，焚香告天“守宫砂”，则是“节”。婚后，她从江湖回归家庭、由侠女变成贤妇，和张金凤和睦相处，成就了丈夫的事业，又孝顺公婆，善于治家理财，成为作者称颂的“儿女英雄”的典范。

《儿女英雄传》前半部结构精巧，情节生动曲折，引人入胜。由安学海做官遇难引出安公子携金救父，由安公子途中遇难引出何玉凤，又引出张金凤一家。由安学海为了报恩寻找十三妹，又引出邓九公一家。真是一波未平，一波又起。作者善用伏笔，巧设悬念，悦来店、能仁寺数回，着力描写十三妹的侠肝义胆和有智有勇，却没有点明她的真实姓名和来历，人物显得藏头露尾，不可捉摸，直到第十九回作者方才道出实情，这种倒叙方式完全打破了开门见山的套数。小说以生动活泼、通俗流利的北京口语写成，具有地道的京味，堪称京味小说的滥觞，对京味文学的成熟起了促进作用。胡适在《儿女英雄传序》中说："它的特别长处在于言语的生动，漂亮，俏皮，诙谐有风趣。"认为此书是"绝好的京语教科书。"[5]后半部结构松散，过多迂腐的封建说教减少了全书的艺术感染力。

三、《红楼梦》影响下的言情小说

《竹枝词》云："开谈不说《红楼梦》，纵读诗书也枉然。"（杨掌生《京尘杂录》卷四）作为中国古典小说的艺术高峰，《红楼梦》横空出世，并对乾隆以后相当长一段历史时期的章回小说创作产生了巨大影响。从高鹗之续开始直至现在，《红楼梦》续书达九十八种。[6]早期（1796—1876）的十二种续书皆承程刻本而作，再续多为黛玉、晴雯翻案，或还魂或借体还魂，将林黛玉改造得面目全非，既有着宝钗的丰腴和宽厚，又有凤姐的权术和谋略，这种生硬焊接的近乎圣女的性格组合，使续书中的林黛玉成了一种类型化概念的图解。[7]著名满族女词人顾太清不满这种只顾撰者的求团圆之心，但离原书的旨趣却越来越远的做法，创作了《红楼梦影》，成为诸多《红楼梦》续书中较好的一种，光绪三年（1877年）即太清逝世的那年出版。

顾氏对宝黛悲剧的认识比较透彻，对他们的爱情有独到的体认："《红楼梦》一书，本名《石头记》，所记绛珠仙草受神瑛侍者灌溉之恩，修成女身，立愿托生人世，以泪偿之。此极奇幻之事，而几至家弦户诵，雅俗共赏，咸知绛珠有偿泪之愿，无终身之约，泪尽归仙，再难留恋人间；神瑛无木石之缘，有金石之订，理当涉世，以了应为之事。此《红楼梦》始终之大旨也。海内读此书者，因绛珠负绝世才貌，抱恨夭亡，起而接续前编，各抒己见，为绛珠吐生前之夙怨，翻薄命之旧案，将红尘之富贵，加碧落之仙姝，死者令其复生，清者扬之使浊，纵然极力铺张，益觉拟于不伦。此无他故，与前书本意相悖耳。"（西湖散人《红楼梦影》序）[8]木石之盟由神话姻缘演变为凡间悲剧带有先天命定性，因为绛珠仙草（木）正是有感于神瑛侍者（石）的灌溉之恩而思凡下世还泪报恩，必至泪尽方能完成这一夙愿，所以林黛玉也只有在生命消失后才算实现了她的下凡初衷。鉴于此种认识，顾太清一反其他续书中让黛玉还魂、转世等神怪小说的套路，遵循人间生活的逻辑，在续书中让宝玉走出大观园，娶妻生子，读书入仕，承担起俗世的种种义务。在顾太清和西湖散人看来，宝黛纯粹的精神之恋（木石之盟）是男女情爱的理想极致，却绝非现世生活所能容，所以在《梦影》中顾太清安排了宝玉、宝钗不失富足的家庭生活而又留下了宝玉苦苦思念黛玉终不能得的缺憾。

《红楼梦影》的出现，标志着从表达对《红楼梦》人物褒贬的评论逐渐发展到以作者借续书来表达自己所熟悉的生活的过程。[9]此书的文学成就虽不可与原著相提并论，但作者作为清朝宗室贵族夫人，同时又是著名的诗人、词人，这种双重身份使她具有其他续书者无法企及的优势。此书在叙事方式和语言风格上都有自己的特色，语言风格论，明快流畅，与原作近似，并有浓厚的北京方言味道和满族家庭的习俗传统。她的女性经验和上层社会的阅历使她在叙写《红楼梦》的闺阁与大家族日常生活时得心应手。如春日游园听曲（十二回），端阳看赛龙舟（十三回），夏日制瓜灯斗巧，赏荷花联句（十四回），冬日赏雪看梅花，分咏消寒诗（十九回）。其他宴饮馈赠，人情来往都写得合乎贾府的地位和人物的身份，绝无写饮食但知燕窝的笑话。由于自身有丰富的文学活动经历，她在续作中把结社、联句、分咏等活动写的生动自然。她直接将自己的作品采入续作中，展现出不同流俗的才华。[10]但她却没能如曹雪芹那样，使诗作发挥更多的叙事功能，为塑造人物个性、渲染气氛乃至预示人物和家族的命运服务。

源于女性生活的洞察力，顾太清对闺中琐事的真实而细腻的描写，使它在红楼梦续书之林中享有一席独特的位置。以前的小说作者几乎全是男性，他们描写闺中生活总使人有隔膜之感，即使是原著也存在着这种遗憾，而顾太清以为人妻、为人母的经验与感受进行创作，所描绘的家庭生活自有男性作家未曾观照的视点，尤其是少男少女娶亲出嫁、生儿育女等人生必经的大事都成为本书风格独具的篇章。如第九回平儿生子，把妇人半夜生产时全家忙乱的景象写得栩栩如生，这在中国文学史上是绝无仅有的。一些易被男性续作者忽略的家务琐事亦写得细致入微，如宝钗与平儿生子后，均是王夫人决定奶妈的人选（第四回和第九回）。为防贾琏不轨，王夫人特意为平儿挑了一个皮肤黑的奶妈，显示出女性的细心和幽默。

作为女性作家，太清虽然也让宝玉在娶了宝钗以后，又纳袭人、莺儿与麝月为妾，但在处理宝玉与妻妾的关系时，并不像与男性续书那样渲染宝玉在享受左拥右抱的艳福，而是突出宝玉婚后感情与行动的不自由。太清作为女子，并且是做过侧室的人，深知男性周旋于妻妾之间，并不像那些男性作者所艳羡的，能享尽艳福，恣情纵欲。宝玉从公开的行动到隐秘的感情都处于宝钗等人的严密监控下，甚至连梦中的呓语都有人留心，已经失去了婚前尚享有的有限度的自由。这种对于和妻妾关系的描写相当深刻，是对原作的合理推演，显示出女性的敏感和对夫妻关系的深入体察。

《红楼梦影》的局限也是很明显的。太清笔下贾府否极泰来，喜事连连的命运安排，回避了人生的矛盾与不幸，违背了曹雪芹原作的主旨，也使叙事缺少起伏与高潮，成了一部贾府重兴的流水账，没有原著中寓于家族与人物命运中的发人深省的深刻哲理，缺乏精神的超越。为了写贾府重兴、家族和睦兴旺，太清将原著中的人物形象进行了重塑，不仅背离了原著，而且降低了作品的深度。她把贪淫暴戾的贾赦重塑成了一个谦谦君子；贾政成为最能容人的忠厚长者；宝玉混同世俗，成了“憨二爷”，失去了曹雪芹笔下的灵气，更没有那些不同流俗乃至离经叛道的思想和行为，只剩下了孩子气的天真。如果说高鹗的续书脱离原著，那么太清的《红楼梦影》走得更远。

鲁迅早就很敏锐很确当地指出了《红楼梦》影响狭邪小说这一现象，他认为《品花宝鉴》和《青楼梦》是“用了《红楼梦》的笔调，去写优伶和妓女的事情”，“然自《海上花列传》出，乃始实写妓家，……而《红楼梦》在狭邪小说之泽，亦自此而斩也”。[11]在鲁迅看来，《海上花列传》以前的狭邪小说也都笼罩在《红楼梦》的艺术光环之下。

《品花宝鉴》成书于道光五年（1825 年）至道光十五年（1835 年）间，道光三十年（1850 年）初版。[12]作者陈森，字少逸，号采玉山人，别署石函氏，毗陵（今江苏常州）人。这是清代第一部以狎客优伶为题材的狭邪小说，同性恋题材的选择使其成为近代文学史上独一无二的文学作品。小说赞美同性之爱，反映了当时京师盛行的狎优风气。

清朝法律严禁官吏仕商押女娼，而北京又是仕商汇聚之地、花雅诸戏班云集之区，因而很快成为“男娼中心”。[13]《燕台评春录》说：“士大夫亦恐催不测，少昵妓者。”[14]《清稗类钞》亦谓：“道光以前，京师最重像姑，绝少妓寮。”[15]这些记载都是当时北京男娼繁荣的明证。当时“士大夫所押男色，半为优伶”，[16]陈森流连北京歌楼戏馆多年，所作《品花宝鉴》专写文人、士大夫与京师优伶的交往，显然是当时社会风气的真实反映。世人对优伶大多缺乏真正的同情和热心，鄙视他们，陈森则看到了“其中亦有可取处”（自序），他不但以极大的热情赞赏了名伶们的高超技艺、高洁品行，而且怀着深切的同情描写了优伶们凄苦无助、辛酸无奈的混世生涯，同时寄寓自己深沉的人生慨叹。书中还揭露了当时社会的各种丑恶现象，如买官鬻爵、考场舞弊、权贵们的骄奢淫逸等。

《品花宝鉴》在人物塑造、布局构思和艺术技巧方面都不同程度地受到《红楼梦》的影响。杨掌生《京尘杂录》卷四“寝华琐簿”中：“常州陈少逸撰品花宝鉴，用小说演义体凡六十回。……《红楼梦》叙述儿女之事，真天地间不可无一，不可有二之作。陈君（《品花宝鉴》作者）乃师其意而变其体，为诸伶人写照。”《品花宝鉴》第一回说：“陈言务去，不知费作者几许苦心；生面别开，遂能令读者一时快意。”这都表现出作家对才子佳人小说之公式化的不满以及务求别开生面的自觉意识，显然受曹雪芹观点的影响。书中主人公杜琴言的爱哭、孤傲高洁与性情率直，与林黛玉非常相似；杜琴言与梅子玉的“爱情”从开始到发展都是借鉴了宝黛的爱情。《红楼梦》中十二钗和贾宝玉的诗文随处可见，同时也以大量的篇幅描写了名士们在宴饮时的吟诗联句，相互唱和。

《品花宝鉴》塑造了一些具有个性特色的人物形象。杜琴言是作者着力塑造的一个男伶形象。他色艺双绝，为人孤傲高洁，富有反抗精神，是梨园中最有节操的名伶。在被迫唱戏后，他“身有傲骨，断不能与时俯仰”，宁死也不向色狼奚十一、潘其观、魏聘才的威胁利诱低头，也不为侯石翁的盛名厚利所动。由于男伶在狎优风气中扮演的是女性角色，这就造成他们性别角色上的严重扭曲，形成“男儿身女儿心”的错位。杜琴言虽是男子，却具有女性的相貌和性格，他对敬重仰慕他，无丝毫邪意的公子梅子玉爱得非常纯洁而深挚，两人分别后，为了睹物思人，他以梅子玉的梅为象征，在自己的住所及所穿的服饰上处处以梅花为点缀。同样，梅子玉为了钟情杜琴言，所用的荷包、扇络等物都做成琴的样式，借此寄托相思。他们这种柏拉图式的爱尽管是真挚缠绵，但毕竟是同性恋，是一种扭曲的人际关系和变态的性爱心理。苏蕙芳是另一个重要的男伶形象，和杜琴言一样，他也是因为家庭的变故进入梨园，也是一位尚气节的反抗者。不过，苏蕙芳与琴言的一味刚直不同，他善于权变，能采用机智应对、巧妙周旋的方式对付那些权贵和市侩，这样既保护了自身的清白，又惩罚了坏人。

《品花宝鉴》由于受才子佳人小说影响，它的理想人物的性格显得浮浅、单薄。往往美则无一不美，即或缺陷，亦非负面的人格污点，如琴言的孤傲脾气。相反，在形形色色反面人物形象的塑造中，作者因无所顾忌，既写出了他们俗陋无聊的“恶”的一面，又写出了其充满人情味的“善”的一面，获得极大的艺术成功。如篾片魏聘才、淫毒衙内奚十一、色狼潘其观等人。魏聘才是一个口蜜腹剑、善于拨弄是非的势利小人，但看到梅、杜相会的情景，“心上也觉凄楚”，刻画出人物性格的复杂性。有些人物虽然着墨不多，却写得活灵活现，如呆头呆脑的假斯文李元茂、奇形怪相的活废物孙嗣徽、孙嗣元兄弟、白菊花、唐和尚、姬亮轩等等。在艺术手法上，《品花宝鉴》继承和发展了我国古典戏曲小说，特别是戏曲对人物心理的描写，有大量细腻的心理描写。如第四十五回杜琴言向子玉诉说他过去被迫唱戏或陪酒的内心痛苦，就挖掘得很深。当是受了戏曲常以独唱或独白来写人物思想活动的影响。

四、文言小说

晚清的小说界基本上为白话小说所主宰，但文言小说的传统仍在延续着，并在进入民国以后的十年间呈现出空前绝后的繁荣局面。“尽管白话文运动日见发展，提倡白话小说者日见增多，可文言小说不但没有销声匿迹，反而大行其时，甚至揭开了文言小说史上最为辉煌的一页”。[17]晚清时期，梁启超等人从开通民智、进化论及文体审美的角度发动了白话文及白话小说运动，并未对以文言为高雅、白话为鄙俗的传统审美观造成根本的冲击，而晚清兴起的国粹思潮又将文言提升到“国粹”的高度加以维护，在观念上进一步强化了文言的优越性。白话小说理论的弊端和国粹学派的观点在清末的最后几年逐渐在小说创作界产生影响，并与民初“游戏的消遣的金钱主义的文学观”和袁世凯政府的文化复古政策相结合，最终促成了民初文言小说的繁荣局面。[18]

林纾的文言短篇小说在当时别具一格，它既受到西方文学的影响，又有自己的艺术创造。1913 年 7 月 1 日《平报》特意为林纾开辟了《践卓翁短篇小说》专栏，后来都汇集于《畏庐漫录》中，1922 年由商务印书馆出版。这些小说在情节构思上明显受到西方文学的影响，带有西方文学的浪漫情调，可以视作中国较早有意识地借鉴、学习西方小说的作品。如《欧阳浩》模仿大仲马的《蟹莲郡主传》，《娥绿》的情节脱胎于莎士比亚的《罗密欧与朱丽叶》，《唐豹》将武侠与侦探结合起来，具有侦探小说的因素，《柳亭亭》脱胎于林纾翻译的《巴黎茶花女遗事》，只是结局不同，将悲剧结局改成了大团圆结局。

林纾的传奇充分承袭了唐传奇和《聊斋志异》的风格，具有明显的模拟痕迹。如《吴生》类《聊斋》之《宦娘》，吴生痴憨可爱，类似蒲松龄笔下大量的痴生形象。但林纾又不仅仅是模拟，在人物的遭际和命运中宣扬了一些新的爱情和婚姻观念，显示出某种现代情爱观念的萌芽。《穆东山》中美丽多情的妓女柳整整想嫁给书生穆东山，却被穆断然回绝，因为他对妻子的爱很专一，无法再爱别的女性，这种爱情观是对传统的一夫多妻婚姻的有力挑战。《胡燕玉》、《洪石英》中的女主人公婚前则与丈夫约定：家里一切由妇人做主，男人不得有纳妾、狎妓、冶游等放荡行为。在这些小说里，妇女的地位和权力，得到了前所未有的张扬。小说里女性形象与传统女子有了很大的不同，她们努力学习，不断完善自身的素质，还有不少已接受西方文明，加入到国家和社会的事务中。如《谢兰言》中的谢兰言，留学欧洲四年，能操一口流利的外语。《黄建人》中的主人公黄建人自小留学东瀛，后来投身革命，几度出生入死，建立了功勋。

林纾在翻译西方小说的过程中受到西方文化的影响，认为“男女之爱，全球皆然”。[19]使之在处理男女情爱方面突破了以往英雄或者侠女片面强调英雄侠客超越凡俗现实的行为和性格，在英雄的塑造上加强儿女情长，从而更具人性化。如《赵倚楼》与《赵太祖千里送京娘》类似，但结局大为不同。游生投笔从戎，于武昌识赵倚楼，两人互相爱慕，后游将回京师，赵泣涕请从，游生并未因不能娶之而绝情离去，却动之以情，晓之以理，愿资助赵上女校让其自立后再择人而嫁，不愿以一己之欢而误倚楼终生。游生克己利人，爱其人，则为之谋终生，与赵匡胤为一己之名而拍马离去致使京娘因他而香消玉殒已大为不同，林著更贴近人情。在强调男女之爱为人性的基础上认识到男女柔情与英雄至性统一和制约，是对言情小说的贡献，也是对英雄武侠小说人物性格论的重大贡献。再如《裘稚兰》和唐传奇中《崔慎思》极为类似，都是武艺高强，貌美如花的侠女报仇的故事。与崔慎思妻一切都为权宜之计，轻而易举地杀子别夫，不牵于心的无情相比，裘稚兰简直是一副可爱娇柔的小女子情态，于途中见到被自己的领布缠住的吕生，即觉“一身茫茫，遂落情网”。然后，便屡次盗物以赠吕生。而崔慎思妻应崔之求为之妾，生子后数月某夜，崔见其妇自屋下，以白练缠身，其右手持匕首，左手携一人头，言其父仇已报，人即将离。离去少须又转回以哺乳为名，杀其亲子乃去，这样惨烈的复仇故事，无半点儿女温情，也无美感。

在文言小说的传统中，社会小说并不多见，且大都采用了超现实的意象，少有写实之作，而林纾的社会小说多运用近乎于现实主义的手法来表现主题。《醉徐》中对民间侠士满怀赞颂，而对清政府官员的不学无术进行了批判。《王孝子》中的孝子之父被官吏殴打致死，但由于官官相护，纳贿成风，他却申诉无门，反而弄得自己一家家破人亡。《水先生》、《庄豫》等篇则暴露了当地土豪、恶霸，与官吏互相勾结、狼狈为奸，鱼肉人民的罪恶。《黄建人》、《阿脂》、《董紫薇》、《春纤》等作品描写了社会的动乱、连年的战火给百姓带来的深重苦难，鞭挞了统治阶层凶残暴虐、贪赃枉法的罪恶行径。道德沦丧、世风日下是作者着力揭露和批判的又一社会现实。《刘王官》中狠毒的儿媳，对年迈的公公进行种种的虐待；《薛存姑》、《春纤》、《银红》等篇的女主人公默默承受着婆婆、后母或家中正妻的折磨与冤屈。《程拳师》中的程遂拳法不精，竟冒为乡里拳师，收徒习拳防盗，反而为盗所欺。邵老虎恃强凌弱，终遭暗算。江西数百人，借为同乡复仇之名，行敲诈勒索之实，清代社会之世道人心，被写得淋漓尽致。

林纾青少年时期曾从师学武，对技击很有造诣，因此林纾在小说中善于描写技击，《醉徐》、《程拳师》、《吕紫娥》、《舒南云》、《水先生》等皆是。笔记小说《技击余闻》，被人视为中国武侠小说的滥觞，效仿者甚众。钱基博撰有《技击余闻补》（《小说月报》第5卷），江山渊撰有《续技击余闻》（《小说月报》第7卷），朱鸿寿也有《技击余闻补》（《小说新报》第1、2卷），还有一些虽然没有沿用原名，但在题材和风格上都类似的，如孙颂陀的《侠骨恩仇录》、杜阶平的《拳术纪闻》等（皆见《小说月报》第7卷）。旧作本身具有的声誉和魅力成为后人争相仿效的重要原因，江山渊称："林子畏庐，善为古文辞，声播四方。其撰《技击余闻》，虽寥寥短篇，实足以淬民气而厉懦风，其文复典雅渊懿，直逼庄周司马迁，不能徒以小说读也。余窃私其意，博取所见所闻者，撮而录之，以续林子之书。"（《小说月报》第7卷第11号）当然，也不乏借旧作之名气以自抬身价者。

短篇小说为林纾赢得了"当世蒲松龄"的美名与赞誉，但与《聊斋志异》相比，这些小说的艺术缺陷颇为明显。一是叙事大多平铺直叙，故事情节往往显得单调。二是人物形象有时塑造得不真实。小说中的孝子和贞女形象，大都公式化、概念化，给人以不真实的感觉。

林纾共创作五部中长篇小说，即《剑腥录》（又名《京华碧血录》）（1913）、《金陵秋》（1914）、《劫外昙花》（1915）、《冤海灵光》（1915）、《巾帼阳秋》（又名《官场新现形记》）（1917）。这些小说成就不高，但也显示出某些革新的因素。郑振铎先生认为有两点尤为值得称道：“第一，中国的章回小说的传统体裁，实从他而始打破。第二，中国小说叙述时事而能有价值的极少；我们所见的这一类的书，大都充满了假造的事实，只有林琴南的《京华碧血录》、《金陵秋》及《官场新现形记》等叙庚子义和团，南京革命及袁氏称帝之事较翔实；而《京华碧血录》尤足供给讲近代史者以参考的资料。”[20] 寒光也认为林纾“创作小说的好处在记事翔实足资史料。”[21]

《剑腥录》、《金陵秋》、《巾帼阳秋》可称为“时事小说”，取材于清末现实生活中的真人真事，反映了戊戌变法、庚子事变而至辛亥革命的进程，揭示了当时社会的黑暗和人民水深火热的生活状态。《剑腥录》于1913年10月北京都门印书局出版，留下作家亲身经历的烙印。主人公邴荟是林纾幼名秉辉的谐音，女主人公刘丽琼（梅儿）与亡妻刘琼姿的名字相类，书中的高铸龙即林纾好友高凤歧，书中直称其“字”，主人公参加会试、与修伯苻上书御史台、庚子之乱等，都是林纾亲历。《金陵秋》全书三十章，1914年4月由商务印书馆出版。以林述庆的日记为底本，生动再现了武昌起义后林述庆发动镇江新军起义，身先士卒奋战七昼夜的具体经过，塑造了一位骁勇善战、疾恶如仇的革命将领的形象，表现了他的英雄业绩和被袁世凯秘密毒杀的悲剧命运。此书反映出林纾对于民国的复杂心理，他曾对立宪怀有殷切的期望，形势的急剧发展，使他又对革命持同情的态度。王仲英与王子履的“代沟”，反映了林纾自身对辛亥革命的矛盾态度。《巾帼阳秋》则通过袁世凯兵变、刺杀宋教仁、操纵国会选举等事实，把袁氏狠毒狡诈、妄图称帝的阴谋以及国会的虚假、国会议员的懦弱无能淋漓尽致地暴露出来。

在艺术上，林纾的长篇小说也有很多独到之处。《剑腥录》采取外国小说的体制，仅分章节，没有传统的那种对偶回目，打破了传统小说的创作模式。《金陵秋》对历史的描述，选取“世之顽固人”的独特视角，具有创新意义。《冤海灵光》糅进了公案小说的因素，陆象坤不但是个清官，而且还带有外国侦探的特点，在审案时根据各种蛛丝马迹来寻找破案线索，极为重视“证据”，与传统公案小说的清官有别，具有新的时代色彩。

林氏在一系列长篇小说中塑造了一些迥异于传统的崭新人物形象，带有鲜明的时代特色。《剑腥录》中邴仲光是一个正直、执著的近代爱国知识分子形象。小说以他为中心，从重大历史事件、日常生活、人物关系等角度，多侧面地展示其思想性格的丰富性，突出了其正直、执著和爱国主义的主导性格，表现了重大历史变革时期知识分子的人生境遇和心路历程，开启了近现代知识分子小说之先河。《金陵秋》的胡秋光是作者心目中理想女性的化身。她受到西学的熏陶，关心国家命运，积极参加革命；同时又具有传统女性的美德，品德端正，温柔贤良。这种新旧杂糅的形象表达了林纾平实的女性观，他不赞同那激扬慷慨的女权者形象，不主张让纤弱的女子去作不能胜任的北伐，所以“专以红十字为宗旨”的胡秋光才值得肯定，这种出于对女性特点的考虑，并不是旧道德的偏见。

与林氏的短篇小说一致，林纾笔下的壮士无论如何英武，终不脱为一个有“情”之人，一近心仪的美人，不免心旌摇荡，满怀柔情。如《剑腥录》中的邴仲光一人而能敌三十余莽寇，但对妩媚端庄的梅儿怜爱无比，凡目及梅儿，便有一番儿女婉转的深情、爱慕和欣赏。邴仲光初次向梅父求亲未果，而能以侠义为重，助梅儿父女于困危之中，一腔真意及绝佳人品武功赢得了梅儿欢心和梅父的真心认同。

林纾长篇小说“以国事为经，而以爱情为纬”的布局不太成功，男女主人公不过是历史事件的见证人或旁观者，与叙述的主线联系不大，他们的爱情不能与国事水乳交融，常常游离在时事之外。另外，封建伦理观念在小说中也有许多表现，男女主人公都自觉维护男女礼防。小说还流露出一些迷信色彩，如“蠲师”不但武功非凡，竟然能通晓前世，预知未来，近于虚妄；而称义和团为贼，过分夸张其愚昧、残忍，更是小说严重的思想缺陷。

文言小说包括传奇和笔记，传奇属于小说已成定论，但是对于笔记一直存在争议。原因就在于根据传统的小说概念，笔记中很大一部分不含小说因素，属于街谈巷议的杂谈。民国以来依然沿袭传统，如当时影响颇大的《笔记小说大观》（1915）将所有的笔记统而称之为“笔记小说”，故而此处沿袭当时的标准。

杨掌生（1810—1850年?），享年四十余岁。自道光十二年（1832年）春入京，至道光十八年（1838年）春以顺天科场案遣戍湖南辰溪，五六年中大部分时间在北京，与戏曲艺人交往密切，所著笔记《京尘杂录》基本上完成于道光二十二年（1842年），丙戌年（1886年）仲夏由上海同文书局石印出版。书中主要记载道光年间北京戏曲和优伶的情况，其中亦载有相当数量的《红楼梦》评论内容。《京尘杂录》共分四卷。卷一为“长安看花记”，卷二为“辛壬癸甲录”，卷三为“丁年玉笋录”，卷四为“寝华琐簿”。杨掌生很关心小说，笔记中曾涉及《金瓶梅》、《女仙外史》、《红楼梦》、《镜花缘》、《品花宝鉴》

等作品；他最爱好《红楼梦》，每以其中的人物品题所记戏曲艺人，又自称曾发愿为《红楼梦》作注释，惜未能脱稿。

薛福成（1838—1894）的《庸庵笔记》写于同治四年至光绪十七年（1865—1891）间，历时十七年。作者卒后始整理出版，因是按类编排，每篇的具体写作时间难于考定。自称写作的目的是“诛奸谀于既死，发潜德之幽光”，每借“幽怪”题材，写成警世的寓言，实为《聊斋志异》式的文言传奇小说。从文笔看，《庸庵笔记》典雅简净，叙事多用人物有限视角，略近唐宋小说风貌。梁启超在清华园演讲时甚至宣称：《庸庵笔记》堪与《四库全书总目提要》、《世说新语》、《文心雕龙》、《水经注》、《徐霞客游记》、《定庵文集》、《曾文正全集》、《宋元戏曲史》等名著相媲美。[22]

《竹叶亭杂记》八卷。撰者姚元之（1776—1852），字伯昂，号鹿青，又号竹叶亭生，晚号五不翁，安徽桐城人。嘉庆七年（1805 年）进士，历在翰林院、南书房、内阁、詹事府任职，累迁至内阁学士。他是桐城派要镇姚鼐族孙，能诗文，工书画。《竹叶亭杂记》亦系身后四十年于光绪十九年（1893 年）编订刊行，由其从孙姚毅根据遗稿，编校刊行。撰者久在枢垣，又参与高宗、仁宗实录及《大清一统志》之编纂，谙于朝章典制，所记多耳目见闻，系随手所记，似非有意著述，而后人始为之辑录整理，故所言颇为近实，具有较高史料价值，为清人笔记中之佳作。惟时有奇异怪诞，因果报应之说，固未脱说部之窠臼也。

注释：

（1）刘大先：《清末民初京旗小说引论》，《民族文学研究》2007 年第 2 期。

（2）白维国：《〈小额〉探索》，太田辰夫、竹内诚编《小额》，第 66—68 页。

（3）蔡乐苏：《清末民初的一百七十余种白话报刊》，丁守和《辛亥革命时期期刊介绍》，第 493 页。

（4）孙玉石、张菊玲：《<正红旗下>悲剧心理探寻》，《北京大学学报》（哲学社会科学版）1999 年 5 期。

（5）胡适：《儿女英雄传序》，《中国古代章回小说考证》，第 3 页。

（6）赵建忠：《红楼梦续书研究补考》，《红楼梦学刊》1998 年第 2 期。

（7）徐爱梅：《〈红楼梦〉早期续书热成因》，《菏泽师专学报》2000 年第 4 期。

（8）1989 年《红楼梦学刊》第 3 辑赵伯陶的《〈红楼梦影〉的作者及其它》一文，考证云槎外史是清季著名女词人太清，西湖散人是太清闺中密友、清季才女沈善宝。1993 年《满族研究》第 3 期《著名红学家周汝昌与著名满学家金启孮聚谈纪要》一文，金老说："刻本每回前题'西湖散人撰'，那是为了纪念湘佩的假托。"鉴于顾太清和沈善宝的关系，因此西湖散人的序言也可代表顾氏的观点。

（9）王旭川：《清代〈红楼梦〉续书的三种模式》，《红楼梦学刊》2000 年第 4 期。

（10）张菊玲：《旷代才女顾太清》，第 26 页。

（11）鲁迅：《中国小说史略》，第 26 篇《狭邪小说》。

（12）周绍良：《〈品花宝鉴〉的成书年代》，《光明日报》1958 年 3 月 16 日。

（13）王书奴：《中国娼妓史》，上海书店 1992 年，第 325 页。

（14）王书奴《中国娼妓史》，第 268 页。

（15）徐珂：《清稗类钞》，第 11 册，第 5155 页。

（16）王书奴：《中国娼妓史》，第 320 页。

（17）陈平原：《二十世纪中国小说史》，第 194 页。

（18）庄逸云：《清末民初文言小说史》，2004 年复旦大学博士论文。

（19）林薇：《桂珉》跋语，林纾选集（小说卷下），第 93 页。

（20）郑振铎：《林琴南先生》，薛绥之、张俊才《林纾研究资料》，第 1524 页。

（21）寒光：《林琴南》，薛绥之、张俊才《林纾研究资料》，第 224 页。

（22）梁启超：《饮冰室合集》，第 16—22 页。

第十一章　京剧与北京地方戏

一、花雅之争与京剧的形成

京剧，我们后来尊之为国剧，由徽班所唱二簧调与湖北汉戏之皮簧相融合，同时又吸收了昆腔、梆子等的某些特点逐渐演变而成的。其形成时期大约在道光二十年（1840 年）之后，时称“皮黄”或“黄腔”。皮黄属于花部，但相对于平直高亢、缺少韵致的京腔及“热耳酸心”、“甚散而哀”的秦腔而言，却是花部里的“雅部”。它系由多种曲调融合而成，唱腔“丰富细致、抑扬婉转、流畅动听”。[1]它既具有高亢激越的特点，又有浓郁深沉的长处。因此，清末皮黄之所以风靡北京剧坛，根本原因不是“花部”战胜了“雅部”，而是花部里的“皮黄”已经雅化，成为新的历史条件下的“雅乐”。大约在咸丰十年（1860 年），经过徽戏二簧调与汉戏皮黄的融合，她已由初期的“时尚黄腔喊似雷”[2]变为抑扬动听的戏曲声腔了。它既比花部里的其他声腔优美，又比低回沉闷的雅部昆腔高亢响亮，融合了南北不同声腔之长、集花雅两部剧目之胜、合艺人与文人（包括宫廷文人）之智慧而成，因此才获得了上自王侯、文人学士，下至普通百姓的喜爱。[3]

近代戏剧与前期戏曲相比，花雅易位，花部诸腔登上了大雅之堂，改变了过去独尊昆曲的格局，繁衍了各种地方戏曲，促进了中国戏曲的发展繁荣。明末经过魏良辅的改革，昆曲成为戏曲中的典雅上层之作，二百多年来在戏坛上占统治地位，但到了清代中叶，昆曲日渐失去原有的活力，过分雕琢的歌词、悠长的演唱、缓慢的节奏让普通观众越来越难以接受。《品花宝鉴》中富三爷提及昆曲时所言：“‘不是我不爱听，我实在不懂，不晓得唱些什么。高腔倒有滋味儿，不然倒是梆子腔还听得清楚。'"[4]听戏首先得"听得懂"，至少要"听得清楚"，然后才"有滋味儿"，否则"无不茫然不知所谓"，则还有何趣味可言？也的确，市井小民喜欢的是乱弹，同书第32回胡裁缝求昆旦苏惠芳收他的儿子做徒弟，他夸赞他的儿子道："他心也灵，针线学不会，戏倒学得会。如今听熟的乱弹，倒也会唱许多。"[5]清政府颁布的包括禁止官员拥有家庭戏班的禁令，使昆曲失去了重要的社会基础。就在昆曲日益衰败的同时，清代中叶起，粗狂激昂、灵活多样、滑稽调笑、俚俗机趣的地方乱弹深得民众的青睐，流行起来。虽然它们的语言粗糙而杂乱，但他们所使用的平民化语言和对普通民众日常生活的关注，极大地吸引了普通观众的注意力。乾隆五十五年（1790年），乾隆帝八旬寿诞，高朗亭率徽班进秦腔组成三庆班进京入宫祝寿，接着又有四喜班、春台班进京，把二黄调带入北京，使原在安徽、湖北一带流行的地方乱弹得以在京师立足，与京、秦、昆合演，形成南腔北调汇集一城的奇特景观。昆曲虽然式微，但它得到文人的普遍参与，在唱、念、做、表及服装扮饰、砌末使用、排场穿插等各个方面都形成了一套严格的规范。徽班艺人向昆曲的学习最为切实得力，为了适应以北京为中心的北方观众的需求，唱腔和道白上改革浓重的皖江地区方言，继承了昆曲的部分剧目和曲牌，沿用了昆曲的行当和表演体制，同时克服了昆曲语言晦涩的弊端，使徽调得以全新改造，从而创造了新兴的京剧。程长庚、余三胜、张二奎"前三鼎甲"的出现标志京剧正式脱离徽班而形成一个独立剧种。

京剧的兴起意味着戏剧从达官显贵和风雅文人中解脱，市井民众成为欣赏接受的主体。当时"梨园之盛，甲于天下"，[6]戏剧的重心出现下移而呈现平民化倾向，使之由昔日的侧重于戏剧文学转化为侧重于戏剧表演。首先是"折子戏"的精选，在艺人的不断加工中更加舞台化；其次，地方戏的普遍兴起，打破了明清文人传奇优游于个人艺术天地的狭窄局面；再次，传统以文人创作为中心的曲牌音乐体系及语言上的词体联套方式已日益远离民众的兴趣，皮黄音乐兼采民间曲调，大大丰富和加强了戏曲的音乐表现力，语言运用上也由词体走向诗体式的七字、十字句，并力求通脱自然，接近民众。因而，传统戏曲到了近代，在其艺术综合性和舞台实践性上均取得了长足进展，古典戏曲也因此克服了自身的危机，步入一个新的富有生机的时代。

昆剧的观众主要是文化水平较高的文人士大夫。一般而言，昆剧演出都有所"本"，即由剧作者创作出来的以文字形式呈现的本子，知识阶层在欣赏昆剧之前，大多已阅览过这种以文字形式呈现的剧本，对剧情、曲文已有所了解，甚至在观看昆剧时，还可将剧本带到场上，将场上所演与剧本对比。而花部戏出现后，没有产生伟大的剧作家，这是当时文学精英们受传奇体戏剧、古典文学思维的惯性、审美趣味的影响，不承认花部乃至京剧是优美的戏剧，只有少数文人（如焦循）欣赏这种民间性强的戏剧艺术，但是他们不熟悉、不掌握白话体戏曲的创作方法。因此，早期京剧中剧本的创作者主要是演出艺人，他们所塑造的艺术形象不仅表现在戏曲文本中，而且主要是表现在舞台上的唱念做打的表演艺术中。这些文化水平不高的民间艺术家，不懂诗歌格律，也没有系统学习过传统的经典作品，但他们对民间艺术和大众语言相当熟悉，对普通观众的心态也比较了解，创造出深受人们欢迎的剧目。所以，有成就的京剧界先辈，能成为京剧的定鼎人物，都是十分重视自己所演的剧目的，其艺术才能首先表现和凝聚在他们演出的剧目里。后来的四大名旦等艺术家更是各自邀请了能“打本儿”的剧作家来与自己合作。据景孤血老人回忆，自民国初年，北京建成第一座新式剧场“第一舞台”后，到“七七”事变前，“四大名旦”之间出现一个竞演新戏的时期。在此期间，他们每人编演的新戏，包括少数重新整理出的本子，都有三十种以上，有的就成了他们的保留剧目，当然也成了京剧的保留剧目。

乾嘉盛世过去之后的九十年间，中国内忧外患、风雨飘摇，故戏曲也一改乾嘉之世的靡靡之音为黄钟大吕之声，由乾嘉之世的论戏专重旦色，一变而为以老生为重。《梨园轶闻》云：“京班最重老生，向以老生为台柱。道、咸间分为三派：一、奎派，即张二奎，实大声宏，专工袍带王帽戏，如《打金枝》、《探母》、《荥阳》之类；一、余派，即余三胜，（紫云之父，叔岩之祖）苍凉悲壮，专工《桑园寄子》、《碰碑》之类；一、程派，即程长庚，清刚隽上，力争上游，专工《鱼肠剑》、《捉放》、《昭关》之类。其余后起诸伶，大约均不出此三派以外。”(7)

程长庚（1811—1879），原名椿，字玉珊，安徽潜山人。在进行徽调改革和创新剧种过程中，他最早深刻认识到剧本的重要。程长庚编写或和别人合作编写的剧本有一百多部，至今还有不少是京剧的传统保留剧目。为了适应观众的需求，程长庚和“三庆班”的“秀才”卢胜奎等一起，在《三国演义》中寻找到大量素材，编演了大量的“三国戏”。齐如山《增订再版京剧之变迁》曾记载三国戏改编成京剧的过程：“全本《三国志演义》，乃乾隆年间庄恪亲王奉旨所编，名《鼎峙春秋》。原系昆曲，场子剪裁，都非常之好。后经卢胜奎手，改为皮黄，由三庆班排演出，脚色之齐整，无以复加。”

卢胜奎（1822—1889），是当时三庆班有名的老生演员，他集编、演于一身，结合小说《三国志演义》，将《鼎峙春秋》从“马跳檀溪”开始到“取南郡”为止，改编成连台本皮黄戏《三国志》共三十六本。其中最精彩的是《赤壁鏖兵》八本，包括《舌战群儒》、《激权激瑜》、《临江会》、《群英会》、《横槊赋诗》、《借东风》、《烧战船》、《华容道》八本。这三十六本连台本戏是“连轴戏”，一个故事、一个人物可以连续演数场，演数天，享誉京城，经久不衰。

王鸿寿（1848—1925），艺名三麻子，他不但是著名的关羽戏表演家，而且陆续地把徽班里的关羽戏全部移植于京剧舞台，也将《鼎峙春秋》中的关羽戏整理改编成京剧，上海文艺出版社1962年出版的《关羽戏集》，收入从《斩熊虎》至《走麦城》共二十七个剧本，都是王鸿寿亲自编演，由其弟子李洪春保存下来的。

谭鑫培、汪桂芬、孙菊仙“后三鼎甲”出现，标志京剧走向成熟。谭鑫培是京剧的承先启后的关键人物，他继承了前期各派文武老生之长，其表演从剧情和人物性格出发，精心设计唱腔，还吸收了梆子腔和京韵大鼓，另创新腔，并修改旧本，结构紧凑，因而谭派风行一时。《宜南零梦录》云友人谈小莲曾对张次溪言谭鑫培：“‘庚子以前并无卓卓名，庚子而后，名忽大噪，九城妇孺几无不知‘小叫天’者。”[8]在“前三甲”时，京剧还未完全定型，尚有徽派、汉派、京派之分，各自带有不同的地方色彩，同时还常和梆子、昆曲等剧种同台演出，无论是表演程式，还是唱腔、念字，都很不规范。“后三甲”继起，他们不拘一格、兼收并蓄、融会贯通，集其大成，为京剧的发展繁荣做出了重大贡献。他们凭借着对时代精神的理解，对艺术的执著追求，创造了近现代戏曲的戏剧文学，诸如花部剧作：《汪笑侬戏曲集》、《成兆才评剧剧本选集》、《梅兰芳演出剧本选集》、《周信芳演出剧本选集》，特别是浩瀚的《车王府曲本》、《戏考》等等。《车王府曲本》中戏曲九百九十三种、曲艺一千零一十七种。[9]戏曲中半数以上为京剧剧本，以清道光至光绪间的作品数量为最多。它填补了昆腔高居剧坛到京剧代之而起的一段过渡期间的空白，因此它在近代的发现，将可与安阳甲骨、敦煌文书并提。[10]

京剧在北京的兴盛除了以其综合性艺术的独特魅力吸引了社会各阶层，而且与北京城市中有大量能够欣赏京剧的闲人有关。北京作为历史悠久的国都在清代聚集了大批不事生产的人口。光绪三十四年

（1908 年）北京有七十万五千人，其中八旗人口及官员、士绅、书吏、差役、兵勇共有二十七万余人，占全城人口的百分之四十。[11]人口的职业结构决定了城市的消费性质，戏曲、曲艺及其他娱乐行业恰恰适应了京城悠闲自在的生活节奏。再者，京剧的兴盛与清廷治者的喜好和扶持也有极大的关系。清统治者对花雅二部皆表现出极大的兴趣。乾隆皇帝好大喜功，值国势如日中天，曾多次举行万寿庆典，每次庆典，都是从各省广征百戏，用备承应。乾隆五十五年（1790 年）徽班进京，也正是打着为乾隆祝寿的旗帜。京剧产生后，从光绪、慈禧到清大臣，不但酷爱京剧，且多数还是京剧的“行家里手”，他们对表演种种苛刻的要求，使京剧从剧目内容到表演更为严谨和规范，不仅打破艺人无剧本的历史，且使剧情安排、场次调配更趋合理与科学。清皇室对于京剧的迷恋与钟情，于客观上起到了一定的宣传与推广作用。清末年间无论达官贵人还是平民百姓，都将京剧作为最主要亦是最时髦的娱乐方式。京城中庆府、肃王府、恭府、端王府等多所王府均拥供堂会演出的台，北京的戏园更多达四十余处。[12]

二、戏剧改良与京剧发展

清末民初的改良戏曲，名称歧异，如“新编戏曲”，“新戏”，“时事新剧”，“改良新戏”等，辛亥前后曾风行一时。这类改良戏曲，有向时装戏发展，如梅兰芳的《幻海潮》、《邓霞姑》，赵君玉演的《阎瑞生》等，有的又向文明戏或话剧发展。这场戏剧界的改革，在戏剧观念、戏剧创作的内容、形态及其艺术表现和风格等方面，都显示出新的时代特色，开辟了 20 世纪中国戏剧发展的新路。

晚清戏曲改良的发生有着深刻的时代根源。戏曲变革的最初动因并不在于戏剧，它是在晚清政治体制上谋求维新改良的浪潮中出现的。资产阶级改良派和革命派都注意到戏曲在群众中的深刻影响，主张利用戏曲作为舆论宣传、开启民智，服务现实斗争需要的工具。《京话日报》将戏曲的作用置诸所有启蒙形式之首，“国家要改变政俗，须先把戏曲改良”，因为它可以“陶养国民的性情，激发国民的志气”。[13]（《戏曲翻新》十号）启蒙者对戏曲改良的热情的另一个原因是戏园可以聚集大批的中下层民众，为思想启蒙提供一个难得的场所和时机。彭翼仲曾经感慨“讲报所地方窄小，应该大大的立一处宣讲所，各省有戏楼的大会馆，很可以借用”（《京话日报》518 号）。1914 年 1 月初，杨小楼会同名旦姚佩秋在开明士绅资助下，模仿上海“新舞台”

在北京建成能容纳三千五百名观众的新式大剧场（观众楼三层），称“第一舞台”，地址在前门外西珠市口柳树井路北。新式剧场的建立，有力地推动了京剧改良运动的大力发展。结合新戏的推出，启蒙运动又增添了一种新的启蒙形式，即在正戏开场之前，请几位知名的启蒙人士登台演说。如玉成班新戏开演前，就邀请彭翼仲、张展云、王子贞三人登台演说（《京话日报》634 号）。这样，新戏、演说、报章，形成了一个启蒙的循环，远远胜过了以前单调的提倡阅报。

但是中国戏剧又不适应他们所期望的那种目标，于是提出了“戏剧改良”的口号。彭翼仲亲自出面邀集戏界名角谈话，要求“唱戏的朋友们不要自轻自贱，在演戏中负起社会教育责任，要引导人们学好，不要引导人们学坏，第一不要唱‘粉戏’”。[14]基于这种反省，戏剧界公会“正乐育化会”禁演了三十多出戏，田际云（想九霄）、余玉琴等名角屡次找到京话日报馆，“商量改戏”。阿英指出：“戏剧运动的旗帜是鲜明的：‘改革恶俗，开通民智，提倡民族主义，唤起国家思想’。强调的是：‘以霓裳羽衣之曲，演玉树铜驼之史。凡扬州十日之屠，嘉定万家之惨，以及虏酋丑类之慆淫，烈士遗民之忠荩，皆绘声写影，倾筐倒箧而出之。华夷之辨既明，报复之谋斯起。其影响捷矣’。目的是要借‘清歌妙舞，招还祖国之魂’。”[15]所以，改良戏剧剧本的倾向是想使旧中国走向独立富强，其内容多为反帝、反封建、反君主专制，它为反清革命作了舆论宣传，强调戏曲要为现实斗争的需要而服务。

一大批思想启蒙者、社会革新家审视现实、怀揣理想，站在历史潮流的浪尖上，以戏剧作武器，一大批鼓民力、开民智、新民德、振刷国民精神、铸造新国魂的历史剧、时事剧应运而生。内容主要表现在三个方面：“一方面是一些爱国的作家或学者利用杂剧、传奇等旧戏曲形式写作爱国和革命的新剧本，但这种剧本大都是案头之作。另一方面是舞台艺术的革新，改革京剧、‘新舞台’戏剧、学生剧、时装新戏、时事戏等演出的与日俱增，显示了改革实践的蓬勃展开，给中国戏剧舞台带来崭新的面貌。还有一方面则是戏曲改良舆论的制造、有关改革的理论探索以及改革戏剧的具体设想等等。”[16]

为改良戏曲开风气之先的多为杂剧、传奇体式的文学剧本。此期兴起的大多数传奇杂剧作品，“皆慷慨激昂，血泪交流，为民族文学之伟著，亦政治剧曲之丰碑”。[17]它们或“描写征讨之苦，侵凌之暴，与夫家国覆亡之惨，人民流离之悲”；[18]或谱写“法兰西之革命，美利坚之独立，意大利、希腊恢复之光荣”，[19]砥砺兴国斗志，传播爱国民主思想。左鹏军在《近代传奇杂剧研究》中所说：“传奇发展到近代，出现了极其复杂、异常多变的情形，其体制规范受到了空前严峻的考验，面临着令许多戏曲理论家意想不到的冲击。一些近代传奇作品，出现了非常明显的角色出场随意化、自由化的倾向……，即便是主要角色如正旦、正生等的出场顺序和时间也非常随意、自由。”[20]如林纾的三部传奇（《合浦珠传奇》、《蜀鹃啼传奇》、《天妃庙传奇》）在内容上一改才子佳人、悲欢离合的旧套路，直面现实人生，取材于现实生活；形式上一改生旦同台的旧格局，且多以短剧形式出现。这些无疑是对传统的突破。

戏曲改良运动还促进了话剧的产生。话剧是西洋文化传播到中国后在戏曲文学上的反映，也是戏剧界不安于现状，力图扩大题材范围而进行的大胆探索。伴随“西学东渐”的浪潮，西方资产阶级革命时期的思想文化、科技知识传到中国。我国资产阶级知识分子注意到东西方戏剧文化的不同，并把它与我国落后于西方联系起来，要求戏剧实现现代化。如蒋观云认为西方多悲剧所以强盛，而我国多喜剧因此贫弱。他提出改革“而欲保存剧界，必以有益人心为；而欲有益人心，必以有悲剧为主。国剧刷新，非今日剧界所当从事哉”！[21]西方戏剧给戏曲提供了参照（不打武把，不用唱工，不用做工，不用台步，台词易懂）。于是，一时间，编演时装新戏成了潮流。初期，时装新戏和文明戏，经常是纠合拼合在一起的，有时文明戏就是时装新戏。如王钟声的《黑奴吁天录》，是文明戏，是早期话剧，但是戏的本身，仍与皮簧新戏无异，也用锣鼓，也唱皮簧，各人登场，甚至用引子或上场白或数板等等花样。光绪三十四年（1908 年）六月，王钟声离开上海来到北京，当时北方剧坛还不知新剧为何物。王钟声靠他卓越的组织才能，很快拉队伍，排演了《秋瑾》、《徐锡麟》、《官场现形记》等宣传革命、讽刺亲贵官僚的新戏。话剧这一外来剧形式能扎根中国，又从南方传到北方，王钟声功不可没。北京玉成班班主田际云是那时著名伶人，有进步思想，早年在上海就与王钟声熟识，志趣相投。光绪三十五年（1909 年）冬，他邀请王钟声的剧团与自已的玉成班演于天乐茶园，主演《禽海石》、《爱国》、《血手印》和《张汉祥刺马》等新戏。王钟声带的人有刘木铎、刘艺舟、亚方、谏民、徐光华等几位，玉成班的京剧演员常常加盟客串演出新剧。

20 世纪初，京剧改良在诸事维新的浪潮中，也一度成为热门话题。光绪三十一年（1905 年）五月中下旬，有两出新戏由义顺和与玉成班排演，《京话日报》破例为这两出戏做了广告宣传（619、627 号）。义顺和演的《女子爱国》是由彭翼仲的儿女亲家梁济根据古书上鲁漆室女忧鲁的故事改编而成，由名角崔灵芝饰漆室女，在广和楼上演。玉成班演的《惠兴女士殉学》则是田际云在彭翼仲的帮助下，将杭州惠兴女士毁家兴学并以身殉学的“新近时事”改编成剧本，田际云饰演惠兴女士。这两出戏的演出都带有义务性质，前者“每座加价五百文”，作为国民捐上交户部银行，后者的收入全部捐给惠兴创办的杭州女学。这两出新戏在北京引起了极大的轰动，并开创了北京梨园业“义务夜戏”的传统。

汪笑侬是最早的改良京剧的先驱，他编演了许多反映爱国思想的戏，被誉为“梨园编剧第一能手”。

汪笑侬（1858—1918），满族人，原名德克金（一作德克俊），亦名德僻，后自称汪舜，曾名王德，字润田、亦字孝农，号仰天，亦自称竹天农人。二十二岁中乙卯科举人，但无意谋取功名。自幼酷爱戏曲，极喜听程长庚之戏，是三庆班的忠实观众，也是北京翠峰庵票房的名票，曾得孙菊仙、安静之等人指点，技艺猛进。由于他出生于优裕的士大夫家庭，加之自己聪颖好学，具有很高的文化修养，下海后除演老戏外，更多的精力投入于移植改编和自编自演的新戏上面，以借剧中人之口对时政进行冷嘲热讽和辛辣的抨击，宣传爱国主义。他协同陈佩忍、柳亚子创办《二十世纪大舞台》，他一生编演和移植新戏四十余出，如《哭祖庙》、《受禅台》、《骂阎罗》、《骂王朗》、《骂安禄山》、《献地图》、《桃花扇》、《洗耳记》、《马嵬坡》、《马前泼水》、《易水寒》、《长乐老》、《喜封侯》、《引狼人室》、《战蚩尤》、《纪母骂殿》、《博浪锥》、《琵琶泪》、《左慈戏曹》、《孝妇羹》、《西门豹》、《刀劈三关》、《党人碑》、《采花奇案》、《瓜种兰田》等诸多剧目。

汪笑侬的作品大多托古喻今，影射时政，表达了悲愤激昂的民众心声。如《苦祖庙》，描写三国蜀汉亡国之事，魏军压境，后主刘禅一意求降，其子刘湛苦谏不从，提剑回宫，杀妻杀子，哭祭祖庙，自刎而死。剧中说：“自盘古以来，江山只有争斗，哪有善让之理?”以此鼓舞人们的斗争精神。《党人碑》表面上写的是书生谢瑶仙醉后怒毁党人碑的故事，实际是哀悼戊戌六君子。《搏浪锥》写于袁世凯称帝之时，借张良谋刺秦始皇的故事，把矛头直指窃国大盗。通过这些作品塑造的艺术形象，激发民族危机感，唤起爱国激情。汪笑侬最擅长表演悲剧，其唱腔苍老遒劲，极富感染力，往往是“檀板一声，凄凉幽郁，茫茫大千世界，几无托足之地。幽愁暗恨，触绪纷来，低回呜咽，慷慨淋漓，将有心人一种深情和盘托出，借他人酒杯浇自己之块垒”。(22)

《瓜种兰因》是中国第一出演外国事的京剧。汪笑侬于光绪三十年（1904）八月根据《波兰衰亡史》改编而成。写的是波兰与土耳其发生战争后，兵败被各国瓜分的惨痛历史，用意是为了警醒国人，痛骂卖国政府。后来，他还与其他戏剧艺术家合作，编演时事新戏，如反对日本侵略的《宋帅平东》、讽刺袁世凯称帝的《皇帝梦》等。以中国戏演外国事，演员穿上洋装，唱着西皮二黄，别开生面、耳目一新。以后全国各地便纷纷编演时装京剧，从光绪三十年（1904年）至1914年，时装京剧成为京剧改良运动的主要演出形式。"时装新戏"只是一种取材当代和穿着当代服装的、变相了的京剧而已。

齐如山（1875—1962），河北高阳人，十九岁在北京同文馆学习德文、法文。光绪三十四年（1908年）至1912年间，他三次去欧洲，观摩了大量西方戏，对歌剧和话剧产生了浓厚的兴趣，甚至萌生了留在巴黎学习戏剧的念头。1912年，刚从欧洲回国的齐如山观看了谭鑫培、梅兰芳合演的《汾河湾》后不甚满意，之后开始为梅兰芳编导时装新戏。1913年尝试演出时装戏《孽海波澜》，以时事和时装满足观众好奇心理，卖座甚佳。以后梅兰芳又陆续演出《牢狱鸳鸯》、《宦海潮》、《邓霞姑》、《一缕麻》、《童女斩蛇》等时装新戏，参照西方戏剧，取材于现实，以警世砭俗为主旨，显示出传统戏曲与新文学、新文化的大胆结合。这些新戏一般由梅氏友人集体创作，而齐如山主要负责起草、分场打提纲。1915年中秋，齐如山编写神话戏《嫦娥奔月》给人耳目一新的感觉。[23]《嫦娥奔月》的成功，使得齐如山大受鼓舞。此后，他又陆续为梅兰芳编写了《黛玉葬花》、《晴雯撕扇》、《天女散花》、《洛神》、《廉锦枫》、《俊袭人》、《西施》、《太真外传》、《红线盗盒》、《霸王别姬》、《生死恨》、《木兰从军》、《麻姑献寿》、《上元夫人》、《绨萦救父》等剧目，由于这些剧目中歌舞所占的比重很大，一般被称为古装歌舞戏。

民国掌故专家、大才子后来成为汉奸的黄浚（秋岳）在戏曲改良方面也有贡献。黄浚（1884—1937），字哲维，号秋岳，福建省侯官（今福州市）人。出身于书香门第，诗文俱佳，四岁识字，七岁能写五言诗，少时曾师从陈衍。十三四岁便入京师译学馆就读，并受到梁启超的赞赏。故入民国后，梁启超任财政总长时，任其为秘书。在北京译学馆就读时，学习日文与近代中外文化知识，课余常去听戏，曾结合佛经《维摩洁所说经》中的传说故事，编写了一出新京剧本子，剧名为《天女散花》。此剧本后经梅兰芳修改、编写，成为梅派著名的以歌舞见长的古装戏之一，于1916年在北京吉祥大戏院公演。

近代戏剧改良运动存在不少缺陷，如过分强调戏剧的政治宣传作用，对民族戏剧传统的全盘否定倾向，脱离了农村中的广大人民群众的审美价值，忽视了对多种民间戏曲的继承创新，违背了艺术发展规律等，但是它改变了传统戏曲局限于上层狭小圈子，戏剧开始全面走向社会，题材也日益广泛与现实化，戏剧与社会、人生的联系更为紧密。人们赴戏园观剧，不仅仅是一种艺术娱乐，还是一种社会交往手段，是市民日常生活的重要组成部分。随着女权运动的兴起，女性观众的增长对京剧的普及与提高提供了重要的表演条件。1912 年北京出现了坤伶，名角刘喜奎、孟小冬、金少梅等人就是此后加入的。她们无论是在表演上还是发声上，都较男角有了重大的突破。此外，先进的科学手段，也为京剧艺术的发展创造了技术条件，为推广、传播京剧提供了方便。自光绪末年起，谭鑫培、何桂山等名家几乎都灌制了唱片，第一部电影即是京剧艺术片——1905 年北京丰泰照相馆以谭鑫培为主演拍摄了《定军山》[24]。其后，俞菊笙、许德义、梅兰芳等人也陆续拍摄了记录自己表演艺术的京剧电影。

三、北京地方戏曲

清王朝为了维持和加强它的统治地位，一面力求保持满族文化，强调骑射传统，同时又鼓励八旗子弟学习吸收汉族文化。满族努力学习汉语汉文、经史典籍的同时在文化生活中也开始容纳和吸收汉族的杂剧、南北曲，以及民间流行的散曲、小调、民歌等，创造出多种文学与音乐结合的产物，如子弟书和岔曲皆是满人习汉的重要结晶。

京韵大鼓，也叫京音大鼓，是十九世纪中叶由河北传入北京、天津等地的一个曲种，其前身是沧州木板大鼓，经晚清艺人进一步革新，吸收了京剧的发音吐字方法与部分唱腔，最终形成了这一曲坛奇葩。为了适应北京听众的需要和审美要求，大鼓书语言的四声完全北京化。其唱词大多是上下句式的结构框架，但由于叙述性、说唱性很强，因而它的词格变化也较为灵活。一般七字句是基础句式，同时也有十字、五字、九字、八字句等。京韵大鼓通过基本句式内部结构的某些节奏或内含幅度的改变，使语言表达具有多样、灵活的特性。

京韵大鼓的表演形式简便，叙事内容丰富，加之语言生动，音乐优美因而具有旺盛的生命力。京韵大鼓一般的唱段是以叙事为主，如《剑阁闻铃》、《子期听琴》、《林冲发配》等都是以一个情节、一个中心人物、一个事件的叙述来展开的。除了歌唱历史上的金戈铁马分合兴衰、英雄美人悲欢离合之外，也出现一些反对外国侵略的爱国思想的曲目，如《孙总理伦敦蒙难记》等，都以鲜明的语调唱出了救国爱国、改革社会的呼声。而比较特殊的如《丑末寅初》没有情节和事件，选定了天将亮未亮时来各阶层的人的生活场景，把开阔的场景浓缩在“丑末寅初”这个瞬间里，有意造成一种时空反差。

在清兵征服大小金川得胜回朝后，军士一路“鞭敲金镫响，齐唱凯歌还”，这些凯歌传说是军中一名叫宝小搓的士兵根据当时盛行的高腔脆白编创而成，因此取小搓的谐音而称“岔曲”。《升平署岔曲》引言中谈到这些凯歌时讲：“高宗喜其腔调，乃命张照等另编词句，由南府太监歌演。”皇帝不仅自己喜爱也鼓励八旗子弟编唱岔曲，于是颁发“龙票”即演出许可证，准予成立“票房”，并御制伴奏乐器——八角鼓。八角代表满族八个旗，每角安小钱三扇共二十四扇，代表二十四固山，下缀杏黄、鹅黄两条穗子，表示五谷丰登谷生双穗，鼓皮只有一面而且无柄把，意思是永罢干戈，天下太平。《升平署岔曲》即为当日承应帝王后妃们聆听演唱时用的抄本，大约九十种，一百首。按其内容可分为抒情写景，改编古代诗文名篇，赞颂太平盛世几类，主要反映王公贵族生活，抒闲情逸致，歌太平盛世，是典型的宫廷御用文人的应景之作。

同光以后，国事日非，八旗子弟经济地位滑落，使八角鼓艺术依附皇权的色彩也趋淡化。为卖钱而竞争，商业气味渐浓，一方面促进了曲目（包括曲词、唱腔）的创作、加工和传承，另一方面，听故事的需求酝酿了同岔曲同牌子曲的分道扬镳。光绪六年（1880年）司瑞轩（随缘乐）在岔曲的基础上，吸收各种适于说唱故事的民间小曲作为曲牌，首创自弹自唱的单弦，编出许多《聊斋志异》和其他题材的通俗曲目，在茶馆独立演出极受欢迎。

德寿山（1868—1929），对单弦继续开拓革新，创作出许多传世的优秀作品。他们把长期依附宫廷府邸的八角鼓艺术转向平民社会，争取了大批中下层观众，成为北方说唱音乐中乐曲系曲种最突出的代表。与之形成对比的是另一类八旗子弟，他们始终把寄情山水，及时行乐作为艺术主题，编唱着宦海仕途的失意，对人生的怀疑动摇。正如金受申所说“同光以后的岔曲，有出世思想的，词意惨恻的很多”。[25]

子弟书是满族文人、八旗子弟们的创作。《清车王府抄藏曲本·子弟书集》的主编刘烈茂、郭精锐等认为：“在我国文学史上，子弟书具有承前启后的‘中介’作用，它既保留着古曲诗、词、曲的某些特点，填补了古代叙事诗发育不全之不足，其句式的灵活多变及用韵走向十三辙，又开启了新诗的先河。”[26]

子弟书的内容很多采用了中国过去的历史题材和说部题材，叙事类作品占80%—90%左右。如《长坂坡》、《赤壁鏖兵》、《东吴招亲》、《单刀会》、《白帝城》、《拷红》、《宝玉探病》、《胭脂传》、《莲香传》等作品，多出自《三国演义》、《西厢记》、《红楼梦》、《白蛇传》、《聊斋志异》的内容。但是子弟书并不只是翻译和复述，而是成功的再创造，大多数是采取一段情节作细致的刻画，[27]丰富了叙事诗的内容和感染力。如《全悲秋》写黛玉故事，《走岭子》写武松故事，内容都是原作所无，采取了写意式的风格，是一种新的尝试。其中也有现实题材和《长随叹》、《拿螃蟹》、《逛护国寺》等，节目丰富多彩，唱词也多7字一句，与鼓儿词很多相同之处，内容又与大鼓相互影响，互有交叉，唯韵律独具风格。此外，也有一批反映当时社会生活甚至是时代重大事件的作品。如《长随叹》、《官衔叹》、《穷鬼自叹》等。二酉氏创作的《碧玉将军》，是子弟书中的名篇杰作。他以雷霆之怒笔揭露鸦片战争中清廷贵戚贪生怕死贻误战机，却由于谎报战绩，一度得到封赏。后来才败露，被查办。[28]

子弟书作者中姓名（含笔名）可考者仅二十余人。其中最著名者为罗松窗和韩小窗，尤以韩氏成就最大。他的作品现存（含有争议者）约五十篇，其代表作为以《红楼梦》宝黛爱情悲剧为主要内容的《露泪缘》，参考明清小说及杂剧、传奇、高腔戏者等，创造出了“篇—回”结构，一回叙述一个相对独立的故事，一篇叙述多个彼此连贯的故事，使得长篇叙事诗的创作成为可能。全书共十三回，分别对应于北方的“十三辙”和从孟春、仲春、季春到孟冬、仲冬、季冬及“逢闰”十三个节令，结构极为精致。其他作品如《托孤》、《千钟禄》、《宁武关》、《周西坡》、《数罗汉》，均被郑振铎收于《世界文库》，与西班牙塞万提斯的《吉诃德先生》和俄国果戈理的《死魂灵》相提并论。其实无名氏的作者中也有女性，如殉节江南的福珠阿洪的族孙女即以熟悉鼓儿词，创作子弟书在亲友间知名。她的著作多藏于福珠阿洪的孙子延龄家，多系抄本。

在子弟书改编的叙事类作品中，受到《红楼梦》的影响最为显著。一粟《红楼梦书录》提到的子弟书有三十九种共一百零八回，以林黛玉为主或涉及林黛玉的有十一种四十四回；相反，以薛宝钗为主或涉及薛宝钗的子弟书仅四种，对林黛玉的喜爱可见一斑。有些民间艺人心目中的林黛玉几乎是完美的，如子弟书《全悲秋》所云：“金陵的春色美无穷，黛玉的风姿迥不同。生成的倾国倾城人难比，只无奈多病多愁体不宁。更兼他秉性儿孤高口角儿冷，举止儿端庄心地儿灵。针黹儿熟习活计儿巧，书卷儿博通诗赋儿能。吃亏了模样儿风流身体儿弱，心思儿仔细气质儿清。”在这里，民间艺人塑造了一个才貌双全、多愁多病、孤苦无依的绝代佳人形象。尽管民间艺人对林黛玉的不幸及她与宝玉之间的爱情悲剧痛心不已，却无法回答造成这种结果的真正原因，不过以“红颜薄命”来感叹一番。如子弟书《全悲秋》的“诗篇”就屡次发出“人间难觅相思药，天上应悬薄命星”、“薄命凋零知有分，相思解释叹无从”、“薄命从来离恨宫，芳心不与世情同”的感慨。与林黛玉相比，民间艺人对薛宝钗的态度不那么热情，但也并非将其说得一无是处，称赞并欣赏其形象和性格者也不少，如：宝钗原是闺中秀，不戴方巾一丈夫。（子弟书《露泪缘》第十一回）在《宝钗代绣》中，对薛宝钗代袭人绣兜肚、为宝玉摇扇驱蚊的失态举止非常理解和宽容，认为是宝钗“心痴易露忘情处，技痒难防不自持”的自然行为。

四、近代曲话研究

自鸦片战争至“五四”运动涌现的许多戏曲理论著作既能继承古代戏曲学品评文词、斟酌声律的珍贵传统，又能勇敢尝试新的领域、新的思路、新的方法。王国维、齐如山等人对近代戏曲批评观念的全新转捩做出了卓越贡献。王国维的戏曲学研究注重对戏剧史的严密考据，创立了中国古代戏曲史学科；齐如山则将精力置于皮黄剧的清理和阐释，对推动中国戏剧走向世界起过重要作用。

完全保持古代戏曲学本色的理论著作最早者当推王德晖、徐沅澄于咸丰元年（1851 年）定稿的《顾误录》。全书四十章，实为王德晖《曲律精华》与徐沅澄《顾误》的合编。他们素称知音，邂逅京邸，“探六律之源，阐九宫之秘”，稽古证今，勘错辨误，考伪校讹，取长补短，诚倾心得，躬付剞劂。主要叙述南北曲声腔源流，阐释南北戏曲四声阴阳之唱法，论述戏曲声乐出字收韵的方法，略谈南北戏曲之宫调音节，兼及南北戏曲歌唱的节拍与关于研习歌唱的方法。尤其在发声出字收韵等方面，有不少精当之说，且建立在实践性很强的艺术训练之上。京剧大师梅兰芳就曾经专门把《顾误录》的节选打印成册，分送给当时爱好研究声乐、声腔唱法的朋友们以共同研究。

梁廷枏（1796—1861），字章冉，号藤花亭主人，广东顺德人。咸丰元年（1851 年）为内阁中书，加侍读衔。著有《夷氛闻记》、《藤花亭诗文集》、《曲话》等。《藤花亭曲话》以“情、理、音三字为曲论纲领”。情主要是自然之情，同时具有情景交融的意境；理既是程朱理学之理，又有关心世运的内涵；这一思想是当时情理融一的戏曲风尚的体现。本书对元明以来某些剧作情节的雷同和语言的掉书袋现象进行了批评，并评论了清代戏曲家的得失，对于虚写、改写问题发表了精辟之论。该书还未能摆脱“举忠孝节义”的封建束缚，但其颂扬民族气节，提倡创作上的绘声绘影和悲凉慷慨的风格，包含了近代戏剧的时代精神，表达了梁廷枏深厚的民族感情。

姚华（1876—1930），字重光，号茫父，贵州贵阳人，光绪三十年（1904 年）进士。戏曲论著有《蓑漪室曲话》、《曲海一勺》、《元刊杂剧三十种校正》、《盲词考》、《说戏剧》等。以《曲海一勺》和《蓑漪室曲话》影响最著，初刊于 1913 年的《庸言》杂志。《曲海一勺》共分《述旨》、《原乐》、《明诗》、《骈史》上下等五部分，结合社会文化的时代变迁以及诗、乐、史的发展，全面论述了曲之源流、艺术特点和现实价值。其主旨在强调戏曲的重要，以提高戏曲的社会地位。姚华的论述较为简略，并且带有明显的新旧杂糅的过渡色彩。他十分看重戏曲，不满于先前“横被摈斥，至格于正轨之外，不得与诗词同科”的现象，在他看来，戏曲不仅长于抒情写意纪事，而且是各种文体中最富有表现力的。但是他对戏曲的教化功能强调过甚，认为戏曲“不惟世运有关，抑亦民俗所寓”，“曲之情伪，正政之所自出”。

王国维的系列戏曲著作，开辟了戏曲研究近代化的新路。从光绪三十四年（1908 年）到 1912 年的四年之间，他先后完成了八部专著，即：《曲录》、《戏曲考原》、《录鬼簿校注》、《优语录》、《唐宋大曲考》、《录曲余谈》、《古剧脚色考》、《宋元戏曲史》（又称《宋元戏曲考》），另外还有十几篇文章。这些研究成果表明王国维先生在最终完成《宋元戏曲考》前就业已对戏曲各角度、各侧面、各领域进行过详致的分析和探索。王国维第一次为我们揭示了中国戏曲艺术的起源和形成，清晰地勾勒出我国戏曲发展的历史轮廓，开创了戏曲史这一新的学术领域。他对宋元戏曲的研究，既能“观其会通”，又能“窥其奥穴交”，从纵向、横向两个角度开展戏曲研究，在理论识见上有很多新的突破与创造。然而，由于王国维对西方美学和文学思想还没有做到消化与改造，所以带来很多理论局限，他只从文学的角度进行分析，不能从中国戏剧作为融歌唱、舞蹈、表演于一炉的综合艺术的角度进行分析评价；他明显推崇元曲，对明清戏曲的评价却失之公允。

1913 年以后出现的戏曲批评著作不再一味地爬梳元明清戏曲文献，

而是及时跟踪近代戏曲舞台，关注剧作蕴含的现实旨意和优伶表演的审美效果，产生了在近现代颇为流行的新的戏曲批评样式“剧评”，如齐如山的《观剧建言》等。

齐如山以欧洲所见的戏剧样式来衡量中国戏曲，带着挑剔的眼光观看、评价当时的京剧演出，极力主张改进中国戏曲。1913年撰写的第一部戏曲著述《说戏》，从曲词、音乐、戏园建设、角色的服装、演员的艺德等方面论及欧洲演剧的一些情况，批评了我国戏曲舞台的种种不合理之处。1914年的《观剧建言》，较早地注意到观众问题，对戏曲观众学建立了自觉的认识和研究。共分八章：一论观剧，二论观剧应注意全局，三论观剧须注重道德，四论观剧宜注意全局，五论观剧须注重戏情不可捧习气，六论观剧不可分党派，七论时下观剧叫好者之派别、八论北京名观剧曰听戏之不妥。书中谈到戏曲的娱乐功能、教育功能、审美功能，对当时观众的不同层次和欣赏习惯进行了分析，并且提出了较好的见解。他看到观众对戏曲的反馈作用，这种反馈可分为正面和负面的。观众正当的、健康的审美情趣，对戏曲的发展、提高起着推动作用；观众低级的，不健康的欣赏趣味，又会使戏曲的创作，演出产生不健康的社会效应。对近代戏曲观众群不同的审美习惯进行了详尽的分析。通过对不同层次的欣赏趣味的分类，分析了中国戏曲观众特殊的心理定势。这些内容前人很少涉足，即便是与他同时代的戏曲理论家也很少涉猎。尽管这些理论还比较粗浅，不够完整，但作为戏曲观众学的专著来说，已具有空前性，填补了这一领域的空白，正是他珍贵的历史价值。

如果说资产阶级改良时期的戏曲批评观念多着眼于政治意图和社会功利需要的话，“五四”前夜活跃的一批人文学者像胡适、陈独秀、周作人、钱玄同、刘半农、傅斯年、张厚载等人，则主要从文化艺术的角度对传统戏剧给予自我审视和主观评价。他们的评论全部发表于1918年的《新青年》，主要有几种观点：一种对传统戏曲持否定态度。如周作人、钱玄同认为“中国旧戏没有存在的价值”，[29]“中国的戏，本来算不得什么东西”；[30]陈独秀驳斥攻击北京大学设科延师教授戏曲的谬论。[31]二种是对传统戏曲持肯定态度。张厚载认为中国旧戏起码有三样好处，“旧戏的精神终究是不能破坏或消灭的”。[32]胡适、傅斯年、刘半农则比较折中，持论亦趋于公允，都主张戏曲改良。胡适认为“以戏剧的体例看来，杂剧的文字经济实为后来所不及，但以文学上表情写生的工夫看来，杂剧实不及昆曲”；[33]傅斯年认为“稍嫌整齐的词，变成通体参差的曲，是文学的进化”，“整齐的京调代不整齐的昆弋而起，是戏曲的退化”；[34]刘半农认为对旧戏的唱做念打“决不能武断一切”，[35]应予区别对待。这些观点将近代戏曲批评观念从强调政治意图和社会功利转移到注重审美感受和学术思辨。

注释：

（1）马少波、章力挥等：《中国京剧史》上册。

（2）［清］杨静亭：《都门杂咏》，道光二十五年本。

（3）范丽敏：《清代北京剧坛花、雅之盛衰研究》，首都师范大学博士论文，2002年，第198页。

（4）［清］陈森：《品花宝鉴》（上），第37—38页。

（5）［清］陈森《品花宝鉴》（中），第449页。

（6）黄式权：《淞南梦影录》（卷一），第101页。

（7）张次溪编纂：《清代燕都梨园史料》，第841页。

（8）张次溪编纂：《清代燕都梨园史料》，第804页、806页。

（9）仇江：《车王府曲本总目》，《中山大学学报》2000年第4期。

（10）王季思：《清蒙古车王府藏曲本》序。

（11）北京大学历史系：《北京史》，第385—387页。

（12）马少波、章力挥等：《中国京剧史》上册。

（13）《戏曲翻新》，《京话日报》，第10号，

（14）梁漱溟：《记彭翼仲先生》，《忆往谈旧录》，第61页。

（15）阿英：《晚清文学丛钞·传奇杂剧卷序例》，《阿英文集》，第837页。

（16）叶长海：《中国戏剧学史稿》，第511页。

（17）郑振铎：《卷首·叙记》，《晚清戏曲小说目》。

（18）陈去病：《论戏剧之有益》，阿英《晚清文学丛钞·小说戏曲研究卷》，第63页。

（19）柳亚子：《二十世纪大舞台发刊辞》，阿英《晚清文学丛钞·小说戏曲研究卷》，第75页。

（20）左鹏军：《近代传奇杂剧研究》，第208页。

（21）蒋观云：《中国之演剧界》，阿英《晚清文学丛钞》，（小说戏曲研究卷）第52页。

（22）余从、周育德、金水：《中国戏曲史略》，第307页。

（23）齐如山：《齐如山回忆录》，第113页。

（24）马少波、章力挥等：《中国京剧史》（中），第23页。

（25）《北京风俗曲》，《立言画刊》1939年第31期。

（26）《清车王府钞藏曲本子弟书集上集前言》，第5页。

（27）关德栋、周中明：《子弟书丛钞序》，第1—3页。

（28）《清车王府钞藏曲本子弟书集上集前言》，第3页。

（29）周作人：《论中国旧戏之应废》，《新青年》第5卷第5号1918年9月15日。

（30）钱玄同：《给刘半农的信》，《新青年》第5卷第2号1918年8月15日。

（31）陈独秀：《随感录》，《新青年》第4卷第4号1918年4月15日。

（32）张厚载：《新文学及中国旧戏》，《新青年》第4卷第6号1918年6月15日。

（33）胡适：《文学进化观念与戏剧改良》，《新青年》第5卷第4号1918年10月15日。

（34）傅斯年：《戏剧改良各面观》，《新青年》第5卷第4号1918年10月15日。

（35）刘半农：《给张厚载的信》，《新青年》第5卷第4号1918年10月15日。

下篇：北京现代文学

（公元 1919—1949 年）

第十二章　五四新文化运动与北京

从晚清到民初，北京作为首都，一直是中国的政治中心，对于试图推进中国政治变革的知识分子来说，北京也是他们活动的重要舞台，同时北京还拥有众多的新式教育机构和新闻媒体，其中也聚集了大量知识分子。尽管上海在接受西方物质文明方面占有优势地位，北京毫无疑问还是当时的文化中心。五四新文化运动发生于北京，并非偶然。

一、现代文学发生的背景

晚清以来新式教育机构与新文化团体雏形的出现，为现代文学的发生创造了空间。特别是庚子事变以后，晚清政府迫于内外压力，不得不采取有限度的改良措施，北京地处首善之区，自然有近水楼台之便，“本世纪初，在清政府废科举，兴学校，改革教育的举措中，北京自得风气之先，率先办起了上至高等教育下至社会教育的一系列教育机构”。[(1)]五四前后，北京在新式教育机构和新闻媒体的发展方面，均居全国前列，拥有占全国总数百分之十四的大学和专科院校，以及占全国总数九分之一的报刊和杂志。[(2)]这些都为知识分子的活动提供了广阔的空间。

另外，早在戊戌维新时期，维新派士人出于影响舆论、扩大声势的需要，就在北京展开办报结社等活动，当时宣南各会馆成为维新运动的主要基地，光绪二十一年（1895 年），康有为、梁启超在此创立了第一份民间报纸《万国公报》（后改名《中外纪闻》），创建了第一个新式团体强学会，至光绪二十四年（1898 年）全国共有学会七十八个，北京就有十四个。[3]办报结社是维新派士人推动政治改良的重要方式，而北京则是他们活动的主要舞台，这对后来的新式知识分子也产生了深远影响。

民国建立以后，袁世凯窃取了辛亥革命的果实，大权独揽，极力压制国民党的政治活动。1913年孙中山发动的二次革命失败之后，大批革命派知识分子被迫流亡海外。政治活动空间的缩小，也使得相当一部分知识分子转向文化关怀，试图在党派政治之外，通过文化的改革与思想的启蒙，为社会的变革奠定基础。1914年章士钊在日本东京创办了《甲寅》杂志，在反袁的旗帜下力图秉持超越党派的立场，为知识精英的重新整合提供了空间。《甲寅》的作者群中如陈独秀、李大钊、高一涵、胡适等人，后来都成为《新青年》杂志和新文化运动的主要成员。如研究者指出的，"《甲寅》对新文化思想的形成以及新文化社团的起源具有不可忽视的开创意义"。[4]而《甲寅》超越党派政治的立场，也为后来的新文化运动所继承，如陈独秀后来在《一九一六年》(《新青年》1卷5号，1916年1月）一文中即表示要"从事国民运动，勿囿于党派运动"。

与此同时，作为戊戌维新唯一保留下来的改革果实，北京大学也在发挥着越来越重要的作用。民国建立以后，京师大学堂更名为北京大学，但是这所全国最高学府为人诟病的官僚习气和堕落作风并没有立刻得到改观。1913年章太炎的门生入主北大文科，取代了之前在北大声势颇为浩大的桐城派的地位，为学风陈旧的北大吹入了一股新鲜空气。1916年夏天袁世凯去世，就在这年冬天留学德国的蔡元培得到了出任北京大学校长的邀请。蔡元培与章太炎门生相近的政治背景和同乡之谊（都是浙江人），在其中起到了重要作用。[5]

袁世凯的去世，使得北京重新成为新式知识分子活动的舞台，由于其中许多人已经从政治运动转向文化事业，作为高等学府的北大就成了众人瞩目所在。短短几个月内，北大就成了他们的一个松散联系组织的根据地，北大地处政治中心和文化中心的显著地位，对新式知识分子来说具有强大的吸引力，在此他们可以"获得重要的新的讲台，从而使他们的思想能够被广泛接受。北京大学就像一个麦克风，每个通过北京大学来发言的人的声音都可以被放大"。[6]

校长蔡元培在这里发挥了重要的作用，他甫一上任即对北大进行了大刀阔斧的改革，多方聘请新派教授，校风学风为之一变。1917年，蔡元培聘请《新青年》杂志主编陈独秀为北大文科学长，《新青年》编辑部也随之搬到了北京，并吸引北大教授参与其中。这两股力量在北京的合流，标志着新文化团体的初步形成。

新文化团体对文学革命的关注，接续了晚清以来的“白话”运动和语文改革的思潮。在近代文化转型过程中，语文改革是重要的一环。近代以前，文言是书面语的主要形式，也是士人交流的主要工具。随着国势日益衰落，启蒙的要求愈益迫切，有识之士认识到，文言和普通民众之间的巨大阻隔，已经成为社会变革的障碍。有鉴于此，他们纷纷倡导白话文运动。早在光绪十六年（1890 年），黄遵宪在《日本国志》卷三十三《学术志》中就参照日本的经验提出言文合一的主张：“盖语言与文字离，则通文者少；语言与文字合，则通文者多：其势然也。”而要使“语言与文字合”，就必然要求使用白话。光绪二十四年（1898 年），维新派人士裘廷梁发表了著名的《论白话为维新之本》（《中国官音白话报》19、20 期，1898 年 8 月），明确提出“崇白话而废文言”。梁启超也援用进化论，指出由文言变白话，乃是语文发展的必然趋势：“文学之进化有一大关键，即由古语之文学，变为俗语之文学是也。各国文学史之开展，靡不循此轨道。”[(7)]

在这种形势下，晚清白话文运动一时蔚为风气，各地涌现出大量的白话报纸，其中上海最多，北京次之。[(8)]1904 年 9 月，彭翼仲在北京创办《京话日报》，以白话的形式向北京普通民众灌输新知，宣讲时事，启发民智，受到了普通民众的热烈欢迎。此外《顺天日报》从 1905 年 6 月起也开始出版白话附张。

当时南方的白话报由于受到当地方言的限制，主要采用的仍是以北方方言为基础的“官话”，并非直接模拟当地的口语，与此相比，《京话日报》等北京的白话报纸借助于帝都的优势，可以更加彻底地使用“白话”，使报纸语言和民众生活语言基本上保持一致。[(9)]北京作为“官话”的发源地，在各地的“白话”竞争中具有明显的优势，一方面北京政治中心的地位使得“官话”在全国大部分地区广为流传，另一方面北京话也贡献出如《红楼梦》、《儿女英雄传》这样堪称典范的白话小说，故而在白话文的推广方面，北京占据着有利的地位。民国以后，教育部于 1917 年成立了国语研究会，发动国语运动，1918 年，教育部制定注音字母，为国语制定统一的语音，取为标准的就是北京话。“国音”的确定使小学校中改“国文”为“国语”顺理成章，白话的地位由此才得到制度性的保障。[(10)]

从新文化运动自身的发展来看，晚清的白话文运动也为后来的五四白话文运动开辟了道路。尽管新文化运动的领导者如胡适、周作人等，都强调晚清白话文运动与五四白话文运动的根本不同，如胡适在

《五十年来中国之文学》中就从“我们”、“他们”的角度反复强调这一点，周作人提到晚清白话文运动时，也认为“那时候的白话，是出自政治方面的需求，只是戊戌政变的余波之一，和后来的白话文可以说是没有大关系的”。[11]然而这在很大程度上是新文化人出于建构自身地位的策略需要，与实际情形多有不符。陈万雄注意到，“五四白话文运动的倡导者，如蔡元培、陈独秀、胡适、钱玄同、李莘白、高语罕（高超）、马裕藻等皆曾在晚清时代主持过白话报，这是清末白话文运动与五四白话文运动的内在联系的具体而微的最好说明”。[12]其实胡适后来也承认晚清白话文运动对他的影响，特别是他在上海办《竟业旬报》的经历，“不但给我了一个发表思想和整理思想的机会，还给了我一年多作白话文的训练”，“白话文从此形成了我的一种工具。七八年之后，这件工具使我能够在中国文学革命的运动里做一个开路的工人”。[13]

无论从人事上，还是从白话文运动自身发展的脉络来看，五四白话文运动都“绝不是一个突如其来的异物，而是清末发展的延伸和强化。换句话说，清末的白话和五四的白话并不是两个互不相干的发展，而是同一个延续不曾断绝的新的历史动向的产物”。在胡适、陈独秀早年的白话文中，也已经出现了后来新文化运动的某些新思想的要素。[14]虽然晚清白话文运动面对的主要是一般民众，但在实际的读者中也有不少新式的知识分子，这种趋势发展到五四时期，便是胡适强调的“没有‘他们’、‘我们’的区别”，以白话为“创造中国文学的唯一工具”。[15]如李孝悌所指出的，胡适对白话文运动的重要贡献，乃是将白话文从中下等社会扩展到上等社会，将其从“开通民智”的工具提升为文学锻炼的工具，白话只有加以锻炼，足以创造文学作品，才能得到上层社会认同，白话文运动到此才能真正成为一种新文化运动，而不仅仅是政治运动的附庸。这个变化，也正是新式知识分子从注重政治改革到致力文化启蒙的思路转移的反映。

而在另一方面，五四文学革命也是传统文学自身变革要求的实现。中国古典文学特别是诗文具有悠久而深厚的传统，然而经过上千年的发展，传统诗文无论从形式还是从题材上都已经走到滥熟乃至陈腐的境地，如梁启超 **1899** 年在《夏威夷游记》中所指出的，千余年来诗人如同“鹦鹉名士”，诗歌题材及技巧陈陈相因，已到了“非有诗界革命，则诗运殆将绝”的危急关头。[16]梁启超在这里提出了“诗界革命”的口号，主张引入现代事物以拓宽传统诗歌的题材，即“以旧风格含新意境”，为传统诗歌注入新的活力。

光绪二十八年（1902 年），梁启超在《释革》（《新民丛报》22

号，1902 年 12 月）一文中，又提出“文界革命”。“文界革命”在形式上主张使用“俗语文体”，大量引入“新名词”，形成以浅近文言为主的“新文体”。梁启超本人在《清议报》、《新民丛报》等报刊上发表的大量报章文字，平易畅达，“条理明晰，笔锋常带情感”[17]，正是“新文体”的典范，在当时影响极大。同年，梁启超在《论小说与群治之关系》（《新小说》1 号，1902 年 11 月）中，又正式提出了“小说界革命”。其实早在光绪二十四年（1898 年），梁启超就在《译印政治小说序》（收入《饮冰室文集》第 2 册，中华书局 1989 年影印版）一文中高度评价小说的社会功能。梁启超的“小说界革命”把原来不登大雅之堂的小说提升到新的高度，希望小说在教育启蒙和改良政治方面发挥作用，他自己也身体力行，写下了《新中国未来记》这样的政治小说。当时出现了一批小说杂志，以《新小说》、《绣像小说》、《月月小说》、《小说林》“四大小说杂志”为代表，显示了“新小说”的创作实绩。

梁启超倡导的晚清文学改良运动，借助于报刊这一新兴传媒，在当时产生了一定的影响。然而囿于历史条件的限制，晚清文学改良在很大程度上仍是在传统文体格局内部求变化，并未突破旧的传统的藩篱，真正新文学的出现仍然要等到五四文学革命。例如“诗界革命”仍然保守“旧风格”，新的题材内容和旧有风格形式之间的矛盾日益突出，要等到白话新诗的出现才得以彻底解决。实际上梁启超民国以后在诗歌写作上也转向以宋诗为典范的“同光体”，一度与居留北京的旧诗人唱和甚密。民国初年北京的《晨钟报》、《公言报》等报纸的文艺栏，基本上刊载的都是桐城派或同光体的诗文。当时客居北京的樊增祥、易顺鼎等旧诗人“颠倒歌场酒肆，常常做‘捧角诗’”，[18] 显示旧诗已衰落至极。“小说界革命”在辛亥革命以后也走向衰落，小说创作日益趋向于商品化、娱乐化，鸳鸯蝴蝶派小说广泛流行。梁启超于 1915 年发表《告小说家》（收入《饮冰室文集》第 12 册）一文，对这种趋势提出严厉批评。

对于五四文学革命贡献较大的是“文界革命”，夏晓虹指出，“文界革命”对于晚清白话文运动一定程度上起到了弥补阙失的作用，“因为晚清白话文不可能直接转变为现代白话文；只有经过‘文界革命’大量引入新名词，现代思想才得以在中国广泛传播，现代白话文也才能够超越语言自身缓慢的自然进化过程而加速完成转变”。[19] 晚清白话文运动在推动言文合一及扩大白话使用范围方面，为五四文学革命打下了语言基础。新文化人在晚清白话文的基础上，又引入“新文体”

输入的大量表现新思想、新事物的“新名词”，同时从源远流长的白话小说中汲取资源，于是“将白话文、新名词和文学美感合为一体”，才产生了现代文学语言。[20]

在这过程中，文学观念的更新也非常重要，晚清对白话文的认识尚未提升到“文学”的高度上，即使是“小说界革命”倡导的“新小说”，看重的也是小说的政治功能。到了五四文学革命，才真正赋予白话以文学的地位，正如夏志清所指出的：“胡适在白话文运动的贡献是非常显著的：他不但认识到白话文的教育价值，而且还是第一个肯定白话文尊严和它的文学价值的人。”[21]肯定了白话的文学价值，则以白话写诗作文便都成了顺理成章的事情。至此中国文学便告别了以文言诗文为正统的“旧文学”，走上了新文学的康庄大道。

二、“五四”文学革命和北京新文学的辉煌开端

1915年，经历了二次革命失败的陈独秀在上海创办了《青年杂志》（自1916年9月起第二卷改名为《新青年》），开始致力于从思想和伦理上唤醒国民特别是青年，打破传统的束缚。1917年蔡元培出任北京大学校长后，在汤尔和等人的推荐下，任用陈独秀为文科学长，并将《新青年》编辑部迁往北京。实际上，1916年复刊后的《新青年》，本身“已有北上意向”，这一方面是出于对江南读者群的不满，另一方面则表现为对袁世凯死后北京知识界重组的密切关注。[22]《新青年》北上后，吸引胡适、钱玄同、沈尹默、刘半农以及周氏兄弟等北大教员加入《新青年》，提升了《新青年》在思想界的地位，一校一刊的结合为新文化运动及文学革命的发动与扩展奠定了坚实的基础，正如陈平原所指出的，“新青年的主体乃北大教授这一事实，已足以提供强大的文化资源——包括象征性的以及实质性的”。[23]

《新青年》同人高举“德先生”（民主）和“赛先生”（科学）的旗帜，推进思想启蒙，对封建思想伦理进行了猛烈的批判。与此相呼应的，则是发动“文学革命”，反对以文言文为主体的旧文学，提倡白话的新文学。事实上，陈独秀创办《新青年》时，就很注重向中国介绍现代西方文学，给文学以相当的篇幅，从创刊号起，几乎《新青年》每期都有著译的小说、诗歌、戏剧等，1915年11月，陈独秀在1卷3号上发表《现代欧洲文艺史谭》，介绍法国的写实主义与自然主义，引起了胡适的关注。当时留学美国的胡适，也一直在思考“文学革命”的问题。在1915年9月17日的日记中，胡适就提到“文学革命”：

“新潮之来不可至，文学革命其时矣。”[24]不过当时胡适所谓的“文学革命”还仍是“诗界革命”，只是“要须作诗如作文”。等到1916年夏天，在和朋友的往复辩论中，胡适才开始形成系统的文学革命主张，即在所有的文学作品中都用白话代替文言。[25]1916年10月，胡适写信给《新青年》，即1917年1月《新青年》第2卷第5号上发表的《文学改良刍议》，揭开了文学革命的序幕。胡适在文中表示“文学改良”应从“八事”入手，即：须言之有物，不模仿古人，须讲求文法，不作无病之呻吟，务去滥调套语，不用典，不讲对仗，不避俗字俗语。并表示白话文学才是中国文学的正宗，初步阐明了文学革命的主张。紧接着1917年2月陈独秀就在《新青年》第2卷第6号上发表了《文学革命论》，更加旗帜鲜明地坚定了文学革命的立场，提出了“三大主义”的主张：“曰推倒雕琢的阿谀的贵族文学，建设平易的抒情的平民文学；曰推倒陈腐的铺张的古典文学，建设新鲜的立诚的写实文学；曰推倒迂晦的艰涩的山林文学，建设明了的通俗的社会文学。”从内容和形式上对旧文学进行了彻底的否定。

陈独秀、胡适关于文学革命的文章，引起了其他新派知识分子的注意，钱玄同、刘半农等北大教员纷纷加入讨论，支持文学革命的主张，反对文言的旧文学，鼓吹白话的新文学。自1918年起，《新青年》杂志开始全部采用白话刊行。

《新青年》倡导的“文学革命”，以语言文字形式为突破口，“切入口是文学形式，着眼点则是整个思想文化革命”。[26]《新青年》影响下的北大学生罗家伦也说：“文学革命不过是我们的工具，思想革命乃是我们的目的。”[27]这与新文化运动的大目标相一致，文学革命与思想革命互为表里，新的语言形式表达的是对旧有封建思想伦理的反抗和对新思想新价值的热烈呼唤。正因为如此，文学革命也遭到了旧势力的一些抵抗。特别是当时的古文家林纾，1919年2—3月在上海的《新申报》上发表了两篇影射并讥讽新文学的小说《荆生》、《妖梦》，不久又给蔡元培写信，控诉北大“覆孔孟、铲伦常”和“尽废古书，行用土语”，[28]不久蔡元培在回信中给予了有力的驳斥，重申北大“循思想自由原则，取兼容并包主义”[29]的原则。由于林纾代表的保守派和当时北洋军阀政府关系密切，政府运用政治压迫手段来干预新文化运动的传闻愈演愈烈，在舆论中反而无形提高了文学革命和新文化运动的声势。

文学革命借助于《新青年》杂志和北大这两大文化集团，形成了有声有色的“运动”，逐渐引起了公众和舆论的关注。这种以“运动”的方式推进文学事业的策略，对文学革命的成功颇为有效。同时，《新青年》同人也身体力行，贡献了白话新文学的最初一批成果。胡适、沈尹默等人在《新青年》杂志发表了第一批新诗，鲁迅的《狂人日记》（1918 年 5 月发表于《新青年》第 4 卷第 5 号）则是中国现代文学第一篇白话小说。此外 1918 年 4 月起开辟的"随感录"专栏，是中国现代讽刺性散文的新声。戏剧方面，则有 6 月出版的易卜生专号和 10 月出版的传统戏曲改良专号。文学革命标志着新文学的辉煌开端，中国文学自此进入了一个新的阶段。

文学革命虽然最初是由《新青年》杂志发起，但它发展为一个全国性的运动，却有赖于 1919 年的五四运动。1919 年的五四运动是中国近代史上标志性的事件，这个原本只是抗议帝国主义的单纯爱国学生运动很快就获得了超越于它本身的意义。这在一定程度上是因为，运动的发生地北京大学已经成为新文化运动和文学革命的中心。五四运动把青年学生推上了历史的前台，使得原本局限于上层新式知识分子的新文化运动和文学革命一下子扩展到更大的规模上，这对中国现代思想文化的进程产生了深远的影响。

实际上，近代以来，学生阶层就开始在中国的社会变革与政治运动中扮演重要的角色。一方面是因为科举的废除使得传统的通过仕宦向上流动的渠道不复存在，"科举废除后，这种个人的挫折，便只好用有机会能作群众领导人来弥补了"。而政治的腐败与黑暗及国家的贫弱也"使他们愤怒，也使他们认为他们的非正统式的政治行动的反抗和抗议是正当合理的"。[30]而在另外一方面，学生的集体生活形式，也为新思想的传播和大规模群众活动的展开创造了有利的条件。

五四之前的北京大学，在蔡元培的改革和《新青年》的影响下，各种新思潮已经开始蓬勃兴起。用后来蒋梦麟的话来说，在北京这座"恬静的古都"中，只有北大里面"结集着好些蕴蓄珍珠的活贝"，而蔡元培的改革，正如"在静水中投下知识革命之石"。[31] 1919 年 1 月，学生辈的罗家伦、傅斯年等人已经结合为新潮社，在《新青年》的影响下，创办了《新潮》杂志，鼓吹新思想与新文学。

1919 年 5 月 4 日，北京五千学生集会游行，抗议巴黎和会将一战后德国在山东的特权转交给日本，反对北洋政府在"凡尔赛和约"上签字，史称"五四运动"。北大在五四运动中扮演着领导者的角色。5 月 4 日的集会游行之后，北京的学生立刻就开始在全国范围内组织团体，开展运动，并利用宣传、开会和游行示威，来赢得一般大众的同情。在此过程中，学生的新思想迅速传播到全国各个城市中。白话文也开始风行。当时学生进行宣传的许多出版物都是用白话文写的，而在五四之后的半年内，就有四百种白话文新刊物出现。[32]

五四运动最初只是单纯的学生爱国运动，但随着运动的发展，新思想与新文学也得到了在全国范围内扩展的机会。正如胡适后来所总结的：

> 民国八年的学生运动与新文学运动虽是两件事，但学生运动的影响能使白话的传播遍于全国，这是一大关系；况且“五四运动”以后，国内明白的人渐渐觉悟“思想革命”的重要，所以他们对于新潮流，或采取欢迎的态度，或采取研究的态度，或采取容忍的态度，渐渐地把从前那种仇视的态度减少了。文学革命的运动因此得自由发展，这也是一大关系。因此，民国八年以后，白话文的传播真有“一日千里”之势。[33]

在这样的态势下，五四运动也刺激了一些旧报刊的改革，如《东方杂志》、《教育杂志》、《小说月报》等纷纷改用白话，特别是《小说月报》，从1920年12月起开始任用沈雁冰为编辑，成为新文学团体“文学研究会”的机关刊物。报纸中，如北京的《晨报》，上海的《时事新报》和《民国日报》都创立了白话专栏或副刊，刊载新文学和新文化方面的作品。

从总体上来说，五四运动扩大了新文化运动和文学革命的影响，也进一步提高了北京大学的地位和影响力。特别是作为现代出版中心的上海，也开始看重新文化运动所提供的广阔的文化市场，正如论者所指出的，“本世纪20年代初，新文化社团的成员们利用北京大学提供给他们的文化和政治资本和基于上海的有着巨大利润的文学市场，使得北京内外的军阀政权对北京大学无可奈何。北京大学获得了独特的地位，也获得了更广阔的天地”。[34]上海利用它在现代出版业方面的优势，通过与北京学界的合作，逐渐开始成为新文化新文学的另一个中心。这也为后来新文化中心的南移埋下了伏笔。

不过在20世纪20年代，北京仍是毫无争议的新文化中心，这在相当大程度上即是拜五四运动所赐，如周作人晚年总结时所说：“北平成为中国学术文化中心，即使客观地说它资格并不够，总之是个事实，这乃是由五四运动而来的，……总之这一个妇孺皆知的五四运动发起于北平（当时还叫北京），以学生为之主动，因此北京学界的声名自然也随之而四远传扬，隐然成为全国的重心了。”[35]

三、新文学开创期的理论建设和论争

新文学开创期，在创作尚嫌薄弱的情况下，理论建设和论争对于新文学自身合法性的建立，起到了至关重要的作用。在这方面影响最大的是陈独秀、胡适和周作人。

在文学革命的发起与推动中，陈独秀扮演着举足轻重的角色。陈独秀（1879—1942），字仲甫，安徽怀宁人。早年留学日本，参与反清的革命斗争。1915 年创办《青年杂志》，1916 年北上任北京大学文科学长，《新青年》编辑部亦随之迁往北京。在胡适发表《文学改良刍议》之后，正是陈独秀的《文学革命论》正式举出“文学革命”的旗帜，以极其斩绝鲜明的姿态，坚定地捍卫彻底摈弃文言的旧文学而以白话文学为正宗的文学立场。当胡适表示：“此事之是非，非一朝一夕所能定，亦非一二人所能定。甚愿国中人士能平心静气与吾辈同力研究此问题！讨论既熟，是非自明。吾辈已张革命之旗，虽不容退缩，然亦决不敢以吾辈所主张为必是而不容他人之匡正也。”陈独秀却以不容置疑的口气做出如下判断：“鄙意容纳异议，自由讨论，固为学术发达之原则。独至改良中国文学，当以白话为文学正宗之说，其是非甚明，必不容反对者有讨论之余地，必以吾辈所主张者为绝对之是，而不容他人匡正也。”[36]胡适后来就说自己的态度“太和平”、“太持重”，“但陈独秀的勇气恰好补救这个太持重的缺点。……当日若没有陈独秀‘必不容反对者有讨论之余地’的精神，文学革命的运动决不能引起那样大的注意”。[37]胡适的文学主张，“得着了这样一个坚强的革命家做宣传者，做推行者，不久就成为一个有力的大运动了”。[38]

不过在文学革命的具体内涵上，胡适和陈独秀其实存在着侧重点的差异。胡适看重的是以白话取代文言的形式革命，而陈独秀更为强调文学革命与伦理革命的内在关联。1932 年，胡适在《陈独秀与文学革命》一文中指出陈独秀对文学革命的三大贡献，其中第二项是“由他才把伦理道德政治的革命与文学合成一个大运动”，[39]堪称知言。民国初年，经历了二次革命失败的陈独秀逐渐将眼光从政治革命转向伦理革命上来。1916 年，陈独秀在《吾人最后之觉悟》（《青年杂志》第 1 卷第 6 号，1916 年 2 月 15 日）一文中表示“伦理的觉悟，为吾人最后觉悟之觉悟”，此时文学革命的讨论尚未发生，但这一立场却贯穿到他对“文学革命”的理解中。在《文学革命论》一文中，陈独秀认为，当时政治革命失败的主要原因，“则为盘踞吾人精神界根深柢固之伦理，道德，文学，艺术诸端，莫不黑幕层张，垢污深积，并此虎头蛇尾之革命而未有焉。此单独政治革命所以于吾之社会，不生若何变化，不收若何效果也”。以单纯的政治革命并不能解决问题，必须从精神层面的伦理道德、文学艺术着手。在陈独秀看来，旧文学“盖与吾阿谀夸张虚伪迂阔之国民性，互为因果。今欲革新政治，势不得不革新盘踞与运用此政治者精神界之文学”，明确地将文学革命纳入到思想与伦理的变革之中。

从这样的思路出发，陈独秀对旧文学采取彻底否定的态度，也获得了理论上的说明。在陈独秀看来，“旧文学、旧政治、旧伦理本是一家眷属，固不得去此而取彼”。[40]要反对旧政治旧伦理，就必须反对旧文学。这与胡适从形式角度讨论白话取代文言的必然趋势也有所不同。

实际上，在某种程度上，陈独秀的将文学革命与思想伦理革命相结合的主张，在当时国内新式知识分子中更具有某种代表性。有研究者指出，陈独秀的文学革命思想，实际上是继承综合黄远生等同时代知识分子的观点而来。[41]而文学革命中周作人、鲁迅兄弟的思考，也“事实上与陈独秀更为接近，即延续民国建元以来的思想运动，结合自己晚清以来的思考，而进入所谓伦理革命，《人的文学》等等实际是此类问题的延伸，在他们那儿，文学既是一个实践的平台，又是一个需要重建灵魂的对象”。[42]相比而言，留学美国的胡适和他的一班朋友侧重于形式的文学讨论，倒更像是一个支流。但是不可否认的是，正是胡适发起的讨论，开辟了“文学革命”的空间，从而使得对这一问题抱有关怀的新式知识分子聚合起来，真正形成了一股推动文学变革的力量。

在这个意义上，胡适可以说是文学革命的发起者，正是他的《文学改良刍议》（《新青年》第2卷第5号，1917年1月1日）揭开了文学革命的序幕。胡适（1891—1962），原名胡洪骍，后改名胡适，字适之，安徽绩溪人。早年在上海澄衷学堂、中国公学求学，初步接触了西方的思想文化。1910年赴美留学，1915年考入哥伦比亚大学研究院，师从实用主义哲学家杜威。1917年胡适回国，任北京大学教授，并加入《新青年》编辑部。胡适留美期间即开始考虑文学革命问题，《文学改良刍议》即写作于其间。胡适在这篇文章中提出文学改良应注意“八事”，最重要的当属“八曰不避俗字俗语”，在此胡适明确提出“以今世历史进化的眼光观之，则白话文学为中国文学之正宗，又为将来文学必用之利器，可断言也”。胡适从历史上寻找根据，认为言文合一、以白话为文学语言，是历史的自然趋势。在随后发表的《历史的文学观念论》(《新青年》第3卷第3号,1917年5月1日)中,胡适进一步深入阐述了文学进化的观念,作为他文学主张的理论基础,即“一时代有一时代之文学”,“今日之文学,当以白话文学为正宗”,文言文已成“死文字”,白话文方为活文学,这是历史发展的必然趋势。既是必然趋势,为何又要用文学革命加以鼓吹呢?胡适后来在《〈中国新文学大系·建设理论集〉导言》中指出:“我们特别指出白话文学是中国文学史上的‘自然趋势’,这是历史的事实。同时我们也曾特别指出:单靠‘自然趋势’是不够打倒死文学的权威的,必须还有一种自觉地,有意的主张,方才能够做到文学革命的效果。”(43)这就赋予文学革命以决定性的意义,同时也可以看作胡适对自身定位的一种说明。

胡适注重文学形式方面的变革,在当时以及后来都曾引起批评。对此胡适表示文字形式的变革乃是文学革命的第一步:“我们也知道新文学必须要有新思想做里子。但是我们认定文学革命须有先后的程序:先要做到文字体裁的大解放,方才可以用来做新思想新精神的运输品。”(44)其实胡适注重文字形式背后还有更大的关怀。在《建设的文学革命论》(《新青年》第4卷第4号,1918年4月15日)中,胡适提出所谓“建设的文学革命论”的宗旨只有十个字:“国语的文学,文学的国语。”即通过创造以白话文为形式的“新文学”(“国语的文学”),进而建立一种现代民族国家共同语(“文学的国语”)。胡适的主张来自于欧洲文艺复兴各民族语言兴起这段历史的启发,意大利、英国等国国语的兴起,都有赖于若干文学家白话文学的创造。早在1917年6月胡适回国前夕,他在旅途上阅读EdithSichel的《文艺复兴》,就惊喜地发现欧洲文艺复兴时期各国国语的建立有赖于“土语文学”,这正好可以用来做他提倡白话文学的参考。(45)在后来的一系列文章中,胡适都曾反复引证欧洲文艺复兴作为他立论的根据。

实际上终其一生,胡适都对“文艺复兴”情有独钟,而他亲身参与的文学革命乃至新文化运动,也被他看做是“中国的文艺复兴”,且其意义不仅局限于语言层面。1923年,胡适用英文写作《中国的文艺复兴时代》,把“中国的文艺复兴”进一步拉长放宽,认为应当断自宋代起,明代王学及戏曲小说兴起乃第二期,清学复兴是第三期,五四以来是第四期。(46)1933年胡适又在芝加哥大学系统讲授“中国文艺复兴”的含义(后来以The Chinese Renaissance为题由芝加哥大学于1934年出版)。直到晚年,胡适仍表示喜欢用“文艺复兴”来概括文学革命和新文化运动的历史意义,因为欧洲文艺复兴“是从新文学、新文艺、新科学和新宗教之诞生开始的”,而且促成了“现代欧洲民族国家之形成”，所以“与当时中国的新文化运动，实在没有什么不同之处”。[47]

胡适对文艺复兴的兴趣，在更深的层面上，表现出他始终不忘从历史中寻求革新的资源，即从历史传统中寻找新的、有生命力的要素（如从历史上的“白话文学”中寻找新文学的萌芽），作为“再造文明”的基础。1927 年 2 月 26 日胡适在纽约对外政策协会演讲，把所谓“中国文艺复兴”定位为“按照我们自己的需要、根据我们的历史传统去制订方案以解决我们自身问题的一种自觉尝试”。[48]对此，余英时有一段相当精彩的阐述：

> 从 1917 年起，胡适始终坚持，五四运动作为一种思想或文化运动，必须被理解为中国的文艺复兴运动。这不仅因为它提倡以白话文作为现代文学的媒介，而且更重要的是因为他对历史连续性有深刻的体认。对他而言，“文艺复兴”暗示着革新，而非破坏中国的传统。尽管胡适有猛烈的批评，但他对包括儒学在内的中国传统的抗拒，远非全面的。他深信，文艺复兴含有一个中心观念，即有可能把新生命吹进中国的古文明。[49]

如果说胡适的文学理论偏重于文字形式方面，那么在内容和思想方面进行理论建设的则是周作人。周作人（1885—1967），本名櫆寿，周作人，又自取别名别号如岂明、药堂、独应、仲密多种，浙江绍兴人。著名现代作家鲁迅（周树人）之弟。1903 年进南京江南水师学堂，1906 年赴日本留学，1911 年回国。曾任浙江省视学、中学教员。1917 年到北京大学任教，历任北京大学、燕京大学、北京女子师范大学等校的教职。五四前后，参加文学革命的讨论，《人的文学》、《思想革命》等文影响巨大，是新文学初期的重要文学理论家。胡适后来在《〈中国新文学大系·建设理论集〉导言》中做过这样的总结：“简单说来，我们的中心理论只有两个：一个是我们要建立一种‘活的文学’，一个是我们要建立一种‘人的文学’。前一个理论是文字工具的革新，后一种是文学内容的革新。”[50]这里所谓“人的文学”，便是周作人在《人的文学》（《新青年》第 5 卷第 6 号，1918 年 12 月 15 日）等文中阐述的思想理论。胡适对周作人这篇文章评价甚高，称其为“当时关于改革文学内容的一篇最重要的宣言”，“是一篇最平实伟大的宣言”。[51]

周作人在《人的文学》中提出：“我们现在应该提倡的新文学，简单的说一句，是‘人的文学’。应该排斥的，便是反对的非人的文学。”

关于“人”的观念，则有两个要点：“（一）从‘动物’进化的，（二）从动物‘进化’的。”他提倡一种“个人主义的人间本位主义”，“用这人道主义为本，对于人生诸问题，加以记录研究的文字，便谓之人的文学”。周作人的“人的文学”的观念，对于胡适偏重于形式变革的主张，是在思想方面的一个重要的补充，如夏志清所指出的，“无论就科学的或人文的眼光看，周作人的文章是当时最深思熟虑和最有建设性思想的一篇”。[52]

事实上，思想革命本来就是新文化运动的重要一环，在胡适发起文学革命的讨论之前，《新青年》上就刊载了大量反对孔教的文章。和陈独秀相似，周作人其实更看重思想革命。晚年周作人回忆说，1917年的张勋复辟给了他很大的刺激，“觉得中国很有‘思想革命’的必要，光只是‘文学革命’实在不够，虽然表现的文字的改革自然是连带的应当做到的事，不过不是主要的目的罢了”。[53]在《人的文学》之后，周作人又写了一篇《思想革命》（《新青年》第6卷第4号，1919年4月15日），明确表示文学革命不当限于文体，更要着重于思想的改造：“表现思想的文字不良，固然足以阻碍文学的发达。若思想本质不良，徒有文字，又有什么用处呢？……中国人如不真正‘洗心革面’的改悔，将旧有的荒谬思想弃去，无论用古文或白话文，都说不出好东西来”，“文学革命上，文字改革是第一步，思想改革是第二步，却比第一步更为重要”。

周作人《人的文学》、《思想革命》等文，“构成了一个完整的体系，是最能显示五四时期周作人的思想特色，并且是五四文学革命与思想革命的重要理论建树”，在其中，“周作人把五四‘人’的发现与文学的发现统一起来，把五四思想革命精神灌输到文学革命中去，在‘人’的历史焦点上，找到了思想革命与文学革命的契合点”。[54]这是周作人对文学革命的重要贡献。

周作人的文学主张受到了学生辈的傅斯年、罗家伦等新潮社成员的响应。“《人的文学》刚在《新青年》上刊出，傅斯年立刻在《新潮》上发表文章，将其与胡适的《易卜生主义》、《建设的文学革命论》，以及陈独秀的《文学革命论》，同列为‘文学革命的宣言书’”。[55]罗家伦在《近代中国文学思想的变迁》（《新潮》第2卷第5号，1920年9月）中即表示国语文学的精神，就是“人生化”的精神。今后的新文学，应该是周作人所说的“人的文学”，“思想革命是文学革命的精神，文学革命是思想革命的工具”。从某种意义上说，尽管胡适关于文学语言形式变革的主张，开启了“文学革命”讨论的空间，但是从新文学后来的发展来看，特别是白话文基本站稳脚跟之后，周作人的“人的文学”的思想，却有着更大的影响。1921 年 1 月新文学第一个社团文学研究会在北京成立时，《文学研究会宣言》（《新青年》8 卷 5 号，1921 年 1 月 1 日）便由周作人执笔，宣言中称：“将文艺当作高兴时的游戏或失意时的消遣的时候，现在已经过去了。我们相信文学是一种工作，而且又是于人生很切要的一种工作；治文学的人也当以这事为他终生的事业，正同劳农一样。”这种“为人生”的文学立场，便成为后来文学研究会作家创作的一个鲜明特色。

注释：

（1）吴建雍等：《北京城市生活史》，第 301 页。

（2）吴建雍等：《北京城市生活史》，第 317 页。

（3）参见李文海：《戊戌维新运动时期的学会组织》，收入胡绳武主编《戊戌维新运动史论集》。

（4）魏定熙：《北京大学与中国政治文化，1898—1920》，第 104—105 页。

（5）参见陈万雄：《五四新文化的源流》，第 27 页。

（6）魏定熙：《北京大学与中国政治文化，1898—1920》，第 3 页。

（7）《小说丛话》，《新小说》7 号，1903 年 9 月。

（8）参见陈万雄：《五四新文化的源流》，第 160 页。

（9）参见杨早：《京沪白话报：启蒙的两种路向——〈中国白话报〉、〈京话日报〉之比较》，《北京社会科学》2003 年第 3 期。

（10）参见王风：《文学革命与国语运动之关系》，《中国现代文学研究丛刊》2001 年第 3 期。

（11）周作人：《中国新文学的源流》，第 56 页。

（12）陈万雄：《五四新文化的源流》，第 164 页。

（13）胡适：《四十自述》，《胡适文集》第 1 册，第 85 页。

（14）见李孝悌：《清末的下层启蒙运动》，第 278 页。

（15）胡适：《五十年来中国之文学》，《胡适文集》第 3 册，第 252 页。

（16）见《饮冰室专集》第 5 册，第 191 页。

（17）梁启超：《清代学术概论》，第 86 页。

（18）陈子展：《中国近代文学之变迁》，第 31 页。

（19）夏晓虹：《白话文运动与文学改良思潮》，《晚清社会与文化》，第 137 页。

（20）参见夏晓虹：《中国现代文学语言形成说略》，收入《文学语言与文章体式》，第 16—17 页。

（21）夏志清：《文学革命》，《文学的前途》，第 7—8 页。

（22）参见陈方竞：《多重对话：中国新文学的发生》，第 34—35 页。

（23）陈平原：《思想史视野中的文学——〈新青年〉研究》，《触摸历史与进入五四》，第106页。

（24）《胡适日记全编》第2册，第283页。

（25）参见胡适1916年7月6日，《胡适日记全编》第2册，第414页。

（26）陈平原：《思想史视野中的文学——〈新青年〉研究》，《触摸历史与进入五四》，第74页。

（27）《罗家伦复张继》，《新潮》2卷2号1919年12月。

（28）《致蔡鹤卿太史书》，《公言报》1919年3月18日，收入郑振铎编《中国新文学大系·文学论争集》。

（29）见《公言报》1919年4月1日，收入郑振铎编《中国新文学大系·文学论争集》。

（30）周策纵：《五四运动史》，第135、136页。

（31）蒋梦麟：《西潮·新潮》，第119页。

（32）参见周策纵：《五四运动史》，第261页。

（33）胡适：《五十年来中国之文学》，《胡适文集》第3册，第260页。

（34）魏定熙：《北京大学与中国政治文化，1898—1920》，第257页。

（35）周作人：《北平的事情》，陈子善选编《知堂集外文·四九年以后》，第27页。

（36）《通信》，《新青年》3卷3号1917年5月。

（37）胡适：《五十年来中国之文学》，《胡适文集》第3册，第255页。

（38）胡适：《逼上梁山》，《中国新文学大系·建设理论集》，第27页。

（39）见《胡适学术文集·新文学运动》，第192页。

（40）《通信》，《新青年》第5卷第4号1918年10月。

（41）参见沈永宝：《陈独秀与黄远生：〈文学革命论〉来源考》，《复旦学报》1992年第3期。

（42）王风：《文学革命的胡适叙事与周氏兄弟路线——兼及"新文学"、"现代文学"的概念问题》，《中国现代文学丛刊》2006年第1期。

（43）见胡适编选《中国新文学大系·建设理论集》，第20页。

（44）胡适：《〈尝试集〉自序》，《胡适文集》第9卷，第82页。

（45）胡适：《归国记》，《胡适日记全编》第2册，第600—607页。

（46）见胡适1923年4月3日日记，《胡适日记全编》第4册，第7页。

（47）《胡适口述自传》，《胡适文集》第1册，第340页。

（48）转引自罗志田《走向"政治解决"的"中国文艺复兴"》，《乱世潜流：民族主义与民国政治》，第127页。

（49）余英时：《文艺复兴乎？启蒙运动乎?》，《现代危机与思想人物》，第83页。

（50）见胡适选编《中国新文学大系·建设理论集》，第18页。

（51）见胡适选编《中国新文学大系·建设理论集》，第29、30页。

（52）夏志清：《文学革命》，《文学的前途》，第22页。

（53）周作人：《知堂回想录》（下），第383页。

（54）钱理群：《周作人传》，第209页。

（55）钱理群：《周作人传》，第214页。

第十三章　中国新文学的开拓者

一、鲁迅在北京

鲁迅是现代中国伟大的思想家和文学家。鲁迅（1881—1936），原名周樟寿，字豫山，后改名为周树人，改字为豫才。浙江绍兴人。1898 年就读于南京的江南水师学堂，后考入江南陆师学堂附设的路矿学堂。1902 年赴日留学，先后入弘文学院及仙台医学专门学校，开始参加革命活动，并广泛吸收西方近代思想文化。1906 年弃医从文，筹办文艺杂志《新生》，未果。1909 年回国，先后任教于杭州浙江两级师范和绍兴府中学堂。1912 年应蔡元培之邀，赴南京任职于教育部，后随部迁往北京。1918 年在《新青年》上以“鲁迅”为笔名发表了第一篇现代短篇小说《狂人日记》。1926 年离开北京，南下任教于厦门大学。1927 年 1 月到广州，任中山大学教务主任，10 月抵达上海，直至 1936 年 10 月病逝。

从 1912 年 5 月鲁迅随教育部迁往北京始，到 1926 年 9 月鲁迅离开北京前往厦门，鲁迅在北京共生活了十四个年头。正是在北京时期，鲁迅开始了他的文学创作，写出了小说集《呐喊》（新潮社，1923）、《彷徨》（北新书局，1926）、散文集《野草》（北新书局，1927）以及大量杂文，为新生的新文学贡献出最初也是最有分量的一批成果。北京时期是鲁迅创作最旺盛的时期，同时也是鲁迅在思想和文学上都达到成熟的时期。

早在留学日本时期，鲁迅就有意通过文艺来启蒙民众，当时他和许寿裳经常讨论中国国民性的问题，得出结论是中国民族最缺乏“诚”

和“爱”，[1]在鲁迅看来，国民性的改造，国民精神的重塑，是比单纯的政治革命更重要的任务，而文学便是通向这一目标的道路。然而鲁迅回国后面临的黑暗现实，让他看不到这方面的希望，辛亥革命虽然推翻了满清王朝，并没有从根本上改变国民的根性与命运，鲁迅陷入到深深的寂寞之中。新文化运动前，任职于教育部的鲁迅整日在会馆中抄古碑，辑录故乡旧籍，一方面是排遣时光，另一方面也在沉潜中继续思考，如他后来回忆所说：“使我沉入于国民中，使我回到古代去”，[2]对他后来的创作来说，这实际上是一个积蓄和准备的阶段。

新文化运动兴起后，鲁迅在友人钱玄同的鼓励下，在1918年5月《新青年》第4卷第5号上发表了短篇小说《狂人日记》。这是现代文学史上第一部现代形式的白话短篇小说，为中国现代小说写下了光辉的第一笔。对于鲁迅来说，《狂人日记》也有着特殊的意义，不仅在于这是鲁迅的第一篇小说，而且还在于它隐藏着“小说家鲁迅诞生的秘密”[3]，隐藏着鲁迅思想重大转折的痕迹。留学日本时期的鲁迅，曾经以“精神界之战士”自命，力图以自己的声音，唤醒沉睡中的国民。辛亥革命的失败，让鲁迅开始重新思考知识分子与民众之间的关系。《狂人日记》中的狂人，虽然发现了几千年来国民一直在“吃人”的秘密，但同时也发现了自己也是这吃人者中的一员，并非高高在上的英雄。鲁迅由此确认了自身（“知识分子”）与传统、与生活在中国大地上的劳苦大众之间的血肉联系，从而超越了精英姿态的启蒙情结。鲁迅一方面对中国的封建传统和落后民众有着清醒的认识，对它们进行深刻的批判，但同时鲁迅也意识到自己身上也有它们沉重的背负，对自身有限性的认识，使鲁迅获得了某种历史“中间物”的意识：不是把自己看作真理的持有者和化身，而是把自己看作社会前进途中的沙石和桥梁，在不断地反抗黑暗中获得自己存在的价值和意义。[4]这正是鲁迅的战斗精神和清醒的现实主义的来源。

《狂人日记》之后，鲁迅一发而不可收，在短短六年间写下了二十六篇小说，分别结集为《呐喊》和《彷徨》，于1923年和1926年出版。鲁迅小说中对辛亥革命前后中国农村黑暗现实的描写，可以看作鲁迅驱除内心黑暗记忆和寂寞哀感的“呐喊”，在对社会生活的描绘和批判中仍能感受到作者的挣扎感。而那些以知识分子为题材的小说，更是明显地包含着对知识分子与民众关系以及对知识分子自身的反思。鲁迅小说由此也达到了其他作者难以企及的思想深度。

鲁迅小说是中国现代小说的开端之作，同时又以其“表现的深切和格式的特别”，[5]成为现代小说的巅峰之作。茅盾（沈雁冰）在当时就指出："在中国文坛上，鲁迅君常常是创造'新形式'的先锋；《呐喊》里的十多篇小说几乎一篇有一篇的新形式"。[6]鲁迅小说不仅具有巨大的思想容量，同时在叙事形式上也表现出高度的自觉，在诞生初期就把中国现代小说提升到极具现代性和先锋性的水平。

鲁迅特别擅长于设置小说的叙事角度，这其实与他对自身、知识分子以及民众之间关系的深入思考密切相关。第一篇小说《狂人日记》就打破了传统小说的叙事形式，白话正文是觉醒者"狂人"的自白，而正文之前还有一个以"余"为口吻的文言小序。文言小序象征的是现实的"正常"的世界，它把"狂人"以第一人称口吻表达的真理性内容（对"吃人世界"的发现）推到了"疯狂"的一面，这种对立的结构使得"狂人"的觉醒显得更具悲剧性，结果则是"狂人"的痊愈，回到正常世界（"赴某地候补矣"）。这里也表现出鲁迅对启蒙和觉醒的可能性及有限性的清醒认识。

鲁迅小说的第一人称叙述，几乎都不是完全的主观抒发，他总是运用各种方法，让自己和小说中的主人公"我"拉开距离，如李欧梵指出的："小说中的'我'不但不就是作者自己，反而是作者拉开自己和读者对自己的联想之间的距离的有效方法。"[7]这样一种反讽结构就给读者留下了反思的空间，而不是完全认同于主人公的叙述。《孔乙己》就是以一个酒店小伙计为视角，描写没落知识分子孔乙己的悲剧。小伙计眼中的孔乙己荒谬可笑，然而小伙计冷眼旁观的叙述也透露出群众冷漠的"看客心理"。这样一种叙事角度的设计，极大地丰富了小说的悲剧性内容：这是知识分子和民众的双重悲剧，显示了鲁迅对两者关系的深沉思考。从这个角度来看，《伤逝》中涓生的第一人称忏悔之外，还有一个外部叙述者审视的目光。涓生沉浸于自己的悔恨中，然而他的忏悔同时也包含着不断的自我辩解，用"说出真实"为自己给子君带来的悲剧寻找解脱。这其中隐含了鲁迅对知识分子在女性问题上表现出的怯懦自私的严峻批判和反思。

在小说《孤独者》、《在酒楼上》、《头发的故事》等知识分子题材的小说中，鲁迅设置了一个与主人公（魏连殳、吕纬甫、N先生）交流对话的叙述者"我"，实际上这是一种"双重第一人称"叙述，"我"和主人公同是知识分子或者说鲁迅自我的一个侧面，通过这种方式，鲁迅把包括他在内的知识分子心灵中的种种困惑、矛盾客观化了，他让两个侧面不断地互相争执、驳难和讨论，体现出鲁迅深刻的自我质疑和反思的精神。

而在《故乡》、《祝福》等小说中，叙述者"我"面对的却是祥林嫂、闰土这样的底层民众，是祥林嫂关于灵魂有无的困惑和闰土与自己之间牢不可破的隔膜。鲁迅不是纯客观地描绘底层民众的苦难和精神创伤，他把这些都纳入到自己的精神世界中，把它们看作和自己有着紧密关联的存在，正如汪晖指出的："鲁迅那种把一切与己无关的、客观的世界看作是和自己有着内在联系的事物的独特艺术才能和叙事方式是他的最有力和深沉之处。"[8]这不仅是一种艺术才能，同时也正是鲁迅思想与精神的可贵之处：他从来都是深深扎根于中国的土地和民众之中。

《阿Q正传》的叙事手法则更为复杂。在小说第一章《序》中，叙述者用一种高高在上、插科打诨的姿态，叙述着关于阿Q的方方面面。在其后的叙述中，叙述者仍然采用这种冷眼旁观的视角，间或出来对阿Q的言行做一番讽刺性的评论。然而随着小说的进行，这种外在的全知视角渐渐隐去，取而代之的是贴近阿Q意识与情感的限知视角，读者也渐渐地从外在的观照进入到阿Q自身的心灵世界，特别是到小说的最后，对阿Q临刑前意识与感觉的描写，更是具有强大的感染力和震撼力，让小说在国民性批判的理性主题之外，更多一份对民众麻木不争的精神状态和悲剧命运的痛感，表现出的仍是鲁迅对民众苦难感同身受的可贵品格。

最能体现出鲁迅对自我精神世界挖掘的是写于1924至1926年间的一系列散文诗，后来结集为《野草》，1927年由北新书局出版。在《野草》中，鲁迅运用瑰丽的意象和有意味的情境，展开对困扰他的种种精神命题的思索。《野草》是鲁迅对内心黑暗面和矛盾面的集中审视，包含着对"绝望"的体验以及"反抗绝望"的生命哲学。鲁迅在《野草》中精心构建了属于他自己的世界，其想象力之丰富，语言之奇崛，堪称登峰造极，是中国现代散文史上的无法复制的杰作。

鲁迅这一时期还写下了大量论文和杂文，出版有杂文集《热风》(北新书局，1925)，离开北京后出版的杂文集《坟》、《华盖集》中大部分文章也都写于北京时期。《新青年》时期，鲁迅就写了大量随感杂文，配合当时的思想革命。与同时代其他思想家不同，鲁迅的杂文主旨并不在提出并阐释某种具体的思想主张，而是从现实的具体事物出发，对腐朽思想和黑暗现状进行猛烈的抨击，其中往往浸透了强烈的情感，同时鲁迅还擅长从这些具体事物中提炼和概括典型化的现象与概念，使它们获得更广泛的代表性，李欧梵对此有精彩的评论：鲁迅"倾向于对社会现实抒情的、哲学的研究，往往是先从现实的具体的情节谈起，接着是一些似乎并不着力的、散漫的文字的流出，飞翔到寓意的领域”，“他最喜爱的方法是用某种细小具体的事物隐喻中国文化较为广阔的方面。结果是使日常生活中某些常见的事物在某种意义上变成了文化的代号（culturecodes），给读者以特点的线索，使他们看到中国国民性所起的作用”。李欧梵认为这是鲁迅“对现代中国散文的创造性贡献”。[9]相比而言，这些特点在鲁迅前期杂文上面表现得更为突出。

鲁迅北京时期的创作，不可避免地会写到他对这座城市的体验和印象。鲁迅在北京生活了十四年，足迹遍布北京各处，[10]生活相对来说也比较安定。然而从鲁迅这一时期的文字来看，他对北京的印象并不佳。这并非是鲁迅对北京的个人化感受，在更多时候他对北京的看法是浸润着他一贯的文化批判和社会批判的立场的，北京在其中往往表现为一种象征性的存在。

比较有代表性的是鲁迅对所谓“北京的魅力”的看法，1925 年鲁迅在《灯下漫笔》一文中引用日人鹤见祐辅《北京的魅力》中的一段话：“现在西洋人也一样，嘴里虽然说着 Democracy 呀，什么什么呀，而却被魅于支那人费六千年而建筑起来的生活的美。一经住过北京，就忘不掉那生活的味道。”[11]鲁迅由此发出沉痛地感慨，将中国的文明比作待人享受的“盛宴”、“人肉的筵宴”：“这文明，不但使外国人陶醉，也早使中国一切人们无不陶醉而且至于含笑。”鲁迅疾呼：“扫荡这些食人者，掀掉这筵席，毁坏这厨房，则是现在的青年的使命！”[12]鲁迅把士大夫和外国人津津乐道的精致优雅的北京文化，看作不过是统治阶级在压迫和剥削大众基础上建立起来供自己娱乐于消费的“人肉的筵宴”，表现出强烈的批判精神。正因为如此，鲁迅自己在文章中写到北京时，便往往将笔墨指向其破败贫穷的一面，似乎是为了有意打破人们对于北京的幻象。如《热风・题记》开篇便谈及西长安街一带“总可以看见几个衣履破碎的穷苦孩子叫卖报纸”，[13]《随感录二十五》中引用严复的文字，也谈到北京穷人家的孩子在街道上流荡。[14]

鲁迅描写北京时经常用到的词是“沙漠”。1922 年俄国的盲诗人爱罗先珂流亡到北京，住在鲁迅家中。他对北京的印象是，“我似乎住在沙漠里了”。[15]这个印象得到了鲁迅的共鸣。《野草》中的《求乞者》里“四面都是灰土”的意象，显然来自鲁迅对北京的感受。1926 年，在一篇《有趣的消息》中，鲁迅写道：“活在沙漠似的北京城里，枯燥当然是枯燥的，但偶然看看世态，除了百物昂贵之外，究竟还是五花八门，创造艺术的也有，制造流言的也有，肉麻的也有，有趣的也有……这大概就是北京之所以为北京的缘故，也就是人们总还要奔凑聚集的缘故。”[16]显然在鲁迅看来，北京的热闹（“奔凑聚集”）和活力无关，“五花八门”的北京世态不过显示了中国灰色的一角，正是鲁迅社会批判的对象。虽然北京是当时新文化运动的中心，新式知识分子的聚集地，但鲁迅却仍感到如沙漠一般，风暴中心之外的北京普通市民和各类社会阶层，仍然生活在灰暗的现实之中。在小说《示众》中，鲁迅运用细节和特写描写北京街头风景，“写尽了京城酷夏的闷热，更隐喻着人的生活的沉闷，懒散，百无聊赖”，[17]正如钱理群指出的，“鲁迅在古老的北京感受到的是被沉重的沙活埋的生命的窒息感”。[18]在某种程度上，鲁迅对北京的灰暗感受，是他对当时中国社会现实看法的缩影。

在另外一方面，这一印象也和北京当时的实际情形有关。北京是北洋军阀政府所在地，也是封建保守势力的大本营，鲁迅在北京经历了如张勋复辟之类的种种“国家大事”和“文治武力”（《一件小事》中语），对北京的恶感有增无减。新文化运动之后，北京“反改革”的空气仍然“浓厚透顶”，鲁迅称之为“活埋庵”：“满车的‘祖传’，‘老例’，‘国粹’等等，都想来堆在道路上，将所有的人家完全活埋下去”。[19]与南方充满革命空气相反，北京在政治上也是“死气沉沉”。1926年10月，已经南下的鲁迅在厦门大学过双十节，他在给许广平的信中说：“今天是双十节，却使我欢喜非常，本校先行升旗礼，三呼万岁，于是有演说，运动，放鞭炮。北京的人，仿佛厌恶双十节似的，沉沉如死，此地才像双十节。”[20]两地的对比非常鲜明。联想到鲁迅最终离开北京，也是迫于奉系军阀的淫威，就更能理解鲁迅对北京的负面印象了。

二、活跃的新文学作家和流派

北京是1920年代中国的教育与文化中心，各类大中学校林立。五四运动之后，新文化思潮以青年学生为媒介，在各校产生广泛影响，一时间各种学生文艺社团纷纷涌现。1920年代前期的北京文坛，可以说主要是由这些学生文艺社团支撑起来的。新文学最早一批创作，很多即出自当时的学生之手。

1918年由北大学生傅斯年、罗家伦等人组织的新潮社虽然不能说是纯粹的文艺社团，但是在传播新文化方面，特别着意于新文学。朱寿桐指出，“新潮社继承了《新青年》社的注重政治和社会问题的传统，但他们比前驱者更侧重于文艺方面，并从切己的人生出发，以人生体悟的状态去建立一套以人为本的社会观、政治观。这使得他们的许多旗帜鲜明的言论都开始趋近于文学或文艺”。[21]确实，提倡文学革命的《新青年》，除了鲁迅之外，“也没有养成什么小说的作家”，“较多的倒是在《新潮》上”。[22]俞平伯、罗家伦、杨振声和汪敬熙的小说，俞平伯、康白情等的新诗，是新文学最早的收获。俞平伯的《冬夜》和康白情的《草儿》（均由亚东图书馆1922年出版）是新诗早期最有影响的作品，其中传统意境与新思潮的糅合，体现了早期新诗的过渡性特征。

新潮社作家看重新文学在思想革命方面的作用，他们的小说因而也表现出对人生哲理和社会问题的关注，如罗家伦的《是爱情还是苦痛》、俞平伯的《花匠》等均是如此，后来被称为“问题小说”。此后对“问题小说”有更大发展的还有冰心、许地山和王统照等。冰心、许地山是燕京大学的学生和老师，王统照则就读于中国大学。冰心（1900—1999）的《两个家庭》、《斯人独憔悴》、《超人》（收入小说集《超人》，商务印书馆1923年出版）等小说，探讨家庭和个人成长问题，在当时影响很大。冰心的小说和散文语言清新流丽，善于把古典语汇融入白话之中，被称为“冰心体”，此外她的诗集《繁星》（商务印书馆，1923）、《春水》（新潮社，1922）当时影响也很大，推动了“小诗”创作的潮流。许地山（1893—1941）的小说如《命命鸟》、《缀网劳蛛》等，则把宗教感悟与人生思考相结合，别具特色。前者写一对青年男女对婚姻自由的追求，最后则以看破红尘走向死亡为归宿，后者写妇女苦难的生活境遇，及其坚忍平和的生活态度，题材虽契合时代，但在具体处理上却显出作者的独特角度。王统照（1897—1957）的《沉思》、《微笑》以女性的感化力量为主题，表达作者心目中的“爱”与“美”的理想以及他对人生应该“美化”的看法。“问题小说”对人生问题的执著，代表了新文学早期的一般潮流。1921年成立的文学研究会（王统照、许地山和周作人、郑振铎等同为发起人），后来也被看做是“为人生”的文学的主要倡导者。

当时北京女子高等师范学校也涌现出一批女作家，如庐隐、冯沅君、苏雪林等，她们的小说更关注时代转折过程中女性的命运，带有强烈的个人抒情色彩。[23]庐隐（1898—1934）的《或人的悲哀》、《丽石的日记》及《海滨故人》（收入小说集《海滨故人》，商务印书馆1925年出版）等，以忧郁而又激切的笔调描写五四一代青年（特别是女性）面临种种社会压力时情感上的困惑与痛苦。其中《海滨故人》带有自传性质，写出五四落潮期一群青年女性事业与婚姻上的挫折与不幸，笔致细腻，情感基调在感伤中带有激切。冯沅君（1900—1974）的小说《隔绝》、《隔绝之后》大胆抒写五四青年女性的感情生活与内心世界，以独白体文字表现情感历程，但文字却显得矜重温和。

此外还有被称为“中国新文学史上第一个校园纯文学团体”的清华文学社，[24]前身是成立于1920年底的小说研究社，成员有翟桓、顾毓琇、梁实秋、李迪俊等。1921年11月，在听取了闻一多的意见之后，小说研究社改为清华文学社，除原来的成员外，又加入闻一多、谢文炳、王文组、张忠绂等人。清华文学社同人经常组织一些讨论，对新文学一些核心问题发表意见。例如，闻一多、梁实秋等在文学社内部进行的有关新诗的讨论，后来以清华文学社的名义，以《〈冬夜〉〈草儿〉评论》为题出版。[25]从后来的发展来看，清华文学社对新诗有特别的兴趣，在1920年代中期涌现出朱湘、饶孟侃、杨世恩、孙大雨（时称“清华四子”）等著名诗人，而通过闻一多的关系，他们与徐志摩等新月社中人交往密切，故而有研究者指出：“可以毫不夸张地说，清华文学社是新月派的滥觞。”[26]

校园文学社团之外，1920年中期北京文坛上出现了两大文人集团，显示了新文化团体内部的分野。其实五四运动以后，随着政治形势的变化，新文化集团内部就开始出现各种分歧。首先是思想文化运动不可避免地开始与政治运动纠结在一起，这在《新青年》同人内部的分裂上表现得最明显。在1919年12月1日《新青年》7卷1号上发表的《新青年杂志社宣言》中就已经能看出这一点。1920年9月，陈独秀在上海组建了新的《新青年》社，转向马克思主义的宣传；而在北京的胡适等人则希望保持《新青年》的思想文艺特色，要求陈独秀将《新青年》移回到北京编辑。然而不久，1921年1月，《新青年》在上海被法租界查禁，于是陈独秀将它搬到广州出版，并把它变成了共产党的机关刊物。不久胡适也收回其“不谈政治”的主张，转而在1922年与北大部分教授创办《努力周刊》，并在上面发表了《我们的政治主张》，开始谈论政治乃至参与实际的政治活动中。

鲁迅和周作人则继续坚持思想文化的启蒙，在他们周围也团结了一批知识分子。1921年10月，原新潮社成员、北大学生孙伏园开始主编《晨报副刊》，鲁迅、周作人等曾在上面发表过大量作品。1924年10月，孙伏园为编稿事与报馆发生冲突，离开《晨报副刊》，并于当年11月创办了《语丝》周刊。在1920年代中后期的北京文坛，《语丝》成为鲁迅、周作人等坚持五四思想革命与文化启蒙立场的一派知识分子的阵地。“《语丝》不喜欢《新青年》式的高谈阔论而选择了轻松的周刊形式，仅从这种趣向上观之，它变成了比《新青年》更为短小的，笔调较曾有的一般性启蒙更为具体，常常是论战的形式”。[27]关于《语丝》的风格，鲁迅后来概括为：“任意而谈，无所顾忌，要催促新的产生，对于有害于新的旧物，则竭力加以排击。”[28]除了鲁迅的杂文之外，周作人也在《语丝》上发表了不少“浮躁凌厉”的文章，虽然他一面也在写闲适冲淡的小品，其中《故乡的野菜》、《乌篷船》、《喝茶》等文已经成为现代散文史上的名篇，朱光潜称赞散文集《雨天的书》（北新书局，1925）“清”、“冷”、“简洁”，[29]可以代表周作人这类散文的特色。俞平伯（1900—1990）也常在《语丝》发表文章，他的散文近于周作人富于闲适趣味的那一脉，文笔则更为繁缛曲折。这一时期他的散文多收在《杂拌儿》、《燕知草》（均由开明书店于1928年出版）中。

《语丝》的作者如鲁迅、周作人、钱玄同、刘半农、林语堂、徐祖正等大多任教于北大国文和日文系，《语丝》本身在北大文科（“一院”）学生中也“一纸风行”（参见鲁迅《我和〈语丝〉的始终》），影响甚大。而与此同时，北大三院（包括政治、法律、经济、社会学四系）另一部分留学欧美的教授，则形成了另外一个文人集团，他们以1924年12月创办的《现代评论》为阵地，后来被称为“现代评论派”，又因为多居住于地安门内东吉祥胡同，而被称为“东吉祥诸君子”。在1925年的“女师大事件”中，这两个刊物因为截然对立的立场而爆发了激烈的论战。[30]前者站在女师大学生的立场上，反对教育部的压迫，后者则站在表面上较为超然的位置，强调秩序与规范的价值，实际上则扮演了为当局者“帮忙”的角色。“现代评论派”成员都是留学欧美出身，接受欧美自由主义的思想，“希望借启蒙的手段，培养一种自由、平等、民主的意识，以建立一个欧美式的法制社会”。[31]其中陈西滢（1896—1970）以“闲话”为名的专栏随笔（后集成《西滢闲话》一书，新月书店1928年出版），取法英美报章文体“爱伦尼”（irony）的风格，在现代散文史上堪称别具一格。“现代评论派”另外一位有特色的作家是丁西林（1893—1974），他的独幕喜剧善于发掘日常生活中有趣味的戏剧冲突，表现不同观念和价值立场之间的冲突与调和，结构精巧，语言机智，是中国早期话剧的重要收获，代表作为《一只马蜂》和《压迫》。女作家凌叔华（1900—1990）的成名作《酒后》和《绣枕》也是发表在《现代评论》上，她擅于以细腻清雅的笔法描画北京上层妇女的心理世界，揭示出“世态的一角，高门巨族的精魂”。[32]另外，最早从事现代短篇小说创作的女作家陈衡哲（1890—

1976）也曾在《现代评论》上发表作品，其淡雅的风格亦近于“现代评论派”。

不过就总体而言，《现代评论》本身偏重的是政治、法律、教育等方面的思想启蒙，文学只居于辅助地位。与“现代评论派”人员构成上有重合，思想立场也相似但更侧重于文学本身的，则是以徐志摩为代表的新月社群体。

徐志摩（1896—1931）组织新月社约在1923年左右，一开始只是俱乐部性质的松散团体，成员成分颇为复杂，包括张君劢、丁文江、梁启超、林长民等社会活动家。1925年10月徐志摩接编《晨报副刊》，同时又通过当年回国的闻一多，与清华文学社同人朱湘、饶孟侃、孙大雨以及刘梦苇、于赓虞等文学青年取得联系，定期聚会谈诗论艺，逐渐形成了一个关注和探讨新诗格律问题的文人群体。1926年4月，徐志摩在《晨报副镌》上创办《诗刊》，为新月社同人提供了发表的园地。新月社同人有感于早期白话诗的粗疏诗风，致力于新诗格律化的尝试，无论在理论还是实践上都有所建树。闻一多（1899—1946）早年留学美国，一方面热情接受西方近代文化，另一方面又感受到民族自尊心的屈辱和祖国传统文化的式微，两者之间的冲突和张力贯穿在他的诗集《红烛》（泰东图书局，1923）中，浓烈的感情与繁复的意象被赋予整饬的形式，形成了他独有的沉郁诗风。徐志摩这一时期的诗主要收入《志摩的诗》（北新书局，1925年）中，与闻一多不同，他的诗在形式上更加灵动飘逸，韵律上复杂多变，富于试验精神，而又具有内在和谐的节奏，充满了对“爱”与“美”的吟咏与歌唱。与闻一多、徐志摩相比，朱湘（1904—1933）更注重从传统诗词中寻找建设新诗格律的资源，《草莽集》（开明书店，1927）中的诸多作品都留下了诗人探索新诗体的痕迹，诗风则主要体现为悠扬沉静。

此外，徐志摩主编的《晨报副刊》，还在1926年6月推出了《剧刊》，由留美归国的赵太侔、余上沅主办，他们鼓吹“国剧运动”，主张从传统戏曲中汲取资源，建立纯艺术的“新剧”，可惜并未留下具体的创作实绩。倒是1922年蒲伯英、陈大悲主持的北京人艺戏剧专门学校和1925年余上沅、赵太侔、闻一多主持的北京国立艺术专门学校中的戏剧系，在五四时期学生业余演剧运动的基础上，培养了一批戏剧方面的人才。

《语丝》和《现代评论》之外，1924年到1925年，北京还出现了许多刊物和报纸副刊。孙伏园在创办《语丝》之外，1924年12月还应邵飘萍之邀主编《京报副刊》，此外还有徐炳昶主编的《猛进》周刊，鲁迅和莽原社同人在《京报》上刊行的《莽原》周刊，高长虹等创办的《狂飙》周刊，沉钟社同人创办的《沉钟》周刊及半月刊等等。这与当时政治形势的变化有关，1924 年底“北京政变”后，“段祺瑞为首的临时政府废除了原宪法、解散国会，并以‘革命主义’相标榜，组织‘善后会议’、筹备‘国民代表会议’、起草新宪法，召开‘关税会议’、‘法权会议’与列强谈判收回主权。京畿的治安转由‘左倾’的‘国民军’控制，对于群众运动暗中予以支持。这使得北京的舆论界和社会运动迅速活跃起来”。[33]加之南方革命形势的发展，一时间左翼进步思潮在北京文化界颇为风行，各种社团活动也极为踊跃。据当时北大一位学生回忆，1926 年前后，“北大的刊物象雨后春笋，我在北大读书时也不知道这里当时有多少刊物”，“如果有几个同学政见相同，思想一致，就可以出一个四开本的小刊物，报纸形式，或中间一钉就成八页的小本本。……这类刊物大部分是短命的，三期五期就停刊了。思想内容各种各样。及至警察局发现，已经无影无踪了”。[34]可见当时思想文化界的活跃程度。

当时青年学生组织的文艺社团，有不少都是在鲁迅的支持或者关心下成长起来的。1925 年 4 月，鲁迅与向培良、高长虹、章衣萍、荆有麟、尚钺等人组织成立莽原社，在《京报》上刊行《莽原》周刊，提倡“文明批评”与“社会批评”，鼓励青年以杂文为武器，对社会种种黑暗进行猛烈的抨击。不久鲁迅又与曹靖华、韦素园、韦丛芜、台静农及李霁野等创建未名社，于 1926 年 1 月出版《莽原》半月刊，后来改为《未名》半月刊。未名社主要致力于外国特别是苏俄文学的翻译，部分成员也曾参与外围的左翼政治活动。此外，1925 年成立的沉钟社也得到鲁迅的关心和支持，鲁迅后来称之为“中国的最坚韧，最诚实，挣扎得最久的团体”。[35]与莽原社、未名社相比，沉钟社是更为纯粹的文艺团体，成员冯至、陈炜谟、陈翔鹤等多是北大等校的学生，他们在“世纪末”的欧美文学的影响下，从事诗歌和小说创作，风格在感伤中仍透露出某种沉郁和坚韧。冯至（1905—1993）这一时期的抒情诗创作（主要收入诗集《昨日之歌》，北新书局 1927 年出版），为他赢得了“中国最为杰出的抒情诗人”[36]的赞誉，其特色在于意像的幽深，格调的沉郁，透露出诗人寂寞的心境。形式上则采用半格律体，舒缓中自有法度。冯至新诗创作的另一贡献是他对叙事诗的尝试。《沉钟》虽然不谈政治，“可是搞政治活动的学生，谁也不认为他们的思想落后”。[37]另外，同为北大学生的梁遇春（1904—1932），虽然没有参加什么文学社团，但他的散文创作却独树一帜。梁遇春的散文主要受到英国 essay 特别是兰姆散文的影响，以机智风趣富于哲理见长。

此外，贯穿整个 20 世纪 20 年代的，还有一个近似于流派的文学现象，即由那些来自外省在京读书或边工读边旁听的文学青年所创作的乡土文学。如在《晨报副刊》及《京报副刊》上陆续发表作品的蹇先艾、许钦文、王鲁彦、黎锦明，以及未名社的台静农等，都是乡土文学的作者。如鲁迅所说："凡在北京用笔写出他的胸臆来的人们，无论他自称为用主观或客观，其实往往是乡土文学，从北京这方面说，则是侨寓文学的作者。但这又非如勃兰兑斯所说的'侨民文学'，侨寓的只是作者自己，却不是这作者所写的文章，因此也只见隐现着乡愁，很难有异域情调来开拓读者的心胸，或者眩耀他的眼界。"(38) 远离故乡、"侨寓" 北京的文学青年，最容易想到的创作题材便是自己的故乡，他们又因为与故乡拉开距离以及在北京受到新思潮的熏染，而获得某种文化批判的眼光，因而他们的乡土小说一方面带有浓厚的乡土气息和地方色彩（"隐现着乡愁"），另一方面又寓有对中国农村黑暗现实的揭发与批判。

乡土文学作家其实大多都受到过鲁迅小说的影响，但也有各自的面目与特色。许钦文（1897—1984）的《石宕》、《鼻涕阿二》等作品写出了旧势力压迫下浙江农村下层人民的不幸命运，其中《鼻涕阿二》明显受到了鲁迅《阿 Q 正传》的影响。王鲁彦（1902—1944）取材于浙东乡土的小说，在展现了当地落后风俗对人性的戕害，感伤中寓有沉痛。《菊英的出嫁》写一位十八岁少女菊英的"冥婚"，作者对当地民俗描写得细致生动，在不动声色中呈现其落后野蛮的一面，具有震撼人心的效果。蹇先艾（1900—1994）的代表作《水葬》写一个小偷被处以"水葬"的野蛮刑罚，并由此刻画出当地民众麻木不仁的灵魂，笔调更趋冷静。台静农（1903—1990）的乡土小说多收入《地之子》（未名社，1928 年）中，往往取材于安徽乡间悲惨故事，其中如《烛焰》、《蚯蚓们》等作品写的都是农村中惨烈原始的习俗和事件，作者擅长气氛的渲染，如鲁迅所说，"能将乡间的生死，泥土的气息，移在纸上"，(39) 风格沉郁浑厚。另外一位风格较为独特的作家冯文炳（废名）（1901—1967），也可归入乡土文学之列。与其他作者不同，冯文炳的《竹林的故事》、《桃园》等小说，充满了田园牧歌情调，展现的是未经污染的乡土人情的纯朴与淡泊，可以视为 20 世纪 30 年代京派小说的先声。

1926年"三一八"惨案后，大批思想激进的青年开始南下，弃笔从戎，投入到实际的国民革命中。不久，奉系军阀入主北京，大肆搜捕革命党人和进步人士，许多文化人也被迫离开北京。一度是新文化运动与文学革命中心的北京，逐渐陷入沉寂之中。"北京，这个多年来成为中国文化和思想活动中心的古都，至少要在相当长的时间内默默无声了"。[40]

三、从北京走出去的老舍

在中国现代文学史上，老舍以其作品中对北京市民生活的生动而丰富的表现而享有盛名。如同伦敦之于狄更斯，彼得堡之于陀思妥耶夫斯基，北京在老舍那里找到了它最有力的表现者。尽管新中国建立前老舍的创作生涯主要是在北京之外度过，但他大多数作品却都是以北京特别是北京市民生活为描写对象的，用他自己的话来说："在抗战前，我已写过八部长篇和几十个短篇。虽然我在天津、济南、青岛和南洋都住过相当的时期，可是这一百几十万字中十之七八是描写北平。"[41]北京对于老舍有着特殊的意义："我的最初的知识与印象都得自北平，它是在我血里，我的性格与脾气里有许多地方是这古城所赐给的。"[42]

老舍（1899—1966），原名舒庆春，字舍予，满族。出生于北京西城小杨家胡同一个破落旗人家庭，父亲在1900年抵抗八国联军入侵时阵亡，老舍从小便与母亲相依为命。老舍自幼的生活环境对他的创作有很大影响，他对出生地周边的北京城西北角极为熟悉。舒乙曾经对老舍小说中出现的北京地名做过统计，发现西城、北城地名出现的次数最多，"从分布看，老舍作品中的北京地名大多集中于北京的西北角"。[43]长篇小说《四世同堂》（百花文艺出版社，1959）更是直接把主人公的居住生活场安排在了老舍出生的小杨家胡同（小说中的"小羊圈胡同"）。

老舍出生于北京下层平民，他所受到的主要是北京下层市井文化的影响，具有鲜明的平民意识，老舍小说中表现的主要也是北京中下层平民的生活。然而老舍小说中又充满了浓郁的北京文化风情，这和老舍的满族及旗人身份有关。老舍父亲舒永寿属驻守西直门一带的正红旗，母亲娘家属正黄旗。老舍妻子胡絜青和许多朋友也都是满族人。满族文化特别是旗人文化对于老舍的创作产生了很大影响。晚清以来，许多旗人多才多艺，在琴棋书画、说唱艺术等方面造诣深厚，老舍也是如此。[44]本来旗人文化属于上层的贵族文化，"然而清王朝戏剧性的覆灭，使宫廷艺术、贵族文化大量流入民间，对于造成清末民初北京的文化面貌为力甚巨。于贵族文化与民间文化的某种合流之外，又有满汉文化的融合”。[45]老舍就生长在这样的文化氛围中，因而他笔下的人物虽属平民，却也不乏精致趣味与优雅礼仪。这也正是当时北京市民文化的重要特点。

浸淫成长于文化意味浓厚的北京市民世界中，老舍对北京的表现采取的就主要是文化而非政治的角度。举凡北京的山水城墙、胡同街道、茶馆酒肆、市场店铺、公寓学堂、戏园书场、时令节庆，在老舍小说中无不得到真实鲜活的表现，构成北京市民生活的一幅风俗长卷，散发出浓厚的文化韵味，同时也为小说中的人物活动和事件展开提供了具体的环境和背景。如《骆驼祥子》（人间书屋，1939）中刘四爷庆寿的场面，《四世同堂》中北京中秋节的描写，实在是数不胜数。然而老舍对北京市井文化并非一概采取温情脉脉的态度，他始终把北京文化放置在民族救亡国家新生的这一更大的背景下来考察。对于北京文化中浮夸、怯懦、保守的一面，他同样给予尖锐的批判。文化批判作为一个重要的主题，贯穿在老舍的大部分小说中。最早的如《赵子曰》（商务印书馆，1928）第十六章中对北京端阳节街景的描写，《老张的哲学》（商务印书馆，1928）第十章中对北京饭馆的描写，都是借风俗描写展开文化批判。后期作品如《正红旗下》（人民文学出版社，1980）、《四世同堂》，对于过于精致优雅因而丧失了生命力的旗人文化，老舍也同样持否定态度。

老舍小说中有对北京文化充满诗意的描写，其中流溢出老舍对这座养育了他的城市的深情，而对这些文化中美好一面在现代化的大潮中不可避免地流逝与消失，老舍也不无惋惜失落之感，短篇小说《断魂枪》便是这方面一个显例；同时，老舍又依据他的现代眼光和民族意识，对北京文化展开严峻的批判。这种对北京文化情感态度的复杂性，也正是老舍小说丰厚深刻一面的体现。

老舍的最大贡献，则是他对北京市民生活世界生动而有力的表现，老舍笔下的北京普通市民形象，涉及各种类型、阶层，几乎无一不栩栩如生，显示了老舍对北京市民生活的极度熟稔，以及他高超的艺术功力。仅以长篇小说《四世同堂》为例，其中涉及北京各色人物一百三十多个，有名有姓的就有六十多人，基本上都各具面目，而且都带着鲜明的北京文化的印记。[46]由此赵园把老舍称为“北京市民社会的表现者与批判者”，并指出：“老舍及其艺术的独特性首先在于，他是中国现代文学史上最杰出的市民社会的表现者和批判者。……他经由对自己的独特对象——市民社会，而且是北京市民社会的发掘，达到了对于民族性格、民族命运的一定程度的艺术概括，达到了对于时代本质的某种揭示。”(47)

老舍笔下的北京市民形象，写得最好的当属老派市民，在这些人物身上，最能体现老舍的文化批判眼光。早期小说《二马》（商务印书馆，1931）虽然并非以北京为背景，但主人公之一老马却是一个典型的北京老派市民，其中庸马虎、得过且过的性格特征，置于伦敦这一异域背景之下，反而显得更加突出，这里显示了作者在中西文化比较中反思传统文化及国民性的深刻眼光。写于1933年的《离婚》（良友图书出版公司，1933年），塑造了一个鲜活生动的“反对离婚”的老派市民形象——张大哥，他害怕矛盾和变革，担心破坏现存秩序，凡事总是想着妥协与调和，或者干脆敷衍。老北京“灰色人生”的一角，在这里得到了人木三分的刻画。

老派市民之外，老舍小说中另一类给人留下深刻印象的人物形象是北京底层贫民。老舍早年艰辛的生活经历，使他对这一类人并不陌生，而且自始就对他们抱有深切的同情。1935年发表的《月牙儿》，以母女两代妓女为题材，虽然写的不是北京的故事，但已然预示着老舍创作中的某种变化。此时老舍对他前期赖以成名的“幽默”笔调也有些厌倦了，有心尝试新的风格。1936年连载于《宇宙风》的《骆驼祥子》，标志着老舍对于北京市民社会的观察、认识现实的重大突破。樊骏在《论〈骆驼祥子〉的现实主义》中指出：“把城市底层社会这个不怎么为人们熟悉的世界，把城市贫民这个常常为人们忽视的社会阶层的命运，引进艺术的领域，并且取得了成功”，是老舍为中国现代文学做出的重要贡献。(48)

《骆驼祥子》以20世纪20年代后期北平市民生活为背景，讲述了一个外号叫“骆驼”的底层贫民车夫祥子的悲剧故事。主人公祥子原先是一个勤劳、朴实、健壮的乡间小伙子，梦想依靠自己双手的劳动在北平获得一份安定的生活，然而却在黑暗的压迫和诱惑下一步步走向深渊，堕落成一个“个人主义的末路鬼”。小说严肃的社会批判立场和浓厚的悲剧意味，是老舍前期作品中从未有过的。老舍对祥子的命运有深厚的同情，同时对他幻想依靠个人奋斗不愿正视现实的性格弱点也给予了深刻的批判，这其中同样贯穿着老舍文化批判和反思国民性的主题。在对北京“城与人”关系的思考上，《骆驼祥子》也达到了新的深度。小说中关于北京风土人情地方民俗的描写依然生动精彩，然而却多了一份对城市商业化现代化的冷峻省思：以利益交换为核心的市场原则，正在侵蚀传统的人伦关系和道德标尺，祥子的悲剧在很大程度上便是这种外在环境扭曲人性的结果。

如前所述，老舍是北京文化养育出来的作家，北京文化不仅是老舍小说的主题内容和表现对象，同时也浸透在小说形式的各个层面，从而形成了独具特色的“京味”风格。

“京味”风格首先表现在老舍特有的幽默上，老舍小说的幽默不同于鲁迅、张天翼等人的讽刺，姿态平和而宽厚，其中往往含着理解和温情。实际上，老舍的幽默与他的底层经历和旗人身份不无关联。晚清以来旗人的贵族身份日益没落，在风云变幻的历史大潮中，旗人学会了以自嘲玩世、苦中作乐的心态来应对苦难，其中既不乏对现实的愤懑和辛酸之感，又不失对生活的乐观和热爱。老舍小说的幽默中，包含的正是这种五味杂陈的丰富性，从某种意义上说，这也是时代的赐予。

北京市井文化同时也影响到老舍小说的叙述方式。老舍是说故事的高手，他的小说叙事生动，引人入胜，条理不枝不蔓，虽然并不以情节曲折动人取胜，但在细节上却异常圆润饱满，这些都让人联想到民间的说书艺人。老舍显然对北京民间通俗文艺是非常精通的，抗战时期他还身体力行，写了不少通俗文艺作品。

最能体现老舍小说的“京味”是语言。老舍是语言的大师，在他笔下，北京土话真正成为一种具有丰富的表现力的文学语言。老舍在这方面是有自觉地追求的，在他写《二马》时，就力图“把白话的真正香味烧出来”。[49]老舍正是运用北京市民平白浅易的口头语，调制出鲜活俊爽而又优雅精致的文学语言来。对于新生而略显稚嫩的新文学来说，老舍小说在语言上取得的成就是一个巨大的贡献，在当时就得到了高度的评价。毕树棠这样谈老舍小说的语言：“善用北京话，整个摆脱以往半文半白的小说语调，却又不入时行的辞曲而力伏的欧化新格，把说话和行文打成一片，口劲和笔锋毫不隔离，所以简洁，明快，俏丽，警慧，显着真而且美。”[50]

老舍在小说语言上的成就，与他所受旗人文化的熏陶也有关系。旗人特别擅长于北京话的锤炼与锻造，老舍晚年的长篇小说《正红旗下》中的福海，就是一个说得一口漂亮“京腔”的旗人。周作人就曾指出：“至老舍出，更加重北京话的分子，故其著作正可与《红楼》、《儿女》相比，其情形正同，非是偶然也。”[51]将老舍的小说与《红楼梦》、《儿女英雄传》相提并论，可以说是极高的评价了。

老舍是“京味小说”的大师和开创者，对后人同类题材和风格的创作产生了深远的影响。进入80年代以后，“京味小说”又在邓友梅、刘心武、韩少华、陈建功等作家那里得到了继承，他们几乎无一例外地都受到过老舍的影响。[52]赵园曾这样总结“京味小说”艺术上的优长：“写俗世而不鄙俗，能于雅俗间调剂；文字则熟而不甜，透着劲爽清新。”[53]这样的风格特征，正是在老舍那里奠定并达到成熟的。

注释：

（1）参见许寿裳：《亡友鲁迅印象记》，收入《鲁迅回忆录（专著）》上册。

（2）鲁迅：《呐喊·自序》，《鲁迅全集》第1卷，第418页。

（3）伊藤虎丸著、李冬木译：《鲁迅与日本人》，第122页。

（4）关于鲁迅历史中间物的意识，参见汪晖《反抗绝望——鲁迅及其文学世界》（河北教育出版社2000年版）第三章“历史的‘中间物’”。

（5）鲁迅：《〈中国新文学大系〉小说二集序》，《鲁迅全集》第6卷，第238页。

（6）雁冰（茅盾）：《读〈呐喊〉》，载《时事新报·学灯》1923年10月8日。

（7）李欧梵著、尹慧珉译：《铁屋中的呐喊》，第70页。

（8）汪晖：《反抗绝望——鲁迅及其文学世界》，第347—348页。

（9）李欧梵：《铁屋中的呐喊》，第132、136—137、135页。

（10）关于鲁迅在北京的行踪，可参见刘丽华、郑智《寻找伟人的足迹——鲁迅在北京》。

（11）见《鲁迅全集》第1卷，第214页。

（12）见《鲁迅全集》第1卷，第217页。

（13）见《鲁迅全集》第1卷，第291页。

（14）见《鲁迅全集》第1卷，第295页。

（15）鲁迅：《为“俄国歌剧团”》，《鲁迅全集》第1卷，第382页。

（16）见《鲁迅全集》第3卷，第198页。

（17）钱理群：《鲁迅作品十五讲》，第34页。

（18）钱理群：《鲁迅和北京、上海的故事》（下篇），《鲁迅研究月刊》2006年第6期。

（19）《通讯》，《鲁迅全集》第3卷，第21页。

（20）《两地书·五三》，《鲁迅全集》第11卷，第149页。

（21）朱寿桐：《中国现代文学社团史论》。

（22）鲁迅：《〈中国新文学大系〉小说二集序》，《鲁迅全集》第6卷，第239页。

（23）关于女高师作家群，可参见王翠艳《女高师校园文学活动与现代女性文学的发生》，《中国现代文学研究丛刊》2005年第5期。

（24）见孙大雨：《暮年回首——我与梁实秋先生的一些交往》，余光中、陈子善等编《雅舍轶文》，第174页。

（25）参见张玲霞：《论早期清华的文艺社团及其刊物》，《新文学史料》2000年第4期。

（26）陈子善：《梁实秋早期情诗〈尾生之死〉》，《雅舍轶文》，第287页。

（27）木山英雄：《实力与文章的关系》，木山英雄著、赵京华等编译《文学复古与文学革命——木山英雄中国现代思想文学论集》，第73页。

（28）鲁迅：《我和〈语丝〉的始终》，《鲁迅全集》第4卷，第167页。

（29）朱光潜：《雨天的书》，陶明志编《周作人论》。

（30）参见颜浩：《“某籍某系”和“东吉祥诸君子”——1920年代中后期北大的两个教授集团》，收入陈平原、王德威编《北京：都市想像与文化记忆》。

（31）倪邦文：《“现代评论派”的团体构成》，《新文学史料》1995年第3期。

（32）鲁迅：《〈中国新文学大系〉小说二集序》，《鲁迅全集》第6卷，第250页。

（33）程凯：《国民革命与“左翼文学思潮”发生的历史考察》，第113页，未刊博士论文。

（34）陶钝：《一个知识分子的自述》，第136页。

（35）鲁迅：《〈中国新文学大系〉小说二集序》，《鲁迅全集》第6卷，第244页。

（36）鲁迅：《〈中国新文学大系〉小说二集序》，《鲁迅全集》第6卷，第243页。

（37）陶钝：《一个知识分子的自述》，第137页。

（38）鲁迅：《〈中国新文学大系〉小说二集序》，《鲁迅全集》第6卷，第247页。

（39）鲁迅：《〈中国新文学大系〉小说二集序》，《鲁迅全集》第6卷，第255页。

（40）王凡西：《双山回忆录》第22页。

（41）老舍：《三年写作自述》，曾广灿、吴怀斌编《老舍研究资料》（上），第573页。

（42）老舍：《想北平》，《老舍文集》第14卷，第62页。

（43）舒乙：《谈老舍著作与北京城》，《老舍研究资料》（下），第990页。

（44）关于老舍的满族身份及其所受旗人文化的影响，参见关纪新《老舍评传》第17章第3节。以及甘海岚《老舍与北京文化》，第15—33页。

（45）赵园：《北京：城与人》，第74页。

（46）参见甘海岚：《老舍与北京文化》，第63页。

（47）赵园《老舍——北京市民社会的表现者与批判者》，《老舍研究资料》（下），第821—822页。

（48）见《老舍研究资料》（下），第690页。

（49）老舍：《我怎样写〈二马〉》，《老舍研究资料》（上），第531页。

（50）毕树棠：《牛天赐传》，《老舍研究资料》（下），第761页。

（51）周作人：《日文本〈骆驼祥子〉序言》，《周作人集外文》（下册），第565页。

（52）参见赵园：《北京：城与人》“话说京味”一章。

（53）赵园：《北京：城与人》，第43页。

第十四章　多元并存的三十年代

一、无产阶级革命文学运动和北方左联

1928 年国民政府成立后定都于南京，改北京为北平，北京丧失了政治中心的地位，同时由于此前大批文化人南下，加之奉系军阀的钳制，北京文化学术界也是一片萧条冷落之状。此时在南方，文坛上关于“革命文学”的论争相当热烈，但是北平却异常沉寂：“‘革命文学’在南方曾激起冲天大浪，然而在北方——至少可说北平——好像完全被石头城隔起来一样。”(1)直到 1930 年春夏之际，北方的左翼文化运动才开始兴起，北平党组织利用北平大学生集中的特点，开始在各校组织读书会等左翼文化团体。(2)1930 年 9 月，北方左翼作家联盟在北平大学法学院成立，到会者有段雪笙、张璋等三十余人。北方左联成员主要是北平各大、中学校的学生，成名的作家不多。由于缺乏上海那样有租界掩护的有利条件，这些成名的作家和教授也难以正式参加北方左联的活动，只能在暗中支持。成员既多是学生，写作水平有限，写出来也不容易发表，所以工作重心就主要转到政治工作方面，加之当时领导北方左联的中共北方局，也是把政治活动看作开展学生运动的主要任务，因而北方左联更接近于政治团体，而不是单纯的文艺组织。(3)

在北方左联之外，当时各校中还有不少左翼学生自发组织的文学社团，如北师大谷万川、陈北鸥、许延年等创办的人间社、初步社、文学月刊社、北国社等，中国大学王西彦、鲁方明等创办的大风诗社、绿洲社、文艺青年协会等。他们还创办刊物，在上面发表自己的作品。

随着左翼文化运动和政治活动的兴起，国民政府也逐渐加强了控制和镇压的力度。1933 年 3 月，国民政府派宪兵第三团驻扎北平，大事搜捕共产党员和左翼青年，北平陷入一片白色恐怖之中，北方左联的活动基本上陷入停顿状态。其他左翼文学团体的活动也受到很大限制。1933—1934 年间北平的左翼文化活动相对沉寂。直到 1935 年 6 月，国民政府被迫与日军签订了《何梅协定》，其中规定宪兵三团撤出北平，才给了左翼文化界一个喘息的机会，左翼文学社团的活动亦随之复苏。

1935 年“一二·九”运动爆发后，左翼文学社团的活动更趋活跃，并呈现出相互融合的趋势。如中国大学的文艺青年协会，就与谷牧、刘御等人组织的平津青年作家救国会，合并成北平文艺青年救国会。燕大一二九文艺社则与清华国防文艺社、泡沫社等合并成立了北方文学会。1936 年，为了配合中国共产党建立抗日统一战线的政策，破除左翼文化运动中关门主义和宗派主义的倾向，北方左翼作家联盟宣告解散，并于同年 11 月成立了成员更为广泛的北平作家协会。

不过从整体上来看，1930 年代北平的左翼文化运动在文学创作的实绩上比较薄弱，如参与者后来所反思的：“现在看来，那时候出版的刊物，特点是革命热情高，内容密切反映当时的现实矛盾，有时代气息，缺点是理论文章不多，创作一般不大成熟。”[4] 左翼文学团体的各种刊物上虽然也发表了不少作品，但是囿于政治环境，这些刊物往往只能在小范围内乃至秘密流传，难以进入当时的主流文坛。

而对于那些不满足于政治活动而希望获得文坛承认的左翼青年来说，他们就需要在影响力更大的文学刊物上发表作品，和主流文坛建立关系。这里面后来也涌现了一批作家，如王西彦、师陀、田涛等，他们的小说创作给当时京派文学占主导地位的北平文坛，带来了一股刚健清新的气息。

就具体的创作而言，由于 1930 年代左翼思潮在大学生和一般青年中影响颇大，故当时北平文坛上的左翼作家，大部分都是青年作者，主要是在校大学生和校外住在公寓中写作的文学青年。前者如吴组缃、王西彦、刘白羽、谷万川等，后者如田涛、师陀、碧野、梁斌等。

吴组缃（1908—1994）1929 年考入清华大学经济系，后来转中国文学系。在学习期间阅读了马克思《资本论》及河上肇《唯物史观研究》等著作，并曾参加“社会科学研究会”及“反帝同盟”，曾在《清华周刊》上发表《官官的补品》、《一千八百担》等小说（后来收入《西柳集》，生活书店 1934 年出版），在文坛上引起较大反响。吴组细善于用白描手法，描写当时中国农村宗法社会解体过程的种种现象，语言生动，结构严整，被视为左翼小说中“社会剖析派”的一员。王西彦（1914—1999）1933年考入中国大学国学系，在《大公报·文艺》副刊等刊物上发表作品，在沈从文帮助下出版有小说集《夜宿集》（商务印书馆，1940），主要取材于童年时期对浙东乡土生活的记忆，多采用儿童视角，风格上趋向悲凉峻急，显得不够从容。他在题材选择上受到过沈从文的影响，但是总体格调与沈从文有很大距离。

田涛和师陀都曾参与“反帝大同盟”等左翼团体，而且都在国民政府加强对左翼文化及政治活动的控制后，转而专心从事创作。他们也都曾在《大公报·文艺》上发表作品，受到过编者沈从文、萧乾的帮助。田涛（1915—2002）与王西彦相似，其小说也多取材于乡土生活的苦难与荒芜，调子偏向沉郁忧伤一路。1936年他在《文学杂志》上发表《荒》，受到文坛注意，这篇小说后来收入巴金主编“文学丛刊”短篇集《荒》（文化生活出版社1940年出版）中。相比而言，师陀（1910—1988，当时主要用笔名芦焚）的小说则略显复杂，他一方面秉承左翼直面苦难现实的传统，写出乡村生活的破败与荒凉，另一方面在文笔上又颇为精心，景物描写富于诗意，两者间呈现出某种反讽性的张力。师陀的短篇小说集《谷》（文化生活出版社，1936）曾获得1936年《大公报》文艺奖金，实际上他在文坛上的位置可以说介乎于“京派”与左翼之间。[5]

此外，孙席珍和谢冰莹也是这一时期北方重要的左翼作家。孙席珍（1906—1984）当时在北平大学女子文理学院和中国大学等校任教，曾参与北方左联的创建工作。他描写北伐战争的《战场上》、《战中》、《战后》三部曲，心理描写颇为细腻，在当时的左翼文学中别具一格。谢冰莹（1906—2000）也是从北伐战场上退下来后来到北平的左翼作家，1929年她考入北平师大国文系，后来和孙席珍等一起参与了北方左联的创建。小说《抛弃》、《青年王国材》等描写大革命中青年的人生际遇和心路历程，带有明显的“革命＋恋爱”的印记。谢冰莹1930年代最著名的作品是《女兵自传》，不过那时她已经离开北平并且脱离左翼作家阵营了。

诗歌方面，中国诗歌会河北分会在北平创办了《新诗歌》、《诗歌杂志》，提倡无产阶级诗歌，鼓吹诗歌大众化。编辑者有王亚平、袁勃、曼晴等。其中王亚平的长诗《十二月的风》描写“一二·九”运动的实况，气势恢宏，堪称一部革命的史诗。

二、 京派文学

"京派"是20世纪30年代北平文坛上以学院文人为主体形成的一个文学流派，尽管他们并无统一的组织和固定的阵地，但大体相近的创作倾向和文学立场，使得他们作为一个流派而存在，已经成为文学史上的事实。(6)20世纪30年代的北平被称为"文化城"，拥有多所高等学府，物价低廉，生活舒适，又远离政治斗争中心，堪称读书人和文化人的天堂。(7)而京派文人大多为学院中的教授或学生，相对稳定和优裕的生活环境，远离文坛论争的平和心态，以及学院给予他们的丰厚的文化资源，为他们从事审美创造与文化建设提供了条件。京派文人大多主张文学应与时代和政治保持距离，着眼于长远的文化建设，强调文学自身在挖掘普遍人性和构造优美形式上的价值，同时又保持着严肃庄重的道德姿态。他们并非"为文艺而文艺"的鼓吹者，而是同样关注国民性的改造与重建等宏大命题，在这一点上其实也是继承了五四时期"为人生"的文学传统。京派文学在小说、诗歌、散文创作上都有丰富的成果，是1930年代中国文坛乃至整个中国现代文学的重要收获。

京派群体是在历史发展进程中逐渐汇聚形成的。1920年代末至1930年代初，由于大批文化人都已南下，北平文坛非常沉寂。此时北平文坛的主力只剩下周作人及他身边的俞平伯、废名等人。1930年5月，周作人与俞平伯、废名、冯至等创办了《骆驼草》周刊，打破了北平文坛的消沉局面。《骆驼草》体例与版式均仿照《语丝》，但发表在上面的文章已经没有《语丝》时期的锐气，更多地表现出一种闲淡自适的风格。《骆驼草》出版了二十六期便宣告停刊，但对卞之琳等京派的后起之秀产生了较大影响。

不久，胡适、徐志摩等新月派同人相继北上。1928年3月，胡适、徐志摩等在上海创办了《新月》杂志，成为文坛上一支引人注目的力量。但是不久由于胡适、罗隆基在《新月》上发表了一系列有关人权讨论的文章，矛头指向国民党政府，受到了当局的批判。此时周作人写信给胡适，劝其回北平，专心致力于学术文艺。(8)1930年胡适、徐志摩相继回北平，任教于北京大学。胡适不久创办了《独立评论》，以议政为宗旨，徐志摩则试图将《新月》办成纯粹的文学刊物。1931年11月徐志摩遇难后，《新月》的编务主要由时在清华大学任教的叶公超负责。后来叶公超又于1934年5月创办了《学文》杂志，取"行有余力，则以学文”之意，发表纯文学作品和学术性文章。叶公超主持《新月》和《学文》时期，注重汲取和提携北大、清华等校文学青年，卞之琳、何其芳等都曾在上面发表过作品。

此时一批留学海外的学者如梁宗岱、李健吾、朱光潜等也相继回国，“京派”群体逐渐形成。而1933年郑振铎、靳以的北上，又给北平文坛注入了新的活力。1934年郑振铎、靳以在北平创办《文学季刊》，成为北平文坛上分量最重的一份杂志。后来卞之琳等又协助靳以创办了类似《文学季刊》“副刊”的纯文学杂志《水星》，主要刊发诗歌和散文作品。一时间《文学季刊》的编辑部北海三座门“门庭若市”，北大、清华、燕大等校的青年文友常来聚首。[9]虽然这两份刊物持续时间都不长，但在当时及后来的影响都是很大的。

1933年回到北平的还有沈从文，他与杨振声主编、后来由萧乾接编的《大公报·文艺》副刊，一直持续到抗战爆发，成为京派的重要阵地。1937年5月，朱光潜主编的《文学杂志》创刊，堪称京派的集大成之作，汇聚了京派所有的重量级人物。虽然由于抗战的爆发，《文学杂志》只出版了四期，但不啻为京派一个辉煌的句点。

京派文人除了以刊物为阵地聚合以外，平日也经常以各种形式聚会。如《大公报·文艺》就经常宴请北平文艺界知名人士，把他们整合到副刊的作者阵营中来。又如当时林徽因在北总布胡同三号的寓所，也是京派文人经常聚会的场所，被戏称为“太太的客厅”。此外，1933年朱光潜回国受聘于北京大学后，经常在自己家中举办“读诗会”，每每高朋满座，座中客基本上也都是京派中人。沈从文对此曾有记述：

> 这个集会在北平后门朱光潜先生家中按时举行，参加的人实在不少。计北大梁宗岱、冯至、孙大雨、罗念生、周作人、叶公超、废名、卞之琳、何其芳、徐芳……诸先生，清华有朱自清、俞平伯、王了一、李健吾、林庚、曹葆华诸先生，此外尚有林徽因女士，周煦良先生等等。[10]

京派文人相近的立场与趣味，也正是在这样频繁的相互交流中形成的。

京派文学在小说方面成绩最为突出。代表作家有沈从文、废名、萧乾和林徽因等。

沈从文是京派小说的杰出代表，他的湘西题材的小说创作，构建了现代文学史上独一无二的湘西世界，其中寄寓了他对美好人性的赞美与发扬。沈从文（1902—1988），原名沈岳焕，湖南凤凰人。他出身卑微，早年混迹于地方行伍中，凭借自身的努力才得以被新文学接纳和承认。他始终秉持“乡下人”的立场，以湘西淳朴、善良、充满生命力的自然人情来反衬都市生活的堕落与衰弱，背后则隐含着他的文化批判以及对国民重塑的宏大关怀。沈从文追求在小说中表现一种“优美，健康，自然，而又不悖乎人性的人生形式”，[11]毫无疑问，湘西成为他实现这一理想的最好载体。

沈从文1922年就来到北京，开始文学创作。他的早期小说多属于练笔性质，往往透露出愤懑情绪，而城乡对立的主题也已出现端倪。1933年沈从文再次回到北平时，已经是文坛上卓有声名的小说家。他的都市讽刺小说依然犀利，但是他对北平这座城市的印象却很好，这或许与北平本身的乡土性有关。沈从文最著名的作品《边城》（生活书店，1934）就写于北平，他曾多次追忆他在北京写《边城》的场景：“一个小小院落中一株槐树和一株枣树，遮蔽了半个长而狭的院子，从细碎树叶间筛下细碎的日影，铺在方砖地上，映照在明净纸窗间，无不给我对于生命或生活一种新的启示。”[12]这是一个典型的北京四合院的场景。正如研究者敏锐发现的，《边城》背后的阔大、庄严、浑厚之气，使它超越于一般的乡土小说，这是受到了北京文化的影响。[13]

《边城》以极其清丽精致的笔触，描写了湘西边地少女翠翠美丽而又悲哀的爱情故事，小说达到了风情民俗与人物形象和命运的完美融合：“这里一切是谐和，光与影的适度配置，什么样人生活在什么样空气里。”[14]《边城》将湘西风土人情之美发挥到了极致，然而又隐含着很深的悲剧感。在沈从文这一时期的散文创作《湘行散记》及后来的小说《长河》中，沈从文对湘西的历史与现实有了更加深入的思考，那个他精心营构的湘西世界也不得不面对现代的威胁。

京派小说的另一位杰出作家废名，在这一时期贡献了长篇小说《莫须有先生传》（开明书店，1932）及《桥》的部分篇章（开明书店，1932）。废名笔下的乡土世界同样带有强烈的理想色彩和虚构性质，不过和沈从文不同的是，废名更倾向于从笔下的人事中引发抽象的人生思考，他的小说因而被认为充满“禅趣”。废名小说不注重人物塑造和情节发展，他实际上是把小说当作文章来写，用苦心经营的文字来构造意境，恰如朱光潜所说的：“《桥》里充满的是诗境，是画境，是禅趣。每境自成一趣，可以离开前后所写境界而独立。”[15]废名小说的文字简僻奇峭，跳跃性极大，有时不免流于晦涩。

与沈从文、废名相比，萧乾（1910—1999）的小说写实风格更为明显。萧乾出生于北京东直门一带的贫民区，父母早逝，幼年生活困苦，他的早期小说大多收于《篱下集》（商务印书馆，1936）中，以童年视角，写北京底层民众的不幸生活，带有某种自传性质。在感伤的笔调中，着力刻画主人公坚忍自爱的性格，具有很强的抒情性。此后萧乾有意拓展自己的小说题材，加强社会批判的力度，表现为《皈依》等小说中的反基督教主题。不过这类作品距离京派的主流风格就有些远了。

另外一位作品很少但却极富特色的小说家是林徽因（1904—1955），20世纪30年代她受聘于北平中国营造学社，主要从事于建筑科学研究，业余写作小说新诗，虽数量不多，但一出手就不凡，特别是她那篇《九十九度中》，以极富现代感的蒙太奇手法，勾勒出北平市民世界的众生百态，笔致细密活泼而又充满画面感。作者浮世绘式的观照，背后其实隐含着广大的同情："在这纷繁的头绪里，作者隐隐埋伏下一个比照，而这比照，不替作者宣传，却表示出她人类的同情。"(16)这是京派小说花园中的一朵奇葩。

京派文人中也涌现出一批诗人，主要是当时在北大、清华等校读书的青年学生。他们大多就读于外文系，对现代主义等现代西方文学潮流有很强的接受能力。他们以西方现代主义的眼光，重新发现了中国古典传统的价值，在一定程度上实现了中与西、古与今的融合，把新诗推进到了一个更具"现代性"的水平。代表诗人有出身北大被称为"汉园三诗人"的卞之琳、何其芳和李广田，在北大任教的废名，以及出身清华的曹葆华和林庚。

卞之琳、何其芳和李广田三人因1936年共同出版诗作合集《汉园集》（商务印书馆出版），而被称为"汉园三诗人"。卞之琳（1910—2000）1929年考入北京大学英文系，最初曾在《新月》上发表诗作，不过他的诗很快就超越了新月派的路数，这一时期他的作品主要收入《鱼目集》（文化生活出版社，1935）中。卞之琳的早期诗作写北平街头灰色景物，受到波特莱尔写巴黎街头穷人、老人以至盲人的启发。"主要用口语，用格律体，来体现深入我感触的北平街头郊外，室内院角，完全是北国风光的荒凉境界"，(17)后来更受到艾略特、瓦雷里等现代西方诗人的影响，注重情感的客观化和非个人化，用传统的"意境"或西方的"戏剧性处境"来表达情思，他也在这里找到了沟通中西诗艺的桥梁。卞之琳的诗有很强的哲理意味，特别擅长构造有意味的情境，来表达对人事相对关系的理解，最著名的当属那首脍炙人口的《断章》。另外一首名作《距离的组织》以时空的大幅度穿梭与交叉来扩展诗境，又混合意识的流动，形成了苍茫高远的意境，达到了感性与理智的完美结合。

何其芳（1912—1977）最初的诗作也带有明显的新月派风格，后来又受到法国象征派诗人如马拉美、魏尔伦的影响。他在晚唐五代诗词和法国象征派诗歌中找到了相通之处，形成了精致华丽的风格，迷恋于色彩、意象之间的搭配组合。如后来收入诗集《预言》（文化生活出版社，1945 年）中的《预言》、《爱情》等诗。1933 年后，何其芳又开始倾心于“T. S. 爱略忒那种荒凉和绝望”，(18)诗风一变而为硬朗凝练，代表作是《古城》、《夜景》（一、二）。这其中可能也受到了卞之琳等人的影响。1935 年何其芳毕业后离开北平，又奔赴延安，他后来的诗作完全是另外一种风格了。

京派诗人中废名不以诗歌闻名，但其诗作却别具特色。朱光潜评价说：“废名先生富敏感好苦思，有禅家与道人风味。他的诗有一个深玄的背景，难懂的是这背景。”(19)所谓“深玄的背景”，指的是禅宗的静观与顿悟。和他的小说类似，废名的诗往往超脱于具体的形象，而停留在一种抽象的存在上，充满着参禅意味的人生感悟，其中多使用月、灯、镜、星等空灵意象，透露出现代人的寂寞之感，《十二月十九夜》、《街头》堪称他的代表作。

林庚（1910—2006）是京派诗人中最接近传统的一个，他出身于清华大学国文系，上过朱自清、俞平伯的“诗选”、“词选”课，精熟于旧体诗词的写作，这对他的新诗创作也有很大的影响。出版了两部自由体诗集《夜》（开明书店，1933 年）和《春野与窗》（开明书店，1934）后，林庚开始转向新格律体的实验，《北平情歌》（自印诗集，1935）和《冬眠曲及其它》（自印诗集，1936）中都是格律体诗，这在当时以自由体诗为主流的诗坛上也引起了争论。然而林庚的格律体诗并不是简单地“复古”，而是创造新诗格律的大胆尝试。林庚的新诗虽然大量借用古典的意象，但他却擅长于赋予其新鲜生动的感觉，在语言的点化中挖掘活泼泼的诗意，给人以化陈腐为神奇之感。

京派诗人大多出身学院，相互之间也经常聚会交流，因而往往形成相近的审美趣味，曹葆华（1906—1978）即是一个典型例证。曹葆华早期诗作受新月派影响很深，主要取法英美浪漫主义诗人。后来便在与卞之琳、何其芳等人的交往中，逐渐吸取了欧美现代诗风的影响，风格开始趋向冷峻。(20)比较他后来的诗集《无题草》（文化生活出版社，1937）与前期的《落日颂》、灵焰》（1932 年均由新月书店出版）等诗集，便能看出这一点来。

此外，还有一个值得注意的现象，便是京派诗人对北平这座城市的表现，往往凝定为“古城”的意象，充满了荒凉感（如卞之琳的《春城》、何其芳的《古城》）。诗人们把艾略特《荒原》中的“荒原”意识，融合到对20世纪30年代特定环境下北平现实的感受中，创造了富有民族特色的现代主义诗作。[21]这也是京派诗人努力融合中西、沟通历史与现实的具体成果。

京派文人在散文创作上也取得了较高的成就。

周作人是散文大家，这一时期仍然笔耕不辍，几乎每年都有散文集问世。与之前的散文相比，周作人1930年代的散文少了几分清和淡雅的情致，却多了一份理智的观照。他这一阶段的散文多出以读书笔记的形式，有时候甚至抄录大量原文，只在引文间略加评论连缀成文，被称为“文抄体”。不过周作人自己对这类文章却很满意，晚年在与友人通信中还曾提及。[22]他自己也表示抄书并不容易，因为必须要有自己的眼光。[23]实际上周作人在思想上坚持仍是早年的立场，他从古今中外各种资源中汲取材料，贯穿其中的仍是现代的理智的想，其目的也仍在针砭国民性中的痼疾，只是他将当时的左翼文学也看做是传统“文以载道”观念的复活，不免流露出偏见。文字上周作人追求简单清涩的风格，如郁达夫所说：“一变为枯涩苍老，炉火纯青，归入古雅遒劲一途了”。[24]周作人曾谈到他理想中的笔记应该是：“在文词可观之外再加思想宽大，见识明达，趣味渊雅，懂得人情物理，对于人生与自然能巨细都谈，虫鱼之微小，谣俗之琐屑，与生死大事同样的看待，却又当作家常话的说给大家听。”[25]用来评价他自己的文章也不为过。

周作人的散文在文坛上独树一帜，不过却并不能代表京派散文的总体特色。许道明指出京派散文“已少周作人的东洋气，闪露着西方人的机智”，对此他有如下一番精彩评论：

> 这在梁遇春、徐祖正发表在《骆驼草》上的文字已显端倪。到了冯至、李健吾手中，他们的游记开了与周作人小品散文偏离的先河，沈从文、方令孺、林徽因等后期新月派作家，已少了周作人的疏朗清涩，多了徐志摩刻意为文的色彩，情感的浓度有了明显的增加。……这种倾向在何其芳、李广田、金克木、季羡林、芦焚身上，就发展得更为突出，他们把散文当作一种独立的艺术创作，特别注重提高散文技法的现代性品格。[26]

在这方面成就最突出的是同为“汉园诗人”的何其芳和李广田。

何其芳的散文比他的诗歌更受文坛瞩目，他的散文集《画梦录》（文化生活出版社，1936）1936年被授予了《大公报》文艺奖金，在当时影响颇大，曾引起许多青年作者的模仿，乃至后来有“何其芳体”的说法。(27)何其芳对自己的散文创作有明确的文体意识，在他看来新文学中散文还很薄弱，他的志趣便是“以微薄的努力来证明每篇散文应该是一种纯粹的独立的创作，不是一段未成篇的小说，也不是一首短诗的放大”。(28)《画梦录》中的散文运用瑰丽的意象，华美的语言，以及精心设计的叙事性的结构，来表达一种“梦中道路的迷离”般的寂寞感。这是何其芳为自己营造的“独语”世界，反映了作者“无法满足于现实世界的生存而试图在文本中构建一个异质的与现实相疏离的世界的创作渴望和激情”。(29)

李广田（1906—1968）虽然名列“汉园三诗人”之一，但他的主要成就却在散文上。这一时期的散文主要收在1936年出版的《画廊集》（商务印书馆出版）和《银狐集》（文化生活出版社出版）中。李广田自己说他的散文受到了周作人的影响，(30)但实际上更近于何其芳一路，也擅长运用种种叙事技巧来结构文章。(31)具体而言，李广田的散文主要以家乡风土人情为题材，语言朴实，感情浑厚，“使人在平庸的事物里，找出美与真实”，(32)与何其芳的精致绚丽又自不同。在这方面，他主要受到了玛尔廷、怀特和何德森等英国散文作家的影响。

京派批评是京派文学的重要组成部分，对批评和理论建设的重视，也是京派的特色之一。叶公超主办的《学文》，就非常重视对西方最新文学理论的引进，后来朱光潜编《文学杂志》，也表示“除创作外要有论文”。(33)这也是学院派特点的体现。

京派批评家大多有学院背景。叶公超（1904—1981）就曾在清华大学外文系讲授“文学批评”课程，无论是在课堂上，还是在阐述自己批评主张的文字中，叶公超都强调批评应当注重对具体作品的解读（他称之为“实际批评”），而不是空谈抽象的理论。(34)叶公超很注重从现代英美批评中汲取资源，为具体从事“实际批评”寻找借鉴。在他主编的《学文》中，他就组织翻译了不少英美新批评的文章，其中卞之琳翻译的艾略特的文章《传统与个人才能》（载1934年5月《学文》1卷1期），对当时的青年诗人重新理解传统与现代的关系产生了很大影响。

京派批评家最负盛名的当属李健吾（1906—1982）。1933年李健吾留法归国后，虽然并未在北平的大学中任教，但身处学院环境之中，其批评也表现出明显的学院派特征。李健吾以刘西渭为笔名，在《大公报·文艺》副刊等刊物上写下了大量批评文字（后来结集为《咀华集》，1936年由文化生活出版社出版），基本上都是对京派作品的批评。李健吾深受法郎士"印象批评"的影响，把批评视为批评家的灵魂在杰作中的奇遇，[35]但又在某种程度上超越了"印象批评"。李健吾调动起自身丰富的文学素养，把对象作品与"人类以往所有的杰作"相比照，从中获得批评的尺度，而非单纯地依靠一己的印象。[36]因而他的批评既有他个人敏锐的"独特的印象"，也有学理上富于洞见的分析与判断，文字亦精彩动人，达到了"学者和艺术家"的完美结合。与李健吾风格相似的批评家还有沈从文。沈从文这一时期除从事小说创作和副刊编辑外，还写了不少批评文字（后来结集为《沫沫集》，1934年由上海大东书局出版），显示了他作为批评家的才华。沈从文深知创作甘苦，因而在作家作品风格的体会和把握上特具眼光。同时他又有自觉的历史意识，把作家作品置于新文学发展线索中加以衡量和判断，常常有独到的见解。这就使他的批评对于后来的文学史家具有很大的参考价值。

另外一位颇为活跃的批评家是李长之（1910—1978）。1931年他考入清华生物系，次年转入哲学系，对德国古典哲学和美学有浓厚的兴趣。[37]德国古典文学和思想中对人格教化和情感陶冶的重视，对李长之的批评观念有很大影响。李长之的传记体文学批评，特别注重于对对象人格性情的揭示，即使是分析作品，他着眼的也是"表现在作品里的作者之人格的本质"，[38]这在他这一时期的代表作《鲁迅批判》（北新书局，1936）中表现得尤为明显，如其中对鲁迅作品抒情性的强调，对鲁迅"寂寞的哀感"的发掘，都能看出李长之批评的特色。[39]

京派文人在理论建设上也取得了可观的成就，与新文学早期的理论家和批评家不同，他们大多具有汇通中西的闳通视野，不是从抽象的理论原则出发，而是在对古今中外各类作品的解读中，提升出具有普遍性的原理来，并以之讨论新文学的相关问题。这方面的代表人物是梁宗岱和朱光潜。梁宗岱（1903—1983）的《诗与真》（商务印书馆，1933年）、《诗与真二集》（商务印书馆，1935）收入了他这一时期的批评文章，他系统地引进了法国象征主义的理论，并结合中国古典诗歌的传统，提出了"纯诗"的主张。他以音乐性沟通中西诗艺，将其上升到普遍性的高度，并由此提出他对新诗的要求，认为新诗当锻炼文字的音乐性，以"发现新音节，创造新格律"。[40]朱光潜（1897—1986）1935年曾应胡适之邀在北大国文系开设"诗论"选修课，其讲义战后以《诗论》（国民图书出版社，1942）为名出版。在

《诗论》中，朱光潜以克罗齐美学为理论资源，以中西比较与互证为方法，系统地分析了“中国诗”形式上——特别是音韵格律上——的特征，并从这里展开他对于新诗的想象。《诗论》以其宏大的眼光、严谨的体系和细密的分析，而成为中国现代诗学的经典之作。

虽然没有“京派戏剧”的提法，但这一时期的北平文坛的戏剧创作并不冷落。最重要的剧作家当属曹禺（1910—1996），他的创作生涯也是从北平开始的。曹禺原名万家宝，出生于天津一个没落的官僚家庭。在南开中学就读时，曹禺就积极参加学校的各种戏剧活动。1929年曹禺由南开大学转学入清华大学，入西洋文学系二年级。当时清华西洋文学系主任王文显也是一名剧作家，为清华图书馆购买了大量外国戏剧方面藏书，曹禺得以系统地钻研外国戏剧名著及戏剧理论。同时清华也有学生演剧的传统，曹禺也多次参加过戏剧社的活动。正是在这样的条件和环境下，曹禺在1933年大学毕业前就完成了《雷雨》，由巴金亲手发表于《文学季刊》1934年第3期上，不久就由中国旅行剧团搬上舞台，在天津、北平、上海、南京等地上演，引起轰动，受到了文坛的高度评价。郭沫若称“《雷雨》的确是一篇难得的优秀力作”，李健吾则称赞它是“一出动人的戏，一部具有伟大性质的长剧”，曹聚仁甚至说1935年“从戏剧史上看，应该说是进入了雷雨时代”。[41]《雷雨》写的是一个封建大家庭周家的崩溃，它将两代人前后30年复杂的情感纠葛，集中在一天的时间内加以表现，而又穿插以人物间血缘和阶级的矛盾冲突，最终指向对封建家长制与伦理观的激烈批判。它以严谨的戏剧结构，扣人心弦的戏剧冲突，鲜明生动的人物形象，以及富于现实感和悲剧性的主题，而成为中国现代话剧成熟期的巅峰之作。

曹禺的老师王文显（1886—1968）长期在清华大学外文系担任戏剧教学工作，培养出诸多戏剧名家，他本人也长于戏剧创作。1927年他在美国耶鲁大学学习编剧期间用英文创作了《梦里京华》和《委曲求全》，其中前者经李健吾翻译后，1930年代在北平多次上演，深受好评。剧作取材于作者熟悉的高等学府，写道貌岸然的教授之间钩心斗角的丑剧，揭露社会上和学院中种种丑恶腐败现象，作品借鉴欧洲世态喜剧的技巧，构思巧妙，语言俏皮，堪称中国现代喜剧的名篇。同样出身清华的李健吾，这一时期在从事文学批评之外，也贡献出《这不过是春天》等剧作。李健吾的戏剧也以艺术形式见长（这或许是学院派的共同特点），特别注重人物心理的刻画，对人性的剖析尤见深度。

另外一名重要的剧作家熊佛西（1900—1965）这一时期长期担任北平大学艺术学院（前身即国立北平艺术专门学校）戏剧系主任，又曾参与主持河北定县农民戏剧实验，对中国现代戏剧教育和戏剧大众化作出了重要贡献。在美学上熊佛西重视趣味，提倡喜剧，创作于1928年的独幕喜剧《艺术家》通过写一位画家为了作品“升值”而被迫装死的故事来讽刺世态炎凉，剧情简洁生动，结构紧凑，是熊佛西喜剧创作的代表作。

当时北平文坛上还有一类散文作家，主要在报纸副刊或杂志上写作文史掌故类的笔记，他们近于旧式文人，和新文学较为疏离，但其文笔也别具特色。其中代表作家包括徐凌霄、徐一士、瞿兑之、金受申等。徐凌霄（1882—1961）、徐一士（1890—1971）是兄弟，出生于常州世家大族，伯父徐致靖是参与戊戌维新的重要人物，所以很熟悉清末民初的京华掌故。他们1929年起在天津《国闻周报》上合作开设《凌霄一士随笔》专栏，由徐一士执笔，直至抗日战争爆发，前后长达八年，内容涉及政治、社会、文艺等诸多方面，文字用浅近文言，温雅清隽。徐凌霄1928年还在上海《时报》上连载笔记体长篇小说《古城返照记》，记述清末民初北京的官场、学界和梨园的掌故佚闻，史料价值之外，思想趣味俱有可观之处。[42]金受申（1906—1968）1930年代也在《华北日报》等报纸上发表了大量笔记，内容主要涉及北平的掌故风俗，作者后来有“北京通”之誉。作者勤于采集资料，旁搜远绍，故下笔能娓娓道来，文笔平实而又曲达人情。金受申的这些笔记后来结集为《老北京的生活》，建国后由北京出版社出版。

另外两位值得在这里提起的小说家是陈铨和罗皑岚。他们都出身于清华，其小说创作大体属于新文学传统，但又明显受到旧式通俗小说的影响。陈铨（1905—1967）的长篇小说《天问》（新月书店，1931年）写民国初年四川边地的浪漫传奇，故事曲折，格调奇诡，吴宓曾撰文给予高度评价，称赞其“组织艺术”。[43]罗皑岚（1906—1983）的短篇小说集《招姐》（光华书店，1929）亦以布局和结构取胜，1934年他在天津《大公报》上连载的长篇小说《苦果》，以大革命时期一对青年男女的恋爱故事为题材，曾经在读者中风靡一时。

三、通俗小说

通俗文学是中国现代文学的重要组成部分，五四新文学兴起之后，通俗文学——特别是通俗小说——仍然拥有庞大的读者，主要是普通市民读者，通俗小说本身也多取材于市民生活。就北京而言，新文学主要还是在新式知识分子和青年学生中流行，而占北京人口大多数的普通市民，喜欢读的却是通俗小说，而其中最受欢迎的作者则是张恨水。

张恨水（1895—1967），原名张心远，安徽潜山人。作为中国现代通俗小说的大家，张恨水的创作生涯的高峰期是在北京度过的，而他的小说最初也是先得到了北京读者的认可。1919 年张恨水来到北京，在多家报社、通讯社工作，1924 年《世界晚报》及 1925 年《世界日报》创刊后，他兼任两报副刊主编，并在上面发表了成名作《春明外史》和《金粉世家》。1929 年 3 月又在上海《新闻报》上连载《啼笑因缘》，引起轰动。正是这三部完成于北京的作品，奠定了张恨水在中国现代通俗小说史上首屈一指的地位。

张恨水是典型的报人作家，报人身份一方面使得张恨水有机会接触北京社会各阶层，了解各种社会新闻，为小说创作积累丰富素材；另一方面也使他的创作带有鲜明的“媒介化”特征，具有新闻快速反映现实的特点，同时特别注意贴近市民读者的趣味（如在小说中加入趣事逸闻，类似报章补白），[44]这些特点在《春明外史》上表现的最为明显。《春明外史》以报人杨杏园和青楼女子梨云及才女李冬青的故事为线索，串联起 20 世纪 20 年代北平社会各阶层纷繁复杂的众生相，一方面继承了以“社会为经、人情为纬”的民初人情小说的传统，另一方面又带有报人小说的鲜明特色，其中对当时各阶层人物的刻画与摘发，很容易在现实生活中对号入座。小说在《世界晚报》连载的时候，读者把它看作新闻版外的“新闻”，以至于每天在报馆门口等着读新的一期连载，吸引力非常大。[45]

与《春明外史》相比，《金粉世家》主要情节人物都出自虚构，结构也更加严谨，作者称之为“用作《红楼梦》的办法，来作《儒林外史》”[46]体现了作者改革旧派章回体小说的尝试。小说主要描写京门巨族金家的盛衰史，而以金家七少爷金燕西与寒门女子冷清秋的婚姻悲剧为主线。与新文学中同类题材的创作相比，张恨水对旧家族的态度较为温和保守，而在冷清秋的身上，则显示了作者对传统道德理想的认同。

真正让张恨水获得全国声誉的则是连载于上海《新闻报》的《啼笑因缘》，小说主要描写平民少爷樊家树与三位不同类型女性的爱情故事，将情感、侠义、摩登、民俗等诸多流行因素融为一体，既有浓郁的人情味，又有强烈的传奇性，加之不同人物形象能满足市民读者的不同期待，因而一问世就大受欢迎。而小说对现代都市生活与传统道德伦理之间的冲突这一主题的挖掘，则显示了张恨水的深度。

张恨水这三部小说都以北京为题材，对北京市井风俗的精细描写，也使小说带有浓厚的京味。不过与老舍略有不同，张恨水常常是在官场和市井的对照中描写北京。他以报人记者的眼光，大面积地勾勒上层社会众生相，冷眼旁观中寓有嘲讽和批判；而对市井北京中的贫士艺人，他却能写出其闲静优雅的生活态度，并在其中寄托作者的道德理想。[47]张恨水小说的语言简洁凝练，在明白晓畅之中别有一番韵致。

张恨水之外，写京华故事的通俗小说家还有叶小凤、何海鸣、陈慎言、潘伯鹰、李熏风等。叶小凤（叶楚伧，1887—1946）的《如此京华》写出了民国初年北京作为官吏贩卖场所的一面。何海鸣（1884—1944）的《十丈红尘》1922年连载于上海《半月》杂志，通过连缀史料和佚闻，描写当时北京军阀政治的腐败。陈慎言（1887—1958）是当时仅次于张恨水的另外一位北派社会言情小说的大家。1930年他出任《中华新报社》总编辑，编报之余从事小说创作。代表作《故都秘录》写民国初年北京的遗老、官僚等各色人物，揭示其腐败生活及其背后的政治黑幕，有研究者指出，"《故都秘录》的独特之处就在于写出了中国现代社会转型期中所出现的问题：旧的社会力量寄生在新的社会机体上，'新'的社会力量依附于旧的势力，两者相互吸收'营养'，以延续腐朽势力的生命"。[48]另外一部长篇小说《恨海难填》写一对青年男女的爱情悲剧，穿插以北京上层官僚的家庭丑闻，表现出作者鲜明的道德关怀。潘伯鹰（1898—1966），名式，号凫公，后以字行。早年曾在天津《大公报》上连载小说多种，颇有文名，1930年代曾任教于辅仁大学，并担任过《世界日报·明珠》的编辑，后转向书法，成为一代名家。所作小说最负盛名者当推《人海微澜》，1929年在《大公报》上连载，1930年7月由北平世界书局印行。吴宓对其评价甚高，并为之作序。小说描写北京军阀统治下的社会黑暗现实，而且着力探入到生活现象表面的深层根源，揭示出社会腐败之下的"人心之腐败"。形式上融入西方小说的技巧，重视心理描写，也是其特色。李熏风（生卒年不详）三四十年代在北平《实报》上发表过《地狱天堂》、《女科员》、《北京明星》、《旧京风月》等小说，主要以姨太太、大小姐、阔少等为题材，讽刺北京上层社会的"西方化"生活，在格调上有媚俗的倾向。

注释：

（1）斯徒：《关于〈论革命文学〉》，《新晨报副刊》第348期1929年8月5日。

（2）参见中共北京市委党史研究室、中共天津市委党史资料征集委员会编《北方左翼文化运动资料汇编》，第4—6页。

（3）参见杨纤如：《北方左翼作家联盟杂忆》，收入《北方左翼文化运动资料汇编》。

（4）陈落：《北方左联解散前后回忆点滴》，收入《北方左翼文化运动资料汇编》，第445页。

（5）参见马俊江：《师陀与京派文学及北方左翼文化》，《河北学刊》2003年第1期。

（6）参见严家炎：《中国现代小说流派史》第六章，人民文学出版社1989年版；又见高恒文《京派文人：学院派的风采》。

（7）参见邓云乡：《文化古城旧事》，第5—6页。

（8）见《周作人致胡适》，中国社会科学院近代史研究所中华民国史组编《胡适来往书信选》（上），第538—539页。

（9）卞之琳：《星水微茫忆〈水星〉》，《卞之琳文集》（中），第72页。

（10）沈从文：《论朗诵诗》，《沈从文全集》第17卷，第247页。

（11）沈从文：《习作选集代序》，《沈从文全集》第9卷，第5页。

（12）沈从文：《水云》，《沈从文全集》第12卷，第110页。

（13）参见钱理群：《一个乡下人和两个城市的故事——沈从文与北京上海文化》，收入《钱理群讲学录》。

（14）李健吾：《〈边城〉——沈从文先生作》，《李健吾批评文集》，第56页。

（15）朱光潜：《〈桥〉》，《朱光潜全集》第8卷，第552页。

（16）李健吾：《〈九十九度中〉——林徽因女士作》，《李健吾批评文集》，第62页。

（17）卞之琳：《雕虫纪历？自序》，《卞之琳文集》（中），第447页。

（18）何其芳：《给艾青先生的一封信——谈〈画梦录〉和我的道路》，《何其芳全集》第6卷，第472页。

（19）朱光潜：《编辑后记》，《文学杂志》1卷2期，1937年6月。

（20）参见方敬：《寄诗灵》、《再忆》，均收入《方敬选集》。

（21）参见张洁宇《荒原上的丁香—20世纪30年代北平"前线诗人"诗歌研究》第二章第三节"'古城'意象"。

（22）鲍耀明编：《周作人与鲍耀明通信集》，第386页。

（23）参见周作人：《〈苦竹杂记〉后记》，《苦竹杂记》。

（24）郁达夫：《现代散文导论（下）》，收入蔡元培等著《中国新文学大系导论集》，第216页。

（25）周作人：《谈笔记》，《秉烛谈》，第130页。

（26）许道明：《京派文学的世界》，第 199 页。

（27）参见欧阳竟：《谈何其芳的散文》，《燕京文学》创刊号，1940 年 11 月。

（28）何其芳：《我和散文》，《何其芳全集》第 1 卷，第 238—239 页。

（29）吴晓东：《“闲话”和“独语”》，《记忆的神话》，第 128 页。

（30）参见李广田：《自己的事情》，收入《文艺书简》。

（31）参见罗福林：《小品文与“京派”的审美观》，收入《北京：都市想像与文化记忆》。

（32）李广田：《道旁的智慧》，《李广田文集》第 1 卷，第 93 页。

（33）常风：《回忆朱光潜先生》，见《逝水集》，第 77 页。

（34）叶公超：《从印象到评价》，见《叶公超批评文集》。

（35）参见李健吾：《自我与风格》，见《李健吾批评文集》。

（36）李健吾：《〈边城〉——沈从文先生作》，见《李健吾批评文集》。

（37）参见李书：《李长之及其文学批评》，《新文学史料》2000 年第 2 期。

（38）李长之：《论文艺作品之技巧原理》，《天・地・人》第 4 期 1936 年 4 月 16 日。

（39）参见张蕴艳：《李长之学术—心路历程》，第 69 页。

（40）梁宗岱：《新诗的纷歧路口》，收入《诗与真二集》，《梁宗岱文集》第 2 卷，第 160 页。

（41）参见田本相、刘一军：《曹禺评传》，第 49—50 页。

（42）参见王学泰：《从徐致靖谈到〈古城返照记〉》，《博览群书》2003 年第 5 期。

（43）余生（吴宓）：《评陈铨天问》，《大公报・文学副刊》第 46 期 1928 年 11 月 19 日。

（44）参见刘少文：《都市生活・趣味化・公共空间——以报人作家张恨水的创作为例》，《北方论丛》2007 年第 6 期。

（45）参见张友鸾：《章回小说大家张恨水》，张占国、魏守忠编《张恨水研究资料》，第 129—130 页。

（46）张恨水：《我的写作生涯》，《张恨水研究资料》，第 274 页。

（47）参见赵孝萱：《雅人趋俗，俗人却雅——张恨水北京小说雅俗错位的文化意涵》，收入陈平原、王德威编《北京：都市想像与文化记忆》。

（48）谢庆立《中国近现代通俗社会言情小说史》，第 238 页。本段其他内容亦多参考此书，见 237—238、240—242、266—272 页。

第十五章　沦陷时期和抗战胜利以后

一、北京沦陷文坛概况

1937 年 7 月 7 日，京郊卢沟桥日本驻军制造事端，悍然向中国军队发起进攻。中国军队奋起抵抗，举国声援，全面抗战爆发。

“七七事变”对中国的军事、政治、经济、科技、教育和文化的发展格局产生了巨大影响。在不到一年的时间里，日本相继占领北京、天津及沿海主要城市，中国的领土被分割成国统区（国民党控制地区）、抗日民主根据地（共产党控制地区）和沦陷区（日本军队控制地区）三大相互独立的行政区划。国统区和抗日根据地一直在中国的国家社会生活中起着主导作用，顽强地与入侵的日本军队及日本占领区处在激烈的军事对抗之中，直至抗战胜利。在世界舞台上，中国以巨大的代价牵制住了日本的主要军力，为世界反法西斯战争的胜利作出了重要贡献。

日本侵华战争的升级进一步把中华民族推向被殖民的深渊，也使得中国文化遭到空前的浩劫。[1]不过，抗战时期的中国文学一直延绵不绝。这是由于不同寻常的社会剧变是成就史诗性作品的土壤。围绕着救亡图存、投降卖国主线，中华大地上搬演着一幕幕大义凛然、同仇敌忾、忍辱负重，以及认贼作父、觍颜事敌、苟且偷生，令世人集中地体验到悲壮惨烈以及痛心疾首。旷日持久、惨绝人寰、罄竹难书的日寇侵华暴行，波澜壮阔、艰苦卓绝、可歌可泣的全民抗日斗争，为中国作家提供了丰富的创作素材和灵感。在国家民族生死存亡的紧要关头，那些忧国忧民、贴近现实的作品，和着时代的律动，富于艺术感染力，也就具有生命力。在文化传承的层面，殖民战争带来的不同文化之间的对抗与碰撞，促成本土文化的更新与再生。正是在这样的背景下，抗战时期的中国文学延续五四新文化传统，同时又动摇了世界主义潮流中欧化的主导地位，重新审视和汲取中国传统文化中的营养，在继承中发展，以其始终不渝的民族精神和空前的丰富多彩自立于世界反法西斯文学之林。

抗战时期的中国文学与三大行政区划相对应，由国统区、抗日根据地和沦陷区三大区域文学构成。在沦陷区文学中，北京区域文学具有鲜明的特点。

沦陷前后，大批文化机构和文化人陆续离开北京，具有二十多年历史的新文学活动终止。1937 年 8 月 6 日，伪“北平市政府”成立，江朝宗任市长。随后，伪中华民国临时政府（1937 年 12 月 14 日）、新民会（1937 年 12 月 24 日）、“华北开发股份有限公司”（1938 年 5 月 4 日）粉墨登场，1938 年 1 月 20 日，日本华北方面军司令部也从天津迁至北京。日本操纵的政治、军事、文化、经济殖民统治体制基本确立。为把文艺纳入为“大东亚共荣圈”服务的轨道，日伪采取了一系列措施：由日本华北驻屯军报导部、武德报社、新民印书馆以及伪华北政务委员会情报局，主管华北的新闻、出版和文艺；批准成立了华北作家协会（1942 年 9 月）；派遣日本文学报国会的官员和作家来北京指导；抛出“大东亚文学”的口号……但直至抗战胜利，殖民当局也没有能够制定出行之有效的文学纲领，北京大多数文人没有屈从法西斯军事统治的淫威，为殖民统治服务的文学始终没有形成。这是由多种因素制约和促成的。

日本在中国沦陷区主要采用三种模式实施殖民统治：在正式割让的地区设立日本总督府的台湾模式，以“独立”国家“满洲国”的面貌出现的东北模式，以及起用原中国政府官员组建僭越中国合法政府的关内模式。[2]从北京来看，以北京为中心的华北沦陷区属于第三种殖民体制，被占领的时间比较短，名义上还打着中国的旗号，言说环境的变化不像台湾、东北那样巨大。从日本军方来看，他们的战线漫长，侧重点主要在军事行动上，对北京的文化控制较为薄弱。从华北伪政权文化机构中的中方人员来看，他们的立场和背景不同，并非全都死心塌地为日本占领者服务。从文化传统来看，历史积淀深厚的北京是五四新文化运动的重镇，沦陷后仍具有中华民族文化的象征意义和感召力量，成为殖民地作家进行汉语书写、实现文化身份认同的圣地。在国内两大阵营对立和斗争背景下形成的战前主流文学，不复存在了，写作的空间在某种意义上得到了扩展。正是在这样一种独特的殖民语境中，北京沦陷区吸引了一批来自其他殖民地的知名作家，本地作家也很快成长起来，成就了沦陷中后期文学的繁荣一时。

文艺报刊和出版社是文学发展的主要媒介。华北沦陷区绝大部分的文艺报刊都集中在北京。文艺报刊的兴衰，在一定程度上显示出华北沦陷文坛从复苏到兴盛再到衰落的发展脉络。随着第一种官办报纸《新民报》（1938 年 1 月 1 日）和第一家民办杂志《沙漠画报》（1938 年 4 月 16 日）的创刊，报刊业呈逐渐兴盛的趋势。据不完全统计，到 1939 年 10 月，杂志已有五十余种，1940 年底，近七十种，1941 年为高峰期，多达一百余种。其中，主要文艺报刊大致为：1937 年，六种；1938 年，三十九种；1939 年，七十二种；1940 年，六十七种；1941 年，六十二种；1942 年，五十九种；1943 年，六十三种；1944 年，五十三种；1945 年，三十二种。(3) 从隶属关系看，日报均为官办，刊物则可大致分为官办、民办和校园三大系列。

沦陷后最早出现的定期出版物大多为民办通俗文化刊物，主要有《沙漠画报》（1938 年 4 月—1943 年 11 月）、《立言画刊》（1938 年 10 月—1945 年 7 月）、《朔风》（1938 年 11 月—1940 年 4 月）、《长城》半月刊（1939 年 3 月—1940 年 6 月）、《三六九画报》（1939 年 4 月—1945 年 10 月）、《艺术与生活》（1939 年 10 月—1944 年 6 月）、《学文》（1939 年 11 月 1—1940 年 5 月）等。《朔风》、《艺术与生活》和《学文》以纯文艺和学术相标榜，各有特点。其余的刊物多为综合性画刊，文艺部分所占篇幅较少，多以伶人轶事、典故考据、电影戏剧评介及武侠言情小说连载为主，具有广泛的市民读者群，加快了沦陷初期文化解冻的进程。

文艺版面较多的官办杂志主要有《中国文艺》（1939 年 9 月—1943 年 11 月）、《中国公论》（1939 年 4 月—1945 年 1 月）、《新轮》（1939 年 6 月—1944 年 12 月）、《新民报半月刊》（1939 年 6 月—1943 年 12 月）、《改造》（1939 年 10 月—1940 年 8 月）、《北京亚东道德月刊》（1939 年 11 月—1941 年 2 月）、《雅言》（1940 年 1 月—1944 年 12 月）、《新光》杂志（1940 年 4 月—1944 年 4 月）、《东亚联盟》（1940 年 6 月—1945 年 1 月）、《妇女杂志》（1940 年 9 月—1945 年 8 月）、《国民杂志》（1941 年 1 月—1944 年 12 月）、《北华月刊》（1941 年 5 月—1941 年 12 月）、《新进》（1941 年 11 月—1943 年 12 月）、《文园》（1942 年 5 月—1943 年 2 月）、《留日同学会季刊》（1942 年 5 月—1945 年 6 月）、《华北作家月报》（1942 年 10 月—1943 年 8 月）、

《艺文杂志》（1943 年 7 月—1945 年 5 月）、《文学集刊》（1943 年 9 月—1944 年）、《中国文学》（1944 年 1 月—11 月）、《新民声半月刊》（1944 年 1 月—7 月）、《新民声》（1944 年 8 月—1945 年 8 月）、《敦邻》（1944 年 1 月—1945 年 2 月）、《中华周报》（1944 年 9 月—1945 年 8 月）、《新少年》（1941 年 6 月—1945 年 7 月）、《中和》（1940 年 1 月—1944 年 12 月）等。《华文大阪每日》（1938 年 11 月—1945 年 5 月）总部在日本，但主要编辑人员、撰稿者与北京等沦陷区的关系十分密切，主要向关内沦陷区倾销。各种官办杂志的侧重点不尽相同，但为“大东亚圣战”摇旗呐喊，进行奴化教育的办刊宗旨是一致的。不过，这些刊物的文学版面较为独特和复杂，其中的许多为沦陷区中国文学的发展提供了条件，需要具体情况具体分析。

校园刊物具有相对的独立性。在私立教会学校之中，辅仁大学办有大型文艺季刊《文苑》（《辅仁文苑》，1939 年 4 月—1942 年 4 月），燕京大学办有《燕京文学》（1940 年 11 月—1941 年 11 月）半月刊、《篱树》（1939 年）小型文艺月刊，汇文中学办有《覆瓿》（1939 年 10 月—1940 年 5 月）文艺月刊，贝满女子中学出版了一期《贝满季刊》。日伪当局重新开办的北京女师学院办有《文艺》两期（1939 年 1 月；12 月），北京大学出版了《诗与散文》（1939 年）、《文艺杂志》（1941 年）、《北大文学》（1943 年）各一期。这些刊物中的多数坚持“纯文学”的立场，不理会战争叫嚣和政治宣传，但发行范围主要局限于校园。其中，影响比较大的是辅仁大学和燕京大学两校的校园文学，当时的活跃分子如张秀亚、吴兴华、查显琳（公孙嬿）、林榕（李景慈）等人，后来都成为重要的作家。燕大是美国教会创办的，辅大受到德国天主教“圣言会”的庇护，日军一时不便染指，赢得了文学发展的空间。

北京文艺书籍出版的主渠道是官办出版社。新民印书馆正式成立于 1938 年 8 月 18 日，号称以“提倡文化为目的”，实则为巩固东亚新秩序服务。主要出版新的教科书、辞书、伪政府的法令法规、日语教材、杂志以及所谓新的地图等。1943 年，开始大规模经营文艺书籍，先后出版了“新进作家集”、“少年文库”、“艺文丛书”等几套丛书。其中的“新进作家集”（1943 年 5 月到次年 6 月）收长篇小说《贝壳》（袁犀）、《土》（沙里），短篇小说集《鱼》（梅娘）、《太平愿》（马骊）、《萍絮集》（萧艾）、《秋初》（关永吉）、《丰年》（山丁）、《兼差》（高深）、《白马的骑者》（雷妍），以及散文集《远人集》（林榕）等共十种。“艺文丛书”收周作人的随笔集《书房一角》、《秉烛后谈》，毕树棠的翻译小说集《贼及其他》，常风的书评集《弃余集》，闻国新的短篇小说集《落花时节》，废名的诗论《论新诗》，文载道的随笔集《文抄》，沙里的长篇小说《尘》等，内容广泛，作者多为老作家。1940 年成立的华北文化书局，主要经销武德报社出版的刊物，所出书籍多为刊物文章选编。后开始有计划的出版文艺书籍，出版了由华北作家协会编辑的“华北文艺丛书”，收短篇小说集《京西集》（张金寿）、《森林的寂寞》（袁犀）、《蟹》（梅娘）、《鬼》（萧艾）、《紧衫》（萧菱）、《风网船》（关永吉）、《奔流》（雷妍），长篇小说《蓉蓉》（闻国新）、《影》（赵荫棠），以及剧本集《半夜》（陈绵），具有新老作家兼收的特点。

除了上述两个占据着垄断地位的官办出版社外，还有其他一些出版渠道。私人出版机构为数不少，如金城书店、中华图书社、北京文章书房、曲园出版社等，但大多规模很小，出书不多。一些报刊社也出版单行本和丛书，如新北京报社出版的“新北京报丛书”，仅 1939 年就收入耿小的的四部长篇。最突出的是艺术与生活社，先后推出五种文艺丛书，其中，“艺生创作文库”收小说《盔甲山》（毕基初）、《山雾》（黄军）、《同心集》（田军等人）、《同心二集》（白兰等人）、《凤凰岭》（红雪）、《未亡人》（吉戈木）、《良田》（雷妍）和《线上》（曹原）八种。“艺生文艺丛书”收顾视等人的诗集《摘果录》、婉君的《婉君戏剧集》、穆穆的独幕剧集《生涯》、顾视的诗集《虹桥集》、狂梦的散文集《童年彩色版》、谢溥谦的散文集《十九年集》、陆白人的诗集《铁马》、石樵等人的诗集《蓬艾集》、黄茶等人的诗集《北风》、王罗的独幕剧集《长命百岁》等十四种。“艺生文辑丛书”收刘荣恩等人的诗文集《友情》。“南风丛书”收黄萧秋的诗文集《寻梦者》。“艺生星火小丛书”收顾视的诗集《画影篇》、石樵等人的诗合集《诗潮》。艺术与生活社以私人资本惨淡经营，作者至少需负担一半的出版费用，书印成后分给作者一半，由他们自己去销售。正是基于编者和作者的满腔热忱和执著追求，在日据时期延续了北京的中国新文学。

需要注意的是，新闻出版业是由日伪殖民当局控制的。少部分民办机构要履行审批以及申请纸张、油墨等物资的配给手续，因而必不可免地与伪政权发生或直接或间接的关系。但文艺作品的政治倾向，与出版物或出版社是官办的或民办的，并无必然的对应关系。有的时候，流露出反抗意向和不满情绪的作品，代表特定时空中的民族文学实绩的作品，恰恰就是官办机构推出的，如洋洋十册的“新进作家集”。

沦陷时期，北京仍聚集了为数众多的作家。以自然群落划分，在当时有老作家、新进作家、东北作家、台湾作家、天津作家、校园作家、通俗小说作家以及在京日侨作家群之说。周作人、俞平伯、钱稻孙、张我军、陈绵、杨丙辰、商鸿逵、赵荫棠（老铁）、朱肇洛、毕树棠、沈启无、郑骞以及闻国新、郭绍虞、常风、李霁野、谢刚主、王森然、陈介白、储皖峰、夏孟刚、尤炳圻等人，战前就已成名或开始创作，被视为老作家。与之相对的是新进作家，即沦陷后步入文坛的青年作者，袁犀、梅娘、马骊、萧艾（黄旭）、林榕、关永吉、山丁、高深、沙里、雷妍等人是其中的佼佼者。来自伪满洲国的袁犀、梅娘、萧艾、山丁、黄军、鲁风（陈漪堃）、吕奇（杜白雨）、王真夫（吕平）、左蒂、徐白林（百灵）、王则、辛嘉（陈松龄）、戈壁（申述）、共鸣、安犀、王家仁、鲜文、璇玲、范紫、一叶、支援、矢羽等，形成了举足轻重的东北作家群。台湾作家群包括张我军、张深切、洪炎秋（芸苏）、钟理和等。天津作家群有王朱、江寄萍、刘云若、吉戈木、田秀峰、萧仲纳、杨鲍、招司等。校园作家包括张秀亚、吴兴华、林榕、查显琳、赵宗濂、纪莹、李韵如、朱炳荪、谢人堡、秦佩珩、汪玉岑、白金、陈异、顾视、李駖子、宋悌芬（宋淇）、孙道临、婉君、闻青、左金以及其他许多文学青年。通俗小说作家不乏名家，如还珠楼主、赵焕亭、白羽、郑证因、王度庐、徐春雨、戴愚盦、许吟秋、耿小的、李薰风、肖仲纳、要六郎、左笑鸿、陈慎言、陈逸飞、懒慵、刘云若、徐剑胆等，他们多数居天津，但许多作品在北京发表或出版。以社会群落和文艺社团划分，北京的一个个作家圈子又被称作“华北作协”派、“北大”派、“艺生”派、“艺文”派以及“文园”派等。实际上，各个群体之间的界线是模糊的，人员时有变化，也经常出现重叠。

文艺组织有官办社团和同人社团之分。1941 年 1 月，最早的统一文艺团体华北文艺协会成立。该会提倡为人生而艺术，政治色彩淡漠，但实际活动不多，很快被具有浓厚官方色彩的华北作家协会（1942 年 9 月）所取代。后者曾“翼赞”第五次治安强化运动，策划与日本、“满洲国”之间的文化交流，派遣会员参加大东亚文学者大会等。不过，由华北作家协会主持评选、推荐的“华北文艺奖金”、“大东亚文学赏”获奖作品，却多是民族文学的优秀之作，从而显现出沦陷区文坛上的一个“悖论”现象：它们产生在日本占领区，然而作品的内容和主题，却是与殖民体制相对立或相游离的。同人文艺团体的规模很小，在组织上更为松散。文园社以1942年从东北来到北京的青年为主，曾依托武德报社出版的旬刊《万人文库》，以及华北善邻会的杂志《敦邻》，编发“文园”专刊，组织文学座谈会。1943年6月成立的艺文社，依托周作人任名誉会长的“中国文化振兴会”，基本没有什么活动，只是出版了《艺文杂志》（1943年7月创刊）、《文学集刊》和艺文丛书。

与文学运动相伴的，是文学口号的更迭和批评论争的起落。北京沦陷文坛先后出现过诸如“建设文学”、“文艺复兴”、“增产文学”、“国民文学”之类的口号，以及围绕色情文学、乡土文学、木刻、小说的内容与形式等问题，展开过讨论。当局和新文艺提倡者在阐释一些貌似类同的口号和论点时，其背后所折射出的文学观念往往大相径庭。在许多问题上，既存在当局利用某种观点的情况，也有作家借助当局的提法大作自己的文章的情况。这种差异揭示出，官方话语和民间话语之间经常貌合神离，甚至泾渭分明。

在沦陷初期提出并讨论“文艺复兴”问题，表达了一种打破文坛沉寂、繁荣民族文艺的强烈愿望。到了文艺创作相对繁荣的1943年，倡导“文艺复兴”的作家们明确呼唤新文学遗产与民族文学传统：“中国新文艺的出发，是‘五四’以后的文学革命运动，我们今日的文艺，也应该继续那时期的精神。”[(4)]回归民族传统，主张以五四文学革命精神为出发点来发展文学，这样的观点，具有销蚀和反叛意在灭绝中华民族文化的异族政治、文化侵略的含义，实际上是对沦陷区现实所作的政治评价。响应者对此做了进一步的引申：今日之文学是五四人的文学、平民文学的继续，表现出现实主义文学传统的强大生命力。然而对五四文学传统的继承，“在今日之文艺中不是简单的翻印，而是高级的调整”。[(5)]其价值取向显然是继承和发扬中国新文学的现实主义传统。而官方的社论《华北文艺复兴运动之展望》在突出华北“独特性”的前提下，提出“以东方固有的伦理道德，充作根基和骨干，然后吸取各地方新的文化，采择其优长的部分，提高了全华北的文化水准，来做东西新秩序下的坚固壁垒”。强调华北的“独特性”，无疑是认可华北被殖民的既成事实。然而，在“击灭英美”的声浪中谈“文艺复兴”时，依旧是“根据了欧洲前期的文艺复兴的理念，更生华北的文化”，[(6)]还是未能脱出欧美窠臼。官方的这种阐释混乱、空洞，既无益于文艺创作也无助于殖民宣传。

另一个引发广泛讨论的文学口号“乡土文学”，是华北文坛在1943年达到其高潮期的重要推力之一。关永吉反复提示，乡土文学

“强调‘乡土’——家、国、民族——的观念”。他明确指出，“此处之所谓‘乡土’，并非单纯的‘农村’之谓，乃是说的‘我乡我土’，指生长教养我们的作家的整个社会而言”。[7]“乡土文学”不是简单的“农民文学”，而是对“有其独自的国土（地理环境），独自的语言，习俗，历史，和独立的社会制度”的“国家”的特征的把握。同时，应突出“新英雄主义·新浪漫主义”主题，即注意发掘充满浪漫的斗争精神即“反抗的意味”的新的“英雄类型”，用以取代并打倒色情文学中的哥哥妹妹、才子佳人。[8]这里的“我乡我土”，已不是单纯的地域概念，而是具有了历史的和民族本位文化的内涵。坚持描写中国人世代生息的整个社会和国家，并且要求突破被奴役被压迫的沉闷黑暗的现状，人为地塑造出具有浪漫精神即“反抗的意味”的新的英雄人物，无疑表现出对殖民文化和堕落颓废倾向的抵制，对被殖民屈辱现状的抗争，以及对中华民族的前途充满信心。林榕的《新文学的传统与将来——兼论乡土文学问题》（《中国公论》10卷3期）、《再谈乡土文学》（《中国文艺》8卷2期）等文，强调中国文学传统的连续性和一贯性，坚持以个人为出发，以国民性和民族性为基础，同时包容广阔的世界性；认为中国将来的新文学“必是中国自己独立文学形式的成长”，并且一再突出乡土文学的语言问题。总之，北京作家一方面以开放的视野自觉捍卫中国语言文化的主导地位，一方面有意扩大乡土文学的题材范围，打破仅仅写农村的局限，肯定描写“民族”、“国民”、“现实”、“时代”的一切作品，实际上是透过爱家乡表达出对祖国的爱，具有抵制日本文化侵略和文化同化的政治寓意。因此，“乡土文学”不仅是一个文学口号，而且具有政治意义。

此外，木刻是一种既古老又年轻的艺术，沦陷时期展开的“木刻论争”说明，鲁迅曾积极倡导的新兴木刻的影响仍在延续。1942年因章回小说评价问题引发的有关“小说内容和形式问题”的讨论，涉及通俗文学和大众化的问题，讨论过程中出现的许多提法、甚至用语，都与五四时期、30年代相似。可以说，这场讨论是抗战前文艺大众化问题讨论的余绪，在坚持民族自主文化方面，具有象征意义：讨论文学的形式与内容的问题，是力求整个文学深入到民众之中，是“忠实的完成五四运动以来之文学革命的更进一步的发展”。[9]这表明，北京沦陷文坛的思想观念和论说话语，继续五四新文化传统，并没有因日本的军事占领而纳入殖民文化体制。

与相对薄弱的文艺理论探讨相比，北京沦陷期的文学创作的实绩更为突出。在几种主要体裁中，散文兴盛于文坛从死寂转入复苏的时期。这是由诸多因素促成的。从传播载体来看，沦陷初期的媒介主要是报纸副刊和画刊，版面有限，适合刊登短稿。从时尚来看，被视为沦陷区文学旗帜的周作人的作品，以及一些报刊对于散文小品的提倡，造成了写散文的风气。从文体特征来看，散文形式不拘，灵活性比较大，初学者往往从写散文开始。就是对于成熟的作者来说，由于散文可以避开尖锐的社会政治问题，主要抒写个人的思绪与生活，在局势还不明朗的转折期，往往也成为首选样式。这样，就造成了散文的一度流行。当时的散文作品主要有三类。第一类，周作人式的随笔小品，作者主要是资深作家、学人。第二类，抒情状物散文。第三类，与评论和杂文比较接近的论说散文。林榕、毕基初、林栖（南星）、麦静、侯北子以及张秀亚、秦佩珩等人的散文，能够在朦胧和迷惘之中表现一种幽远、缥缈的意境，营造出扑朔迷离的象征，捕捉到稍纵即逝的情绪。多数青年作者的作品或专注个人的悲欢离合，缺少自己的见解；或忘情于山水，追求“田园风味”，缺少与现实生活的联系。从他们的作品中，可以看到西欧文学的痕迹，以及中国旧诗文中的词句和境界，更多的还是在模仿何其芳、李广田的早期散文。到了1943年，模仿《画梦录》的作品明显减少。人们注意到何其芳的《还乡日记》在风格上所发生的巨大变化，期待着北京散文也能够发生同样的变化。[10]不过，《还乡日记》艺术手法的调整以及思想情感的明晰，是以更为广阔的现实体验为基础的，没有相似的生活经历，很难效仿。

诗歌属曲高和寡的样式，但仍涌现出一批成熟的诗人。他们在诗的形式、音韵以及借鉴中外遗产等问题上，作了各种有益的探索。张秀亚（1919—　）的著名长诗《水上琴声》（《辅仁文苑》第6辑，1941年1月）排列错落有致，宛如用五线谱标记的乐章，试图通过形式的变化把声律音响与视觉感受结合起来，探求爱的真谛。被周煦良称作“一颗新星”的吴兴华，刻意在创作中融会中国古典诗和西洋诗的构成因素，既写爱情诗也尝试诙谐体，但最深刻的还是表达时代悲戚的感时伤生之作：“宇宙奔着不变的路程，万世深忧在一人肩上。”（《览古》）其他有一定影响的诗作者有林栖、黄雨（李曼茵）、查显琳等。长达数百行甚至上千行的长诗，是40年代初期北京文坛上的一个引人注目的文学现象，除《水上琴声》外，陆续还有《奴隶之爱》（高深）、《幸福的灯》（毕基初）、《春风》（岳仑）、《古城颂》（林丛）、《长门怨》（李健）等作品问世。何一鸿的《出塞行》、《念家山》、《天山曲》等历史题材的叙事诗，具有音节清晰便于上口的特点。学者沈启无与废名有诗歌合集《水边》（新民印书馆，1944）梓行。

话剧演出一直十分活跃。在北京活动过的剧团多达几十个，其中，北京正式的或业余的话剧团体有北京剧社、华北剧社、四一剧社、燕影剧团、人人剧团、中国剧艺社、艺生剧社、新时代剧团、甲申剧社、新华戏剧总社、古城剧社、北电剧团等。校园话剧团体有燕京大学剧团、协和医院剧团、北法剧团、育英剧团、晨钟剧社以及贝满女中、慕贞女中、育青女职校的学生演剧等。外地来京的话剧团体有天津的大亚剧团，上海的白云剧团、影人剧团、新中国剧团（其前身为中国旅行剧团）、华艺剧团、苦干剧团、银星旅行剧团、华联剧团等。仅在1943年，演出团体有十二个，上演剧目二十三个，演出场次超过二百五十场。[11]一个值得注意的现象是，官办团体并非一定为殖民宣传服务。例如，1938年夏成立的北京剧社隶属于新民会，但在历时七年多的演出活动中，所上演的却是《雷雨》、《日出》、《原野》、《北京人》、《云彩霞》、《茶花女》、《干吗》等中外名剧。后来在上海"孤岛"成名的石挥，也是在北京剧社开始其演艺生涯的。北京的话剧原创作品不多，只有陈绵（作品有《候光》、《半夜》、《人群》）、婉君（作品有《冤狱》、《小丑》）、王罗等人出版过创作或改编话剧的单行本，但大多未能搬上舞台。这说明了北京剧作的贫乏，但大量演出现代经典剧目和内地话剧作品这一现象表明，殖民统治并不能阻隔文化的传承与交流。

小说是北京文坛主要的样式。沦陷初期的作品多为青年人的习作，人物公式化、"小说随笔化"，没有脱开中国新文学初期"恋爱型"作品的套路。值得注意的是李韵如的中篇《三年》、朱炳荪（1910—　）的中篇《晦明》和林培志的短篇小说集《娜拉的出路》。三位作者都是女性，又都是在1939年自费出版的。1940年，北京沙漠画报社出版了中篇小说《风》（王石子）、短篇小说集《爱的故事》（张铁笙）等。1941年以后，涌现出一大批成熟小说家。毕基初（1919—1976）的那一组意味深长的"绿林故事"（《盔甲山》），大胆表现了山野乡村中的一些不安分之辈。同样是描写乡土，黄军（1920—1986）的小说集《山雾》记录了"七七事变"后，兵灾对农村的社会和经济结构的影响。马骊（1915—1985）的中短篇小说集《太平愿》直面战乱中的农民厄运，山丁（1914—1995）的短篇小说集《丰年》把白山黑水的浑厚乡风带到北京。关永吉的长篇《牛》（《国民杂志》4卷1至7期，1944年1至7月）、闻国新的长篇《蓉蓉》（《中国文艺》7卷5期至8卷4期，1943年1月至6月）也是华北乡土文学的力作。这些小说深入到农民的生活之中，不仅描绘出他们的外形，还能够把握他们的喜怒哀乐、悲欢离合，表现出中国和华北农民的真实灵魂。“乡土文学”口号的响亮提出和农村题材小说的勃兴，是华北文坛在1943年达到其高潮期的重要推力。沦陷中后期小说在创作方法、主题、题材、叙事形式和风格方面呈现出多样性。袁犀的《贝壳》、《面纱》两部长篇和大量的短篇，再现了现实生活中的美丑善恶，并对沦陷区各种苍白人物，特别是知识分子的灰暗精神世界和异常心态，作了新感觉主义的表现（《手杖》）。梅娘的所谓“水族”系列小说《蚌》、《鱼》、《蟹》以及收在两个中短篇小说集中的《侏儒》等其他作品，以刚柔相济的独特女性视角，展示了人世间的不平和女人的不幸。另一位具有同样纤巧细腻与悲天悯人特点的女作家雷妍（1911—1952），在沉重的生活压力以及使人窒息的特定社会环境，凭着“握紧了每一个清晨”在人间苦苦挣扎的坚强毅力，创作了大量的短篇小说，淋漓尽致地倾吐出在社会上奋斗的女人的怨艾和失落感。张秀亚以《皈依》和《幸福的泉源》两个中篇奠定了她在中国现代宗教文学中的地位。公孙嬿（1920—）的那些恣肆宣泄情与欲的小说，曾在华北文坛引起“色情文学论战”。王朱（1910—1973）专门描写神女悲惨命运的长篇《地狱交响乐》（《新民报半月刊》3卷20期至5卷2期，1941年10月15日至1943年1月15日），真实暴露了现实生活中常人很难了解的最黑暗的角落。面对殖民，感伤主义的幻想和歌舞升平的粉饰已无存身之地。现实生活的重压使愤怒和不满日益膨胀，环境又限制了直抒胸臆的表现形态，于是，讽刺小说流行。程心枌和萧艾（1913—　）的小说具有观察细微的特点，着眼于世态炎凉和市民社会的阴暗面，但多止于对社会上种种恶劣的现象和人物加以指摘和讥嘲，缺少深刻的自我反省。作者的这种超然物外的讽刺基调，限制了作品所能达到的高度。同时，为追求幽默而流于圆滑和俏皮，也降低了讽刺的意义。同是讽刺，高深（？—1943）的小说《孔庙里》（《中国公论》8卷1期，1942年10月1日）的叙事貌似超然淡远，却在不动声色地鞭挞国民性中的负面因素的过程中，闪烁出反对封建残余、破除现代神话的光彩。

通俗小说是中国小说中的一体，有着悠久的传统和众多的读者，在沦陷时期也一直兴盛不衰，多数报刊都辟有章回体武侠言情类小说连载栏目。不过，新文学的积极倡导者们认同新文化运动前辈的激进观点，同样认为章回体通俗小说趣味低级，“充满毒素”，(12)将其置于北京沦陷区主流文坛之外。实际上，通俗小说除了文句通俗、形式大众化，更有潜在的价值观。有的武侠小说描写了光明战胜黑暗、正义战胜邪恶，有的言情故事讲述了别恨离愁及坚贞节操，有的社会小说揭露了人世间的丑陋与不平。这些作品中所蕴含的传统观念，正与读者的潜在意识相吻合。特别是，爱憎分明、天生具有反抗性格的大侠武师，更为生活在殖民地的人们拓开了一方幻想的天地。而且，在令人窒息的压抑环境中，通俗小说的娱乐性也不失为一种化解积郁、宣泄情感的渠道。因此，尽管当局和新文艺作家都漠视通俗小说，华北文坛仍出现一批受众广泛的通俗作家和作品。以武侠小说为例，在公认的中国现代武侠小说五大家不肖生（向恺然）、赵焕亭、顾明道、还珠楼主和白羽之中，就有白羽、还珠楼主、赵焕亭三人曾活跃于沦陷时期的华北。其他较为知名者还有郑证因以及王度庐、朱贞木、肖仲纳、许吟秋、徐春雨、戴愚盦、杨六郎等。如武侠小说"北派四大家"之一王度庐（1909—1977），出身北京旗人，沦陷时期居住在华北伪政权治下的青岛，一直靠卖稿养家糊口。他的《河岳游侠传》、《鹤惊昆仑》、《宝剑金钗》、《剑气珠光》、《卧虎藏龙传》和《铁骑银瓶》5部爱恨情仇故事，被称作所谓的"鹤—铁系列"，深刻揭示了侠客"情"、"侠"不能两全的命运悲剧，产生了打动人心的震撼力。在文学文本的层面上，王度庐作品的语言幽默，具有京味儿特点，在沿袭传统观念和形式的书写中，有机融入了新文学因素，使得通俗文学增加了现代特点。华裔导演李安曾把《卧虎藏龙》搬上银幕并获得多项奥斯卡奖项。多产的社会言情小说作家则有耿小的、刘云若、陈慎言以及李薰风等。也有人把谢人堡的作品归入通俗小说之列。总之，在多灾多难的沦陷时期，通俗小说是一种不容忽视的文学存在。

上述文学现象表明，继承五四新文学遗产与中华民族文学传统的文学创作是北京沦陷期文学的主流。在对北京沦陷区的文化和文学生态进行考察时，如果深入到文学现场而不是恪守先验的观念，就不难发现，更有两类大胆直接宣示中华民族价值取向的作品。

第一类，表达反日爱国和武装抵抗立场。如关永吉的杂文《所望于日本文学代表者》（《中国公论》10卷3期），抨击的矛头直指日本的殖民体制。高深的小说《兼差》（《中国公论》7卷2至5期，1942年3月至8月），大胆讽刺日本军队对于北平城的占领，直露地表达出反侵略立场。黄军的评论《评〈新水浒〉的表现形式及人物》（《东亚联盟》2卷4期），公开讴歌中国人民正在进行的抗日武装斗争。

第二类，表达中华文化和民族国家认同。如张深切（1904—1965）担任主编时期的《中国文艺》月刊（1939年9月至1940年9月），宣扬用中国传统文化拯救处在水深火热中的祖国的文化救国论，公然把日本鼓吹的"东方唯一的高文化"——"大和民族"文化归入"低劣”之列，并对殖民语境中的中华文化的现状及其更生的方式，做出明确的分析和定位。洪炎秋（1909—1980）提倡读史诵经，有意识地通过弘扬和反省中华文化来抵御日本通过语言来实施殖民同化的图谋。[13]钟理和（1915—1960）的小说《夹竹桃》（马德增书店，1945），在剖析北京人传统美德沦落问题的过程中，流露出对于文化身份认同的渴望与疑惑，蕴含着具有民族自觉意味的奋发图强意识。高深的诗作《没有灵魂的人们》（《华文大阪每日》6卷9期）恣肆抒发“怒其不争”的悲愤，以及失去母亲的孤儿的委屈，对沦陷现实暗有所指。李曼茵（1912—）诗中的“故园”（《黄雨诗抄？无题五》，《中国公论》8卷6期）、“果树园”（《果树园》，《中国公论》9卷3期）等暗示“祖国”的意象，传达出诗人对现实的判断：虽然他仍生活在家乡的土地上，虽然乡村依旧富饶美丽，但由于山河破碎，人事已非，人与自然的关系发生了变化。这很容易使身在沦陷区的中国人引发丰富的联想。何一鸿（？—1944）的长诗《天山曲》（《中国公论》10卷3期至4期），借清朝皇帝乾隆与回疆绝代佳人香妃之间的故事，热情歌颂不屈服于异族侵略者的刚烈女子，用“爱祖国”等现代语汇和思想，表达出殖民统治扼制不住的民族意识。

由此，引申出评价沦陷区文学的方法，即不应以公开场合的言行为依据，而是以文学文本的象征寓意和文化身份认同的维度为依据。现代国家观念和世界秩序形成和确立之后，在多层面的文化身份认同体系中，具有质的规定性的文化身份认同首先是民族国家认同，而民族文化认同是民族国家认同的前提和基础。日本发动的侵华战争造成了被占领地区异质文化间突发性的全方位杂处和错位。与从事其他行业的就业人群不同，生活在沦陷区的中国作家在文化生产活动中无法规避族群或民族国家认同的问题，其文化身份认同的状况，往往对他们的政治立场，以及他们在文艺活动的价值取向，产生决定性的影响。引入殖民语境下的文化身份认同视角，有助于正确分辨沦陷区作家的是非判断和政治抉择，从而为界定沦陷区作家的政治立场提供一种叙述方式。上述材料正是通过发掘作品的民族文化认同内涵和象征影射寓意，破除了北京沦陷区没有文学或主要是汉奸文学的假象。相对封闭的环境，严酷的法西斯主义高压，未能封杀中国人的民族精神。沦陷区文学是中国抗战时期文学、中国新文学的有机组成部分。实事求是地估价沦陷区文学，不仅是完善中国现代文学史不可或缺的环节，而且具有文化上的深层意义。北京沦陷区文学的实绩证明，历史形成的民族国家意识和强大的民族凝聚力，是中华民族得以抵御外来军事侵略和文化奴化的内因之一。

二、沦陷期作家作品

周作人是引起纠纷和争议最多的一位沦陷区作家。

“七七事变”后，知识界加快撤离北京的步伐。1937 年 8 月 9 日，北京大学和清华大学终于正式宣布南迁。原来主张北京大学应照常运转的文学院院长胡适，也同梁实秋等人一起离开北京。鉴于周作人在中国现代文坛和学术界的崇高声誉，他的去留问题引起了普遍的关注。成功从日本回到中国的郭沫若，也立刻撰文吁请周作人“飞回南边来”参加抗战。[14] 周作人最终还是决定滞留北京，却未能守住他闭门“苦住”的表白。1938 年 4 月 9 日，他出席由日本大阪每日新闻社召开的“更生中国文化建设座谈会”。此举立即遭到全国各地进步文化界的声讨。1939 年元旦，发生不明人员刺杀周作人未遂事件。[15] 周作人逐一步步就范于殖民当局，最高官至华北政务委员会委员兼教育总署督办。

日本一直把“起用中国第一流人物，削弱中国现中央政府和中国民众的抗战意识”，列为侵华政策“纲要要点”的首位。[16] 由周作人领衔北京沦陷区乃至中国沦陷区文坛盟主，正是殖民者所期待的。担任伪政权要员期间，周作人没有中断散文写作，从 1940 年至 1945 年，仅单行本就出版了八部。然而，他并没有“为敌伪文坛的喽啰们所拥戴，成了北京、华北，及至整个敌伪占领区文坛的首脑人物”。[17] 事实上，周作人的主要活动在教育、文化乃至推行伪政府的各项政令上，对北京文坛及文学运动，持不屑一顾的态度。由此，在 1943 年 8 月召开的第二次大东亚文学者大会上，遭到日本文学报国会官员片冈铁兵激烈的匿名攻击，引发了轰动沦陷区文坛的“扫荡反动老作家”事件。周作人半年后才知晓，并予以回击，在一个多月的时间内接连发表了《关于老作家》（《中华日报》1944 年 3 月 12 日），《破门声明》（15 日），《一封信》（27 日），《文坛之分化》（4 月 13 日），《一封信的后文》（25 日）等文章，剪除了与日本人打得火热的昔日弟子沈启无，也迫使片冈铁兵在四月末发来道歉函。周作人之所以能够获胜，是由以下几个因素造成的。首先，他是伪政权的“国家”领导人，在沦陷区文化界的地位特殊。其次，关内沦陷区的思想控制混乱、薄弱，缺乏权威性。最后，时至沦陷末期，日本军力不支，已处于守势，在华殖民统治方式发生转变，改为以怀柔安抚为主。

在散文创作方面，周作人平和、清淡、不骄、不躁、自然超脱的风格，仍被许多人奉为经典。另一方面，也有人将这种风格视为落伍而加以抨击。按内容和题材区分，周作人沦陷时期的文稿大致可分为两类。一类是官员的职务文章和争辩文坛是非的文字，一类是从自己的兴致出发创作的散文随笔。周作人只把后一类文章结集出版。《秉烛谈》（北新书局，1940）中的笔记，大多将所读古籍加以抄摘连缀，间或也作评骘臧否。《药堂语录》（天津庸报社，1941）中的文章短小精炼，在介绍古籍内容的同时，间或涉及版本或趣闻，看似平淡无奇，却也不时有言人所未言的地方。《药味集》（新民印书馆，1942）中的《关于范爱农》一文，首次披露了鲁迅的《哀范君三章》和范爱农给鲁迅的信。1944 年，新民印书馆出版了他的三本集子。《药堂杂文》中的《汉文学的传统》等论文，反映出周作人在政治思想、文艺观以及处世态度上的重大变化。《书房一角》中的读书随笔侧重古书及古人的思想。《秉烛谈》的续作《秉烛后谈》谈酒、宴会、娱乐、混堂、食鳖、搔痒、过瘾以及儿童诗等，具有一定的知识性和趣味性。上海太平书局出版了两本集子。《苦口甘口》（1944 年）中的文章涉及中国心理建设、思想革命、文学传统等问题。《立春以前》（1945 年）多为知识小品、读书札记。

纵观周作人抗战时期的随笔散文作品，也可以分为两类。一类是以前的旧作，存稿，或读书之余所写的札记、语录。其中的不少文章看似掉书袋，但往往在对死材料略施编排之后陡增意义，显示出周作人广博的视野和深厚的学养。另一类是周作人在当时以及晚年反复提请人们注意的五篇反日学术论文。[18]其中的《日本之再认识》（《药味集》）取向多元，占主导地位的是一种在高层次上理解殖民者文化的愿望，见不出抵制日本殖民统治的内容。另外四篇文章较为复杂。与早年《人的文学》中的人道主义文学主张不同，《汉文学的传统》（《中国文艺》2 卷 3 期，1940 年 5 月）把中国文学的思想归结为儒家思想，一种自然形成并非强制推行的思想。《中国文学上的两种思想》（《艺文杂志》1 卷 1 期，1943 年 7 月）指出，中国文学史上有为君主的和为人民的两种不同的思想，现在应当复兴的是中国固有的“一切为人民为天下”的思想。《中国的思想问题》（《中和》1 卷 4 期，1943 年 1 月）认定“中国的思想是没有问题的”。《汉文学的前途》（《艺文杂志》1 卷 3 期，1943 年 9 月）进一步把中国新文学大发展的条件表述为：“其根基于中国固有的健全思想者半，其有待于世界的新兴学问者亦半。”这些见解是周作人在经历了巨大变故之后对思想、文学重大问题的再思索，放在殖民语境中审视，有其深刻的寓意。殖民政权是靠武力建立起来的非法权力机构。当局既要附逆又要僭越正统，急于找出一种能够统一民众认识的思想学说。于是，日伪宣传人员炮制出各种各样的“中心思想”。周作人对这些五花八门的观点不以为然，在思想问题上坚持中国民族传统的独立性和生命力，同时强调中国的思想、文学与世界潮流不可分割，确实是对官方的宣传纲领提出了异议。这也是片冈铁兵向他发难的原因之一。不过，周作人上述观点的反拨意义是极其有限的。原因在于，他是以承认既存殖民现状为前提的。就连他树立国民文学根基的目标，也只是为了“乃可以大东亚文学之一员而参加活动”。[19]这样，周作人对日伪的“中心思想”宣传的种种不满，只是表述了相对独立的个人见解，很难说具有“抗御”侵略的现实意义。

抗战胜利后，周作人被国民政府逮捕并押往南京。尽管有几十位知名学者教授、国民党地下工作人员上书进言为其开脱，南京首都高等法院还是在经过三次公开庭审之后，判定周作人叛国罪成立。总的来看，周作人与沦陷区大部分文艺杂志的办刊方针无关，并受到日本文学报国会的作家和北京文坛方方面面的抨击和冷落，基本上没有介入北京的文学运动。周作人思想上的矛盾以及人格上的冲突，泾渭分明地显现了在他的政治世界和文艺世界里，具有高级伪吏和自由撰稿人双重身份。他那沦陷区汉奸文学旗帜和首脑的形象只是一种幻象，产生于沦陷初期日方一厢情愿的期待，以及局外人和后来者的合理想象。

在滞留北京的老作家中，闻国新的小说技巧较为圆熟。闻国新（1906—1992），浙江杭州市人。沦陷时期先后在伪政权蚌埠地方法院、北京大学任职。代表作《蓉蓉》（华北文化书局，1943）中的主人公十五岁，是一个渴慕城市生活的山村小姑娘。辜鸿铭式的旧知识分子吴柏生在经历了几次情场失意之后，来到乡村学堂教书。在妙峰山庙会上，他与卖蒲扇的蓉蓉一拍即合。天真未凿的蓉蓉是他逃避现代都市的避风港，蓉蓉通过他如愿进了城。战乱使得他们天各一方。多年后，两人在妓馆不期而遇。吴柏生旧情仍在，蓉蓉则反问道：“你要了我去，有什么用处呢？我绝不会再给你生儿养女了。”遂在夜间受一粗客蹂躏时当场殒命。吴柏生没有因蓉蓉而返璞归真，最终还是游荡在他曾执意要逃避的颓败城市文明中。蓉蓉也没有在吴柏生的导引下进入天堂，而是很快走完了从怀春、堕落到死亡的人生旅程。都市化是现代化进程中不可避免的社会现象。破产农民和向往现代城市文明的农村青年是流向城市的主要人群。城市化是社会进步的产物。然而这种进步并不都会与幸福和富足相伴。小说在描绘蓉蓉的悲剧命运的过程中，形象地反映出进入民国以来，中国社会的剧变对于农村以及农村青年一代的思想和生活道路所产生的重大影响。京郊民俗文化和旧京淫乐背景的生动描写，对于乡村少女的性心理从倾慕都市繁华到沉迷感官享乐到堕入颓靡绝望不同阶段的细致把握，凸现出小说的艺术特色，被史家誉为“京俗—心理小说”。[20]

来自伪满的作家是抗战时期北京最活跃的创作群体之一，其中，又首推新进作家袁犀和梅娘。袁犀（1920—1979），原名郝维廉，辽宁省沈阳市人。1941 年定居北京。主要作品有短篇集《泥沼》（奉天文选刊行会，1941）、《森林的寂寞》（华北文化书局，1943）、《某小说家的手记》（汉口：大楚报社，1945）、《时间》（北京：文昌书店，1945），长篇小说《贝壳》（新民印书馆，1944）和《面纱》（新民印书馆，1945）等。20 世纪 80 年代，有长篇《历史的回声》（中国青年出版社；广东人民出版社，1981）、电影剧本《归心似箭》（中国电影出版社，1981）等作品问世，是仅有的在当代仍有重要作品的沦陷区作家。他的创作深受鲁迅、巴金等以及俄苏进步文学的熏陶，力图真实展示挣扎在社会底层的各种人物。短篇《一只眼齐宗和他的朋友》记述了邻居齐宗和大杂院里的居民。尽管他们贫穷、粗野，为上流社会所鄙视，但他们热诚、坦白，有着善良的灵魂，彼此之间充满了人间的同情和正义。《邻三人》中的“我”客居在一座偏僻的污秽小楼中，同住的有两个苦力，还有一个靠出卖肉体维持生计的女人金凤。他们出言粗鲁，生活艰辛，却能在患难时刻互相帮助，建立起了情同手足的美好关系。后来，一位苦力勇敢地到异地寻求生路，而暗中爱上他的金凤不禁潸然泪下。悲欢离合之间那种不图回报的友情和爱情，展示了底层普通人那灿然有光的人性和纯朴的阶级情谊。袁犀写小人物的苦难，写他们忍无可忍的自发反抗（《十天》），同时，也探究青年、特别是知识青年的人生道路问题（《泥沼》）。《一个人的一生》则是一个历史容量较大的短篇，通过主人公在帝俄染指东北时期不光彩的经历，影射出沦陷地区某些丧失民族气节的丑类的嘴脸。《人间》描写了那个时代的各色人物：律师、书记官、编辑、保险公司的跑外、医学生、汽车司机，通过青年学生中的“余零者”之口，抒发了作者对于身边的平庸腐化的蔑视，对于自己壮志难酬的厄运的痛心。这些沦陷前期的作品在全景式地反映近代中国人受苦受难历程的同时，不无敏感与聪慧地体验到和展示出人类痛苦的灵魂，这就使得他的作品与文学大师的不朽遗产通了气。《贝壳》与现实的距离拉远了。故事发生在30年代初期的北京和青岛，通过一群知识分子的情感纠葛和婚姻遭际，反映出在半封建半殖民地社会里知识女性的精神和肉体创伤。在结构和描写上，明显受到19世纪批判现实主义的传统的影响。《贝壳》的续篇《盐》（又名《面纱》），淡淡地以几个主人公所从事的神圣工作和“一二九”学生爱国运动作背景，特别提到参加示威游行时，女主人公受刀伤住院，表现出进步女性的坚强品质，和脚踏实地的献身精神。

作为一个熟悉日本现代文学的作家，袁犀还在小说创作中尝试新的方法。早期作品《泥沼》采用新写实的手法来表现畸形的人物，注重罪恶心理的分析，基调浓厚沉重，有借鉴福楼拜和陀斯妥耶夫斯基的痕迹。沦陷后期，袁犀更多地选择远离现实的题材。在手法上，或者对病态的景象、人物作心理的和思辨的阐发，在幽暗恐怖的氛围中表现荒唐、神秘，并混杂有道德训诫的意味；或者侧重描写潜意识、性心理和变态心理，刻意追求人物的主观感觉。《猪的故事》没有故事，主要围绕猪要官宰的传闻和几口猪卒然暴死的意外情况，从横断面上栩栩如生地刻画出几个人物，如肉店老板、理发匠、乡间青年知识分子以及几个各具神态的女人，剖析了人与人之间的冷漠、麻木和残忍，是对国民性负面因素的批判。《手杖》以青年侍女马霞为中心，展示了三个男人不同的心理格式。作品不重形式和故事的完整，而是着意刻画人物的内心活动和潜意识，别具一格地揭示出反常的性心理。袁犀在小说创作中所做的多元探索，表现出作者的独立思考和富于个性的追求，是对思想控制的游离和消解。

梅娘（1920— ），原名孙嘉瑞。出生于海参崴。1938年赴日本学习，1942年来到北京，任《妇女杂志》嘱托（顾问）。她的文学创作起步于伪满洲国，在北京时期达到顶峰，是中国沦陷区文学中最重要的女性作家之一。著有短篇集《小姐集》（新京：益智书店，1936）、《第二代》（益智书店，1940年）、《鱼》（新民印书馆，1943）、《蟹》（华北文化书局，1944）和未完成长篇《小妇人》、《夜合花开》等。作为封建兼资产阶级大户人家的庶出女，幼小的梅娘就已经饱尝了人间的辛酸和世态的炎凉。还在小学阶段又逢东北沦丧，让她过早地体味到民族灾难带来的痛苦。所有这些，对梅娘的情感、思想以及后来的创作产生了深刻的影响。她的作品中出现的最多的人物是战乱中的妇女，往往通过她们的坎坷经历和悲惨命运，以“女人和女人之间的浓厚的感情”，展示出女人的不幸和人世间的不平。《蚌》、《鱼》、《蟹》通过沦陷区传统宦商封建大家庭青年女子的命运，探索了寻求独立与自由的女性的三种境况：在社会和家庭的播弄倾轧中心力交瘁，前景大约是束手待毙（《蚌》）；在家长制和封建贞操观编织的有形的和无形的“鱼网”面前，带有个性解放色彩的反叛女性，往往最终仍在经济拮据和情感苦闷的双重压迫下苦苦挣扎（《鱼》）；与破败的旧式大家庭彻底决裂，大胆地走上新的生活道路（《蟹》）。这组小说的标题具有象征意义。“蚌”暗示妇女脆弱的生存能力，为苦苦追寻自由与幸福的柔弱女子低吟着哀矜凄婉的命运之歌。比蚌强不了多少的“鱼”同样意味着，如果女性把不受道德规范约束的婚姻当作抗争的唯一手段，其境况是岌岌可危的，在现实中往往会碰壁。节肢动物螃蟹要比蚌和鱼强大得多。因此，“蟹”表明，妇女只有脱开企图借婚姻达到自由的幻想，勇敢地在社会中争取自己的位置，才有希望。就题材而言，三篇作品中更值得注意的是《蟹》。由于《蟹》很好地表现了沦陷区大家庭的破败，以及新一代与老一代之间在沦陷区这个特定社会背景中的尖锐冲突，从而成为中国现代大家庭题材作品链条中的重要一环。

定居北京后，梅娘的创作风格明显发生变化，即由水族系列小说里的那种激愤和对现实的影射，转向超然淡远的客观审视和作为叙事者的作者的主观投入，以及短篇小说技巧的锤炼和创作题材的扩展。《春到人间》构思独特，注重人物的刻画，在略带嘲讽的语气中流露出对于苦难者和不幸者的深切同情，并且把对于婚姻爱情的探讨从家庭扩展至社会。《侏儒》用第一人称的叙事视角，讲述了“我”在房东家的所见所闻以及灵魂受到的震颤。油漆店的畸形的小徒弟，原来是房东先生的私生子，是受房东太太的虐待人为致残的。十六岁的“小侏儒”最终在大家的恶意中被疯狗咬死了。作品传达出对于被摧残者的同情与怜悯，对于摧残者的腹诽与嫌恶，而独具只眼的发现则是，在关心和爱抚的人际关系和氛围中，一个被非人的环境造就的痴呆愚拙的畸形人，也能焕发出基于“食、色”本性的爱恋与嫉妒情感。小说在丑中发掘出美，在非人中发现“人”，以悲愤忧闷的曲调，为被无情践踏的人的尊严与价值，唱出了一曲惨绝人寰的哀歌，大大增强了作品的揭露力量，同时也将现实主义的开掘推进到心理的和人性的幽深层面上。从渊源影响来看，梅娘的作品与中国五四现实主义文学传统的关系更为密切。她并不是刻意展示“奇”或“洋”，而是注重人与人的现实社会关系，在鞭挞假丑恶的时候，没有泯灭对于真善美理想的企盼。在写作手法上，侧重心理分析、气氛渲染和环境烘托，并不过分追求情节的曲折、复杂和完整，却仍给人以故事感。她的小说的另一个特点，是以散文的抒情笔致入小说，又不失故事性，行文舒徐文字清通，字里行间显露出女性纤细敏锐的感受，即使是采用第一人称的叙事视角，也在娓娓道来之中给人以疏离杳渺的感觉，像是在讲述民间传说。故事大多发生在城镇，就是那些依然活动在农村的人物，也都或直接或间接地受到传统色彩较为浓重的城市文明的熏染。梅娘作品中顽强的女性意识和独特的叙事风格，正是积重难返和多灾多难的现代北地都市文明的产物。

最活跃的新进作家还有关永吉（1916—　），原名张守谦，河北静海县人。沦陷时期任报刊编辑，发表了大量的小说、诗歌、文学评论以及杂文，积极参与了华北文坛上的论争，并著有短篇集《秋初》（1944）、《风网船》（1945）和中篇《牛》（1944）。作为一名身体力行乡土文学的作家，关永吉鼓吹乡土文学的真实用意，是提倡反映现实，实际上就是提倡爱国主义。因此，他的小说刻意描写因遭受侵扰而破产的农村，以及陷入困顿的城市市民的生活，具有主题鲜明的特点。《牛》通过冀鲁大平原绅士高五爷一家的遭际，揭示出传统的乡村生产方式崩溃了，而由于先天不足，带有近代资本主义色彩的人物也回天乏术。一些作品则大胆抒写异族的入侵把整个农村推向更为苦难的深渊（《苗是怎样长成的》）。《找事》、《一天》描写了从农村流入城市的失业者。他们在城市仍不能找到工作，只好又无望地返回农村。作品揭示了城乡经济的委顿给乡村知识分子带来的灾难，以及他们在生存竞争中一筹莫展的窘境。《秋初》把笔触伸向城市青年，无情地描绘了在恶劣环境和黑暗势力的双重压迫下，陷入颓废无为的一群。虽然基调低沉，但仍不失为深刻反映现实生活的作品。在北京文坛，关永吉是提出文学口号和理论最多的一位。尽管他的许多论述溢出文艺理论范畴，却不乏激情和自己的独到见解，给人以丰富的联想，表达出一种自强自立的民族情感。而这在当时是十分可贵的。同样，作为模仿鲁迅式杂文最下力的作家之一，他的一些时评也不乏弦外之音。《新英雄主义、新浪漫主义和新文学之健康的要求》一文，意味深长地借历史上“七被捕，三入狱，而革命之志终不屈挠”的名士，告诫和警惕世人，不要在强权者的淫威面前丧失民族气节。《所望于日本文学代表者》一文，则与日伪当局的祸心针锋相对：日本试图对中国沦陷区分而治之，最后达到吞噬中国的目的，而该文强调统一的中国；日伪试图在文化上割断中国新文学传统，而该文突出历史的延续性；日本试图把中国沦陷区的文学捆绑在日本法西斯文学团体的战车之上，加强文化控制，而该文坚持中国文学活动的独立性。在殖民语境中公开表达这样的观点，是需要识见和勇气的。

为数众多的校园新进作家中，吴兴华以贯通中西的诗艺探索著称。吴兴华（1921—1966），原籍浙江杭州。他的文史根基深厚，十六岁考入燕京大学西语系，除英语之外，还不同程度地掌握了法文、德文、意大利文，1941年留校任教。太平洋战争爆发后，燕大解散，部分师生转往内地重新建校，吴兴华滞留北京。他的诗作或繁冗铺张或清新活泼，往往小中见大，富于哲理内涵，而最为突出的，是新诗形式探索，大致可以分为以下几类。第一类，“新绝句”和“新律诗”。一般每行十二字五音步，一、二、四句押韵，大体上与中国古典诗中的“五七绝”和“五七律”对等，使用现代白话。如：“仍然等待着东风吹送下暮潮/陌生的门前几次停驻过兰桡/江南一夜的春雨，乌桕千万树/你家是对着秦淮第几座长桥。”(21) 第二类，借鉴五言古诗形式的作品，每行固定九字四音步，行数不限，一、二句押韵，以后隔行押韵，在意境上也模仿五古，如《览古》（十二行）、《拟古》（十六行）等。这两类拟古诗有形式和韵律，也有境界和气势，多能营造出独特的景致和纷繁的意象，与古人遥远的境界隐隐相通。不过，形式因素往往限制了表达范围，意象的密度过大又造成庞杂拥挤，影响了内容的展开。第三类为五步无韵诗，也称素诗体，内容大多为“古题新咏”。这类诗每首行数不拘，多是叙事体裁，素材则取自历史上的人和事，如《柳毅和洞庭女》（《燕京文学》1940年1卷1期）等。由于句子过长，没有外在的韵脚、抑扬音步或重复停顿等固定的韵律要素，不少作品近似无韵的散文。值得注意的是，诗人力求从历史材料中翻转出具有现代主义色彩的新意，或注入了深沉的现实关怀（《听梅花调宝玉探病》）。第四类，多方尝试采用西方的诗歌形式，如十四行体（Sonnet）、哀歌体（Elegies，Elegy）、十一音节无韵体（Hendecasyllabics）、斯宾塞体（SpenserianStanza）、民谣体（Ballad）、抒情短诗体（Canzone）、艾尔凯斯体（Alcaics）、六音步体（Hexameter），以及类似文字游戏的诙谐体等。他的十四行体，辞藻华丽、声情并茂、朗朗上口，多记述早慧少年对永恒主题所作的无休无止的思索，每每一开篇就能给人以莫名的新鲜和感动：“像一个美好的梦境开放在白日中间，/向四月舒展它芳香鲜艳欲滴的花瓣。”(22) 紧接着引出青年诗人的梦中情人：她“空虚”却能“清澄”地“反映诸相的悲欢”，她“纤弱”却“使一切润湿黯然”。她的苍白哀感的外表与她内在永恒魅力间的反差震撼了诗人，开放性的结尾升华到对于世间深不可测的美的探究：“或许在瞬息即逝里存在她深的意义，如火链想从石头内击出飞迸的歌诗，与往古遥遥地应答，穿过沉默的世纪……”有限的瞬间纳入无限的时间，意境深沉苍凉，耐人寻味。在形式上大体恪守意大利体，除脚韵外，还有抑扬顿挫的情绪所形成的内在律动，被诗论家称作富于音乐美的“纯诗”。吴兴华广泛研读西方诗作，翻译发表过拜伦、雪莱、济慈等人的作品，沦陷时期出版有《黎尔克诗选》（北京：中德学会，1944）。他的译诗流畅高雅，节奏自然，往往能够较好地还原原作的意境与韵味。在吴兴华那里，创作与翻译相辅相成，“化洋”和“化古”臻于统一。

华北的武侠言情类通俗小说家多居天津。郑证因（1900—1960），原名郑汝霈，沦陷后与白羽在写作、出版方面相互协作。40代年初迁居北京，开始卖文度日的生涯。在《三六九画报》上连载的《鹰爪王》是他的成名作。故事长达一百五十万言。虽单线展开，但铺陈巧妙，险象环生，“恩仇结”和“群英会”贯穿始终，辅以虚实相间的武打场面，江湖和武术并重，出色地以叙事文学的形式传达出中国传统武功的博大精深。郑证因写作勤奋，接连创作了《武林侠踪》（天津艺术书店，1942）等小说，总计达八十八部，其中的大部分都与《鹰爪王》有或多或少的关联。他熟悉江湖内幕，主张在社会行为规范内行事。他本人又是武术的内行，对于武功器械拳脚的描写有很多写实的成分，善于创造独具特色的暗器和武学，并将其与情节、人物有机地融合在一起。郑证因在风格上卓然成家，形成粗犷豪迈、专注于武术的风格特点，被称作武侠小说中的“帮会技击派”，成功跻身于北派武侠四大家。

在北京的社会言情小说作家中，耿小的最为多产。仅从1937年至1941年，光是单行本的初版就有《六君子》、《风火家人》、《烟雨芙蓉》、《半夜潮》、《凤求凰》、《流莺舞蝶》、《天花乱坠》、《一锅面》、《白日鬼》、《落山风》、《磊落》、《水中缘》、《解铃记》、《爱染情丝》、《意可香》、《意蕊情葩》、《世路风波》、《古燕风月》、《三只蛇》等十九部之多。其后，或出书，或在报刊连载，还见有《泱泱大风》等二十部，难以精确统计。耿小的（1907—1994），满族正黄旗人，曾任中学教员、报纸编辑。早年尝试新文学创作不成之后，转而为报纸撰写长篇连载，时至抗战爆发，已可以靠写作为生了。他的小说受到通俗报刊、读者和书贾的欢迎，一般在连载后都能很快出版单行本。(23)但新文学的倡导者却将其当作与新文艺对抗的俗旧文学而一笔抹杀，摒弃在沦陷期主流文坛之外。耿小的及其作品构成了一种值得探讨的文学现象。他的写作速度极快，有时同时写几个片断，遇到一些意外情况就草草收场。这样的写作方式，决定了小说的情节线索和人物很难保持一致，基本上没有统一的结构。作品多在社会趣事、新闻案例、校园生活以及真人真事的基础上编造。于是，枝叶纷披、漫无边际就成了他的小说难以避免的缺陷。耿小的作品之所以依然很有吸引力，不在于小说的结构、寓意，而在于题材。就内容而言，可大致分为社会小说和言情小说。前者往往把当时社会上的趣闻、逸事、笑料连缀在一起，甚至当天的新闻略加敷衍便进入小说。后者则躬行“滑稽为经，爱情为纬”的写作信条。此外，还有少量恐怖小说（《下山虎》）、武侠小说（《时代侠客》）和界限并不分明的讽刺小说。这些作品以戏谑逗趣为能事，也不乏性描写，但毕竟及时记录下了当时社会上的众生相，某些作品体现了作者对一些社会问题和文学问题的认真思考与尝试。此外，耿小的总是以尽可能广泛的读者的认可与接受作参照，不断调整自己的写作，这是他的作品能够在较长一段时间内流行的重要原因。

其他流行作家还有陈慎言（1887—1958），福建闽侯人。沦陷时期曾主编《华光》杂志。北京义文书局、华龙印书馆以及天津书局联合出版了卷帙浩繁的慎言小说集，收入《情海断魂记》、《名士与美人》、《海上情葩》、《贵族女儿》、《恨海难填》等。他的小说大多取材于风流韵事、社会新闻，往往以情节吸引读者。不少作品从题材到语言都具有浓厚的北京地方色彩。李薰风（1906？—　），北京人，被称作“大众小说名家”，沦陷时期创作了《掌上明珠》、《时代儿女》、《如此甜心》、《戏中人》、《北京之花》等章回体小说近二十部。处在纯文艺与通俗文艺之间的时代张力下的李薰风，也经历了从新文学到通俗小说的转换。他反对将章回小说一笔抹杀，主张通过变革创造出一种新章回体来。他还认为，在功用方面，纯文艺与通俗文艺之间没有本质差别。通俗文艺由于文字浅显，易于接近大众，更具有普遍性。至于作品的思想问题，主要取决于作者的思想，这也是纯文艺同样回避不了的。[(24)]新中国成立初期，北京市大众文艺创作研究会曾组织李薰风与陈慎言、郑证因、梅娘等旧京作家学习、采访，以帮助他们重新执笔反映新的生活。可惜这个举措几乎没有起到什么实际的作用。毕竟时代不同了。这一批作家淡出文坛。

三、战后北返文人的新写作

抗日战争胜利之后，中国新文学进入了一个新的发展时期。一方面，百废待兴的现状、重组社会格局的可能以及民族复兴的梦想使得各种文学力量和文学主张都迫切地希望抓住这一历史契机，从而把握文学未来的发展方向。在这一目标的激励下，不同文学力量纷纷高扬起各自文学主张的旗帜，从不同的立场出发总结抗战文艺，设计文艺发展的蓝图，形成了各种文艺思潮。与此相应，文人集团重新聚合，文化中心迅速形成，文化出版事业也开始复兴。另一方面，不同文学力量和文学主张之间的因民族危机而暂时缓和的论争也重新展开。抗战的爆发缓和了30年代前期不同文学观念间的论争并逐渐形成了相对统一的战时文学观。随着抗战结束，文艺界的抗敌统一战线也宣告终结，被长期抑制的矛盾再次浮出水面。政治形势的急剧变化、不同政治力量的全面介入使得这一时期的文学发展出现新的特点：文学的发展进程自觉或不自觉地被纳入到现实政治斗争中，文学论争充满政治讨伐的意味，文学也不得不明确地表达自己的政治选择。

对于在饥饿、疾病、死亡和无望的等待中挣扎多年的中国人民来说，抗战胜利的消息以一种“突如其来”的震撼给人们带来了国家重建的希望和民族复兴的梦想。随着文化复员工作的展开，大批作家相继离开重庆、昆明、成都等战时文化中心，踏上返乡归途，宁、沪、平、津等传统文化活动发达地区再次成为作家们的汇聚之地。其中，左翼文人及中间作家如胡风、冯雪峰、郭沫若、茅盾、巴金、叶圣陶、周而复、田汉、夏衍、施蛰存、楼适夷等等多聚集于上海（后又转赴香港），坚持文学自由主义精神的原京派作家及近京派作家如沈从文、朱光潜、废名、卞之琳、李广田、李长之、冯至、杨振声、胡适等等则多复员至平津。为宣传文学观念、扩大社会影响，他们积极开展各种文学活动：阐述文学主张、展示创作实绩。一些因战争等原因而停刊的重要刊物如《申报》、《文学杂志》等纷纷复刊，在战后发生广泛影响的刊物如《文艺复兴》、《观察》、《文艺丛刊》等也相继创刊。文化复员后，中国的文化中心从西南地区向东部转移，上海和北平重新成为中国最重要的文化中心。

国共两党的“文化抢滩”工作在抗战胜利的同时便积极展开。进入20世纪40年代后半期，北平的文化与政治地位发生新的变化。八年的沦陷使北平远离意识形态的主流文化中心。随着抗战末期的到来，日军对于北平的控制渐趋宽松，北平呈现出一种政治和文化真空状态。当然，这种真空状态并没有持续多久。战后，国共两党都加强了对大城市的争夺。北平的历史地位以及它在华北战区所处的位置，自然使它成为国共双方争夺的一个重点。为抢夺北平，国民党利用其合法地位，在日本投降之际便命令就地改编日伪军队为国民党“河北先遣军”，控制了北平的军政。在这种形势下，为争取在城市中的地位，中共北平地下党遵照中央指示组织力量出版刊物，抢占舆论阵地，扩大影响。1945 年的 8、9 月间以来，北平地下党联合一些民主人士先后出版了《平津晚报》、《新平日报》、《时代日报》、《国光日报》等多种报纸，《文艺大众》、《民主星期刊》、《文艺大众》、《人民文艺》、《人民世纪》等多种刊物。

国民党全面控制了北平城内的局势以后，加紧了政治钳制和文化钳制。中共北平市委在北平不能立足，被迫撤退至张家口，共产党主办的刊物先后停刊。国民党方面，在加紧对共产党的文化和政治钳制外，也在积极发展自己的文化宣传系统。《华北日报》、《平明日报》、《经世日报》、《新生报》等此期在北平规模和影响较大、延续时间较长的报纸都属于国民党系统。[25]此外还有《北平时报》、《北平新报》、《北平时事日报》、《道报》等小型报纸。

然而，比较国共两党在北平和上海文化策略及其效果可以看出：这一时期，两大政治力量的文化对抗的主战场在上海，上海特殊的政治氛围和舆论氛围为国共两党的文化对抗提供了足够的空间。“对抗”的前提是对手双方在机会上的均等，但是北平的政治氛围和舆论氛围并不具备这样的条件。国民党在北平的军事、政治和行政方面占据着绝对统治地位，这使其在采用清查换证、出版检查等政治手段打击和压制共产党的文化宣传活动方面更便利、也更有力；打击了对手相当于壮大了自己，不给共产党方面留有建立文化阵地的空间，自然也就不必费力建立属于自己的文化阵地来与共产党“对抗”。事实上，国民党也并没有投入太多精力在北平建设文化阵地。国民党官方文人的主要活动地在南京、上海；而为联系学者、教授，笼络文化界，国民党系统在北平的报纸往往以中立的姿态出现。例如，《平明日报》的发刊词称该报以号召“洁身自持、狷介自励之士结成中流砥柱，以挽滔滔浊流”为创办目标。对于国内的政治局面，报纸也表示了“非组织民意，宣达民意，以参与政治，支配政治，则无有推动政府，澄清吏治”的主张。

但是国民党对共产党的文化控制一直非常严酷。1945 年 11 月 17 日，国民政府军事委员会委员长北平行营和第 11 战区长官司令部发布命令，一切未经国民党中央许可的“非法”报纸，一律于本月 22 日自动停刊。1946 年 4 月 3 日，国民党北平当局逮捕了新华社北平分社工作人员四十一人。1946 年 5 月 29 日，国民党北平警察局查封《解放》

报、新华社北平分社及其他报刊通讯社七十七家。对国民党的这一系列文化钳制活动，文化界、新闻界表示极大的不满，但并没有最终影响国民党的文化策略。

国民党的政治和文化钳制迫使共产党方面修改了自己的斗争策略。1946年2月1日，中共晋察冀中央局发出了《对北平工作方针的意见》，提出将北平工作的重点放在青年学生中，在青年学生中进行政治启蒙和文学宣传，然后通过学生推动市民运动，从而开辟出反对国民党统治的"第二条战线"。作为"第二条战线"的重要组成部分，文化战线开展得如火如荼。高校的青年学生以及文化界、新闻界、出版界、教育界进步人士，以文化为武器，运用了戏剧、音乐、美术、电影等多种艺术形式反对国民党统治。

国民党统治的政治压力、十几所大学云集北平以及无数东北学生滞留北平的事实促使左翼文学界将目光投向了学生和学校，并在校园文学活动中产生了极大的影响力。1946年新学年伊始，在中共地下党和进步学生的组织下，各大高校成立了各种文学社团，文学活动蓬勃开展。通过读书会、讨论会、诗歌朗诵会等多种活动，苏联的文学作品如《母亲》、《铁流》等，解放区的文学作品如《李有才板话》、《李家庄的变迁》等获得广泛传播；周扬、钱俊瑞、光未然等左翼作家受邀介绍延安的文化活动、分析时局；艾青、郭沫若、何其芳、袁水拍等左翼诗人的作品风靡一时。1945年冬到1946年暑假，北平地下党还组织北平大中学生参观张家口解放区，与丁玲、萧军、艾青等延安文艺界名人交流，观看《白毛女》、《黄河大合唱》等解放区优秀文艺剧目。(26)

国共两党对北平的争夺策略直接影响了北平文学活动的发展。抗战胜利后的北平文坛主要存在四种文学力量。其一，共产党主持或影响下的文学力量，涉及的刊物包括《文艺大众》、《人民文艺》、《人民世纪》、《平津晚报》文艺版、《鲁迅晚报》副刊、《新民报》"天桥"副刊等。这些刊物以报道解放区消息，宣传中国共产党的文艺方针和路线为主，作品内容大多反映普通百姓在抗日战争时期的不同遭遇，表达对日本侵略者的愤怒和反抗以及沦陷与救亡的痛苦和迷惘。然而由于仓促上阵，也由于国民党方面的钳制，这些由共产党直接主持或影响下文学刊物整体而言比较粗糙，而且出版时间很短，其社会反响主要在社会政治方面，艺术成就不大。

其二，校园内的文学创作活动，主要涉及刊物包括《诗号角》、《诗音讯》、《泥土》以及北京大学、清华大学、燕京大学、中法大学、北平师院、朝阳大学、华北学院、南开大学以及北洋大学等大专院校的诗歌团体共同成立了的“北平新诗联合会”的会刊《诗联丛刊》等。这些校园刊物中，最引人注目的是由北京大学文学院、北平师院共建的“泥土文艺社”编辑的《泥土》。《泥土》杂志与“七月派”关系颇为密切。胡风给《泥土》推介了不少作品。在舒芜的建议下，《泥土》把《七月》和《希望》杂志作为办刊标准，师法这些刊物的编辑方法和经验。围绕在胡风身边的“七月派”的诗人和作家，包括牛汉、孙钿、冀汸、化铁、舒芜、阿垅、路翎等成为《泥土》杂志的常客。《泥土》几乎成为“七月派”的又一个阵地。正因为此，上世纪50年代，《泥土》的所有编辑一律受到“胡风案件”的株连，全部被关押，不少人还因此而死去。这些校园刊物的一个共同特点是，把诗歌作为最主要的文学体裁。正如《诗号角》所宣布的，“我们热爱诗，因为我们相信诗是一种有力的战斗武器。但在广漠的北方，诗并未能尽量地发挥它强大的火力，民主运动在蓬勃的生长，人民的力量日益壮大，并已成为不可侮辱的力量，各个兵种都在发挥它最高的战斗力，为使每一个有战斗意志的写诗的朋友，都有机会参加作战，我们开辟了这个战场”，它希望“在号音里站拢来，组成我们强大的诗的行列；让我们的笔集结在一起，树立起一个牢不可破的诗的战线；用我们的诗篇构筑我们坚固的诗的阵地”。[27]这些校园文学刊物紧紧追随左翼文学界的步伐，发表了大量散发着“泥土味和血腥味”、充满了“能产生推动历史前进的向上力量”的诗文作品，并对左翼文学界的文学批判活动给予积极的响应。[28]尽管这些校园内的文学活动产生了一定的社会影响，但是政治压力大、刊物规模小、发行范围有限、持续时间偏短、作者藉藉无名、作品形式和手法单一等多种因素制约了校园文学活动在整个北平文坛的影响力。

其三，原沦陷区作家最早发出重振北平文化界、复兴北平文坛、建设新文艺的呼声。以原沦陷区作家为主要作者的《文艺时代》是抗战胜利后北平地区出现的最早的比较大型的文学杂志，刊物创办于1946年6月，共出版了六期。在刊物上发表作品的非沦陷区作家主要有朱光潜、冯至、李广田，而原沦陷区作家中，吴兴华、李瑛、沈宝基的诗歌、毕基初的小说、常风的书评和学术论文等作品以其体现出的对艺术本身的执著而成为杂志的亮点，集中展现了原沦陷区作家对于抗战胜利后文学发展方向的探索。然而，原沦陷区作家同时意识到他们在政治上、在文学活动上先天便处于劣势。国民党政府教育部颁布了《伪专科以上学校在校生、毕业生甄审办法》，将原沦陷区学生称为“伪学生”，并决定对他们进行所谓“甄别审查”。这极大地伤害了在日伪统治下苦苦挣扎多年的沦陷区人民。成长“在敌人的毒氛之下”，同时又“与后方及解放区完全隔断”，他们知道自己的文学活动很容易被忽视，甚至是“许多人一定以为可以一笔抹杀的”。随着北平文坛的逐步复兴，这些原沦陷区作家逐渐分化，曾经在沦陷时期比较活跃的作家如吴兴华等经历了抗战胜利初期的“喜悦”之后逐渐淡出人们的视野。一部分则在逐渐向左翼文学界倾斜，与复员归来的一批文学青年一起共同追求自己的文学理想，《艺果杂志》、《中国文学》、《诗文学》（华北版）、《骆驼文丛》、《文艺周报》、《北方杂志》、《北方日报》“九九文学双周刊”、“北方文学”副刊、《新生报》“北方”和“诗堡垒”副刊以及《国民新报》“青年文艺”副刊等刊物是这批作家的主要活动阵地。这些刊物与紧紧追随左翼文学界步伐的校园文学刊物不同，他们的作品主要表达对现实生活的愤怒和无奈，在情感上倾向左翼，但却没有明确的政治斗争的观念。这些刊物虽然也有一批不小的读者群，但是因为刊物规模较小，延续时间较短，而且没有名家名作的支撑，作品质量也不甚高，所以并没有产生太大的社会影响。一小部分原沦陷区成长起来的作家如李瑛、邵燕祥、毕基初等，则逐渐与坚持自由主义文学理念的北归作家靠拢。

其四，由沈从文、朱光潜、杨振声、冯至等坚持自由主义写作立场的原京派或近京派作家以及围绕在他们身边的一批青年作家是抗战胜利后北平文坛最具影响力的作家群体。这个作家群体在1946年间先后回到北平，赢来了北平文化界的广泛注意。沈从文、朱光潜、杨振声、冯至、朱自清等坚持自由主义写作立场的原京派或近京派作家都曾在北平生活多年，见证了30年代北平地区文化界的繁荣，在北平的社会舆论中构筑了一定的人事基础，而其自身的文学创作则为他们在中国文坛赢得了一定的影响力。因此，回到北平之后，他们自然成为沉寂多年的北平文坛和文化界最值得期待的复兴文学、振兴文化的力量。经历了战争的挫折，民族、时代以及个性的层层重压，这批作家以自觉的意识在更深层次上思考社会和人生的悖论、反省现代文明冲击下的生命困境、寻求“以纯正的文学趣味”推动新的文化建设的方向和途径、探索更真实更准确的文学表达，并由此掀起一场全新的文学探索和试验活动。在他们的影响和带动下，一批青年作家和学者，如汪曾祺、郑敏、袁可嘉、穆旦、李瑛、毕基初、金隄、吕德申、盛澄华、吴小如、王忠、萧望卿、邢楚均、王道乾等加入到这场文学探索和文化建设活动中来，成为这一场文学探索和试验活动的新生力量。

前辈作家和新生代作家共同的呼唤和实践，形成了1946—1948年间“新写作”文学创作思潮。

借由20世纪30年代“京派”文学兴起的经验，这些原京派或近京派作家牢牢把握住了一批报纸副刊和杂志，把它们作为宣传其文学主张和理念的主要阵地。沈从文明确表示，希望通过文学副刊保留30年代《大公报·文艺》“所造就的文艺试验的传统”。沈从文认为创办这种具有文学坚守精神的副刊，“对读者言，将为一个包括广大范围具有情感教育的机构”，有利于培养出具有高尚文化精神的读者群；“对作者言，将为一个包含极大宽容自由竞争表现新作的据点”，有利于培养一个具有自觉的文学坚守精神和文学创新精神的作家群。(29)朱光潜在《文学杂志》的《复刊卷首语》中的“重申目标”，也明确地表达了开拓新的“纯文学”写作的要求。除了在这篇“卷首语”中“重申目标”之外，朱光潜还将刊载于1936年11月4日北平《世界日报·明珠》上的《中国文坛缺乏什么?》一文重新发表。(30)在30年代，这篇文章与1937年《文学杂志》的发刊词《我对本刊的希望》等文章一起，曾经共同阐发了“京派”的文学追求和主张。十年后，朱光潜重新发表这篇文章，更进一步地表明了他要开拓新的“纯文学”写作的决心。

这一时期，沈从文主编了《平明日报·星期艺文》、天津《益世报·文学周刊》、天津《大公报·星期文艺》和《文艺》，同时指导《华北日报·文学》、《益世报·诗与文》的编辑工作。冯至参与了天津《大公报·星期文艺》和《文艺》的编辑。杨振声主编《经世日报·文艺周刊》和《大公报·星期文艺》。朱自清主编《新生报·语言与文学》。朱光潜主编天津《民国日报·文艺》。李长之主编《北平时报·文园》。李广田主编了天津《民生导报·每周文艺》。可以说，当时北平地区比较重要的报纸的大型文学类副刊主要掌握在这个坚持自由主义文学理想的作家群体手中。

不同刊物间的办刊重心明显不同。《大公报》的《文艺》和《星期文艺》在创作风貌上完全不同。《文艺》是一个大舞台，既有以群、胡风的杂文，阿垅的诗论，路翎的小说，袁水拍、臧克家、青勃、绿原、姚奔、苏金伞的诗作，又有陈敬容的散文，袁可嘉的诗论，沈从文的杂文，汪曾祺的小说，卞之琳的文论，比较立体地表现了40年代后期文坛创作的多种风貌。《星期文艺》则纯然是一种文学创作理想的试验场。沈从文、冯至、朱光潜、卞之琳等前辈作家和围绕在他们身边的以郑敏、穆旦、袁可嘉、汪曾祺、李瑛等为代表的一批年轻作家占据了这块场地，尽情地表现自己。此外，《经世日报》的《文艺周刊》重视对西方文学的介绍、评述和翻译；《民国日报》的《文艺》关注文学研究和批评；与《益世报》的《文学周刊》对创作的注重相比，《大公报》的《星期文艺》更侧重理论探讨。也许刊物在办刊重心上的差异只是一种偶然，但这种差异却在客观上形成了一种互补关系。在壮大他们开展新的文学运动的声势的同时，也进一步深化了他们的文学试验的尝试。

杂志方面，比较重要的主要有三种。其一是作为“北方文化复员与文学运动展开的第一面旗帜”的《现代文录》；其二是复刊后的《文学杂志》；其三便是《新路周刊》。

1946 年 12 月，北平的杨振声、沈从文、朱光潜、冯至等人编辑出版了杂志《现代文录》。这是文化复员后，北平地区出现得最早的文艺刊物之一。《现代文录》是一个带有文摘性质的文艺刊物，论文、创作、翻译并重，收入了《诗与近代生活》（杨振声）、《浮士德里的魔》（冯至）、《陶渊明》（朱光潜）、《乡村传奇》（顾随）、《绿魇》（沈从文）、《回来》（朱自清）、《他与他的大公鸡》（希声）、《空中伴侣》（法・圣狄瑞披里著，陈占元译）等文章，较高的文学品位使它成为“北方文化复员与文学运动展开的第一面旗帜”。[31]该杂志以杨振声提出的“融会贯通的创新精神”作为编辑方针，编辑目标则直接指向了“创作我们这个时代的新文艺”。[32]由于《现代文录》正好在杨振声的“打开一条生路”的呼吁两个月之后出刊，因此被视为“开路”杂志。可惜的是，刊物只发行了一集就告结束。

紧接《现代文录》之后，1947 年 6 月《文学杂志》的复刊，则明显地表明了作家凝聚的倾向。《文学杂志》是这一时期北方规模最大、最有影响力的杂志之一。杂志的编辑委员会由朱光潜、杨振声、冯至、姚可昆和常风五人组成。杂志所提出的办刊原则是：“采取宽大自由而严肃的态度，集合全国作者和读者的力量，来培养一个较合理底文学刊物，借此在一般民众中树立一个健康底纯正底文学风气。”这个办刊原则，实际上成为这一场新的文学运动的宣言。封面仍然采用 1937 年创刊时林徽因设计的图案。原来的几位编委，对复刊后《文学杂志》给予了热心支持。原来的作者大多继续为《文学杂志》撰稿，沈从文承担了大量的审稿和编辑工作，早已断绝作小说之心的废名提笔创作了《莫须有先生坐飞机以后》，林徽因承受病痛折磨和丧弟之痛，也送来了多首诗歌。而“新生代”作者则构成了杂志的撰稿主力。几乎所有的“新生代”作家都在杂志上发表过作品，在作者中占据了百分之八十。杂志基本上秉承了十年前的风貌，开设了论文、诗、戏剧、小说、散文、游记、书评等七个专栏。时代精神与文学理想交织，理论与创作并重，其纯正的文学品位和学术品格在广大读者心中产生重要的影响。

出版于1948年5月的《新路》周刊，是由钱昌照、吴景超等民主人士酝酿成立的中国社会经济学会的下属刊物，因其国民党背景而受到左翼文化界的批判。这是一个综合性刊物，文艺只占其中的一小部分。萧乾曾应邀负责“文艺”栏目，但最终还是接受了复旦大学地下党的劝告，辞去了这份工作。尽管如此，在《新路》上的文艺作品中，“新写作”作家的作品同样占据了主要位子。在这里，有前辈作家的作品，如杨振声《文人与文章》、《纪念朱自清先生》，冯至《郊外闻飞机声有感》、《杜甫在梓州阆州》，沈从文的《霁清轩杂记》（署名“翰墨”）、《不毁灭的背影》，萧乾的《E·M·福斯特》、《V·吴尔夫与妇权主义》等等。“新生代”代表作家的作品同样在这里发表，如汪曾祺的《斑鸠》、《蜘蛛与苍蝇》，毕基初的《一篇诗的毁弃》、《新的孕育》，李瑛的《菜市》、《一个小都市的南角》，王道乾的《诗四首》，袁可嘉的《诗三首》以及萧望卿的《桂花林里》等等。

“新写作”的作家群体则主要由两部分作家构成：（一）沈从文、朱光潜、杨振声、萧乾、李健吾、卞之琳、废名、林庚、林徽因、冯至、李广田、李长之、常风等原“京派”作家。其中沈从文、朱光潜、杨振声、萧乾、李健吾等人积极倡导文学实验和探索，引导文学的发展，成为群体的中坚。而卞之琳、废名、林庚、冯至、李广田、李长之等，则处于作家群的外围。卞之琳、废名、林庚等人虽没有明确倡导文学实验和探索，却以各自的创作参与到文学实验和探索活动中去。冯至、李广田、李长之等经历了抗战、内战的烽火，政治倾向和美学追求发生了微妙的变化，但始终保持着开放、宽容的姿态和艺术独立的文学观念，并对文学试验和探索活动表示出积极的支持。（二）直接在沈从文、朱光潜的关怀下走上文坛，或者倾心于沈、朱等人的文学主张的部分青年作家、文学批评家和文学研究者，如汪曾祺、郑敏、袁可嘉、穆旦、李瑛、毕基初、金隄、吕德申、盛澄华、吴小如、王忠、萧望卿、邢楚均、王道乾等等，构成“新写作”的新生力量。这些由老一辈作家带动的“新生代”作者，在北平地区文坛也得到了普遍认同。当时的评论界就认为：袁可嘉、萧望卿的论文已经成为“替换老辈”的优秀成果；“丰满遒劲的穆旦已代替了神情倜傥的卞之琳”，成为最可注意的青年诗人；小说创作中“王忠的朴质，汪曾祺的清隽，毕基初的深厚，李瑛的亢爽，十年二十年也许成为一代宗师”。[33]沈从文也称赞这些年轻的文学创作者以“活泼青春的心和手，写出老腔老气的文章”。年轻使这一批“新生代”作家“充满冒险精神”，勇于追求和试验；“老腔老气”出自“深湛纯粹”的“人生观照”，这种品质使他们的作品已经形成或者即将形成完备的自我的“情绪哲学系统”。[34]而两者的结合使他们最有可能成为旧习气、旧形式、旧观念的突破者和新的文学观念、新的文学传统的推动者。

“新写作”作家群是一个以学院文人为主体的作家群体。其成员大多有学院背景，朱光潜、沈从文、杨振声、废名、冯至、常风、金隄执教于北京大学，卞之琳、李广田在南开大学授课，盛澄华从法国留学归来，加入了清华大学外文系，林庚受聘于燕京大学，邢楚均任教于南开大学。萧乾在承担《大公报》工作之外，兼任复旦大学英文系和新闻系教授。而汪曾祺、郑敏、穆旦、吕德申、王忠、萧望卿、王佐良、袁可嘉等都是西南联大的学生，毕基初毕业于北京辅仁大学西语系，王道乾曾在西南联大和中法大学学习，吴小如、李瑛都还是北大在读学生。大学校园相对自由的学理风气的熏陶，较高的知识和文化素养，坚信一个人自有其应当坚守的信念和应尽的责任，在学术研究、文学创作中排除一切干扰、唯真理是尊的执著……这一切构成了“新写作”作家的学院气质和立场。正是这浓郁的学院气质和立场，使他们在毛泽东文艺思想和延安文艺模式逐渐成为主流的40年代后期中国文坛独树一帜。

“新写作”文学思潮的根本特征在于，它将表现“现实感受”与“坚守艺术本位”有机地结合起来，是一种化现实政治意识为内含精神的纯文学写作。正如当时的评论所言：“‘绿洲’的字样必然会引起一些异语。许多敏感的读者会想到‘为艺术而艺术’。我们充分明白政治在文学上的重大影响，和在许多时候这二者的无法分割。但是问题是在：这政治意识是自觉的，因此成为一种外来的杂质；还是不自觉的，因此成为一种内涵的精神呢？自觉的政治意识尽有宣传小册可以发泄，如果硬要成文学，则作品将是不堪卒读，也就自己使自己的意图失败了的。而且，以上的几种刊物也并不想成一种真空。……二个副刊貌似象牙塔，实则从创作上看，也处处都是对于内战和物价在作着评论和抗议。”[35]

“新写作”文学思潮从本质上来说，是一种自由主义的文学思潮。它延续了30年代以来京派一贯坚持的“文学自由论”，提倡文学的自由和独立，希望政治不要干涉文学。它反对集团主义，反对偶像崇拜，提倡宽容和忍耐，要求作家“把笔放到作品上”，“使文坛由一片战场而变成花圃，在那里，平民化的向日葵与贵族化的芝兰可以并户而立”。[36]这些基本主张使得它在40年代后期复杂的文学斗争和文学一元化进程中，成为中国文学格局中的中间路线。尽管现实状况使“新写作”作家们无法忽略政治的力量和影响，开始认识到文学并不一定是与政治截然对立的，并且做出了一定的让步。他们表示，在保证文学性的前提下，“文学是可以帮助政治的”，[37]“文学可以为‘民主’、为‘社会主义’或任何高尚人生理想作宣传”。[38]但是，对于“文学应与政治分离”的基本态度，他们始终保持不变。

文学界对于“新写作”文学创作思潮以及这个作家团体的评论几乎在它兴起之时便同时展开。1947年六七月间，隶属于左翼文艺体系的《泥土》、《新诗潮》、《蚂蚁小集》等杂志先后发表了《文艺骗子沈从文和他的集团》、《南北才子才女的大会串——评〈中国新诗〉》，《原形毕现的袁可嘉》、《形式主义片论》等文章将沈从文、朱光潜、卞之琳、郑敏、穆旦、袁可嘉、李瑛等人共同列入了“北平‘沈从文集团’”，并对他们进行了严厉的批判和攻击。如果说这一时期对这一作家群体的批判主要还是从文学创作出发的零星的个人化的攻击和谩骂，那么1948年《大众文艺丛刊》集中开展的对朱光潜、沈从文、萧乾等几位“自由主义作家”的批判则上升为两种政治路线的斗争。在左翼文学界为实现“文艺新方向”和文学“一元化”所做出的对作家和文学派别进行“类型”划分中，他们被纳入到“反人民的反革命阵营”之中，成为“在思想斗争中要无情地加以打击和揭露的”对象。然而，无论是他们的自由主义政治言论还是自由主义文学选择都只是以“民间立场”的方式出现，把他们纳入反动文艺，说成是“一直有意识地作为反动派而活动着”，[39]显然这并不符合实际。

在40年代后期，中国文坛各种倾向、流派和文学力量关系的重组，政治—文学格局的逐渐确立，以及政治选择与文学内在形态间的同构关系日益形成的局势之下，“新写作”文学思潮的出现显然是不合时宜的，是逆时代而行的。它的存在如此的短暂，昙花一现般地闪现之后，便被掩埋在漫漫历史黄沙之中。但它毕竟出现了，而且它的文学思考以及所取得的文学实绩构成了那个时代、乃至整个现代文学非常重要的部分。

注释：

（1）孟国祥：《大劫难：日本侵华对中国文化的破坏》，中国社会科学出版社

2005 版。

（2）参见张泉：《殖民语境中文学的民族国家立场问题——关于抗战时期日本占领区中国文学中的亲日文学》，《汕头大学学报》2008 年第 2 期。

（3）参见封世辉：《华北沦陷区文艺期刊钩沉》，收入钱理群主编《中国沦陷区文学大系·史料卷》，第 583 页。

（4）楚天阔：《三二年的北方文艺界》，《中国公论》10 卷 4 期 1944 年 1 月，第 52 页。

（5）里巴人：《论今日之文艺的关系》，《东亚联盟》6 卷 2 期 1943 年 8 月。

（6）《华北文艺复兴运动之展望》，《国民杂志》2 卷 1 期 1942 年 1 月，第 22—24 页。

（7）参见吴公汗：《京派谈林》，《华文每日》10 卷 10 期 1943 年 5 月 15 日；《再补充一点意见——答里巴人先生的一封公开信》，《中国公论》9 卷 3 期 1943 年 6 月。

（8）上官筝：《揭起乡土文学之旗》，《华文每日》11 卷 1 期 1943 年 7 月 1 日，第 29 页；《新英雄主义、新浪漫主义与新文学之健康的要求》，《中国公论》8 卷 5 期（1943 年 2 月 1 日），第 75 页。

（9）上官筝：《论文艺大众化之内容与形式问题》，《中国文艺》7 卷 3 期 1942 年 11 月。其他重要文章还有黄军《评〈新水浒〉的表现形式及人物》，《东亚联盟》2 卷 4 期 1941 年 9 月 1 日，第 60 页；《小说的内容形式问题》，《国民杂志》2 卷 10 期 1942 年 10 月等。

（10）欧阳方明：《何其芳的散文之路》，《艺文杂志》1 卷 3 期 1943 年 9 月 1 日，第 26 页。

（11）落雨：《一年来北京话剧演出总评》，《华文每日》12 卷 1 期 1944 年 2 月 1 日。

（12）阿茨：《一年来的古城出版界》，《艺术与生活》第 15 期 1941 年 2 月 10 日，第 11 页。

（13）参见张深切：《编后记》及《创刊词》，《中国文艺》1 卷 1 期 1939 年 9 月，以及芸苏《我父与我》，《中国文艺》2 卷 1 期 1940 年 3 月。

（14）如郭沫若：《国难声中怀知堂》，《逸经·宇宙风·西风非常时期联合旬刊》第 1 期（1937 年 8 月）等。

（15）直到 20 世纪末期才查明，实施刺杀周作人行动的是国民党军统下属的“抗日锄奸团”。参见陈嘉祥：《周作人被刺真相》，《上海文史》1992 年 2 期。

（16）《适应时局的对中国的谋略——五相会议决定》（1938 年 7 月 2 日），日外务省编《日本外交年表并主要文书》（下），转引自复旦大学历史系日本史组编译：《日本帝国主义对外侵略史料选编：1931—1945》，第 269—270 页。

（17）倪墨炎：《中国的叛徒与隐士：周作人》，第 399 页。

（18）周作人自称，这些文章是在敌人中间作宣传，“比在敌人外边的会有效力”，并因日本军部御用文人称他为“反动老作家”而感到光荣。见《知堂回想录·一七九》。

（19）周作人：《汉文学的前途·附记》，《艺文杂志》1卷3期1943年9月。

（20）杨义：《中国现代小说史》第3卷，第386页。

（21）吴兴华：《诗两首》，《燕京文学》2卷3期1941年4月15日，第10页。

（22）吴兴华十四行组诗《西珈》之一，《中国文艺》3卷3期1940年11月。

（23）时至改革开放以后，在刘绍棠推荐的“出土的旧京小说”家中，也有耿小的。见刘绍棠：《出土的旧京小说》，《北京晚报》1988年8月10日。

（24）李薰风：《小说碎笔》，《国民杂志》1卷1期1941年1月1日，第142页。以及《怎样写小说》，《国民杂志》1卷5期1941年5月1日，第86页。

（25）《华北日报》是国民党中宣部机关报；《平明日报》由时任十二战区司令长官、后任华北“剿总”总司令的傅作义主办；《经世日报》则是北平行辕机关报、《新生报》则由国民党东北保安司令部主办。

（26）参见中共北京市委党史研究室：《中国共产党北京历史》，《解放战争时期北平第二条战线的文化斗争》。

（27）《前奏》，《诗号角》1948年8月。

（28）宁可：《袁可嘉和他的方向》，《诗号角》第4期1948年11月。

（29）沈从文：《一个副刊能寄托些什么希望》，《益世报·文学周刊》第64期1947年11月1日。

（30）朱光潜：《中国文坛缺乏什么?》，《平明日报·星期文艺》第47期1948年3月6日。

（31）丰草：《现代文录第一集》，《大公报·读书周刊》1947年1月25日。

（32）《编者白》，《现代文录》第1集1946年12月。

（33）莎生：《文学杂志的来去今》，《民国日报·文艺》第111期1948年2月19日。

（34）沈从文：《新废邮存底（三二四）》，《益世报·文学周刊》第63期1947年10月25日。

（35）编者：《杂志·副刊·中国的新写作》，《平明日报·读书界》第18期1947年3月22日。

（36）社评：《中国文艺往哪里走?》，天津《大公报》1947年5月5日。

（37）姚卿详：《学者在北平：沈从文》，天津《益世报》1946年10月26日。

（38）沈从文：《新废邮存底》，《益世报·文学周刊》1947年3月23日。

（39）郭沫若：《斥反动文艺》，《大众文艺丛刊》第1辑1948年3月。

主要参考文献

基本文献（按照经史子集分）

（汉）司马迁：《史记》，中华书局点校本
（晋）陈寿：《三国志》，中华书局点校本
（唐）魏征等：《隋书》，中华书局点校本
（宋）欧阳修等：《新唐书》，中华书局点校本
（宋）欧阳修等：《新五代史》，中华书局点校本
（元）脱脱等：《辽史》，中华书局点校本
（清）厉鹗：《辽史拾遗》，清光绪年间广雅书局本
（清）杨复吉：《辽史拾遗补》，清光绪年间广雅书局本
（元）脱脱等：《金史》，中华书局点校本
（宋）宇文懋昭：《大金国志》，中华书局点校本
（明）宋濂等：《元史》，中华书局点校本
（南宋）彭大雅：《黑鞑事略》，中华书局点校本
（元）佚名：《元朝秘史》，齐鲁书社 2005 年版
（明）陈邦瞻：《元史纪事本末》，中华书局点校本
《明实录》，台湾 1962 年点校本
（清）张廷玉等：《明史》，中华书局点校本
（清）谷应泰：《明史纪事本末》，中华书局 1977 年标点本
（明）付维麟：《明书》，商务印书馆国学基本丛书本
《清实录》，中华书局，1991 年影印本
（民国）赵尔巽等：《清史稿》，中华书局 1976 年版

（汉）刘向：《战国策》，四部丛刊本
（宋）徐梦莘：《三朝北盟汇编》，清光绪四年本
（元）苏天爵：《国朝名臣事略》，中华书局点校本
（清）钱大昕：《辽金元三史拾遗》，商务印书馆 1958 年版

（唐）李肇：《唐国史补》，中华书局点校本
（宋）楼钥：《北行日录》，台湾广文书局 1968 年版
（元）陶宗仪：《南村辍耕录》，中华书局点校本

（元）熊梦祥：《析津志辑佚》（北图善本部辑佚本），北京古籍出版社 1983 年版
（清）陈宗蕃：《燕都丛考》，北京古籍出版社 2001 年版
（清）柴桑：《燕京杂录》，北京古籍出版社 1986 年版
（清）昭梿：《啸亭杂录》，中华书局 1997 年点校本
（清）戴璐：《藤荫杂记》，北京古籍出版社 1882 年版
（清）王士禛：《池北偶谈》，中华书局 1982 年点校
（清）薛福成著，丁凤麟、张道贵点校：《庸庵笔记》，江苏人民出版社 1983 年版

（清）于敏中等：《钦定日下旧闻考》，北京古籍出版社 1981 年版
（清）周家楣、缪荃孙等：《光绪顺天府志》，北京古籍出版社 1987 年版
（民国）徐世昌等：《大清畿辅先哲传》，北京古籍出版社 1993 年版
（民国）吴廷燮等：《北京市志稿》，北京燕山出版社 1998 年版

［瑞典］多桑著；冯承钧译：《多桑蒙古史》上海书店出版社 2001 年版
［意］马可波罗著，陈开俊等译：《马可波罗游记》，福建科学技术出版社 1981 年版
［意］《利玛窦札记》，中华书局 1983 年版

（金）元好问：《遗山先生文集》，四部丛刊本
（元）耶律楚材：《湛然居士文集》，中华书局点校本
（元）赵孟頫：《松雪斋集》，四部丛刊本

（元）姚燧：《牧庵集》，四部丛刊本

（元）吴澄：《吴文正公文集》，四部丛刊本

（元）虞集：《道园学古录》，四部丛刊本

（元）黄溍：《金华黄先生文集》，四部丛刊本

（元）欧阳玄：《圭斋集》，四部丛刊本

（元）揭傒斯：《揭文安公全集》，四部丛刊本

（元）李庭：《寓庵集》，台湾新文丰出版公司版

（元）杨维桢：《东维子集》，上海古籍出版社 1987 年点校本

（清）杨静亭：《都门杂咏》，北京古籍出版社 1982 年版

（清）龚自珍：《龚自珍全集》，上海人民出版社 1975 年版

（清）曾国藩著；陈书良整理：《曾国藩全集》，岳麓书社 1987 年版

（清）李鸿章撰，吴汝纶编：《李文忠公全集》，台北文海出版社 1980 年版

（清）李鸿章撰，于晦若录：《李文忠公尺牍》，沈云龙主编：近代中国史料丛刊三编第 19 辑，台北文海出版社 1988 年版

王国维：《观堂集林》中华书局 1959 年版

王栻编：《严复集》，中华书局 1986 年版

钱玄同编辑：《刘申叔先生遗书》，江苏古籍出版社 1997 年版

汪辟疆：《汪辟疆说近代诗》，上海古籍出版社 2001 年版

梁启超：《饮冰室合集》，中华书局 1989 年版

卞之琳：《卞之琳文集》，安徽教育出版社 2002 年版

任建树编：《陈独秀著作选》，上海人民出版社 1984 年版

蓝棣之主编：《何其芳全集》，河北人民出版社 2000 年版

曹伯言编：《胡适日记全编》，安徽教育出版社 2001 年版

欧阳哲生编：《胡适文集》，北京大学出版社 1998 年版

马海甸主编：《梁宗岱文集》，中央编译出版社 2003 年版

鲁迅博物馆·鲁迅研究室·《鲁迅研究月刊》选编：《鲁迅回忆录（专著）》，北京出版社，1999 年版

鲁迅著：《鲁迅全集》，人民文学出版社 1981 年版

止庵编：《周作人自编文集》，河北教育出版社 2002 年版

老舍著：《老舍文集》，人民文学出版社 1989 年版

张兆和主编：《沈从文全集》，北岳文艺出版社 2002 年版

《朱光潜全集》，安徽教育出版社 1993 年版

张璋评校：《顾太清、奕绘诗词合集》，上海古籍出版社 1998 年版

（唐）高仲武：《中兴间气集》，陕西人民教育出版社 1996 年版
（清）沈德潜选注：《唐诗别裁集》，中华书局 1975 年点校本
薛瑞兆、郭明志编：《全金诗》，南开大学出版社 1995 年版
唐圭璋编：《全金元词》，中华书局 1995 年版
（金）元好问：《中州集》，中华书局点校本
宋浩庆：《元明散曲》，上海古籍出版社 1980 年版
张仲谋：《明清词》，人民文学出版社 2000 年版
程千帆主编：《全清词》（顺康卷），中华书局 2000 年版
（民国）上海进步书局汇编：《笔记小说大观》，广陵古籍刻印社 1984 年版
（清）徐珂：《清稗类钞》，中华书局 1986 年版
（清）杨米人等作，路工选编：《北京竹枝词》，北京古籍出版社 1982 年版
（清）吴士鉴、魏息园：《清宫词》，北京古籍出版社 1986 年版
沈粹芬等辑：《国朝文汇》，北京出版社 1996 年版
郭绍虞主编：《中国历代文论选》，上海古籍出版社 1980 年

（明）胡应麟：《诗薮》，中华书局 1958 年点校本
（清）方东树著，汪绍楹校点：《昭昧詹言》，人民文学出版社 1961 年版
（清）翁方纲：《石洲诗话》，中华书局 1985 年点校本
（清）洪亮吉：《北江诗话》中华书局 1985 年点校本
（清）赵翼：《瓯北诗话》，人民文学出版社 1963 年版
（清）查为仁：《莲坡诗话》，中华书局 1985 年点校本
（清）朱彝尊著，姚祖恩编，黄君坦校点：《静志居诗话》，人民文学出版社 1990 年版
（清）金埴：《巾箱说》，中华书局 1982 点校本
（清）李慈铭著：《越缦堂日记》，广陵书社 2004 影印本
姚永朴著，许振轩校点：《文学研究法》，黄山书社 1989 年版
唐圭璋编：《词话丛编》，中华书局 1986 年版

首都图书馆整理：《清蒙古车王府藏曲本》，北京古籍出版社 1991 年影印

刘烈茂，郭精锐主编：《清车王府钞藏曲本·子弟书集》，江苏古籍出版社 1993 年版

王利器：《元明清三代禁毁小说戏曲史料》，上海古籍出版社 1981 年版

朱一玄：《儒林外史资料汇编》，南开大学出版社 2003 年版

张次溪：《清代燕都梨园史料正续编》，中国戏剧出版社 1988 年版

复旦大学历史系日本史组编译：《日本帝国主义对外侵略史料选编：1931—1945》，上海人民出版社 1975 年版。

曾广灿、吴怀斌编：《老舍研究资料》，北京十月文艺出版社 1985 年版

张占国、魏守忠编：《张恨水研究资料》，天津人民出版社 1986 年版

中共北京市委党史研究室、中共天津市委党史资料征集委员会编《北方左翼文化运动资料汇编》，北京出版社 1991 年版

傅惜华：《子弟书总目》，古典文学出版社 1957 新版

傅惜华：《北京传统曲艺总目》，中华书局 1962 年版

续修四库全书编委会编：《续修四库全书》，上海古籍出版社 1995 年版

上海图书馆编：《中国丛书综录》，中华书局 1962 年版

石昌渝主编：《中国古代小说总目》，山西教育出版社 2004 年版

马兴荣等主编：《中国词学大辞典》，浙江古籍出版社 1996 年版

吕薇芬：《全元散曲典故词典》，湖北辞书出版社 1985 年版

研究著作

李泽厚：《美的历程》，中国社会科学出版社 1984 年版

叶郎：《中国美学史大纲》，上海人民出版社 1984 年版

柳诒徵：《中国文化史》，上海古籍出版社 2001 年版

任崇岳主编：《中国文化通史》（辽西夏金元），中共中央党校出版社 2000 年版

李凭、全根先总纂：《中华文明史》（第七卷元代），河北教育出版社 1999 年版

马士：《中华帝国对外关系史》，三联书店 1957 年版

忻剑飞：《世界的中国观》，学林出版社 1991 年版
郑士德：《中国图书发行史》，高等教育出版社 2000 年版

韩儒林主编：《元朝史》，人民出版社 1986 年版
周良霄、顾菊英：《元代史》，上海人民出版社 1993 年版
内蒙古社科院历史所《蒙古族通史》编写组编：《蒙古族通史》，民族出版社 2001 年版
李劼：《满族文化史》，辽宁民族出版社 1999 年版
陈恒：《元西域人华化考》，上海古籍出版社 2000 年版
田建平：《元代出版史》，河北人民出版社 2003 年版
梁启超：《清代学术概论》，上海古籍出版社 1998 年版
梁启超：《中国近三百年学术史》，上海志民书店 1929 年版
周策纵：《五四运动史》，岳麓书社 1999 年版
陈平原：《触摸历史与进入五四》，北京大学出版社 2005 年版
陈万雄：《五四新文化的源流》，北京：三联书店 1997 年版

北京市社会科学院历史所编：《北京与中外古都对比研究》，北京燕山出版社 1992 年版
曹子西主编、曹子西、王彩云、于德源撰著：《北京通史》（第一卷远古至魏晋南北朝卷），中国书店 1994 年版
曹子西主编、向燕生撰著：《北京通史》（第二卷隋唐五代卷），中国书店 1994 年版
曹子西主编、王玲撰著：《北京通史》（第三卷辽代卷），中国书店 1994 年版
曹子西主编、于光度、常润华撰著：《北京通史》，（第四卷金代卷）中国书店 1994 年版
曹子西主编、王岗撰著：《北京通史》（第五卷元代卷），中国书店 1994 年版
曹子西主编、贺树德撰著：《北京通史》（第六卷明代卷）中国书店 1994 年版
曹子西主编、吴建雍撰著：《北京通史》（第七卷清代卷）中国书店 1994 年版
北京大学历史系《北京史》编写组：《北京史》，北京出版社 1999 年版
谭新生、倪洁：《北京通史简编》南开大学出版社 2004 年版

侯仁之主编、唐晓峰副主编：《北京城市历史地理》，北京燕山出版社 2000 年版

陈高华：《元大都》，北京出版社 1982 年版

王灿炽：《燕都古籍考》，京华出版社 1995 年版

陈平原、王德威编：《北京：都市想像与文化记忆》，北京大学出版社 2005 年版

吴建雍等：《北京城市生活史》，开明出版社 1997 年版

赵园：《北京：城与人》，北京大学出版社 2002 年版

邓云乡：《鲁迅与北京风土》，河北教育出版社 2004 年版

刘丽华、郑智：《寻找伟人的足迹——鲁迅在北京》，北京工业大学出版社 1996 年版

邓云乡：《文化古城旧事》，石家庄：河北教育出版社 2004 年版

甘海岚：《老舍与北京文化》，中国妇女出版社 1993 年版

李欧梵著、尹慧珉译：《铁屋中的呐喊》，岳麓书社 1999 年版

高恒文：《京派文人：学院派的风采》，上海教育出版社 2000 年版

中共北京市委党史研究室：《中国共产党北京历史》，北京出版社 2001 年版

中共北京市委党史研究室：《解放战争时期北平第二条战线的文化斗争》，北京出版社 1998 年版

魏定熙著、金安平、张毅译：《北京大学与中国政治文化，1898—1920》，北京大学出版社 1998 年版

李孝悌：《清末的下层启蒙运动》，河北教育出版社 2001 年版

余英时：《现代危机与思想人物》，三联书店 2005 年版

倪墨炎：《中国的叛徒与隐士：周作人》，上海文艺出版社 1990 年版

[日] 伊藤虎丸著、李冬木译：《鲁迅与日本人》，河北教育出版社 2000 年版

[德] 傅海波、(英) 崔瑞德编：《剑桥中国辽西夏金元史》，中国社会科学出版社 1998 年版

[美] 牟复礼、(英) 崔瑞德编：《剑桥中国晚清史》，中国社会科学院出版社 1985 年版

林传甲：《中国文学史》，武林谋新室 1910 年版

钱基博：《中国文学史》，中华书局 1993 年整理本

郑振铎：《插图本中国文学史》北京出版社 1999 年版

容肇祖：《中国文学史大纲》，开明书店 1949 年版

朱希祖：《中国文学史要略》，北京大学刊本 1920 年版

郑振铎：《中国俗文学史》，作家出版社 1957 年版

刘大杰：《中国文学发展史》，中华书局 1963 年版

游国恩等主编：《中国文学史》人民文学出版社 1983 年版

郭预衡：《中国古代文学史》，上海古籍出版社 1998 年版

袁行霈主编：《中国文学史》，高等教育出版社 1999 年版

傅璇琮、蒋寅总主编：《中国古代文学通论》，辽宁人民出版社 2005 年版

李修生：《中国文学史纲》（宋辽金元文学卷），北京大学出版社 1987 年版

钱理群、温儒敏、吴福辉：《中国现代文学三十年》（修订版），北京大学出版社 1997 年版

傅璇琮主编：《唐五代文学编年史》，辽海出版社 1998 年版

罗宗强：《隋唐五代文学思想史》，上海古籍出版社 1986 年版

吴梅：《辽金元文学史》，商务印书馆 1934 年版

黄震云：《辽代文史初探》，中国社会科学出版社 1994 年版

詹杭伦：《金代文学史》，（台）贯雅书局 1993 年版

邓绍基主编：《元代文学史》，人民文学出版社 1991 年版

［日］青木正儿著，孟庆文译：《中国文学思想史》，春风文艺出版社 1988 年版

郭绍虞：《中国文学批评史》，商务印书馆 1934—1947 年版

朱东润：《中国文学批评史大纲》，上海古籍出版社 1983 年版

罗根泽：《中国文学批评史》，上海古籍出版社 1984 年版

张少康：《中国文学理论批评发展史》，北京大学出版社 1995 年版

詹杭伦：《金代文学思想史》，成都科技大学出版社 1990 年版

顾易生、蒋凡、刘明今：《宋金元文学批评史》，上海古籍出版社 1996 年版

张晶：《辽金诗史》，东北师范大学出版社 1994 年版

张晶：《辽金元诗歌史论》，吉林教育出版社 1995 年版

杨镰：《元诗史》，人民文学出版社 2003 年

严迪昌：《清词史》，江苏古籍出版社 1990 年版

郭预衡：《中国散文史》，上海古籍出版社 1999 年版

李昌集：《中国古代散曲史》，华东师范大学出版社 1997 年版

梁乙真：《元明散曲小史》，商务印书馆 1934 年版

王永宽、王钢：《中国戏曲史编年》（元明卷），中州古籍出版社 1994 年版

周贻白：《中国戏曲发展史纲要》，上海古籍出版社 1979 年版

周贻白：《中国戏剧史长编》，人民文学出版社 1960 年版

孟瑶：《中国戏曲史》，（台）传记文学出版社 1979 年版

张庚、郭汉城主编：《中国戏曲通史》，中国戏剧出版社 1981 年版

蔡源莉、吴文科：《中国曲艺史》，文化艺术出版社 1998 年版

王国维：《宋元戏曲史》，商务印书馆 1915 年版

周妙中：《清代戏剧史》，中州古籍出版社 1987 年版

郭英德：《明清传奇史》，江苏古籍出版社 1990 年版

北京市戏曲研究所与上海艺术研究所联合主持编著、马少波等主编：《中国京剧史》，中国戏剧出版社 1999 年版

鲁迅：《中国小说史略》，百花文艺出版社 2002 年版。

侯忠义：《中国文言小说史稿》，北京大学出版社 1990 年版

陈节：《中国人情小说通史》，江苏教育出版社 1998 年版

薛洪：《传奇小说史》，浙江古籍出版社 1998 年版

苗壮：《笔记小说史》，浙江古籍出版社 2001 年版

谢庆立：《中国近现代通俗社会言情小说史》，群众出版社 2002 年版

杨义：《中国现代小说史》第 3 卷，人民文学出版社 1991 年版

陈洪：《中国小说理论史》，安徽文艺出版社 1992 年版

钱钟书：《谈艺录》，中华书局，1984 年版

叶德均：《戏曲小说丛考》，中华书局 1979 年版

程毅中：《古代小说钞》（宋元卷），中华书局 1995 年版

胡适：《胡适古典文学研究论集》，上海古籍出版社 1986 年版

王国维：《王国维戏曲论文集》，中国戏剧出版社 1983 年版

王国维：《人间词话》，江苏文艺出版社 2007 年版

姚文放：《中国戏曲美学的文化阐释》，中国人民大学出版社 1997

年版

赵景深：《中国古典戏曲小说论集》，上海古籍出版社 1985 年版

胡适编：《中国新文学大系·建设理论集》，上海文艺出版社 2003 年影印版

郑振铎编：《中国新文学大系·文学论争集》，上海文艺出版社 2003 年影印版

陈方竞：《多重对话：中国新文学的发生》，人民文学出版社 2003 年版

陈子展：《中国近代文学之变迁》，上海古籍出版社 2000 年版

周作人：《中国新文学的源流》，华东师范大学出版社 1995 年版

袁行霈：《唐代诗歌艺术研究》，北京大学出版社 1987 年版

孙昌武：《唐代文学与佛教》，人民文学出版社 2001 年版

霍松林、傅绍良：《盛唐文学的文化透视》，陕西师范大学出版社 2000 年版

王昆吾：《隋唐五代燕乐杂言歌辞研究》，中华书局 1996 年版

陈昌华：《唐代诗与画的相关研究》，陕西人民美术出版社 1993 年版

杜晓勤：《唐代文学研究》，北京出版社 2001 年版

罗宗强：《李杜略论》，内蒙古人民出版社 1981 年版

蒋寅：《大历诗人研究》，中华书局 1995 年版

程毅中：《宋元话本》，中华书局 1964 年版

陶秋英编：《宋金元文论选》，人民文学出版社 1984 年版

苏雪林：《辽金元文学》，商务印书馆 1934 年版

张晶：《辽金元文学论稿》，北京广播学院出版社 2003 年版

陶然：《金元词通论》，上海古籍出版社 2001 年版

刘锋涛：《金代前期词研究》，陕西师范大学出版社 1998 年版

周慧泉：《金代文学发凡》，东北师范大学出版社 1994 年版

宋德金：《金代的社会生活》，陕西人民出版社 1988 年版

查洪德、李军：《元代文学文献学》，中国社会科学出版社 2002 年版

幺书仪：《元代文人心态》，文化艺术出版社 1993 年版

徐子方：《元代文人心态史》，河北教育出版社 2001 年版

赵义山：《元散曲通论》，巴蜀书社 1983 年版

王星琦：《元曲艺术风格研究》，江苏文艺出版社 1996 年版

王星琦：《元明散曲史论》，南京师范大学出版社 1999 年版
门岿：《元曲管窥》，天津人民出版社 1993 年版
徐扶明：《元代杂剧艺术》，上海文学出版社 1981 年版
黄克：《关汉卿戏剧人物论》，人民文学出版社 1984 年版
顾肇仓：《元明杂剧》，上海古籍出版社 1997 年版
陈益源：《元明中篇传奇小说研究》，华艺出版社 1997 年版
陈书录：《明代诗文的演变》，江苏教育出版社 1996 年版
戚世隽：《明代杂剧研究》，广东高等教育出版社 2001 年版
宁宗一等：《明代戏剧研究概述》，天津教育出版社 1992 年版
王恺：《公安与竟陵》，江苏古籍出版社 1996 年版
吴承学：《晚明小品研究》，江苏古籍出版社 1998 年版
朱承朴、曾庆全：《明清传奇概说》，广东人民出版社 1985 年版
郭英德：《明清文人传奇研究》，北京师范大学出版社 1992 年版
王永健：《中国戏曲文学的瑰宝——明清传奇》，江苏教育出版社 1989 年版
王齐洲：《四大奇书与中国大众文化》，湖北教育出版社 1991—2000 年版
张宗祥：《清代文学》，商务印书馆 1936 年版
张菊龄：《清代满族作家文学概论》，中央民族学院出版社 1990 年版
马积高：《清代学术思想变迁与文学》，湖南出版社 1996 年版
张健：《清代诗学研究》，北京大学出版社 1999 年版
魏中林：《清代诗学与中国文化》，巴蜀书社 2000 年版
刘德鸿：《纳兰性德研究》，中国社会科学出版社 1994 年版
赖芳伶：《阅微草堂笔记研究》，台湾大学出版委员会 1982 年版
张次溪：《人民首都的天桥》，修绠堂书店 1951 年版
胡适：《五十年来中国之文学》，台北远流出版社 1986 年版

郭宏安：《李健吾批评文集》，珠海出版社 1995 年版
汪晖：《反抗绝望——鲁迅及其文学世界》，河北教育出版社 2000 年版

夏志清：《文学的前途》，三联书店 2002 年版
夏晓虹、王风编：《文学语言与文章体式》，安徽教育出版社 2006 年版

许道明：《京派文学的世界》，复旦大学出版社 1994 年版

张洁宇：《荒原上的丁香——20 世纪 30 年代北平“前线诗人”诗歌研究》，中国人民大学出版社 2003 年版

［日］木山英雄著、赵京华等编译：《文学复古与文学革命——木山英雄中国现代思想文学论集》，北京大学出版社 2004 年版

后　　记

《北京文学史》为北京市哲学社会科学“十一五”规划重点项目、北京社会科学院重大课题“北京专史集成”之一种。本书基本框架由张泉设计。丛书总主编王岗对本书整体指导，提出了许多宝贵意见和建议。傅秋爽对全书进行了体例调整和审定。具体写作分工如下：

概述：张泉；上篇　北京古代文学（公元1840年以前）：傅秋爽；中篇　北京近代文学（公元1840—1949年）：陈清茹；下篇　北京现代文学（公元1919—1949年）的第十二章至第十四章：季剑青；第十五章的第一、第二节：张泉；第三节：段美乔。

人民出版社张秀平编审和本书责任编辑关宏老师为本书的出版付出了大量艰辛的劳动，提出了非常宝贵的意见，在此表示衷心的感谢。

图书在版编目（CIP）数据

北京文学史 / 傅秋爽 主编.
-北京：人民出版社，2010 年 3 月
（《北京专史集成》/ 王岗 主编）
ISBN 978-7-01-008602-6
Ⅰ.北… Ⅱ.①王…②傅… Ⅲ.文学史—北京市
Ⅳ.I209.91
中国版本图书馆 CIP 数据核字（2009）第 240641 号

北京文学史
BEIJING WENXUESHI

主　　编：傅秋爽
出版策划：张秀平
责任编辑：关　宏
装帧设计：曹　春

人民出版社 出版发行
地　　址：北京朝阳门内大街 166 号
邮政编码：100706　www.peoplepress.net
经　　销：全国新华书店
印刷装订：北京昌平百善印刷厂
出版日期：2010 年 3 月第 1 版　2010 年 3 月第 1 次印刷
开　　本：730 毫米×970 毫米　1/16
印　　张：24.75
字　　数：400 千字
书　　号：ISBN 978-7-01-008602-6
定　　价：60.00 元